ERIC BERG

Die Mörderinsel

Autor

Eric Berg zählt seit Jahren zu den erfolgreichsten deutschen Autoren. 2013 verwirklichte er einen langgehegten schriftstellerischen Traum und veröffentlichte seinen ersten Kriminalroman »Das Nebelhaus«, der 2017 mit Felicitas Woll in der Hauptrolle der Journalistin Doro Kagel verfilmt wurde. Seither begeistert Eric Berg mit jedem seiner Romane Leser und Kritiker aufs Neue und erobert regelmäßig die Bestsellerlisten. In seinem Kriminalroman »Die Mörderinsel« ermittelt Doro Kagel in ihrem zweiten Fall.

Von Eric Berg bereits erschienen

Das Nebelhaus (Doro Kagel 1) · Das Küstengrab · Die Schattenbucht· Totendamm· Die Mörderinsel (Doro Kagel 2)

Besuchen Sie uns auch auf www.facebook.com/blanvalet und www.twitter.com/BlanvaletVerlag

ERIC BERG

Die Mörderinsel

Kriminalroman

blanvalet

Sollte diese Publikation Links auf Webseiten Dritter enthalten,
so übernehmen wir für deren Inhalte keine Haftung,
da wir uns diese nicht zu eigen machen, sondern lediglich auf
deren Stand zum Zeitpunkt der Erstveröffentlichung verweisen.

MIX
Papier aus verantwortungsvollen Quellen
FSC® C014496

Penguin Random House Verlagsgruppe FSC® N001967

2. Auflage

Redaktion: Angela Troni
Umschlaggestaltung: www.buerosued.de
Umschlagmotiv: mauritius images (Bildagentur-online/
McPhoto-Kerpa/Alamy; Westend61/Pure.Passion.Photography)
WR · Herstellung: eR
Satz: Uhl + Massopust, Aalen
Druck und Bindung: GGP Media GmbH, Pößneck
Printed in Germany
ISBN 978-3-7341-1021-4

www.blanvalet.de

Für Anna und Micha

»Die Schlauheit des Fuchses ist genauso mörderisch wie die Brutalität des Wolfes.«

Thomas Paine, angloamerikanischer Philosoph

1

Noch 34 Tage bis zum zweiten Mord

»Im Namen des Volkes ergeht folgendes Urteil: Der Angeklagte wird freigesprochen. Die Kosten des Verfahrens sowie die notwendigen Auslagen des Angeklagten hat die Staatskasse zu tragen. Bitte setzen Sie sich.«

Wie ein Fallbeil sausten die Worte durch die Luft, grell und scharf, und beendeten, nein, töteten mit einem einzigen Schnitt. Sie töteten das Ungeheuer – so hatte Bettina den Prozess gegen Holger getauft. Das Ungeheuer hatte ihr fast ein Jahr lang den Mann genommen, den Schlaf geraubt, es hatte ihre wirtschaftliche Existenz, ihren guten Namen, die Zukunft ihrer Familie bedroht. Daher mischte sich in den Sekunden nach dem Urteilsspruch in die Erleichterung, die Dankbarkeit und die Freude, die wohl jeder an Bettinas Stelle empfunden hätte, auch eine finstere Genugtuung über das elende Ende des Ungeheuers.

Vorbei, dachte sie, es ist vorbei! Sofort sprudelte der Gedanke in die Welt, wurde hör- und sichtbar, als sie die Arme in die Höhe reckte, zur Bank des Angeklagten lief und gleich danach ihren Mann an sich drückte.

»Holger, es ist vorbei! Wir haben es geschafft.«

»Ja, wir haben es geschafft«, wiederholte er lächelnd.

Gefühlsausbrüche waren nicht seine Art, daran war sie nach fünfzehn Jahren Ehe gewöhnt, und es machte ihr nichts aus. Aber dieses eine Mal fand sie es schade, dass Holger immer gefasst, immer ausgeglichen war.

»Ich bin so froh, so unfassbar glücklich. Holger, Holger, Holger«, wiederholte sie seinen Namen wie eine Beschwörungsformel. Dann fiel ihr Finn ein, ihr Sohn, den sie zu sich rief und an dem sie sich festhielt, während er seinem Vater die Hand gab.

»Glückwunsch, Papa. Aber eigentlich Formsache, oder? Die Freaks *mussten* dich freisprechen. Alles andere wäre ein Skandal gewesen.«

Bettina wischte sich die Tränen aus den Augen, und dabei fiel ihr Blick auf die erfahrene Staatsanwältin, eine Frau Ende fünfzig, Anfang sechzig im schicken dunkelblauen Kostüm. Während des Prozesses hatte Bettina ihr kaum Beachtung geschenkt, war ihren Ausführungen ferngeblieben. Sie hatte all die Lügen über Holger, die mühsam konstruierten Fantastereien des Polizei- und Justizapparats nicht hören wollen.

Die Staatsanwältin war monatelang das Gesicht des Monsters gewesen, und Bettina hätte allen Grund gehabt, den Triumph ihr gegenüber am deutlichsten zu zeigen. Doch seltsamerweise geschah genau dies nicht. Alles, was Bettina im Gesicht dieser Frau las, war Entsetzen, ehrliches, ungläubiges Entsetzen, mit dem sie zur Richterbank blickte. In diesem Moment wurde Bettina klar, dass es mindestens einen Menschen auf dieser Welt gab, der allen Ernstes fest daran glaubte, dass ihr geliebter Holger ein grausamer Mörder war. Bisher war sie davon ausgegangen, dass die Polizei, und später die Staatsanwaltschaft, mehr aus Verlegenheit gegen Holger vorgingen, weil sie keinen Besseren gefunden hatten und deshalb ein paar lose Indizienfäden zu einem irrsinnigen Gespinst zusammenwoben. Ihrer Meinung nach glaubten die Vertreter des Staates gar nicht an den eigenen Unfug und hätten den Freispruch daher mit einem bedauernden Achselzucken abtun müssen. Doch die Staatsanwältin war kein junges, hungriges Ding mehr, das sich einen Namen machen wollte. Sie stand kurz vor der Pensionierung, hatte schon Hunderte Fälle gewonnen, Dutzende verloren, und doch wirkte sie aus allen Wolken gefallen. Ihr Blick schien den vorsitzenden Richter zu fragen: *Was soll das? Wie können Sie nur?* Und er schien ihr auf demselben Weg zu antworten: *Sehen Sie nicht mich an. Ich wollte ja, aber…*

»Bitte nehmen Sie Platz für die Urteilsbegründung«, sagte er, zunächst an den ganzen Saal und dann noch einmal an Bettina und ihren Sohn gewandt. Die drei Richter und zwei Schöffen ließen sich nieder.

Leicht irritiert, schon fast ernüchtert, ging sie zurück zu ihrem Platz. Im Saal war es nun mucksmäuschenstill, die Zuschauer murrten weder noch applaudierten sie. Ein paar junge Leute, Studenten vermutlich, legten sich Zettel und Stift auf die übereinandergeschlagenen Beine, um sich Notizen zu machen. Noch bevor der vorsitzende Richter mit seinen Ausführungen begann, durchstieß ein einzelnes verzweifeltes Schluchzen die Stille.

Die Eltern der ermordeten jungen Frau, um die es bei diesem Prozess ging – gegangen war! –, saßen nur wenige Stühle entfernt. Genau wie Bettina hatten sie keinen Verhandlungstag versäumt, nur dass sie den Ausführungen der Staatsanwaltschaft naturgemäß aufmerksamer gefolgt waren als denen von Holgers Verteidiger. Bettina hatte die räumliche Nähe zu den

Illings stets als unangenehm empfunden, und umgekehrt war es dem Ehepaar sicherlich nicht anders ergangen. Man hatte sich immer mit einem kurzen Nicken begrüßt und war sich ansonsten aus dem Weg gegangen. Mit Äußerungen während des Prozesses hatten sich beide Parteien zurückgehalten. Sowohl Bettina als auch Frau Illing waren als Zeuginnen aufgerufen worden, und Bettina musste zugeben, dass Frau Illing bewundernswert sachlich geblieben war, sobald es bei der Befragung um Holger ging, und nur dann emotional wurde, wenn die Sprache auf ihr totes Mädchen kam – was allzu verständlich war.

Die Urteilsverkündung brachte dieses aus Höflichkeit gebaute Konstrukt zum Einsturz. Hier der deutlich gezeigte Triumph, dort die furchtbare, immer noch ungesühnte Tragödie und dazwischen ein Raum voll Akademiker und Journalisten, für die dieser Fall entweder ein Studienobjekt oder eine Meldung war – diese Spannung war einfach nicht mehr auszuhalten. Der Richter hatte erst ein paar Sätze gesprochen, als Mareike Illing sich laut wimmernd an die Brust ihres Mannes warf, was dieser nur wenige Momente aushielt, ehe er aufsprang und mit dem Finger auf Holger zeigte. Sein Mund öffnete sich, als würde gleich ein gewaltiger Schrei, ein böser Fluch daraus entweichen. Doch kein Laut kam ihm über die Lippen. Stattdessen rann ihm eine einzelne Träne über die Wange. Sie tropfte zu Boden mit dem Gewicht seines stummen Vorwurfs.

Betroffen senkte Bettina den Blick und bemerkte, dass sie sich den linken Zeigefinger blutig gekratzt hatte. Jene Bilder kamen wieder in ihr hoch, die sie beharrlich zehn Monate lang erfolgreich verdrängt hatte. Es waren dieselben Bilder, die sicherlich auch die Eltern des toten Mädchens unentwegt verfolgten, beim Einschlafen und Aufwachen, beim Warten an einer roten Ampel, im Supermarkt, beim Essen. Die Fotos aus den Medien wurden angereichert durch die eigene Fantasie, die sich wiederum aus Kriminalfilmszenen speiste, immer wieder unterbrochen von den Erinnerungen an eine fröhliche, hübsche, vor Tatendrang strotzende junge Frau, die es nun nicht mehr gab. Ein Schnitt von links nach rechts, an ihrer Kehle entlang, ausgeführt von hinten, überraschend, entschlossen und tief, hatte ihr Leben binnen einer Sekunde ausgelöscht. Röchelnd ging sie zu Boden, mit zuckenden Gliedern, die Augen weit aufgerissen, benetzte Laub und Farn mit ihrem Blut.

Einige Tropfen liefen über Bettinas Fingerkuppe, doch sie war außerstande, ein Taschentuch hervorzuholen. Voller Entsetzen und Mitleid wanderte ihr Blick zu den Illings, schnellte zurück zu ihrem pulsierend schmerzenden Finger, wurde erneut angezogen von dem Elend, das nur wenige Meter weiter aus zwei Menschen herausbrach.

Der vorsitzende Richter schritt ein, und nachdem sich die Gemüter dank der Gerichtsdiener beruhigt hatten, empfahl er dem Ehepaar, den Saal zu verlassen, was die beiden auch taten.

Bettina sah ihnen hinterher. Wie würde es ihr ergehen, wenn sie an Stelle der Illings wäre? Konnte man inmitten von Leid und Wut überhaupt noch klar denken? Ernüchtert stellte sie fest, dass es unmöglich war, sich in die Lage der Illings zu versetzen, auch wenn man es noch so sehr versuchte.

Bettina bemühte sich gar nicht erst, der seitenlangen Urteilsbegründung des vorsitzenden Richters zu folgen. Dazu war sie viel zu erregt, und das Juristendeutsch machte die Sache nicht besser. Seltsamerweise hörte sie die Ausführungen wie durch einen Schleier, wohingegen ihre übrigen Sinne wie von einem Schleifstein frisch geschärft waren. Tausend Dinge nahm sie auf einmal wahr, die ihr während der vielen Prozesstage entgangen waren: die Täfelung des Gerichtssaals, das Holzkreuz an der Wand, das Wappen von Mecklenburg-Vorpommern, die Bundesflagge, die weiten Roben der Richter.

Wie vor einer Prüfungskommission hatte sie die Tage und Stunden bei Gericht erlebt, ganz fokussiert auf die Hoffnung, alles werde gut ausgehen. Nun fragte sie sich, wer von den drei Richtern und zwei Schöffen der großen Strafkammer des Landgerichts wohl gegen ihren Mann gestimmt hatte? Seinem Gesichtsausdruck nach zumindest der Vorsitzende. Wie knapp war die Abstimmung ausgefallen? Hatten die beiden Schöffen, ein Mann und eine Frau wie du und ich, für Holger votiert? Der eine sah aus wie ein Sozialarbeiter, die andere wie eine Supermarktkassiererin – das waren natürlich nur Klischees, aber Bettina war total aufgedreht von ihren Gedanken und Gefühlen, die sie nicht alle mochte und von denen einige ihr sogar Angst machten.

Die Tragödie der Illings war furchtbar, und als Mutter verstand sie nur zu gut ihre Verzweiflung. Aber scherte sich in diesem Saal irgendjemand auch nur einen Deut um ihre eigene Verzweiflung? Wie sie sich herausgewunden hatte, wenn Stammgäste des Hotels fragten, wo denn Holger sei und wie es ihm gehe. Und dann die Blicke derer, die von Holgers Inhaftierung wussten: der anderen Kunden beim Bäcker, der Kassiererin im Supermarkt, des Paketboten, von Spaziergängern … Überall Blicke, mitleidige, skeptische, irritierte, verstohlene, anklagende, durchdringende Blicke, denen man entweder widerstehen oder unterliegen konnte. Es war ebenso beschämend wie anstrengend, die Ehefrau eines vermeintlichen Mörders zu sein, selbst wenn ihm die Medien immer brav das Adjektiv »mutmaßlich« zubilligten.

Bettina schloss die Augen. Die Welt um sie herum erlosch. Sie atmete tief durch, versuchte, die Hände ruhig zu halten, versuchte, nicht zu weinen vor Freude, versuchte, sich nicht vom Glück überrollen zu lassen. Als sie die Augen wieder öffnete, beendete der Richter gerade die Urteilsbegründung.

»Holger Simonsmeyer ist umgehend auf freien Fuß zu setzen. Die Verhandlung ist geschlossen.«

Geschlossen.

Während Holger noch einige Formalitäten mit seinem Rechtsanwalt erledigte, wartete Bettina mit Finn auf dem Flur vor dem Gerichtssaal. Die Illings waren zum Glück schon gegangen, die Staatsanwältin war mit fassungslosem Blick an ihr vorbeigerauscht, und auch die meisten Jurastudenten hatten, munter diskutierend, das Gebäude verlassen. Nur ein paar Medienvertreter lungerten noch herum, kritzelten ihre Blöcke und Notebooks voll, riefen die verpassten Handynachrichten ab oder reservierten Tische fürs Mittagessen in angesagten Rostocker Fischrestaurants. Die meisten Gesichter kamen Bettina aus dem Gerichtssaal bekannt vor, einigen Reportern hatte sie zu Beginn des Prozesses kurze Interviews gegeben; zwei, drei Antworten, in denen sie den Fragenden ihren unerschütterlichen Glauben an Holgers Unschuld diktiert hatte.

Nur eine Journalistin kannte Bettina etwas besser. Vor einigen Monaten hatte sie sich ihr für ein ausführlicheres Gespräch zur Verfügung gestellt. Ganz wohl war ihr zunächst nicht gewesen. Doch die *Freie Journalistin*, wie auf ihrer Visitenkarte stand, hatte einen guten Eindruck gemacht. Sie wirkte kompetent und verständnisvoll, nahm sich Zeit und wohnte sogar zwei Nächte in Bettinas und Holgers Hotel auf Usedom. Unter der Bedingung, dass weder ihr Name noch der des Hotels oder des Ortes in dem Artikel auftauchte, hatte Bettina kooperiert. Die Journalistin war mit Hotelangestellten ebenso ins Gespräch gekommen wie mit Bürgern aus dem Dorf. Dann reiste sie wieder ab, und Bettina vergaß das Ganze.

Als der Artikel schließlich erschien, hatte sie ihn dreimal lesen müssen, um sicherzugehen, dass sie keine Albträume hatte.

»Guten Tag, Frau Kagel. Sie erinnern sich an mich?«

»Natürlich, Frau Simonsmeyer. Schön, Sie wiederzusehen. Hallo, Finn, nicht wahr? Gratulation zum Freispruch Ihres Mannes und Vaters.«

Sie gaben sich die Hand.

»Danke«, erwiderte Bettina. »Ich muss Ihnen leider sagen, dass mich Ihr Artikel sehr unglücklich gemacht hat.«

»Oh. Das ist schade. Darf ich fragen …?«

»Allein der Umfang… sechs Seiten!«, unterbrach sie die Journalistin. »Und nicht etwa in einer Regionalzeitung, sondern in einem der bekanntesten deutschen Wochenmagazine. Sie haben sich zwar an die Absprachen gehalten, aber ich frage Sie: Wie viele Bettinas, deren Nachname mit S beginnt, gibt es schon auf Usedom? Und wie viele von denen wohnen in einem Dorf, dessen Anfangsbuchstabe ein T ist? Etwas wirklich Falsches haben Sie nicht geschrieben, das gebe ich zu. Sie haben halt sehr viel über Susann geschrieben, das Opfer, aber wissen Sie, wir sind auch Opfer, meine Familie und ich, vor allem mein Mann.« Sie holte tief Luft. »So, das musste einfach mal raus. Nichts für ungut. Ich hoffe, Sie nehmen es mir nicht übel.«

Das war typisch für Bettina. Erst ging sie lange mit ihrem Frust spazieren und rang sich irgendwann dazu durch, Vorwürfe zu erheben, um sie im nächsten Atemzug selbst zu entkräften und sich schlussendlich zu entschuldigen. Bettina konnte einfach niemandem böse sein, weder Angestellten, die allzu oft die Snooze-Taste ihres Weckers benutzten, noch Lieferanten, die sich seltsamerweise immer zu Ungunsten der Kunden verrechneten. Im Nachhinein ärgerte sie sich stets, erneut nachgegeben und Verständnis geäußert zu haben, doch kurz darauf war alles wie gehabt.

Wenn sie ehrlich war, hatte es schlimmere Artikel über ihre Familie gegeben als den von Doro Kagel.

Bettina ging einen Schritt auf die Journalistin zu und berührte sie an der Schulter. »Ich hoffe sehr, dass Sie jetzt noch einen Artikel schreiben und den Freispruch meines Mannes kommentieren werden. Das sind Sie uns schuldig, finden Sie nicht?«

»Ich verstehe Ihre Sichtweise, Frau Simonsmeyer. Aber …«

»Sie werden natürlich keinen zweiten Artikel schreiben. Weil man ja jetzt auf niemanden mehr zeigen kann. Weil es plötzlich keinen Mörder mehr gibt. Und weil die Angehörigen eines brutal ermordeten Opfers mehr hermachen als die Angehörigen eines freigesprochenen Angeklagten. Als eine Ihrer Leserinnen würde es mir wohl genauso gehen, nur dummerweise lese ich die Geschichte nicht, sondern ich bin die Geschichte. Sehen Sie mir also bitte nach, dass ich anders darüber denke.«

»Natürlich«, antwortete Doro Kagel leicht irritiert.

Bettina fasste ihr an den Ellbogen. »Habe ich recht? Sie schreiben nicht mehr darüber.«

Die Journalistin wich zurück. »Ich finde, Sie haben die Gründe dafür gut zusammengefasst, Frau Simonsmeyer.« Damit wandte sie sich zum Gehen.

Vorbei. Das Wort schwebte über der Heimfahrt nach Usedom wie die Sonne, der sie entgegenfuhren. Ein Glück, dass gerade kein Wildschwein über die Straße rannte und die Strecke zumeist über gerade Alleen führte, die man schlafwandlerisch durchfahren konnte. Als Verkehrsteilnehmerin war Bettina an diesem Tag untauglich, denn sie war mit ihren Gedanken überall, nur nicht vor Ort.

»Hast du das Gesicht der Staatsanwältin gesehen, Holger, als das Urteil verkündet wurde? Der ist die Kinnlade heruntergefallen, dass es nur so gekracht hat. Geschieht ihr ganz recht.«

»Muss der Staat in solchen Fällen keine Entschädigung zahlen?«, fragte Finn.

Bettina jauchzte. »Ha! Ich habe mich schon erkundigt, die Summen sind echt lachhaft. Selbst wenn ich der verlorenen Arbeitszeit deines Vaters nur den Mindestlohn zugrunde lege, dann komme ich schon auf den doppelten Betrag, den die uns bewilligen wollen. Dass einem Hotelmanager wie dir, Holger, mehr als der Mindestlohn zusteht, steht ja wohl nicht zur Debatte. Also ehrlich, wir sollten dagegen klagen.«

»Ja, warum nicht?«, rief Finn. »Wir gehen bis vors Verfassungsgericht.«

»Dein Sohn hat recht. So dürfen die nicht mit uns Bürgern umspringen. Vierzigtausend Euro, so viel schulden die uns mindestens.«

Eine Stunde, die Bettina wie wenige Minuten vorkam, und gefühlt zehntausend Wörter später hatte sich ihr Zorn halbiert, und das ganze Thema war erledigt. Ihr war klar, dass es keine Klage geben würde. Holger war nicht der Typ dafür und sie selbst noch weniger. Dennoch hatte es gutgetan, darüber zu reden.

Ein Moment der Stille genügte, damit Bettina ein neues Thema fand.

»Die Journalistin, die diesen unsäglichen Artikel geschrieben hat, war auch da, und ich habe ihr gehörig die Meinung gegeigt.«

Holger lächelte kurz. Er war mit ihrer speziellen Art vertraut, anderen Leuten die Meinung zu geigen, und hatte sie schon oft damit aufgezogen.

»Diese Frau Kagel weigert sich, über den Freispruch zu schreiben. Zuerst war ich sauer, aber wenn ich es mir recht überlege, ist das eigentlich ein gutes Zeichen.« Sie wartete darauf, dass er sie fragte, von welchem Zeichen sie sprach. Sie wartete eine halbe Minute. »Du bist keine Story mehr. Wir sind keine Story mehr. Die Sache ist endlich und endgültig vorbei.«

Da war es wieder, dieses Wort, das ihr an diesem Tag honigsüß auf der Zunge lag. Vorbei.

Erneut wurde es ruhig im Auto, und wie immer hielt Bettina es nicht lange aus. Sie brachte Holger, was Hotel und Restaurant anging, auf den neuesten Stand, der sich allerdings nur wenig von dem einige Tage vor der Urteilsverkündung unterschied, ebenso von dem eine Woche, zwei Wochen, zwei Monate vorher … Die Stille hatte für sie etwas Beängstigendes. Vielleicht hing es mit dem Ende des Prozesses zusammen –

oder mit dem Beginn eines ganz anderen Prozesses, denn sie hatte vor vier Tagen mit dem Rauchen aufgehört.

Mit aller Kraft kämpfte Bettina gegen die Tränen an, die ohne Vorwarnung in ihr aufstiegen – und verlor. Holger versuchte, sie in den Arm zu nehmen, aber sie bedeutete ihm, dass sie einen Moment allein sein müsse. Sie hielt an, ging ein paar Schritte um eine Pappel herum und gab Finn ein Zeichen, dass er nicht aussteigen solle, ehe sie kommentarlos mit geröteten, aber trockenen Augen auf den Fahrersitz zurückkehrte.

Als Holger fragte, ob er fahren solle, lehnte sie ab. Nur ungern war sie Beifahrerin, das war immer schon so. Es lag wohl daran, dass sie die Dinge gerne unter Kontrolle hatte. Genau deswegen – mal von allem anderen abgesehen – waren ihr die letzten zehn Monate auch unerträglich gewesen. Nicht anders, als wenn Holger gestorben wäre, war er ihr von einem Augenblick zum anderen genommen worden. Morgens hatten sie noch zusammen gefrühstückt, eine Stunde später holten sie ihn ab. Doch um einen toten Mann konnte man trauern, man konnte sich all die schönen Augenblicke mit ihm in Erinnerung rufen, um sich irgendwann auf sich selbst zu besinnen und über die Zukunft nachzudenken. Ein Mann im Gefängnis, noch dazu unter Mordverdacht, das war wie Klebstoff an den Füßen, der einen nirgendwo hingehen und an nichts anderes denken ließ.

»Du weißt ja gar nicht, wie schwer das alles für *mich* war«, blubberte es wie überkochende Milch aus ihrem Mund. Sie wollte es gar nicht aussprechen, es passierte einfach.

»Was hast du gesagt?«

»Ach, nichts.«

Ihr siebzehnjähriger Sohn begann: »Mama hat gesagt, dass es auch für sie …«

»Bitte nicht, Finn.« Ein kurzer Augenkontakt genügte, und er gab klein bei. Der Junge wusste, wie schwer es für sie gewesen war und umgekehrt, doch nur selten hatten sie den Fall thematisiert. Finn hatte seinen Fußball, sie ihre Arbeit – das war ihnen Gesprächsstoff genug gewesen.

Erneut wurde es beängstigend ruhig.

Holger war ganz anders als sie. Weder jetzt noch während der Untersuchungshaft hatte er wie jemand gewirkt, dem man den schwersten Vorwurf des Strafgesetzes zur Last legte. Allenfalls war er noch in sich gekehrter als sonst, und er wirkte erschöpft. Bettina hatte sich hingegen zehn Monate lang schrecklich aufgeregt. Von Erschöpfung war jedoch auch jetzt keine Spur, neben überschäumender Erleichterung empfand sie nur Wut und Empörung darüber, dass das Schicksal ausgerechnet ihrer Familie so hart ins Gesicht schlug.

Sag was, sag irgendetwas, dachte sie.

Holger redete weniger als andere Leute – weniger als Bettina sowieso –, doch das Gesagte hatte stets Hand und Fuß, so als entspringe es langem Nachdenken und tiefer Überzeugung. Er war immerzu konzentriert, fasste stets nur eine Sache an und brachte sie zu Ende. Auch darin unterschied er sich von ihr, die zwanzig Dinge anfing und an allen ein bisschen herumbastelte. Man musste sie beide nur ansehen und hätte fast alles über sie gewusst: sie zappelig und mit geröteten Augen hinter dem Steuer, er fast reglos auf dem Beifahrersitz, seine warme Hand in ihrem kalten Nacken, seine Augen so braun und kraftspendend wie zwei eichene Krücken, an denen sie sich aufrichtete.

Perfekt spiegelte Holgers Gesicht sein Wesen wider – geschmeidig, ohne Kanten, symmetrisch. Wie sehr sie sein Lächeln vermisst hatte, diese leichte Ironie auf seinen Lippen, mit der er sich über ihre Emotionalität, die Sprechdurchfälle, die Ruhelosigkeit und die vielen Wiederholungen amüsierte. Oft hatte allein dieses Lächeln es geschafft, dass sie innegehalten und mit Holger herzlich gelacht hatte.

»Ich bin froh, dass du wieder da bist«, sagte sie. Nach diesem Satz, so unscheinbar er auch war, fühlte sie sich deutlich besser, so als sei erst damit sichergestellt, dass alles wieder wie früher war.

Am Hotel angekommen, ging Holger nicht sofort ins Foyer, auch nicht ins benachbarte Cottage, in dem sie wohnten, sondern verharrte eine Minute vor dem Eingang. *Gut Trenthin* lag auf einem Hügel, links und rechts Mischwald, dazwischen eine Schneise von siebzig, achtzig Metern mit Pferdekoppeln, die den Blick auf Peenestrom und Achterwasser freigaben. Die Mischung aus Grasduft, spielenden Fohlen und dem Bodden, der mal wie geschmolzenes Blei, mal wie flüssiges Gold unter dem weiten Himmel Usedoms ruhte, war das Geheimnis, der Zauber, der die Ruhe suchenden Gäste wiederkommen ließ. Es gab schickere, aufregendere Orte auf Usedom, aber Bettina und Holger hatten damals voller Überzeugung entschieden, das ererbte Hotel im stillen Achterland weiterzuführen.

Bettina stammte nicht aus der Region, sie war in der Pfalz aufgewachsen. Doch die Landschaft hier, in der das Wasser allgegenwärtig war, wo es nach Schilf, alten Stegen und Bootsrümpfen roch, wo man keinen Spaziergang machen konnte, ohne auf das Meer, einen See oder einen Kanal zu stoßen, diese Landschaft hatte sie vom ersten Tag an in ihren Bann gezogen.

Und Holger ebenfalls. Wenn sie ihn in diesem Augenblick betrachtete, während sein Blick über die Landschaft schwebte und er eine Buchecker vom Boden aufhob, die er langsam öffnete und aß, dann war sie nicht nur in ihren Mann verliebt. Sie war auch in seine Gesten verliebt, in seine Haare und die Art, wie er sich kleidete, halb Junge vom Land und halb Landedelmann, bodenständig, mit einem Touch zum Eleganten. Sie hatte seinen Stil kopiert, damit sie auch optisch perfekt zusammenpassten.

Im Foyer, zugleich Café und Bar, hatte sich nichts verändert. Es war ganz und gar Holgers Schöpfung. Wie eine Gralswächterin hatte Bettina seit seiner Verhaftung über die stilvolllegere Melange gewacht, die sich in jedem Detail ausdrückte. Natürlich war ihr gar nichts anderes übriggeblieben, als am laufenden Band Entscheidungen zu treffen, angefangen damit, welches Begrüßungsherzchen sie aufs Kopfkissen legen sollte bis hin zur Ausgestaltung des Wellnessbereichs. Allerdings hielt sie sich nicht für besonders talentiert, ein Hotel zu leiten, zu schnell wurde sie unruhig, wenn ein Plan nicht aufging. Die Übersicht verlor sie dagegen nie, ganz einfach deshalb, weil sie keine Übersicht hatte.

Das war ihr weder in die Wiege gelegt noch anerzogen worden. Ihrem Vater, einem Physikprofessor, war die Ordnung des Universums stets weit wichtiger gewesen als die Ordnung zu Hause, und ihre Mutter war bereits damit überfordert, einen Terminkalender zu führen. Ihre Eltern waren sehr herzliche Menschen – auf ein Leben an der Seite eines besonnenen, vorausschauenden Unternehmers hatten sie Bettina jedoch nicht vorbereitet.

Für Holgers Heimkehr war sie über sich selbst hinausgewachsen und hatte alles picobello herrichten lassen, ein i-Tüpfelchen ans andere gereiht. Aus unsichtbaren Lautsprechern tröpfelte Wohlfühlmusik, neue Deckenventilatoren verbreiteten den Duft frischer Blumensträuße, und die Hotelgäste saßen eingesunken in von Bettina ausgewählten Designersesseln bei Longdrinks und Prosecco. Die Keramiken und aus Schilfrohr gefertigten Skulpturen einer ortsansässigen Künstlerin hatte noch Holger ausgesucht. Alles zusammen prägte den Saal, dessen Eleganz mit der Schlichtheit der Region korrespondierte.

Durch das Foyer rannte ihr jüngerer Sohn Patrick auf seinen Vater zu und stürzte sich in seine Arme. Der Rezeptionist begrüßte Holger mit ausgestreckter Hand und einem formvollendeten Glückwunsch zum Freispruch, gerade so laut, dass es nicht genuschelt und trotzdem für die Gäste unhörbar war. Neugierige Fragen waren das Letzte, was sie jetzt gebrauchen konnten. Er war ein erfahrener Hotelangestellter, der seinen Beruf von der Pike auf gelernt hatte und seit vierzig Jahren ausübte, trotzdem bemerkte Bettina den Zweifel in seinen Augen, ob er nicht gerade einem Mörder die Hand schüttelte.

Wie ein Blitz traf sie die Angst, dass ein solcher Zweifel aus ihrem tiefsten Innern irgendwann auch in ihre Augen wandern könnte.

Das lasse ich nicht zu, dachte sie mit einer Entschiedenheit, dass sie einen Moment lang nicht wusste, ob sie den Satz laut ausgesprochen hatte.

Energisch stellte sie sich der Angst entgegen.

Es ist vorbei. Es ist vorbei. Es ist vorbei.

Am liebsten hätte sie sich auf der Stelle eine Zigarette angezündet. Stattdessen tat sie, was sie sonst nie tat. Vor den

Augen des Personals, ihrer Söhne und einiger Gäste umarmte sie ihren Mann und küsste ihn.

Einige Monate später, September

Ich stand vor Trümmern, und dies gleich in zweifacher Weise. Die einen waren physisch, unübersehbar lagen sie mir schwarz und stinkend zu Füßen. Die sieben steinernen Stufen zum Eingang waren so gut wie das Einzige, was von dem Gebäude intakt geblieben war. Das alte Fachwerkhaus, in dem bis vor einhundert Jahren die Bediensteten der Gutsherren untergebracht waren, hatte in der Stunde seines Endes vier Menschen mit in den Tod genommen. Etwa ein halbes Jahr zuvor war ich an diesem Ort zum ersten Mal auf Bettina Simonsmeyer getroffen. Genau an der Stelle, wo wir uns zur Begrüßung und zum Abschied die Hand gegeben hatten, verlief nun das Absperrband der Feuerwehr.

Ich ignorierte es, tauchte darunter hindurch und befand mich mitten in der Hölle. Über mir verkohlte Holzbalken, die nichts mehr zusammenhielten, vor mir ein entzweites Treppengeländer, auf dem vielleicht jemand in die Tiefe gestürzt war. Hier ein Handy, mit der Hülle verschmolzen, dort eine Programmzeitschrift, in der jemand eine Dokumentation über die Bretagne angekreuzt hatte und nicht mehr dazu gekommen war, sie anzuschauen. Jeder Gegenstand bekam in diesem erloschenen, erstarrten Inferno eine tragische Note – der zerplatzte Fußball mit den Unterschriften darauf ebenso wie die von Brandlöchern übersäte Spitzenbluse oder der selbstgebastelte Pferde-Bildband mit der Widmung: »Für Papa von Patrick – alles Gute zum Geburtstag.«

An die Einrichtung des Cottages, wie die Familie Simonsmeyer ihr Haus nannte, konnte ich mich noch gut erinnern. Es kam tatsächlich meiner Vorstellung von einem englischen oder irischen Landhaus nahe. Sehr gemütlich, gedeckte Farben, ein Karomuster hier und da …

Ein Windstoß wirbelte Asche auf und trieb sie in meine Richtung. Instinktiv wandte ich mich ab, um meine Augen zu schützen, in Wahrheit wohl eher angeekelt von der Vorstellung, welche Überreste sich da gerade in meinen Haaren verfingen. Das Lieblingsbuch eines der Opfer oder ein Kissen zum Knuddeln?

Ich streifte die Asche von den Armen. Wenn es nur genauso leicht gewesen wäre, die Selbstvorwürfe abzustreifen, die mich inmitten dieser Zerstörung noch stärker plagten als in den Tagen zuvor.

»Sie dürfen sich hier nicht aufhalten«, sagte eine Stimme aus dem Off.

Ich drehte mich in alle Richtungen, aber da war keiner. Wieder wirbelte der Wind Asche auf, eine graue Wolke stob um den Ziegelkamin herum, der früher in der Mitte des Wohnzimmers gestanden hatte. Ein Mann kam dahinter hervor.

Ich blinzelte. Wer auch immer das war, einen theatralischeren Auftritt konnte man nicht hinlegen.

»Falls Sie den Wind unter Kontrolle haben«, rief ich ihm noch immer blinzelnd zu, »könnten Sie ihm bitte befehlen, sich zu beruhigen?«

Er kam näher. »Es wird meine Vorgesetzte freuen, dass Sie

unserer Behörde so viel Macht unterstellen.« Als er direkt vor mir stand, sagte er: »Was tun Sie hier?«

In meinem Job ist man besser darin, Fragen zu stellen als Antworten zu geben. »Wer sind Sie?«

Dem Körperbau nach zu schließen, gehörte er einer Soko der Polizei an, und dem hellgrauen Anzug, dem nachtblauen Hemd und der karminroten Krawatte nach in eine höhere Charge. Er war knapp einen Meter fünfundachtzig groß, etwa so alt wie ich und hatte nur noch ein paar Haare auf dem Kopf, die einen Millimeter lang waren. Ich fand, mit diesen Augen und dem Kinn hätte er glatt einen toughen Fernsehkommissar abgeben können.

Statt eines Dienstausweises überreichte er mir eine Visitenkarte.

»Carsten Linz, Staatsschutz«, murmelte ich. »Das heißt, die Generalbundesanwältin in Karlsruhe hat den Fall an sich gezogen?«

»Die Pressemitteilung ist vor einer Stunde raus.«

Bereits einen Tag nach dem Brand bei den Simonsmeyers war der vorläufige Bericht der Feuerwehr durch alle Medien gegangen. Man hatte Brandbeschleuniger am Tatort gefunden. Es handelte sich also um ein Verbrechen, und da der Staatsschutz sich eingeschaltet hatte, ging es vermutlich um mehr als einfache Brandstiftung.

»Sie vermuten demnach ein staatsgefährdendes Delikt? Lynchjustiz? Wutbürger?«

»Alles, was Sie da aufzählen, wäre geeignet, einen Anschlag auf die Grundfesten der Bundesrepublik darzustellen. Aber Sie müssen zugeben, dass Sie sehr viel mehr von mir wissen als umgekehrt.«

»Ja, das gebe ich zu.« Ich überreichte ihm meinerseits eine Visitenkarte. »Presse.«

»Wie überraschend«, entgegnete er ironisch. »Und ich dachte, Sie wären eine normale Gafferin. Dabei sind Sie eine mit Lizenz.«

Ich atmete tief durch. »O ja, ich war ein böses Mädchen und habe das Absperrband der Feuerwehr ignoriert.«

»Ich kenne Sie irgendwoher. Doro Kagel, Doro Kagel. Aus dem Fernsehen. Sie tingeln regelmäßig durch die Talkshows.«

»So wie Sie das ausdrücken, hört es sich an, als ginge ich auf den Strich.«

»Dies ist ein freies Land. Sie dürfen gehen, auf was Sie wollen. Hauptsache, Sie machen dabei nichts kaputt.«

»Verlassen Sie das Haus immer ohne Ihren Charme?«

»Meinen Charme habe ich in einer Kiste im Keller eingelagert und lasse ihn nur einmal im Jahr zu Weihnachten raus. Wollen wir zusammen essen?«

Mir verschlug es drei Sekunden lang die Sprache. »Natürlich nicht. Ich bin verheiratet«, sagte ich, was ich gleich danach ein bisschen blöd fand.

Er wohl auch, denn er erwiderte: »Ich bin mir nicht bewusst, Ihnen einen Heiratsantrag gemacht zu haben. Mir ist nur gerade eingefallen, dass ich Ihren Namen nicht bloß aus dem Fernsehen, sondern auch aus den Ermittlungsakten kenne, und ich dachte, in einem Restaurant spricht es sich besser als in einer rauchenden Ruine.«

Ich vermied es, auf sein Angebot einzugehen, nicht etwa, weil ich keinesfalls mit ihm in einem Restaurant sitzen wollte. Vielmehr wollte ich das Gespräch nur schnellstens hinter mich bringen.

»Ich stehe in den Ermittlungsakten, weil mich Frau Simonsmeyer zwei Tage vor ihrem Tod angerufen hat.«

»Bettina Simonsmeyer?«

»Ja. Sie hat sich bedroht gefühlt und …«

»Von wem?«

»Namen hat sie, glaube ich, keine genannt. Sie hat von Leuten aus dem Dorf gesprochen …«

»Welchen Leuten?«

Ich weiß es nicht. Sie hat eine Minute lang ohne Punkt und Komma geredet. Ich bin fast überhaupt nicht zu Wort gekommen.«

»Mich interessiert nicht weiter, was Sie erwidert haben, Frau Kagel, sondern was Frau Simonsmeyer gesagt hat. In einer Minute wird man eine Menge Information los. Sie muss doch in irgendeiner Weise konkret geworden sein.«

»Das habe ich alles schon den Herren von der Kripo erzählt. Sie wurde nicht konkret, zumindest erinnere ich mich nicht.«

»Das Telefonat war vor vierzehn Tagen, nicht vor vierzehn Jahren.«

»Was ich meine, ist, dass ich nicht … nicht …«

»Was?«

»Nicht richtig … hingehört habe.«

»Sie haben ihr nicht zugehört?«

»Ich weiß, wie das klingt, aber …«

»Ich weiß auch, wie das klingt. Eine verzweifelte Frau ruft Sie an, eine Person, die Sie kennen und die wenige Wochen zuvor ihr Innerstes vor Ihnen ausgebreitet hat. Jemand, von dessen Informationen Sie sehr profitiert haben, nehme ich an.«

»Ja.«

»Angeklagt im Paradies«, zitierte Linz den Titel meines Artikels über den Fall Simonsmeyer.

»So ist es.« Ich vermochte seiner Stimme nicht zu entnehmen, ob da Ironie mitschwang, und auch ein kurzer Blick in sein Gesicht half mir nicht weiter. Stand der Titel einfach nur in den Akten? War die ganze Reportage beigefügt? Oder hatte er sie gelesen, als sie Ende Januar in einer Auflage von mehr als einer Million Exemplaren erschienen war?

Angeklagt im Paradies. Ich war sechs Monate zuvor genau dort, wo ich nun stand, auf der Schwelle des Simonsmeyer-Hauses, darauf gekommen, und zwar gleich nachdem ich aus dem von behaglichem Kaminfeuer erwärmten Wohnzimmer in die windstille Kälte getreten war. Einen schöneren Januartag konnte es in diesen Breiten nicht geben – verzaubert von einer weißen Sonne, die starr über dem milchig schimmernden Bodden schwebte, starr wie ein Gemälde, von dem man die Augen nicht abwenden konnte. Mir war noch warm vom Früchtetee, mit dem die Hausherrin mich bewirtet hatte, und der Geschmack des Kandis lag mir noch im Mund. Es war still. Ein paar Möwen schrien, das war alles. Nirgendwo ein Windrad oder ein Strommast, der daran erinnerte, dass wir das einundzwanzigste Jahrhundert schrieben. Zwischen den kahlen Ästen schimmerte eisblau das einstige Gutshaus, das die Simonsmeyers als Hotel führten. Stolz und nobel, familiär und heimelig ruhte es zwischen den Stallungen, den winterlichen Weiden und Wassern.

Angeklagt im Paradies. Meine Augen suchten den Apfelbaum mit dem Vogelhäuschen, fanden jedoch nur den verkohlten Stamm.

Bei meinem ersten Besuch hier kam der jüngere Sohn der

Simonsmeyers hinter mir aus dem Haus gerannt, sagte »Hallo«, streute Sonnenblumenkerne und Haferflocken in das Häuschen und hängte einen Knödel dazu. Anschließend rief er mir ein fröhliches »Tschüss« zu und schloss glücklich die Tür. Ich glaube, das war der Moment, als ich mir ein paar Sekunden lang wünschte, der Vater des Jungen würde freigesprochen.

»Und Sie haben Bettina Simonsmeyer nicht zugehört, als sie Sie nach dem Prozess noch mal anrief?«

»Sie hatte einfach einen blöden Moment erwischt, okay?«, blaffte ich, entfernte mich ein paar Schritte von ihm und wandte mich ab, da ich mit den Tränen rang. Dreckig und nackt, so fühlte ich mich. Wie eine ertappte Kaufhausdiebin, nur zehnmal so schlimm. Man schaute auf mich. Man schüttelte den Kopf. Man zeigte mit dem Finger auf mich.

»Wir haben etwas gemeinsam«, sagte Linz, und als ich ihm einen befremdeten Blick zuwarf, ergänzte er: »Wir sind beide hier, weil wir unserer inneren Stimme gefolgt sind.«

Eine halbe Stunde später saßen wir in einem Imbiss am Ostseestrand in Bansin. Mein Mittagessen bestand aus einer Tasse Cappuccino, seines aus einer lokalen Spezialität, zwei Rauchwürsten, die er mit der Hand aß, sowie einem alkoholfreien Insel-Bier, mit dem er die Würste hinunterspülte. Um uns herum herrschte reges Treiben, denn der Septembertag war mild.

Ich lächelte. Seit jeher war mir die Hochsaison verhasst, wenn sich an den Stränden Europas von Schweden bis Portugal die Menschen drängten. So sehr ich den Hoteliers, Gastronomen und Ladenbesitzern diese Phase gönnte, in der sie sich die Taschen füllen konnten, um die kargeren Monate zu überstehen, so wenig trug ich selbst dazu bei. Mich im Juli oder August in Urlaub zu schicken, wäre eine Strafe, keine Erholung. Der September hingegen war mein Monat. Die größte Hitze war vorüber, aber es war noch nicht kühl, das Licht war schon leicht blässlich, doch noch nicht herbstlich, die Küsten und Landschaften waren nach wie vor belebt, jedoch nicht mehr überfüllt. Fast überall bekam man einen Platz, auch ohne zu reservieren, die Preise fielen leicht, und in den Hotels atmete das Servicepersonal auf und widmete sich den Gästen mit größerer Aufmerksamkeit. Doch verglichen mit Trenthin war Bansin sogar im September ein Rummelplatz.

Meines Erachtens bestand Usedom im Grunde aus drei Inseln. Nicht im geografischen Sinn, natürlich. Die Orte an der Ostseeküste von Peenemünde bis zur polnischen Grenze bei Ahlbeck waren im Sommer quirlig und vergleichsweise mondän – Seebäder eben, denen die Gemütlichkeit trotz des Touristenansturms zum Glück nicht verloren gegangen war. Besonders die drei »Kaiserbäder« Bansin, Heringsdorf und Ahlbeck präsentierten sich herausgeputzt. Entfernte man sich allerdings von der Küste und fuhr ein paar Kilometer nach Süden ins sogenannte Achterland, war man in einer anderen Welt. Die Landschaft war besprenkelt mit Waldschlösschen, alten Steinhäusern, idyllisch gelegenen Gehöften, Mühlen, schilfgesäumten Kanälen sowie Mohn- und Rapsfeldern, an denen man auf scheinbar endlosen Alleen vorbeiglitt. Die Küsten des Achterlandes waren der offenen See abgewandt, und die Wasser dieses Boddens waren glatt und friedlich, sie rochen grasig, erdig und schwer.

Die »dritte Insel« bestand aus dem Lieper Winkel, benannt nach der Ortschaft Liepe. Alles, was man am Achterland schätzte, war auch dort reichlich vorhanden. Doch die Gezeiten und die Zeit hatten es so gewollt, dass der Lieper Winkel sich von der übrigen Insel fast abgelöst hatte und wie eine große grüne Blase in den graublauen Bodden ragte. War das Achterland ländlich, so war der Lieper Winkel abgeschieden, war das Achterland malerisch, so war der Lieper Winkel romantisch. Bei Spaziergängen kam man an Katen vorbei, vor denen die Fischer ihre Netze zum Trocknen spannten. Vor einsam gelegenen Reetdachhäusern wuchsen riesige Hortensienbüsche, und man wäre kaum überrascht gewesen, hätte die Goldmarie aus dem Fenster gewunken. Die Waldwege waren noch idyllischer, die Obstbäume noch älter, die umherwandernden Störche noch zahlreicher als anderswo auf der Insel.

Und genau dort waren binnen eines Jahres sechs Menschen eines gewaltsamen Todes gestorben – zwei hatte man mit durchtrennter Kehle im Wald gefunden, vier waren einem Brandanschlag zum Opfer gefallen. Einige deutsche Medien hatten dem betulichen Usedom daraufhin den Titel »Mörderinsel« verliehen, was ich ungerecht fand.

»Wollen Sie wirklich nichts essen?«, fragte Linz und unterbrach meine Gedanken.

»Nein, danke. Ich esse recht wenig und mittags gar nichts.«

»Das sieht man«, sagte er, und ich wusste nicht, auf welchen Teil meiner Antwort sich seine Bemerkung bezog.

Tatsächlich hatte ich in den vergangenen Jahren kontinuierlich abgenommen und passte inzwischen problemlos in italienische Designerklamotten, die ich mir dann doch nicht kaufte. Yim sagte manchmal, andere Frauen würden für meine Figur morden und ich würde noch nicht einmal einen Finger dafür krumm machen. Tatsächlich trieb ich weder Sport noch zählte ich Kalorien. Ich arbeitete einfach nur höllenmäßig viel. Immerhin ließ ich mir regelmäßig für teures Geld hellblonde Strähnen in die schulterlangen Haare machen. Und ich war auf den Trick mit dem Etuikleid gekommen: morgens einfach eines dieser schlichten Kleidungsstücke überstreifen, es durch ein schickes Accessoire wie eine Weste oder einen Schal ergänzen, und fertig ist die mondäne Frau von heute. Yim gefiel es. Er sagte, mit dem Look könnte ich sowohl die Happy Hour in New York bestreiten wie auch den Mekong auf einer Dschunke überqueren. Na, wenn er meinte …

Linz, der ein Gesicht machte, als interessierten Kleider ihn nicht sonderlich, wischte die Finger an der Papierserviette ab, trank einen großen Schluck Bier, lehnte sich über den Tisch und sah mich ziemlich direkt an, ohne etwas zu sagen.

Ich wusste auch so, welche Frage ihm auf der Zunge lag.

»Sie wollen immer noch wissen, wieso ich Frau Simonsmeyers Anruf nicht die nötige Aufmerksamkeit geschenkt habe?«

»Das haben Sie ganz wunderbar formuliert. Darüber hinaus wäre ich Ihnen zutiefst verbunden, wenn Sie so freundlich wären, die Behörden bei der Mordermittlung zu unterstützen. Aber nur, wenn es Ihnen keine allzu großen Umstände macht.«

Er machte sich offenbar gerne über mich lustig.

»Frau Simonsmeyer war nicht in meinen Kontakten gespeichert, daher habe ich nur eine Handynummer auf dem Display gesehen.«

»Heißt das, Sie hätten das Gespräch weggedrückt, wenn Sie vorher gewusst hätten, wer dran ist?«

»Ist das von Belang für Ihre Ermittlungen?«

»Nein«, sagte er und fuhr mit der Zunge über die Zähne.

»Ich würde nur gerne verstehen, wie Sie ticken.« Er zögerte. »Sie ticken doch, oder? Ich meine, wir alle ticken … irgendwie.«

»Ich weiß nicht, worauf Sie hinauswollen.«

»Ich auch nicht.« Er holte seinen Notizblock hervor und notierte etwas. Zwei weitere Würste und ein Bier hätte ich ihm ausgegeben, um zu erfahren, was er da kritzelte. Dann legte er den Stift auf den Tisch und sagte: »So, Fall gelöst.«

Ich schaute ihn an wie ein Hund, der keine Ahnung hat, was Herrchen von ihm will.

»Kleiner Scherz.« Er lachte kurz und wurde gleich wieder ernst. »Ich möchte, dass Sie eines verstehen. Sie waren die letzte Person von außerhalb der Insel, mit der Bettina Simonsmeyer gesprochen hat.«

»Ich? Sind Sie sicher?«

»Zumindest soweit wir wissen.«

Das war mir nicht klar gewesen, und selbstverständlich fühlte ich mich in dieser Rolle äußerst unwohl. Krampfhaft versuchte ich, mich an Details zu erinnern – vergeblich. Der Anruf war ja kein expliziter Hilferuf gewesen. Sie hatte weder geweint noch geschrien, sondern einfach nur sehr schnell gesprochen, mit zunehmender Vehemenz.

»An eine Bemerkung erinnerte ich mich dann doch noch. Im Hinblick auf den Titel meines Artikels im vergangenen Winter sagte sie, aus *Angeklagt im Paradies* sei inzwischen *Angeklagt vom Paradies* geworden.«

Kommentarlos kritzelte Linz in seinen Block.

»Das ist alles«, sagte ich.

»Wie sind Sie mit ihr verblieben?«

»Ich sagte ihr, dass ich sie zurückrufen würde.«

»Und? Haben Sie sie zurückgerufen?«

»Auf meinem Tisch lag die Sache mit dem Polizisten, der seine Eltern und die Verlobte mit der Dienstwaffe erschossen hat. Und die der Krankenschwester, die im Hospiz fünf Menschen vergiftete. Dazu die in Kürze erwarteten Urteile gegen die Oberhäupter der mazedonischen Mafia, nicht zu vergessen der Prozess gegen den Kindermörder von Hohen Pelchgau…« Ich versuchte im Gesicht meines Gegenübers zu lesen, das mich direkt ansah, doch es war wie eine aufgeschlagene Buchseite ohne Buchstaben. »Nein«, gestand ich ein. »Ich habe sie nicht zurückgerufen, da ich mich mit meiner Arbeit völlig eingekapselt hatte. Natürlich war ich bestürzt, als ich von dem Geschehen erfuhr.«

Das klang alles so abgedroschen, schon tausendmal, gefühlt eine Million Mal benutzt. Selbstverständlich hatte mich die Brandkatastrophe von Trenthin erschüttert, immerhin hatte ich die vier Toten gekannt. Was ich Linz über den Anruf und meine Arbeit erzählt hatte, entsprach der Wahrheit. Weshalb ich Bettina Simonsmeyer nicht zurückgerufen hatte, hatte jedoch einen anderen, viel banaleren Grund, den ich Linz gegenüber unerwähnt ließ, auch weil er für seine Ermittlungen bedeutungslos war. Inzwischen war es mir peinlich, aber ich hatte Bettina Simonsmeyer nicht besonders gut leiden können. Mir ist bewusst, dass das äußerst unprofessionell erscheint, und wäre dies der einzige Grund, wäre ich eine miserable Journalistin. Immerhin ist der Umgang mit Menschen, die man unsympathisch findet, das Brot meiner Zunft, erst recht für Gerichtsreporter. Zusammengenommen mit den anderen Gründen kann das jedoch den Ausschlag geben.

Was fand ich denn eigentlich so unsympathisch an ihr?

Die Redseligkeit? Sie war äußerst mitteilsam, bis an die

Grenze des gerade noch Erträglichen. Vielleicht hatte sie deswegen so wenige Freunde gehabt. Doch es steht mir nicht zu, darüber zu urteilen, davon abgesehen könnten Journalisten ohne gesprächige Menschen einpacken. Ihre plumpe, fast schon penetrante Art, mir ihre Sichtweise in den Block zu diktieren? Das hätte sie zwar ein bisschen subtiler anstellen können, aber letztlich würde das jeder in ihrer Situation versuchen: sich und den Ehegatten im besten Licht erscheinen zu lassen, der bösen Welt die Schuld zuzuschieben und sämtliche Ungereimtheiten unter den Tisch fallen zu lassen. Dafür hatte ich Verständnis.

Dass sie geraucht hatte wie ein Schlot, viel zu viel für meinen Geschmack? Nein, auch das war ich von anderen Interviewpartnern gewöhnt.

Nein, es war viel profaner. Während der beiden mehrstündigen Treffen hatte sie permanent meine Komfortzone durchbrochen. Andauernd hatte sie mir an den Arm gefasst, mehrmals meine Schulter gestreichelt. Sie hatte meine Hand ergriffen, um den geerbten Ring zu bewundern, hatte meine Halskette betastet, ohne vorher zu fragen, war mehr als einmal dicht mit ihrem Gesicht an meines gekommen … Eine solche Körperlichkeit gestattete ich guten Freundinnen, nicht jedoch einer Fremden. Ich mochte es nicht, ständig angefasst zu werden, und erduldete die allzu große physische Vertrautheit nur deshalb widerspruchslos, um die Atmosphäre des Treffens nicht zu zerstören. Immerhin hatte sie – da ihr Mann mir ein Interview verweigert hatte – neben den Eltern des Opfers im Mittelpunkt meiner Reportage gestanden.

Hatte diese Eigenart Bettinas es mir so leicht gemacht, den Rückruf zu vergessen? Hätte ich womöglich für jemanden, der mir überaus sympathisch war, einen zweiten Artikel verfasst?

Und hätte dieser zweite Artikel irgendetwas an dem geändert, was geschehen war?

Zumindest auf die letzte Frage gab es eine eindeutige Antwort. Nein, er hätte nichts geändert, allein aus dem Grund, dass er nicht mehr rechtzeitig publiziert worden wäre. Und zwar selbst dann nicht, wenn ich mich sofort nach Bettinas Anruf an die Arbeit gemacht hätte.

Seltsamerweise änderte diese Tatsache wenig an meinem schlechten Gewissen. Der Mann vom Staatsschutz hatte recht – ich war wegen meiner inneren Stimme nach Usedom gekommen.

»Ich war wirklich bestürzt«, ergänzte ich meine Aussage, so als ob dieses eine Wörtchen einen Unterschied machte.

Der Blick, den Linz mir zuwarf, schien mich in eine Ecke zu drängen, aber vielleicht bildete ich mir das auch nur ein, denn wenn man Selbstzweifel hat, meint man überall Zweifel zu erkennen. Jedenfalls wollte ich unbedingt raus aus dieser Ecke, wenn möglich auf elegante Weise.

»Sie sagten vorhin, Sie seien ebenfalls einer inneren Stimme gefolgt, Herr Linz.«

Er klappte sein Notizbuch zu und nickte. »Ich habe die Generalbundesanwältin um diesen Fall gebeten.«

Am liebsten hätte ich nun mein Notizbuch aufgeklappt. »Was ist an diesem Fall so speziell?«

»Das meinen Sie nicht im Ernst!«

»Bevor Sie einen Herzkasper kriegen … ich formuliere neu. Was ist an diesem Fall so speziell, dass Sie die Ermittlungen nicht einem Ihrer Kollegen überlassen wollten?«

Er leerte sein Bierglas und leckte sich den Schaum vom Mund. »Werden Sie über die Tragödie recherchieren?«

Ich überlegte kurz. »Das ist eigentlich nicht mein Metier, solange Sie niemanden angeklagt haben.«

»Haben Sie nicht schon einmal ein Verbrechen aufgeklärt?«

Er war wirklich gut informiert. Tatsächlich hatte ich vor Jahren schon einmal in einem ungeklärten Mordfall recherchiert, der sogenannten »Blutnacht von Hiddensee«, bei der drei Menschen ums Leben gekommen waren. Letztendlich hatten meine Nachforschungen zum Ermittlungserfolg geführt, wodurch ich mir einen Namen als Kriminaljournalistin machte. Sowohl beruflich als auch privat hatte das schreckliche Ereignis von Hiddensee mein Leben zum Besseren verändert, denn meine Karriere machte einen Sprung, und ich lernte Yim kennen.

»Falls Sie befürchten, dass ich Ihnen in die Quere komme, kann ich Sie beruhigen«, sagte ich. »Damals lag der Fall bei den Akten, da war schon eine Staubschicht drauf.«

»Es gibt noch einen weiteren Fall, der zu verstauben droht, nämlich der, ohne den es gar nicht erst zu dem Brandanschlag gekommen wäre.«

»Sie meinen Susann Illing?«

»Wenn die Staatsanwaltschaft sich einmal auf einen Täter festgelegt und ihn vor Gericht gebracht hat und wenn derjenige dann freigesprochen wird, müsste sie theoretisch den Fall neu aufrollen. Praktisch ist der Fall so kalt, dass jede Hand gefriert und abfällt, die nach ihm greift.«

»Schon, aber da gibt es ja noch den zweiten Mord.«

»Denselben Mann noch einmal vor Gericht bringen? Bei dünnerer Beweislage als beim ersten Mal? Klar, warum nicht? Man müsste bloß einen Staatsanwalt finden, dem es egal ist, dass seine Karriere den Verlauf der Aktienkurse am Schwarzen Freitag nimmt.«

»Man hat demnach Holger Simonsmeyer auch für den zweiten Mord in Verdacht?«

Dazu wollte und konnte Linz sich verständlicherweise nicht äußern.

»Wie auch immer«, sagte ich, »das ist nun wirklich Aufgabe der Staatsanwaltschaft, mehr noch, es ist deren Pflicht, so lange zu ermitteln, bis es quietscht.«

»Völlig d'accord. Aber es fehlt in unserem Rechtsstaat an allen Ecken und Enden an Polizisten, Richtern, Staatsanwälten, einer schlanken Bürokratie. Nur an einem fehlt es nicht: an Rechtsanwälten. Davon gibt's genug, und die legen erst mal gegen alles Widerspruch ein, noch bevor sie es gelesen haben. Davon abgesehen sitzt die Staatsanwaltschaft in der Tinte. Der Brandanschlag hat die Verhältnisse auf den Kopf gestellt. Überlegen Sie mal: Wenn die offen gegen Holger Simonsmeyer ermitteln würden, dann hieße es doch gleich, die geben dem Wutbürger nach. Ermitteln sie dagegen in eine andere Richtung …«

»… sind sie Ignoranten, Dilettanten, Hasenfüße«, ergänzte ich seufzend.

Linz war so höflich, den Absender derartiger Vorwürfe unerwähnt zu lassen – die Presse. Irgendwo hatte er ja recht. Und doch auch wieder nicht. Es ist nun einmal eine der Aufgaben der Presse, das staatliche Tun kritisch zu begleiten. Zugleich ist die Medienlandschaft derart vielfältig, dass man es kaum jemals allen Journalisten recht machen kann.

»Es gibt Fälle«, sagte Linz, »bei denen die Öffentlichkeit einem andauernd auf die Finger haut, wenn man sie nicht anrührt. Tut man dann was, macht einen die Öffentlichkeit schnell einen Kopf kürzer, wenn nicht das herauskommt, was sie will. Oder wenn gar nichts herauskommt. Und wenn man sich zwischen der Rute und der Guillotine entscheiden muss ...«

Ich nickte. »Alle warten ab, was Ihre Untersuchung ergibt, damit sich die Lage beruhigt, und dann sehen sie weiter.«

»Hinzu kommt, dass die hiesigen Kollegen derzeit alle Hände voll zu tun haben und angewiesen sind, die Kriminalstatistik zu verbessern. Es wird ihnen also leicht gemacht, sich zurückzuhalten.«

»Ihre Untersuchung dauert wie lange?«

»Bis zum Jahresende habe ich mir nichts weiter vorgenommen.«

»Selbst die heißeste Kartoffel ist bis dahin abgekühlt.«

Natürlich erzählte er mir das alles, damit ich hier und da auf den Busch klopfte, in der Hoffnung, die Staatsanwaltschaft würde davon aufgeschreckt. Seine Ermittlung beschränkte sich auf den oder die Täter des Brandanschlags, während die zwei toten Frauen, die ja erst zur Tragödie geführt hatten, vorläufig ungesühnt blieben. Linz hatte mir keine Geheimnisse verraten, wenigstens keine großen, und unser Gespräch war inoffiziell. Auch hatte er mich zu nichts direkt aufgefordert. Wenn ich zu weit ging, konnte er seine Hände in Unschuld waschen. Andererseits – die beiden toten Frauen schienen ihn zu kümmern, und im Rahmen seiner Möglichkeiten versuchte er, eine Ermittlung anzustoßen.

»Ich soll also ein bisschen für Sie herumschnüffeln?«

Linz zog ein Gesicht wie zu einer uralten Geschichte.

»Und was bekomme ich dafür?«

»Meinen ergiebigsten Dank.«

Ich sah ihn abwartend an.

»Und das gute Gefühl, die Behörden bei ihrer mühevollen Arbeit im Dienst der Bürger unterstützt zu haben.«

»Das ist ja wohl nicht Ihr Ernst.«

»So langsam verblasst der Ruhm, den Sie sich bei der Aufklärung der Blutnacht von Hiddensee erworben haben. Könnte nicht schaden, ihm eine Frischekur zu verpassen.«

»Was denken Sie eigentlich? Dass ich die Protagonistin einer Krimireihe bin? Miss Kagel, oder wie?«

Er dachte einen Augenblick nach, schob den Teller von sich, beugte sich vor und sah mir in die Augen.

»Wenn auch nur die geringste Wahrscheinlichkeit besteht«, betonte er jedes einzelne Wort, »dass der wahre Mörder nicht in Rauch aufgegangen, sondern noch quicklebendig ist, dann sind wir es den Familien der Opfer schuldig, alles in unserer Macht Stehende zu tun, um ihnen Genugtuung zu verschaffen.«

»Ja, aber warum ich?«, konterte ich knapp. »Das ist der Job der Polizei.«

»Verdammt noch mal, wenn Sie es weder für mich tun wollen noch für die Opfer, dann vielleicht zur Beruhigung Ihres schlechten Gewissens. Und bevor Sie behaupten, Sie hätten keins … Sie haben eins. So!«

Dieser blöde Bulle! Wenn er genauso gut mit der Pistole feuerte wie mit der Zunge, dann war der innere Kreis der Zielscheibe auf dem Schießstand voller Löcher.

Ich spürte, dass die tragischen Ereignisse von Usedom irgendetwas mit mir machten. Aber was? Und warum? Ich war betroffen, nicht nur im Allgemeinen, sondern unmittelbar, und ich war *irgendwie* involviert. Zunächst glaubte ich, es läge an dem, was ich über den Fall geschrieben hatte. Wieder und wieder war ich in den Tagen zuvor den Artikel durchgegangen, den ich sechs Monate zuvor über den Prozess gegen Holger Simonsmeyer verfasst hatte. Ich hatte jeden Abschnitt, jeden Satz geprüft, ob ich darin zu voreingenommen, zu parteiisch gewesen war. Befand: nein. Gab es einem Kollegen zu lesen, der urteilte: nein, Doro, mach dir mal keinen Kopf. Bat meinen Sohn um eine Meinung, der sagte: Mum, was willst du, das ist dein Stil. So gehst du nun mal an die Sache ran.

Ja, als Gerichtsreporterin für schwere Kapitaldelikte war mein Stil, meine Herangehensweise schon immer gewesen, nicht einfach nur den Mordprozess zu beleuchten, auch nicht bloß die Tat an sich, sondern das Licht in jene finsteren Regionen zu richten, die sich abseits des Spots befinden, der auf den Angeklagten gerichtet ist. Selbstverständlich ist es eine Binsenweisheit, dass ein Verbrechen nicht erst in der Stunde der Sichtbarkeit zu existieren beginnt, so wenig wie ein Kunstwerk oder ein junges Leben. Jeder gute Gerichtsreporter wird daher die Vergangenheit des Angeklagten wie auch die des Opfers in Szene setzen, um eine Zeitlinie zu zeichnen, eine Art Fieberkurve bis zum Exitus.

Ich hatte allerdings noch mehr getan. Denn wie kann man ein Verbrechen in all seinen Facetten, mit seinen Hintergründen beschreiben, wenn man nur eine einzige Dimension erfasst, die der Zeit? Also hatte ich eine ganze Region zum Schauplatz des grausamen Mordes an Susann Illing gemacht. Hat da wirklich nur ein verlassener Liebhaber der Ex-Geliebten aufgelauert, wie die Staatsanwaltschaft behauptet hatte? Wie ist Holger Simonsmeyer, der Angeklagte, durch die Insel geprägt worden, auf der er aufwuchs? Und inwieweit hatte er nun seinerseits die Insel geprägt und verändert, ganz egal, ob er für schuldig befunden würde oder nicht. Eine ganze Gesellschaft hatte ich porträtiert, hatte mit Dutzenden von Leuten gesprochen, hatte mir ein Bild vom Usedomer Leben vor dem Mord gemacht, und was fast noch wichtiger war – vom Leben nach dem Mord. Als hätte ich unbewusst bereits gespürt, dass dieser Prozess mit der bevorstehenden Urteilsverkündung nicht beendet sein würde. Oder hatte ich nicht vielmehr erst durch meinen monumentalen Artikel in einem der größten Polit-Magazine Deutschlands eine Entwicklung in Gang gesetzt, zumindest befeuert, die zum Tod weiterer Menschen, zur Brandkatastrophe führte?

Es dauerte eine Weile, bis ich begriff, dass nicht das, was ich geschrieben hatte, mich schuldig fühlen ließ, sondern das, was ich *nicht* geschrieben hatte. Als mich Bettina Simonsmeyer unmittelbar nach dem Freispruch ihres Mannes bat, einen weiteren Artikel zu schreiben, lehnte ich das erste Mal ab. Das Warum lag für mich auf der Hand. Die Geschichte war erzählt, wenigstens aus meiner Sicht. Denn so seltsam sich das für Laien anhören mag – das Urteil ist lediglich ein Detail der Geschichte, und nicht einmal das wichtigste. Um nicht falsch verstanden zu werden – für die Angehörigen der Opfer und natürlich für den Angeklagten ist das Urteil absolut entscheidend. Aber solche Storys, wie ich sie schreibe, werden ungefähr nach drei Viertel der Prozesszeit verfasst, wenn die meisten Fakten bereits auf dem Tisch liegen, wenn die Leser sich eine eigene Meinung bilden können, aber noch nicht wissen, ob ihre Meinung sich letztendlich durchsetzt, sie also recht behalten.

Es ist eine Frage der Dramaturgie, wann man einen solchen Artikel veröffentlicht, und der Zeitpunkt, als Bettina Simonsmeyer mich um einen zweiten bat, war der denkbar schlechteste, nämlich als die Katze frisch aus dem Sack war. Selbst wenn ich ihrem Wunsch entsprochen hätte – die Redaktion eines anspruchsvollen Blattes möchte ich sehen, die noch einmal mehrere Seiten für einen Bericht frei macht, der im Grunde schon einmal geschrieben wurde, nur ergänzt durch wenige zusätzliche Informationen. Kurz gesagt, die Umstände schienen mir eine neue Reportage nicht zu rechtfertigen.

Als sie mich zum zweiten Mal um Hilfe bat, hatten die Umstände sich offenbar geändert. Ihre letzten Worte werde ich nie vergessen: Sie müssen uns helfen, Frau Kagel, Sie sind unsere letzte Hoffnung.

Achtundvierzig Stunden später war sie tot.

Deswegen saß ich nun dem Staatsschutz gegenüber und ließ mich auf eine Sache ein.

Vor dem geistigen Auge blätterte ich meinen Terminkalender durch: Allein in der darauffolgenden Woche hatte ich zwei Abgabetermine, wobei ich mit den Recherchen noch ganz am Anfang stand. Eigentlich unmöglich, auch nur einen Tag länger auf Usedom zu bleiben, und doch war ich eigens von Berlin hergekommen – eine Strecke von drei Stunden –, nur um durch die Trümmer des niedergebrannten Hauses zu laufen.

Ich sah auf die Uhr: Abends konnte ich locker wieder am Schreibtisch sitzen. Mein Laptop hatte ich dabei, und wo ich die Artikel schrieb, war egal.

»Wissen Sie zufällig, wo es hier noch freie Zimmer gibt?«

»Auf *Gut Trenthin*, wo ich auch wohne«, antwortete er trocken. »Dort gibt es jede Menge freier Zimmer.«

2

Noch 32 Tage bis zum zweiten Mord

Wenn es nach Ben-Luca gegangen wäre, hätte es ein ganz normaler Tag werden sollen. Seit er vor einigen Monaten die Schule abgeschlossen hatte, schlief er aus, so bis zehn, auch schon mal elf Uhr. Und dann sah er weiter.

Aber an diesem Morgen weckten ihn seine streitenden Eltern, und zwar zu jener unmöglichen Zeit, zu der Arbeitnehmer sich in ihre Autos oder Busse setzen. Auch ohne den genauen Wortlaut zu verstehen, ahnte er, worum es ging. Monatelang hatten sie das Thema erfolgreich umschifft, doch nach dem gestrigen Gerichtsurteil in der Sache Holger Simonsmeyer krachten sie zusammen wie Klippe und Schiff. Anfangs zog Ben-Luca die Bettdecke über den Kopf, doch die schrille Stimme seiner Mutter hätte auch drei Daunenkissen durchdrungen. Wenn er sowieso schon wach war, konnte er genauso gut den Streit schlichten. Meistens schaffte er das durch sein bloßes Erscheinen.

»Ben-Luca Waldeck«, rief seine Mutter, als er die Küche betrat. Seltsamerweise nannte sie ihn immer beim vollen Namen, wenn sie etwas an ihm auszusetzen hatte. Warum, erschloss sich ihm nicht. »Hättest du dir nicht etwas mehr als eine Unterhose zum Frühstück anziehen können.«

»Ich frühstücke doch gar nicht«, erwiderte er, holte eine Flasche Apfelsaft aus dem Kühlschrank, trank einen großen Schluck, stellte sie zurück und fuhr sich mit der Handfläche über den Mund. »Außerdem sind das Boxershorts.«

Sein Vater lehnte gelassen am neuen Induktionsherd, dessen Abzug den Dampf der brodelnden Hafergrütze nicht nach oben, sondern nach unten einsog. Seine Mutter stützte sich mit einer Hand auf dem Tisch ab, die andere hatte sie in die Hüfte gestemmt, als sei sie dort zementiert. Sie trugen Anzug und Kostüm in dunklen Farben, und auch ohne etwas über sie zu wissen, hätte man annehmen können, dass sie den gleichen Job hatten.

»Ist das heute Morgen eine spezielle Aggression zwischen euch oder nur die übliche?«, fragte er und biss von einer Banane ab.

»Dein Vater und ich harmonieren normalerweise hervorragend«, korrigierte sie ihn.

»Eure normale Harmonie hat mich geweckt.«

»Oh, du armer Junge. Da schuftest du so sehr, und wir bringen dich um deinen wohlverdienten Schlaf.«

»Das ist Ironie, oder?«

»Was haben wir für einen klugen Jungen in die Welt gesetzt, Alexander. Ich staune jeden Tag aufs Neue.«

Ben-Lucas Strategie war aufgegangen. Sobald er auf der Bildfläche erschien, stand er im Fokus seiner Mutter, und alles andere trat zurück. Eigentlich hatten sie immer ein gutes, zumindest ein unproblematisches Verhältnis gehabt, aber wenn sie etwas nicht leiden konnte, dann war es Ziellosigkeit, und seit dem Schulabschluss konnte man dieses Wort durchaus als Überschrift seiner Tage betrachten. Seine Eltern wollten ihn als Lehrling im eigenen Betrieb, wozu er sich bisher nicht durchringen konnte. Vielleicht hing es damit zusammen, dass die Kunden seiner Eltern tot waren, und mit Toten hatte er aus irgendeinem rätselhaften Grund nicht gerne zu tun.

»Wie wär's, wenn du heute wahrmachst, was du mir seit Wochen versprichst, und das Praktikum bei uns beginnst?«, fragte seine Mutter. Im Grunde war es keine Frage, sondern eine verhüllte Drohung. Der Schleier fiel nur Sekunden später. »Du weißt, dass du keinen Cent von uns für deinen Führerschein bekommst, solange du dich nicht um eine Arbeit bemühst.«

»Okay, vielleicht nach der Sommerpause«, gestand er zu.

»Welche Sommerpause? Gestorben wird immer.«

»Euer Firmenmotto, was?«

»Das inoffizielle.« Sie schmunzelte.

»Ich müsste echt mal in mich gehen und überlegen, warum der Beruf des Leichenbestatters als uncool gilt. Ob es daran liegt, dass man Leichen eine Krawatte umbinden und die Haare kämmen muss? Was meint ihr?«

»Tut mir leid, dass wir keine Rockband managen. Ich würde dein Verhalten ja verstehen, wenn du zwischen zwei Berufen schwanken würdest. Aber du überlegst dir ja nur, ob du dir um Mitternacht die eine oder doch die andere Netflix-Serie reinziehst. Am Ende ziehst du sie dir dann nacheinander rein und gehst um vier Uhr schlafen. Heute zum Beispiel … was tust du? Was hast du vor? Womit bringst du die Stunden rum, hm? Sag mir das mal.«

»MIST«, rutschte es ihm heraus. Das war die eigentlich geheime Formel, mit der er und seine Freunde ihre Freizeitaktivitäten umschrieben. MIST war die Abkürzung für Mädels,

Internet, Sport und Totschlagen. Totschlagen von Zeit, natürlich. Also netflixen. Oder rumhängen. Was konnte man in Trenthin auch sonst tun? Mit dem, was es in Trenthin nicht gab, könnte man ein Telefonbuch füllen, während das, was es gab, auf einen Einkaufszettel passte. Eintausend Einwohner, eine Kneipe, ein italienisches und ein indisches Restaurant sowie eine Bushaltestelle, die exakt sechs Mal am Tag zwischen sechs und achtzehn Uhr angefahren wurde. Immerhin, da waren der Peenestrom quasi vor der Haustür, das Achterwasser um die Ecke und die Ostsee ein paar Kilometer entfernt. So viel Wasser war schon praktisch, nicht nur, weil man schwimmen, segeln, kiten, surfen konnte. Man konnte es auch zeichnen.

»Mist, du sagst es selbst«, warf ihm seine Mutter vor.

Er grinste in sich hinein, weil sie den Code nicht verstand.

»Und du findest das auch noch toll, oder wie? Haha, wie lustig. Du bist achtzehn Jahre alt. Nach allgemeiner Auffassung ist man da erwachsen, was ich angesichts deiner Einstellung bezweifeln möchte. Denk nicht, dass wir dich noch lange alimentieren werden.«

»Ali … was?«

»Heute Morgen bist du wohl groß in Form.«

»*Yeah.*«

»Treib es nicht auf die Spitze, Ben-Luca Waldeck.«

»Eva, lass es gut sein«, brachte sich sein Vater in die Diskussion ein.

Obwohl Ben-Lucas Eltern in puncto Disziplin auf einer Linie waren, triezte ihn sein Vater nicht andauernd, sondern zeigte mehr Geduld. Vor zweiundzwanzig Jahren war er gleich nach der Schule in das Bestattungsunternehmen seines Vaters eingestiegen, das er seit inzwischen fünf Jahren leitete. Von Ben-Lucas Mutter unterschied ihn, dass er tatsächlich Freude an der Arbeit hatte. Na gut, Ben-Luca fand es ziemlich schräg, Interesse am Verscharren menschlicher Überreste zu haben. Trotzdem war ihm diese Einstellung sympathischer als der verbissene Drill, den seine Mutter sich selbst auferlegte. Kein Wunder, dass sie so gut wie nie die Gespräche mit den Hinterbliebenen führte. Der Trost, den sie zu spenden versuchte, hörte sich ja doch nur an, als würde sie die Risiken und Nebenwirkungen aus einem Beipackzettel zitieren.

»Willst du etwa so eine Flasche werden wie dieser … dieser Mirko oder wie er heißt? Der Albtraum einer jeden Schwiegermutter, aber das leuchtende Vorbild der Trenthiner Jugend.«

»Er heißt Marlon und ist keine Flasche. Er ist ein Athlet, ein prima Kicker, und er trainiert unsere Mannschaft.«

»Die Mannschaft eines Tausend-Seelen-Dorfes, ich bin schwer beeindruckt. Ansonsten übernimmt er aushilfsweise Malerarbeiten. Was ist sein nächster Karriereschritt? Wird er die Stiefmütterchen am Kreisel bei der Ortseinfahrt einpflanzen?«

»Das ist ganz schön arrogant.«

»Die Wahrheit ist manchmal arrogant. Dieser Mark hat die Intelligenz einer Alge. Ob grün oder blau, das kannst du dir aussuchen.«

Ben-Luca verdrehte die Augen. »Er heißt immer noch Marlon, so wie vor einer Minute. Mann, er hat neulich erst unsere Garage gestrichen. Sogar Alena kennt seinen ›Namen, und sie ist erst zehn.«

»Deine Schwester heißt Alena-Antonia. In meiner Familie haben alle Doppelnamen.«

»Was du nicht sagst, ist mir völlig neu«, erwiderte Ben-Luca und verdrehte die Augen. »*By the way*, heute Abend bin ich zum Essen nicht da. Ich treffe mich mit Finn, wir wollen feiern«, log er, nur um seine Mutter zu ärgern.

»Was denn feiern?«, fragte sie.

»Na, was wohl? Den Freispruch seines Vaters.«

Mit diesen Worten verließ er die Küche, wohl wissend, dass seine Eltern sich wieder zoffen würden. Das war unfair, vor allem seinem Vater gegenüber, nein, eigentlich beiden gegenüber, und nach ein paar Minuten fühlte Ben-Luca sich ein bisschen mies. Holger Simonsmeyer war ein langjähriger Freund seines Vaters, Holgers Sohn Finn war der beste Kumpel von Ben-Luca, und das Mordopfer Susann Illing war die Nichte seiner Mutter, also Ben-Lucas Cousine.

Die Angelegenheit hätte die Familie fast zerrissen. Keiner wusste, wie er sich verhalten sollte, also verhielt man sich nach außen reserviert, verschwiegen, fast verklemmt, und zu Hause flogen die Fetzen. Ben-Lucas Vater stand eher auf der Seite von Holger, seine Mutter auf der Seite ihrer Schwester, deren Tochter ermordet worden war. Nach ein paar Wochen des ewigen Gezänks schlossen die beiden einen Waffenstillstand und klammerten das Thema einfach aus. Ein Schuldspruch hätte es wahrscheinlich ein für alle Mal begraben. Der Freispruch ließ es von den Toten auferstehen.

Ben-Luca betrat das Zimmer seiner Schwester. »Moin, Sweetheart. Heute bringe ich dich in die Schule.«

»Hurra!«, rief sie und führte einen Tanz auf. Wie leicht man kleine Kinder glücklich machen konnte. Für einen Moment wünschte er sich jene Zeiten zurück, als das bei ihm auch noch möglich gewesen war.

»Aber nur, wenn du das gelbe T-Shirt anziehst, das ich dir geschenkt habe.«

»Wird erledigt«, erwiderte sie in der Manier eines Erwachsenen und machte sich sofort an die Arbeit. »Kannst du denn fahren?«

»Ja, Bus«, antwortete er.

Ein paar Minuten später, nachdem sich seine von Streit und Termindruck gestressten Eltern bei ihm für die nette Geste bedankt hatten, teilte er sich mit Alena an der Bushaltestelle das Frühstücksbrot. Ein leichter Regen ging nieder, dem sie ihr Gesicht entgegenstreckte, dort, wo das Reetdach des Wartehäuschens endete und große, schwere Tropfen hingen.

»Das würde Mama nicht gefallen«, sagte Ben-Luca.

»Darum mache ich das nur, wenn sie nicht dabei ist.«

»Ich finde es auch nicht toll. Das Dach ist bestimmt schmutzig.«

»Ist mir egal.«

»Es ist dir egal, Vogelkacke ins Gesicht zu kriegen?«

»Iiiiih«, rief sie und wischte sich das Gesicht mit dem Ärmel des Anoraks ab.

Er fragte sie ein bisschen aus, denn er musste sich eingestehen, dass er seine Schwester zwar liebte, aber kaum Ahnung hatte, wie es ihr ging und ob sie unter den brünetten Locken vielleicht von Sorgen geplagt wurde. Im Grunde erging es ihm mit Alena wie seinen Eltern mit ihm: Sie wohnten zwar im selben Haus, aber im Kopf lebte sie auf verschiedenen Planeten. Außer dass Alena es blöd fand, von ihm nicht öfter zur Schule gebracht und von dort abgeholt zu werden, beschwerte sie sich über nichts, noch nicht einmal über den Ehekrach vom Morgen. Das war wohl hauptsächlich dem Max-Planck-Institut geschuldet, dem Erfinder des MP3-Players, dank dem Alena sich mit Musik aus Kinderfilmen berieseln ließ, sobald ihr etwas nicht passte. Und da hieß es immer, dass der technische Fortschritt noch lange kein sozialer Fortschritt sei.

Nach zehn Minuten wurde ihm langweilig, daher griff er in seine Jacke, holte einen handflächengroßen Block sowie einen Bleistift hervor und zeichnete Alena. Diesmal als Karikatur. Sie lachte sich darüber kaputt, was auch seine Laune schlagartig hob.

»Hey, Ben-Luca, was geht? Bist du aus dem Bett gefallen?«

Marlon war mit seinem uralten BMW, dessen getuntes Motorgeräusch an einen Panzer erinnerte, an die Haltestelle gefahren.

»Das sagt der Richtige«, erwiderte Ben-Luca grinsend und steckte Block und Stift heimlich weg. »Hi, Trainer. Ich bringe meine Schwester in die Schule nach Heringsdorf.«

»Ist zufällig meine Richtung. Steigt ein, ich fahre euch hin.«

Ben-Luca zögerte. Marlon und sein bester Kumpel Jamie waren dafür bekannt, wie die Rowdys zu fahren.

»Aber bitte mit halber Kraft, wir haben eine junge Lady an Bord.«

»Bei jungen Ladys bin ich immer besonders vorsichtig.«

»Ja, ja, ich weiß … Du, ich meine es ernst.«

»Komm mal wieder runter, Alter. Großes Ehrenwort, ich werde fahren wie ein Opa.«

Ben-Luca hatte keine Lust, mit dem Bus über die Dörfer zu tingeln. Er fuhr nicht zum ersten Mal mit Marlon, aber wohl fühlte er sich in dem Auto nicht. Der BMW hieß im Dorf nur »Barbie-Kutsche«, und die Blondinen auf dem Beifahrersitz, meist Frauen um die zwanzig, hielten Haarfarbe für die größte

Errungenschaft des Millenniums, noch vor der Tätowiermaschine. Ben-Luca konnte sich allerdings nicht vorstellen, dass aufgetakelte Frauen sich in der staubigen Karre wohlfühlten, wenn noch nicht einmal er, für den Sauberkeit und Ordnung nachrangig waren, sich irgendetwas anzufassen traute.

»Hast du schon von dem Urteil gehört?«, fragte Marlon.

»Logisch.«

»Ich dachte, mich trifft 'ne Zaunlatte. Das heißt doch, dass jetzt ein Frauenkiller frei rumläuft.«

Ben-Luca wandte sich zum Rücksitz, wo Alena saß. Sie hatte zum Glück die Stöpsel im Ohr und hantierte mit bunten Kärtchen, die sie voll und ganz in Anspruch nahmen.

»Für Finn ist der Freispruch eine gute Nachricht.«

»Versteh ich voll. Aber was glaubst du, wie vielen Mädels jetzt der Arsch auf Grundeis geht.«

»Ich wusste nicht, dass du dich für so was interessierst«, sagte Ben-Luca und brachte die Sprache auf Fußball, was viel näherlag. Während er sich selbst als mittelmäßigen Mittelfeldspieler einschätzte, war sein bester Freund Finn als Torwart der absolute Kracher – in der letzten Saisonhälfte hatte er bei achtundsiebzig Schüssen auf seinen Kasten nur acht durchgelassen. Besser hatte das Team nie dagestanden.

»Wir treffen uns um eins beim Inder. Du kommst doch?«, fragte Marlon, als er sie vor der Schule absetzte.

»Weiß noch nicht. Kommt Finn auch?«

»Hab ihn nicht erreicht.«

»Ich auch nicht. Eigentlich wollte ich mich mit ihm …«

»Alter, die hupen schon hinter mir. Was ist jetzt?

Ben-Luca zuckte mit den Schultern. »Ich schau mal.«

»Alter!«

»Ist ja schon gut, Trainer, ich werde da sein.«

Nachdem er Alena-Antonia in die Schule gebracht hatte, schlenderte er ziellos durch das Kaiserbad. Doch mit elf Euro und zwanzig Cent in der Tasche ließ sich außer der Morgensonne und dem zu dieser Stunde noch verhaltenen Treiben am Stadthafen wenig genießen. Die Wolken hatten sich aufgelöst, daher zog er sein Hemd aus, legte sich an den Strand und zeichnete die Leute – eine junge Mutter, die ihr Baby an das kalte Wasser gewöhnte, händchenhaltendes Rentnerpaar, das sich bis zur Hüfte ins Meer traute, zwei flanierende Männer mit Strohhut und Partnerlook von Versace.

Er ging schwimmen, lag herum, zeichnete, lag herum, ging wieder schwimmen.

Ben-Luca hätte das bevorstehende Treffen am liebsten unter einem Vorwand abgesagt, denn er hatte keine Lust auf die Mannschaftsbesprechung. Nur hatte er nicht die geringste Idee, was er stattdessen machen sollte.

»Mord aus tatsächlichen Gründen.«

Neun Augenpaare, darunter Ben-Lucas, richteten sich auf die Person, die das mehrseitige Schriftwerk vor und zurück blätterte.

»Hä, was ist los?«, fragte Marlon nach einigen Sekunden, in denen keiner etwas gesagt hatte. »Mord aus tatsächlichen Gründen?«

»Habe ich Mord gesagt? Entschuldigung, ich meinte Freispruch aus tatsächlichen Gründen. So steht es in der Urteilsbegründung.«

Ramu blickte sich nach allen Seiten um. Der Versprecher ließ seine Hände, die schon vorher nicht ganz ruhig gewesen waren, augenblicklich zittern, und seine Finger gaben ein schmatzendes Geräusch von sich, als er das Papier auf den Tisch legte. Ben-Luca mochte nicht in seiner Haut stecken. Da studierte man Jura und sollte in den Sommerferien vor neugierigen Dorfbewohnern ein am Vortag gesprochenes Urteil des Schwurgerichts kommentieren.

Ramu Sayyapparaju sah seinen Vater an wie einen seiner Professoren. Er hatte verblüffende Ähnlichkeit mit ihm, wozu auch die nahezu identische Kleidung beitrug: eine dunkle Hose, ein blütenweißes, gebügeltes Hemd, bei dem der obere Knopf offen stand, und schwarze Schuhe, in denen man sich spiegeln konnte.

»Es gibt Freisprüche aus rechtlichen oder tatsächlichen Gründen. Ein rechtlicher Grund wäre beispielsweise eine Verjährung. Bei einem Freispruch aus tatsächlichen Gründen muss der Richter darlegen, welche Tatsachen er als erwiesen hält und welche nicht, wie er was gewichtet und woran er eventuell zweifelt.«

Jainil Sayyapparaju nickte seinem Sohn anerkennend zu, ohne sich jemals mit Jura befasst zu haben. Er war nie etwas anderes als Koch und Gastwirt gewesen. Je nachdem, ob die Dorfbewohner ihn duzten oder siezten, nannten sie ihn der Einfachheit halber Tschaini oder Herr Tschaini, was vielleicht ein bisschen ignorant war, von Herrn Tschaini aber mit Gleichmut hingenommen wurde.

Vor vielen Jahren war er von Indien nach Deutschland gezogen, seine beiden Söhne und seine Tochter waren auf Usedom zur Schule gegangen. Wann immer Ben-Luca mit seinen Eltern zum Inder essen ging, erzählte der alte Herr ausführlich – und meistens unaufgefordert –, wie es dem in Berlin studierenden

Ramu erging und welche Fortschritte er machte. Wenn man das auf die anderen Restaurantgäste aus dem Dorf hochrechnete, ergab das pro Woche mehrere Stunden, in denen Herr Tschaini nichts anderes tat, als über seinen Ältesten zu reden.

Sicher geht ihm gerade das Herz auf, dachte Ben-Luca. Außer Herrn Tschainis Frau, seinem zweiten Sohn und seiner einzigen Tochter war die halbe Jugendmannschaft um den großen, runden Tisch in der Mitte des Lokals versammelt, umgeben vom Prunk und von den würzigen Gerüchen des fernen Subkontinents.

»Also ist der Simonsmeyer aus Mangel an Beweisen freigesprochen worden?«, fragte Marlon.

»Nein, so kann man das nicht sagen«, erwiderte Ramu. »Die Floskel *aus Mangel an Beweisen* gibt es in amerikanischen Filmen, aber nicht in der deutschen Rechtsprechung. Das Gericht hält es für erwiesen, dass Susann in Simonsmeyers Auto saß und dass er zur Tatzeit in der Nähe des Tatorts war.«

»Na also, was wollen die denn noch?«, rief Marlon.

Ramu antwortete nicht. Schweißperlen zeichneten sich auf seiner Stirn ab, und Ben-Luca hatte das Gefühl, dass sich der ältere Jurastudent dem jüngeren Aushilfsmaler unterordnete. Ben-Luca hatte das schon oft beobachtet, auch an sich selbst, und er fragte sich, woran das wohl lag.

Marlon Ritter hatte im Alter von dreizehn Jahren die Entscheidung getroffen, dass die Schule ihm nichts brachte und seinen Zielen nur im Weg stand. Also hörte er auf zu lernen. In seinem Abschlusszeugnis der Hauptschule spielte die Zahl Vier eine große Rolle, und das auch nur, weil einige Lehrer zwei Augen zugedrückt hatten. Einzig für Fußball begeisterte er sich, und tatsächlich kam er in ein Trainingscamp der Jugendauswahl von Hertha BSC. Er legte sich ein halbes Dutzend Tattoos zu sowie eine Geste, mit der er seine Tore feierte – beides brauche man, wenn man ein Star werden wolle, erklärte er.

Nach ein paar Wochen schickte der Club ihn nach Hause und meldete sich nie wieder. Da die Kicker-Karriere ausblieb, wandte er sich mit sechzehn dem Bodybuilding zu, führte auf YouTube seine Muckis vor und kündigte vollmundig an, mit achtzehn ein Fitnesscenter zu eröffnen. Bis dahin wollte er eine Lehre als Dachdecker machen, stellte jedoch erstaunt fest, dass man dafür Grundkenntnisse in Mathematik benötigte. Er überstand die Probezeit nicht, versuchte sich danach als Sanitärinstallateur, scheiterte bei der Aufnahmeprüfung für die Polizei und hatte im Alter von zwanzig Jahren noch nicht einmal den Bruchteil des nötigen Eigenkapitals für ein Fitnesscenter zusammen. Darum erzählte er neuerdings überall herum, er werde Kickboxer.

Ben-Luca hatte keine Ahnung, wie weit diese Pläne gediehen waren. Manchmal sah er Marlon während des Trainings ein paar Kicks oder Schläge in die Luft ausführen. Im Dorf nannten sie ihn insgeheim *Ritter Sport*. Viele nahmen ihn nicht ernst, aber keiner traute sich, ihn das spüren zu lassen.

Warum, das offenbarte sich Ben-Luca in diesem Augenblick. Sogar jetzt, umgeben von einem Dutzend Spieler, vom deutlich älteren Herrn Tschaini und von dessen studierendem Sohn, bildete Marlon das dominante Zentrum, um das sich alles drehte. Unzweifelhaft hatte er eine gewisse physische Präsenz, machte mit seinem Body, den Tattoos, dem selbstbewussten Auftreten und den vollmundigen Reden Eindruck. Das fiel auch den Usedomer Frauen auf – wohlgemerkt nicht nur den Mädels. Denn Marlon hielt sich hauptsächlich mit

Malerarbeiten über Wasser, meist beauftragt von Damen um die fünfzig, deren Männer entweder vielbeschäftigt oder tot waren. Es ging das hartnäckige Gerücht, dass er bei der Arbeit unter dem Blaumann nichts weiter trug als einen Slip. Dass er mit der Arbeit nur halb so schnell voran kam wie andere, war in diesem Fall kein Mangel, davon durfte man ausgehen. Irgendwie schaffte es Marlon, dass die Leute ihn respektierten, obwohl sie ihn zugleich belächelten.

Nervös blätterte Ramu in der Urteilsbegründung und schlug eine der hinteren Seiten auf. »Hier steht, dass das Gericht die unmittelbare Anwesenheit am Tatort nicht für erwiesen hält. Und dass die Staatsanwaltschaft … das Motiv nicht … nicht überzeugend deutlich machen konnte.«

Marlon nahm das Papier an sich, um es sogleich beiseitezulegen, als er erkannte, dass er ebenso gut versuchen könnte, die Bibel im Original zu lesen. »Kann man da echt nichts mehr machen?«

Ramu dachte nach. »Eine Revision ist nur möglich, wenn es Verfahrensfehler gegeben hat.«

»Das heißt also, der Simonsmeyer läuft ab jetzt frei herum. Aus Mangel an Beweisen.«

»Wie gesagt, diese Formulierung gibt es nicht. Das Gericht hält ihn für nicht schuldig, also *ist* er nicht schuldig.«

»Das Gericht sagt auch, dass man eine Supermarktkassiererin rauswerfen darf, weil sie einen herumliegenden Pfandzettel eingelöst hat. Und die Bankfuzzis, die Milliarden verzocken, bekommen sogar eine Millionenabfindung. Also, entweder sind die Gesetze bekloppt oder die Typen, die sie verdrehen.«

Ramu geriet ins Schwitzen. »Na ja …«

»Was?« Als er merkte, dass er zu aggressiv geworden war,

sagte Marlon schnell: »Sorry, Ramu, du kannst ja nichts dafür. Wirst bestimmt mal ein guter Anwalt. Würde dich jederzeit buchen. Jungs, wisst ihr eigentlich, dass Ramu mal in unserem Verein gekickt hat? Ist schon zwölf, dreizehn Jahre her, oder? Warst unser Torjäger. Warst damals so was wie mein Vorbild.«

Herr Tschaini lächelte, wie immer, wenn jemand etwas Nettes über ein Mitglied seiner Familie sagte, vor allem über seinen Ältesten.

»Das Essen wie üblich, meine Herren? Eine große Platte *Samosas* nach Art des Hauses?«

Marlon legte den Arm um die Schultern des fast vierzig Jahre älteren Mannes. Ben-Luca kannte niemanden, der sich das traute. Marlon machte es einfach.

»Und von den leckeren Joghurt-Milchshakes. Die mit dem Hundenamen.«

Wieder lächelte Herr Tschaini. »Lassi. Aber gern, kommt sofort.«

Sie setzten sich an den Stammtisch. Es war Marlon zu verdanken, dass sie in ihrem Alter überhaupt einen bekommen hatten. Die anderen Vereine tagten entweder in der Dorfkneipe oder beim Italiener, doch die Jugendmannschaft des USC Trenthin hatte sich unter der Ägide ihres neuen Trainers vor zwei Jahren das *Papadam* als wöchentlichen Treffpunkt ausgesucht. Herr Tschaini, der mit Stammtischen ansonsten nichts am Hut hatte, war einverstanden und hatte die lebhaften Jungs sogar ins Herz geschlossen, sobald er erkannte, dass sie sich unter Marlons disziplinarischer Anleitung zu benehmen wussten. Disziplin war etwas, das Herr Tschaini sehr schätzte.

Es duftete verführerisch, als Herr Tschaini nun die frittierten, mit Hackfleisch oder vegetarischem Curry gefüllten

Teigtaschen zusammen mit verschiedenen Chutneys servierte. Man durfte die *Samosas* mit der Hand essen, was viel besser zur Mannschaft passte, als mit Messer und Gabel zu speisen. Meist wurden es sehr lockere, gesellige Stunden, wenn sie alle zusammensaßen und schlemmten. An diesem Tag jedoch war es anders. Das Urteil im Simonsmeyer-Prozess war wie ein Pfau im Raum – man kam einfach nicht darum herum, ihm Aufmerksamkeit zu schenken.

Nach Holger Simonsmeyers Verhaftung hatten sie im Team darüber beraten – immerhin war er der Vater des Torhüters. Einstimmig war die Entscheidung gefallen, sich neutral zu verhalten und die Sache zu ignorieren, solange Finn sie nicht zur Sprache brachte, was er nie getan hatte. Andernfalls hätten sie ihm etwas wie »Kopf hoch« oder »Wird schon« entgegnet. Die Fakten, die im Prozessverlauf ans Tageslicht kamen, hatten das ganze Team zu der Überzeugung gebracht, dass Finns Vater verurteilt werden würde.

»Vielleicht kannst du mal mit Finn reden«, schlug Marlon an Ben-Luca gewandt vor. »Sag ihm, dass wir fest zu ihm stehen, egal was passiert. Und dass er vielleicht eine Weile untertauchen sollte, du weißt?«

»Nö.«

»Finn ist doch jetzt bekannt wie ein bunter Hund.«

»Im Dorf ist jeder bekannt wie ein bunter Hund. Heute bekommst du Fußpilz, und morgen weiß jeder Bescheid.«

»Mensch, Alter, denk doch mal nach. Einfach drüber weggehen werden die Leute bestimmt nicht. Für Finn ist das nur eine Belastung, wenn der zu den Spielen aufläuft.«

»Du willst ihn aus der Mannschaft werfen?«, rief Ben-Luca ärgerlich.

»Quatsch! Es ’ne Zeit lang ruhiger angehen lassen. Ich meine, er kann ja nichts für seinen Vater. Wir aber auch nicht.«

Ben-Luca zuckte mit den Schultern.

Marlon fragte in die Runde: »Wir halten den alten Simonsmeyer für schuldig, oder nicht?«

Alle nickten. Nur Ben-Luca zuckte noch einmal mit den Schultern.

»Bei so einer Frage kann man sich nicht enthalten, Alter. Der Typ ist entweder schuldig oder unschuldig.«

»Ich weiß nicht, ob er schuldig ist. Das wüsste ich nur, wenn ich dabei gewesen wäre, und ich war nicht dabei. Du etwa?«

»Du musst dir doch irgendwas dabei denken.«

»Du interessierst dich sonst auch nicht dafür, was ich denke«, gab er ungewohnt frech zurück. »Wenn ich beim Training mal einen Vorschlag mache, bügelst du ihn in null Komma nix ab. Andauernd kritisierst du mich, weil ich kein Sixpack habe, weil mein Schuss zu schwach ist, die Pässe nicht stimmen …«

»Was soll denn das jetzt, Alter? Machst du einen auf Sissi, oder was?«

»Der Typ ist frei, Marlon, und damit hat es sich. Warum mischst du dich da überhaupt ein? Du hast keine Schwester, du hast keine feste Freundin, und deine dicke, geschätzt sechzigjährige Mutter mit ihrer Kittelschürze und den Plastikhaarklammern passt nicht gerade ins Beuteschema eines Aufschlitzers von jungen, sexy Frauen.«

Ben-Luca konnte sich nicht erinnern, jemals so mit Marlon gesprochen zu haben, und kaum wurde es still, fragte er sich, ob er noch alle Socken in der Kommode hatte, die Mutter eines Kickboxers zu beleidigen. »Tut mir leid«, sagte er mit gesenktem Kopf.

Glücklicherweise hatte Marlon über das Aussehen seiner Mutter anscheinend keine wesentlich andere Meinung als Ben-Luca.

»Hey, Alter«, sagte er und legte ihm den Arm um die Schulter, wie er es häufig machte. »Immer locker bleiben. Wir sind alle nervös, ist doch klar. Es geht mir hier nicht um mich. Ich habe keine Schwester, aber schau mal, Ramu hat zum Beispiel eine.«

Sein Blick ging zu Herrn Tschainis Tochter Amrita, die gerade Nachschub an Chutneys und Getränken brachte. Sie war im besten Teenageralter und von einer exotischen Schönheit, wie die Einwohner Mecklenburg-Vorpommerns sie sonst nur in Bollywood-Filmen bestaunen konnten.

Marlon zwinkerte ihr zu. »Amrita«, sagte er, »wie geht es dir mit dem Freispruch?«

»Nicht so gut«, gab sie zu.

»Erklär das mal meinem Kumpel hier. Der hat nämlich mehr Verständnis für Killer als für Opfer.«

»Ich will wirklich nichts Schlimmes über Herrn Simonsmeyer sagen«, murmelte sie mit einer Stimme, die leichter war als Luft. »Er war immer nett, wenn er zum Essen herkam. Und er ist Finns Vater. Aber … ich habe plötzlich Angst. Dafür kann ich nichts. Sie ist einfach da. Jedenfalls bleibe ich in nächster Zeit lieber zu Hause, als allein irgendwo hinzugehen. Mein Vater wäre sowieso dagegen.«

»Das hast du super erklärt«, lobte Marlon und zwinkerte ihr noch einmal zu, bevor sie lächelnd verschwand. Er wandte sich wieder an Ben-Luca und zog mehrfach die Augenbrauen hoch. »Nicht übel, die Geisha, was?«

»Geishas kommen aus Japan, nicht aus Indien.«

Marlon schob sich eine Teigtasche in den Mund. »Immer nur Blondinen, das ist doch langweilig. Neuerdings stehe ich auf Schwarz.«

Ben-Luca blieb lieber bei der Sache. »Ich kapier es nicht. Was hat denn das, was Amrita gerade gesagt hat, mit Finn zu tun?«

Statt ihm direkt zu antworten, wandte Marlon sich an die Runde. »Jungs, wir haben doch fast alle eine Schwester oder eine Freundin. Und wenn es nur das Mädel von nebenan ist. Ich finde, als Verein, der von der Gemeinde unterstützt wird, haben wir eine Verantwortung für die Menschen hier. Deswegen will ich, dass wir für junge Frauen wie Amrita da sind, wenn sie uns brauchen. Wir bieten ihnen an, sie zu begleiten, ob zum Shoppen, zum Joggen, was auch immer. Wir drängen uns nicht auf, aber wenn jemand fragt, dann ist einer von uns zur Stelle. Was meint ihr? Machen alle mit?«

Wer konnte ernsthaft etwas gegen diesen Vorschlag haben? Ein freiwilliger Begleitservice – warum nicht? Für Ben-Luca jedoch lag die Sache anders. Zehn Monate lang war nichts passiert, und jetzt riefen sie diesen Service ins Leben. Wenn er dabei mitmachte, hielt er den Vater seines besten Freundes für schuldig. Jenen Mann, in dessen Haus er, seit er denken konnte, ein und aus ging wie in dem seiner eigenen Eltern.

»Wenn du mit Finn sprichst«, sagte Marlon, »dann sag ihm, es ändert nichts daran, dass er unser Kumpel und Kamerad ist. Trotzdem ist er bei dieser Sache außen vor. Das geht nicht, verstehst du? Wir müssen da als Team auftreten, als komplette Jugendmannschaft. Deswegen muss Finn … sagen wir … ein Weilchen Urlaub als unser Torwart machen.«

»Ich … ich weiß nicht, ob … ob ich …«, stammelte Ben-Luca. »Ob ich nicht auch außen vor sein sollte.«

Marlon sah ihm fest in die Augen, sah ihn an, lange und eindringlich, und sagte: »Im Ernst? Oh Mann, Ben-Luca. Tu uns das nicht an. Das wäre ganz schön unsolidarisch.«

»Ich glaube, ich habe besonders dir schon mal bewiesen, wie solidarisch ich sein kann.«

Damit brachte Ben-Luca ihn auf der Stelle zum Schweigen. Allerdings auch sich selbst, denn er dachte genauso ungern an diese Sache wie Marlon.

Glücklicherweise klingelte genau in diesem Moment sein Handy.

Eine halbe Stunde später stand Ben-Luca vor dem Campingplatz außerhalb Trenthins und blickte auf das Display seines Smartphones, wo der Cursor blinkend auf eine Eingabe wartete: mitmachen oder nicht mitmachen, schuldig oder nicht schuldig. Marlon wartete noch immer auf eine Antwort, und der Anruf hatte Ben-Luca lediglich eine Galgenfrist verschafft. Jeder von seinen Freunden war Mitglied der Mannschaft, und jeder hatte für Mitmachen gestimmt.

Er steckte das Smartphone in die vordere Tasche seiner Jeans, ging auf das Häuschen an der Einfahrt zum Campingplatz zu und klopfte an die Scheibe. Seine siebzehnjährige Cousine Lula, die eigentlich Tallulah hieß, die jüngere Schwester von Susann, öffnete ihm die Tür der Rezeption.

»Hi, da bist du ja endlich, das hat ja ewig gedauert.«

»Sorry, ich musste laufen. Hab neulich mein Fahrrad geschrottet.«

»Noch immer keinen Führerschein?«

»Das Geld bekomme ich erst, wenn ich eine Lehrstelle als Leichenvisagist antrete.«

»Ich wünschte, ich wäre schon achtzehn, aber so langsam wie zurzeit ist die Uhr noch nie gelaufen, das sag ich dir. In ein paar Monaten ist es endlich so weit, und dann bin ich hier weg, bevor jemand ›Stehen bleiben oder ich schieße‹ schreien kann. – So, du kennst dich ja aus. Um acht sperrst du ab. Da drüben liegt die Liste mit den Campern, die für heute angemeldet sind. Den Schlüssel vom Häuschen wirfst du wie immer bei uns zu Hause in den Briefkasten. Und wenn was ist, rufst du meine Eltern an oder den Notruf oder Superman, ist mir ganz egal, aber auf gar keinen Fall mich, okay?«

Er hoffte inständig, dass das nicht notwendig werden würde. Seit Susanns Ermordung waren sein Onkel und seine Tante nicht mehr dieselben Menschen. Den großen schwarzen Vogel – so nannte er das, was das Leben der beiden verdunkelte. Es klang einfach besser als Schmerz und Apathie und Irrsinn. Tallulah war die Einzige, die normal geblieben war.

Ben-Luca hatte auch vor dem Unglück manchmal auf dem Campingplatz ausgeholfen, um sich etwas dazuzuverdienen. So oft wie in den letzten Monaten allerdings noch nie. Eigentlich organisierten Tallulah und er den ganzen Laden, wobei die Arbeit an der Rezeption zu den leichtesten gehörte. Er wies den Neuankömmlingen die Plätze zu, machte sie mit den wichtigsten Regeln vertraut, gab ihnen ein paar Tipps und drehte dann und wann eine Runde, um nach dem Rechten zu sehen. Die meiste Zeit hockte er jedoch im oder vor dem Häuschen und legte die Beine hoch. Das Dumme war nur, dass sein Onkel und seine Tante neuerdings vergaßen, ihn zu bezahlen, und er sich angesichts ihres Zustands nicht traute, sie daran zu erinnern. Seine Mutter würde ihm die Hölle heißmachen, wenn er für einen weiteren Weinkrampf seiner Tante verantwortlich wäre.

Weil draußen die Nachmittagssonne brannte, setzte er sich auf den quietschenden, ziemlich unbequemen Bürostuhl im Innern des Häuschens und holte sein Smartphone hervor. Der Cursor auf dem leeren Display pulsierte. Mitmachen oder nicht, schuldig oder nicht schuldig?

So also fühlten sich Geschworene? Nur, dass die weder den Täter noch das Opfer näher kannten.

Sein Blick fiel auf die linke Ecke des Schreibtisches, wo normalerweise ein buchdeckelgroßes, gerahmtes Bild seiner verstorbenen Cousine stand. An diesem Tag war es umgestürzt, und er richtete es wieder auf.

Sie war wirklich hübsch gewesen – lange kastanienbraune, schimmernde Haare, eine tolle Haut, ziemlich große Brüste für ihr Alter und eine unnachahmliche Art zu gehen, irgendwie geschmeidig. Irgendwann mitten in der Pubertät hatte er sich in sie verknallt. Aber sie war mehr als ein Jahr älter, das ging gar nicht, und dann auch noch seine Cousine, so was von schräg. Es war eine kurze Verirrung, von der er nie jemandem erzählt hatte, nicht einmal Finn, und das wollte etwas heißen. Normalerweise erzählten sie sich alles, aber in diesem Fall… Finn hätte ihn ausgelacht oder für verrückt erklärt.

Susann war, tja, schon ein bisschen anders gewesen. Hatte sich kein bisschen für Jungs ihres Alters interessiert, hatte sie sogar ignoriert, so als wäre sie etwas Besseres. Und dann ihr Strebertum. Hatte sie sich etwas vorgenommen, dann kannte sie nichts anderes mehr und kämpfte so lange, bis sie ihr Ziel erreicht hatte: eine Schüler-App mit News zur Schule und dem

Umfeld, ein jährliches Jugend-Reitturnier im Lieper Winkel, die Spendensammlung für einen örtlichen Schäfer. Kurz, sie galt unter Gleichaltrigen als verkrampft, verkopft, abgehoben. Und dass die Erwachsenen so auf sie abfuhren, machte sie in den Augen der Jugendlichen noch uncooler. Trotzdem hatte er sich in sie verliebt, damals.

Wieso hat es ausgerechnet sie erwischt?, dachte er. Das war kein schöner Gedanke. Niemand hatte es verdient, im Wald die Kehle durchgeschnitten zu bekommen. Aber Susann war so jung gewesen, so hübsch, klug, begabt. Im Gegensatz zu ihm hatte sie schon gewusst, was sie mal aus ihrem Leben machen wollte – Wirtschaftsinformatik studieren. Für Zahlen und Formeln hatte sie schon vor Jahren geschwärmt, als ihre Klassenkameraden noch so taten, als würde ihnen das Berufsleben ebenso erspart bleiben wie eine Zahnspange oder ein Fernsehabend mit Florian Silbereisen. Nein, Susann war tough gewesen. Er hatte sie gewiss an die hundert Mal gezeichnet. Wenige Wochen vor ihrem Tod hatte sie es zufällig mitbekommen, ihm zugeblinzelt und gesagt: »Trenthin ist der romantischste Ort auf der Welt.«

»Das ist nicht fair.«

Ben-Luca neigte nicht zu Selbstgesprächen, aber beim Blick in Susanns Augen strömte der Satz wie selbstverständlich aus seinem Mund. Es war nicht fair, dass ihr Tod unbestraft bleiben würde, nur weil der allerletzte Beweis fehlte. Weil irgendjemand hundertprozentig korrekt sein wollte. Weil die minimale Möglichkeit bestand, dass ein anderer sie ermordet haben könnte als Holger Simonsmeyer.

Er tippte die Kurznachricht an Marlon: »Ich mache mit.«

Eine Minute lang starrte er auf die Senden-Taste, bis er den Text wieder löschte.

Nach einer weiteren Minute, in der er nur herumsaß, machte er einen Rundgang über den Campingplatz, grüßte hier und da einen Stammgast, der sein Bierchen im Freien trank, und plauderte mit fröhlichen Menschen, die nicht ahnten, dass er keine Lust aufs Plaudern hatte. Endlich gelangte er ans Ufer, wo Achterwasser und Peenestrom sich trafen, und blieb stehen. Das Festland auf der anderen Seite war in milchiges Weiß getaucht.

Usedom kam ihm vor wie eine liebe Tante, die ihr Sonntagsgesicht zeigte, wenn sie zu Besuch kam – schön, gepflegt, feenhaft. Man sah ihr die Probleme nicht an, die Geldsorgen, die Abwesenheit junger Menschen in ihrem Leben, das Fehlen von gutbezahlter Arbeit. Die meisten von Ben-Lucas Altersgenossen sprachen vom Weggehen. Sie wollten in die großen Städte, nach Berlin, Hamburg oder Leipzig, wo die Arbeitsmöglichkeiten zahlreicher und vielfältiger waren, oder sie wollten studieren, irgendwo weit weg. Auch Ben-Luca dachte daran. Er wusste jedoch, woanders würde er die ganze Zeit über nur an seine Insel denken, an die Stille am Abend, an die Stunden, in denen er mit dem Boot den Bodden durchmaß, an die Pferde und die Feste, wo er fast jeden kannte …

Zum Kotzen schön – so nannte es seine Cousine Tallulah, die vielleicht in ein paar Wochen ihre Koffer packen würde, um den, wie sie sagte, tristesten Ort südlich von Spitzbergen zu verlassen.

Usedom, vor allem das Achterland, das war Frieden, das war Natur, das war Freundschaft.

»Ich mache nicht mit«, tippte er in sein Smartphone. Wieder schwebte sein Daumen über der Senden-Taste, wieder zog er ihn zurück. Mit geschlossenen Augen legte er das Handy zur Seite.

Die Nachricht im Briefkasten brachte alles wieder an die Oberfläche, was monatelang in den dunklen, bracken Tiefen der Verdrängung geruht hatte. Susanns beste Freundin schickte mal wieder eine Grußkarte an die »liebe Familie Illing«.

»*Fuck*«, zischte Tallulah. Lange betrachtete sie die Karte wie etwas, von dem man nicht wusste, ob man es im Haus dulden wollte, etwa den langhaarigen Köter der Nachbarn. Nichts sprach dagegen, die Einladung zusammen mit den Werbebriefen in den Mülleimer zu werfen, so wie sie es schon drei-, viermal gemacht hatte. An diesem Tag entschied sie sich anders.

Ihre Mutter saß in dem Ohrensessel vor dem Fernseher und sah sich eine der Quizsendungen an, von denen sie seit Monaten nicht genug bekam. Schon morgen würde sie nicht mehr sagen können, welche Fragen gestellt worden waren, welche Promis mitgespielt, wer gewonnen hatte.

»Hallo, Mama.«

»Lula? Bist du das?«

»Wer nennt dich denn sonst noch Mama?«

»Ich bin eingenickt, und für einen Moment dachte ich …« Sie schaltete die Lautstärke des Fernsehers eine Spur höher. »Wo kommst du denn her?«

»Ich bin heute Vormittag im Achtelfinale von Wimbledon ausgeschieden und völlig erledigt. Wo soll ich denn herkommen, Mama? Ich war auf dem Campingplatz. Hier ist der Vertrag für den neuen Kassierer im Shop, den müssen Papa und du unterschreiben.«

»Welcher Shop?«

»Na, der kleine Supermarkt auf dem Campingplatz. Der heißt jetzt Shop. *Lädchen* klingt zu altmodisch.«

»Die Camper kaufen dort ein, ob es nun *Lädchen* heißt

oder *Shop*. Das war und ist nicht nur meine Meinung, sondern auch die deines Vaters und von … Jedenfalls nicht nur meine Meinung.«

Tallulah seufzte. »Und das hier ist die Rechnung vom Elektriker, die muss bis Ende des Monats überwiesen werden.«

»Eintausendzweihundert Euro. Das ist viel mehr als letztes Jahr.«

»Er hat wohl die Preise erhöht.«

»Unmöglich«, rief Tallulahs Mutter empört. »Susann hatte mit dem alten Herrn Hannef einen Festpreis ausgehandelt.«

Tallulah verdrehte die Augen. »Der alte Hannef ist in Rente gegangen, und der junge Hannef, der inzwischen auch schon auf die fünfzig zugeht, hat eben die Preise erhöht.«

»Das darf er nicht. Ausgehandelt ist ausgehandelt.«

Es war nicht schwer für Tallulah, in den Augen ihrer Mutter zu lesen: Susann hätte das nie zugelassen.

»Was hätte sie getan?«, fragte sie und funkelte ihre Mutter absichtlich provozierend an. »Vielleicht eine Affäre mit dem jungen Hannef angefangen, um die Preise zu drücken? Auf Männer in den Vierzigern stand sie ja angeblich.«

Mareike Illing stützte die dünnen Arme auf die Sessellehnen und stemmte den schmächtigen Körper mühsam in die Höhe, als stelle er eine ungeheure Last dar. Seit Susanns Tod hatte sie fünfzehn Kilo abgenommen und war optisch um ebenso viele Jahre gealtert. Für einen Moment sah es so aus, als wolle sie ihre jüngere, nunmehr einzige Tochter ohrfeigen oder zumindest mit bitterbösen Vorwürfen überschütten. Doch Tallulah machte sich dahingehend keine Sorgen. Physisch war sie in diesem Haus noch nie geschlagen worden, und was die Vorwürfe anging, so war ihrer Mutter die Fähigkeit dazu völlig abhandengekommen. Jede Empörung brach stets binnen Sekunden in sich zusammen, so auch diesmal. Mareike Illing sackte in den Sessel zurück, stützte das faltige, farblose Gesicht in die Hände und weinte.

Wann immer das passierte – und es passierte mehrmals in der Woche, auch in der Öffentlichkeit –, tat es Tallulah im Herzen weh, und der Triumph über das gewonnene Scharmützel wich einer tief empfundenen Melancholie.

»Komm schon, Mama, es tut mir leid. Ich habe es nicht so gemeint«, sagte sie, was sowohl die Wahrheit als auch eine Lüge war.

Dass ihre Mutter weinte, tat ihr tatsächlich zutiefst leid. Die Tränen brachten sie beinahe dazu, selbst welche zu vergießen. Sie verspürte Reue – und wusste zur selben Zeit, dass es nur eine halbe war, dass es morgen, übermorgen oder nächste Woche zu einer ähnlichen Situation kommen würde. Diesen Kreislauf konnte man ebenso wenig unterbrechen wie das Pulsieren des Blutes durch die Adern, zumindest nicht mit friedlichen Mitteln.

»Sieh mal, Mama, das hier war in der Post«, sagte sie und schob ihr Kathrins Grußkarte in die feuchten Hände.

Mareike Illing las langsam, sehr langsam. Schließlich glitt ein Lächeln über ihre Lippen, ein Finger über die sorgsam gesetzten Worte.

»Kathrin ist ein gutes Mädchen. Eine bessere Freundin kann man sich nicht wünschen. Susann hatte so viel mit ihr gemeinsam, und keiner außer mir und deinem Vater hing mehr an ihr als Kathrin.«

In dieser kurzen Aufzählung kam Tallulah nicht vor, das hätte sie auch weder verdient noch gewünscht. Trotzdem versetzten die Worte ihr einen Stich, was sie überspielte, indem sie das Haar ihrer Mutter streichelte.

»Kathrin konnte Susann zum Schluss gar nicht mehr so gut leiden«, murmelte Tallulah.

»Was hast du gesagt?«

»Soll ich dir etwas aus der Küche bringen?«

»Ich habe alles«, erwiderte ihre Mutter, lehnte sich zurück, presste die Karte an die Brust und erhöhte die Lautstärke des Fernsehers ein weiteres Mal.

»Erstes weibliches Wesen im All«, wiederholte sie die Frage des Showmasters. »Hast du eine Ahnung?«

Tallulah zuckte mit den Schultern, wollte einen Witz machen. »Miss Piggy, die hat in der *Muppet Show* bei *Schweine im Weltraum* mitgemacht.«

Ihre Mutter sah zu ihr hoch, ohne eine Miene zu verziehen, und wieder las Tallulah mühelos in ihren Gedanken: Susann hätte die Antwort gewusst.

Um zu ihrem Zimmer zu gelangen, musste Tallulah an Susanns Zimmer vorbei, und fast immer blieb ihr Blick eine Sekunde lang auf der Türklinke haften. Aber nur selten ging sie hinein, meist, um irgendetwas an sich zu nehmen, einen Schal vielleicht, eine Halskette oder ein Sofakissen. Auch ein paar kleinere Möbel hatte sie gegen ihre eigenen ausgetauscht. Ihre Eltern hatten nichts dagegen, oder besser gesagt, sie bekamen es erst gar nicht mit. Anders als in zahlreichen Büchern und Filmen dargestellt, in denen die Eltern aus dem Zimmer ihres toten Kindes eine Kultstätte machten, kümmerten sich Tallulahs Eltern überhaupt nicht darum. Sie vermieden es sogar, das Obergeschoss zu betreten, und da sich das Elternschlafzimmer im Erdgeschoss befand, hatte Tallulah den ersten Stock für sich.

Wie eine entstellende Krankheit breiteten sich seither Schmutz und Durcheinander in ihrem Herrschaftsbereich aus. Wohin man auch sah, überall standen oder lagen Dinge beieinander, die von Natur aus nicht zusammengehörten, etwa ein BH und eine leere, fettige Pizzaschachtel neben der Kloschüssel oder ein Stück Käserinde im Zahnputzbecher, der noch Susann gehörte. Tallulah wusste nicht, warum das passierte, es geschah einfach.

Sie sah sich im Badezimmer um, ohne etwas zu suchen oder einen Gegenstand zu fixieren, drehte sich mehrmals um die eigene Achse, bis ihr schwindelte und sie sich auf den Toilettendeckel setzen musste. Die Hände vor den geschlossenen Augen, atmete sie ein paarmal tief ein und aus, und als sie die Hände senkte, sah sie sich selbst vor ihr auf dem Boden liegen.

Genau dort war sie vor knapp zwei Jahren niedergesunken in ihr eigenes Blut, das aus der linken Pulsader quoll. Sie erinnerte sich noch an die klebrige Wärme auf ihrer Wange und an das satte Rot, das ihre Haare tränkte und zäh wie ein Lavastrom an ihrem Auge vorbeifloss. Aus Susanns Zimmer auf der anderen Seite des Ganges wehte eine Mozartsonate für Violine und Flöte herüber, gespielt von ihrer Schwester und deren Freundin Kathrin. Tallulah wusste noch, wie schade sie es fand, dass die Melodie abrupt abbrach, obwohl sie klassische Musik eigentlich nicht mochte. Während das Leben aus ihrem Körper strömte, war Gelächter zu hören, dann Stimmen auf dem Flur, ein Gespräch über einen möglichen gemeinsamen Urlaub in Andalusien, dann die Türklinke, ein Klopfen, schließlich ihr Name. *Lula, wie lange dauert es noch, Lula,*

Lula, Tallulah mach auf. Ein Hämmern an der Tür. *Oh mein Gott, das ist Blut, Lula, Lula*, schließlich ein Bersten …

Zwei Jahre später öffnete sie erneut den kleinen Spiegelschrank, das Türchen knarrte noch immer so wie früher, und zwischen Wattestäbchen, Nagellack und Eyeliner lagerte eine neue Packung Rasierklingen. Susann hatte die alte damals entsorgt und sorgsam überwacht, dass sich so etwas nicht wiederholte. Sie spann ein Netz von Spionen um Tallulah herum, bezog Nachbarn, Lehrerinnen, Klassenkameraden und alle Verwandten ein. Mehr als einmal durchsuchte sie in den Monaten nach dem Vorfall heimlich Tallulahs Zimmer – ein Witz. Immerhin machte Tallulah dies beim Zimmer ihrer Schwester schon seit Jahren, mit dem Unterschied, dass Susann es nicht merkte.

Natürlich schlüpfte Susann nicht nur in die Rolle der neugierigen Gouvernante, sondern auch in die der sich kümmernden Schwester. Vorher hatte sie sich nie, wirklich niemals für Tallulah interessiert, aber plötzlich kannte sie fast ein halbes Jahr lang kein anderes Betätigungsfeld mehr. Sie versuchte, Tallulah in ihre Aktivitäten einzubeziehen, überredete sie, mit ihr und Kathrin nach Andalusien in Urlaub zu fahren, besorgte ihr eine Therapeutin – kurz, sie machte all das, was eigentlich Aufgabe ihrer Eltern gewesen wäre. Mit jedem Tag hasste Tallulah ihre Schwester ein bisschen mehr, ein sich verschlimmernder Zustand, der erst am Tag von Susanns Tod endete.

Nein, dachte Tallulah, heute nicht, heute ist kein Tag fürs Sterben. Vorsichtig schloss sie das Türchen des Spiegelschranks wieder.

Worauf hatte sie stattdessen Lust? Der lauwarme Prosecco,

den sie sich in ihrem Zimmer gönnte, schmeckte herrlich süß. Nach dem dritten Glas holte sie die Tagebücher aus dem Versteck im Kleiderschrank hervor. Keines davon hatte sie selbst geschrieben. Nach Susanns Ermordung war die Polizei aufgetaucht und hatte deren Zimmer nach möglichen Anhaltspunkten durchsucht, die sie auf die Spur des Täters bringen könnten. Tallulah hatte den Beamten frech ins Gesicht gelogen, dass sie sicher sei, ihre Schwester habe kein Tagebuch geführt. Sie fanden auch keins – Tallulah hatte sie zuvor alle an sich genommen. Von deren Existenz hatte sie wegen ihrer Schnüffeleien in Susanns Zimmer schon lange gewusst.

Über die Jahre hatte sie einzelne kleine Gegenstände von ihrer Schwester geklaut, Dinge, die so unbedeutend waren, dass man, selbst wenn man die Sachen irgendwann vermisste, unmöglich jemanden des Diebstahls beschuldigen konnte, ohne sich lächerlich zu machen: ein Haarband, das im Fünferpack vier Euro kostete, ein Probefläschchen Chanel, die Mütze eines Kostüms, das ihre Schwester vor Ewigkeiten zu Halloween getragen hatte. Tallulah hätte niemandem erklären können, warum sie das tat, so wenig wie sie wusste, warum sie den Beamten vor zehn Monaten nichts von den Tagebüchern erzählt oder warum sie sich vor zwei Jahren die Pulsadern aufgeschnitten hatte. Das alles geschah nicht direkt gegen ihren Willen, aber auch nicht infolge ihres Willens. Es war vielmehr so, als hätte sich ihr Wille vor einigen Jahren verabschiedet. Sie war abends mit ihm ins Bett gegangen und am nächsten Tag ohne ihn aufgewacht, so als wäre er ein abtrünniger Liebhaber.

Tallulah griff zum Feuerzeug. Vor ein paar Monaten hatte sie angefangen zu rauchen. Nicht einmal das hatte ihre Eltern zu Kritik oder wenigstens Kenntnisnahme verleitet.

In der einen Hand hielt sie das Tagebuch, in der anderen das brennende Feuerzeug. In einer Minute schon könnte auch der allerletzte Gedanke, den ihre Schwester jemals gedacht hatte, in Rauch aufgegangen sein. Es wäre eine Art zweiter Tod, nachdem der erste sie nicht wirklich hatte sterben lassen. Im Gegenteil, Susann schien ein größerer Felsbrocken auf Tallulahs Lebensweg zu sein als zu ihren Lebzeiten.

Sie knallte das Feuerzeug an die Wand. Es fiel in eine Ecke, wo sie es eine Weile betrachtete, bevor ihr Blick zu dem Tagebuch wanderte. Der Genuss, Susanns Worte zu verbrennen, wäre viel zu kurz. Sie sollte noch einmal sterben, aber diesmal ganz langsam. Daher schlug Tallulah eine beliebige Seite eines beliebigen Bandes auf. Noch nie hatte sie darin gelesen, keine einzige Zeile. Wohl aus Feigheit. Sehr wahrscheinlich stand darin auch etwas über sie, und Tallulah wollte ihrer Schwester nicht noch eine Gelegenheit geben, sie über ihren Tod hinaus zu ärgern oder gar zu verletzen.

An diesem Abend jedoch war etwas anders. Vielleicht war es nur der Prosecco, der wild durch ihre Adern pulsierte, vielleicht auch der Entschluss, die Schule abzubrechen. In ein paar Monaten wäre sie achtzehn, dann würde sie irgendwo weit weg eine Lehre als was auch immer anfangen und niemals wieder mit Susann verglichen werden. Ein neues Leben. Doch vorher musste sie mit dem alten abschließen.

Tallulah las. »Mein erstes Haiku« stand da. Was zum Teufel war ein Haiku? Darunter folgte ein dreizeiliges Gedicht.

Sonne im Fenster
Staub wirbelt in den Strahlen
Wärme auf der Haut

Wirklich allerliebst. Susanns pubertäre Abgründe waren so

tief wie der Boden einer Puppenstubentasse. Tallulah riss die Seite wenig achtsam heraus, presste sie zu einem Kügelchen zusammen und stopfte es sich in den Mund.

Sie hob das Glas, als wolle sie jemandem zuprosten, der gar nicht da war, trank den Prosecco und nahm sich einen anderen Band aus dem Stapel vor.

Ich weiß nicht, ob es richtig ist, dass wir uns so schnell aufeinander einlassen. Wie der Goldregen der Danae fiel es auf uns herab, das Glück, dabei ist es sonst gar nicht meine Art, Dinge ungeprüft aufzuheben und in die Tasche zu stecken. Als ich ihm von meinem Zweifel erzählte, lächelte er nur. Und fragte dann zärtlich: »Wer ist Danae?«

Ich liebe diese Momente, in denen er ganz nahe bei mir sitzt und mir tief in die Augen schaut. Wäre es nicht so abgedroschen, würde ich sagen, ich habe mich in seinen Augen verloren. Aber das kann man heutzutage wirklich nicht mehr schreiben. Nein, ich behaupte stattdessen, dass ich unter seinem Blick zur Ruhe komme. Ich bin kein bisschen aufgeregt, denn ich bin ganz sicher, dass wir zusammenkommen werden, richtig und endgültig. Forever.

Sobald er nicht bei mir ist, setzen die Zweifel ein. Eine ganze Welt steht zwischen uns, so viele Hürden (das Alter, die Familie), und eine einzige genügt, um uns auf die Nase fallen zu lassen. Außerdem – wir sind wirklich sehr verschieden. Kann das gutgehen? Nur in Büchern und Filmen, meine ich. Und nicht mal dort klappt es immer, man denke an Anna Karenina.

Er müsste für mich so viele Opfer bringen … Und Mama und Papa würden es auch nicht verstehen.

Über so etwas grübele ich eine ganze Woche nach, und dann sehen wir uns wieder, und alles ist wie weggewischt.

Wir müssen uns bald entscheiden, so kann es nicht weitergehen. Ich hasse Heimlichkeiten. Ich hasse, hasse, hasse sie. Und wenn wir es nicht offenlegen, dann tut es jemand anderes. Marlon Ritter hat uns schon zweimal zusammen gesehen, beim zweiten Mal hat er blöde gegrinst – was ihm nicht schwerfällt. Und Finn ahnt auch etwas, glaube ich, er hat uns sogar noch häufiger gesehen. Es ist einfach nicht richtig, so weiterzumachen …

Tallulahs Handy meldete eine neue Nachricht. Sie warf das Tagebuch auf den Boden, schaute begierig auf das Display, öffnete ihren Facebook-Account.

Farhad: *Hallo, Honigmund. Bist du da?*

Sie trank einen Schluck Prosecco und antwortete.

Lula: *Bin da, bin da!!! Freue mich schon den ganzen Tag auf dich. Wollen wir skypen?*

Farhad: *Geht nicht, heute ist Bauchtanz-Abend in der Bar, ist ein Höllenlärm hier. Die Neue kommt prima an, echt gute Stimmung.*

Lula: *Würde auch gerne Bauchtanzen können.*

Farhad: *Das ist nichts für dich, Honigmund.*

Lula: *Warum?*

Farhad: *Würde dich nie vor anderen Männern tanzen lassen.*

Lula: *Okay, dann nur für dich.*

Farhad: *Das ist was anderes. Wie viele Tage noch?*

Lula: *33 Tage und fünf Stunden. Dann bin ich frei. Ist noch eine Ewigkeit.*

Farhad: *Stell dir vor, die Tage sind Zentimeter. Dann ist die Hürde ungefähr nur noch so groß wie mein Labrador. Nächste Woche ist sie ein Dackel.*

Lula: *Haha, du bist so lustig, Farhad. Am liebsten würde ich meiner Mutter ins Gesicht sagen, dass ich sie in 33 Tagen für immer los bin. Bei meinem Vater ist es egal, der ist eh die ganze Zeit besoffen.*

Farhad: *Lass mal, Honigmund. Je weniger Leute von uns wissen, desto besser. Du hast doch hoffentlich keinem von uns erzählt, oder? Hatten wir so besprochen.*

Lula: *Na ja, ich habe Amrita von uns erzählt.*

Farhad: *Wer ist Amrita?*

Lula: *Die Tochter vom Inder hier im Ort. Wir haben uns neulich angefreundet. Sie ist auch ein Outsider, verstehst du?*

Farhad: *Okay. Amrita also. Und wem noch?*

Lula: *Niemandem. Ich schwöre.*

Farhad: *Hast du schon mal.*

Lula: *Nicht böse sein. Mit irgendwem muss eine Frau ab und zu reden.*

Farhad: *Hier warten eine Menge Frauen auf dich, mit denen du reden kannst.*

Lula: *Freue mich schon drauf. Und auf Berlin. Und ganz besonders auf dich!!!*

Farhad: *Jetzt sind es nur noch 33 Tage, vier Stunden und 45 Minuten. Der Hund ist geschrumpft. So, Honigmund, ich muss Schluss machen, volle Bude heute.*

Lula: *Schade. Tschau, Schatzi.*

Sie trank ein Glas Prosecco auf ex und schenkte sich ein weiteres ein, bevor sie Swanny ergriff, den Stoffschwan, den sie sich mit elf Jahren von ihrem Taschengeld gekauft hatte. Er musste ungefähr so groß sein wie Farhads Labrador, doch inzwischen war er in die Jahre gekommen und brauchte dringend eine Wäsche. So verdreckt Swanny auch war, ihn zu knuddeln war – neben dem Chatten mit Farhad – das Einzige, was Tallulahs Abende erträglich machte.

Ihr Blick fiel auf Susanns Tagebuch. Schon verrückt, dachte Lula, dass sie am Ende tatsächlich etwas mit Susann gemeinsam hatte: Sie beide hatten Liebhaber, die nicht in ihrem Alter waren und von denen niemand etwas wissen durfte.

Einige Monate später, September

Ein Kreuz aus weißem Holz, an einen Birkenstamm genagelt und von der Witterung schon ein wenig angefressen, dazu ein Strauß frischer Tulpen, ein paar einzelne, vertrocknete Rosen, in Folie eingewickelt, sowie einige Fotos und Briefe, die an das untere Ende des Kreuzes gepinnt waren. Neun Monate nachdem ich den Tatort zum ersten Mal besucht hatte, starrte ich wieder auf die schwarz eingravierte Inschrift: »Hier hat dich dein Mörder des Lebens und einer wunderbaren Zukunft beraubt.«

Einige Fotos zeigten Susann als Kind: mit einer Zuckertüte bei der Einschulung, auf einem Gymnastikball, winkend auf einem Ast. Andere als Jugendliche: auf einem Pferd, beim Schulausflug vor dem Kolosseum, mit einer Geige vor Publikum. Eines konnte nicht lange vor ihrem Tod aufgenommen worden sein: Susann mit Vater, Mutter und Schwester vor dem Rezeptionshäuschen des Campingplatzes, der nur ein paar Steinwürfe entfernt lag.

Auf einigen Zetteln standen erschütternde Botschaften wie: *Mein Baby, ich vermisse dich so sehr* oder *Ohne dich hat alles keinen Sinn mehr*. Einem kleinen elektrischen Licht in Kerzenoptik, wie es sie in manchen Kirchen oder Bars gab, war die Energie ausgegangen.

Wieder an diesem Ort zu stehen, war nicht weniger berührend als beim ersten Mal, und doch irgendwie anders. Ich versuchte zu begreifen, warum. Was hatte sich geändert?

Die Natur einerseits. An jenem kalten Wintermorgen, als die Rufe der Krähen die Einsamkeit betont hatten und das Herbstlaub am Boden von Frost überzogen gewesen war, hatte diese Stätte des Trauerns und Gedenkens eine andere Melancholie verströmt als nun im Spätsommer. Diesmal pulsierte das Leben des Waldes, flatterten junge, lebenshungrige Zeisige von Ast zu Ast, zogen am Himmel zwischen den sattgrünen Baumkronen die ersten Gänse gen Süden oder suchten sich ihr Winterquartier auf Usedom.

Aber auch die fünf sinnlosen Toten, die auf den sinnlosen Tod von Susann gefolgt waren, änderten meine Betroffenheit, indem sie sie verstärkten.

Ich wischte den Schmutz von der Inschrift. *Susann Illing*, stand da, *geboren 2. Februar 1997, gestorben 29. September 2017*.

Die meisten Menschen mit Anfang bis Mitte vierzig haben wie ich schon einmal über den Tod nachgedacht, auch wenn er noch von ferne grüßt und wir seinen Blicken ausweichen. Ein Tod mit siebzig, achtzig, neunzig war naturgemäß und irgendwie auch fair. Aber mit zwanzig, da kommt er von hinten als fieses Scheusal.

In Susanns Fall war der Tod nicht nur symbolisch gesprochen von hinten gekommen, sondern physisch. Der Mörder hatte gewartet, bis Susann sich von ihm abgewendet hatte, und sie dann mit einem tiefen Kehlenschnitt überrascht. Sie hatte nicht die geringste Chance gehabt. All ihre Sportlichkeit, ihre Ausdauer hatten ihr nicht helfen können.

Aufgrund dieses Aspekts waren Polizei und Staatsanwaltschaft davon ausgegangen, dass Susann ihren Mörder gekannt hatte. Welche junge Frau würde schon, wenn sie allein im Wald joggte, einem Fremden den Rücken zudrehen? Da es keine weiteren Anzeichen von Gewalteinwirkung gab – Prellungen, Schürfwunden oder dergleichen –, war es offenbar zu keinem Kampf gekommen.

Und noch ein anderer Umstand sprach für diese Annahme. Jener Teil des Waldes war bewirtschaftet, es gab nur wenige junge Bäume und so gut wie kein Gebüsch. Alles war aufgeräumt und übersichtlich. Ein schlechter Platz, um ein Verbrechen zu begehen. Sogar ein hundsmiserabler. Der Täter konnte sich nicht verstecken, um dem Opfer aufzulauern. Die Birkenstämme waren viel zu dünn. Dort offen herumzulungern, um auf ein geeignetes Opfer zu warten, war sehr riskant und deshalb nicht plausibel.

Ging man allerdings davon aus, dass Täter und Opfer sich kannten, ergab alles einen Sinn. Susann unterbrach ihren Lauf, es kam zu einer kurzen Unterhaltung, vielleicht auch zu mehr – je nachdem, wie nahe sie sich standen –, und im richtigen Augenblick schlug der Mörder zu. Die Frage war nur, wer sie getötet hatte, und dabei spielte die Geografie eine zentrale Rolle.

Die Stelle, an der ich stand, jene Stelle, wo Susann ermordet worden war, befand sich auf einem Waldweg zwischen zwei markanten Punkten. Der eine war der Campingplatz, an dem eine kleine Landstraße entlangführte, die den Waldweg kreuzte. Der andere war der Wanderparkplatz, der in diesem Fall von entscheidender Bedeutung war. Wer auch immer Susann abgefangen hatte, war also entweder aus Richtung des Campingplatzes oder vom Wanderparkplatz gekommen – sofern er nicht quer durch den Wald gelaufen war.

In der Nacht vor Susanns Ermordung hatte sich ein Gewitter über Usedom entladen, gefolgt von langanhaltendem Regen. Der Waldboden war durchweicht, doch der Regen hatte zur Tatzeit bereits aufgehört – hervorragende Bedingungen für die Spurensicherung. Dutzende Kriminalbeamte hatten die Umgebung jenseits des Weges akribisch und großräumig abgesucht und nicht einen einzigen Sohlenabdruck oder eine andere Spur gefunden, die darauf hindeutete, dass der Mörder quer durch den Wald gegangen war. Die Fehlerquote belief sich laut Gutachten auf eins zu achtzigtausend.

Somit kam den beiden Zeugen an den zwei Zugängen zum Waldweg eine herausragende Bedeutung zu. Der eine war Beat Beuthel, ein schweizerischer Tourist, der wie jedes Jahr mit seiner Frau den August an der Ostsee verbrachte. Zu ihrem Bedauern hatten sie mit ihrem Wohnmobil einen Platz zugeteilt bekommen, der ihnen nicht gefiel, weit weg vom Ufer, mit Blick auf die Landstraße und den Waldweg. Während seine Frau zur Tatzeit einen Bernsteinsucher-Kurs belegte, saß er vor dem Wohnmobil und verfolgte im Radio das Freundschaftsspiel der Fußballnationalmannschaften der Schweiz und Luxemburgs. Nach eigener Aussage verließ er zwei Stunden lang kein einziges Mal seinen Sitzplatz, rauchte in dieser Zeit fast eine halbe Packung Zigaretten und trank zwei Flaschen Bier. Unter Eid sagte er aus, dass in dieser Zeit keine Menschenseele den Eingang zum Waldweg passiert habe, der nur wenige Meter an seinem Wohnmobil vorbeiführte und von dem er lediglich durch einen Maschendrahtzaun getrennt war.

Von dieser Seite konnte der Mörder also nicht gekommen sein, und in diese Richtung konnte er nach der Tat auch nicht geflohen sein, schenkte man dem Schweizer Glauben.

Noch wichtiger waren die Beobachtungen von Sieglinde Diebert aus Kassel, die sich an jenem Nachmittag auf dem Wanderparkplatz befand. Zusammen mit ihrem Mann saß sie im Führerhaus ihres Wohnmobils. Sie warteten auf ein befreundetes Pärchen aus Sachsen, mit dem sie sich treffen und gemeinsam weiterfahren wollten. Ihr Mann las Zeitung, sie häkelte Topflappen. Von ihrer erhöhten Position aus konnte sie den gesamten Parkplatz überblicken, und außer ihrem Wohnmobil befand sich dort nur ein weiteres Fahrzeug. Der hellblaue Audi stand allerdings hinter zwei Bäumen, sodass Frau Diebert nur eingeschränkt Sicht darauf hatte.

Wen sie bei Gericht trotzdem definitiv wiedererkannte, war Holger Simonsmeyer. Im Zeugenstand beschrieb sie ihn – zur hellen Freude des Publikums im Gerichtssaal – als Mann mit der Figur und Ausstrahlung von Erol Sander, nur besser aussehend und natürlich jünger. Er sei einmal kurz ausgestiegen, um etwas in den Kofferraum des Audi zu legen oder daraus hervorzuholen, in diesem Punkt war sie sich nicht sicher. Genau in dem Moment sei eine junge Frau auf dem Parkplatz eingetroffen und zu ihm ins Auto gestiegen, eine Joggerin mit langen braunen Haaren, die sie zu einem Pferdeschwanz zusammengebunden hatte. Schwarze Hotpants, grünes Lycra-Top. Was in dem Auto vorging, entzog sich der Kenntnis der Zeugin, da die Frontscheibe stark spiegelte und die Bäume die Sicht einschränkten.

Nach etwa zehn bis fünfzehn Minuten sei die Joggerin wieder ausgestiegen. Sie wirkte erregt, was Frau Diebert daran festmachte, dass sie ein paarmal im Kreis lief, wobei sie die Hände in die Hüfte stemmte und sich immer wieder auf die Lippen biss, so als habe sie gerade etwas Beunruhigendes erfahren. Dann sei sie weitergelaufen, den Waldweg entlang. Sie habe noch zu ihrem Mann gesagt, erklärte Frau Diebert vor Gericht, dass sich da ein heimliches Liebespärchen zerstritten habe. Dann sei sie auf Toilette gegangen, und als sie zurückkam, sei der Fahrer gerade von irgendwo zurückgekehrt, eingestiegen und … Tja, genau da waren ihre Freunde eingetroffen, und nach einem kurzen Hallo fuhren sie gemeinsam davon.

Eine halbe Stunde später wurde Susann Illing tot aufgefunden, in schwarzen Hotpants, einem grünen Lycra-Top und mit einem Pferdeschwanz.

Kein Wunder, dass Polizei und Staatsanwaltschaft sich schnell auf Holger Simonsmeyer eingeschossen hatten. Warum er dort parkte, wieso Susann zu ihm in das Auto stieg, was sie darin machten oder besprachen und wieso er ihr vermutlich nachgegangen war – all diese Fragen blieben unbeantwortet, da Holger Simonsmeyer von seinem Recht auf Aussageverweigerung Gebrauch machte.

Nun könnte man meinen: Klare Sache, er war's. Wenn keiner aus der Mitte des Waldes und niemand aus Richtung Campingplatz Susann hatte abfangen können, wenn sie kurz vor ihrem Tod mit dem Angeklagten gesprochen, vermutlich sogar gestritten hatte, wenn er ihr daraufhin gefolgt war – wer sonst käme für den Mord in Frage?

An diesem Punkt kam *die Person* ins Spiel, Person X. Während des Prozesses wurde sie so genannt und vor allem von der Verteidigung immer wieder genüsslich angeführt. Wer war diese Person?

Fest stand im Grunde nur, dass es sie gab. Etwa eine Viertelstunde bevor Susann auf der Bildfläche erschien, war jemand anderes quer über den Wanderparkplatz und in gemächlichem Tempo weiter in Richtung Waldweg gegangen, bekleidet mit einer Jeans und einer Sweatjacke oder einem Anorak, die Kapuze tief ins Gesicht gezogen. Letzteres konnte mit den starken Windböen zu tun haben, die an jenem Tag über die Insel fegten. Männlich oder weiblich, Körpergröße, schlank oder weniger schlank, jung oder alt – Sieglinde Diebert konnte beim besten Willen keine genauere Beschreibung abgeben. Zu diesem Zeitpunkt kämpfte sie mit einer verlorenen Masche ihres Topflappens, während ihr Mann in seine Zeitung vertieft war.

Besonders interessant wurde Person X, wenn man sich noch einmal die Zeugenaussage Beat Beuthels vor Augen hielt. Er war sich absolut sicher, dass niemand aus dem Wald herausgekommen war. Wo also war der Spaziergänger – besagte Person – abgeblieben? Sie könnte kurz vor dem Campingplatz kehrtgemacht haben, weil sie die Landstraße bemerkte und dort nicht weitergehen wollte. Das würde bedeuten, die Person und Susann wären sich begegnet. Möglicherweise liefen die beiden einfach nur aneinander vorbei, und der oder die Unbekannte überquerte auf seinem oder ihrem Rückweg erneut den Wanderparkplatz, nachdem die Zeugin Diebert bereits abgefahren war. Ja, möglich.

Möglich aber auch, dass die Person der Täter war. Nicht für die Staatsanwaltschaft, wohl aber für die Verteidigung. Das Gericht sagte daraufhin: Wir wissen es nicht, und wenn wir es nicht wissen, dann zweifeln wir, und wenn wir zweifeln, dann dürfen wir nicht verurteilen.

Es war Person X, der Holger Simonsmeyer den Freispruch verdankte, ob nun zu Recht oder zu Unrecht.

An Mareike Illing, der Mutter der ermordeten Susann, fiel mir als Erstes auf, dass sie deutlich besser aussah als bei meinem Besuch im Januar. Zwar waren ihre Wangen noch immer eingefallen, und der Teint war grau, doch ihre Augen funkelten mir freudig entgegen, als ich am Gartentor auftauchte, und ein Lächeln ging über ihre Lippen. Ich hatte mich auf das Schlimmste vorbereitet und war erleichtert, dass sie die dunkelste Trauer überwunden zu haben schien.

Erste Zweifel kamen mir, als ich das Gartentor öffnen wollte. Es brauchte einiges an Muskelkraft, um es aufzustoßen. Überhaupt war der Garten in einem Zustand, der nicht zum Verweilen einlud, es sei denn, man hatte ein Faible für Kletterpflanzen, die sich ungeniert um Dachrinnen, Regentonnen, Bäume und Sträucher wanden und Myriaden winziger Mücken eine Heimat boten. Im Januar sieht jeder Garten ein bisschen trist aus, aber im September ist das fast schon ein Kunststück. Davon unbeeindruckt, saß Mareike Illing allein an einem Bistrotisch, der für zwei Personen eingedeckt war, ohne dass – außer mir – noch jemand in der Nähe gewesen wäre.

Sie lächelte mir entgegen. »Ja?«

»Guten Tag, Frau Illing. Sie erinnern sich an mich? Doro Kagel, die Journalistin. Anfang dieses Jahres, unser Gespräch.«

Ich hätte mich auch als Kleopatra vorstellen können, das hätte keinen Unterschied gemacht, wie ich schnell erkannte.

Ich setzte mich neben sie an den Tisch. Neun Monate zuvor hatte sie, eine passionierte Kaffeetrinkerin, mir Tee angeboten und auch selbst welchen getrunken, da Susann Tee bevorzugt hatte. Inzwischen standen eine Kaffee- und eine Teekanne sowie eine Kaffee- und eine Teetasse auf dem Tisch.

Frau Illing lachte aus dem Nichts heraus, bis das Lachen wie ein stottriger Motor versiegte.

Den Blick gesenkt, schenkte sie mir ein und fragte mit schlecht verborgener Neugier: »Kagel, sagen Sie?«

»Ich habe damals einen Zeitungsartikel geschrieben, in dem es auch um Ihre Tochter ging.«

»Susann.«

»Ja, Susann.« Als sie mich noch immer nicht wiedererkannte und deswegen leicht verzweifelt war, sagte ich: »Macht nichts, Frau Illing. Seither ist viel passiert.«

»Sehr viel passiert«, gab sie mir mit einer Stimme recht, die so dünn und zerbrechlich war wie eine Porzellanblume.

Ich fürchtete, sie würde in Tränen ausbrechen, wenn ich mir noch eine einzige Bemerkung zur Vergangenheit erlaubte. So wie Monate zuvor. Von den zwei Stunden, die ich damals mit ihr gesprochen hatte, waren ungefähr die Hälfte der Zeit Tränen aus ihren Augen ins Taschentuch gekullert, woraufhin ich das Interview behutsam abbrach.

Was ich über das Opfer wissen wollte, erfragte ich später woanders – bei einer Nachbarin zum Beispiel, die mir erzählte, Susann habe ihr immer eine Kleinigkeit aus dem Urlaub mitgebracht, oder bei Susanns Freundin Kathrin, die mir von einer vielseitig interessierten jungen Frau berichtete, die jedermann zugewandt war und mit einem Busfahrer ebenso schwatze wie mit dem Rektor der Schule. Anschließend befragte ich außer dem Busfahrer noch Bäckereiverkäuferinnen, Lehrer, Polizisten und Fischer, die sich alle positiv, wenn auch wortkarg äußerten. Damit war zu rechnen gewesen, denn zu dem üblichen Schock, den ein solch brutales Verbrechen verursachte, kam eine intensive persönliche Trauer hinzu, vor allem in Trenthin, wo jeder noch jeden kannte. Über eine Tote äußerte man sich nun einmal nicht differenziert, schon gar nicht, wenn sie jung und gewaltsam zu Tode gekommen war.

Daher hatte ich mich vor allem an jene gewandt, für die Pietät eine altmodische Tugend war, die sie durch Offenheit ersetzten: Jugendliche. Susanns ehemalige Mitschüler entwarfen nach einigem Zögern ein etwas anderes Bild von ihr. Früher, so mit fünfzehn oder sechzehn, sei sie eine aufgeweckte, beliebte Teenagerin gewesen und habe viele Freundinnen gehabt. Aber dann sei irgendetwas passiert, wenngleich keiner wusste, was. Susann sei auf einmal in sich gekehrt gewesen, habe sich zurückgezogen, sei sogar beleidigend geworden. Außer Kathrin habe niemand mehr freundschaftlichen Umgang mit ihr gehabt.

Letztendlich beschloss ich, Susanns Eigenarten nicht in meiner Reportage zu erwähnen und stattdessen ihre guten Seiten zu betonen, denn auch ich berichte nicht gerne negativ von Opfern.

»Ich wusste nicht, dass sich überhaupt noch jemand für Susann interessiert«, sagte Frau Illing und schenkte mir Tee nach, von dem die Hälfte danebenging.

Heimlich wischte ich ihn mit einem Taschentuch weg.

»Die Polizei tut es jedenfalls nicht«, ergänzte sie. »Wenn Sie mich fragen, haben unsere Behörden von A bis Z versagt, die Polizei, das Gericht, unsere Bürgermeisterin, alle.« Sie schien sich an etwas zu erinnern und sagte: »Jetzt weiß ich es wieder, Sie haben diesen Artikel geschrieben, nicht wahr? Hat mir gut gefallen. Habe ihn sogar ausgeschnitten. Irgendwo ist er noch. Wenn ich bloß wüsste …«

»Lassen Sie nur, ich kenne ihn ja«, scherzte ich.

»Ach? Woher denn? Möchten Sie noch Tee?«

»Nein, danke, ich …«

Frau Illing schenkte mir auf die volle Tasse nach, und ich nahm mir vor, schneller zu trinken.

»Alle haben sie versagt«, wiederholte sie. »Nur derjenige nicht, der den Brandsatz geworfen hat, wer auch immer das war. Was meinen Sie? Habe ich recht?«

Man sollte einer Frau nicht böse sein, die binnen eines Jahres solche Schicksalsschläge erlitten hatte wie Mareike Illing, aber einen Augenblick lang war ich es doch.

»Also, ich weiß nicht, Frau Illing. In dem Haus sind vier unschuldige Menschen verbrannt. Da können Sie doch nicht …«

»Niemand in diesem Haus war unschuldig«, sagte sie, während sie die Kaffeesahne verrührte. Sie sah mich mit ihren wässrigen grauen Augen an, und ich wusste, dass sie noch dieselbe gebrochene Frau war wie neun Monate zuvor, auch wenn ihre Trauer Melancholie gewichen war und ihre Tränen Flüchen.

Bei meiner Arbeit werde ich stets mit den intensivsten Gefühlen konfrontiert, die die breite Palette menschlicher Emotionen zu bieten hat, und einige davon sind durchaus überraschend. Ein Kind zu verlieren, ist das zweitgrößte Unheil, das Eltern widerfahren kann, es durch ein Gewaltverbrechen zu verlieren, das größte. Die meisten Leute können sich mühelos vorstellen, wie betrogen, wie leer, wie sinnlos bestraft sich eine Mutter fühlt, der man das Liebste genommen hat. Doch die wenigsten sind in der Lage, die Gefühle einer Mutter nachzuvollziehen, deren Liebstes brutal getötet hat.

Ich selbst bin als Gerichtsreporterin bloß die kleine Maus, die dazwischensteht, wenn im Gerichtssaal auf engstem Raum Trauer und Wut, Mitleid und Scham, Angst und Hass wie gewaltige Wellen aufeinanderprallen. Manchmal ergeben sich dabei unerwartete unschöne Mischungen und Wendungen. So etwa, wenn das Leid, das jemand erfährt, Mitleidlosigkeit zur Folge hat. Reaktionen wie die von Mareike Illing sind mir daher nicht neu.

Ich hielt es für das Beste, das Thema zu wechseln. Denn egal, wie ich mich nach ihrem Kommentar über die qualvoll Verbrannten positionieren würde, ich konnte nur verlieren. Außerdem wurde es Zeit, das eigentliche Ziel meines Besuchs anzuvisieren. Um Dinge zu erfahren, die ich noch nicht wusste, empfahl es sich, mit Personen zu sprechen, an die ich bisher noch nicht herangekommen war.

»Wie geht es Ihrer Tochter?«, fragte ich und fügte hinzu: »Wie ist noch gleich ihr Name?«

Gut gemeint, schlecht gemacht. Zu spät bemerkte ich den Fauxpas, und zum ersten Mal in meinem Leben war ich Zeugin, wie ein Gesicht innerhalb von wenigen Sekunden drei verschiedene Ausdrücke annehmen kann. Bevor ich die Frage gestellt hatte, war es wie hartes Gebälk gewesen. Mit einem Mal schien es zu zerfließen, die Augen wurden weich und feucht, die Lippen öffneten sich zu einem stummen Seufzer. Dann kam Frau Illing offenbar das eigentliche Objekt meiner Frage in den Sinn, nämlich nicht ihre verstorbene, sondern ihre jüngere, noch lebende Tochter.

»Tallulah«, sagte sie, aber es hörte sich an, als würde sie sagen: *feuchte Socke in der Ecke.*

»Ein außergewöhnlicher Name«, erwiderte ich. »Sicherlich nach der Schauspielerin Tallulah Bankhead benannt. Ich habe sie in *Das Rettungsboot* von Hitchcock gesehen, da war sie großartig. Wissen Sie, im Januar hatte ich keine Gelegenheit, Ihre Tochter zu interviewen. Vielleicht kann ich das nun nachholen.«

»Tallulah ist weg, und wenn es nach mir geht, kann sie das auch bleiben.«

Ich lernte Mareike Illing in diesen Minuten von einer neuen Seite kennen. Im Januar war sie die leidende Mutter gewesen, und leidende Mütter betrachtet man verständlicherweise oft nur unter dem einen Gesichtspunkt des schmerzhaften Verlustes. Andere Eigenschaften treten in den Hintergrund oder verschwinden – zumindest vorübergehend – ganz. Jetzt erlebte ich sie als eine eher rustikale Persönlichkeit, was sie vermutlich vor dem Unglück schon gewesen war.

»Wenn Susann noch da wäre, die würde Tallulah ordentlich den Kopf waschen. Mir ist das zu viel Arbeit, ständig hinter diesem Kind sauberzumachen. Hat sich immer mit den unmöglichsten Jungs eingelassen. Umbringen wollte sie sich auch schon mal. Mit einem Rasiermesser, ekelhaft. Susann hat das dann in Ordnung gebracht. Ohne Susann wäre das Kind gar nicht mehr am Leben. Ich übrigens auch nicht. Ich habe mich vor einigen Jahren mit der Arbeit für den Campingplatz völlig verausgabt, war ständig müde und hatte sogar einen leichten Herzinfarkt. Susann hat mir damals geholfen, wo sie konnte. Ein gutes Kind, die beste Tochter, die man sich wünschen kann. Zugewandt, besorgt, eine Stütze. Und korrekt, wirklich sehr korrekt. Alle haben ihr vertraut. Sie hat die Steuer gemacht, unsere und die von meiner Schwester und meinem Schwager, die haben ein Bestattungsunternehmen. Susann hatte sogar den Schlüssel dafür, nicht mal mein Neffe Ben-Luca hatte einen. In dem indischen Restaurant hat sie auch die Bücher geführt. Für ihr Alter war sie schon so geschäftstüchtig, so zupackend. Alle haben sie geliebt, alle …«

Wir sprachen noch ein wenig über Susann. Ein paar Anekdoten kannte ich bereits, andere waren neu. Nach einer Weile stand Frau Illing auf, und ich half ihr beim Abräumen, folgte ihr ins Haus. Sofort fiel mir der beißende Geruch auf, der die Hausherrin jedoch nicht zu stören oder ihr nicht aufzufallen schien. Ich wusste nicht, was von beidem schlimmer war.

Ich war mir ziemlich sicher, dass der Gestank aus dem Obergeschoss kam, daher fragte ich Frau Illing, während sie ohne System in den Schubladen kramte: »Dürfte ich mir noch einmal Susanns Zimmer ansehen?«

»Ja, aber keine Fotos davon machen, versprochen?«

Ich versprach es und ging mit gemischten Gefühlen die Treppe hinauf. Instinktiv schob ich die Hände in die Taschen meines Blousons. Dunkelbraune Bananenschalen, geöffnete Getränkedosen, saurer Joghurt – alles, was das Herz der Stubenfliege begehrt. Notgedrungen musste ich die Hände wieder hervorholen, um die zahlreichen Plagegeister abzuwehren. In Susanns ehemaligem Zimmer sah es nicht besser aus als in dem kleinen Bad, auf dem Gang und im Gästezimmer, das in längst vergangenen Tagen wohl mal als Bügelzimmer gedient hatte. Dann betrat ich Tallulahs Bude.

Mit siebzehn, achtzehn Jahren war ich wirklich nicht die Ordentlichste gewesen, aber mir war schleierhaft, wie dieses Mädchen dort drin hatte schlafen können. Ich jedenfalls hätte kein Auge zubekommen.

Ein Wirbelsturm schien diesem Zimmer einen Besuch abgestattet zu haben. Kleidung, Schminkutensilien, CD-Hüllen, Kissen, leere Druckerpatronen – fast nichts befand sich dort, wo ein normaler Mensch es vermuten würde. Was in den Schrank gehörte, lag auf dem Boden, was auf den Boden gehörte, lag auf dem Sofa, was auf das Sofa gehörte, lag auf dem Kühlschrank, und was in den Kühlschrank gehörte – na ja. Auf den Fensterbrettern hatte sich der Tod breitgemacht, die Zimmerpflanzen waren vertrocknet, unzählige Stubenfliegen verendet. Darüber hinaus schien der Raum eine Wohngemeinschaft für leere Pizzaschachteln und Proseccoflaschen zu sein. Es stank, als läge irgendwo ein totes Haustier – glücklicherweise bestätigte sich dieser Verdacht nicht.

Ich war fassungslos. Noch fassungsloser war ich jedoch, weil Tallulahs Mutter nichts gegen diese Müllhalde unternommen hatte. Ich meine, es war ihr Haus. Und sie hatte keine Probleme damit, ihre jüngere Tochter zu kritisieren! Warum, um alles in der Welt, hatte sie Tallulah gestattet, die Hälfte des Hauses quasi unter ihre Kontrolle zu bringen – oder besser gesagt, unter ihre Anarchie?

Der Rechnung in einer der Pizzaschachteln, die halb in einer Bodenvase steckte, entnahm ich, dass das Chaos vor mindestens sieben Monaten um sich gegriffen haben musste. Sicherlich hätte ich Beweise finden können, dass alles schon früher begonnen hatte. Doch wozu? Mir war auch so klar, an welchem Tag der Verfall in dieses Haus gekommen war.

Ich schoss keine Fotos, auch wenn sich mein Versprechen nur auf Susanns Zimmer bezog. Aber Notizen machte ich mir. Während ich widerwillig den verdreckten Schreibtisch benutzte, fiel mein Blick auf den Papierkorb, der – welch Ironie! – fast leer war. Einzig eine Handvoll Papierkügelchen lagen darin, pralinengroß.

Woanders hätte dieses Detail kaum meine Aufmerksamkeit erregt. Doch in diesem Zimmer existierte Papier nur in Form eines Fernsehprogramms, und wenn der Abfall ansonsten im Zimmer verteilt lag, war der spärliche Inhalt im Abfalleimer umso eindrucksvoller.

Ich staunte nicht schlecht, als ich das erste Kügelchen entrollte und ein handschriftliches dreizeiliges Gedicht vorfand.

Ein Haiku. Ich hatte mich einige Jahre zuvor selbst mal daran versucht, angeregt durch Yim, der meinte, das könnte meiner Entspannung dienen. Hatte es tatsächlich. Trotzdem war ich nicht so richtig warm damit geworden, und so war diese japanische Gedichtform, die kürzeste der Welt, wieder aus meinem Leben verschwunden, genau wie Aerobic und Cola-Bacardi.

Die anderen Kugeln enthielten ebenfalls Haiku, und ein Umstand fesselte mich daran besonders.

Klassische Haiku haben eine vorgegebene Struktur, unterliegen einer festen Versform. Sie sind dreizeilig und bestehen möglichst aus siebzehn Silben, wobei die erste Zeile fünf, die zweite sieben und die dritte wieder fünf Silben aufweist. Oft haben sie die Natur zum Gegenstand, ein Geschehen wird genau beobachtet, etwa wie ein Windstoß über das Kornfeld streichelt, ein Fenster zum Garten geöffnet wird oder die Sonne durch die Wolken blinzelt.

Eine Rose, weiß,
im Aprikosenlichte
des lauen Abends

In diesem Stil etwa. Für kritische Lyriker zu romantisch und simpel, für die wachsende Fangemeinde dagegen ein Hochgenuss. Das einzige Haiku, das ich auswendig kannte, war eines der berühmtesten, ein paar Jahrhunderte alt.

Ein alter Weiher:
Ein Frosch springt hinein.
Oh! Das Geräusch des Wassers.

Modernere Formen sind etwas freier, dennoch deutlich gegliedert, und genau das machte mich stutzig. Ich brachte die klare Ordnung des Haiku nicht mit der Anarchie der vermeintlichen Verfasserin in Einklang. Tallulah sollte diese Verse geschrieben haben, quasi auf einem stinkenden Müllberg? Noch nicht einmal mit Mühe konnte ich mir das vorstellen.

Inzwischen bedauerte ich, der jungen Frau im Januar nicht begegnet zu sein. Frau Illing hatte ich damals gebeten, die Tochter möge mich zurückrufen, aber ich hatte nichts mehr von ihr gehört und dies auch respektiert. Nicht alle Angehörigen verspüren den Wunsch, die Öffentlichkeit an ihren Gefühlen teilhaben zu lassen. Trauer und Schmerz sind äußerst intime Gefühle, und ich selbst bin mir nicht sicher, ob ich in so einem Fall zurückgerufen hätte.

Ich ließ die Kugeln in meine Handtasche gleiten und ging nach nebenan in Susanns Zimmer. Noch nicht einmal Tallulah hatte es in einem ganzen Jahr geschafft, den Ordnungssinn ihrer älteren Schwester völlig zu übertünchen. Durch das angerichtete Chaos schimmerten noch immer die einstige klare Struktur und Aufgeräumtheit. Der Notenständer war umgefallen, auf dem Notenbuch für Flötensonaten von Johann Sebastian Bach lag ein Apfelgrutzen, und doch konnte man sich mühelos vorstellen, wie die Teenagerin dort einmal geübt hatte. Die Hälfte der gerahmten Fotos an den Wänden hing schief oder fehlte, trotzdem wurde anhand der Qualität und Experimentierfreude mit Motiven offensichtlich, dass Susann das Fotografieren als ernstes Hobby betrieben hatte. Zumindest zeitweise, denn wie ich schnell erkannte, stammten so gut wie alle Fotos aus einer Periode von vor ungefähr vier oder fünf Jahren, als Susann etwa fünfzehn Jahre alt gewesen war. Im Bücherregal entdeckte ich dafür eine mögliche Erklärung. Bildbände berühmter Fotografen reihten sich dort aneinander – Michael Kenna, André Kertész, Ina Bartholdy, außerdem zahlreiche Fachbücher über das Handwerk des Fotografierens. Mir schien, als hätte Susann sich intensiv mit ihrem neuen Hobby auseinandergesetzt, bald das Interesse verloren und es schließlich aufgegeben.

Da ich nun schon vor dem vier Meter langen und zwei Meter hohen Regal stand, überflog ich auch die übrigen Werke. Neben dem Anspruchsvollsten, was die Literatur zwischen Schiller und Philip Roth zu bieten hat, befanden sich dort auch Bücher zur Lebenshilfe in einschüchternder Anzahl – *Erfolgreiches Zeitmanagement*, *Erfolg mit radikaler Ehrlichkeit*, *Meditation als Erfolgsrezept*, das waren nur drei von gewiss dreißig Titeln. Falls Susann sich auch nur an die Hälfte der darin enthaltenen Ratschläge gehalten hatte, musste ihr Leben in den letzten Jahren ziemlich effizient abgelaufen sein.

Zu guter Letzt entdeckte ich dann noch mehrere Lyrikbände mit Haiku. Sieh mal einer an, dachte ich.

Ich ging wieder nach unten, wo mir Frau Illing einen Schmierzettel in die Hand drückte, der diesen Namen wirklich verdiente. Er stellte sich als Kassenbon aus der Drogerie heraus. Auf der Rückseite stand eine Nummer.

»Habe die Telefonnummer gefunden, die Tallulah mir gegeben hat. Hing an der Kühlschranktür. Wollen Sie sie haben?«

»Sie haben sich die Nummer abgeschrieben?«, fragte ich.

»Ach nee, vergessen.« Sie holte das Versäumnis nach und fragte: »Wie gefällt Ihnen Susanns Zimmer? Habe ich Sie damals schon gefragt, oder? Na ja, man müsste da oben vielleicht mal Staub wischen. Was meinen Sie?«

Ich wusste nicht, ob ich lachen oder den Kopf schütteln sollte. Schließlich entschied ich mich gegen beides.

»Vielleicht engagieren Sie eine Putzhilfe«, schlug ich vor, doch sie schien nicht zu verstehen, wovon ich sprach. Seltsamerweise kam ich erst in diesem Augenblick auf den Gedanken, dass Mareike Illing möglicherweise dabei war, den Verstand zu verlieren.

Ich hatte ein bisschen was über Tallulah herausgefunden, aber sie war noch nicht greifbar für mich, und zwar weder im physischen noch im übertragenen Sinn. Daher hielt ich es für eine gute Idee, mit einer Frau zu sprechen, die sie gekannt haben musste – Susanns einstmals beste Freundin.

Für ihre zwanzig Jahre wirkte Kathrin Sibelius erstaunlich reif. Ihre Kleidung, die Art, wie sie sich schminkte und die Haare trug, die Ausdrucksweise, das souveräne Auftreten, das zugleich ein wenig steif wirkte – all das ließ sie eher wie eine Dreißigjährige erscheinen. Was auf den ersten Blick beeindruckte, warf im nächsten Moment die Frage auf, ob man diesen optischen und charakterlichen Zeitsprung überhaupt gut finden sollte.

Ich traf Susanns Freundin zufällig an ihrem Arbeitsplatz wieder. Den Rat des Staatsschutzbeamten Carsten Linz befolgend, checkte ich im Hotel *Gut Trenthin* ein, wo Kathrin, die dort saisonweise im Restaurant bedient hatte, mich an der Rezeption begrüßte. Als sie mich wiedererkannte, reagierte sie verhalten, was entweder an ihrem Job oder an meinem Artikel liegen konnte. Ich hatte sie zwar kaum zitiert, aber vielleicht war es gerade das, was sie störte.

»Sie haben die Wahl, Frau Kagel. Wasserblick oder Weidenblick?«

»Weidenblick, bitte.«

»Gerne.« Sie tippte auf einer Tastatur herum und betrieb höfliche Konversation. »Mögen Sie Pferde?«

»Ich bin ein Berliner Stadtkind. Sagen wir mal so: Mit Pferden verhält es sich bei mir wie mit Bergen. Ich sehe sie mir gerne an, ziehe es aber vor, sie nicht zu besteigen. Reiten Sie?«

»Selbstverständlich«, antwortete sie mit einer Attitüde, mit der ein Banker auf die Frage reagiert, ob er sich mit Geld auskenne.

»Ich nehme an, das war eines der vielen Hobbys, die Sie mit Susann geteilt haben.«

»Allerdings. Wir haben 2013 und 2014 jeweils den ersten und zweiten Platz im Springreiten beim Jugendturnier von Usedom belegt.«

»Beachtlich. Wer wurde Erste?«

Kathrin sah von der Tastatur auf. »Susann.« Sie überreichte mir die Einlasskarte. »Zimmer 212. Der W-LAN-Code steht hintendrauf.«

»Danke. Wenn Sie nachher vielleicht ein paar Minuten Zeit hätten … Ich würde Sie gerne etwas fragen.«

Drei Sekunden lang sah sie mich reglos an. Schließlich sagte sie: »Ich habe noch einiges zu erledigen. Aber ich werde mir Mühe geben, Ihnen nachher zur Verfügung zu stehen.« Sie lächelte mich an.

Ich lächelte zurück und dachte: Ja, von wegen.

Gut Trenthin war wirklich etwas Besonderes. Bei meinem letzten Besuch hatte ich woanders logiert und nur das Hotel von außen sowie das Foyer bewundern können, und schon damals hatte mir die Atmosphäre auf Anhieb gefallen. Die ländliche Architektur der Gründerzeitjahre verband Noblesse mit Gemütlichkeit, was die Simonsmeyers wunderbar herausgearbeitet hatten, als sie das baufällige Gebäude einige Jahre zuvor erwarben und liebevoll restaurierten.

Jedes Zimmer besaß eine eigene Note und hatte einen verstorbenen regionalen Künstler als Paten. Ich wohnte im Otto-Manigk-Zimmer, die Drucke einiger seiner Bilder hingen an den Wänden. Das Mobiliar war geradezu avantgardistisch, doch antike Einzelstücke brachten einen Hauch der alten Zeit in unser neues, junges Jahrhundert. Stilistisch zusammengehalten wurde die in den Zimmern ausgelebte Individualität durch die Fachwerkelemente. Holz durchzog die Wände und Decken. Das Holz lebte und knarrte, es war warm und verbreitete einen Duft, der seinesgleichen suchte.

Ich hatte das keineswegs vorgehabt, denn ich war ja zum Arbeiten hergekommen, aber ich konnte einfach nicht widerstehen, in den flauschigen Bademantel zu schlüpfen und den Spa-Bereich zu erkunden. Im Dampfbad war es so dunkel und feucht, dass ich die Hand nicht vor Augen sah. Danach ruhte ich mich eine Weile aus, trank ein Glas Ingwerwasser und kehrte erfrischt in mein Zimmer zurück.

Noch immer in den Bademantel gehüllt, arbeitete ich eine Zeit lang konzentriert, übertrug meine Notizen in das Notebook, ordnete sie und erweiterte sie durch eigene Gedanken. Dann recherchierte ich im Internet, ob die drei Haiku bekannt waren, und stellte fest, dass dem nicht so war. Als ich Hunger bekam, sah ich auf die Uhr. Herrje, schon nach sieben.

Ich rief an der Rezeption an: »Ist Frau Sibelius noch im Haus?«

»Ja, Frau Kagel, sie ist noch da.«

»Ob Sie sie wohl für zehn Minuten entbehren könnten?«

»Das bekommen wir hin.«

Drei Minuten später klingelte Kathrin an meiner Tür.

»Ich habe nicht viel Zeit«, sagte sie beim Eintreten und gab sich nur das vorgeschriebene Minimum an Mühe, ihr Missfallen über die Störung zu verbergen.

Erst als sie mitten im Zimmer im vollen Licht der Abendsonne stand, bemerkte ich den harten Zug um ihre Lippen. Er war nicht ihrer aktuellen Ungeduld geschuldet, sondern hatte sich im Laufe der Zeit verstetigt. In diesem Moment konnte ich mir gut vorstellen, wie sie in zehn, zwanzig Jahren aussehen würde. Keine noch so teure Hautcreme würde diesen kalten Zug in ihrem Gesicht zum Verschwinden bringen. Dabei hatte ich noch im Winter gedacht, dass sie eine sehr schöne junge Frau sei.

Und noch etwas anderes fiel mir ins Auge. Auf dem Namensschild an ihrem Revers stand: *Kathrin Sibelius, Junior Supervisor Rezeption*.

»Wie lange arbeiten Sie schon an der Rezeption?«, fragte ich.

»Ei … eine Woche«, haspelte sie.

»Oh, da haben Sie ja schnell Karriere gemacht. Stellvertretende Leiterin der Rezeption, das ist schon was in Ihrem Alter.«

»Ja«, erwiderte sie und versuchte, meinem Blick standzuhalten, was ihr aber nur für ein paar Sekunden gelang. »Wie gesagt, ich habe noch …«

»Noch viel zu tun, ich weiß. Wollten Sie nicht studieren?«

»Medizin.«

»Was ist dazwischengekommen?«

Sie nagte kurz an ihrer Lippe. »Der Numerus clausus … leider. Ich hätte zwei Jahre warten müssen. Wenn wir jetzt bitte …«

»Natürlich.« Ich ging zum Fenster und holte die drei Schnipsel aus meiner Handtasche. »Können Sie damit etwas anfangen?«

Die Langsamkeit, mit der sie zu mir ans Fenster trat, entsprach eher einer Schülerin, die an der Tafel eine unlösbare Aufgabe erwartete, als einer gestressten Rezeptionistin.

Sie warf einen Blick auf den ersten Zettel und wirkte von einer Sekunde zur anderen erleichtert.

»Ein Gedicht«, sagte sie. »Woher haben Sie das?«

»In Frau Illings Haus gefunden. Was glauben Sie, könnte Tallulah die Verfasserin sein?«

Meine Frage schien sie zu amüsieren, ihre schnippische Selbstsicherheit kehrte zurück.

»Tallulah? Lächerlich. Unter Gedicht versteht die einen Schüttelreim zu Fastnacht. Außerdem erkenne ich die Handschrift. Es ist von Susann, ganz eindeutig.«

»Hat sie oft Gedichte geschrieben?«

»Haiku, und zwar nur Haiku. Das war in den letzten Jahren so eine Marotte von ihr. Sie hat zufällig mal eins in die Finger bekommen und war von da an nicht mehr zu bremsen. So war sie halt. Ich dachte, sie hätte damit längst aufgehört, so wie mit dem Fotografieren, der Flöte, dem Reiten, den Dostojewski-Romanen … Wissen Sie, was wenige Monate vor ihrem Tod ihre neueste Marotte war? Filme. Sie wurde vom einen Tag zum anderen zur Cineastin. Aber die Blockbuster waren nicht gut genug, nein, es mussten Arthaus-Filme sein, am besten mit deutschen Untertiteln, griechische, iranische, chilenische. Das hat echt genervt.«

»Um auf die Haiku zurückzukommen …«

»Sie hat mir nur die allerersten zum Lesen gegeben, danach nie wieder welche. Naive Dreizeiler, nach dem Motto: Schmetterling sitzt auf Blume, als Biene vorbeikommt. Harmloses Zeug. Wissen Sie, wir waren zwar beste Freundinnen, aber es gab Dinge in ihrem Leben … Na ja.«

»Welche Dinge?«

Kathrin überlegte, ob sie darüber sprechen sollte, und kam wohl zu dem Schluss, dass es nichts schadete.

»Alle bewunderten sie für ihre Talente, aber sie hatte auch große Schwächen, zum Beispiel, die Talente konsequent zu pflegen, statt sie nach Lust und Laune in die Tonne zu werfen wie ausgeleierte Klamotten. Und dann diese Attitüde, nach dem Motto: Ich habe noch einen ganzen Sack voll anderer Talente. Außerdem war sie mies darin, Freunde zu finden.«

»Nun denn, sie hat Sie gefunden.«

»Das war eher andersherum. Meine Eltern meinten damals, ich sollte mich an Susann halten, weil …«

Kathrin stockte, daher beendete ich den Gedanken für sie.

»Sie meinen, Sie waren damals schlecht in Mathe. Und vielleicht auch in Physik und Deutsch, Sport, Musik …«

»Langweilig wurde es mit ihr nie, das kann ich nicht behaupten«, wich sie aus.

Vielleicht, dachte ich, hatte Susann Kathrin all die Jahre mitgeschleppt, durch die neunte, zehnte, elfte Klasse. In Ermangelung eigener Freundinnen blieb Kathrin auch nach der Schule Susann verbunden. Meiner Erfahrung nach haben Freundschaften nicht selten mehr mit Gewohnheit als mit wahrer Zuneigung zu tun.

»Hat sie mal erwähnt, verliebt zu sein?«

»Ich fand ja, dass sie ein gestörtes Verhältnis zu Männern hatte«, antwortete Kathrin mit harten Lippen. »Die einen waren ihr zu jung und zu blöd, die anderen zu eitel, die nächsten zu erfolgreich … Zu erfolgreich, das muss man sich mal auf der Zunge zergehen lassen. Susann war ein übertrieben reflektierter Mensch. Sie hat über tausend Sachen nachgedacht, hatte zu allem und jedem eine Meinung, von Gelatine in Gummibärchen bis hin zum Sinn und Nutzen einer Mars-Mission. Das Dumme war nur, dass man ihre Gedankengänge fast nie nachvollziehen konnte. Es war schon nicht leicht mit ihr …«

Dafür, dass ich erst seit ein paar Stunden an der Sache dran war, war meine Ausbeute nicht übel. Es gab mehrere interessante Haiku aus Susanns Feder, die Telefonnummer ihrer jüngeren Schwester, die laienhafte und dennoch aufschlussreiche Psychoanalyse ihrer vermeintlich besten Freundin sowie deren raketenhafte Karriere nach Susanns Tod. Manche würden jetzt vielleicht denken, das wären bloß eine Handvoll Teile für so ein riesiges Puzzle. Aber irgendwo musste ich mit den Ermittlungen zu Susanns Tod ja beginnen, und ich fand, dass es schlechter und langweiliger hätte laufen können.

»Na, Sie haben es ja überstanden«, sagte ich und meinte es durchaus doppeldeutig. »Nach einer Busenfreundschaft hört sich Ihr Verhältnis zu Susann jedenfalls nicht an.«

»Zu so etwas war sie nicht fähig. Dazu gehört Loyalität.«

»Oh, ich glaube sehr wohl, dass sie loyal war«, sagte ich, ohne die geringste Ahnung davon zu haben. Natürlich war es ein Trick, um meiner Gesprächspartnerin noch das eine oder andere zu entlocken.«

»Von wegen. Sicherlich, sie konnte wunderbare Dinge tun. Beispielsweise hat sie sich für Abel Dorst eingesetzt, den älteren Schulbusfahrer, den die Gemeinde vorzeitig pensionieren wollte. Sie startete eine Unterschriftenaktion und hatte am Ende sogar Erfolg damit.«

»Hört sich prima an.«

»Ja, aber dann hat sie Leute in die Pfanne gehauen, wenn die … na, sagen wir … Dinge für sich behalten wollten. Das stehe der persönlichen Entwicklung im Weg, meinte sie hochtrabend. Erstens lässt sich darüber streiten, und zweitens geht es keinen etwas an, wenn jemand unbedingt seiner persönlichen Entwicklung im Weg stehen will. Aber bei so was ließ Susann sich nicht belehren. Eigentlich bei gar nichts.«

Ich hatte Kathrin Unrecht getan, als ich ihr insgeheim unterstellte, sie hätte die Freundschaft zu Susann übertrieben dargestellt. Die Wahrheit war noch viel ernüchternder.

»Wem gehört *Gut Trenthin* denn jetzt?«, fragte ich und verwirrte Kathrin mit dem Themenwechsel. »Es hat doch einen neuen Eigentümer, oder?«

»E-Eddi«, stotterte sie. »Eduard Fassmacher.«

Ich hatte den Namen irgendwo schon einmal gelesen oder gehört, war mir aber ziemlich sicher, dass es nicht in den Prozessakten gewesen war.

»Wenn es sonst nicht mehr gibt …«, sagte Kathrin und wandte sich zur Tür.

»Nein, vielen Dank. Ach bitte, da Sie gerade da sind, ich möchte um zwei Nächte verlängern. Mir gefällt es hier, und alles entwickelt sich ganz prächtig.«

Sie nickte ebenso zögerlich, wie sie zur Tür schritt, während ich aus dem Fenster blickte, über die Weiden hinweg, dorthin, wo hinter einem grünen Band aus Bäumen die Ruine des Simonsmeyer-Hauses schwärzlich durchschien. Möglicherweise war das Gefühl, das ich dabei verspürte, den schnellen ersten Erfolgen des Tages geschuldet, möglicherweise hätte ich ganz anders empfunden, wenn mir nichts begegnet wäre, was mein Interesse weckte – doch ich verspürte plötzlich eine Verantwortung für Bettina Simonsmeyer. Nicht im Sinne von Sühne für mein eigenes Fehlverhalten. Nein, ich hatte mich damals freiwillig auf diese Geschichte eingelassen und stellte betroffen fest, dass sie noch nicht zu Ende erzählt war.

Früher wäre mir das nicht passiert, dachte ich. Sechs, sieben, acht Jahre zuvor hätte mein Instinkt mir gesagt, dass ich an dem Fall dranbleiben, dass ich wenigstens einmal im Monat mit den Behörden telefonieren, mich über die Ereignisse nach dem Freispruch auf dem Laufenden halten sollte. Ich erinnerte mich, dass ich diesen Vorsatz tatsächlich gehabt hatte, wie schon so oft. Unter der Menge der neuen Aufträge war der Vorsatz jedoch verschüttet worden. Wirklich nur unter der Menge? Auch mein Hunger hatte mich ihn vergessen lassen, der Hunger auf spektakuläre neue Fälle, neue Herausforderungen. Zudem bildete ich mir ein, dass die Welt nicht auskommen würde ohne meinen wortgewaltigen Kommentar zum »Todesengel von Saarbrücken« oder zum »Wiesenmörder von Wernigerode«. Und zu guter Letzt waren es nur die neuen Fälle, die mich als freie Journalistin wirtschaftlich trugen.

Böse formuliert, war es also eine giftige Mischung aus Enthusiasmus, Eitelkeit und Erfolg, die mich atemlos, vielleicht sogar ignorant gemacht hatte. Freundlich betrachtet, war es das Normalste von der Welt, etwas, das Millionen Mal jeden Tag passiert: Das Mahlwerk des Alltags frisst den guten Vorsatz.

Jemand klingelte an der Tür. Ich raffte den Bademantel enger zusammen und öffnete.

»Ich noch mal«, sagte Kathrin. Sie war noch keine Minute fort gewesen. »Ich … ich vermute mal, dass Sie wegen des Feuers hergekommen sind. Es geht Ihnen um eine neue Story.«

»So würde ich es nicht ausdrücken, aber Sie liegen nicht ganz falsch«, erwiderte ich.

»Dann … dann möchte ich Sie bitten, sich das noch einmal zu überlegen. Sehen Sie, unsere Insel und vor allem unser Dorf muss endlich zur Ruhe kommen. Das letzte Jahr war furchtbar für uns, echt traumatisch. Eine Tote, der Prozess, das umstrittene Urteil, dann noch eine Tote, die entsetzliche Aufregung …«

»Und jetzt weitere vier Tote«, ergänzte ich.

»Ja, eben. Tragisch ist das und aufwühlend und … Bitte verstehen Sie das jetzt nicht falsch, aber … Der Mörder ist nun tot. Ich weiß, es sind dabei auch Unschuldige gestorben, und das ist grauenhaft, bestürzend, so unglaublich traurig …«

»Es sind ausschließlich Unschuldige bei dem Brand gestorben«, korrigierte ich. »Und ich wundere mich ein bisschen, dass Sie Ihren ehemaligen Arbeitgeber als Mörder bezeichnen, obwohl Sie vor Gericht zu seinen Gunsten ausgesagt haben.«

Kathrins zuvor verständnisheischender Blick veränderte sich. »Ich habe nicht zu seinen Gunsten ausgesagt, sondern bin von der Verteidigung als Zeugin aufgerufen worden. Ich habe nur gesagt, dass Holger, also Herr Simonsmeyer, mich ungefähr zur Tatzeit angerufen hat, auf dem hotelinternen Diensthandy, das die meisten von uns haben. Er hat sich nach den Tischreservierungen für den Abend erkundigt.«

»Nicht gerade das, was jemand tut, wenn er gerade einer jungen Frau die Kehle durchgeschnitten hat.«

»Darum ging es der Verteidigung ja. Ich wurde aufgerufen und habe die Wahrheit gesagt. Deswegen kann ich Holger trotzdem für den Mörder halten. Aber was soll das denn noch? Er ist tot, und wir haben endlich unsere Ruhe. Zugegeben, zu einem hohen Preis, aber unsere wohlverdiente Ruhe.«

Ich konnte kaum glauben, dass sie das sagte, und mir gefror beinahe das Blut in den Adern angesichts solcher Kälte.

»Wenn man einem schreienden Säugling das Kissen aufs Gesicht drückt, herrscht ebenfalls Ruhe«, gab ich zurück. »Ist die dann auch wohlverdient?«

Meine Antwort empörte sie derart, dass sie außerstande war zu sprechen. Das war der beste Moment, um nachzusetzen.

»Sind Sie denn sicher, dass es den Richtigen erwischt hat?«

»Ab-absolut sicher«, stammelte sie bebend, und ich sah die Angst in ihren Augen.

Ich glaube, in diesem Moment entschloss ich mich, mit ganzem Herzen an dieser Sache dranzubleiben und nicht bloß aus schlechtem Gewissen oder mit dem Verstand.

»Ich möchte Ihnen danken«, sagte ich. »Sie, Kathrin, haben meine letzten Zweifel ausgeräumt. Seien Sie doch so nett und verlängern Sie meinen Aufenthalt nicht um zwei, sondern um vier Nächte. Einen schönen Abend wünsche ich Ihnen.«

3

Noch 29 Tage bis zum zweiten Mord

Wie stellt man größtmögliche Normalität her, wenn man zum ersten Mal seit seiner Verhaftung wegen Mordverdachts auf den besten Freund trifft? Wie, zum Teufel, schaut man jemanden ganz normal an? Bringt man das Thema zur Sprache oder besser alles andere, nur das nicht? Und wenn man es zur Sprache bringt, bis wohin darf man gehen?

All das ging Alexander Waldeck, Ben-Lucas Vater, durch den Kopf, als er allein am Stammtisch im Hotelrestaurant *Gut Trenthin* auf Holger Simonsmeyer wartete. Vor der ganzen Geschichte hatten sie sich zusammen mit einem weiteren Freund jeden Donnerstag dort getroffen und am ersten Montag des Monats nur sie beide, weil ihre Freundschaft die älteste und längste war, die man sich vorstellen konnte.

Wie fast jeder Mensch wusste Alexander, wie er mit den gängigsten Situationen umzugehen hatte, und als Betreiber eines Bestattungsunternehmens hatte er darüber hinaus ein geschultes Einfühlungsvermögen. Aber auf die Frage, wie er jemandem gegenübertreten sollte, der zehn Monate lang als »mutmaßlicher Mörder« betitelt worden und zufällig auch noch sein bester Freund war, wusste er keine Antwort. Eine solche Situation war in der Enzyklopädie der Verhaltensregeln nicht verzeichnet. Er musste also auf seinen Instinkt vertrauen. Das Dumme war nur, dass der sich verdrückt hatte.

»Alex!«

»Holger!«

Sie umarmten sich, so wie früher. Lächelten. Sahen sich kurz in die Augen. O Mann, dachte Alexander, ist das normal genug?

Er hatte gehofft, alles möge sich irgendwie von selbst ergeben, wenn er erst mit Holger am Tisch saß. Sie kannten sich seit der Einschulung. Dieselbe Klasse, dreizehn Jahre lang. Dieselben Leistungsfächer, fast dieselben Schulnoten. Saß einer von beiden in der Klemme, holte der andere ihn heraus. Nach dem Abi tourten sie drei Monate lang durch Südamerika, von Brasilien über Paraguay bis Argentinien. Zurück mit einem uruguayischen Frachter von Montevideo nach Bremerhaven. Sie hatten beide in den Berufen ihrer Eltern eine Lehre angefangen und sogar im selben Jahr geheiratet. Letzteres war wirklich Zufall, ebenso, dass ihre älteren Söhne im Abstand von wenigen Monaten geboren wurden und inzwischen genauso gute Freunde waren wie ihre Väter damals.

»Du hast dich gar nicht verändert, siehst topfit aus«, sagte Holger.

Alex überlegte, ob er die Wahrheit sagen oder das Kompliment zurückgeben sollte. Allein dass er über diese Frage nachdachte, war schon eine Veränderung. Sie waren immer offen zueinander gewesen. Dass sie sich nun ein knappes Jahr nicht gesehen hatten – so lange wie noch nie –, war fast so befremdend wie der Grund für die Trennung. Saß ihm wirklich derselbe Holger gegenüber wie der, der zehn Monate in Untersuchungshaft gesessen hatte?

»Hattest du früher auch schon Ringe unter den Augen?«, fragte er halb im Ernst und halb im Scherz. So konnte er das Gespräch, je nach Holgers Reaktion, entweder locker oder ernst führen.

»Augenringe, echt? Ich werde der Kurklinik, in der ich ein Dreivierteljahr war, eine schlechte Kritik schreiben.«

»Wie war das Essen?«

»Gut, wenn man Tüfte mag. Dort hießen sie allerdings Kartoffeln. Gab es viermal pro Woche.«

»Und an den anderen drei Tagen?«

»Erbsenpüree.«

Sie lachten, und Alex war erleichtert, dass der Einstieg ins Gespräch so reibungslos klappte. Andererseits steigerte das die Fallhöhe.

»Was wollen wir trinken?«, fragte er. »Was hast du in deinem Kurhotel am meisten vermisst?«

»Mein Mellenthiner Inselbier habe ich in den letzten Tagen schon gezischt«, antwortete Holger. »Heute freue ich mich auf einen erstklassigen Wein.«

Mit dem Besitzer eines Restaurants befreundet zu sein – vor allem, wenn er mit am Tisch saß –, hatte enorme Vorteile. Man bekam jeden Sonderwunsch erfüllt, und der Wein ging immer aufs Haus. Spitzenwein, wohlgemerkt. Wenn Holger jemanden ins Herz geschlossen hatte, war er freigiebig bis zur Unvernunft.

»Du hast übrigens was verpasst«, sagte Alexander. »Während du schwedische Gardinen geküsst hast, haben sie auf Usedom angefangen, Cannabis-Bier zu brauen.«

»Hast du's schon probiert?«

»Ich werde mich hüten. Du weißt ja, was Eva von allem

hält, was sich irgendwie nach Droge anhört. Es geht das Gerücht, dass sie sogar Schnee ablehnt.«

Sie lachten.

»Gott, habe ich dich vermisst«, gestand Holger. »Wie wichtig Freunde sind, wird einem erst klar, wenn man von Leuten umgeben ist, für die echte Freundschaft bedeutet, dass du sie beim Kartenspielen gewinnen lässt. Ich habe dreihundert Tage lang fast nichts anderes gemacht, als beim Kartenspielen zu verlieren. Hat mich an die tausend Schachteln Zigaretten gekostet.«

Der Plauderton freute Alexander.

»Ich hätte dich wirklich gerne besucht. Aber Bettina hat mir ausgerichtet, dass ich nicht vorbeikommen und auch nicht anrufen soll, sondern nur schreiben. War übrigens mein erster Brief seit Erfindung der E-Mail. Der letzte war ein Liebesbrief, mit dreizehn.«

»An Angeline Dohmel. Ich habe dir dabei geholfen, na ja, eigentlich stammte er zu neunzig Prozent von mir.«

»Ich bin abgeblitzt.«

»Wir sind abgeblitzt.«

Sie lachten erneut. Für einen Moment schien es Alex, als könnten sie die letzten zehn Monate ungeschehen machen, und für die Dauer des Gelächters durchströmte ihn ein Schauer maßloser Glückseligkeit, seinen alten Freund wiederzuhaben. Trotzdem wollte er die Sache mit dem Gefängnis noch nicht auf sich beruhen lassen.

»Wieso durfte ich dich nicht besuchen?«

»Ich wollte nicht, dass du mich so siehst«, antwortete Holger. »Im Gefängnis. Unter Mordverdacht. Ich hätte mich geschämt.«

»Holger! Wir haben schon so viel zusammen durchgestanden.«

»Das hier ist etwas anderes. Glaub mir, so eine U-Haft ist … demütigend.«

Von Anfang an hatte Alexander es seltsam gefunden, dass Holger sich stärker isoliert hatte als nötig. Sogar seinen älteren Sohn Finn hatte er in der ganzen Zeit nur zwei- oder dreimal gesehen, den jüngeren überhaupt nicht. Bettina war die Einzige, die ihn regelmäßig besuchen durfte.

»Aber wenn du doch unschuldig bist … Hattest du etwa Angst, ich würde …« Alex suchte nach Worten. »Ist es, weil Susann meine Nichte war?«

Holger blickte auf den weiß gedeckten Tisch, als läge dort die passende Antwort.

»Ich … ich kann dir nur sagen, dass … Du kannst dir das einfach nicht ausmalen, Alex.«

In der Tat. An der Vorstellung, selbst verdächtigt zu werden, ein Gewaltverbrechen begangen zu haben, scheiterte Alexander. Der Gedanke war ihm so fremd wie nur irgendwas. Morde gab es in Filmen, Büchern und Zeitungen, man hatte ansonsten nichts mit ihnen zu tun, und schon gar nicht beging man sie. Was Holgers Verhaftung so unheimlich machte, war die Tatsache, dass plötzlich etwas so Schreckliches, so Unfassbares wie die Bluttat an einer Zwanzigjährigen mit dem Dorf im Allgemeinen und Alex im Speziellen verknüpft war.

Die Kellnerin trat an den Tisch, und eine Sekunde lang herrschte betretenes Schweigen. Alexander hatte ganz vergessen, dass Kathrin im Restaurant von *Gut Trenthin* arbeitete, Susanns einstmals beste Freundin, was kein Kunststück war, denn Susann hatte zuletzt nur diese eine Freundin gehabt.

Trotzdem – der vermeintliche Mörder und die beste Freundin des Mordopfers, der Arbeitgeber und die Angestellte. Es war eine blöde Situation, die Alex als unbeteiligter Dritter bewältigte, indem er stocksteif dasaß und dem Wasserglas vor ihm größere Aufmerksamkeit widmete, als ihm zustand.

»Wir warten mit dem Essen noch auf Eddi, oder?«, fragte Holger.

»Äh, nein, der ist verhindert, ich erkläre es dir gleich.«

»Also gut, Kathrin, dann nehmen wir Steinpilz-Carpaccio, einen frischen Salat, und weil mir die pommersche Küche so gefehlt hat, Aal in Aspik und Zander auf Haferstroh. Alex, bist du einverstanden? Fein. Dazu bitte eine Flasche vom Rheingau-Riesling. Danke, Kathrin.«

Alex bewunderte Holger für die Coolness, mit der er der jungen Frau gegenübergetreten war. Er wartete, bis sie wieder allein waren, dann fragte er: »Stört es dich nicht, sie hier so nah um dich zu haben?«

»Kathrin Sibelius? Nein, sie hat damals schon hier gearbeitet.«

»Ja, und dir schöne Augen gemacht.«

»Das ist nicht verboten, solange sie es nicht übertreibt.«

»Ich glaube, du genießt das.«

Holger wechselte das Thema. »Erzähl mir, was mit Eddi los ist.«

»Ich habe ihn angerufen, wie du wolltest. Er hat abgesagt.«

»Schade. Aber die Einladung kam wirklich sehr kurzfristig.«

»Nein, Holger. Er hat … für immer abgesagt. Eddi bricht den Kontakt zu dir ab.«

»Oh.«

»Und weil er das tut, breche ich den Kontakt zu ihm ab.«

»Alex, nicht!«

»Das ist meine Entscheidung, nicht deine. Dieser Idiot hat ziemlich blöd aus der Wäsche geschaut. Hat doch wirklich geglaubt, ich schließe mich ihm an. Ja, er hat es regelrecht verlangt.«

Die Nachricht haute Holger fast um, sie schien allein eine halbe Minute zu benötigen, um von seinem Gehörgang ins Gehirn zu gelangen.

Alex hatte Eddi Fassmacher vor etwa zehn Jahren mit Holger bekannt gemacht. In großen Städten gesellten sich gerne Personen auf ungefähr derselben gesellschaftlichen Ebene, in ländlichen Regionen dagegen entstanden Freundschaften oft über den Sportverein, die Kirchengemeinde oder schlicht über den Sitzplatz am Tresen der Dorfkneipe. Alex kannte vom Sparkassendirektor bis zum Schlosser die unterschiedlichsten Leute, auf die er sich jeweils einstellte. Mit dem einen ging er segeln, mit dem anderen spielte er eine Runde Dart. Eddi war Unternehmer, ihm gehörten etliche Ferienwohnungen, zwei Pensionen und ein Delikatessengeschäft. Er schlug nur selten über die Stränge, hätte also gut zu Holger gepasst, aber wenn man ehrlich war, wirklich dicke wurde er nie mit ihm.

Holger war schon als Kind ein sehr zurückhaltender Typ gewesen, ohne dass es dafür einen ersichtlichen Grund gegeben hätte. Seine Eltern waren gesellige Menschen, Holger war recht gut im Sport, ein passabler Segler, nicht dumm, sah gut aus, ein paar Mädchen schwärmten für ihn. Aber er hielt sich immer im Hintergrund. Am Tag nach einer Party redeten alle über alle, nur nicht über Holger, man war sich nicht mal sicher, ob er überhaupt anwesend gewesen war. So wurde er erst in der Schule, später dann in der Ausbildung und im

Dorf ein Neutrum, gegen das niemand etwas hatte und für das keiner sich interessierte – jedenfalls kein Mann. Außer Alex. Während er viele Freundschaften schloss, begnügte sich Holger mit dieser einen und schien damit völlig zufrieden zu sein. Nachdem er Bettina kennengelernt hatte, taute er etwas auf, trotzdem war klar, dass er keine späte Karriere als Stimmungskanone anstrebte. Dabei hatte er durchaus Humor, konnte locker und witzig sein, jedoch nur mit den richtigen Leuten. Und die waren so rar wie vierblättriger Klee.

»Ich komme drüber weg«, sagte er nach einer Weile, in der Alex ihn hatte nachdenken lassen. »In letzter Zeit, also in den Monaten vor meiner Verhaftung, da hat sich Eddi sowieso verändert. Seine Ansichten sind irgendwie … extremer geworden. Aber lassen wir das.«

Holger atmete tief durch. »Weißt du, wovor ich wirklich Angst hatte? Vor dem ersten Anruf bei dir. Und vor heute Abend. Ich hatte Angst, dass du … dass wir … dass es nicht mehr so sein würde wie vorher. Ich glaube, im Grunde wollte ich deswegen nicht, dass du mich besuchst.«

Der Wein wurde gebracht, und während Kathrin ihn öffnete und präsentierte, Holger daran roch und probierte, Kathrin ihn einschenkte und in den Kühler stellte, setzten sie das sehr private Gespräch natürlich nicht fort, was die Minuten fast unerträglich machte.

Kaum waren sie wieder allein, sagte Alex: »Ich auch. Ich hatte dieselbe Angst.«

»Und? Wie haben wir es bis jetzt hinbekommen?«

»Wirklich gut. Ich hatte noch nicht das Gefühl, ich müsste aufstehen und gehen. Aber das liegt natürlich zum großen Teil an der Spätlese. Die will ich mir nicht entgehen lassen.«

Sie lächelten und stießen an.

Alex hätte es damit auf sich beruhen lassen können. Sie hatten den Gefängnisaufenthalt angerissen, ebenso Holgers freiwillige Isolation und den verräterischen Freund. Ganz so, als hätten sie eine von Holgers Geschäftsreisen ins Ausland besprochen, hätte Alex nun erzählen können, was er die letzten Monate getrieben hatte. Doch eine solche Schönwetterfreundschaft führten sie nicht, und um zu verhindern, dass es eine werden würde, mussten sie noch einige Dinge durchkauen. Es ging nicht anders.

»Als du verhaftest wurdest«, begann Alex daher, »habe ich zu Eva gesagt: ›Das ist ein schrecklicher Irrtum, morgen ist er wieder frei.‹ Es wurde morgen, es vergingen weitere Tage, und ich sagte: ›Mir erzählt keiner, dass Holger eine Frau im Wald aufschlitzt.‹ Ich habe mich furchtbar mit Eva gestritten, ich habe mich deinem Anwalt als Leumundszeuge angeboten, und ich habe über die Tatsache hinweggesehen, dass du mich nicht sehen oder sprechen wolltest.«

»Heldenhaft.«

»Nein, warte. Alle möglichen Leute haben mich auf dich angesprochen, manche direkt, andere hintenrum. Nach dem Motto: Sie kennen den doch, sind Sie nicht mit ihm befreundet? Wie stehen Sie denn dazu? Sogar meine Kunden haben mich ausgehorcht. Ich habe jedem geantwortet, dass ich fest an deine Unschuld glaube.«

»Damit hast du dich weit aus dem Fenster gelehnt.«

»Ein paar haben mich angesehen, als würde ich mit dir unter einer Decke stecken. Die Monate vergingen, und jede Woche kam Eva mit einem anderen belastenden Detail an, das im Prozess gegen dich zur Sprache gekommen war. Du sollst eine Affäre mit Susann gehabt haben. Du sollst sie beim Joggen näher kennengelernt haben. Ihr sollt euch immer auf dem Wanderparkplatz am Bach getroffen haben. Sie sollen deine DNS am Tatort entdeckt haben. Und so weiter. Irgendwann fand ich keine Erklärungen mehr für all das, was du getan haben solltest. Ja, Holger, ich habe an dir gezweifelt. Ebenso an meinem Urteilsvermögen. An unserer Kindheit, unserer Freundschaft. Ich bin die Tage und Jahre durchgegangen, die wir uns nun schon kennen, auf der Suche nach irgendetwas, das mir an dir entgangen sein könnte, ein Charakterzug, eine Vorliebe, ein bestimmtes Verhalten. Ich gebe zu, ich habe den Mörder in dir gesucht.«

»Und? Hast du ihn gefunden?«

»Nein.«

»Tröstlich.«

Holger prostete ihm zu, sodass Alex sich darauf einließ. Der Rheingau-Riesling schmeckte großartig, aber der Moment war grotesk. Ein solches Gespräch führte man bei billigem Rum, den man in großen Schlucken trank, um die Beklommenheit hinunterzuspülen, die das Thema mit sich brachte, am besten an einem Ort, an dem man noch nie war und an den man nie zurückkehren würde. Ein Ort zum Vergessen. Aber nicht bei einer Flasche Weißwein für neunundneunzig Euro in einem sterneverdächtigen Restaurant bei Musik von Vivaldi.

»Schmeckt er dir? Er hat eine ausgeprägte Zitrusnote, und doch kommt der Schiefer durch, findest du nicht auch?«

»Eine ganze Flasche Parfüm könnte mir nicht den schalen Geschmack von der Zunge spülen, und mit dem Riesling hat das gar nichts zu tun. Mir fällt es nicht leicht, darüber zu sprechen. Wie ein Verräter komme ich mir vor, weil ich mir irgendwann nicht mehr sicher war, was dich angeht. Aber ich kann ganz ehrlich behaupten, dass ich schon vor der Urteilsverkündung über alle Zweifel hinweg war. Ich war und bin mir sicher, dass du für alle aufgestellten Behauptungen eine vernünftige Erklärung hast.«

»Optimist«, erwiderte Holger, und Alex fragte sich, ob das alles war, was sein Freund dazu zu sagen hatte.

Das servierte Steinpilz-Carpaccio verhinderte die Fortsetzung des Gesprächs für eine Minute, doch sobald es die Gelegenheit zuließ, hakte Alex nach.

»Sorry, aber ich muss dich das jetzt fragen: Hattest du eine Affäre mit Susann?«

»Mit einer Zwanzigjährigen?«

»Ja.«

»Das traust du mir zu?«

»Ich glaube, wir kommen schneller voran, wenn du auf Gegenfragen verzichtest. Aber da du es wissen willst: Ja, ich halte es für möglich. Normalerweise sagt ein Mann das nicht zu einem anderen, aber an dieser Unterhaltung ist sowieso nichts normal. Holger, man sieht dir deine einundvierzig Jahre nicht an, du bist topfit, führst erfolgreich ein Hotel …«

»Hör schon auf. Ich war nicht gerade ein Mädchenschwarm, wenn du dich erinnerst.«

»Weil du keiner sein wolltest. Aber deine ruhige Art hat ihre Wirkung auf einen bestimmten Typ Frauen nie verfehlt. Auf Kathrin, zum Beispiel. Wenn wir irgendwo was trinken waren, beim Bowling oder beim Tennis, dann habe ich oft mitbekommen, dass du beobachtet wurdest, und zwar auch von deutlich jüngeren Frauen.«

»Darauf bin ich nie eingegangen.«

»Weiß ich. Aber dass ein Mann in den Vierzigern auf eine blutjunge Frau abfährt, das steht schon im Alten Testament.«

»Ich habe Susann ja kaum gekannt«, entgegnete Holger.

»Immerhin hat sie mal bei euch im Hotel gejobbt, um sich ein bisschen was dazuzuverdienen. Hier im Restaurant.«

»Aushilfsweise. Aber für den Service ist Bettina zuständig, da mische ich mich nicht ein. Ich vermute mal, Bettina hat sie aus Gefälligkeit für deine Familie eingestellt, speziell aus Gefälligkeit für Eva.«

Im Gegensatz zu seiner Frau hatte Alex seine Nichte nicht sonderlich gemocht, zumindest nicht in ihren letzten Lebensjahren. Das war insofern ungerecht, als für ihn feststand, dass sie krank gewesen war, von irgendetwas besessen, ohne dass er den Namen der Krankheit hätte benennen können. Hätte er aufschreiben sollen, wann und wieso sich Susann falsch verhalten hatte, ihm wäre nichts eingefallen. Genau das war das Problem. Susann war stets so korrekt gewesen, so wahnsinnig bemüht, alles richtig zu machen. Ein Arbeitgeber konnte sich keine bessere Angestellte wünschen. Sie war sogar mitten in der Nacht an ihren Arbeitsplatz zurückgekehrt, weil ihr eingefallen war, dass sie vergessen hatte, eine Aufgabe zu erledigen. Doch Alex, der seiner Nichte einen Aushilfsjob im Bestattungsinstitut gegeben hatte, fand dieses Verhalten geradezu irre. Je mehr Susann sich bemühte, ihm zu gefallen, desto mehr ging sie ihm auf die Nerven. Sympathie ließ sich nun einmal nicht anzünden wie eine Kerze in der Kirche, und mit Verwandtschaft hatte sie sowieso nichts zu tun, davon konnte ja wohl jeder ein Lied singen.

»Susanns Tod«, sagte er, »hat Eva sehr getroffen. Wie du weißt, hält sie viel von Perfektion, Zielstrebigkeit und starkem Willen, und Susann war ihre Lieblingsnichte. Anders als bei meinem Schwager und meiner Schwägerin drückt sich Evas Trauer allerdings in Zorn aus. Und wenn man erst mal zornig ist, dann lässt sich das nicht von jetzt auf gleich abschalten.«

»Hört sich an, als wäre es vorerst keine gute Idee, mich bei euch blicken zu lassen.«

Holger brachte diesen Satz ohne erkennbare Bitterkeit über die Lippen, doch Alex wusste, wie sehr er sich beherrschte – was ihm nicht schwerfiel, weil er immerzu beherrscht war. Er hatte den Freund noch nie richtig wütend erlebt, höchstens leicht verstimmt, und das war der zweite Grund, weshalb er an Holgers Unschuld glaubte.

Viele Jahre lang war Holger bei ihm und Eva ein und aus gegangen und umgekehrt. Ihre Frauen belegten gemeinsam Kurse an der Volkshochschule, und Alex' kleine Tochter Alena-Antonia hatte schon oft bei Holger und Bettina übernachtet, wenn er und Eva mal einen Abend für sich haben wollten. Sie waren immer füreinander da gewesen. Dieses Band war nun zerschnitten, und es gab nichts, was Alex dagegen tun konnte. Seine Frau hatte ihr eigenes Urteil gefällt.

»Leider. Aber für mich und Ben-Luca gilt das nicht. Unsere Jungs machen eh, was sie wollen. Und wir beide treffen uns halt hier oder auf neutralem Boden.«

»Neutraler Boden«, wiederholte Holger traurig. »Und wenn Bettina mal mit ihr spricht?«

»Eva will Bettina nicht sehen. Auch Finn nicht. Ben-Luca darf ihn schon seit Monaten nicht mit zu uns nach Hause bringen. Hat sie dir das denn nicht erzählt?«

»Nein.«

»Eva möchte keinen Kontakt mehr zu deiner Familie. So ist das leider.«

»Das ist ziemlich un…«

Holger verschleppte das Adjektiv um einige Sekunden, schließlich lautete es »ungerecht«. Alex ging jedoch jede Wette ein, dass es ursprünglich »undankbar« heißen sollte, denn dieses Wort traf es noch besser als das andere. Ja, Eva war in dieser Sache schrecklich undankbar, und Alex vermutete, dass es nicht nur mit Susanns Tod zu tun hatte.

Es gibt Freundschaften, bei denen sich alle Beteiligten von Anfang an auf Augenhöhe befinden und sich niemals von dort wegbewegen, und andere, die einen eher führenden und einen eher folgenden Part haben. Die Beziehung von Holger und Alex hatte dreißig Jahre lang zur zweiten Kategorie gehört. Kinder sind genauso oder vielmehr genauso wenig anspruchsvoll bei der Auswahl ihrer Spielgefährten wie Erwachsene. Oft genügen Kleinigkeiten, wie zum Beispiel, dass der eine zum anderen aufsieht.

Im Alter von sechs Jahren hatte Alexander sich geschmeichelt gefühlt, dass Holger ihn toll fand, weil er a) Kopfsprünge vom Drei-Meter-Brett machen konnte, b) großes Geschick beim Bauen von Sandburgen an den Tag legte und c) Turnschuhe von Puma trug, was in der DDR recht selten vorkam. Holger schrieb bei ihm ab, er kopierte sein Outfit, so gut er konnte. Dreizehn Jahre später, als beide ihre Ausbildung begannen, legte Alexander sich voll ins Zeug, während Holger lustlos in der Familienpension arbeitete, hatte Alexander eine Freundin nach der anderen und Holger keine einzige. Mit sechsundzwanzig übernahm Alexander das Bestattungsunternehmen seiner Eltern, Holger arbeitete da noch immer unter der Fuchtel seines recht eigensinnigen Vaters.

Die Dinge waren selbstverständlich, hatten sich so sehr eingespielt, dass Holger und Alexander nie über die unterschwellige Rollenverteilung sprachen, die sie vermutlich nicht einmal wahrnahmen. Alexander jedenfalls konnte sich nicht daran erinnern, jemals ein Gefühl von Dominanz gegenüber Holger empfunden zu haben. Im Rückblick jedoch bemerkte er, dass die Initiative stets von ihm ausgegangen war und Holger sich lediglich angeschlossen hatte, ohne die Ideen maßgeblich mitzugestalten. Eva, die ein ausgeprägtes Selbstbewusstsein hatte, heiratete in diese Rollenverteilung ein, ebenso wie Holgers Frau Bettina, die lieber schweigend die Drecksarbeit erledigte, anstatt jemanden zu enttäuschen.

Eine weitere Dekade später geriet Alexander in finanzielle Turbulenzen. Damals hatte er sich mit der Eröffnung zweier Filialen des Bestattungsunternehmens übernommen, und Holger hatte ihn, ohne zu zögern, mit einem Privatkredit in beträchtlicher Höhe unterstützt. Im Zuge dieser monetären Krise geriet auch seine Ehe in schweres Fahrwasser, und es waren Bettina und Holger, die erfolgreich vermittelten. Alexander musste eine der Filialen wieder schließen, Holger eröffnete sein Vier-Sterne-Hotel, das zu den schönsten auf Usedom zählte und ganz bestimmt das schönste im Achterland der Insel war. Alexander geriet mit der Rückzahlung des Privatkredits in Verzug, doch Holger ließ ihm alle Zeit der Welt.

Die Dinge waren binnen weniger Jahre auf den Kopf gestellt worden, und Alexander kam damit bedeutend besser zurecht als seine Frau. Ihre Reaktion auf Holgers Verhaftung war derart überzogen …

»Holger, ich will dir nichts vormachen. Dieser Fall, diese letzten Monate, das wird nicht ohne Spuren bleiben. Ziemlich tiefe Spuren. Einschnitte. Du hast mich nie hängen lassen, und ich werde dich jetzt auch nicht hängen lassen. Aber du bist erst ein paar Tage draußen und hast keine Ahnung, was hier im letzten Jahr abgegangen ist. Wenn du denkst, die Auflösung unseres Dreier-Stammtisches sei alles, was du wegzustecken hast, muss ich dir leider sagen, dass du naiv bist. Hast du dich mal umgesehen? Dein Restaurant ist zu Beginn der Hochsaison halb leer.«

Holger blickte sich um. »Man könnte auch sagen, es ist halb voll.«

»Ja, mit Sensationslustigen. Die beiden da drüben, zum Beispiel.«

»Denen gehört die Segelbootvermietung in …«

»Sie schauen schon die ganze Zeit zu uns rüber, und das bestimmt nicht, weil wir so ein tolles Paar abgeben. Und die fünf älteren Herrschaften am Fenster …«

»Die sind aus dem Seniorenheim in Ahlbeck.«

»Du bist ihr Hauptgesprächsthema. Sie geben sich noch nicht einmal Mühe, es zu verbergen.«

»Das geht vorbei.«

»So ist es. Anstatt über dich zu tuscheln, werden sie schweigsam in ihren Ressentiments gegen dich spazieren gehen.«

Der Spinatsalat wurde serviert. Er sah köstlich aus, aber Alex war der Appetit vergangen. Holger schien auch nicht animiert. Die paar Happen, die er aufgabelte, spülte er mit einem ganzen Glas Riesling hinunter.

»Bettina hat gesagt, es sei vorbei.«

»Als deine Frau bekommt Bettina nicht mit, was ich mitbekomme. Das erste Kapitel ist vielleicht vorbei, mehr nicht. Die Leute haben Fragen an dich.«

»Was denn für Fragen?«

»Bitte, Holger, streng deine Fantasie an.«

»Die habe ich gerade zum Rauchen vor die Tür geschickt. Los, sag schon.«

»Wie ist deine DNS an den Tatort gelangt? Was hat es damit auf sich, dass du mit Susann auf dem Wanderparkplatz gesehen wurdest, kurz bevor sie starb? Was hattest du überhaupt auf diesem Wanderparkplatz zu suchen?«

»Kommt mir eher vor, als wären das deine Fragen, nicht die der Leute.«

»Was erwartest du? Dass ich zehn Monate lang mit Watte in den Ohren herumlaufe? Wie oft willst du noch hören, dass ich zu dir halte? Soll ich mir bei jedem Gang unseres Abendessens eine Kerbe in den Finger ritzen und den Treueschwur erneuern? Um dir deine Antworten glauben zu können, muss ich dir erst einmal Fragen stellen dürfen, oder nicht?«

»Im Prozess hat man mir tausend Fragen gestellt.«

»Vergiss den Prozess. Was die Leute wissen, haben sie von Susanns Eltern erfahren, die als Nebenkläger auftraten.«

»Die sind voreingenommen, das muss doch jedem klar sein.«

»Natürlich sind sie voreingenommen, alle Menschen sind voreingenommen, sonst wären es Computer. Was wäre, wenn einer deiner Angestellten angeklagt würde, einen Gast in deinem Hotel vergewaltigt zu haben, und dann freigesprochen würde? Erzähl mir nicht, dass du ihn künftig noch im Zimmerservice einsetzt. Die Leute haben Angst, Holger. Im Wald wurde eine junge Frau aufgeschlitzt, und seit deiner Verhaftung ist nichts mehr vorgefallen.«

»Du hörst dich an wie die Staatsanwältin.«

»Das Dorf ist voll von Staatsanwälten. Wenn du nicht offensiv mit dieser Tatsache umgehst, dann wirst du in Trenthin, ach was, auf der ganzen Insel keinen leichten Stand haben.«

»Offensiv?«

Alex trank einen Schluck Wein, auch um Tempo und Heftigkeit aus dem Gespräch zu nehmen.

»Ich denke da an eine Gemeindeversammlung, bei der du alles in Ruhe darlegst, feierliche Schwüre abgibst, den Leuten in die Augen schaust und ihnen Rede und Antwort stehst. So etwas kannst du gut. Du müsstest dich nicht einmal verstellen, denn vor dieser elenden Geschichte warst du einer der seriösesten Geschäftsleute hier. Du bist der perfekte Schwiegersohn. Natürlich muss das gut vorbereitet werden, und ich würde mich bereit erklären …«

»Ich soll mich vor irgendwelchen Leuten rechtfertigen? Vor den Senioren dort drüben, die sich das Maul über mich zerreißen? Nur weil ich eine Stunde auf einem Wanderparkplatz zugebracht habe? Nackt machen soll ich mich vor jedem, der das möchte? Nein, dann sollen die Leute lieber denken, was sie wollen. Du meinst es gut, Alex, aber ich glaube, du übertreibst. In drei Monaten ist Gras über die Sache gewachsen.«

»Auf Susanns Grab wächst kein Gras.«

»Ich wurde freigesprochen«, beharrte Holger nach einigem Grübeln. »Und damit hat es sich.«

Alexander dachte kurz darüber nach. »Theoretisch, ja. Praktisch haben der eine und der andere Satz wenig miteinander zu tun.«

Daraufhin schwiegen beide – Holger, weil ihm eine Illusion genommen worden war, Alexander, weil er sich miserabel fühlte, sie dem Freund genommen zu haben. Seine tägliche Arbeit bestand darin, sich in die Notlagen seiner Mitmenschen einzufühlen und ihnen Kraft zu geben, nicht, ihnen Hoffnungen zu rauben. Mindestens dreimal in der Woche brachen Kunden in seinem Geschäft zusammen, meistens wenn alles ausgesucht und besprochen war und sie nur noch aufstehen und den Laden verlassen mussten. Nie hatte Alexander diese Hoffnungslosigkeit stärker gespürt als bei Susanns Eltern, seinem Schwager und seiner Schwägerin, nie hatte die Verzweiflung ihm derart tief in die Augen gesehen wie am Tag nach dem Auffinden der Leiche. Der Blick der am Boden zerstörten Eltern war auf seine heimlich gehegten Vorbehalte gegen seine brillante Nichte getroffen und hatte ihm ebenso schlaflose Nächte bereitet wie der Verdacht gegen Holger, dem er nun Auge in Auge gegenübersaß.

»So geht das nicht«, sagte er, nachdem die Fischplatte serviert worden war. Er ließ Messer und Gabel fallen, lehnte sich mit dem Oberkörper über den Tisch und wiederholte leise: »So geht das nicht, Holger.«

Der Freund wusste genau, was gemeint war, lehnte sich zurück und kippte die restlichen Tropfen Riesling in sich hinein.

»Nicht heute, Alex«, bat er fast flehentlich.

»Doch, genau heute! Scheiße, Holger, wir haben uns nie etwas vorgemacht. Als wir mit acht Jahren die halbe Ernte der LPG von den Bäumen geholt und damit Apfelweitwurf gespielt haben und ich deswegen Dresche von meiner Oma bekam, habe ich dir da nicht meinen roten Hintern gezeigt? Als der dicke Bernd dich verprügelt hat, haben wir da nicht zusammen gelitten? Als du dein erstes Date mit Bettina hattest und ich meines mit Eva… Ich könnte die Aufzählung ewig fortsetzen. Ich will nicht, dass das aufhört. Ich will nicht, dass unsere Freundschaft kaputtgeht. So, und jetzt erzählst du mir alles, und zwar restlos alles über diesen beschissenen Tag im letzten Juli.«

»Alex …«

»Keine Ausflüchte. Ich will es wissen, auch wenn wir noch eine ganze Flasche Riesling dazu brauchen.«

Holger blickte grüblerisch zu Boden, wich Alexanders Blick aus. »Die brauchen wir tatsächlich.«

Einige Monate später, September

Um mir einen besseren Überblick zu verschaffen, ging ich Susanns übliche Joggingstrecke ab – in normalem Schritttempo, da es mit meiner Fitness nicht allzu weit her war.

Jeden Tag, ziemlich genau um vierzehn Uhr, war die sportliche junge Frau an ihrem Elternhaus in Trenthin losgelaufen. Die meisten Dauerläufer absolvieren ihr Sportprogramm am Morgen, doch nach Aussage ihrer Mutter bevorzugte Susann die Stunde nach dem Mittagessen, um den Biorhythmus, also das Nachmittagstief, zu überlisten. An einigen Nachbarhäusern vorbei gelangte ich schnell zu dem Uferweg, der idyllischer nicht verlaufen konnte.

In Trenthin gab es einen winzigen Hafen, der aus zwei langen hölzernen Bootsanlegestegen bestand. Ein Fischer holte gerade das Segel ein, jemand lud ein paar Eimer aus, zwei Kinder saßen auf dem Steg und tauchten die Beine in den spiegelglatten blaugrauen Peenestrom. Alles wäre zum Träumen ruhig gewesen, hätten nicht die Möwen aufgeregt über dem Hut des Fischers und seiner Ladung getanzt.

Kaum hatte ich die letzten Häuser des beschaulichen Dörfchens hinter mir gelassen, führte ein Steg mitten durch das Schilf. Enten, Haubentaucher, Teichrohrsänger – sobald ich innehielt und den Blick ins Dickicht richtete, entdeckte ich einen Vogel. Ich weiß auch nicht genau, warum, aber irgendwie hob das meine Stimmung. Dazu die reine, wunderbare Luft. Herrlich.

Ich musste an eines der Haiku denken, das erste, das ich aus dem Papierkorb in Tallulahs Zimmer gefischt und entrollt hatte. Es trug die Nummer 179.

Trenthin, wo Effi,
Madame B. und Lady C.
ihren Spaß haben.

Das Kurzgedicht im perfekten klassisch-japanischen Silbenrhythmus 5–7–5 spielte auf drei titelgebende literarische Figuren an: Effi Briest von Theodor Fontane, Madame Bovary von Gustave Flaubert und Lady Chatterley von D.H. Lawrence. Bei allen drei Frauen handelte es sich um gelangweilte Gattinnen auf dem Lande, die sich in erotische Eskapaden stürzten.

Die Landschaft des Usedomer Achterlandes lockte romantische Gefühle geradezu hervor – verträumte Stillleben allenthalben, eine elegische Ruhe, anmutige Gehöfte, gebogene Wege, die an Obsthainen vorbeiführten, über Wiesen aufsteigender Nebel, der vom Wind getrieben die Gestade küsste … Kaum eine fühlende Frau konnte sich auf Dauer der Poesie dieser Natur entziehen, und die Abgeschiedenheit förderte zusätzlich eine Lust zum Abenteuer, zum Wagnis zutage. Susann hatte diese wunderbar gefährliche Mischung aus romantischer Lage, Schönheit und Einsamkeit Trenthins nicht nur erkannt, sondern war ihr wohl auch erlegen. Zumindest deutete ein weiteres Haiku aus ihrer Feder darauf hin, die Nummer 227.

Verbotene Frucht
Mein Liebhaber der Lüge
Bitteres Warten

In diesem Haiku sprach sie eindeutig von sich, wohingegen das andere darauf verwies, dass Amouren im beschaulichen Trenthin keine Seltenheit waren. Nur, woher wusste sie das?

Nach etwa zweihundert Metern gelangte ich an ein indisches Restaurant namens *Papadam*, dahinter waren ein Parkplatz und eine Zufahrt, zu beiden Seiten von wilden Sträuchern eingehegt. An der Tür hing ein Schild: *Vorübergehend geschlossen.*

Nach allem, was ich wusste, kam diesem Restaurant eine gewisse Rolle zu, und zwar sowohl was die Geschehnisse vor den Morden an Susann und der zweiten jungen Frau anging als auch jene in den Tagen vor dem Brand. Ich nahm mir daher vor wiederzukommen, oder besser, ein paar Nachforschungen anzustellen und Kontakt mit der Familie aufzunehmen.

Ein paar Minuten später gelangte ich an ein Haus, das so hübsch, einsam und idyllisch gelegen war, dass es sich um ein Museum handeln musste. Das Dach war reetgedeckt, die Fensterrahmen waren blau, und die Reflexionen des Wassers zauberten wabernde Lichtpunkte auf die weiße Fassade. Was dem Anwesen jedoch das eigentlich Besondere verlieh, war das Drumherum: eine Mischung aus Bauerngarten, wilder Schönheit und künstlerischer Raffinesse. Ein Schriftzug über dem schmiedeeisernen Eingangstor besagte: *Treten Sie ein.* Genau das tat ich dann auch.

Der Kiesweg gabelte sich in drei Richtungen. Man konnte

direkt auf das Haus zulaufen, das etwa zwanzig Schritte entfernt stand, oder nach links gehen, wo stolze mannshohe Sonnenblumen aufragten, ergänzt durch die letzten Malven des Sommers und die ersten Astern des Herbstes. Disteln, Schlehen und Dünengras brachten die typische Schlichtheit des Nordens in die bunten Beete. Rechts von mir verlief eine Hortensienallee, deren zahlreiche üppige Büsche in allerlei Farben und Mischtönen gediehen. Obstbäume dienten als Nistplätze für die Singvögel.

Dass es sich weder um ein Museum noch um ein Privathaus handelte, erkannte ich an den Skulpturen, den Vasen, tönernen Tellern und Töpfen, die dekorativ zwischen die Pflanzen platziert waren und Preisschilder trugen. Darauf aufgedruckt stand: *Künstlerhaus Rosemarie Busch*. Einen Augenblick später entdeckte ich den Namenszug über der Haustür, und einen weiteren Augenblick später erschien die Hausherrin höchstselbst.

Dass es sich um die Künstlerin handelte, erkannte ich, noch bevor sie mir die Hand entgegenstreckte. Hätte ich mir vorher je Gedanken gemacht, wie ich mir eine auf Usedom lebende Künstlerin vorstellte, Rosemarie Busch wäre dieser Vorstellung sehr nahegekommen. Ihr Erscheinungsbild war ein wenig extravagant. Sie trug ein farbenreiches, luftiges, im Wind flatterndes Kleid sowie eine aufwändig gefertigte Halskette mit allerlei Perlen und bunten Steinsplittern. An ihren Händen leuchteten mehrere Bernsteinringe im Sonnenlicht. Dieses fantastische Outfit umrahmte ein schlichtes Äußeres. Sie benutzte kein Make-up, und ihre stumpfen strohblonden Haare, die sie offen trug, waren von ersten grauen Strähnen durchsetzt. Kurz, eine Frau über fünfzig, der es nichts ausmachte, eine Frau über fünfzig zu sein.

»Willkommen bei Rosemarie Busch«, sagte sie.

Im ersten Moment glaubte ich, mich geirrt zu haben und einer Angestellten der Künstlerin gegenüberzustehen.

»Oh, ich dachte, Sie sind es selbst«, erwiderte ich amüsiert.

»Ich bin es selbst.«

»Ach so.«

»Rosemarie Busch öffnet täglich um elf Uhr ihre Pforten. Sie sind heute ihre erste Besucherin.«

Von sich selbst in der dritten Person zu sprechen, fand ich reichlich seltsam. Nur von einem gekrönten Haupt hätte ich das angenommen.

»Doro Kagel. Ich verbringe ein paar Tage hier.«

»Der September ist ein wunderbarer Monat. Abends geht die Sonne in sämtlichen Gelb- und Rottönen über dem Schilf unter. Ja, genau dort. Spüren Sie den Wind auf der Haut? Er ist viel angenehmer als im August.«

»Sie haben recht. Ich liebe den September.«

Rosemarie Busch lächelte mich an. »Wie schön! Sie sind eine verwandte Seele.«

Der schwindelerregend schnelle Aufstieg von einer Fremden zu einer verwandten Seele war gewöhnungsbedürftig, aber zum Glück ersparte sie mir einen Kommentar.

»Kommen Sie, ich wollte gerade mit dem Tagwerk beginnen. Heute bemalt Rosemarie Busch Meeressteine, die sie zu Ketten verarbeitet.«

Einen schöneren Arbeitsplatz als den ihren gab es nicht: ein großer, naturbelassener Holztisch im Garten, ein schattiger Platz, ein laues Lüftchen, etliche Pinsel, Farben, Steine, eine große Kanne Tee, ein Sortiment Tassen …

»Früchtetee, eigene Mischung, eigene Trocknung«, sagte

sie. »Rosemarie Busch macht alles selbst. Suchen Sie sich eine Tasse aus.«

»Nehmen Sie irgendeine«, sagte ich.

»Nein, nein, Sie müssen sich eine aussuchen, das ist wichtig, sonst harmonieren Sie nicht mit der Tasse.«

Ich harmonierte mit einer großen Mohnblume, und während mir die Künstlerin einschenkte, dachte ich darüber nach, welche Rückschlüsse sie wohl aus meiner Wahl zog, ganz so, als würde ich beim Psychiater auf der Couch liegen.

»Sie können von Ihrer Arbeit leben?«, fragte ich. »Auch im Winter?«

»Rosemarie Busch bekommt Aufträge zur Ausgestaltung von Hotels, Restaurants und Firmen aus der ganzen Ostseeregion.«

»Man begegnet Ihrer Arbeit in der Tat überall«, gab ich zu. »Ich wohne auf *Gut Trenthin*, da wimmelt es von Ihren Schöpfungen, nicht wahr?«

Sie richtete den Blick auf einen kleinen Stein, den sie mit einem Haarpinsel zu bemalen begann. »Ja, dieses Hotel war ein guter Kunde. Außerdem vertreibt Rosemarie Busch Schmuck über eine Internetseite. Ein paar Kurse gibt sie auch.«

»Bernsteinkurse?«

»Unter anderem. Sie haben davon gehört?«

»Die Frau eines Zeugen im Fall Susann Illing hatte einen Bernsteinkurs belegt. Womöglich bei Ihnen?«

Sie sah weiterhin den Stein an, den sie mit ruhiger Hand verzierte. »Wahrscheinlich. So viele Kursanbieter gibt es im Achterland nicht. Wir gehen an abgelegenen Strandabschnitten spazieren und suchen Bernsteine. Hinterher bearbeiten wir dann entweder gemeinsam die Fundstücke, oder Rosemarie

Busch stellt den Kursteilnehmern eigene Steine zur Verfügung. Gegen Gebühr.«

Ein bisschen ironisch sagte ich: »Meistens sind es dann wohl Ihre Bernsteine, oder?«

Rosemarie Busch, die eigentlich alles mit einem Grundlächeln zu tun schien, zeigte keine Veränderung ihres Ausdrucks.

Ich war mir nicht genau darüber im Klaren, was ich an ihr nicht mochte, da ich sie kaum kannte und sie mir nichts als Freundlichkeit entgegenbrachte. Vielleicht hatte ich einfach nur zu lange in Berlin gelebt, wo man direkte, offensive Nettigkeit eher argwöhnisch betrachtet.

»Kannten Sie Susann Illing?«, fragte ich.

»Aber natürlich. Jeder hier kannte sie. Wieso fragen Sie?«

»Ihr Job ist das Bearbeiten hübscher Gegenstände, die in der Natur vorkommen. Mein Job ist das Aufdecken schmutziger Gemeinheiten, die in der Natur des Menschen liegen.«

Sie verstärkte ihr Grundlächeln ganz leicht. »So, Sie sind also Journalistin.«

Rosemarie Busch wechselte Pinsel und Farbe, drehte den Stein und malte weiter. »Mein Haus liegt an Susanns Laufstrecke. Und Sie gehen die Strecke ab?«

»So ist es.«

»Ja, sie ist fast jeden Tag hier vorbeigekommen.«

»Hat sie mal bei Ihnen Halt gemacht?«

»Nein. Wozu?«

Wie von mir bestellt, kam ein Jogger vorbei, der ihr einen kurzen Gruß zuwarf.

»Aber sie hat Sie gegrüßt?«, fragte ich. »Ich meine, der Weg ist nur ein paar Schritte von Ihrem bevorzugten Arbeitsplatz entfernt.«

»Wenn Susann joggte, dann joggte sie. Sie war sehr konzentriert in allem, was sie tat. Fast verbissen, möchte ich sagen. Nein, wir hatten so gut wie keinen Umgang miteinander. Sie war viel jünger als Rosemarie Busch. Außerdem war sie eher praktisch orientiert. Sie wollte Ökonomie studieren und kannte sich blendend im Steuerrecht und mit Statistiken aus. Mit Bernsteinen und Tontöpfen konnte sie nichts anfangen.«

»Sie meinen, Susann hat ein wenig auf Sie und Ihre Arbeit herabgesehen?«

Endlich blickte sie kurz auf. »Das habe ich nicht gesagt. Sind Sie eine von denen, die einem das Wort im Munde verdrehen?«

Interessanterweise war sie erstmals von der dritten Person in die erste gewechselt. »Ich habe meinen Zungenverdreher zu Hause vergessen und versuche nur, Susanns … wie soll ich sagen? Ich will ihre Psyche verstehen. Ihre Seele, wenn Sie so wollen.«

»Soso, ihre Seele«, wiederholte Rosemarie Busch und konzentrierte sich wieder auf Stein und Pinsel, die sie geschickt und noch immer mit enorm ruhiger Hand führte. Es entstanden blau-weiße Blüten. »Susanns Seele stelle ich mir wie ein quadratisches, aufgeräumtes Zimmer vor.«

Die Wörter »Seele« und »aufgeräumt« hatte ich noch nie in einem Satz gehört. Entsprechend zog ich die Augenbrauen hoch, was Frau Busch bemerkte, ohne den Blick vom Stein zu nehmen.

»Sie hatte immer alles im Griff, alles war an seinem Platz. Auch in ihrem Kopf, verstehen Sie?«

»Bitte entschuldigen Sie, aber für jemanden, der so gut wie keinen Umgang mit ihr hatte …«

»Weiß Rosemarie Busch so einiges über sie«, beendete sie meinen Satz. »Ich war früher ihre Kunstlehrerin, von der fünften bis zur zehnten Klasse.«

»Kunstlehrerin sind Sie also auch?«

»War ich, bis vor einigen Wochen, in Teilzeit. Kleine Aufbesserung des Salärs. Es war sehr schön, mit Kindern zu arbeiten, denn deren Köpfe und Herzen sind noch frei von Barrieren, sie atmen noch die wilde, hemmungslose und beflügelnde Luft der Fantasie.« Sie machte eine Pause und fügte mit dunklerer Stimme hinzu: »Die meisten jedenfalls.«

»Susann nicht? Lassen Sie mich raten. Ihre Bilder waren aufgeräumt.«

Rosemarie Busch lächelte über ihr normales Maß hinaus. »Enorm realistisch. Zumindest ab der achten Klasse. Das war in der Zeit ihrer großen Veränderung.«

Ich wartete einen Moment, dann sagte ich: »Vielleicht erraten Sie meine nächste Frage.«

Frau Busch drehte den Stein um und bemalte die Rückseite mit derselben Geduld und Präzision.

»Als Susann ungefähr vierzehn Jahre alt war, ist etwas mit ihr passiert. Vorher war sie ein durchschnittliches Mädchen, sowohl was ihre Leistungen als auch ihr Benehmen anging. Vielleicht ein bisschen bäuerlich. Ihre Eltern sind ja schon … nun denn, eher einfach gestrickte Leute. Wenn die Mutter mal ein Buch in die Hand nahm, war es ein Kochbuch. Und der Vater ist das Musterbeispiel eines Westberliner Altachtundsechzigers: ein strukturloser Bummler, dessen Träume letztendlich mit ihm auf dem Hocker in der Kneipe landeten. Beide recht nett, aber schlicht. Alles deutete darauf hin, dass Susann sich in dieselbe Richtung entwickelte.«

Ich atmete zweimal aus und ein. Mein anschließendes Räuspern war, wie ich fand, ein akzeptabler Ersatz für unhöfliches Drängeln.

»Anfangs waren es nur kleine Veränderungen. Ihre Noten verbesserten sich in fast allen Fächern, sie kleidete sich adretter, sonderte sich von den anderen Mädchen ab … Eines Tages erschien statt ihrer Mutter ihre Tante zum Elternabend, und dabei blieb es. Ja, die liebe Tante Eva, oder besser Eva Regina, darauf legte sie immer großen Wert, soweit ich mich erinnere. Die Frau hat Haare auf den Zähnen, das kann ich Ihnen sagen! Nur gut, dass die Leute in der Regel tot sind, wenn sie unter ihre Fittiche geraten. Sie ist die Frau des Leichenbestatters Alexander Waldeck.«

»Hat sie großen Einfluss auf Susann ausgeübt?«

»Ganz gewiss. Susanns plötzlicher Eifer, immer die Beste sein zu wollen, und zwar in allem, Literatur, Reiten, Flötespielen, Mathematik, das ging wohl auf das Konto der Tante. Ebenso der neu entdeckte Ordnungssinn und die fanatische Effizienz, mit der sie ihre Zeit einteilte. Aber die Sache schien mir komplizierter zu sein, so als ob … nun ja, so als wollte Susann noch eine Schippe drauflegen. Die vielen ehrenamtlichen Engagements, zum Beispiel, die sind so gar nicht Frau Waldecks Ding. Oder dass Susann sich nach dem Selbstmordversuch ihrer Schwester intensiv um Tallulah gekümmert hat, das hat sogar mich überrascht. Vorher hat sie das arme Ding nicht besser behandelt als eine Gutsherrin die Schweinemagd. Sie war schon reichlich seltsam. Widersprüchlich und schwer einzuschätzen.«

Was ich erfuhr, war äußerst informativ, ging jedoch über das hinaus, was eine Kunstlehrerin normalerweise über ihre ehemaligen Schülerinnen zu berichten weiß. Vielleicht war das dem Tausendseelendorf geschuldet, wo man an einem Ende der Straße erfuhr, dass sich jemand achtundvierzig Stunden zuvor am anderen Ende einen neuen Briefkasten montiert hatte. Allerdings lebte Rosemarie Busch abseits des Dorfes, und zwar nicht nur was die Lage ihres Hauses betraf, wie mir schien. Woher also wusste sie so viel?

»Kann es sein, dass Susann häufiger in Ihrem Laden war?«

»Wo denken Sie hin! Das wäre ja so, als würde ein Taschenrechner ein Zirkuszelt betreten. Was sollte er wohl darin tun?«

Ich lachte. Auf ihre eigene, spezielle Weise war Rosemarie Busch recht amüsant, und ich war bereit, meine Meinung über sie zu revidieren. Was hieß da überhaupt Meinung? Es war eher ein diffuses Gefühl als ein konkreter Gedanke, das mich ihr gegenüber fremdeln ließ.

Eine Minute lang trank ich den Früchtetee aus der Mohnblütentasse und sah Frau Busch bei der Arbeit zu, die sie schweigend, lächelnd und vielleicht sinnierend verrichtete. Mir war, als ob sie den Stein zwischen ihren Fingern regelrechte liebte und ihm nur das Beste und Schönste angedeihen lassen wollte.

»Haben Sie Susann am Tag ihres Todes vorbeilaufen sehen?«

Sie vermalte sich und wischte den Fleck mit einem alkoholgetränkten Tuch weg. »Nein, denn wie Sie vorhin selbst richtig sagten, hat Rosemarie Busch an jenem Nachmittag einen Bernsteinkurs gegeben.«

»Wo war das?«

»Er findet jedes Mal woanders statt, je nach Laune und Wetter.«

»Und wohin haben Laune und Wetter Rosemarie Busch an

jenem Tag verschlagen? Derart außergewöhnliche und erschütternde Ereignisse lassen uns normalerweise erinnern, wo wir uns zum Zeitpunkt des Dramas befanden.«

»Da sehen Sie mal, wie verschieden die Menschen sind. Gerade wegen des erschütternden Ereignisses hat Rosemarie Busch die Erinnerung an diesen speziellen Bernsteinkurs völlig verloren.« Sie streute ein Pulver über den bemalten Stein, hielt ihn für ein paar Sekunden in den Strahl eines Föns und überreichte ihn mir. »Blau steht Ihnen hervorragend. Bitte, nehmen Sie ihn.«

»Oh«, rief ich. »Das ist ausgesprochen lieb von Ihnen.«

»Und die Mohnblütentasse bitte auch.«

»Nein, das kann ich nicht annehmen.«

»Hat Ihnen der Tee geschmeckt? Hier bitte, ein Fünfzig-Gramm-Tütchen.«

Sie machte mich verlegen mit ihrer Großzügigkeit, zumal ich vorher nicht gerade nett über sie gedacht hatte. Fast benommen folgte ich ihr in den Laden, wo sie den Stein mit einer einfachen Flechtkette aus Schnüren und Bändern versah und alles hübsch verpackte. Natürlich dachte ich darüber nach, ob ich ihre Geschenke zurückweisen oder mit irgendetwas vergelten sollte. Mir fiel auf die Schnelle allerdings nichts ein.

Der Laden war mit Amphoren, Vasen, Skulpturen, handgemalten Bildern und Emaillen bestückt. An einem Fischernetz vor dem Fenster hingen Dutzende Schmuckstücke, alles liebevoll dekoriert. Gerne gab ich es nicht zu, aber der Raum hatte das gewisse Etwas. Ich fühlte mich wohl darin, was auch an dem heimeligen, großen Brennofen lag, in dem wohl gerade etwas trocknete, da er eine angenehme Wärme und einen erdigen Duft ausstrahlte.

Gerade als ich einen letzten Versuch unternehmen wollte, der Peinlichkeit des unerwiderten Geschenkesegens zu entgehen, nahm sie einen Rechnungsblock zur Hand.

»Rosemarie Busch gibt Ihnen fünfzig Prozent auf den Stein und zwanzig Prozent auf Tasse und Tee. Das macht dann zusammen zweiundvierzig Euro.«

Bevor ich etwas sagen konnte, überreichte sie mir meine »Einkäufe« in einem Baumwollbeutel.

So also sah das Schicksal der verwandten Seelen von Rosemarie Busch aus. Ich zahlte den Betrag stumm und mit einem flauen Gefühl im Magen, aber ich zahlte ihn. Beim Abschied stand ich ein bisschen neben mir, so als hätte ich gerade ein Nahtoderlebnis gehabt.

Der Weg von Susanns Joggingstrecke führte mich zunächst durch ein beschauliches Niemandsland zwischen Schilf und Peenestrom auf der einen Seite und windgebeugten Bäumen und Büschen auf der anderen Seite. Der Mörder hätte dort einerseits leichteres Spiel gehabt, denn es gab allerlei Versteck- und Fluchtmöglichkeiten. Andererseits war auch mehr los. Ich zählte binnen zehn Minuten neun Spaziergänger oder Jogger – nicht gerade viel und doch neun Personen mehr als zwischen Park- und Campingplatz.

Nach etwa einem Kilometer gelangte ich an besagten Campingplatz, diesmal jedoch von der anderen, der Uferseite. Das Gelände für die Wohnmobile und Zelte dehnte sich weit aus und war eingezäunt, unterbrochen von zwei Türen, zu denen nur die Camper Schlüssel hatten. Ein Spaziergänger hätte also nicht so einfach eine Abkürzung nehmen können, um zur Landstraße oder auf den Waldweg zu gelangen. Die alten

Schilder, auf denen *Insel-Camping Lieper Winkel, Inhaber Udo und Mareike Diane Illing* stand, waren abgehängt und durch neue Schilder ersetzt worden: *Camping Stilles Wasser, Inhaber Eddi Fassmacher*.

Einen weiteren Kilometer später begegnete mir derselbe Name noch einmal, diesmal vor einer Anlage mit zwölf relativ neuen Ferienhäusern, die zwischen Uferweg und Landstraße platziert worden waren. Herr Fassmacher war wohl so etwas wie der König des Lieper Winkels, denn *Gut Trenthin* gehörte ihm neuerdings ebenfalls, wie mir die Rezeptionistin Kathrin verraten hatte. Es lag etwa fünfhundert Meter von den Ferienhäusern entfernt. Am ehemaligen Simonsmeyer-Hotel endete jegliche Bebauung. Im weiteren Verlauf des Weges, der schon bald vom Ufer wegführte, spazierte ich durch Wald, Felder und Wiesen, wo sich Hasen, Rehe und Störche labten. Ein älteres Paar kam mir entgegen, ansonsten war ich eine halbe Stunde der einzige Mensch auf weiter Flur. Hätte jemand vorgehabt, Susann umzubringen, wäre dieses abgelegene Stück Natur ideal gewesen.

Nach zwei Kilometern kam ich an einen Streichelzoo, der von begeisterten Kindern, ihren Eltern und unzähligen Felltieren belebt war. Nicht weit davon entfernt kreuzten sich zwei Wege. Der eine führte am Fußballplatz und am Friedhof mit der Trauerhalle vorbei direkt nach Trenthin, das laut Beschilderung eins Komma zwei Kilometer entfernt war. Der andere führte über die Landstraße zu dem Wanderparkplatz. Der zweite Weg war Susanns bevorzugte Route gewesen, ihre »große Runde«. Er führte vom Wanderparkplatz zum Campingplatz, den sie – da sie als Familienmitglied einen Schlüssel besaß – ohne Schwierigkeiten durchlief, um am Uferweg wieder herauszukommen. Diesem folgte sie dann bis Trenthin, diesmal in entgegengesetzter Richtung. Eine beachtliche Strecke. Die Abkürzung vom Streichelzoo nach Trenthin nahm sie nur selten. Hätte sie den Weg an ihrem Todestag gewählt, würde sie vermutlich noch leben.

Was war bei meiner Wanderung nun eigentlich herausgekommen, außer dass ich mir eine Blase gelaufen hatte und um zweiundvierzig Euro ärmer war?

Konkret: gar nichts. Ich hatte keinen einzigen Anhaltspunkt, der die These von der Täterschaft Holger Simonsmeyers auch nur im Entferntesten anfocht. Allerdings auch keinen, der die These untermauerte. Immerhin hatte ich mir einen Überblick über die geografischen Gegebenheiten verschafft, und etwas war mir dabei dann doch aufgefallen.

Erstaunlich viele Personen, die in irgendeiner Weise mit dem Verbrechen und seinen Folgen zu tun hatten, lebten oder arbeiteten entlang der Joggingstrecke von Susann. In dem indischen Restaurant hatte sie nach Aussage ihrer Mutter bei Buchführung und Steuererklärung geholfen. Rosemarie Busch hatte zur Tatzeit einen Bernsteinkurs gegeben, an dem auch die Frau eines wichtigen Zeugen teilgenommen hatte. Zudem erhielt ich im Hotel *Gut Trenthin*, wo Rosemarie Buschs Prospekte auslagen, die Auskunft, dass die Kurse immer in der Nähe des Künstlerhauses stattfanden, also nicht weiter als zwei Kilometer vom Tatort entfernt. Und Eddi Fassmacher war inzwischen nicht nur der neue Pächter des Campingplatzes, der davor der Familie des Opfers gehört hatte, sondern auch der neue Eigentümer des Hotels, das der Familie des vermeintlichen Täters gehört hatte.

Da das *Papadam* noch geschlossen und ich Frau Busch bereits auf unvergessliche Weise begegnet war, musste ich nicht lange überlegen, auf wen ich meine Aufmerksamkeit als Nächstes richten sollte.

4

Noch 23 Tage bis zum zweiten Mord

Bettina Simonsmeyer begann den Tag immer mit der fröhlichen Betriebsamkeit eines Teichrohrsängers. Um zirka fünf Uhr dreißig wachte sie auf, und zwar ohne Wecker, schwang sich auf ein bereits gesatteltes Pferd, ritt ein paar Runden auf der Weide, kehrte ins Haus zurück und stellte sich schließlich unter die kalte Dusche, bevor sie der Familie das Frühstück zubereitete.

Holger schlief gerne eine Stunde länger. An diesem Morgen gönnte Bettina ihm das Dösen allerdings nicht, das sie ohnehin als Zeitverschwendung empfand. Sie ließ Jamie, den Stallburschen des Hotels, gleich zwei Pferde satteln und zog ihren schläfrigen Ehemann an beiden Armen aus dem Bett.

»Heute bestimme mal ich«, sagte sie.

Brummend und noch halb träumend nahm er Martinique, während sie auf Sansibar aufsaß. Bettina bevorzugte Hengste, Holger Stuten.

»In welche Richtung reiten Sie aus?«, fragte Jamie. »Wie wär's, ich schicke die beiden Gäste, die sich für sechs Uhr angemeldet haben, in die andere Richtung. Dann haben Sie Ihre Ruhe.«

»Lieb von Ihnen, Jamie. Wir wollen nach Balm und zurück.«

Gemächlich trabten sie auf den beiden rheinisch-deutschen Kaltblütern in den Wald, wo es kühl war, still und duftend. Es war ihr erster gemeinsamer Ausritt seit Holgers Verhaftung, und auch Bettina hatte seit Monaten auf keinem Pferd mehr gesessen. Anfangs war sie noch allein ausgeritten, was ihr jedoch keine Freude bereitete. Zum Reiten war sie über ihren Mann gekommen, in ihrer Jugend hatten Pferde keine Rolle gespielt, und irgendwie empfand sie es als Verrat, Holgers Hobby auszuüben, während er hinter Gittern saß. Zugegeben, man konnte Pferden allerlei anvertrauen, sie waren gute und schweigsame Zuhörer, aber das waren Zimmerpflanzen auch, und was in Bettina neuerdings vorging, hätte sie nicht einmal denen zugeflüstert.

Sie forcierte das Tempo und fing an draufloszuerzählen.

»Und, wie fühlt es sich an, endlich wieder im Sattel zu sitzen? Gut, nicht? Ich habe dir extra Martinique fertig machen lassen, das ist immer noch unsere Sanfteste. Obwohl, während du fort warst, haben wir zwei neue Pferde bekommen. Fuerteventura ist schnell wie der Wind, aber folgsam wie ein Lämmchen. Und Skye hat eine tolle Farbe, verwaschen blaugrau, echt schön, ein bisschen wie Nebel. Ach, und ein Pony ist neulich angekommen, davon weißt du sicher noch nichts. Wo steckst du denn? Komm, schließ auf. Nicht trödeln, in einer Stunde frühstücken wir schon. Elba, heißt sie, ich meine das Pony, die Kinder sind ganz wild auf eine Stunde mit ihr. Apropos Kinder … Wir sollten mal wieder Patrick und Finn auf einen Ausritt mitnehmen. Das haben wir ewig nicht gemacht. Die beiden verlernen das Reiten sonst noch. Wie wäre es mit einem Picknick nächste Woche? Finn wird sich natürlich sträuben, wie üblich, aber wenn wir ihn von zwei Seiten bearbeiten, hat er keine Chance. Erst recht nicht, wenn ich den Eiersalat mache, den er …«

Der Knall war so laut, dass er Bettina in den Ohren wehtat, und so nah, dass sie im ersten Moment an einen Schuss glaubte. An mehr konnte sie nicht denken, denn Sansibar bäumte sich auf und hätte sie beinahe abgeworfen. Nervös schnaubte er, fixierte einen Punkt im Nirgendwo. Sie versuchte, ihn mit Worten und Händen zu beruhigen, und es hätte auch funktioniert, wenn … Der zweite Knall war noch unmittelbarer als der erste, genau zwischen Sansibars Hufen.

Sie spürte, wie der Hengst sich unter ihr verkrampfte und den Kopf hob. Im nächsten Moment gab es kein Halten mehr. Sansibar ging mit ihr durch, galoppierte in den Wald hinein.

»Holger!«, rief sie.

Ein Zweig peitschte ihren Oberschenkel, sie schrie auf, der nächste Zweig traf sie im Gesicht. Ein kalter metallischer Schmerz, als hätte ihr die Klinge eines Messers die Wange aufgeschlitzt, nahm ihr für einige Sekunden die Orientierung. Als sie wieder sehen konnte, flogen die Äste und Stämme geradezu um sie herum, grüne und braune Brocken und Streifen. War es besser, sich festzuhalten und womöglich abgeworfen zu werden oder sich kontrolliert ins Unterholz fallen zu lassen?

Nur kurz stellte sie sich diese Frage. Unmöglich, bei dem Tempo logische Überlegungen anzustellen. Ebenso unmöglich abzuspringen.

»Holger!«

Sie versuchte, sich umzuwenden. Wie weit war er entfernt? Würde er sie mit Martinique einholen können?

Sie sah ihn nicht.

Da peitschte die nächste Rute auf sie ein, traf sie an der

Brust. Ein dunkler Laut, der nicht von ihr zu stammen schien, entwich ihrer Kehle.

Verzweifelt zog sie am Zügel, obwohl sie wusste, dass es nichts brachte, im Gegenteil, dass sie Sansibar damit noch nervöser machen würde. Holger hatte ihr beigebracht, dass man durchgehende Pferde am besten dadurch beruhigte, dass man selbst ruhig blieb.

»Holger!«

Was hatte er sonst noch empfohlen? Eine große Volte reiten, um das Tempo zu verringern – nicht machbar mitten im Unterholz. Das Pferd bergauf lenken – auf Usedom hoffnungslos. Es in den tiefen Sand lenken – der war noch einen halben Kilometer entfernt.

Und vorher kam die Straße. Sie galoppierte genau darauf zu. Einhundert Meter, fünfzig Meter, zwanzig …

Bevor du ohne Sicht mit einem durchgehenden Pferd eine Straße überquerst, spring lieber ab. Das war der letzte Ratschlag, den er ihr vor Jahren gegeben hatte.

Die Bäume fegten an ihr vorbei. Die Straße war schon ganz nah.

»Holger!«

Sie glitt aus den Steigbügeln und spannte die Muskeln an. In diesem Moment schoss auf der Straße ein zischendes Ungetüm vorüber, einer der Zementmischer für Eddi Fassmachers neue Ferienhäuser. Zwei Sekunden früher, und er hätte sie erwischt.

So jedoch brachte er Sansibar zum Stehen. Noch einmal buckelte er kurz, dann war Ruhe.

Bettina saß ab. Mit zitternden Beinen ließ sie sich an einer aus dem Boden ragenden Kiefernwurzel nieder, vergrub den

Kopf zwischen den angewinkelten Beinen und versuchte, sich zu beruhigen. Sansibars Nüstern streiften trostvoll ihre Haare.

»Du kannst ja nichts dafür«, sagte sie und bemühte sich, auch zu fühlen, was sie sagte. Konnte sie dem Hengst vergeben?

Wo war eigentlich Holger? War es möglich, dass auch Martinique durchgegangen war?Dieser Gedanke brachte sie augenblicklich wieder auf die Beine. »Holger!«, rief sie.

Und siehe da, ein paar Sekunden später tauchte er auf dem Rücken der Stute auf. Sofort saß er ab, ging zu ihr, nahm sie in den Arm.

»Bettina, bist du in Ordnung?«

»Nur ein paar Schrammen. Sag mal, was war denn das?«, fragte sie, noch immer zitternd.

»Muss ein Böller gewesen sein. Ein Knallfrosch.«

»Der erste Knall kam von hinten, glaube ich. Hast du jemanden gesehen?«

»Nein, mir ist nichts aufgefallen. Ich habe nur den Knall gehört, so wie du. Aber während Martinique einigermaßen ruhig blieb, ist Sansibar in Panik geraten.«

»Dabei heißt es immer, dass Männer die besseren Nerven haben.«

Sie war nicht imstande, gleich wieder aufzusitzen, daher führte sie Sansibar am Zügel. Ganz ungewohnt für sie, sprach sie auf dem Rückweg kein Wort.

Ob Böller oder Schuss – jemand musste ihn verursacht haben, und das konnte nur Absicht gewesen sein. Der Gedanke jagte ein Schaudern durch Bettinas Körper, vom Herz zu den Fingerspitzen.

»Geht's wieder?«, fragte Holger.

Sie nickte.

Wie ruhig Holger war. Nun denn, er war immer ruhig. Aber ein bisschen besorgter hätte er sich gerne verhalten dürfen. Stellte er sich denn keine Fragen?

Plötzlich blieb Bettina stehen, krümmte sich und stöhnte laut auf.

»Du bist also doch verletzt«, sagte Holger.

»Nein«, sagte sie und stützte sich auf die Hand, die er ihr reichte. »Es geht schon wieder. Das war nur ein … ein kurzes Unwohlsein. Mir ist etwas flau im Magen.«

»Verständlich. Komm, sitz auf, ich führe Martinique und Sansibar am Zügel.«

Sie ging auf das Angebot ein. Im Tempo eines Strandspaziergangs setzten sie ihren Weg fort, wobei Bettinas Blick unentwegt auf dem Hinterkopf ihres Ehemannes ruhte. Könnte sie doch dort hineinsehen, nur einen Augenblick lang. Könnte sie wenigstens erfühlen, was in ihm vorging. Doch war das früher zumindest von Zeit zu Zeit möglich gewesen, so war Holger ihr seit dem Tag seiner Verhaftung irgendwie … abhandengekommen. Ein besseres Wort fand sie nicht. Sie liebte ihn, sie verehrte ihn, sie brauchte ihn, und trotzdem war zwischen ihr und ihm so etwas wie eine Glasscheibe.

Sie hatte nicht deswegen laut gestöhnt und sich gekrümmt, weil ihr flau im Magen, sondern weil ein Gedanke gekommen war. Genauer gesagt, der böse, grausige, gemeine, fürchterliche Gedanke, dass Holger den Knall selbst verursacht hatte. Dass er einen Schuss abgegeben hatte.

»Alles in Ordnung da oben?«

Sie nickte und rang sich ein Lächeln ab.

Was für eine miese Ehefrau sie doch war, so etwas auch nur für den Bruchteil einer Sekunde zu glauben.

Zurück im Stall, war ihr danach, Jamie zur Rede zu stellen. Der Stallbursche war der Einzige, der gewusst hatte, wohin sie reiten wollten. Hatte er schnell seinen Freunden Bescheid gesagt? Am Ende unterließ sie es, wie so oft, auf Konfrontation zu gehen, und begnügte sich auf dem Weg zum Cottage damit, die Reitgerte mehrmals durch die Luft zischen zu lassen.

Wie jeden Tag bereitete sie das Frühstück für die Familie zu, wobei es *das* Frühstück eigentlich nicht gab. Holger mochte Marmeladentoast sowie zwei weichgekochte Eier, Finn aß nichts anderes als Vollkornbrot mit Schinken, und der zehnjährige Patrick wurde unleidlich, wenn er nicht seine Mischung aus drei verschiedenen Flakes bekam, die sich in einer Suppe aus lauwarmer Milch vollsogen und in einen zuckrigen Brei verwandelten. Sie selbst bevorzugte Müsli mit frischem Obst. Dazu tranken die einen Kaffee, die anderen Früchtetee, Kakao oder einen Protein-Shake. Bettina war stolz darauf, die Vorbereitungen im Laufe der Jahre so perfektioniert zu haben, dass alles nach zwanzig Minuten auf dem Tisch stand.

»Finn, du machst heute Nachmittag bitte mit Patrick Hausaufgaben. Ich weiß, männliche Teenager, die Sport treiben, sehen es als Manko an, wenn sie gut in Deutsch, Gesellschaftskunde und Kunst sind, aber du bist nun mal gut darin, und Patrick braucht Hilfe.«

Er verdrehte die Augen. »Kunst? Mama, echt? Muss das sein?«

»Du hast geschickte Hände.«

»Seit wann denn das?«

»Du bist doch Torwart, oder nicht?«

»Scheiße, ey.«

»Nicht am Frühstückstisch fluchen, damit warten wir bis

zum Mittagessen. Frau Busch hat sich nun mal in den Kopf gesetzt, den Kindern Origami beizubringen. Ausgerechnet Origami, also wirklich, wo soll das noch hinführen mit der Globalisierung?«

Holger mischte sich ein. »Es gibt keinen Grund, die Kunstlehrerin schlechtzumachen. Immerhin hat sie unser Hotel mit ihren Werken aufgewertet.«

»Das hat sie ja auch ganz prima gemacht. Aber wenn mein Sohn zwei Stunden lang ein Blatt Papier falten muss, bis es annähernd wie ein Schwan aussieht, drehe ich durch.«

»Das soll ich mit Patrick machen?«, rief Finn. »Papierschwäne falten?«

»Ein Schatz bist du.«

»Ich könnte kotzen.«

»Hach«, seufzte Bettina. »Familienfrieden ist doch was Schönes.«

Als sie vom Haus die paar Schritte rüber zum Hotel ging, dachte sie an tausend Dinge, die zu erledigen waren, bloß um den Kopf frei für andere Gedanken zu haben. Sie wollte den Vorfall schleunigst vergessen, und *Gut Trenthin* machte es ihr leicht. Im Hotel ging es immer drüber und drunter, es war ein riesiges Förderprogramm für Burnout.

Wie üblich machte sie als Erstes ihren Rundgang: Rezeption, Frühstücksbüfett, Reinigungstrupp. Immer dasselbe Programm, sie huschte überall vorbei, erkundigte sich nach den Problemen und verwies die Leute an Holger.

Doch heute war irgendetwas anders als sonst. Dieses »anders« war schwer zu fassen. Das Personal sah sie mit anderen Augen an, seltsam verhalten, zögerlich, so als läge ihnen etwas auf der

Zunge. Und auf dem Frühstücksbüfett lag – was war denn das! – Bierschinken vom Discounter. Sie verwöhnten die Gäste von *Gut Trenthin* beim Frühstück mit kulinarischen Spitzenprodukten der Region: Käse, Wurst, Räucherfisch, Konfitüren, Backwaren – alles aus mecklenburgischer und pommerscher Produktion. Kein Camembert, kein Schwarzwälder Schinken, kein Nutella. Es war Holgers Idee gewesen, und die meisten Gäste waren voll des Lobes.

Bettina erfuhr, dass die Lebensmittellieferung ausgeblieben war. Kaum in ihrem Büro, wollte sie sofort Eddi Fassmacher anrufen, dem das Delikatessengeschäft in Ahlbeck gehörte. Zunächst kamen allerdings vier, fünf andere Dinge dazwischen, die sie zum Teil löste oder auf dem Schreibtisch von rechts nach links schob, bevor sie zum Telefon griff. Sie war immer gut mit Eddi ausgekommen, Holger war mit ihm befreundet. Aber an diesem Tag teilte Eddi ihr mit, dass er die Geschäftsbeziehung zu ihnen beendete.

»Was? Wieso? Lieber Eddi, durch uns hast du jede Menge neuer Abnehmer aus ganz Deutschland gewonnen. Deine Marmeladen gehen weg wie …«

»Auf diese Form der Zusammenarbeit«, unterbrach er sie, »werde ich in Zukunft verzichten. Unser Produktschaufenster, die Prospekte und den Rest lasse ich in den nächsten Tagen abholen.«

»Ich verstehe dich nicht. Das ist doch verrückt.«

»Wann hast du eigentlich das letzte Mal auf eure Webseite geschaut?«, fragte er. Danach verabschiedete er sich und legte auf.

Eine Weile lang saß sie bewegungslos an ihrem Schreibtisch, bis ihr Eddis letzte Worte wieder einfielen. Nervös rief sie die

Webseite des Hotels auf. Auf den ersten Blick sah alles aus wie immer. Im Zentrum war das stilvolle Hauptgebäude abgebildet, umgeben von Weiden, Wäldern und Wassern. Daneben die Schwimmhalle, eine Sauna, die Pferde des nahen Gestüts, das Restaurant und die Sonnenterrasse – alles in allem ein Refugium der Ruhe und des Friedens.

Nur eine Sekunde später jedoch tauchte gleich neben der Überschrift eine dunkelrote Einblendung auf, aus der Blut tropfte. Sie kam und ging. *Bates Motel hat jetzt einen neuen Namen:* Gut Trenthin.

Bettina erbleichte.

Außerdem war ein Link zu einer anderen Seite eingefügt, auf der eine Liste mit Firmen und Personen abgebildet war, die mit dem Hotel in irgendeiner Form zusammenarbeiteten: Lieferanten, Hersteller von Spezialmatratzen und Kissen, Zeitungen, in denen das Hotelrestaurant gerne inserierte, Druckereien, Gärtnereien. Sogar Rosemarie Busch stand darauf, die das Hotel mit Töpferwaren und Skulpturen ausgestattet hatte.

»Aber das … das ist ja schrecklich«, stöhnte sie. »Das muss auf der Stelle weg.« Wenn Holger das zu Gesicht bekäme …

Hastig rief sie Finn an.

Während er in ihrem Büro auf dem Laptop herumhämmerte, hämmerte eine Frage in ihrem Kopf. Genau genommen waren es zwei Fragen: Warum? Und warum jetzt?

Die Verunstaltung der Webseite des Hotels, die veröffentlichte Liste der Geschäftspartner, deren erste Distanzierungsversuche – warum passierte das gerade zu diesem Zeitpunkt? Bettina hätte es eher verstanden, wenn solche Dinge vor zehn, neun oder auch acht Monaten vorgekommen wären. Stattdessen waren die letzten Monate seit Holgers Verhaftung eher ruhig verlaufen, von den vielen Blicken abgesehen, die sie von vorne, rechts und links erhielt und die sie auch im Nacken zu spüren glaubte. Blicke von besorgten, verunsicherten, neugierigen Mitbürgern. Sogar jene, die versucht hatten, ganz normal mit ihr umzugehen, wirkten seltsam gekünstelt auf sie. Doch das war nicht ungewöhnlich, es würde ihr umgekehrt kaum anders ergehen. So war das eben, und sie konnte über sich selbst sagen, dass sie souverän damit umgegangen war. Trotz der lästigen Situation, ständig im Mittelpunkt der Aufmerksamkeit zu stehen, selbst wenn sie nur drei Brötchen beim Bäcker kaufte, waren Bettina und auch ihre Kinder bisher von jeglichen Anfeindungen verschont geblieben. Gewiss, so mancher hatte sie vielleicht verhaltener angelächelt als sonst, dafür hatten andere ihr wärmer und länger als gewöhnlich die Hand gegeben.

»So etwas schaffen nur Hacker. Oder jemand hatte den Zugriffscode«, sagte Finn, während er noch immer versuchte, die makabre Botschaft auf der Webseite zu beseitigen.

»Den Code haben nur Papa und ich«, sagte sie zerstreut. Und du, natürlich.« Im Grunde war es ihr egal, wer dafür verantwortlich war. Es war die Tat, die sie irritierte, und zwar nicht nur diese, sondern auch die des Lieferanten Fassmacher.

»Verstehst du, warum die Leute plötzlich so fies zu uns sind?«, fragte sie ihren Sohn. »Während Papa verdächtigt wird, halten alle die Füße still, aber kaum steht er nicht mehr unter Verdacht, werden sie aktiv. Das ist doch unlogisch. Noch viel schlimmer ist die Hinterhältigkeit. Eddi könnte ja auch einfach sagen: Hört mal zu, im Moment ist mir das alles ein bisschen zu heikel, lasst uns nächsten Monat noch mal drüber sprechen. Aber nein, er bricht von jetzt auf gleich alle Brücken ab.«

»Statt dich über den Wurstlieferanten zu beschweren, solltest du dir lieber Sorgen um das hier machen«, sagte Finn mit Blick auf den Computerbildschirm. »Wenn dieser Quatsch auch nur einen Tag lang online war, haben es ein paar Hundert Leute im ganzen Land gesehen.«

»So etwas Boshaftes, unser Hotel mit dem aus *Psycho* zu vergleichen. Hier hat kein Mord stattgefunden, das war im Wald, und zwar über einen Kilometer entfernt.«

»Mama, du verlangst viel Logik und Fingerspitzengefühl von jemandem, der Blut aus einer Wolke auf das Dach unseres Hotels regnen lässt. Aber damit ist es jetzt vorbei, das Machwerk ist beseitigt, die Sonne scheint wieder.«

Wenn Finn nicht gerade auf dem Bolzplatz war, um seinen Körper, seine Sprungkraft und seine Reflexe zu trainieren, hockte er stundenlang in seinem Zimmer – vor seinem Computer, wie sie annahm. Endlich hatte sich das mal ausgezahlt.

Er machte ihr den Platz frei, und sie durchforstete die ganze Webseite auf der Suche nach Resten des gemeinen Anschlags. Sie waren allesamt beseitigt, und dort, wo noch vor einer halben Stunde Blut geflossen war, leuchtete nun eine große Sonne.

»Prima«, lobte sie ihren Sohn. »Mit der Sonne sieht es sogar besser aus als vorher. Das hast du gut hinbekommen.«

»Ach, nicht der Rede wert. Den Müll zu löschen ist leichter, als ihn zu installieren. Ich rate dir, wenigstens zweimal am Tag die Webseite zu checken, damit sich das nicht wiederholt. Oder soll ich das übernehmen?«

»Du meinst, die lassen nicht locker?«

»Keine Ahnung. Aber wer einmal Spaß an so etwas gefunden hat …«

»Spaß?«

»Klaro.«

Sie sah ihren Sohn an, und plötzlich brach sie in Tränen aus. Da draußen gab es Menschen, die Holger hassten und denen es egal war, ob auch andere unter diesem Hass zu leiden hatten. Die schlimmste Episode ihres Lebens war nicht vorbei, sie ging weiter.

Finn zögerte keinen Augenblick, ihren Kopf an seinen Bauch zu schmiegen und ihr über die Haare zu streicheln.

»Ach, Mama, wir bekommen das hin«, sagte er, und diese Phrase genügte, um ihr wieder Kraft einzuhauchen.

Einerseits wünschte sie, er müsste sie nicht weinen sehen, andererseits war er der Einzige, mit dem sie wenigstens einigermaßen offen darüber reden konnte. Sie hatte sonst niemanden. Ihre Eltern wohnten weit weg in der Pfalz und hatten ihr überdies von der Ehe mit Holger abgeraten, den sie für viel zu verschlossen hielten. Zu ihren Geschwistern hatte sie kaum Kontakt, und um Freundinnen hatte sie sich in ihrer neuen Heimat wenig bemüht. Wie das so ist – zuerst war Finn gekommen, dann Patrick. Sie hatte stets gute Gründe oder Ausreden gehabt, um nicht auszugehen, wie auch immer man das nennen wollte. Als einzige Freundin hatte sie ausgerechnet Eva Waldeck gewonnen, Susanns Tante, doch diese Beziehung lag momentan auf Eis.

Sie wischte sich die Tränen aus dem Gesicht. »Finn, bitte versprich mir, dass du deinem Vater nicht die Schuld gibst, auch nicht insgeheim. Du musst solche bösen Gedanken bekämpfen.«

Sie sah ihm an, dass er genau verstand, was sie meinte, und seltsamerweise fühlte sie sich ihm in diesem Moment so nah wie schon lange nicht mehr. Denn zwischen Müttern und Söhnen baute sich nach Bettinas Überzeugung eine unsichtbare Barriere auf, sobald die Söhne ein gewisses Alter erreichten. Das war ganz normal. Die Teenager machten Erfahrungen, die sie nicht mehr mit ihren Müttern teilen konnten oder wollten, und die Mütter hielten sich instinktiv mit Ratschlägen und Belehrungen zurück, die sie ihren Töchtern noch immer wie selbstverständlich gaben. Das war keine böse oder feindselige Barriere, eher ein symbolischer Gartenzaun, den man mühelos überwinden könnte und dennoch als Grenze respektierte.

Heute schien die Grenze für einige Minuten eingerissen.

»Du glaubst doch auch, dass dein Vater unschuldig ist, nicht wahr?«, fragte sie, erhielt jedoch weder eine Antwort noch ein eindeutiges Zeichen.

»Finn!«

»Ist ja schon gut«, sagte er. »Nein, ich glaube nicht, dass er Susann … Natürlich hat er sie nicht …«

»Umgebracht«, ergänzte sie geduldig. »Nein, das hat er nicht. Deshalb sind auch die anderen im Unrecht, wenn sie ihm und uns jetzt das Leben schwer machen. Das dürfen wir ihm nicht anlasten.«

»Habe ich ja gar nicht.«

Die Behauptung kam ihm zu leicht über die Lippen, daher hakte sie nach.

»Glaubst du, ich habe mir in den letzten Monaten nicht auch Fragen gestellt? Wieso hat dein Vater vor Gericht von seinem Recht zu schweigen Gebrauch gemacht? Antwort: weil sein Anwalt ihm geraten hat, nichts zu sagen, absolut nichts, und letztendlich hatte die Taktik ja auch Erfolg, oder nicht?

Herrje, Finn, es ist vermutlich ganz normal, dass wir manchmal Zweifel haben. Wichtig ist, dass dein Vater nichts davon mitbekommt. Das hat er nicht verdient. Von uns allen hat er es am schwersten, das darfst du nie vergessen.«

Finn schwieg, was Bettina als Erfolg wertete. Denn wie fast alle Teenager hatte ihr älterer Sohn sonst für alles eine vorschnelle Bemerkung parat, diktiert von Laune, Trotz oder Unsicherheit. Vielleicht hatten ihre Tränen ihn an diesem Tag sensibler gemacht.

»Ihr beide solltet mal ausgiebig miteinander sprechen«, ergänzte sie.

»Ja, vielleicht. Aber das haben wir früher auch nicht.«

Sie nickte seufzend. Holger liebte seine Söhne, das war so sicher wie nur irgendwas. Sie als Mutter und Ehefrau hätte gespürt, wenn es anders gewesen wäre. Aber so groß und aufrichtig Holgers Liebe zu Finn war, so groß war auch sein Unvermögen, sie zu zeigen. Es gab seit ein, zwei Jahren eine schwer fassbare, schwer definierbare Fremdheit zwischen den beiden, und zwar schon deutlich vor Holgers Verhaftung. Dabei zeigte Holger nicht weniger Interesse an Finns Aktivitäten als andere Väter. Er erschien im Wechsel mit ihr zu vielen Sonntagsspielen der Jugendmannschaft, er kümmerte sich um Finns Noten, bezahlte ihm den Führerschein, übte mit ihm das Fahren. Möglicherweise lag es an ihrem unterschiedlichen Temperament. Wenn Finn einen eigentlich unhaltbaren Torschuss abwehrte und triumphierte, dann applaudierte Holger zwar, aber er geriet nicht aus dem Häuschen. Andere Väter zeigten ganz offen ihren Stolz, Holger tat das niemals.

Gewissermaßen lebten Vater und Sohn dadurch aneinander vorbei, und der eine verstand den anderen nicht. Auch was ihre Interessen anging, gab es so gut wie keine Schnittmenge. Wenn Holger mal nicht arbeitete, las er einen Roman oder ging ausreiten, während Finn dasselbe Verhältnis zu Pferden wie zu Büchern hatte: Sie jagten ihm eine Höllenangst ein.

»Wieso machst du nicht den ersten Schritt?«, fragte Bettina ihren Sohn. »Erkundige dich, zum Beispiel, nach seiner Zeit im Gefängnis. Oder macht einen gemeinsamen Ausflug nach Danzig. Irgendwas, das euch näher zusammenbringt. Versprichst du mir das?«

»Okay«, sagte er.

»Aber tu's nicht nur mir zuliebe, Finn. Es ist wichtig für die ganze Familie.«

»Ja, ist gut.«

Bettina war ihm umso dankbarer, als sie wusste, dass ihm diese Dinge gar nicht lagen. Zum Abschied presste sie noch einmal ihren Kopf gegen Finns Bauch, denn ihr war klar, so bald würden sie sich nicht mehr so nahe kommen wie zu dieser Stunde.

»Danke, mein Schatz.«

Es war frustrierend. Wohin Ben-Luca den Ball auch schoss, Finn kam fast immer ran. Von der Strafraumlinie war es an diesem Tag so gut wie aussichtslos, ins Tor zu treffen, vom Elfmeterpunkt scheiterte er bei zwei von drei Schüssen.

»Du strengst dich nicht richtig an«, rief Finn.

Was man von ihm selbst nicht behaupten konnte. Er stieß sich mit einer solchen Sprungkraft vom Rasen ab, jagte mit einer solchen Verbissenheit den Ball, dass es manchmal den Anschein hatte, er setze die Gesetze der Physik für einige Sekunden außer Kraft. Natürlich kam ihm dabei sein Körperbau zugute:

athletisch, sehnig und mit einem Meter zweiundachtzig gut fünf Zentimeter größer als Ben-Luca. Das allein erklärte allerdings nicht seinen Erfolg. Wer ihn beobachtete, der spürte schnell, wie viel Leidenschaft da im Spiel war. Jeden Treffer nahm er persönlich, so als würde ein Ball im Netz einen Schatten auf seine Ehre werfen. An diesem Tag noch mehr als sonst. Einmal donnerte er mit voller Wucht gegen den Pfosten, sodass Ben-Luca schon zu ihm eilen wollte. Bevor er bei ihm war, stand Finn schon wieder auf den Beinen, ohne eine Miene zu verziehen.

Erst in der Umkleide wurde offenbar, dass Finn sich heftiger verletzt hatte, als er zugeben wollte. Die Schulter war gerötet und würde morgen grün und blau sein, das war so sicher wie die nächste Staffel DSDS, dennoch verlor Ben-Luca kein Wort darüber. Sein Freund, fand er, war härter geworden in den letzten Monaten, in erster Linie sich selbst gegenüber, und ganz sicher hatte das mit seinem Vater zu tun. Ben-Luca hatte sich schon oft gefragt, was wohl wäre, wenn man seinen Vater des Mordes anklagen würde. Was würde er dann von seinem besten Freund erwarten?

»Ich muss dir was sagen«, begann er bedrückt, während er sich die Socken anzog. »Vor ein paar Tagen hat Marlon die Mannschaft zusammengetrommelt. Er will einen Beschützerdienst anbieten, eine Schutzwehr für junge Frauen. Du verstehst, warum? Er hat von mir verlangt mitzumachen. Und ich … ich habe klein beigegeben.«

Finn sprayte sich die Achselhöhlen ein. Als hätte er Ben-Lucas Geständnis nicht gehört, sagte er: »Vor ein paar Wochen war ein Scout bei einem unserer Spiele. Meinetwegen. Und jetzt kam die Einladung zum Trainingscamp. Rate mal, welcher Verein.«

Verdattert stammelte Ben-Luca irgendeinen Namen. »Bayern München?«

»Wieso nicht gleich Real Madrid? Geht's vielleicht auch eine Nummer kleiner?«

»Hansa?«

»Ich sagte, eine Nummer kleiner, nicht zwei.«

»Nun spuck's schon aus.«

»Hertha.«

»Cool. Aber ... aber was hat das jetzt eigentlich ...«

»Und wie cool das ist! Behalt es aber bitte erst mal für dich, ich habe zu Hause noch nichts erzählt.«

»Alles klar, bloß ... Bitte hilf mir, ich stehe gerade auf dem Schlauch ... was zum Henker hat das mit deinem Vater zu tun?«

Finn verteilte Gel in seinen kurzen blonden Haaren und rubbelte darin herum. Jetzt sah er aus, wie alle Welt sich einen jungen Fußballstar vorstellt: athletisch mit Bizeps und Sixpack, cool, draufgängerisch und abgebrüht. Eine Art nordischer Cristiano Ronaldo.

»Gar nichts hat das mit meinem Vater zu tun. Marlon kann machen, was er will. Er will mich aus der Mannschaft werfen? Sehr gut, damit hat er mir die Kündigung abgenommen. Ich stehe längst da, wo der Penner noch nie war, nämlich auf der Karriereleiter, den Blick nach oben gerichtet.«

»Kann ich verstehen. Es geht gerade aber nicht um dich, sondern um mich. Finn, wir haben nicht abgestimmt, wer nächstes Jahr Meister wird, sondern darüber, ob dein Vater meine Cousine massakriert hat. Da darfst du schon erwarten, dass ich mich lautstark auf deine Seite stelle, aber das habe ich nicht getan, jedenfalls nicht konsequent. Deswegen fühle ich mich jetzt beschissen und rede mit dir darüber.«

»Du willst, dass ich dir vergebe? Gut, ich vergebe dir. Können wir jetzt wieder über was anderes reden?«

»Nein, können wir nicht. Von dir erwartet keiner, dass du gegen deinen Vater Position beziehst. Von mir dagegen schon, und wenn ich nicht mit dir darüber quatschen kann, mit wem denn sonst?«

»Ja klar, ich bin in einer beneidenswerten Position. Und du in einer beschissenen. O Mann, das ist ja mal eine geile Interpretation. Wenn du wirklich glaubst, du sitzt in der Scheiße, dann sage ich dir, dass du dich da selbst reinmanövriert hast, Kumpel. Seit einem Jahr tue ich fast nichts anderes, als dir den Arsch zu retten. Schau mal wieder in den Spiegel. Deine Haare werden länger und länger, du nimmst zu, machst kaum noch Sport, lässt dir einen komischen Flaum am Kinn wachsen, der aussieht, als würde er im Regen auf den Bus warten. Du hast keine Ahnung, was du mal werden willst, hängst den ganzen Tag rum, jammerst über die böse Welt. Wenn ich bei Marlon nicht ein gutes Wort für dich eingelegt hätte, wärst du schon dreimal aus der Mannschaft geflogen. Diesmal helfe ich dir nicht. Nicht bei dieser Sache, damit musst du ausnahmsweise mal allein klarkommen.«

Es gibt wenig, was mehr wehtut als die Wahrheit, wenn man dabei schlecht wegkommt, vor allem wenn ein Mensch sie äußert, an dem einem etwas liegt. Ben-Luca hatte keine Ahnung, welches Bild er seit einem Jahr abgab. Jeden einzelnen von Finns Kritikpunkten konnte er unterschreiben, die meisten waren ihm sogar selbst vor geraumer Zeit aufgefallen, und doch hatte er sie nie zu einem Muster zusammengesetzt. Ja, vermutlich wäre er ohne Finn längst aus der Mannschaft geflogen. Und ohne Finn würde er noch mehr herumhängen und noch weniger Interesse an diesem oder jenem zeigen.

»Ist gut«, sagte er nur und band sich schweigend die Schuhe zu. Er hoffte – und wurde nicht enttäuscht –, dass Finn wieder die Kurve zu ihm bekommen würde.

»Mensch, Lucky, was ist bloß los mit dir in letzter Zeit? Ich habe das Gefühl, je mehr ich aufdrehe, umso mehr machst du schlapp. Du hast irgendwie … keinen Drive mehr.«

»Ich weiß. Manchmal habe ich das Gefühl, dass der große schwarze Vogel seine Flügel über mich breitet.«

»Hä? Welcher Vogel?«

»Schon gut. Mir fällt einfach nichts ein, was ich tun könnte. Ich bin halt anders als du.«

»Schwache Antwort.«

»Ich habe keine stärkere.«

»Als Erstes stelle ich ein Fitnessprogramm für dich zusammen. Wirst schon sehen, wie dir das den Kopf freipustet.«

Ben-Luca hatte keine Alternative parat, und in solchen Fällen fielen bei den meisten Menschen selbst idiotische Ratschläge auf fruchtbaren Boden. Nicht, dass Finns Ratschlag idiotisch gewesen wäre, er würde nur nicht helfen.

Woher Ben-Luca das wusste?

Wusste er nicht.

Aber es war so.

Trotzdem würde er ihn befolgen.

Um Finn zu zeigen, dass er kein Waschlappen und immer noch sein bester Freund war, sagte er: »Ich werde Marlon klipp und klar sagen, dass ich hinter dir stehe.«

»Jetzt fängst du schon wieder damit an!«

»Was denn? Ich dachte, du freust dich.«

»Erzähl Marlon, was du willst, aber verschone mich mit dem Gelaber.«

»Es kann dir doch nicht egal sein, was ich …«

»Sag mal, geht das nicht in deinen Schädel?« Er gab Ben-Luca einen Klaps auf die Stirn. »Ich will von der ganzen Scheiße nichts wissen. Halt einfach die Klappe.«

Ben-Luca hielt sich an die Warnung. Aber es war zu spät. Finn knallte die Tür seines Spinds zu.

Und noch mal.

Und noch mal, bis der ganze Raum erzitterte. So hatte er ihn noch nie erlebt. Dann war Ruhe, etwa eine halbe Minute lang, die längsten dreißig Sekunden in Ben-Lucas Leben.

Seit etwa zwei Jahren, und damit lange vor dem Mordprozess, gehörte Finns Verhältnis zu seinem Vater zu den wenigen Dingen, über die sie niemals sprachen. Das Verhältnis zu seiner Mutter war eigentlich ganz normal. Trotzdem war sie ihm ein bisschen peinlich, weil sie ihm auch im Beisein seiner Freunde manchmal über die Haare strich oder eine Stulle brachte. Aber wehe, jemand machte sich über sie lustig, weil sie immerzu plapperte und plapperte und plapperte. Als einer aus dem Team sie scherzhaft mal »das Radio« nannte, schoss Finn ihm beim nächsten Training den Ball »versehentlich« ins Gesicht und verpasste ihm ein blaues Auge. Wenn er von zu Hause sprach, dann meistens von ihr oder ab und zu mal von seinem kleinen Bruder Patrick.

Finns Vater hingegen war eine Blackbox. Ben-Luca hätte nicht beschreiben können, wie die beiden zueinander standen. Früher hatte man sie oft zusammen gesehen, sie hatten miteinander gelacht, Ausflüge mit dem Segelboot gemacht … Damit war es irgendwann zu Ende gewesen, einfach so, quasi über Nacht. So wirklich hatte es Ben-Luca nie gekümmert, aber als er Finn nun betrachtete, so wütend und unbeherrscht, da schoss ihm der Gedanke durch den Kopf, dass sein Freund vielleicht etwas über seinen Vater wusste, das sonst niemand wusste.

»Wir sehen uns morgen«, murmelte Finn versunken, stopfte ein Dutzend Dinge auf einmal in die Sporttasche und ging davon.

»Morgen? Wo und wann? Schreib mir«, rief Ben-Luca ihm nach, ohne zu wissen, ob die Botschaft noch ankam. Eine Weile saß er einfach nur da, es war totenstill im Umkleideraum.

Wieso hatte er nicht die Klappe gehalten, so wie Finn es verlangte? Er hätte doch merken müssen, wie sehr dieses Thema seinen Freund aufregte.

»Verflucht!« Er pfefferte das feuchte Handtuch auf den Boden und kickte es durch den Raum. Was sollte er denn jetzt machen? Zu Marlon gehen und ihm die Meinung geigen? Einfach alles so lassen, wie es war? Mit niemandem konnte er darüber sprechen. Seine Eltern waren parteiisch, die Freunde und Kameraden ebenfalls, seine Schwester war zu jung, und Finn klinkte sich einfach aus, gab ihm nicht den geringsten Hinweis.

»Verdammte Scheiße.«

Dadurch fühlte er sich auch nicht besser. Nach ein paar weiteren Flüchen hob er das Handtuch auf und legte es fast reumütig zu seiner Tasche. Dabei fiel sein Blick auf den offenstehenden Spind neben seinem Platz. Finn hatte wohl vergessen abzuschließen.

»O Mann, auch das noch.«

Normalerweise hätte Ben-Luca keine Sekunde gebraucht, um zu wissen, wie er mit der Situation umzugehen hatte, nämlich die Tür zu schließen, das offene Vorhängeschloss einrasten zu lassen und selbstverständlich keinen noch so kurzen Blick in das Innere des Spinds zu werfen.

Normalerweise.

Das Foto lugte halb aus einem Stapel frischer Wäsche auf dem Boden des Spinds. Nur ein Kinn und ein Hals waren zu sehen, jung, zierlich, geschmeidig, wie mit Karamell patiniert. Ben-Luca hob das darauf liegende T-Shirt und die weißen Socken an und vermied jede Berührung des Fotos, so als ob das seinen Vertrauensbruch abschwächen würde.

Das Porträt eines Mädchens, fast klischeehaft in seiner Schönheit. Da stimmte alles: weiße Zähne, die perfekt mit der Bräune der Haut kontrastierten, dazu dunkle Augen, ein bisschen geheimnisvoll. Die Mädchen, mit denen Finn sich sonst abgab, waren irgendwie – na ja, sie waren halt normal, sie standen in Sneakers, Klamotten von Primark und Modeschmuck am Spielfeldrand und feuerten ihn an. Die exotische Schönheit auf dem Bild stach daraus hervor wie eine Lilie aus einer Ringelblumenwiese. Es war Herrn Tschainis Tochter Amrita.

Jainil Sayyapparaju drehte seine tägliche Runde. Wenn nicht gerade der Regen in dicken Tropfen niederprasselte oder der Wind seinen schmächtigen Körper davonzuwehen drohte, brachte nichts und niemand Herrn Tschaini davon ab, zwischen vierzehn und sechzehn Uhr spazieren zu gehen oder wenigstens draußen zu sein. So sehr er seine Frau und seine drei Kinder liebte, so nötig hatte er es, ab und zu Zeit für sich zu haben und zugleich seiner Familie eine Auszeit von seiner patriarchalischen Gegenwart zu genehmigen. Ohne diese zwei Stunden am Tag, davon war er fest überzeugt, wäre er ein anderer Mensch.

Besonders viel passierte auf seinen Rundgängen nicht. In gemächlichem Tempo wanderte er an Peenestrom und Achterwasser entlang, wo es äußerst still zuging, wenn nicht gerade die Wasservögel um Reviere stritten. Selten traf er auf Bekannte, die wahlweise Hund oder Alltagsstress ausführten, und wechselte ein paar Worte mit ihnen. Oder er grüßte im Vorbeigehen Touristen, die am Vortag sein Restaurant besucht hatten. Ausführliche Gespräche führte er allenfalls mit Rosemarie Busch in ihrem Künstlerhaus am Schilfgürtel. Ihr Garten war eine Augenweide. Oft bot sie ihm einen Gewürztee an, den er niemals ablehnte, und sie saßen entweder draußen auf einer Bank oder in ihrem Atelier und sprachen über Indien, das sie vor vielen Jahren bereist hatte, über Blumen, Kunst oder die Schönheiten Usedoms. Länger als eine Viertelstunde blieb Herr Tschaini nur selten.

Alles in allem war der etwa sechs Kilometer lange Weg attraktiv und erholsam. Herr Tschaini dachte während der Wanderung viel nach oder genoss einfach nur die Natur.

Seit zehn Monaten jedoch hatte der Weg an Attraktivität verloren, denn es war Herr Tschaini gewesen, der Susann Illings Leiche entdeckt hatte. Sie lag mitten auf dem Weg, ein Wanderer musste zwangsläufig auf sie stoßen, und wäre er nur ein paar Minuten später am Tatort eingetroffen, so wäre ihm der grauenhafte Fund erspart geblieben. Jedes Mal, wenn er die Stelle passierte, stand ihm der Moment wieder vor Augen, und jeden Tag stellte er eine Kerze am Gedenkmal auf – eine indische Gebetskerze, damit erkennbar war, dass sie von ihm kam.

Abgesehen davon, dass er nun auf schreckliche Weise für immer mit Susanns Tod verknüpft war, bekümmerte ihn der

Verlust auch darüber hinaus. Denn er hatte die junge Frau in den Monaten vor ihrem Tod liebgewonnen. Vorher hatte er sie nicht besonders gut gekannt, doch dann war sein langjähriger Steuerberater gestorben, und Herr Tschaini, der Veränderungen ganz und gar nicht schätzte, haderte damit, jemanden zu beauftragen, den er nicht kannte. Zu seiner großen Überraschung bot Susann sich eines Tages aktiv an. Sie wollte später einmal Wirtschaftsprüferin werden, kannte sich trotz ihres jugendlichen Alters bereits gut in der trockenen Materie aus und bearbeitete nicht nur die Steuern ihrer Eltern, sondern auch die ihrer Verwandten, der Waldecks. Wenn das keine Referenzen waren …

Herrn Tschainis Erwartungen wurden mehr als erfüllt. Susann war bienenfleißig, außerordentlich genau und überdies so liebenswürdig, dass er fast geneigt war, den Tod seines leicht humorlosen Steuerberaters als Glücksfall zu betrachten. Da Susann nur eine sehr bescheidene Summe angenommen hatte, gewährte er ihr auf ewig freie Kost in seinem Restaurant und bewirtete sie jedes Mal wie eine Maharani, wenn sie zum Essen gekommen war. Und das war von da an recht oft gewesen.

Am Naturhafen von Trenthin dachte er noch einmal an sie. Neun kleine Boote, die an drei Stegen festgemacht waren, gluckerten im Wellengang des Peenestroms. Eins davon, das hellblaue mit dem mannshohen Mittelmast, hatte Susann gehört. Ungenutzt rottete es vor sich hin, eine Schande eigentlich. Herr Tschaini würde Ramu bitten, es herzurichten. Ein paarmal hatte Susann seinen Ältesten mit rausgenommen, und es wäre nur angebracht, wenn seine Familie das Andenken der Toten auch auf diese Weise ehrte.

Um fünf vor fünf, wie fast jeden Tag, betrat Herr Tschaini

das Restaurant durch den Kücheneingang. Sein jüngerer Sohn Ganesh hatte bereits das Gemüse geschnitten, die Currys frisch gemahlen und das Fleisch geklopft. Man konnte über ihn sagen, was man wollte – und da gab es einiges –, aber ein fleißiger Koch war er. Leider war er auch im selben Maße albern. Gerade jonglierte er mit vier Teigbällchen.

»Ganesh, was soll denn das?« Der Ertappte ließ vor Schreck ein Teigbällchen fallen. »Du bist achtzehn Jahre alt, aber wenn man dir zuschaut, könnte man meinen, du bist zwölf.«

»Ja, Vater«, sagte Ganesh mit gesenktem Kopf, machte sich jedoch gleich danach wieder an die Vorbereitungen, als wäre nichts gewesen. Doch sobald Herr Tschaini ihm den Rücken zudrehen würde, fiele seinem Sohn gewiss irgendeine andere Blödelei ein.

Es war schon seltsam mit diesem Jungen. Mit der ganzen Familie sprach Herr Tschaini Hindi, sobald sie unter sich waren. Unter vier Augen mit Ganesh jedoch redete er immer Deutsch, ohne den Grund dafür zu kennen.

Seufzend blickte er durch das Bullauge der Küchentür in den Gastraum. Das Restaurant öffnete erst um achtzehn Uhr, trotzdem saß schon jemand auf einem Platz am Fenster, wie recht häufig in letzter Zeit.

»Ist er schon lange da?«, fragte Herr Tschaini seinen jüngeren Sohn.

»Etwas über eine Stunde.«

»Hast du dich mit ihm unterhalten?«

»Nein. Worüber denn?«

»Ihr seid im selben Alter.«

Eine törichte Bemerkung, musste er sich eingestehen. Herr Tschaini hatte fast vergessen, dass Ganesh im Grunde noch ein Kind war. Außerdem war er im Gegensatz zu dem zehn Jahre älteren Ramu, der immer und bis heute viele Freunde auf Usedom hatte, eher ein Einzelgänger. Er schien sich für nichts anderes als Kochen zu interessieren.

»Hast du ihm wenigstens einen Yogi-Tee gebracht?«

»Zweimal.«

»Gut, bring mir bitte auch einen. Wo ist deine Schwester?«

»Oben. Sie macht Hausaufgaben, wie du ihr gesagt hast. Sie müsste jeden Moment herunterkommen.«

Herr Tschaini nippte lächelnd am Tee. Alles in allem funktionierte seine Familie hervorragend. Ramu studierte Jura und würde einmal ein besseres Leben haben als ein Gastronom, Amrita lernte fleißig, statt wie die meisten jungen Dinger ziellos die Zeit totzuschlagen, und seine Frau war liebevoll und vor allem zuverlässig. In einer halben Stunde käme sie erfrischt von ihrem langen Mittagsschlaf herunter, würde Herd und Ofen anheizen und den Reis aufsetzen. Sogar der kindliche Ganesh hatte seinen Platz gefunden und machte sich in der Küche unentbehrlich.

»In zehn Minuten«, wies er Ganesh an, »holst du deine Schwester und schickst sie zu mir. Aber keine Sekunde früher, hörst du? Und lass die Teigbällchen in Ruhe. Wenn unser Volk wollte, dass sie fliegen, würden wir sie mit Helium statt mit Pistazien füllen.«

»Versprochen, Vater.«

»Wenn ich es nur glauben könnte …«

Herr Tschaini setzte sich zu dem ungebetenen, aber tolerierten Gast. Finn Simonsmeyer hatte es sich zur Angewohnheit gemacht, ins *Papadam* zu kommen und aus Bambusstäbchen kleine Kunstwerke zu basteln, meistens berühmte indische

Bauwerke wie das India Gate in Delhi oder den Goldenen Tempel von Amritsar. Diese schenkte er dann Amrita. Herr Tschaini hatte sich dies lange Zeit mit großer Rührung angesehen. Wenn man bedachte, dass Finn der Schrecken aller Stürmer der konkurrierenden Fußballmannschaften war … Und dann saß er hier als lammfrommer Bastler, der sich zwei- oder dreimal in der Woche von fünf bis zum Eintreffen der ersten Gäste mit seiner Angebeteten unterhielt, mehr oder weniger unter den Augen des Familienoberhaupts. Dagegen war im Grunde nichts zu sagen. Neuerdings werkelte der junge Mann jedoch am Tadsch Mahal, welcher ein Großmogul einst aus Liebeskummer um seine jung verstorbene Frau hatte erbauen lassen, und diese Geste ging Herrn Tschaini dann doch zu weit.

Er liebte dieses Land sehr: das frische Klima, die grünen Landschaften, das gemütliche Beisammensitzen im Freundeskreis, die Bierzelte, den Wald. Es gab jedoch zwei Dinge, mit denen er auch nach dreißig Jahren in Deutschland nie seinen Frieden gemacht hatte. Das Erste war die Küche. Bratwurst, Matjes, Sülze und Sauerbraten – es tat ihm sehr leid, aber diese Gerichte brachte er beim besten Willen nicht hinunter. Das Zweite war die Freizügigkeit der Eltern gegenüber ihren Kindern, und zwar in fast jeder Hinsicht.

»Mein Junge, wie lange kommst du nun schon hierher und triffst dich mit Amrita?«

»Bald ein Jahr.«

»Bald ein Jahr«, wiederholte Herr Tschaini. »Wie die Zeit vergeht. Erinnerst du dich, dass du mich vor ein paar Wochen um ein Foto von Amrita gebeten hast, das ich dir verweigert habe?«

»Ja klar.«

»Was glaubst du, warum ich das getan habe?«

Finns Finger krallten sich um ein Bambusstäbchen. »Weil ich … weil es … Weil Sie fanden, dass es für einen solchen Gefallen zu früh war?«

»Zu früh?«, echote Herr Tschaini. »Mein lieber Junge, ich wünschte, alle Männer würden deine Geduld aufbringen. Du hast dich wie ein perfekter Gentleman verhalten, was ich sehr zu schätzen weiß, vor allem, weil ihr hierzulande recht schnell zur Sache kommt, wenn du verstehst, was ich meine. Doch jetzt, da ich merke, dass deine … nun ja, deine Zuneigung für Amrita, wie soll ich sagen? … ernste Formen annimmt, will ich ebenso ernst mit dir sprechen. Leider muss ich dir mitteilen, dass du dir keine Hoffnungen zu machen brauchst, jemals mit Amrita zusammenzukommen. Nicht, dass meine Tochter dich nicht mögen würde. Meine Frau und ich halten dich übrigens für einen anständigen jungen Mann, mehr als passabel. Aber Amrita wird einen Inder heiraten. In zwei Jahren, wenn sie die Schule abgeschlossen hat, wird sie nach Indien gehen. Wir schreiben ihr keineswegs vor, wen sie heiraten soll, sie wird die Wahl zwischen mehreren Bewerbern haben, denen allesamt eine vielversprechende Karriere in der öffentlichen Verwaltung bevorsteht. Deswegen kann ich dir nicht erlauben, sie weiterhin zu treffen.«

Das Bambusstäbchen zerbrach in Finns Händen, und als er es bemerkte, legte er es beiseite und nahm sich ein weiteres, an dem er herumspielte.

»Ihre Tochter und ich, wir reden doch nur«, rechtfertigte er sich. »Und entweder sind Sie in der Nähe oder Ganesh.«

»Darum geht es nicht. Ich vertraue dir. Ich vertraue auch Amrita. Doch wohin soll euer Turteln führen? Entweder, es wird euch irgendwann zu wenig sein, nur beieinander zu sitzen. Oder ihr verhaltet euch weiterhin so, wie ich es erwarte, dann wird die unvermeidliche Trennung in zwei Jahren für euch die Hölle werden. Das möchte ich Amrita nicht zumuten. Ich muss dich daher bitten, künftig nicht mehr nachmittags hier vorbeizukommen. Als Essensgast am Abend bist du uns natürlich weiterhin herzlich willkommen. Und bitte, keine Geschenke mehr an Amrita. Am besten, du packst den Tadsch Mahal weg. Sie kommt gleich herunter, und dann möchte ich, dass du dich von ihr als … als Freundin verabschiedest. Du weißt, wie ich das meine.«

Herr Tschaini wollte aufstehen, doch Finns Protest hielt ihn zurück.

»Das ist ungerecht, ich finde das nicht fair. Hat Ihre Tochter da kein Wörtchen mitzureden?«

Für Herrn Tschaini kam der schlagartig veränderte Tonfall überraschend. Unter Finns ein ganzes Jahr lang zelebrierter Zurückhaltung und Geduld steckten also doch Unruhe und Gereiztheit.

»Alle meine Kinder werden indisch verheiratet, das wissen sie seit langer Zeit. Damit erspart man sich eine Menge Probleme.«

»Vielleicht lohnt es sich ab und zu, Probleme zu lösen, statt ihnen aus dem Weg zu gehen.«

Herr Tschaini ließ sich nicht aus der Façon bringen. »Ich weiß, in Europa blicken die Menschen verächtlich auf die Tradition, dass indische Eltern die Ehen für ihre Kinder arrangieren. Meine Eltern wurden auch auf diese Weise vermählt, ihnen ging es zeitlebens recht gut, und aus mir ist auch kein Kretin geworden, wie du siehst. Meine Frau und ich leben sehr zufrieden, und unsere Kinder sind gut geraten, will ich meinen. Da wirst du mir doch nicht widersprechen, oder?«

»Nein, aber …«

»Siehst du. Unser Prinzip funktioniert nicht schlechter als eures, und unsere Frauen und Männer sind nicht unglücklicher als die deutschen Frauen und Männer. Lassen wir es also auf sich beruhen.«

»Sie haben meine Frage nicht beantwortet. Haben Ihre Kinder denn gar nichts mitzureden?«

»Sagen wir mal so, sie haben ein Vetorecht, an das ich mich halte. Sie haben auch ein Vorschlagsrecht, aber dagegen kann ich meinerseits ein Veto einlegen. Mein lieber Junge, du …«

»Ich heiße Finn.«

»Bitte sehr. Mein lieber Finn, du willst mir doch nicht sagen, dass du um die Hand meiner Tochter anhältst, in deinem Alter und obwohl du Amrita nur durch eure Unterhaltungen kennst. Also?«

Finn schlug die Augen nieder. »Das nun gerade nicht …«

»Ja, so ist das in Deutschland, und ich respektiere es. Aber da, wo ich herkomme, schläft man nicht fünf Jahre miteinander, bevor man sich überlegt, ob man heiratet oder sich doch lieber für jemand anders entscheidet. Weder Amrita noch Ramu oder Ganesh werde ich gestatten, auf diese Weise einen Mann oder eine Frau zu finden. Schüttele darüber den Kopf, nenne mich verstockt und altmodisch, du kannst es halten, wie du willst, aber so werden die Dinge in meiner Familie nun mal gehandhabt. Wir sprechen Deutsch, wir fahren ein deutsches Auto, haben einen deutschen Bausparvertrag, deutsche Freunde, und ab und zu gehen wir kegeln. Nur geheiratet wird indisch, so ist es am besten.«

Als Amrita den Gastraum betrat und in einiger Entfernung darauf wartete, dass er sie herbeirief, stand Herr Tschaini auf und ging ihr entgegen. Er hatte erst ein paar Schritte gemacht, als Finn ihm etwas hinterherrief.

»Es ist wegen meines Vaters, oder? Geben Sie es doch zu.«

Herr Tschaini blieb stehen. Drei Meter vor ihm stand seine Tochter, drei Meter hinter ihm saß der junge Mann, der sich seit einem Jahr um sie bemühte. Er befand sich genau dazwischen und wünschte, sowohl der einen wie dem anderen ehrlich sagen zu können, dass die Affäre um Finns Vater nichts, aber auch gar nichts mit seiner heutigen Entscheidung zu tun hatte.

Doch er konnte es nicht. Herr Tschaini schätzte es, die Wahrheit zu sagen, er log nur in seltenen und gravierenden Ausnahmefällen, für die es kein Regelwerk und keinen Maßstab gab. Das hier war ein solcher Ausnahmefall.

Er wandte sich dem sichtlich erregten jungen Mann zu. »Nein, damit hat es nicht das Geringste zu tun. Trotzdem, ich werde meine Meinung nicht ändern«, sagte er.

Das war die billigste, simpelste Antwort, die er geben konnte, und Finn hätte gewiss eine bessere verdient gehabt. Ja, Herr Tschaini verhielt sich ungerecht, was gar nicht seine Art war, zumindest nicht sein Anspruch.

Finn hielt Herrn Tschainis melancholischem Blick einen Moment lang stand, während seine von Natur aus blasse Gesichtshaut rot anlief. Schließlich hob er die Fäuste und zertrümmerte den halb fertigen Bambustempel mit einem einzigen Hieb. Ohne Herrn Tschaini oder Amrita noch einmal anzusehen, rannte er hinaus.

Herr Tschaini seufzte, halb vor Enttäuschung über sich selbst, halb vor Erleichterung, es hinter sich gebracht zu haben.

Er ging zu seiner Tochter, streichelte ihr über die Wange. »Wirst du ihn vermissen?«

»Er war sehr nett«, erwiderte sie mit gesenktem Blick.

Herr Tschaini nickte lange. »Ja, das war er. Bis heute. Bis heute waren alle hier im Dorf nett.«

Einige Monate später, September

Es war Viertel vor zehn am Abend, als ich die Hotelbar betrat. Zuvor hatte ich stundenlang an meinen anderen Projekten gearbeitet, die mir einen steifen Nacken und einen leeren Magen bescherten. Daher ging ich direkt zum Tresen, wo ein Kellner frisch polierte Gläser in eine riesige Spiegelwand einsortierte.

»Könnte ich bitte ein Sandwich bekommen? Dazu ein stilles Wasser und einen trockenen Weißwein.«

»Wäre Ihnen ein Club-Sandwich recht? Und ein Grauburgunder? Bringe ich sofort.«

Die Bar war nicht besonders gut besucht, ein paar Gäste hier, ein paar dort. Mir gefielen das Mobiliar und die Accessoires, die knallroten Sessel, die so schön im Schummerlicht der Nostalgie-Lampen leuchteten, ebenso die dunkelblauen Tischdecken und Designergläser. Im Hintergrund plätscherte die offenbar unvermeidbare Klaviermusik in Moll. Trotzdem, irgendetwas fehlte.

Während ich nach einem Platz suchte, fiel es mir auf: Es gab keine Bilder an den Wänden, und irgendwie war es zwischen den Tischen merkwürdig leer. Des Rätsels Lösung entdeckte ich bald in einer Ecke der Bar. Dort standen, hintereinander aufgereiht, gewiss ein Dutzend Gemälde in extravaganten Rahmen sowie Bodenvasen. Der Stil war für mich unverkennbar, ich war ihm erst einige Stunden zuvor in Rosemarie Buschs Laden begegnet.

»Da ist anscheinend jemand in Ungnade gefallen«, sagte jemand hinter mir.

»Oh, Sie sind es«, erwiderte ich einen Augenblick später.

Carsten Linz saß allein an einem Vierertisch und trank, dem imposanten Glas nach zu schließen, einen Cognac. Mit einer knappen Geste aus dem Handgelenk lud er mich ein, ihm Gesellschaft zu leisten, was ich ohne Umschweife tat. Im ersten Moment froh, mich mit jemandem unterhalten zu können, war ich mir im nächsten nicht mehr sicher, ob er der Richtige dafür war. Noch nicht einmal der matte, schmeichelhafte Schimmer, der auf sein Gesicht fiel, konnte die Bartstoppeln und die Müdigkeit verbergen. Wir kannten uns jedoch nicht gut genug, um ihm das zu sagen.

»Rosemarie Busch ist in Ungnade gefallen«, erklärte ich. »Warum auch immer, denn die Bilder verleihen den Räumen Lokalkolorit.«

»Der Name ist mir heute schon einmal begegnet.«

»Die ortsansässige Elfe«, scherzte ich. »Was die Hände dieser Frau vollbringen, ist beachtlich, aber hüten Sie sich vor ihren Rabattaktionen.«

Der Weißwein kam, und wir prosteten uns zu.

»Worüber haben Sie mit der Elfe gesprochen?«, wollte er wissen.

»Über dies und das.«

»Kommen Sie schon.« Er verdrehte die Augen und schwenkte das bauchige Glas mit dem bronzefarbenen Inhalt. »Sie erzählen mir was, ich erzähle Ihnen was. Natürlich tun wir so, als würden wir alles preisgeben, halten aber ein paar Informationen zurück, manche, weil wir es müssen, manche, weil wir es wollen.«

Ich schmunzelte. »Sie sind ziemlich direkt.«

»Vielleicht liegt es an den zweiundzwanzig Stunden, die ich inzwischen auf den Beinen bin. Wenn ich nicht so einen Hunger hätte, wäre ich längst im Bett. Also gut, ich fange an, damit wir bald zum gemütlichen Teil übergehen können.«

Worin dieser gemütliche Teil bestehen würde, ließ er offen. Linz lehnte sich zurück, hob den Schwenker auf Kinnhöhe und blickte mich über den Rand hinweg an.

»Alles inoffiziell, okay? Wir haben Hinweise auf eine Organisation, die sich vor einigen Wochen hier in der Gegend gebildet hat. Kein Verein, kein Eintrag in irgendeinem Register oder etwas in der Art.«

»Mit welchem Ziel?«

Er machte eine Geste, die alles und nichts bedeutete.

»Sie meinen einen Geheimbund?«, riet ich drauflos.

»Ihre Sache, wie Sie es nennen. Für meine Behörde ist es eine MV.«

»Unser Land wäre bedeutend ärmer ohne die Behördensprache«, seufzte ich.

»Eine Milizionäre Vereinigung.«

»Also eine Bürgerwehr.«

»Das ist bei uns das böse B-Wort.«

»Ob es nun das böse B-Wort oder das böse MV-Wort ist, läuft ja wohl auf das Gleiche hinaus.«

»Mit der Sprache ist es wie mit dem Wetter. Ich habe es weder gemacht noch bestellt, sondern finde mich lediglich damit ab.«

»Schön. Was hat unsere Elfe nun mit dieser MV zu tun? War sie Mitglied?«

Er wartete ab, bis mein – und sein – Club-Sandwich serviert war, trank den Cognac aus, bestellte einen weiteren und beugte sich nach vorne. »Im Gegenteil, glaube ich.«

Verglichen mit seinem konspirativen Habitus fand ich die Information ziemlich spärlich, daher beugte ich mich ebenso verschwörerisch nach vorne und flüsterte: »Guten Appetit.«

Er lachte und sah mich auf eine Weise an, als hätte er es vorausgesehen oder zumindest erhofft. Bei ihm hatte ich oft das Gefühl, dass er mich auf eine Probe stellte und meine Reaktionen austestete. Als erfahrener Kriminalist war er geschult darin, Menschen einzuschätzen. Dasselbe versuchen gute Journalisten auch. Gerade deswegen fühlte ich mich in der Rolle der Durchleuchteten nicht sonderlich wohl.

Noch während Linz kaute, berichtete er weiter von seiner Untersuchung, ohne allzu konkret zu werden.

»Wie das so ist, wenn Menschen in Bezug auf ihre Loyalität hin- und hergerissen sind: Sie versuchen entweder, sich aus allem herauszuhalten, oder, es allen recht zu machen. Die eine Autorität, tja, das bin in diesem Fall ich, die Behörde, der Staat. Die andere Autorität ist das Dorf, die Gemeinschaft. Eine Hälfte derjenigen, die etwas wissen, wissen plötzlich gar nichts mehr, haben noch nie etwas gewusst, und wer etwas anderes behauptet, auch von den eigenen Leuten, wird für verrückt erklärt. Die andere Hälfte leugnet zwar ebenfalls, etwas zu wissen, gibt aber immerhin zu, dass es da etwas zu wissen gäbe.«

Linz nahm den Cognac in Empfang und schnupperte daran wie Damen an einem frisch eingedufteten Handgelenk.

Noch am Morgen und später beim Mittagessen im Bansiner Imbiss hatte ich ihn für eher hemdsärmelig gehalten, ein mit allen Wassern gewaschener Bulle eben. Am Abend zeigte er eine andere Facette. Genießer war er also auch.

»Ich habe Hinz und Kunz nach möglichen Mitgliedern der MV gefragt und bin gestoßen auf… Raten Sie mal.«

»Die berühmte MdS, die Mauer des Schweigens.«

»Gebaut aus Starrsinn.«

»Und dann?«

»Dann habe ich nach jemandem gefragt, der strikt gegen die MV war.«

»Rosemarie Busch.«

»Den Namen haben mir zwei Leute unter der Hand gesteckt, fast so wie Tütchen mit weißem Pulver. Aber leider ohne weitere Details.«

»Was soll ich dazu sagen? Diese Haltung passt zu ihr. Elfen in einer Bürgerwehr, pardon, einer milizionären Vereinigung, das ist unvorstellbar. Auf mich wirkt sie eher, als würde sie bald in die Gilde der Priester von Stonehenge aufgenommen.«

»Schon, aber warum war sie so eindeutig dagegen? Sie hätte doch so tun können, als wüsste sie von nichts, sich einfach heraushalten.«

»Mir gegenüber hat sie nichts davon erwähnt.«

»Ich fühle ihr morgen mal auf den Zahn.«

»Nehmen Sie Geld mit, denn wenn sie Ihnen einen Tee anbietet, wird es teuer.«

Er schob den Teller zur Seite, der noch dreiviertelvoll war. Sofort bekam ich Skrupel, alles aufzuessen, tröstete mich dann aber damit, dass Linz weitaus mehr trank als ich, und damit war nicht das Wasser gemeint.

Als er mich auf spezielle Weise angrinste, wusste ich gleich, was Sache war.

»Jetzt bin ich also dran, ja?«

»Sie sind echt gut im Raten.«

»Daraus besteht die Hälfte meiner Arbeit als Journalistin.«

Ich schob ihm einen zerknitterten Zettel zu, eines der Papierkügelchen mit den Haiku.

O unermüdlich

dem frühen Grab entgegen.

Mutter der Insel.

Er sah mich über den Rand der Brille hinweg fragend an.

»Susanns beste Freundin Kathrin hat bestätigt, dass dies Susanns Handschrift ist. Gefunden habe ich den Zettel zerknüllt im Papierkorb von Tallulahs Zimmer.«

Linz schob den Zettel zu mir zurück. »Es grünt so grün, wenn Spaniens Blüten blühen«, zitierte er trocken aus *My Fair Lady*. »Ich kann mit Gedichten nicht besonders viel anfangen. Und dieses hier ist nicht einmal gut. Meine Schwester schreibt auch Haiku, hat sogar schon welche veröffentlicht. Die finde ich wesentlich besser.«

»Aha«, sagte ich. »Mir war allerdings weniger an einer Literaturkritik gelegen. Fällt Ihnen denn nichts auf? Mutter der Insel? Der Campingplatz von Susanns Eltern hieß doch *Insel-Camping*, nicht wahr? In diesem Haiku geht es um die Mutter des Campingplatzes, also Susanns Mutter. Außerdem sind die Initialen von Mareike Diane Illing, so lautet ihr vollständiger Name, MDI, zugleich die Anfangsbuchstaben von *Mutter der Insel*. Toll, was? Ergo …«

»Susann hat persönliche Eindrücke in den Haiku verarbeitet.«

»Mareike Illing hat sich für den Campingplatz so sehr aufgeopfert, dass sie einen Herzinfarkt erlitt, und die Tochter hat ihre Sorge verklausuliert dem privaten Gedichtband anvertraut.«

»Warum verklausuliert?«

»Also, alles weiß ich nun auch wieder nicht. Ich könnte mir vorstellen, dass Susann sie vor der Neugier ihrer Schwester schützen wollte. Außerdem scheint sie mir so manchen Spleen entwickelt zu haben. Eines ist jedoch sicher: Sie hat Codewörter verwendet. *Mutter der Insel* ist so eines. Für mich steht fest, dass Susann sich einige Gedanken um das passende Codewort gemacht hat.«

»Na gut, aber wie bringt dieses Haiku Sie weiter?«

»Dieses spezielle so gut wie gar nicht, es hat mir nur die Augen für die Sache mit den Codewörtern geöffnet. Aber ich habe weitere Haiku in Tallulahs Zimmer gefunden, entweder zu Papierkügelchen geformt oder zerknittert und halb zerrissen. Einige beschreiben Naturphänomene, dahinziehende Wolken, einen Lichtfleck im Wald oder den Geschmack einer reifen Mirabelle. Eines deutet an, dass so manche verheiratete Dame in dieser entzückenden kleinen Gemeinde… nun, sagen wir, amourös verstrickt ist. Aber vier der Fetzen scheinen mir Codewörter für real existierende Personen zu sein. Urteilen Sie selbst.«

Ich breitete die Fragmente nebeneinander auf dem Tisch aus.

Bepackt mit Giften.
Aufgepasst, die Kogge kommt.
Trägt schwer am Bösen.

Ein Witz nähert sich.
Die unreife Kokosnuss
wird dafür bluten.

Nights in white Satin.
Guinevere und Kokosnuss,
Traumpaar von Trenthin.

Verbotene Frucht
Mein Liebhaber der Lüge
Bitteres Warten

Stolz sah ich Linz an. »Na, was sagen Sie jetzt?«

»Nicht schlecht.«

Wir verstanden uns wortlos. Diese Haiku hatten es in sich. Im ersten kam es mir so vor, als hätte Susann jemanden durchschaut, im zweiten wollte sie jemanden ins Visier nehmen oder sich rächen. Das dritte Haiku, in dem ein weiteres Mal von einer Kokosnuss die Rede war, beschrieb eindeutig eine Liebesbeziehung, und wenn ich es richtig interpretierte, basierte diese vor allem auf Sex. Das vierte ließ mich am stärksten aufhorchen. *Mein Liebhaber der Lüge.* Sie sprach von ihrem Verhältnis zu jemandem, ihrem Warten auf die verbotene Frucht.

Es gab in dieser Sache mehrere Gesichtspunkte, die mich ins Grübeln brachten, allen voran die Frage, wer sich hinter den Codewörtern verbarg. Da ich davon ausging, dass Susann die Pseudonyme nicht leichtfertig ausgewählt hatte, bestand die Hoffnung, das eine oder andere Rätsel knacken zu können, sofern ich mich intensiv damit beschäftigte. Offensichtlich beschrieb die Verfasserin Personen, mit denen sie mehr oder weniger bekannt war, und das führte mich zu einem weiteren, sehr beunruhigenden Aspekt. Denn es war unverkennbar, dass Susann ein paar Geheimnisse gelüftet hatte.

»Sie müssen die Zettel der Staatsanwaltschaft zukommen lassen«, sagte Linz.

»Ich habe mir schon Kopien gemacht. Gleich morgen bringe ich die Originale nach Rostock. Ich hoffe, Ihre Kollegen werden den Haiku die Aufmerksamkeit schenken, die sie verdienen.«

»Ich habe Ihnen heute Mittag ja schon erklärt, dass die Aufklärung der Brandstiftung derzeit oberste Priorität hat. Unter der Hand ist die Staatsanwaltschaft nämlich davon überzeugt, dass der Frauenmörder von Usedom inzwischen tot ist.«

»Aber sie werden doch wenigstens eine Durchsuchung von Tallulahs Zimmer anordnen? Dort liegen vielleicht noch weitere Schätze in Form von Papierkugeln.«

»Mal sehen, ob ich da etwas tun kann, auch wenn das nicht in meinen Zuständigkeitsbereich gehört.« Linz trank den Cognac aus, lehnte sich entspannt zurück und fragte: »So, was haben Sie jetzt noch vor?«

Ich lachte. »Was kann man im Lieper Winkel um zehn nach zehn am Abend noch machen?«

»Einen Verdauungsspaziergang im Dunkeln, zum Beispiel. In Begleitung des Staatsschutzes.«

Wieder lachte ich. »Danke für das Angebot, lieber nicht. Mein Mann hat heute Ruhetag, ich werde ihn gleich noch anrufen.« Mit einem Blick auf den Ringfinger seiner linken Hand fügte ich hinzu: »Vielleicht sollten Sie auch noch einen privaten Anruf machen. Jemand könnte sich darüber freuen.«

Er brauchte ein paar Sekunden, bis er verstand. »Oh, Sie

meinen … Nein, den Ring trage ich nur aus Sentimentalität. Meine Frau ist vor drei Jahren im Einsatz gestorben. Sie war Polizistin. Wir haben uns in den Monaten vor ihrem Tod kaum noch gesehen … ihre Schichten, meine Schichten, Überstunden. Und dann wird sie von einem Reichsbürger abgeknallt, der sein Staatsgebiet mit einer Wehrmachtspistole verteidigt. Tja …«

»Das … das tut mir sehr leid.«

Er stand auf. »Wir sehen uns. Übrigens, ihr Dinner bezahlt die Bundesrepublik. Gute Nacht.«

Ich sah vom Fenster meines Zimmers aus zu, wie Linz das Gebäude langsam und gedankenversunken umrundete. Am Morgen dachte ich noch, er mache mir insgeheim Vorwürfe, dass ich die Hilferufe Bettina Simonsmeyers ignoriert hatte, weil ich unter Stress stand. Nun stellte sich heraus, dass er in seiner Ehe mit ähnlichen Problemen gekämpft hatte wie ich und meine damalige Situation vermutlich gut nachvollziehen konnte. Mein schlechtes Gewissen, jene innere Stimme, die mich nach Usedom geführt hatte, war analog zu der seinen. Linz' Ehefrau war von einem Mann erschossen worden, der sein vermeintliches Recht in die eigene Hand genommen hatte. Im Grunde war hier auf der Insel dasselbe passiert, und deswegen war er hier.

Ich rief Yim an, allerdings vergeblich. Entweder schlief er bereits, war ausgegangen oder hatte schlicht keine Lust, mit mir zu sprechen.

Ich duschte, rief noch einmal an, hinterließ eine Nachricht, ging zu Bett und löschte das Licht. Die herrliche Matratze, die kuschelige Decke, der feine Geruch von Holz – das alles verführte mich zum baldigen Einschlafen. Doch etwas in mir sträubte sich dagegen.

Ich knipste das Licht wieder an, richtete mich halb auf und nahm mir noch einmal einige Haiku vor, zuerst die Nummer 303.

Nights in white Satin.
Guinevere und Kokosnuss,
Traumpaar von Trenthin.

Der Duktus des Dreizeilers war aus meiner Sicht ironisch. Schon jemanden als Kokosnuss zu betiteln! Dass Susann damit einen Latino oder Afrikaner umschrieb, konnte ich mir bei ihrer Korrektheit nicht vorstellen. Möglicherweise handelte es sich um jemanden, den sie lächerlich fand. Weil er hohl war? Weil er einen dicken Bauch hatte? Und Guinevere, Guinever ausgesprochen, die Frau von König Artus, die ihm laut der Sage untreu wurde und eine Affäre mit Lancelot begann, woraufhin das Reich zerfiel. Wenn Susann, auf welchem Weg auch immer, Kenntnis von einer Affäre bekommen hatte, stand für die Frau, die sich hinter dem Namen Guinevere verbarg, vermutlich einiges auf dem Spiel.

Ich musste an mehr von diesen Haiku herankommen, das war das A und O. Nur so ließen sich vielleicht Querverbindungen herstellen, mittels denen ich die Identität einzelner, mit Pseudonymen versehener Personen herausarbeiten konnte. Natürlich war ich mir des Ernstes der Angelegenheit bewusst, doch ich konnte nicht verhindern, dass ich eine spielerische Freude beim Rätselraten entwickelte.

Ich schaltete das Licht wieder aus, bettete den Kopf auf das weiche Kissen und starrte in die Dunkelheit.

Liebhaber der Lüge, dachte ich. *Verbotene Frucht. Bitteres*

Warten. Susann, für die Aufrichtigkeit und Geradlinigkeit hohe Güter waren, musste sehr darunter gelitten haben, eine heimliche Geliebte zu sein. Hatte sie ihren Liebhaber gedrängt, die Beziehung öffentlich zu machen? Sich von seiner Frau, seiner Familie zu trennen? War sie des bitteren Wartens überdrüssig geworden?

Das Haiku passte perfekt auf Holger Simonsmeyer. Verheiratet, zwei Kinder und vermutlich eher nicht bereit, die Familie für ein Abenteuer mit einer blutjungen Frau zu verlassen. Ich hatte ihn in der Verhandlung als geduldigen, gelassenen Menschen kennengelernt, der durchaus jemanden hinhalten konnte, wenn er es darauf anlegte. Das Gericht, die Staatsanwaltschaft, die Öffentlichkeit hatte er mit seinem Schweigen schließlich auch hingehalten, mit Erfolg.

Das Problem war nur, dass ich Susann einfach nicht als potenzielle Zerstörerin einer Familie sah. Ich hatte sie zwar nicht persönlich kennengelernt, aber während des Prozesses und meiner Recherchen hatte ich einen Eindruck von ihrem Charakter bekommen, der sich nicht mit dem Bild der Geliebten im Wartestand vereinbaren ließ, die schon mit den Hufen scharrt, um ihre Vorgängerin zu beerben.

Ich mochte mich irren … Die Liebe, die Gier und die Angst, die drei großen Triebfedern des Menschen, können einen Charakter vollständig ändern, aus braven Mädchen Kurtisanen und aus netten Jungen Mörder machen.

Zum zweiten Mal an diesem späten Abend knipste ich das Licht wieder an.

»Doro, so geht das nicht«, sagte ich zu mir. Ich musste etwas tun, irgendetwas, das mich voranbrachte. Denn wenn ich den nächsten Tag gedanklich überschlug, blieb nach der Fahrt nach Rostock, um die Haiku zu übergeben, und der Arbeit an meinen anderen Projekten kaum Zeit übrig.

Fünf nach elf.

Ich kramte die Nummer aus meiner Handtasche, Tallulahs Nummer. Wenn sie in einer Bar arbeitete, hatte sie bestimmt nichts gegen einen späten Anruf.

»Ja?«

»Tallulah Illing?«

»Ich heiße Lula.«

»In Ordnung, ich heiße Doro.«

Sie schien ein paar Sekunden lang alle Namen durchzugehen, die sie in ihrem Kopf gespeichert hatte. Im Hintergrund waren die üblichen Gastro-Geräusche zu hören: lautes Gequassel, Gläserklirren, ein kurzatmiger Gesprächspartner, Stress.

»Ja, und?«, fragte sie.

»Ihre Mutter hat mir die Nummer gegeben.«

»Ist was mit ihr?«

So besorgt der Wortlaut der Frage, so genervt der Tonfall.

»Nein, ihr geht's so weit gut«, antwortete ich und präzisierte sofort. »Unverändert.«

»Ja, und?«, fragte sie erneut.

»Ich hätte da einige Fragen wegen ihrer Schwester.«

Schweigen. Im Hintergrund Lärm.

Ich setzte alles auf eine Karte. »Und wegen der kleinen Gedichte. Sie wissen schon. Die auf den Papierkügelchen.«

Schweigen. Im Hintergrund Lärm.

»Im Moment ist es wahrscheinlich ungünstig. Wann darf ich Sie noch mal anrufen? Oder bei Ihnen vorbeikommen? Gerne auch in der Bar, wenn Ihnen das lieber ist.«

Es dauerte eine Weile, dann sagte sie: »Ich hab auf die ganze Scheiße keinen Bock mehr.« Sie legte auf.

Trotzdem war ich einen Schritt weitergekommen, denn während Tallulahs Schweigepausen war im Hintergrund einer ihrer Kollegen ans Telefon gegangen und hatte sich gemeldet mit: »Shisha-Bar Palmyra.«

Innerhalb von zwei Minuten hatte ich herausgefunden, wo in Berlin sich die Bar befand, und ich hatte vor, sie möglichst bald aufzusuchen.

5

Noch fünfzehn Tage bis zum zweiten Mord

Auszug aus Susanns Tagebuch vom 2. Juli

Ich habe heute etwas in Erfahrung gebracht, das mich fast umgehauen hat. Eigentlich ist es ziemlich banal, aber es ist etwas anderes, so etwas selbst zu entdecken, erst recht in der eigenen Familie …

Bevor ich weiterschreibe, ich habe noch etwas anderes entdeckt, schon vor einiger Zeit. Tallulah schnüffelt in meinem Zimmer herum.

Lula, falls du diese Zeilen liest: Du solltest dich was schämen. Das ist voll daneben. Schnüffeln geht gar nicht, vor allem nicht in den Tagebüchern anderer Leute. Okay, ich war auch ab und zu in deinem Zimmer und habe mich umgesehen. Mama und Papa haben mich nach deinem Selbstmordversuch gebeten, mehr als nur ein Auge auf dich zu haben. Aber ich habe ihnen gesagt, dass das falsch sei und sie sich intensiver um dich kümmern sollten, anstatt dir nachzuspionieren. Ich bin ja nicht blöd, blind und taub, ich merke doch auch, dass sie mich dir vorziehen. Aber mal ehrlich, wenn du dich nur nicht so gehen lassen und diese depressive Musik hören würdest. Ich mache mir echt Sorgen um dich …

Eigentlich glaube ich nicht, dass Lula meine Tagebücher gefunden und gelesen hat. Sie sind zu gut versteckt. Trotzdem, ganz sicher bin ich mir nie. Schon mehr als einmal habe ich mir überlegt, ob ich meine Ephemeriden digital schreiben und in einer Cloud deponieren sollte. Am Ende kann ich mich damit nicht anfreunden, so wenig wie mit E-Books. Ich habe solche Dinge lieber in der Hand, wo sie nach Papier duften und beim Umblättern rascheln, als dass sie geräusch- und geruchlos im Äther umherschwirren. Auch wenn das die Gefahr birgt, dass neugierige Schwestern mitlesen.

Ach so, ja, meine Entdeckung … Wie geht man damit um, wenn man dahinterkommt, dass jemand in der Familie etwas absolut Falsches tut? Klar, man stellt denjenigen zur Rede. Und wenn das nichts hilft? Darf jemand, der uns nahesteht, etwas Unmoralisches tun, ohne dass wir etwas dagegen unternehmen?

Haiku Nummer 297
Keine Liebe mehr
Für das eigene Idol
Auf fremden Wegen

Tallulah steckte sich nacheinander zwei zu Kügelchen geformte Papierfetzen in den Mund und spülte sie mit Cola hinunter.

»Sekt oder so hast du nicht?«, fragte sie Amrita.

»Mein Vater hasst Alkohol.«

»Meiner auch, er vernichtet ihn, wo er ihn sieht«, sagte Tallulah lachend und vertilgte ein weiteres Kügelchen.

Sie sah sich um. Amritas Zimmer war das langweiligste, das sie je gesehen hatte, noch langweiliger als Susanns, und das wollte was heißen. Bei Tallulahs Schwester war auch alles an seinem Platz gewesen. Es hatte eine Ecke zum Flötespielen gegeben, eine Ecke mit einem Sessel zum Lesen und Relaxen, ein nach Genres sortiertes Bücherregal, genau wie im Buchladen, eine Stelle für hübsch gerahmte Fotos an der Wand … In Amritas Zimmer hingegen gab es keine Eckchen für dies und das, ganz einfach deshalb, weil es kein Dies und Das gab. Amrita hatte keine erkennbaren Interessen, nicht mal einen Computer. Wie in einer Nonnenklause gab es ein Bett, einen Schrank, einen Stuhl sowie einen Schreibtisch, der so aufgeräumt war, dass Tallulah am liebsten das matschige Papierkügelchen daraufgespuckt hätte. Das Auffälligste waren noch Finns Bambus-Basteleien, die überall herumstanden, sowie die bunt bemalte Holzstatuette einer Frau mit vielen Armen und Gesichtern.

»Das ist Parvati, die hinduistische Muttergöttin und Göttin der Liebe«, erklärte Amrita. »Natürlich nur der ehelichen Liebe und der Mutterliebe, sonst würde mein Vater nicht zulassen, dass ich sie aufstelle.«

Tallulah verdrehte die Augen. »War ja klar.«

Amrita lächelte schelmisch, wobei sie ihre wunderschönen Zähne zeigte. »Aber sie hat noch einige andere Beinamen und Funktionen. Als Lakshmi ist sie die Göttin des Glücks, als Uma die Göttin des Lichts und der Schönheit, als Kali die Göttin der Zerstörung und des Todes, und als Durga …«

»Ehrlich, ich würde sterben, wenn ich so viele Aufgaben hätte«, kürzte Tallulah die Belehrung ab. »Die arme Frau müht sich ab, und keiner greift ihr unter die Arme. Na ja, sind auch ziemlich viele.«

Das letzte Stück von Susanns Tagebucheintrag des 2. Juli, Haiku Nummer 297, landete in Tallulahs Mund.

»Darf ich dich was Indiskretes fragen, Lula?«

»Yap, leg los.«

»Warum isst du Papier?«

Das war eine gute Frage und tatsächlich indiskret, denn sie stieß bis ins Innerste vor, in den Kern aller Probleme, die Tallulah hatte und schon immer gehabt hatte. Dass es diese ernsthaften Probleme gab, war ihr durchaus bewusst. Ihr war klar, dass es nicht normal war, sich das Leben nehmen zu wollen, Papier mit einer Flasche warmem Prosecco hinunterzuspülen und in einem Saustall zu wohnen. Nur vermochte sie nichts dagegen zu tun. Die Dinge geschahen, das war alles, was sie dazu sagen konnte.

»Ich weiß es nicht.«

»Wieso lässt du es dann nicht?«

»Hm.«

»Was steht überhaupt auf dem Papier?«

»Das ist das Tagebuch von Susann.«

»Deiner Schwester? Sie ist tot.«

»Hab ich mitbekommen.«

»Du hast sie nicht gemocht, oder?«

»Wow, du hast gerade echt einen Lauf.«

»Aber du könntest … Du könntest das Tagebuch verbrennen oder in den Müll werfen oder daraus kleine Papierflieger basteln und sie aufs Meer hinaussegeln lassen.«

»Ja, ich könnte mir auch den Hintern damit abwischen. Oder in einen Kochtopf damit Leim herstellen.«

»Oder der Polizei übergeben. Wer weiß, was da alles drinsteht.«

»Tja, wer weiß das schon?«

»Stattdessen frisst du ihr Tagebuch auf wie der Wolf die Eingeweide des Lämmchens.«

»Tolles Bild. *Write a book.*«

»Also? Warum machst du all das nicht?«

»Das ist so, als würdest du einen klebrigen Teigklumpen in die Hand nehmen, sie umdrehen und dem Teig sagen, er kann fließen, wohin er will. Probier mal aus, was passiert.«

Amrita dachte darüber nach. »Du bist aber kein Teigklumpen.«

»Doch, irgendwie schon.«

Tallulah staunte selbst, dass sie darüber sprach, ausgerechnet auch noch mit Amrita. Wie jeder mit einem einzigen Blick hätte feststellen können, hatten die beiden Mädchen nicht viel gemeinsam, außer dem Alter. Allein der Zufall hatte sie zusammengebracht: Im Schulbus wollte niemand neben Amrita sitzen und keiner neben Tallulah. Die eine war ihnen zu bieder und langweilig, die andere zu asozial. Nach Tallulahs Selbstmordversuch hatten einige Mitschülerinnen sich verpflichtet gefühlt, sie zu trösten, doch sie hatte ihnen den Finger gezeigt und gesagt, sie sollten bleiben, wo der Pfeffer wächst. Daran hatten die meisten sich gehalten, den anderen spuckte sie ins Gesicht. Nur Amrita nicht. Sie anzuspucken wäre gewesen, wie ihr die Unschuld zu nehmen.

Über Monate hinweg hatten sie sich langsam angefreundet, die indische Nonne und die Proletin, und irgendwann hatte Tallulah ihr von Farhad erzählt. Wie bei so vielem anderen hatte sie sich auch dabei nichts gedacht. Ihre Freundschaft war für sie wie ein Kaktus oder ein Hamster, den man für eine Weile hat, sich aber keinen großen Kopf macht, wenn er eingeht.

»Lula, es gibt einen bestimmten Grund, warum ich dich zu mir eingeladen habe«, gestand Amrita, als handele es sich um eine ernste Verfehlung.

»Ich hoffe sehr, du willst nicht, dass ich da weitermache, wo Kathrin aufgehört hat.«

»Kathrin Sibelius? Sie hat mir das Reiten beigebracht, das einzige Hobby, das mein Vater mir gönnt.«

»Na ja, es gibt Gerüchte, dass sie dir auch das Knutschen beigebracht hat.«

»Ich bin nur vom Pferd gefallen …«

»So nennt man das also in Indien.«

»… und sie hat mich wieder auf die Beine geholt.«

»Hey, ich kann das verstehen. Finn ist nicht ohne, dem kann man nicht unvorbereitet wie ein viktorianisches Mädchen entgegentreten.«

»Sei bitte einfach mal ruhig.«

»Weißt du, was du da verlangst?«

Tallulah amüsierte sich königlich. Bisher hatten sie sich nur auf dem Schulhof oder im Bus getroffen. Ohne einen Bruder oder ein Elternteil ins Eiscafé zu gehen, war Amrita nicht erlaubt. Überhaupt war Alleinsein, außerhalb des Hauses, ein No-Go für sie. In einer Klause saßen Leute, die mehr Spaß haben durften als sie, und Tallulah fand, dass man in solchen Fällen das Eis am besten damit brach, es ordentlich krachen zu lassen.

»Du musst mir einen Gefallen tun, Lula. Gleich kommt Marlon vorbei …«

»*Der* Marlon?«

»Wir wollen zusammen sein. Nur eine Stunde …«

»Boah, du bist wohl von der schnellen Truppe, was? Sieht

man dir gar nicht an. Scheint, dass Kathrin ganze Arbeit geleistet hat. Es ist noch keine Woche her, da hat dein Vater Finn rausgeworfen, und jetzt hast du es mit Marlon.«

»Nein, er schleicht schon seit einer Weile um mich herum.«

»Marlon kann schleichen? Nach allem, was man so hört, ist er ein Wurfgeschoss, dass auf die Frauen drauffällt. Auf Frauen jeden Alters, übrigens.«

»Das sind bloß böse Gerüchte. Er ist ganz anders.«

»Ja klar, er und Mick Jagger. Mir soll's recht sein. Es gibt hässlichere Männer, von denen man es sich besorgen lassen kann.«

»Sag nicht so ordinäre Sachen.«

»Jetzt komm halt mal runter von deinem Schimmel. Also, was hab ich damit zu tun? Ich hoffe, ich muss euch nicht dabei zusehen.«

»Ich steige aus dem Fenster …«

»Ist ja krass. Damit deine Eltern und Brüder dich nicht sehen?«

»Mein Vater macht gerade seinen Nachmittagsspaziergang, Mama schläft. Und Ganesh wird mich nicht verraten, er weiß sowieso Bescheid.«

»Worüber?«

»Dass ich mich manchmal aus dem Haus schleiche.«

»Cool.«

»Normalerweise schlendere ich einfach nur ein bisschen durch die Gegend oder liege herum. Mein Vater will nicht, dass ich draußen allein bin. Und was mein Vater nicht will, das will Ramu auch nicht. Er ist Papas ganzer Stolz und will es bleiben.«

»Komisch, in jeder Familie gibt es einen Streber. Wieso ist das so?«

Tallulah warf einen Blick aus dem Fenster. Es befand sich nur einen Meter über dem Flachdach des Restaurantanbaus, der wiederum an eine Garage grenzte. Vielleicht wäre es für Tallulah ein Problem gewesen, hinunter und wieder herauf zu kommen, nicht jedoch für die schlanke Amrita mit ihrer Eins im Turnen.

»Ich lasse die Musik laufen«, erklärte sie, »und ab und zu musst du lachen oder ein bisschen lauter sprechen, damit mein älterer Bruder keinen Verdacht schöpft.«

»Was, wenn er reinkommt?«

»Das macht er eigentlich nie.« Amrita blickte erst auf die Uhr und dann in die Ferne. Da stand Marlon auch schon in seiner ganzen Pracht, mit seinem von Farbklecksen übersäten Blaumann und allem Drum und Dran.

»Beachtlich«, sagte Tallulah. »Zwischen zwei Ficks weißelt er noch schnell mal eine Wand.«

»Wenn du so was sagst, werde ich traurig.«

»*Sugar*, du redest wie ein Kinderstar, benimmst dich aber wie eine Nutte. Genug geklönt. Zisch ab und hab Spaß.«

Eine Minute später saß Tallulah allein in der Klause, angestarrt von einer vierköpfigen indischen Göttin, hörte Helene Fischer und brach alle paar Minuten wie eine Irre grundlos in Gelächter aus – und das alles ohne Prosecco. Sie ärgerte sich, keine Flasche mitgebracht zu haben, und zog kurz in Betracht, nach unten ins Restaurant zu gehen und sich an der Bar zu bedienen. Ganesh hätte bestimmt nichts dagegen einzuwenden, er war ziemlich locker drauf. Ramu hingegen … Neuerdings trug er Seitenscheitel und Sakko, und solchen Typen war nicht zu trauen, wenn es um kleine, harmlose Gaunereien ging. Amrita hatte recht, ihn vorsichtshalber nicht einzuweihen.

Frustriert holte Tallulah ihr Smartphone hervor. Jetzt war

eigentlich nicht die richtige Zeit für einen Chat mit Farhad, nachmittags kaufte er immer ein oder trank Mokka mit seinen Kumpels. Doch sie riskierte, ihm ein Hallo zu schicken, um zu sehen, ob und wie er reagierte. Farhad mochte es nicht, beim Mokka gestört zu werden.

Während sie auf seine Antwort wartete, dachte sie daran, dass die süße Amrita vielleicht gerade den ersten Sex ihres Lebens hatte. Dieselbe Erfahrung hatte Tallulah vor gut einem Jahr gemacht. Sie hatte Susann angebettelt, für ein Wochenende mit ihr und Kathrin nach Berlin fahren zu dürfen. Es hatte geklappt, und als die beiden kulturbegeisterten Freundinnen die Oper besuchten, hatte sie sich im Hotel mit dem Mann getroffen, mit dem sie seit einiger Zeit heimlich chattete: Farhad. Dass er sich als Einunddreißigjähriger herausstellte – statt der im Profil angegebenen vierundzwanzig Jahre –, störte sie überhaupt nicht. Er war ein großartiger Liebhaber mit einer Million Brusthaaren und dem Duft von Moschus auf der Haut. Während in der Oper Wagners Isolde den Liebestod starb, wurde Tallulah zur Frau.

Susann bekam zunächst nichts mit. Tallulah war vorsichtig, ließ sich nichts anmerken, änderte ständig den Code ihres Handys und ihr Passwort bei Facebook. Irgendwann kam sie dann doch noch dahinter. Das war zwei Tage vor ihrem Tod.

Das fröhliche »Pling« ihres Smartphones ließ Tallulahs Herz höherschlagen, wie immer, wenn Farhad auf einen Chat einstieg.

Farhad: *Salam aleikum*, Honigmund.

Lula: Störe ich?

Farhad: Ich bringe Aaliyah gerade bei, wie man Tabbouleh macht.

Lula: Wer ist Aaliyah?

Farhad: Eine Neue.

Lula: Neue was?

Farhad: Angestellte.

Lula: Ach so. Und Tabbouleh?

Farhad: Ist ein Salat aus Bulgur, Petersilie, Tomaten und Zwiebeln. Schlag das Rezept nach, mach ein Tabbouleh und schick mir das Foto, ja?

Lula: Wieso?

Farhad: Weil ich es sage. Weil wir es bei uns in der Bar als Snack servieren.

Lula: Dafür hast du ja jetzt Aaliyah.

Lula: Hallo?

Lula: Farhad?

Er hatte sich ausgeklinkt. Eine Minute lang war Tallulah sauer, eine weitere Minute unsicher. Danach machte sie sich Vorwürfe, derart zickig gewesen zu sein.

Sie schlug gerade das Rezept für Tabbouleh nach, als jemand an der Tür klopfte. Noch bevor Tallulah irgendwie reagieren konnte, kam Ramu herein und sah sich verwundert um.

»Wo ist Amrita?«, fragte er.

Sie hatte genau zwei Möglichkeiten. Sie konnte sich entweder innerhalb von wenigen Sekunden eine haarsträubende Lüge ausdenken oder die skandalöse Wahrheit enthüllen. Verärgert durch Aaliyah, Tabbouleh, ihre eigene Dummheit, Helene Fischer und die vierköpfige Göttin, beschloss Tallulah, ausnahmsweise mal nicht zu lügen. Im Übrigen ging es ja nicht um sie, sondern um Amrita.

»Deine Schwester ist zum Fenster raus, um sich mit einem geilen Muskelprotz zu treffen, der sie in diesem Augenblick entjungfert.«

Ramu guckte sie an wie der Ochse das Scheunentor. Sie konnte ihn einfach nicht leiden, diesen biederen Schwiegersohn-Typen, Papa Tschainis ganzer Stolz. Die Brille, den mageren Körper, das gestärkte weiße Hemd und die dunkle Hose mit den Bügelfalten hasste sie sogar.

»Noch Fragen?«

Zu ihrer eigenen Verblüffung verließ er kommentarlos das Zimmer und schloss die Tür.

Wie so vieles andere, hatten sie auch das schon seit einer gefühlten Ewigkeit nicht mehr gemacht: ein *dîner d'amour* im besten französischen Restaurant der Insel, einem Golf-Resort. Man bekam dort auf Wunsch ein Separee, in dem man vor den Blicken anderer Gäste geschützt war und zugleich eine wunderschöne Aussicht auf das nahe gelegene Achterwasser hatte, das im Mondschein glitzerte.

Für diesen Anlass hatte Bettina sich endlich mal wieder in Schale geworfen. Nicht in das übliche adrette Business-Outfit, nein, in ein blassrosa Abendkleid von Balenciaga, das sie vor Jahren gekauft, aber erst zweimal getragen hatte. Vielleicht war der Hut ein bisschen übertrieben. Ach, egal! Sie hatte plötzlich Lust an der Übertreibung, Lust, das Leben zu feiern.

»Mein Gott, siehst du heute Abend gut aus«, sagte sie zu Holger, der natürlich Smoking trug.

»Blöd, das wollte ich gerade zu dir sagen.«

»Dann tun wir so, als wäre nichts gewesen, und fangen noch einmal von vorne an.«

Sie warteten drei Sekunden und riefen gleichzeitig: »Mein Gott, siehst du heute Abend gut aus.«

Bester Laune betraten sie das *Amadee*, wo der Kellner sie auf das Freundlichste empfing und zum Separee führte. Natürlich wurde das Personal dafür bezahlt, genau das zu tun, dennoch war es eine Wohltat, endlich einmal nicht mit schamloser Offenheit oder aus Augenwinkeln gemustert zu werden. Im *Amadee* war alles, wie immer, perfekt und charmant zugleich. Die Pariserin Lucille, die mit ihrem aus Köln stammenden Mann das Hotel vor fünfundzwanzig Jahren eröffnet hatte, war eine gute Bekannte von Bettina, und so war es nicht weiter verwunderlich, dass sie den besten Tisch bekamen, auf dem sie eine Flasche Blanc de Blancs aufs Haus vorfanden.

»Lucille ist ein Schatz«, sagte Bettina. »Ich weiß gar nicht, wie wir uns bei ihr revanchieren sollen.«

»Sprich bei der nächsten Versammlung der Kirchengemeinde eine Runde Französisch mit ihr. Glaub mir, in Deutschland lebende Franzosen vermissen das am meisten.«

Bettina war die Vorsitzende der katholischen Kirchengemeinde, Lucille ihre Stellvertreterin. Sehr groß war die Gemeinde nicht in diesem Bundesland, in dem fast nur Atheisten und Protestanten lebten, doch das gab der Gruppe einen umso größeren Zusammenhalt.

Austern, Hummersuppe, getrüffelte Gnocchi, Rehrücken provençal – am Essen lag es nicht, dass der Abend nicht so verlief, wie Bettina es erhofft hatte. Alles war wunderschön, sogar das Wetter spielte mit, und die Unterhaltung mit Holger war flüssig und streifte kein einziges der Probleme, mit denen sie sich herumschlugen.

Trotzdem war er nicht ganz bei ihr. Vielleicht bildete sie es sich auch nur ein, vielleicht war es eine jener übersinnlichen Schwingungen, von denen Männer gerne behaupteten, dass nur Frauen sie wahrnähmen. Und womöglich lag es tatsächlich an ihr selbst. Seit dem Beinahe-Reitunfall kam es ihr vor, als brauchte sie von Tag zu Tag ein wenig mehr Kraft, um das innere Stimmchen zu übertönen. Dabei handelte es sich um ein keckes Ding, das steif und fest behauptete, dass hinter dem ohnehin schon bewölkten Horizont eine finstere Gefahr heraufziehe. Es war leicht, davor Angst zu haben. Zugleich war es unmöglich, mit dem Finger darauf zu zeigen.

Im Gegensatz zu dem schwarzen Etwas, das auf ihrem Zitronensorbet schwamm.

»Was ist denn das?«

»Sieht aus wie ein Stück Trüffel.«

»Holger, ich bitte dich. Trüffel im Sorbet?«

Bei näherem Hinsehen entpuppte es sich als fette Schmeißfliege. Man hätte es als Missgeschick oder Fauxpas einstufen können, wäre Holgers Sorbet nicht mit einer mattglänzenden Schicht aus Zwiebelbutter überzogen gewesen.

»*Je suis très desolé*«, brachte die herbeigeeilte Lucille ihren Kummer zum Ausdruck, wobei ihr faltiges, charaktervolles Gesicht deutlich länger schien als gewöhnlich. »Ihr Lieben, es tut mir ja so leid. Wir haben die Schuldige bereits ausfindig gemacht: Carmen Beitzke, eine unserer Hilfsköchinnen. Sie hat bereits gestanden. Kennt ihr sie?«

Bettina und Holger sahen sich an. »Ich glaube, sie wohnt in Balm«, sagte Bettina. »Ging mal in Finns Schulklasse.«

»Als Grund hat sie angegeben … *Alors*, das könnt ihr euch vielleicht denken«, sagte sie an Holger gewandt. »Ich habe ihr natürlich ordentlich den Kopf gewaschen.«

»Armes Ding, vielleicht könnte ich mal mit ihr reden?«, fragte Bettina. »Wenn sie sich bei mir entschuldigt, musst du sie nicht entlassen.«

»Oh, ich werde sie nicht entlassen.«

»Auch eine Abmahnung macht sich nicht gut im Zeugnis.«

»Abmahnen werde ich sie auch nicht.«

Nun war es Bettinas Gesicht, das sich deutlich verlängerte. »Lucille, so etwas darfst du dem Personal nicht durchgehen lassen. Wenn das jeder macht …«

»Ihr müsst mich verstehen, *mes amis*. In meiner Küche arbeiten bereits zwei Eritreer, eine Senegalesin, ein Nepalese und ein Pakistani. Die einzig anerkannte Sprache ist die mit Handzeichen. Ich finde einfach keine Leute mehr, obwohl ich achtzig Prozent über dem Mindestlohn zahle. Seht ihr die sechs leeren Tische dort drüben? Ich hätte sie mühelos besetzen können, aber ich habe nicht genug Kellner und Köche. Eine einzige Krankmeldung genügt, und alles steht kopf. Wenn ich Carmen entlasse oder wenn sie selbst geht, brauche ich ein halbes, vielleicht ein ganzes Jahr, um die Stelle neu zu besetzen. In dieser Zeit muss ich zwei weitere Tische leer lassen. Das kostet mich geschätzt …«

»Lucille«, unterbrach Holger. »Schon gut. Wir haben dich verstanden. Es ist nicht so wichtig.«

»*Merci*, liebster Holger.«

»Ich störe die deutsch-französische Freundschaft nur ungern, aber ich sehe das ganz anders«, protestierte Bettina. »Wenn es nur eine Laune von Carmen gewesen wäre, bitte sehr. Aber sie würde dasselbe morgen wieder tun. Frag sie mal, ich wette, sie stimmt mir zu.«

Lucille rang die Hände und stand auf. »Wir bringen euch ein neues Sorbet, und der Käse nachher geht aufs Haus.«

»Mit einer Kakerlake als Beilage?«, fragte Bettina.

Lucilles Gesicht zog sich wieder zusammen, besonders die

Augen. »Ich werde ihn selbst schneiden und servieren, *ma chêre*, ohne Kakerlake. Übrigens, es gehört eigentlich nicht hierher … Die Kirchengemeinde hat einen anonymen Brief erhalten, in dem behauptet wird, du hättest vor über zwanzig Jahren eine Abtreibung vorgenommen, Bettina. Vielleicht könntest du das bei unserer nächsten Sitzung richtigstellen.«

Nachdem Lucille gegangen war, gab es eine Minute des Schweigens und der Starre, bevor sich Holgers Hand langsam auf ihre legte.

Sie hatte es ihm nie gesagt. Ganz am Anfang ihrer Beziehung – sie waren damals nur wenig älter gewesen als Finn heute – hatte es eine derart leidenschaftliche Phase gegeben, dass Bettina sich auf der Stelle fünf Kinder mit Holger wünschte, möglichst über Nacht. Sie hatte die Pille umgehend abgesetzt und wenig später doch wieder genommen, als ihr die weitreichenden Auswirkungen einer frühen Schwangerschaft bewusstwurden. Doch da war es bereits zu spät gewesen.

Sie hielt den Blick auf die Tischplatte gesenkt. »Es war falsch von mir, dir zu verschweigen, dass … Zuerst war da die Angst vor deiner Reaktion, und wenn man mal ein paar Wochen lang ein Geständnis vor sich herschiebt, wird es immer schwerer, die Wahrheit zu sagen. Dann kam Finn, und ich dachte … ich dachte, es wäre nicht mehr wichtig. Das war natürlich blöd. Nein, blöd ist das falsche Wort. Meine Gefühle damals waren wie … wie Wollmäuse unterm Bett: hässlich, grau und eklig. Ich weiß auch nicht, ich hätte … Vor ein paar Jahren habe ich es Eva Regina erzählt, im Vertrauen natürlich. Sie meinte, späte Beichten seien ungefähr so nützlich wie Pflaster auf vernarbten Wunden.«

»Wollmäuse«, sagte er.

Sie sah auf und blickte in das feine, nur für sie sichtbare Lächeln, das sie bei keinem anderen Menschen fand.

»Unter dem Bett«, sagte sie, und plötzlich war es da, was sie den ganzen Abend lang, nein, seit seiner Freilassung oder vielmehr seit seiner Verhaftung vermisst hatte: diese besondere Intimität, die er ausstrahlte und von der sie im Laufe der Jahre abhängig geworden war.

Sie lachte kurz und befreit auf, wie man es tut, wenn man etwas Kostbares, Verlorenes wiederfindet. Doch das Thema war ihr zu ernst, um ihm mit Humor zu begegnen.

»Wie geht es dir damit, Holger?«

»Ich dachte, das hätte ich dir bereits durch die Blume gesagt.«

»Ich würde mich besser fühlen, du würdest die Blume dieses eine Mal weglassen.«

Er seufzte und nahm sich Zeit, versenkte den Blick ins Achterwasser und kehrte zu ihr zurück. »Wir haben zwei großartige Kinder, oder? Alles andere ist unwichtig. Ganz ehrlich, das fühle ich und nichts anderes.«

Heiße Tränen stiegen in ihr auf. »Weil du der großartigste Mann der Welt bist.«

»Sag das nicht.«

»Doch, das sage ich und wiederhole es sogar noch mal: der beste Mann, den es gibt.«

Mit Lob hatte Holger noch nie gut umgehen können, schon gar nicht, wenn es aus vollem Herzen kam. Rasch wechselte er das Thema.

»Du solltest keinesfalls als Vorsitzende der katholischen Kirchengemeinde zurücktreten, auch wenn sie dich dazu drängen. Denn das werden sie.«

Es fiel ihr schwer, die Gedanken auf die nächste Vorstandssitzung der Kirchengemeinde zu fokussieren. Zu viele Gefühle versperrten ihr den Zugang zu rationalen Überlegungen.

»Allen voran Lucille«, hakte er nach. »Wenn es um Religion geht, versteht sie keinen Spaß. In ihrem Schlafzimmer hängt bestimmt ein Bild des Papstes.«

Bettina war es müde, eine Freundin nach der anderen zu verlieren, und Lucille hatte sie definitiv verloren. Noch vor einem Jahr hätte die Französin den Brief nicht einmal erwähnt, sondern direkt in den Mülleimer befördert. Vielleicht wusste Lucille selbst noch nicht, dass sie sich von Bettina entfernt hatte, das mochte sein. Doch das änderte nichts daran. Wie die anderen auch, war sie dabei, sich von Bettina abzusetzen.

Bettina zwang sich, auf Holgers Ratschlag einzugehen, auch wenn sie keine Lust auf diese Diskussion hatte.

»Du bist Protestant, du verstehst das nicht. Das wäre so, als würdest du Schwangerschaftstipps verteilen. Einige Mitglieder der Gemeinde werden sich furchtbar aufregen, und ich bin ungern das Angriffsziel, wenn ich unrecht habe, und das ist in dieser Frage der Fall.

»Es ist so lange her!«

»Zeit ist hierbei unerheblich. Außerdem, als es eben um diese Carmen ging, warst du ungefähr so kämpferisch wie ein Feldhase. Aber ich soll dem Sturm die Visage hinhalten, oder wie?«

Sie hatte ihm eigentlich keine Vorwürfe machen wollen. Nun war es doch passiert, und sie musste einsehen, dass das Bild, das sie gerade benutzt hatte, erschreckend real war. Sie befanden sich tatsächlich in einem Sturm, zwei Feldhasen auf weiter Flur, und es gab nichts, so schien es, was sie den Elementen entgegenzusetzen hatten.

Ben-Luca kam sich vor wie ein Verräter, als er neben seiner Mutter im Auto saß, auf dem Weg zu einem weiteren Treffen von Marlons sogenannter Bürgerwehr. Bisher hatte er sich um eine Teilnahme an den wöchentlichen Sitzungen gedrückt. Er war zwar Mitglied der etwa fünfzehnköpfigen Gruppe, nahm aber in keiner Weise an deren Aktivitäten teil, zu denen neben dem Begleitservice für junge Frauen auch anonyme Attacken gegen Holger Simonsmeyer im Internet gehörten. Neulich waren ein paar Jungen mit der Sprayflasche losgezogen und hatten im Schutz der Dunkelheit Parolen an die Mauern des Hotels gesprüht. Immer wenn er gefragt wurde, ob er bei dieser oder jener Aktion mitmachte, erfand er eine Ausrede. Es wäre nur konsequent gewesen, aus der Bürgerwehr auszusteigen, doch auch dann wäre er sich wie ein Verräter vorgekommen, in diesem Fall an der Dorfgemeinschaft und dem Fußballverein im Allgemeinen und seiner Mutter im Speziellen.

»Jetzt zieh nicht so ein Gesicht«, bat sie ihn.

»Mir ist übel.«

»Dann mach das Fenster auf.«

Als könnte frische Luft ein schlechtes Gewissen vertreiben. Nur seiner Mutter wegen war er mitgekommen. Sie hatte den halben Nachmittag auf ihn eingeredet, und da sein Vater an diesem Tag einen vollen Terminkalender hatte und abwesend war, fehlte ihm der Rückhalt. Also hatte er nachgegeben.

»Ich bin sehr stolz auf dich«, sagte sie.

Diesen Satz hörte er nicht oft, und ob er es wahrhaben wollte oder nicht, für einen kurzen Moment tat ihm das Lob gut.

»Ich wüsste nicht, warum.«

»Ich bin mir bewusst, dass es dich Überwindung kostet, dich gegen Finn zu stellen.«

»Ich stelle mich nicht gegen Finn«, korrigierte er.

»Für mich war es auch nicht leicht, Bettina als Freundin abzulegen.«

»Ich lege Finn nicht ab«, beharrte er.

»Du weißt, wie ich das meine.«

Nein, wusste er nicht. Er verstand auch nicht, wieso und inwieweit sich seine Mutter in der Bürgerwehr engagieren wollte. Was konnte sie schon tun? Er hatte Mühe, sich vorzustellen, wie sie mit einer Spraydose in der Hand im Chanel-Kostüm über die Insel lief und ungelenke Botschaften sprühte. Oder die Simonsmeyers im Internet wüst beschimpfte. Die schlimmsten Wörter, die seine Mutter verwendete, waren »verflixt« und »Hornochse«. Fäkalbegriffe lehnte sie strikt ab. Schon jemanden als Idioten zu bezeichnen, wäre ihr nie passiert.

Das Treffen fand im *Grünen Hut* statt, einer uncoolen Schänke, die er nur von langweiligen Geburtstagsfeiern langweiliger älterer Verwandter kannte.

»Guten Abend, Toni«, rief seine Mutter zuckersüß dem Wirt zu. »Wie geht es dir? Wir haben uns ja ewig nicht gesehen. Das letzte Mal bei der Beerdigung deines Vaters im letzten Jahr, richtig? Das war mal eine schöne Feier, ich erinnere mich gut, sehr bewegend. Warst du zufrieden? – Das freut mich. Wo geht's noch mal lang? Du weißt schon, für … Genau. – Nach unten in den Partykeller? Wie passend!«

Auf dem Weg die dunkle Treppe hinunter verwandelte ihre Honigstimme sich in kaltes Metall.

»Dass die sich ausgerechnet in dieser miefigen, klebrigen Kneipe treffen müssen«, beklagte sie sich. »Und dann auch noch im Keller mit der Kegelbahn, auf der schon Kugeln rollten, als Adenauer Kanzler wurde.«

Obwohl die Stufen nach unten führten, kam es Ben-Luca vor, als müsse er einen Berg besteigen, die Beine wurden ihm schwer, sein Wille ermüdete. Schon von Weitem hörte er die Stimmen der Anwesenden, allen voran die von Eddi Fassmacher, der nicht nur sein Taufpate, sondern als Freund seines Vaters oft Gast bei ihnen zu Hause gewesen war, der ihm mehrfach heimlich Geld zugesteckt, der ihm zu Weihnachten und den Geburtstagen Wünsche erfüllt hatte.

»Was macht denn Onkel Eddi hier?«, fragte er.

»Ich wusste, dass er kommt. Wir haben uns quasi verabredet.«

»Wieso mischt der denn da jetzt mit?«

»Du hast es noch immer nicht verstanden, wie? Das ist jetzt eine echte Bürgerbewegung, nicht länger ein fantasieloser Haufen spätpubertärer Kicker, die zusammengenommen gerade mal auf die Hälfte des Intelligenzquotienten von Eddi Fassmacher kommen.«

Das letzte Quäntchen von Ben-Lucas Motivation löste sich unter den verbalen Schlägen seiner Mutter auf.

»Ich wäre jetzt lieber bei Alena«, gestand er.

»Tante Mareike passt auf Alena auf, bis dein Vater nach Hause kommt.«

»Ja, aber Susanns Mutter hat hier mehr verloren als ich.«

»Ich bitte dich, meine Schwester würde zwei Packungen Taschentücher nass schluchzen, das wäre alles, was sie zustande brächte. Geh vor. Nun geh schon.«

Als Ben-Luca die Tür aufstieß, konnte er sich kaum rühren und erst recht nichts sagen.

Neben Marlon saß Maik, ein früherer Schulkamerad, der gut in Französisch war und Ben-Luca mehrmals bei Tests aus der Patsche geholfen hatte. Jamie, der bis vor Kurzem Stallbursche bei Simonsmeyers gewesen war und ihm nicht selten Geld geliehen hatte, war ebenso da wie Robbie, ohne den er den Praktikumsplatz in der Gärtnerei nicht bekommen hätte, und Carmen aus Balm, die ihm vor sechs Jahren das Knutschen beigebracht hatte. Da waren Herr und Frau Bertram, in deren Bäckerei er immer die Sonntagsbrötchen holte. Da war Simon Finckenbach, dem die Lackiererei gehörte. Da war Abel Dorst, der Schulbusfahrer, der auf der jährlichen Kirmes den Clown mimte. Kathrin Sibelius, die für jenen Mann arbeitete, der das Ziel dieser Hatz war. Onkel Udo, Susanns Vater, der aussah, als stünde der Sensenmann bereits hinter ihm. Und da war Tallulah, seine Tochter, deren Lustlosigkeit so offensichtlich war wie das neue Skorpion-Tattoo auf ihrem Hals.

Sie alle hörten Eddi Fassmacher zu, der im Stehen redete, wobei er seinen dicken Bauch derart herausstreckte, dass es aussah, als würden die Hemdknöpfe im nächsten Moment quer durch den Raum schießen.

»Hallo, Eva. Kommt rein«, sagte er und gab Ben-Luca die mächtige Hand. »Schön, dich zu sehen, mein Junge. Deine Mutter hat mir am Telefon schon gesagt, dass du dich endlich durchgerungen hast, Schulter an Schulter mit uns zu kämpfen.«

Kämpfen, dachte Ben-Luca. Du lieber Himmel!

»Setzt euch doch. Ich habe Marlon gerade gesagt, dass es eine großartige Idee war, den Begleitservice zu gründen. Dafür gebührt ihm große Anerkennung, allerdings sollten wir allmählich in ein anderes Stadium übergehen. Wir müssen professioneller werden.«

Er ließ die Worte einen Moment lang im Raum stehen, bevor er in eine Tüte griff und zwei seltsam aussehende Geräte hervorholte.

»Ich habe siebzig Elektroschocker besorgt, weitere sind bestellt. Die verteilen wir ab sofort unter der Bevölkerung.«

Er ließ eine Handvoll davon herumgehen, die betrachtet wurden wie Mondgestein, mit Neugier und einer gewissen Ehrfurcht. Die Reaktionen reichten von »cool« über »jawoll« bis »oje«.

»Wer keinen will, muss auch keinen nehmen. Aber wer einen nimmt, der macht bitte kein großes Aufheben darum, denn die Dinger sind … ihr könnt es euch vielleicht denken … nicht ganz legal. Ich habe auch Pfefferspray besorgt, allerdings kommt man einem echten Killer damit wohl nicht bei.«

Seine Mutter legte einen Elektroschocker vor Ben-Luca auf den Tisch.

»Wenn die Dinger nicht legal sind«, warf er ein, »wie kommst du dann an so was ran, Onkel Eddi?«

»Du stellst echt schwierige Fragen, mein Junge.«

»Das tut die Polizei auch.«

»Der Staat hat uns enttäuscht. Er ist selbst schuld, wenn seine Bürger ihr Wohl in die eigene Hand nehmen. Übrigens ist es nicht verboten, eine Bürgerwehr zu gründen.«

»Sheriff zu spielen, dagegen schon«, konterte Ben-Luca. »Von uns kann keiner mit diesen Schockern umgehen, und das meine ich nicht nur technisch. Wir sind auch nicht geschult, die Verantwortung dafür zu übernehmen. Die Zweckentfremdung ist doch vorprogrammiert. Ich sehe jetzt schon überall Nachbarskatzen und Maulwürfe tot herumliegen.«

»Wenn ein paar Maulwürfe dran glauben müssen, ist das nicht weiter schlimm. Im Übrigen vertraue ich auf die Anständigkeit meiner Mitbürger. Und was die Herkunft der Schocker angeht … ich will nicht, dass der Eindruck entsteht, in unserer Sammlungsbewegung ginge es intransparent zu.«

Jetzt ist es also schon eine Sammlungsbewegung, dachte Ben-Luca.

»Die Geräte haben wir mit der Hilfe der FWV erhalten, einer Partei, die bei der letzten Kommunalwahl immerhin eins Komma acht Prozent der Stimmen bekommen hat.«

»FWV?«, fragten mehrere der Anwesenden.

Auch Ben-Luca hatte noch nie von denen gehört. »Freie Wähler Vorpommern?«, riet er.

»Freie Wehr Vorpommern«, korrigierte Eddi.

Ben-Lucas Einspruch zum Trotz steckte fast jeder der Anwesenden mindestens einen Elektroschocker ein, auch seine Mutter.

»Kommen wir nun zum nächsten Tagesordnungspunkt. Eva, du wolltest zum Thema Internet berichten.«

»So ist es«, sagte Ben-Lucas Mutter, setzte ihre Lesebrille auf und blätterte die Notizen durch. »Das ist ja alles schon ganz nett, die Liste der Lieferanten, die mit Simonsmeyers zusammenarbeiten, hat schon einige Wirkung gezeigt. Ich habe sie nach einigen Recherchen noch erweitert. Leider ist die Webseite des Hotels inzwischen besser geschützt, ich vermute, dass Finn zusätzliche Sicherungen eingebaut hat, die ich bis jetzt nicht umgehen konnte.«

»Dabei könnte ich helfen«, warf Kathrin ein und erhielt dafür einen wohlwollenden Blick von Eddi. »Ich arbeite ja vor Ort, vielleicht bekomme ich was raus.«

Ben-Lucas Mutter notierte die Idee sofort. »Weil du dich gerade ins Spiel gebracht hast, liebe Kathrin«, begann sie. »Ich habe mir überlegt, dass ein Protestmarsch der jungen Frauen stattfinden könnte. Vom Hafen durchs Dorf bis zum Hotel. Um die Genehmigung und die Medienberichte würde ich mich kümmern.«

»Aber ich kann doch nicht gegen meinen Arbeitgeber marschieren.«

»Das würde ich nie von dir verlangen. Aber du könntest im Hintergrund die Organisation übernehmen. Und mal mit Amrita Sayyap… mit Herrn Tschainis Tochter sprechen, ob sie nicht mitmarschieren will. In Multikulti-Zeiten kommt so etwas wahnsinnig gut an. Und ihr beide versteht euch doch gut.«

»Wie kommen Sie denn darauf?«

»Du hast ihr das Reiten beigebracht. Und gerüchteweise auch noch einiges mehr.«

Kathrin sperrte bereits den Mund auf und holte tief Luft, als Marlon sie unterbrach. »Das übernehme ich«, rief er.

Ben-Lucas Mutter zog die Augenbrauen hoch. »Was genau? Das mehr?«

»Ich werde sie fragen, ob sie mitmarschiert.«

»Wie nett von dir«, sagte sie leicht sarkastisch und machte ein weiteres Häkchen.

»Was die Resonanz in den sozialen Medien angeht, also vor allem Facebook, Instagram und Twitter, ist da noch ziemlich viel Luft nach oben. Leute, wir müssen wesentlich aktiver werden. Meine Absicht ist, den Protest unter dem Hashtag *freekillerusedom* zu bündeln, um bundesweit Aufmerksamkeit zu erregen. Schreibt, was das Zeug hält, ruhig auch mal aggressiv und provokant oder auf Englisch, um internationaler zu werden. Das kommt immer gut. Habe ich was vergessen?«

Sie ging die Notizen durch, als überprüfe sie ihre Einkaufsliste im Supermarkt, während Ben-Luca sich fühlte, als wäre er gerade gegen eine Laterne gelaufen. Hinter den Attacken im Netz steckte tatsächlich seine eigene Mutter. Das war so, als hätte er gerade herausgefunden, dass sie eine von Europol per Haftbefehl gesuchte Millionenbetrügerin war.

Carmen Beitzke rief lachend: »Ich habe den beiden Simonsmeyers neulich eine Schmeißfliege ins Sorbet getan, als sie im *Amadee* waren. Und Zwiebelbutter drüber geleert.«

Ben-Lucas Mutter grinste breit und blinzelte mehrmals. »Wirklich? Das ist ja toll. Äh, wie ist gleich noch dein Name?«

»Carmen.«

»Soso. Was ich noch sagen wollte … Wir sollten die Simonsmeyers auch direkt anschreiben, per SMS und E-Mail oder über das Kontaktformular auf der Hotel-Webseite. Macht euch keine Sorgen wegen eurer Anonymität, da gibt es Möglichkeiten, und in den sozialen Medien seid ihr eh anonym, das ist ja das Tolle. Wir sollten möglichst rund um die Uhr aktiv sein, also ein paar von uns schreiben eher morgens, andere nachmittags, abends oder nachts. Herr und Frau Bertram, Sie stehen doch bestimmt sehr früh auf, um die Brötchen zu backen.«

»Um drei Uhr nachts«, sagte die Bäckerin. »Aber wir haben es nicht so mit dem Internet.«

»Ach, das bringt Ihnen schnell jemand bei. Vielleicht Carla, unsere Schmeißfliegenkönigin. Machst du das, Kindchen?«

»Carmen.«

»Ups. Zurück zum Thema. Der Killer muss begreifen, dass alle ihn hassen, und zwar vierundzwanzig Stunden am Tag, dass er sich nicht einfach in seinem Haus oder Hotel vor unserem Hass verstecken kann.«

»Das klingt alles sehr professionell, Eva«, lobte Eddi.

»Ja, lieber Eddi, aber wir bräuchten noch eine Gallionsfigur. Jemand, der mit seinem Leid die Nation erschüttert. Meine Schwester Mareike wäre dafür prädestiniert, wenn sie nicht so … so passiv wäre. Ich werde ein paar Bilder von ihr posten. Trotzdem brauchen wir jemanden, der seinen Kummer in die Welt hinausschreit. Mit dem die Leute sich identifizieren können, ihr versteht? Das ist ungemein wichtig. Man kann keine spannenden Geschichten erzählen ohne Identifikationsfigur.«

Ihr Blick haftete nur kurz auf ihrem Schwager Udo, der damit beschäftigt war, mit den Augen ein Loch in die Dielen zu bohren.

»Tallulah«, sagte sie dann.

»Ich? Eine Gallionsfigur? Also echt, Tante Eva, ich weiß nicht, ob …«

»Papperlapapp. Du bist Susanns kleine Schwester. Der Killer hat dir dein Vorbild genommen, deine größte Förderin, ja, sogar deine Lebensretterin, wie wir alle wissen. Dieser Aspekt wird die Menschen zum Weinen bringen. Ich habe da schon ein paar gute Ideen, mein Kind.« Zufrieden klappte sie den Notizblock zu. »Ihr werdet sehen, all diese Maßnahmen zusammengenommen wirken Wunder. In drei Monaten sind wir die ganze Sippe los.«

Auf dem Rückweg suchte Ben-Luca nach einem Einstieg, um seiner Mutter klarzumachen, wie schäbig er ihr Verhalten fand. Er suchte vergeblich, denn er wollte sie nicht verletzen, nicht mit ihr streiten. In letzter Zeit hatte es ständig Reibereien zwischen ihnen gegeben. Wie so viele Jungen seines Alters tat er zwar immer, als wären seine Eltern nicht mehr die wichtigsten Bezugspersonen in seinem Leben oder zumindest von abnehmender Bedeutung. Tatsächlich jedoch vermisste er die Tage schmerzlich, als das Verhältnis zu seiner Mutter frei von Störungen gewesen war. Im Gegenteil, sie hatte ihm mit Geduld und Fleiß durch so manche Krise geholfen. Ohne sie wäre er gewiss einmal, wenn nicht zweimal sitzen geblieben. Auch als es damals finanziell nicht so gut lief, hatte sie ihm weiterhin Herzenswünsche erfüllt wie den kostspieligen Schüleraustausch, als er für drei Monate nach Straßburg gegangen war. Oder die Angelausrüstung samt Ruderboot. So mancher würde sagen, derartige Opfer gehörten selbstverständlich zur Mutterschaft, doch da war Ben-Luca anderer Meinung und fand sich bestätigt, wenn er mitbekam, wie das in anderen Familien lief.

Natürlich hatte seine Mutter ihre Macken. Sie forderte viel, und manchmal forderte sie es zu vehement und hartnäckig. Einen Gang zurückschalten, fiel ihr ungeheuer schwer. Alles musste wie am Schnürchen laufen. Tat es das mal nicht, musste man alles tun, um diesen Zustand möglichst schnell wieder zu erreichen. Im Gegensatz zu Finns Mutter, die Umarmungen und sonstige Streicheleinheiten geradezu inflationär verteilte, war sie in solchen Dingen ein wahrer Geizkragen.

Umso erstaunlicher war, dass sie sich an diesem Abend, als sie an einer einsamen Kreuzung vor einem Stoppschild hielt, ihm unverhofft zuwandte und ihre Hand auf seine Wange legte.

»Ich weiß, was du jetzt denkst«, sagte sie.

»Das glaube ich nicht.«

»Du denkst, dass es ziemlich verlogen ist, Tallulah für unsere Zwecke einzuspannen, wo sie sich doch nie etwas aus Susann gemacht hat. Dass Eddi zu weit geht, wenn er Elektroschocker verteilt, gesponsert von einer dubiosen Partei. Und dass es ziemlich gemein von mir ist, eine mediale Großoffensive gegen die Simonsmeyers zu starten.«

Der Motor schnurrte leise in der Nacht, und das Licht einer Laterne fiel in die Augen seiner Mutter. Sie waren dunkel, mit einem violetten Schimmer, und er kannte niemanden, der so schöne Augen hatte wie sie.

»Du hast recht«, sagte er und sah sie lange an. »Das denke ich tatsächlich.«

Sie streichelte über seine Haare. Er konnte sich nicht erinnern, wann sie das das letzte Mal getan hatte.

»Und ich denke, nein, ich weiß, dass du dich mit Susann in den Monaten vor ihrem Tod nicht mehr so gut verstanden hast«, fügte er hinzu.

»Das kann man so nicht sagen.«

»Kann man wohl. Sie hat damals herausgefunden, dass du ein Kind hast wegmachen lassen. Damit ist sie zu ihren Eltern gelaufen, und drei Tage später wussten es der Postbote, der Segelbootverleiher und die Kassiererin im Supermarkt. Mir hat Susann es selbst erzählt. Ich fand die Aktion ziemlich daneben von ihr. Die Sache ging sie nichts an. Und jetzt ziehst du dieselbe miese Nummer mit Finns Mutter ab. Schreibst einen anonymen Brief an die katholische Kirchengemeinde und quatschst aus, was dir eine Freundin mal im Vertrauen erzählt hat. Tu nicht so ahnungslos. Ehrlich, Mama, so was geht gar nicht.«

Sie schluckte.

»Glaubst du, dass Holger Simonsmeyer deine Cousine umgebracht hat?«

Ben-Luca verstand nicht, worauf sie hinauswollte. »Ich weiß es nicht. Wirklich, ich bin mir nicht sicher.«

Nachtfalter tanzten vor den Scheinwerfern des Autos, einer von ihnen verirrte sich durch eins der heruntergelassenen Fenster ins Wageninnere.

»Gut, das akzeptiere ich«, sagte sie. »Und ich verlange nicht länger von dir, dass du dich in dieser Sache engagierst. Aber für mich besteht an Holgers Schuld kein Zweifel. Deshalb kann ich nicht die Hände in den Schoß legen.«

»Und wieso glaubst du so fest daran? Es gibt bisher nur Indizien, und dem Gericht waren die nicht gut genug.«

»Er hat geschwiegen, oder nicht? Also hat er etwas zu verbergen. Und was die Indizien betrifft, wenn ich vor der Küchentür stehe, es nach Hackfleisch und Tomatensoße riecht und ich das Wasser sprudeln höre, dann muss ich keinen Blick hineinwerfen, um zu wissen, dass du dir mal wieder Spaghetti bolognese machst.«

Mit einer blitzschnellen Bewegung erschlug die Hand, die eben noch seine Wange und Haare gestreichelt hatte, den Nachtfalter.

»Man muss konsequent seiner Bestimmung folgen«, erklärte sie. »Tut man das nicht, hat das Folgen. Dann entfernt man sich von seinen Überzeugungen, seinen Hoffnungen und berechtigten Erwartungen. Das ist ein schleichender, aber erbarmungsloser Prozess, der damit endet, dass man einer von diesen Abermillionen Menschen wird, die sich im Herbst ihres Lebens entweder wundern, weil sie fast nichts von dem erreicht haben, was sie sich erträumten, oder, was fast noch schlimmer ist, sich nicht mal mehr daran erinnern können. Ich weigere mich, so jemand zu werden. Mehr noch, es ist mir körperlich unmöglich. Auch wenn das Härte bedeutet, gegen mich und andere. Ich würde ansonsten wahnsinnig.«

So hatte sie noch nie mit ihm gesprochen, so intim, ihr Inneres nach außen kehrend.

»Ich musste schon viele schwere Entscheidungen in meinem Leben treffen. Die Maschinen, die meinen Vater am Leben gehalten haben, abschalten zu lassen, war grauenvoll. Meine Mutter ins Heim zu geben, war genauso schlimm. All meinen Schmuck zu verkaufen, selbst die sentimentalen Stücke, als es uns damals materiell schlecht ging, das war ungeheuer demütigend. Und nein, es ist mir nicht leichtgefallen, Bettinas Geheimnis öffentlich zu machen. Aber ich will verflucht sein, wenn ich diesen Mörder nicht dazu bringe, unsere Insel zu verlassen. Sonst liegt am Ende schon sehr bald wieder jemand tot im Wald. Willst du das?«

Noch immer war sie ihm auf gewisse Weise fremd, aber allein die Tatsache, dass sie ihm einen Einblick gewährte, brachte sie ihm näher. Sie erkannte ihn an, sie redete mit ihm wie mit einem Erwachsenen. Zum ersten Mal forderte sie nichts von ihm, außer ein bisschen Verständnis.

Wie hätte er sie da noch verurteilen können?

Alex hatte sich schon länger nicht mehr im *Grünen Hut* blicken lassen, und als er die Kneipe betrat, erinnerte er sich sofort wieder, warum. Abgewetzte Eichenmöbel, verschlissene Polster, Plastikfische an den Wänden … Kaum zu glauben, dass er sich dort früher wohlgefühlt hatte, wenn er mit Holger ein paar Bier zischte. Sie waren anspruchslos, und das Publikum war jünger gewesen. Oft war Musik gespielt worden, manchmal hatten sie halb betrunken mit Mädels getanzt, sie zu Cola mit Rum eingeladen, Karten oder Darts gespielt – die Neunziger halt. Auch nach seiner Heirat und der Übernahme des Bestattungsunternehmens war er manchmal noch hergekommen. Aber dann hatte Holger das Restaurant eröffnet, inzwischen waren sie wählerischer geworden, freuten sich auf ein gutes Essen, auch mal einen Wein oder Drink, kurz: Sie wollten Ambiente. Wenn es das jemals im *Grünen Hut* gegeben hatte, dann war es vom Graubraun der Eichenholzpaneele langsam verschluckt worden. Die wenigen Männer und Frauen, die an der Theke oder im Lokal saßen, sahen sämtlich aus, als würden sie nur darauf warten, dass es Nacht wurde, dass der nächste Tag anbrach, es Mittag, Abend und wieder Nacht wurde. Anstatt dass sie sich zusammentaten und unterhielten, brütete jeder an einem anderen Abschnitt des hufeisenförmigen Tresens, hinter dem der Wirt vor lauter hängenden Gläsern und verstaubtem künstlichen Efeu fast verschwand.

»Hallo, Alex.«

»Hallo, Toni. Wo ist er?«

Der Wirt deutete auf das andere Ende des Tresens, wo Alex im beigefarbenen Licht einer Wandlampe seinen Schwager Udo erkannte.

»Ein paar von den anderen haben vorhin angeboten, ihn nach Hause zu fahren«, erklärte Toni. »Aber er wollte unbedingt noch bleiben.«

»Welche anderen?«

Toni ignorierte die Frage. »Ich habe dann bei ihm zu Hause angerufen, aber da geht keiner ran.«

»Wie viele hatte er?«

Der Wirt nickte zum Zapfhahn. »Da steht sein zwölftes. Plus ein paar von den Shots mit Rum, auf die er so abfährt.«

»Sein zwölftes plus Rum?«, wiederholte Alex und hörte sich eine Spur zu vorwurfsvoll an.

»Soll ich dem armen Kerl etwa auch noch das Recht nehmen, sich zu betäuben? Warum habe ich dich wohl angerufen? Vielleicht kannst du ja was ausrichten und ihn heimfahren.«

»Ja, danke, Toni, das war richtig«, gab Alex zu.

»Übrigens, seinen Autoschlüssel habe ich einkassiert. Ein Bier aufs Haus?«

»Ein Alster, bitte.«

Langsam ging Alex zu seinem Schwager hinüber, der in sein leeres Glas blickte, als erwartete er, dass ein Wunder daraus emporstiege. Wenn man ihn so sah, war nur schwer vorstellbar, dass Udo einmal jung und der lustigste Geselle der Insel gewesen war, dass man ihn nie schlecht gelaunt oder grüblerisch erlebt hatte, dass er immer und überallhin ein Lachen und einen Spaß mitbrachte. Im Alter von zwanzig Jahren war er um die Welt gesegelt, ein echter Abenteurer, und bald darauf war er Vater geworden, stolz wie Bolle und kein bisschen betrübt, dass die Jugend damit für ihn auf gewisse Weise vorbei war. Danach wollte er nie etwas anderes, als für seine Familie und seinen Campingplatz da sein.

»Tag, Udo«, sagte Alex und legte ihm die Hand auf die Schulter. Beinahe hätte er »Wie geht's?« gefragt, aber obwohl es nur eine Floskel war, fand er sie in Udos Fall nicht angemessen.

Er setzte sich neben ihn auf einen Barhocker. Sofort stieg ihm ein muffiger Geruch in die Nase, und der Anblick fettiger Haare und dunkler Ränder unter den Fingernägeln machte die Sache nicht besser.

»Eva lässt dich grüßen. Sie wollte mitkommen, aber Ben-

Luca ist verabredet, und Alena-Antonia ist zu jung, um allein zu bleiben. Wie wäre es, wir fahren zu mir, und du schläfst bei uns, wenn du heute nicht nach Hause willst.«

Udo schüttelte fast unmerklich den Kopf, und wie aufs Stichwort brachte Toni, der Wirt, das zwölfte Bier sowie ein Alster. Sie stießen miteinander an, und für den Bruchteil einer Sekunde kreuzten sich ihre Blicke. Der Mann neben Alex, der Ehemann der Schwester seiner Frau, war nicht einfach nur betrunken. Da war nichts mehr, nicht die Spur von Leben in diesen steingrauen Augen. Udo war fast genauso alt wie er selbst, aber mit dem eingefallenen graustichigen Gesicht und dem ungepflegten Zehn-Tage-Bart sah er mindestens zehn, wenn nicht fünfzehn Jahre älter aus.

»Wie geht's Tallulah?«, fragte Alex, um den Schwager aus seiner Lethargie zu holen. »Ich habe sie schon länger nicht mehr gesehen.«

»Tallulah«, kam Udo ein kränkliches Echo über die Lippen, bevor der Name verhallte und Stille hinterließ. »Sie war vorhin hier. Mit Eddi, Marlon und den Kickern. Sie wird unsere Gallo… Gallinofigur.«

Alex schob die wirren Bemerkungen auf den Alkohol. Langsam verstand er, was Ben-Luca meinte, wenn er vom großen schwarzen Vogel sprach, der die Familie Illing mit seinem Schatten bedeckte.

Leise atmete er durch. »Udo, sieh mal, ich weiß, dass du einen gewaltigen, einen entsetzlichen Verlust erlitten hast. Aber du hast Mareike und eine zweite Tochter, die dich beide brauchen, und zwar den Udo, der du früher warst. Natürlich kannst du nicht einfach zur Tagesordnung übergehen, und es wird nie wieder so sein, wie es mal war. Trotzdem geht das

Leben für euch weiter. Susann würde nicht wollen, dass ihr euch aufgebt. Ich habe mir überlegt … ich meine, wir könnten zum Beispiel versuchen, eine Stiftung mit Susanns Namen ins Leben zu rufen. Wenn wir mit der Bürgermeisterin sprechen, dann beteiligt sich vielleicht auch die Gemeinde daran. Das wäre doch etwas. Etwas Sinnvolles, mit dem wir …«

»Was macht dein Sohn denn so?«, fragte Udo.

»Ben-Luca? Wieso? Was …?«, stammelte Alex, irritiert von dem Gedankensprung. »Oh, er … hat sein Abi sausen lassen, will eine Lehre machen, weiß aber noch nicht, welche. Eva versucht ihn zu drängen, bei uns einzusteigen, aber ich … ich finde es besser, wenn er Zeit zum Überlegen hat. Ich schätze, er ist noch auf der Suche nach seinen Stärken.«

»So, schätzt du?«, fragte Udo und starrte wieder in das Glas vor ihm.

»Ja, wieso?«

»Jemand hat deinen Sohn dabei beobachtet, wie er mit Finn Simonsmeyer auf dem Bolzplatz trainiert hat«, sagte Udo.

Alex lachte kurz auf. »Dabei beobachtet. So wie du das ausdrückst, könnte man meinen, er betreibe illegalen Waffenhandel.«

»Könnte man meinen«, wiederholte Udo ins Glas hinein. »Ich schätze. Ins Leben rufen. Wahnsinn, wie du dich artik… artiklieren kannst. Du warst immer der Schlaukopf der Familie, Alex. Nein, ehrlich, ich sage das ganz neutral und neidlos. Nichts gegen deine Frau. Eva ist unermüdlich. Und die Art, wie sie geht, nein, sie geht nicht, sie … sie schreitet wie eine Königin durch ihr Reich. Aber sie hat nicht deinen … wie heißt das? Inter… Intel… Na ja, du weißt schon, was ich meine, du bist doch der Schlauli. Meine Mareike und ich, wir sind einfache

Leute, wir können da nicht mithalten. Die Einzige, die es mit dir aufnehmen konnte, war Susann. Aber im Gegensatz zu dir, Alex, war meine Susann eine ehrliche Haut. Grundehrlich. Mit moralischen Prinzipien. Du nicht. Du bist ein Drecksack.«

»Udo«, seufzte Alex und wollte erst noch etwas hinzufügen. Doch er wusste sowohl aus seinem Berufsleben wie auch durch private Erfahrungen, dass es drei Typen von Menschen gab, mit denen jegliche Diskussion sinnlos war: Fanatiker, Paranoide und Betrunkene. Einmal mehr bestätigte sich das nun. Egal, was er entgegnete, es würde nirgendwohin führen.

»Willst du wissen, warum?«

»Im Grunde nicht.«

»Du hörst dir das jetzt trotzdem an. Du legst dich mit dem Simonsmeyer ins Bett. Nicht buchstäblich. Aber du triffst dich mit ihm, ihr geht schön essen, trinkt Wein, lasst es euch gutgehen. Der Onkel und der Mörder. So was nenne ich einen Drecksack. Einen Opportun… Opportuni… Ach, du weißt, was ich meine.«

Alex kniff die Lippen zusammen. Er wurde nicht gerne an den Abend erinnert, an dem er etwas erfahren hatte, das er lieber nicht erfahren hätte. Er war selbst schuld, er hatte insistiert und schließlich Erfolg gehabt. Und das hatte er nun davon: ein schlechtes Gewissen.

»Was soll ich denn machen? Er ist mein Freund«, erwiderte er.

»Und ich bin dein Schwager.«

»Bin ich hier, oder nicht? Ich kann für euch beide da sein.«

Udo klatschte mit der flachen Hand auf den Tresen. Abrupt stand er auf. »Nein, kannst du nicht. Du musst dich entscheiden. Die Familie oder der Mörder!«

»Das Gericht hat Holger freigesprochen«, wiederholte er gebetsmühlenartig.

»Ich nicht«, schrie Udo. »Zählt das denn überhaupt nicht?« Er lief am Tresen auf und ab, wobei er nacheinander den Leuten in die Augen blickte, die überrascht waren von der unverhofften Lautstärke und Energie in diesem Tempel der Einsamkeit.

»Der Mörder hat lauter Rechte, das Recht zu schweigen, das Recht auf so viele Anwälte, wie er will, und wenn er mal Schnupfen hat, wird der Prozess unterbrochen. Er darf den Gutachter der Anklage durch den Kakao ziehen, weil der vor zwanzig Jahren mal seiner Bürohilfe den Hintern getätschelt hat, und natürlich hat er das Recht darauf, dass ihm der Mord zu einhundert Prozent nachgewiesen wird, nicht nur zu neunundneunzig Prozent. Nein hundert, hundertzehn, hundertzwanzig Prozent. Nur weil dieses eine Prozentchen fehlt, werden ihm alle Kosten erstattet, und selbst wenn der Mörder schuldig gesprochen wird, hat er das Recht, unzurechnungsfähig zu sein. Vielleicht war er ja besoffen, oder er leidet unter einer Störung. Verdammt! Tausend Rechte hat er, der Mörder. Und welches Recht hat Susann? Keins mehr. Sie ist tot, mausetot, und mausetote Menschen haben keine Rechte. Aber ich, ich bin ihr Anwalt, und ich sage, dass das so nicht enden darf. Das Verfahren geht weiter, es geht so lange weiter, bis der Kerl bestraft worden ist, der das getan hat. Und heute Abend, Alex, heute Abend haben wir endlich den ersten Schritt dahin gemacht. Und jeder, der nicht mit mir auf diesem Weg geht, der sich heraushält, ist ein feiger Lump«, rief er und sah sich nach allen Seiten um.

Die Angesprochenen, der Wirt und die Besucher der Kneipe,

die Udo alle seit vielen Jahren kannten, blickten beschämt zu Boden oder in ihre Gläser. Doch wie meistens, wenn Menschen zu Recht beschuldigt werden, suchten und fanden sie schnell jemanden, der in ihren Augen noch schuldiger war als sie selbst. Es dauerte nur Sekunden, bis sie ihre Blicke hoben und zu Alex gleiten ließen, zaghaft zunächst, dann selbstbewusst. Je mehr sie ihn anklagten, umso mehr entlasteten sie sich selbst.

Udo sah Alex unvermittelt an. »Und wer mich aufzuhalten versucht, der wird sein blaues Wunder erleben.«

Er torkelte nach draußen, wobei er die Taschen nach seinem Schlüssel absuchte, den Toni schon vor Stunden eingezogen hatte.

Alex ließ zwei Zwanziger auf dem Tisch liegen. »Ich fahre ihn nach Hause«, sagte er und versuchte, die kritischen, mitunter feindlichen Blicke zu ignorieren. »Gute Nacht.«

Ein Echo darauf erhielt er nicht.

Draußen lehnte Udo an seinem Auto, den Kopf in den Armen vergraben, die er auf dem Dach verschränkt hatte. Als Alex sich ihm näherte, knirschten seine Schritte auf dem Kies des Parkplatzes, und sein Schatten fiel ihm voraus, verursacht von der grellen Lampe am Eingang der Kneipe. Jenseits des Lichtkorridors herrschte stockdunkle Nacht, der *Grüne Hut* lag etwa zweihundert Meter außerhalb von Trenthin, umgeben von Wald und Wiesen. Nirgendwo ein Geräusch, nur Alex' Atem und das leise Schluchzen seines Schwagers.

Eine Minute lang stand er einfach nur neben Udo, unschlüssig, was er sagen oder tun solle. Natürlich hätte er aus dem Repertoire eines Bestatters jede Menge tröstlicher Worte hervorholen können, und er war nahe dran. Aber im letzten Augenblick spürte er, dass er damit in diesem Fall nichts ausrichten, im Gegenteil, alles nur noch schlimmer machen würde. Mit normalen Mitteln war seinem Schwager nicht auf die Beine zu helfen. Vielleicht könnte ein erfahrener Psychotherapeut es schaffen, doch davon wollte Udo nichts wissen. So war er schnell wieder am Ende seines Lateins und stand hilf- und ratlos da, als Zaungast der Abwärtsspirale.

»Komm, Udo, ich fahre dich nach Hause.«

Sein Schwager schluchzte etwas in seine Arme hinein. »Ist das alles, was dir einfällt? Mich ins Bett zu bringen?«

»Ich sage dir ganz offen, ich weiß nicht, wie ich dir sonst helfen soll. Denkst du, mir geht es gut damit? Ich kann versuchen, mir vorzustellen, wie du dich fühlst, aber ich glaube nicht, dass mir das über einen bestimmten Punkt hinaus gelingt.«

Ruckartig hob Udo den Kopf. »Genau soo ist es! Das kannst du nicht, da hast du endlich mal etwas Wahres gesagt. Du hast nicht die leiseste Ahnung, wie es mir geht. Dafür müsstest du nämlich ein Kind verlieren, und zwar nicht durch Unfall oder Krebs, nein, es müsste im Wald ermordet werden. Alena-Antonia oder Ben-Luca, aufgeschlitzt und abgeschlachtet.«

»Es ist nicht sehr nett, so etwas zu sagen.«

»Nicht nett? Weißt du was, es ist gemein, so etwas zu sagen. Richtig gemein sogar. Aber denk mal, Alex, mir hat das keiner einfach nur an den Kopf geworfen, mir hat man das angetan. Du willst wissen, wie das ist? Ich kann's ja mal versuchen. Ich bin kein Wortkünstler, so wie du, aber ich tue mein Bestes.«

Alex ließ es zu, dass Udo seine Schultern ergriff und umklammerte. Große, glasige, verzweifelte Augen starrten ihn an.

»Das ist, als würde man tausend Nadeln in dich reinjagen. Jede Erinnerung ist vom Traum zum Albtraum geworden. Wie du das kleine Würmchen zum ersten Mal in den Armen gehalten hast, wie es einem Tennisball hinterhertorkelte, wie es bei einem Ratschlag mild gelächelt und ›Ach, Papa!‹ geflüstert hat. Und dann die Stunden, in denen du glücklich warst, wenn dein Kind glücklich war, und die anderen Stunden, wenn es unglücklich war und du alles dafür getan hättest, es wieder froh zu sehen. Du hast dir ein neues Auto verkniffen, damit dein Kind die Spielsachen und Kleidung bekommt, die es sich wünscht. Aber das alles waren keine Opfer, du hast es gerne getan, weil du dir die bestmögliche Zukunft für dein Kind erhofft hast. Für das Kind, das eines Tages im Wald abgeschlachtet wird. Von einer Sekunde zur anderen ist die Zukunft erloschen. Das ist, als würde jemand dir das Herz rausreißen, Alex. Es tut so weh, so unbeschreiblich weh, und du kannst den Schmerz nicht abschalten, egal welche Pille du einwirfst oder wie viele Bier oder Rum du trinkst. Er ist da, Alex, immer, von früh bis spät und selbst im Schlaf, er pocht und pocht, und du hörst dein Kind um Hilfe schreien, während du selbst wie gelähmt bist.«

Als würde er tatsächlich von einer Lähmung erfasst, brach Udo zu Alex' Füßen zusammen, kauerte kniend auf dem Kies, die Augen und Wangen rot von Tränen. Alex unternahm einen halbherzigen Versuch, ihn aufzurichten, gab ihn aber rasch auf und wischte sich erst einmal die Spucketröpfchen aus dem Gesicht, die ihn während Udos Klage getroffen hatten.

Plötzlich sah Udo ihn von unten an, und seine Augen funkelten nicht mehr vor Trauer, sondern vor Zorn. »Und dann erzählt dir jemand, dass dein eigener Schwager mit dem Mann einen hebt, der für den ganzen Schmerz verantwortlich ist, der deinem Kind die Zukunft gestohlen hat, der dir die Zukunft gestohlen hat. Du stehst nicht einfach nur daneben, während ich vor die Hunde gehe, Alex, du gibst mir auch noch einen Tritt.«

Was in diesem Moment in Alex vorging, beschämte ihn selbst. Er erkannte, wie unfair die Anschuldigung war. Doch Sympathie und Antipathie hatten bekanntlich nur selten mit Fairness zu tun. Man mochte oder mied Menschen nicht aus Gerechtigkeitsliebe. Und so konnte Alex – auch wenn er Mitleid für seinen Schwager empfand – nichts dafür, dass er sich maßlos über ihn ärgerte, wahrscheinlich mehr, als er es verdiente. Aber was Udo da von ihm verlangte … Er kannte Holger seit fünfunddreißig Jahren, schon in seinen ersten Kindheitserinnerungen kam er vor, und es gab praktisch keine Epoche seines Lebens, in welcher der Freund keine wichtige Rolle gespielt hatte. Wenn Udo von ihm verlangt hätte, sich von seinem Vater oder von seinem Sohn loszusagen, wäre das ungefähr auf das Gleiche hinausgelaufen. Und das, was Holger ihm vor einigen Tagen gestanden hatte, änderte daran viel weniger, als es vielleicht hätte ändern müssen.

Und Udo andererseits? Er hatte an seinem Schwager stets die Fröhlichkeit geschätzt und die Genügsamkeit, die von ihm ausgegangen war. Gestritten hatten sie nie. Das war es dann aber auch schon. Sie hatten sich zu den Feier- und Geburtstagen gegenseitig eingeladen und vielleicht noch einmal im Jahr zu einem Grillabend getroffen. Ansonsten hatten Alex und Udo nicht viel miteinander zu tun gehabt, zu verschieden waren ihre Interessen und Charaktere. Eva war technisch sehr interessiert, sie begeisterte sich für alle Neuerungen der Medienkommunikation, und Alex schätzte Wein und gutes Essen, kochte leidenschaftlich gerne. Drei-, viermal im Jahr fuhren sie zu Konzerten und Festivals. In Udos und Mareikes Leben hatte sich alles um die Kinder und den Campingplatz gedreht. Dagegen war auch gar nichts zu sagen. Bloß – um sich nahezukommen, hatte es nun einmal nicht gereicht. Und was das Verhältnis der beiden Schwestern anging, so war Eva schon immer die Bestimmende und Mareike die Stille, Nachgiebige gewesen, ohne dass es eine besondere Herzlichkeit oder Tiefe gegeben hätte.

»Wir reden darüber, wenn du wieder nüchtern bist«, sagte er und unternahm einen zweiten, diesmal erfolgreichen Versuch, Udo auf die Beine zu helfen. Mühsam schleppte Alex ihn zu seinem eigenen Auto, entsperrte es und öffnete die Beifahrertür, um seinen Schwager hineinzusetzen.

In diesem Augenblick riss Udo ihm den Schlüssel aus der Hand und stieß die Beifahrertür auf, sodass Alex zu Boden fiel. Er benötigte einige Sekunden, um zu verstehen, was geschehen war, da bog Udo bereits vom Parkplatz auf die Landstraße ein. Alex versuchte noch, ihn einzuholen, doch es war zu spät. Schlingernd und ohne Licht, wurde das Fahrzeug von der Dunkelheit verschluckt.

Alex rannte zurück in den *Grünen Hut.*

»Toni, gib mir schnell Udos Schlüssel!«

»Wieso? Was ist los?«

»Er ist mit meinem Auto auf und davon, und das in seinem Zustand.«

»Hättest du mal besser aufgepasst.«

»Wollen wir das gemütlich bei einem Bierchen ausdiskutieren, oder gibst du mir jetzt endlich den verdammten Schlüssel?«

Als er hatte, was er wollte, fuhr Alex in Richtung Trenthin, so schnell er konnte. Nur zwei Kurven später hielt er wieder an. Sein Auto lag mit eingedrücktem Motorraum zwischen zwei Bäumen im Straßengraben, und Udos regloser, blutüberströmter Körper hing reglos hinterm Steuer.

Einige Monate später, September

Ich ließ mir gerade das Müsli vom Büfett schmecken – eine pommersche Mischung mit extra vielen Gerstenflocken –, da stand er plötzlich vor mir, der Bauch. Das war tatsächlich das Erste, was ich sah: ein riesiger Bauch, direkt vor meinem Gesicht. Und dann eine große, fleischige Hand, die sich mir entgegenstreckte.

»Frau Kagel? Eddi Fassmacher. Guten Morgen.«

Das war er also, der neue Eigentümer des Hotels, der neue Pächter des Campingplatzes, der Besitzer zahlreicher Ferienwohnungen und einiger weiterer Unternehmen, der König des Lieper Winkels.

»Darf ich mich zu Ihnen setzen?«

»Natürlich, bitte sehr.«

Mein allererster Eindruck war, dass es sich bei Eddi Fassmacher um einen gemütlichen, humorigen Mann handelte, der gerne aß und trank, vor allem Rotwein, wenn ich seine von etlichen Äderchen durchzogenen Wangen richtig deutete. Sein Oberkörper erinnerte mich an eine riesige Quitte, was sicherlich auch mit der grünlich gelben Farbe seines Hemdes zu tun hatte.

»Schmeckt Ihnen das Müsli?«

»Es ist köstlich.«

»Alles aus regionalem Anbau. Darauf legen wir großen Wert.«

»Großartig«, lobte ich, was ihm zu gefallen schien.

Er bekam eine Tasse Kaffee gebracht, an der er kennerisch roch, bevor er einen Schluck davon trank.

»Den Kaffee«, sagte er lachend, »müssen wir allerdings aus Kenia importieren. Noch.«

Ich musste zugeben, dass ich ihn mir anders vorgestellt hatte, irgendwie drahtiger, eifrig, ernst und hölzern. Mit einem Falstaff hatte ich nicht gerechnet. Umgehend zog ich in Betracht, ihm gedanklich Unrecht getan zu haben, als ich ihn in die Kategorie Kriegsgewinnler eingeordnet hatte. Vielleicht hatte er Mareike Illing nur einen Gefallen tun wollen, als er den Pachtvertrag für den Campingplatz übernahm. Und warum dieses schöne Hotel, in dem wir beide saßen, leer stehen und verkommen lassen? Da war es doch besser, dass ein Investor aus der Region die Leitung übernahm und den Markenkern weiterführte.

»Was haben Sie eigentlich, wenn ich fragen darf, mit dem niedergebrannten Cottage vor, sobald die Behörden es freigeben?«

»Darüber habe ich schon nachgedacht«, antwortete er und blickte zur Decke, wo offensichtlich die Zukunft waberte. »Dort entsteht ein wilder Garten mit Nischen und Rückzugsorten, mit Liegen und Strandkörben, Möglichkeiten zum Grillen und Picknicken.« Er fand schnell auf die Erde zurück. »Nichts soll mehr an die jetzige Traurigkeit erinnern.«

»Traurig, in der Tat«, sagte ich. »Sie haben die Opfer der Brandkatastrophe gekannt?«

»Alle vier. Mir jagt es einen Schauer über den Rücken, wenn ich an die armen, unschuldigen Kinder denke. Derjenige, der das getan hat, ist nicht weniger ein Verbrecher, als Holger es war. Ich hoffe, Herr Linz schnappt ihn und erschießt ihn beim Fluchtversuch.«

»Mit Schnappen gehe ich konform. Erschießen … das ist schon sehr drastisch, und natürlich wird das nicht passieren.«

»Stimmt wohl. Schade. Unsere Gesetze, Frau Kagel, sind zu lasch. Sie als Gerichtsreporterin erleben es doch andauernd, dass Schufte nach ein paar Jahren wieder rauskommen, oder?«

»Schon richtig.«

»Wenn sie überhaupt überführt werden. Das ist eine Riesensauerei. Die Hinterbliebenen leiden ein Leben lang, und die Täter sitzen, wenn man Glück hat, ein paar Jährchen bei Fernsehen und guter Verpflegung ab, knüpfen nebenbei im Knast noch ein paar Kontakte, und wenn sie rauskommen, feiern sie eine Party im Puff. Hat man Pech, feiern sie gleich nach der Urteilsverkündung. Ich bin kein leicht erregbarer Mensch, Frau Kagel, aber so was macht mich wütend.«

Auch wenn ich Fassmachers Ansichten im einen oder anderen Punkt nicht teilte, konnte ich doch nachvollziehen, wie er zu seiner Meinung gekommen war. Auch ich konnte nicht immer still sitzen, wenn ich Gerichtsverfahren verfolgte, auch mein Herz schlug bis zum Hals, wenn Eltern ihre Kinder, Kinder ihre Eltern oder Menschen ihre Freunde durch sinnlose Gewalt verloren haben und ohnmächtig miterleben müssen, wie Angeklagte sich der Verantwortung entziehen und auf Verjährung oder Unzurechnungsfähigkeit setzen.

Auf der anderen Seite, wenn ich mir die Alternative ausmalte, bekam ich einen Schreck. Eine Justiz, die sich nicht mehr an den Grundsatz hielte, dass man im Zweifel für den Angeklagten urteilt, wäre reine Willkür. Selbstverständlich muss der Angeklagte alle Möglichkeiten einer Verteidigung bekommen, muss die Schuld mit an Sicherheit grenzender Wahrscheinlichkeit festgestellt werden. Und natürlich wäre auch niemandem damit geholfen, würden die Täter im Gefängnis nicht resozialisiert, sondern in Kretins verwandelt. Ein Dilemma, das wir alle aushalten, mit dem wir leben lernen müssen.

»Ich gebe Ihnen mal ein Beispiel«, sagte Fassmacher. »Habe ich erst neulich in der Zeitung gelesen. Den Fahrer eines Möbeltransporters hat irgendwann der Hafer gestochen, und aus einer Laune heraus rast er plötzlich los und jagt viel zu schnell um eine Kurve. Der Laster kippt um und fällt auf einen mit fünf Personen besetzten Pkw. Alle fünf Insassen sind auf der Stelle tot, darunter drei kleine Kinder. Wissen Sie, welche Strafe der Fahrer bekommen hat?«

Ich wusste es. Mit den Details war ich zwar nicht vertraut, aber ein Kollege hatte darüber einen Beitrag in einer großen Tageszeitung verfasst. Dennoch war der Fall in der Öffentlichkeit untergegangen.

»Zehn Monate«, sagte ich. »Auf Bewährung.«

»Zehn Monate auf Bewährung«, wiederholte er. »Weil es keinen Vorsatz gab. Mir fallen dafür nur Worte ein, die ich in Gegenwart einer Dame nicht in den Mund nehme, schon gar nicht, wenn sie frühstückt.«

Mir waren Debatten wie diese nur allzu vertraut. Oft hatte ich mit Freunden, mit meinem Sohn und früher auch mit Yim über den einen oder anderen umstrittenen Fall diskutiert. War ich einst eine feurige Verfechterin einer besonnenen, abwägenden Justiz gewesen, gingen mir in den letzten Jahren mehr und mehr Argumente verloren. Oder die Argumente verwandelten sich in hohle Floskeln. Wie sollte ich rechtfertigen, dass zwei Männer von zwanzig Jahren, die ein nächtliches Autorennen durch die Innenstadt veranstalteten und dabei eine Frau erfassten und töteten, mit gerade einmal zweieinhalb Jahren Gefängnis bestraft wurden? Ich kam mir selbst schäbig vor, wenn ich der Öffentlichkeit erklärte, dass die Täter unter das Jugendstrafrecht fielen, dass sie alkoholisiert und nicht mehr Herr ihrer Sinne waren, dass sie Reue zeigten, nicht vorbestraft waren und das Urteil deswegen im Großen und Ganzen in Ordnung ging. Wurde das der jungen Mutter von zwei Kindern gerecht?

Auch da galt wieder: Wie sähe die Alternative aus? Angenommen, die Täter bekämen zehn Jahre. Dann wäre schnell jemand zur Hand, dem das noch immer zu milde war. Lebenslänglich, also fünfzehn Jahre? Wurde das dem Tod der jungen Mutter gerechter? Spätestens mit fünfunddreißig waren die Raser wieder in Freiheit, und die junge Mutter war noch immer tot. Es würde nicht lange dauern, und jemand käme auf die Idee, Auge um Auge zu fordern: Todesstrafe für Mörder und Totschläger.

»Ein weites Feld«, sagte ich, und Fassmacher gab sich mit der Plattitüde zufrieden.

»Verzeihung, ich wollte Ihnen nicht den Appetit verderben.«

»Haben Sie nicht, Herr Fassmacher. Ich kann Ihren Standpunkt durchaus verstehen, wenngleich … Belassen wir es dabei, ja?«

»So machen wir's«, sagte er, lächelte breit und trank den

Kaffee aus. »Ich habe gehört, Sie stellen ein paar Fragen hier und dort wegen … na ja, Sie wissen schon.«

»Wegen der Morde«, sagte ich.

»Wegen der Morde«, echote er.

»Ganz normal für eine Journalistin«, sagte ich.

»Ganz normal für eine Journalistin«, echote er erneut. »Ich möchte nur, dass Sie auf sich aufpassen.«

»Wie darf ich das verstehen?«

»Ich dachte, das liegt auf der Hand.«

»Auf meiner nicht.«

»Ja, also … Sie müssen bedenken, dass da draußen noch immer derjenige herumläuft, der den Brandsatz in das Cottage geschleudert hat. Der Schuft könnte sich genötigt sehen, Ihnen auf die Pelle zu rücken. Und dann sind da ja auch noch die wohlmeinenden Bürger, die nichts anderes getan haben, als sich und ihre Nachbarn vor einem Mörder zu schützen, und die nun in ein schlechtes Licht gerückt werden.«

»Was, wenn einer der wohlmeinenden Bürger den Brandsatz geworfen hat?«

»Oh, das wage ich zu bezweifeln, Frau Kagel. Trotzdem, diese wohlmeinenden Bürger werden ihren guten Ruf mit Zähnen und Krallen verteidigen, davon gehe ich aus. Deswegen schauen Sie lieber einmal mehr als einmal weniger über die Schulter, bitte tun Sie mir den Gefallen.«

Er stand auf. »Möchten Sie noch einen Kaffee?« Er winkte eine Kellnerin heran. »Sie müssen unbedingt ein Glas von unserem naturtrüben Apfelsaft probieren. Er stammt von Streuobstwiesen im Achterland, sehr lecker. Einen schönen Tag wünsche ich Ihnen.«

Zunächst fuhr ich nach Rostock, um die Haiku bei der Staatsanwaltschaft abzuliefern, dann spontan nach Berlin. Neben der schlichten Tatsache, dass ich Kleider zum Wechseln und den Kulturbeutel brauchte, um noch ein paar Tage auf Usedom zu bleiben, dämmerte mir, dass Tallulah Illing möglicherweise eine zentrale Figur war, um Licht ins Dunkel um den Mord an Susann zu bringen. Noch am selben Abend wollte ich sie in der Shisha-Bar besuchen, in der sie arbeitete. Während des Prozesses gegen Holger Simonsmeyer war sie nicht in Erscheinung getreten, da sie weder der Anklage noch der Verteidigung nützlich erschien, und nicht ein einziges Mal war sie als Zuschauerin gekommen. Aber sie war irgendwie in den Besitz der Haiku gelangt, und die Haiku waren das Einzige, was mich im Moment voranbringen konnte.

»Voranbringen«, murmelte ich sarkastisch vor mich hin. Voranbringen wobei? Dabei, mein Gewissen zu beruhigen? Meine Ruhelosigkeit zu überdecken?

Während der Fahrt nach Hause dachte ich jedoch über andere Dinge nach. Fassmachers »Sorge« um mein Wohlergehen durfte ich getrost als Warnung verstehen. Dieser gemütliche, leutselige Mann hatte mir lächelnd zu verstehen gegeben, dass die Dorfbewohner sich durch meine und Linz' Nachforschungen – um es mal vorsichtig auszudrücken – belästigt fühlten. Das passierte mir natürlich nicht zum ersten Mal. Als Gerichtsreporterin bleibt es nicht aus, dass man mit Kriminellen und ihren jeweiligen Milieus zusammentrifft. Mal sind es religiöse Hintergründe, die zur Solidarisierung führen, mal familiäre und mal – wie in diesem Fall – moralische.

Am Anfang meiner Tätigkeit hatte ich mich strikt geweigert, solchen Menschen, die sich zusammenrotteten und ihre eigenen Gesetze machten, einen moralischen Beweggrund zuzubilligen. Die Worte Moral und Miliz schienen mir nichts, aber auch gar nichts miteinander zu tun zu haben. Ich musste dann immer voller Abscheu an die Bilder aus Rostock-Lichtenhagen denken, wo in den neunziger Jahren eine Horde Wutbürger ein Asylbewerberheim mit Brandsätzen angegriffen hatte, beklatscht von Sympathisanten.

Im Laufe der Jahre differenzierte ich mehr und mehr, und ich muss zugeben, es fiel mir anfangs äußerst schwer. Aber wie sollte ich jemandem absprechen, in dessen Straße vierzehnmal innerhalb von zwei Jahren eingebrochen wurde, sich mit anderen Geschädigten zusammenzutun, um Streife zu laufen und dem Einbrecher notfalls mit der Gartenschaufel eins überzuziehen? Wie sollte ich Eltern verweigern, deren Töchter unentwegt von jungen Männern begrapscht wurden, eine Art Selbstverteidigungsklub zu gründen? Und was könnte ich einem idyllischen, friedlichen Dorf entgegenhalten, das innerhalb eines Jahres zwei grauenhafte Morde auszuhalten hatte, wenn es beschließt, einen dritten auf eigene Faust zu verhindern?

In allen drei Fällen war die Polizei überfordert gewesen, denn selbst der engagierteste und fähigste Polizist kann nicht an drei Orten gleichzeitig sein. Wenn der Staat das Gewaltmonopol beanspruchte, so die Argumentation der Milizionäre, dann musste er es auch allumfassend und konsequent ausüben.

Ja, ich gestand der Usedomer Bürgerwehr zu, dass sie aus moralischen Motiven entstanden war, mehr noch, dass sie fast schon so etwas wie ein moralisches Recht gehabt hatte, sich zu gründen, um die Dorfgemeinschaft zu schützen. Das hieß jedoch nicht zwangsläufig, dass sie auch stets moralisch gehandelt hatte. Es wäre nicht das erste Mal, dass die besten Absichten zu den wirrsten und grausamsten Taten führen. Noch gab es keinen Hinweis darauf, dass ein Mitglied der Bürgerwehr den Brandsatz in das Haus der Simonsmeyers geworfen hatte. Aber völlig von der Hand zu weisen war der Verdacht nun auch wieder nicht, und es war nur logisch, wenn Linz in diese Richtung ermittelte.

Zu Hause hatte ich alles im Nu erledigt. Für Notfälle stand eine fertig gepackte Tasche mit Klamotten der Saison bereit. Darin befanden sich stets auch etwas Bargeld, ein ungelesenes Buch und die wichtigsten Utensilien, die ich zum Online-Banking und für andere Aktivitäten im Internet benötigte.

Yim war nicht da. Bevor ich mit einem Restaurantbesitzer liiert war, hatte ich nicht geahnt, wie viel Arbeit dahintersteckt. Die Öffnungszeiten des Lokals sind noch das Geringste. Einkaufen, Marketing, Buchhaltung, Personalsuche – mein Mann war praktisch immer auf Achse.

»Bin zu Hause«, schrieb ich ihm eine Kurznachricht.

»Bin in der Markthalle«, schrieb er zurück. »Suche verzweifelt frische Doraden. Alles klar bei dir?«

»So weit schon. Werde ein paar Tage auf Usedom verbringen zwecks Recherche.«

»Viel Glück.«

Ich dachte bitter: So also sieht die Konversation im siebten Ehejahr aus, wenn beide Partner in ihren jeweiligen Berufen aufgehen.

Auf dem Tisch lagen ein Stapel neuer DVDs, daneben zwei ungenutzte Kinokarten für den gestrigen Abend, darunter zwei weitere Karten für den morgigen. Yim war Cineast, seine große Leidenschaft waren Filme, und verständlicherweise wollte er mich an seinem Leben teilhaben lassen. Schmerzlich wurde mir wieder einmal bewusst, dass wir nicht in derselben Welt lebten.

Die Shisha-Bar, in der Tallulah arbeitete, öffnete erst um neunzehn Uhr, daher arbeitete ich zunächst an den anderen Projekten, die ich weder vernachlässigen wollte noch durfte. Im Anschluss nahm ich mir noch einmal die Prozessunterlagen des Falls Simonsmeyer vor, vor allem die Zeugenliste. Dabei sprang mir ein Name ins Gesicht: Ramu Sayyapparaju. Der ältere Sohn des indischen Restaurantbesitzers studierte Jura in Berlin. Im Prozess hatte er insofern eine Rolle gespielt, als sich seine Telefonnummer im Handyspeicher von Susann und sein Name für den Vormittag in ihrem Kalender befunden hatten. Die Anklage hatte ihn aufgerufen, weil er und Susann an jenem Morgen die Steuerunterlagen des Restaurants durchgegangen waren und sie irgendwie abwesend auf ihn gewirkt hatte, nicht ganz bei der Sache. Sie schien ihm ein Problem zu wälzen. Daraus leitete die Anklage ab, dass das Treffen mit Holger Simonsmeyer auf dem Wanderparkplatz keineswegs zufällig erfolgt, sondern dass er der Grund für Susanns Verstörung gewesen war.

Meine Erinnerung an den jungen Inder war lückenhaft. Er war Ende zwanzig, schlaksig, befand sich damals auf der Zielgeraden zum Examen. Vermutlich hatte er sein Studium inzwischen beendet, denn daran, dass er den Abschluss geschafft hatte, zweifelte ich keinen Augenblick. Ramu S. hatte im Zeugenstand souverän, ausgeglichen, höflich und hochkonzentriert auf mich gewirkt. Zumindest hatte ich mir das so aufgeschrieben, denn detailliert erinnern konnte ich mich an seinen Auftritt nicht. Nur dass sein Vater im Publikum gesessen hatte, war mir noch eine Notiz wert gewesen.

Für mich war er interessant, weil er mit Susann noch wenige Stunden vor ihrem Tod gearbeitet hatte und weil er jemand war, der sie nicht in einem familiären oder freundschaftlichen Kontext kannte. Vielleicht konnte der angehende Jurist, der sicher analytisch dachte, mir sogar mit den Haiku helfen. Im Grunde war Ramu S. nur ein Strohhalm für meine Recherchen, doch hatte ich schon häufiger erlebt, wie wichtig Strohhalme manchmal werden. Außerdem wohnte er in Berlin, und ich beschloss, mit ihm die Zeit bis zur Öffnung der Shisha-Bar zu überbrücken.

Jemanden mit Namen Ramu Sayyapparaju aufzuspüren, sollte deutlich einfacher sein als den richtigen Thomas Mayer, und mit meinen Kontakten sowieso. Trotzdem fand ich ihn nur bei Facebook, um ihm eine Nachricht zukommen zu lassen. Bis neunzehn Uhr zehn erhielt ich keine Antwort.

Das *Palmyra* hätte kaum einen besseren Standort haben können als die Goltzstraße, eine der beliebten nächtlichen Ausgehmeilen in Berlin. Zwischen einer blau ausgeleuchteten Bar zur Linken und einer in Grün getauchten zur Rechten fiel es durch tiefe, tiefe Schwärze auf. Es setzte bei der Laufkundschaft eine gewisse Courage voraus, das Lokal zu betreten. Immerhin gab es keinen Türsteher, und nachdem ich erst einmal eingetreten war, erhellte sich die Welt, sie wurde sogar bunt. Ehe ich Piep sagen konnte, ploppte hinter dem schwarzen Vorhang der Orient vor mir auf, in all seinen Klischees. Nur Scheherazade fehlte noch.

Die meisten Plätze auf den Sesseln, Stühlen und Ottomanen waren noch frei, die übrigen überwiegend von Männern besetzt. Dennoch, auch ein paar Frauen besuchten die Bar und pafften an Wasserpfeifen, was mir das gute Gefühl gab, nicht völlig fehl am Platz zu sein.

Da ich mich vorbereitet hatte, wusste ich, wie Tallulah aussah, aber ich hätte sie auch so erkannt. Schwer zu erklären, warum. Sie wirkte ein wenig lustlos auf mich, passiv und unerfahren. Sowohl ihr Nasenpiercing als auch die schwarz gefärbten Haare mit den blonden Strähnen an der Stirn waren billig und dilettantisch gemacht. Aus irgendeinem Grund hatte ich mir Tallulah exakt so vorgestellt.

Ich hatte Glück, und Tallulah, nicht einer der männlichen Kellner, kam an meinen Tisch, der sich auf Höhe meiner Fußknöchel befand und mit allerlei Messing dekoriert war.

Ich gab mich sofort zu erkennen. »Wir haben gestern telefoniert. Doro Kagel.« Dann fügte ich eine Lüge hinzu: »Ich soll Sie von Ihrer Mutter lieb grüßen.«

Tallulahs Reaktion war deutlich freundlicher als am Tag zuvor am Telefon. »Oh. Geht es ihr gut?«

»Es hat einen schlimmen Brand in Trenthin gegeben, wussten Sie das?«

»Nö.«

»Das Cottage der Simonsmeyers.«

»Ich schaue es mir auf YouTube an.«

»Es scheint Sie nicht besonders mitzunehmen. Wie dem auch sei, unter diesen Umständen hält Ihre Mutter sich tapfer«, seufzte ich und wusste nicht, ob es die Wahrheit oder gelogen war. Möglicherweise beides. »Sie macht sich natürlich Sorgen.«

»Wegen Farhad? Muss sie nicht. Er ist ein lieber Kerl.«

Tallulahs Blick ging zum Tresen, wo ein ungefähr einen Meter neunzig großer und einhundertneunzig Pfund schwerer, bärtiger tätowierter Mann stand, bei dessen Betrachtung mir nicht als Erstes das Adjektiv »lieb« einfiel. Wie auch immer, ich bezweifelte, dass Mareike Illing überhaupt wusste, wer Farhad war.

»Sind Sie mit ihm zusammen?«, fragte ich. »Wo haben Sie ihn kennengelernt?«

»Im Internet. Er hat jemanden gesucht.«

Sie ließ offen, ob er jemanden für die Bar, das Leben oder das Bett gesucht hatte, doch das ging mich auch gar nichts an. Zweitens konnte Tallulah durchaus recht haben, und Farhad war ein lieber Kerl. Drittens hätte ich mir mit jedweder Einmischung die Chancen auf ein gutes Gespräch verbaut.

»Hätten Sie ein paar Minuten für mich Zeit?«, fragte ich.

»Ja, wenn Sie was trinken.«

»Keinen Alkohol, ich muss noch fahren.«

»Der marokkanische Minztee ist sehr lecker. Was rauchen Sie?«

Ich zuckte zusammen. »Muss ich?«

»Ist besser. Dann können wir reden, während ich die Shisha aufbaue.«

Was tut man nicht alles, um mit Informanten ein Vertrauensverhältnis zu entwickeln.

»Banane, Kokos, grüner Apfel«, zählte sie die Geschmacksrichtungen auf. »Frozen Papaya, Wassermelone, Schoko …«

»Vielleicht etwas, das es nicht auch an der Eistheke gibt«, bat ich.

Sie dachte nach. »Virginia Honey. Honig und Tabakgeschmack.«

Darauf einigten wir uns, und eine Minute später kam Tallulah mit allerlei Gerätschaften herbei, von denen ich nicht die geringste Ahnung hatte, wie sie zusammenwirken würden. Das war mir aber auch egal, denn wie versprochen begann Tallulah zu reden.

»Hab nachgedacht«, sagte sie. »Muss einen Schlussstrich unter den ganzen Kram ziehen. Usedom, Susann, die Toten und so, das ist alles Müll, das zieht mich bloß runter. Ich will ein neues Leben anfangen. Einmal, ein einziges Mal noch über alles quatschen und dann nie wieder. Bye, bye, Kindheit. Sagt auch Farhad.«

Farhads Ratschlag war vermutlich nicht ganz uneigennützig, spielte mir aber in die Hände.

»Wie wär's, wenn Sie einfach draufloserzählen«, schlug ich vor. Damit setzte ich sie nicht gleich mit konkreten Fragen unter Druck, gab ihr die Gelegenheit abzuladen, was sie abladen wollte, und konnte mir einen Eindruck von ihr verschaffen.

Tallulah setzte sich neben mich und sah mir gewiss eine halbe Minute lang in die Augen, so als würde sie überlegen, ob das, was ihr auf der Zunge lag, bei mir gut aufgehoben wäre. Wir kannten uns nicht, ich war Journalistin und konnte ihr keine Absolution erteilen – die Voraussetzungen für ein intimes Gespräch oder ein Bekenntnis, waren denkbar schlecht. Doch aus irgendeinem Grund fiel ihre Bewertung meiner Person positiv aus, vielleicht weil es ihr egal war, wem sie die Geschichte erzählte, Hauptsache jemandem, den sie nicht kannte und der trotzdem etwas damit anfangen konnte.

Sie richtete den Blick auf die Einzelteile auf dem Tisch, die gleich zu einer Wasserpfeife werden würden, und hantierte nicht besonders geschickt damit.

»Eigentlich fing es schon bei meiner Geburt an. Über Susanns Namen haben meinen Eltern sich tagelang den Kopf zerbrochen. Und bei mir? Tallulah! Meine Mutter fand den Namen lustig, und peng: beschlossen. In der Grundschule haben sie mich Tri-Tra-Trullala gerufen, und viel besser wurde es später auch nicht. Mal ehrlich, sein Kind Tallulah zu nennen…«

Irgendwas fiel ihr aus der Hand, sie hob es auf und erzählte weiter, ohne mich anzusehen.

»Susann war ein Ass in der Schule und trotzdem bei allen beliebt, außer vielleicht bei einigen Jungs, die sie hat abblitzen lassen. Schon mit neun hat sie in einer Laiengruppe Theater gespielt, für die sie später ein Stück geschrieben und Regie geführt hat. Reiten, Querflöte, Dauerlauf, Mathe, ihr fiel alles leicht. Und hatte sie mal einen Rückschlag, päppelte sie sich selbst wieder auf. Wissen Sie, was für Susann Entspannung bedeutete? Gemütlich im Garten oder auf dem Bett einen Roman von… na, zum Beispiel James Joplin zu lesen oder wie der Freak heißt, der *Ulysses* geschrieben hat. Oder eine Biografie über Marie Curie. Oder ein politisches Magazin. Für mich die reinsten Folterinstrumente. Ich hab mich in der Schule echt reingehängt und trotzdem nix kapiert. Ach ja, und dann natürlich unsere Figur. Meine Ärztin hat mir mal gesagt, dass ich, selbst wenn ich bis auf die Knochen abmagere, niemals in eine Jeans unter Größe zweiunddreißig passen werde. Mein Becken ist halt so breit, das lässt sich nicht ändern. Susanns Taille lag mehrere Nummern unter meiner, außerdem hatte sie ein hübscheres Gesicht, eine glattere Haut… Als ich vierzehn war, hörte ich, wie meine dämliche Tante Eva zu meiner Mutter sagte: ›Susann und Tallulah, das ist so, als würde Supergirl gegen eine von Aschenputtels Stiefschwestern antreten.‹ Oder so ähnlich. Am Tag darauf schwänzte ich die Schule und schlich mich in ein Tattoo-Studio in Greifswald. Meine Eltern hätten mir fast den Kopf abgerissen.«

Unweigerlich betrachtete ich den Skorpion auf Tallulahs Hals und den Tiger auf ihrem Oberarm.

»Ach das, nein, nein. Der Skorpion ist erst ein paar Wochen alt, und den Tiger hat mir Farhads Bruder vorgestern gestochen. Der Stacheldraht von damals ist auf dem Rücken.«

Sie legte drei Stücke Kohle, die wie schwarzer Würfelzucker aussahen, auf eine kleine elektrische Heizplatte, die wohl die Basis der Shisha bildete. Reglos sah sie zu, wie das Brennmaterial langsam erglühte.

»Susann war viel begabter als ich, viel hübscher, hatte viel mehr Power. Warum wollte sie unbedingt auch noch die Anständigere sein?«

»Die Anständigere?«

Tallulah goss kaltes Wasser in eine längliche, gläserne Bowl, kippte einen Schwall daneben und wischte ihn mit einem Tuch auf, das sie nicht aus den Augen ließ.

»Ich war vierzehn, als Susann herausbekam, dass ich bei einem Test in Geschichte gemogelt hatte. Sie sagte: ›Entweder du gehst selbst zur Lehrerin und gibst den Betrug zu, oder ich spreche mit ihr.‹ Ich hab ihr versprochen, es nicht wieder zu tun, wenn sie mich nicht verrät, aber das hat ihr nicht gereicht. Da zeigte ich ihr den Stinkefinger, und sie machte ihre Drohung wahr. Wegen der Sechs, die ich deshalb bekommen habe, schaffte ich die Versetzung nicht. Und ein paar Mitschüler riefen, immer wenn sie mich auf dem Schulhof sahen: ›Die-Da-Dummerlah.‹ Da hab ich mir gewünscht …«

Tallulah sah mich unvermittelt an, kaute auf der gepiercten Lippe herum.

»Ein paar Wochen vor ihrem Tod, da hat sie die Steuererklärung für den Campingplatz meiner Eltern gemacht. Susann konnte gut mit Zahlen umgehen, hat auch im Bestattungsinstitut von meiner Tante und meinem Onkel die Steuer gemacht, für das indische Restaurant, für den dicken Eddi …«

»Eddi Fassmacher?«

»Ja, genau. Na, jedenfalls, vorher hat das mit der Steuer immer mein Vater erledigt. Susann hat dann ein paar Ungereimtheiten entdeckt, mein Vater hat anscheinend absichtlich ein paar Dinge falsch angegeben. Sie ist tatsächlich zu ihm gegangen und hat gesagt, das ginge so nicht, das wär nicht okay, er solle sich selbst anzeigen und das Geld nachzahlen. Wenn man will, dass Straßen gebaut werden, hat sie gesagt, und wenn man will, dass arme Leute Wohngeld bekommen und so weiter und so fort, dann muss man auch seine Steuern korrekt zahlen. Als mein Vater nicht wollte, hat sie ihm gedroht. Wenn er sich nicht selbst anzeigt, dass sie es dann tut. Da hat er nachgegeben. Und was ist passiert? Meine Eltern haben gesagt: So eine tolle Tochter haben wir, ehrlich, anständig, geradlinig, einfach zum Draufstolzsein, aus der wird mal was. Verstehen Sie, was ich meine? Susann konnte machen, was sie wollte, sie war immer die geliebte Tochter, selbst wenn sie die Familie in die Pfanne hauen wollte. Ich dagegen …«

Mit dem Tuch, das sie zum Aufwischen des verschütteten Wassers benutzt hatte, wischte Tallulah sich ein wenig Spucke vom Kinn.

Natürlich tat sie mir leid. Aber ich dachte auch an Susann. Schon heftig, den eigenen Eltern mit einer Steueranzeige zu drohen. Offenbar hatte es ihrem Ansehen in der Familie nicht geschadet, im Gegenteil, sie schien sich den Ruf einer moralischen Instanz erworben zu haben. Für ein Mädchen ihres Alters absolut ungewöhnlich.

Farhad trat an den Tisch. »Alles in Ordnung, Honigmund?«, fragte er.

Sie nickte zu ihm hinauf.

»Bist du eine Freundin von Lula?«, fragte er mich. Seine Stimme war dunkel und brummig.

»Nein, aber ich werde gerade eine«, erwiderte ich und bekam dafür ein Lächeln, sowohl von Tallulah als auch von ihrem bärenstarken Freund.

»Das ist gut«, sagte er. »Lula braucht Freundinnen. Das ist wichtig, sonst kommt sie nicht klar. Genauso braucht sie Führung und Ordnung, sie muss lernen, sehr viel lernen, alles Mögliche, zum Beispiel, wie man Tabbouleh macht, eine Wasserpfeife aufbaut, die Bestellungen nicht vergisst … Bei ihr ist alles chaotisch. Worüber sprecht ihr?«

»Meine Schwester.«

»Wenn du mich fragst«, sagte Farhad und setzte sich neben mich. Seine Hände, mit denen er Walnüsse hätten knacken können, spielten mit einer Misbaha, einer muslimischen Gebetskette. »Wenn du mich fragst«, wiederholte er, »war Susann krank.«

»Oh, Sie haben sie gekannt?«

Er wechselte einen Blick mit Tallulah. »Nicht direkt. Aber Lula hat mir viel über sie erzählt. Die war Autistin, ist doch sonnenklar. Asperger, schon mal davon gehört?«

Farhads Theorie war interessant. Tatsächlich stürzen sich bei dieser Krankheit die Betroffenen in exzessiver Weise auf Hobbys, Themen und Ziele, nicht selten nehmen sie sogar extreme Positionen ein. Mir fielen die zahlreichen Bücher zu den verschiedensten Themenkomplexen in Susanns Regalen wieder ein, die Lebenshilfe-Ratgeber und vor allem das Buch über radikale Ehrlichkeit. Es schien sie stark beeindruckt zu haben, wenn sie tatsächlich ihre Schwester der Schulleitung und ihre Eltern den Finanzbehörden hatte melden wollen. Wenn sie so weit hatte gehen wollen, dann dürften Menschen, die nicht zur Familie gehörten, erst recht nichts zu lachen gehabt haben. Geheimnisse waren offenbar nicht gut bei ihr aufgehoben gewesen.

Dazu kam noch ein anderer Umstand. Susann war für ihr Alter erstaunlich viel gelungen, sie hatte eine breite Palette von Talenten, und nach allem, was ich während des Prozesses und bei meinen Recherchen über sie gelernt hatte, kannte sie kein Nichtstun. Sogar die Haiku hatte sie nicht zur Entspannung verfasst, sondern zu einer intellektuellen Angelegenheit gemacht. Meiner Erfahrung nach haben Menschen, die hohe Anforderungen an sich selbst stellen, oft nur wenig Verständnis für die Schwächen ihrer Mitmenschen.

»Sie meinen also, Farhad, dass Susann sich viele Feinde gemacht hat mit ihrer … besonderen Art?«

»Exakt.«

»Sie denken dabei vermutlich an Holger Simonsmeyer, den früheren Angeklagten?«

»An den und den anderen.«

»Welchen anderen?«

Er stand auf. »Honigmund«, sagte er, »du musst es ihr erzählen.«

Er nahm das Rätsel mit zur Bar, während Tallulah mit leicht zittrigen Händen einen Tauchstab in die Bowl hielt, mit dem sie das Wasser erhitzte. Eine Minute lang schwiegen wir.

»Wovon hat Farhad da gerade gesprochen? Was sollen Sie mir erzählen?«, fragte ich.

Sie wich mir aus.

»Danke, dass Sie gesagt haben, wir könnten Freundinnen werden. Farhad schimpft immer mit mir, weil ich mich so isoliere. Es ist diese Stadt… Berlin ist schon was anderes als Usedom.«

»Ich wohne gar nicht weit von hier. Wenn Sie also mal etwas brauchen…«

»Mir geht's bei Farhad gut, wirklich.«

»Er ist um einiges älter als Sie.«

»Das stört ihn nicht.«

Diese Antwort ließ tief blicken. Vermutlich hatte Tallulah tatsächlich nicht viele Freundinnen, überhaupt wenige Bezugspersonen in ihrem Leben gehabt. Spontan sah ich ein kleines Boot vor meinem geistigen Auge, eine Nussschale, mit der sie übereilt und planlos aus dem Heimathafen auslief. Da sie nicht wusste, wohin sie wollte, war kein Wind günstig. Es war einfach nur Wind. Der hatte sie nun in eine Shisha-Bar verschlagen. Zwar hatte ich den Eindruck, dass Farhad es gut mit ihr meinte, aber wohin das am Ende führen würde…

Sollte ich sie noch einmal auf Farhads Bemerkung ansprechen und nachhaken? Ich beschloss, es vorerst zu lassen, denn ich wollte sie nicht in Verlegenheit bringen oder verschrecken, bevor ich mein eigentliches Anliegen vorgebracht hatte.

Ich legte die in ihrem Zimmer gefundenen Haiku auf den Tisch. Die Originale lagen inzwischen bei der Staatsanwaltschaft in Rostock, aber ich hatte die Kopien in etwa gleich große Schnipsel zerschnitten und zerknittert, sodass sie täuschend echt aussahen.

»Ach, die komischen Dinger«, kommentierte Tallulah. »Hirnverbrannter Schwachsinn, das finden Sie doch auch, oder? Von Susann. Hab sie alle zerknüllt und gefuttert. Aber nur eine Zeit lang. Dann hab ich mir ausgerechnet, dass es, selbst wenn ich jeden Tag vier Papierkügelchen mampfe, noch an die zwei Jahre dauern wird, bis wirklich jeder doofe Satz verschluckt ist. Keine tollen Aussichten. Außerdem schmeckt Papier nicht besonders gut.«

Sie sagte das, als hätte sie ein paar alte Brotkrumen in der Küchenschublade gefunden. Erst bei meinem Blick dämmerte ihr, dass das Verspeisen von Gedichten – gelinde gesagt – exzentrisch war.

»Ich muss das erklären«, sagte sie, und ich kam nicht umhin, ihr zuzustimmen.

Doch bevor sie noch etwas sagen konnte, rollten ungefähr ein Dutzend weiterer Papierkügelchen über den Tisch auf mich zu.

»Die hatte sie noch in ihrer Handtasche«, sagte Farhad. »Das sind die letzten.«

»Was ist mit den anderen passiert? Alle aufgegessen?«, wollte ich wissen.

»Nee«, sagte Tallulah. »Farhad und ich haben die Tagebücher vor ein paar Tagen verbrannt.«

»Die Polizei hätte sich bestimmt dafür interessiert.«

»Polizei hin oder her, für Lula war es symbolisch wichtig, die Tagebücher zu zerstören«, widersprach mir Farhad. »Auch die Kugeln aufzuessen.«

»Ach?«

»Ich weiß, wie das ist, jemanden zu hassen, den man eigentlich ehren und lieben sollte«, erklärte er. »Bei mir war es mein Vater. Er hat gegen jede Regel des Koran verstoßen, er hat gesoffen, hat jedes Würfelspiel und jede Arbeit verloren. Er hat sich nicht um die Familie gekümmert, war der größte Schwächling, den man sich denken kann, ein echter Loser halt. Als er an einer Lungenentzündung gestorben ist, damals war ich elf, musste ich mich beherrschen, um auf seinem Grab keine Purzelbäume zu schlagen. Ich hab zu meiner Mutter gesagt: ›Lass uns alles zusammensuchen, was ihm gehört hat, die Kleidung, die Schuhe, seine Würfel, lass uns all das im Garten aufhäufen und anzünden.‹ Meine Mutter wollte, dass wir das Zeug verscherbeln, so gut es geht, und uns dafür irgendetwas Nützliches oder Schönes kaufen. Aber ich habe gesagt: ›Was auch immer das sein wird, es wird mich an meinen Vater erinnern, und dann muss ich kotzen.‹ Also haben wir doch ein Feuer gemacht. Danach ging es mir besser.« Er holte tief Luft. »Lula musste Susanns Geschreibsel futtern wie bunte Schokonüsse. Dabei hat sie sich stark gefühlt, ihrer Schwester überlegen. Sie wollte vernichten, was von Susann übrig geblieben ist. Alles, worüber sie so nachgedacht hatte, ihre Geheimnisse, ihre Gefühle, das alles hat Lula aufgefressen. Nein, nicht nur aufgefressen. Zerkleinert, verdaut und ausgeschissen.«

Tallulah lachte. »Der Spruch ›Ich scheiß auf dich‹ bekommt dadurch einen ganz neuen Dreh.«

Die alberne Bemerkung stand im Widerspruch zur Ernsthaftigkeit und – ja, durchaus auch – Klugheit, mit der Farhad die Sache betrachtete.

»Sieh an«, sagte ich lächelnd, an Farhad gerichtet. »Sie sind wohl Hobby-Psychologe?«

»Nur weil ich Muslim bin und eine Shisha-Bar betreibe, muss ich weder dumm sein noch ein schlechter Kerl.«

Ich erschrak. »So habe ich das nicht gemeint. Ich …«

»Schon gut«, bügelte er meinen Rechtfertigungsversuch ab. »Honigmund, hast du ihr von Marlon erzählt?«, fragte er.

»Nein.«

»Tu es«, sagte er und wandte sich erneut anderen Gästen zu.

»Wer ist Marlon?«, fragte ich Tallulah.

Ungeschickt hantierte sie wieder mit der Wasserpfeife herum, die in ihren Händen die Komplexität eines Vergasers anzunehmen schien.

»Marlon Ritter«, sagte sie widerwillig. »Der andere, von dem wir vorhin gesprochen haben. Auch aus Trenthin. Er war … oder ist, was weiß ich … einer der Anführer von dieser komischen Gruppe, die dem Simonsmeyer das Leben schwermachen wollte. Haben sie ja auch geschafft. Ich hab da sogar mitgemacht, bis … Ach, ich will nicht drüber sprechen, okay? Jedenfalls ist Marlon ein Wichtigtuer. Farhad, der hat was auf die Beine gestellt, dem gehört eine Bar, der ist echt angesehen bei den Leuten. Marlon spuckt bloß große Töne, und das war's. Deswegen ist er auch bei Susann abgeblitzt.«

»Er hat Susann …?«

»Angebaggert.« Tallulah brach in ein ziemlich gemeines Gelächter aus, das möglicherweise der Reaktion entsprach, mit der Susann den Annäherungsversuch quittiert hatte. »Was hat der sich nur dabei gedacht? Selbst wenn sie zu zweit auf einer einsamen Insel gelandet wären, Susann hätte sich nie mit ihm abgegeben, in tausend Jahren nicht. Er hätte es sich eigentlich denken können, aber tja, es hat ihn wohl zu sehr in den Fingern gejuckt. Oder noch woanders.«

Wieder grinste sie hämisch, und wäre das Wasser in der Bowl nicht beinahe übergekocht, hätte sie wohl die gesamte Bar mit ihrem Lachen unterhalten. So aber hatte sie mit dem

Tauchsieder und dem weiteren Aufbau der Wasserpfeife zu tun, was ihre Konzentration voll in Anspruch nahm.

»Woher wissen Sie von dem Annäherungsversuch? Hat Marlon mit Ihnen darüber gesprochen? Oder Susann?«

»Quatsch. Susann hat nie mit mir über irgendwas gesprochen. Und Marlon würde im Leben nicht zugeben, dass ein Mädel ihm die kalte Schulter gezeigt hat. Der, der hat bestimmt zu Hause ein Brett, in das er 'ne Kerbe ritzt, wenn er wieder eine Tussi rumgekriegt hat. Nee, ich hab an der Tür gelauscht, als Susann es Kathrin erzählt hat, ihrer *besten Freundin*. Ja, von wegen, die dumme, neidische Kuh.«

»Wann war das?«

»Etwa eine Woche, bevor sie abgemurkst wurde.«

»Lula, das müssen Sie der Polizei erzählen!«, rief ich so laut, dass die Leute vom Nachbartisch herüberschauten. Leiser fuhr ich fort: »Das ist eine wichtige Information.«

»Hat Farhad auch gesagt.«

»Na, prima, worauf warten Sie?«

Sie schraubte irgendwas auf die Bowl, fügte einen Trichter hinzu und verteilte den Inhalt einer kleinen Dose darauf. Das grünliche Zeug sah aus wie Algen, die jemand eben erst von einer nassen Klippe gekratzt hatte, doch es roch tatsächlich nach Tabak und Honig. Sie nahm die Kohle von der Heizplatte, platzierte sie irgendwo auf der Pfeife und verschraubte alles. Danach saugte sie mittels eines Schlauches den Wasserdampf an. Sie steckte ein frisches Mundstück auf und drückte mir den Schlauch in die Hand.

»So, bitte. Sie können loslegen. Das Erlebnis beginnt.«

»Lula«, sagte ich eindringlich, »was hindert Sie daran, der Polizei von Marlon zu erzählen?«

»Er hat Susann nicht ermordet, ganz bestimmt nicht. Wenn Marlon jemanden umbringen würde, dann mit den Händen. Er hat unglaubliche starke Hände, aber das ist auch schon das Einzige, was er mit Farhad gemeinsam hat. So, und jetzt lehnen Sie sich zurück und genießen Sie die Shisha.«

»Ich will mich aber nicht zurücklehnen. Ich will, dass Sie die Wahrheit sagen, warum Sie nicht zur Polizei gegangen sind. Meine Güte, müssen Sie denn immer und überall das Gegenteil von dem tun, was Ihre Schwester getan hätte?«

Sie zupfte mit zwei Fingern an ihrer Lippe herum und sah mich verzweifelt an. »Wenn ich das der Polizei erzähle …«

»Ja?«

»Und die Polizei dann mit Marlon redet …«

»Ja?«

»Dann kommt vielleicht heraus, dass ich mit ihm … na ja, dass wir mal Sex hatten. Das war erst vor ein paar Wochen, kurz vor meinem achtzehnten Geburtstag, als ich schon lange mit Farhad zusammen war, also irgendwie zusammen. Wenn er davon erfährt …«

»Sie haben mir doch eben erst erzählt, was für ein schrecklicher Blender Marlon ist.«

»Ja schon, aber ein verdammt gutaussehender schrecklicher Blender. Also, wenn der lächelt und die Arme um meine Taille legt … Er riecht so geil nach Farbe. War ungefähr zwei Tage lang schrecklich verknallt in ihn, aber nicht, um mit ihm zusammenzubleiben. Das wusste er auch. Hab ihm sogar von Farhad erzählt. Er war ja genauso drauf. Kurz vorher hat er es mit der Tochter von Herrn Tschaini gehabt. Ich war mit ihr befreundet, jedenfalls so ein bisschen, irgendwie. Na jedenfalls, Amrita hat sich öfter heimlich aus dem Staub gemacht, um allein zu sein. Manchmal eben auch, um nicht allein zu sein, Sie verstehen? Vom Träumen allein lernt man das Knutschen nicht. Tschuldigung, ich muss mal kurz zum Nachbartisch, die wollen bestellen. Bin gleich zurück.«

Die Unbedarftheit, mit der dieses Mädchen durchs Leben stolperte, war erschreckend. Natürlich wollte ich sie nicht in die Pfanne hauen und ihr den einzigen Menschen nehmen, auf den sie derzeit bauen konnte. Wenn ich mich bei Linz diskret nach dem Alibi von Marlon Ritter erkundigte und es sich als stichhaltig erwies, war es sicher nicht nötig, Tallulah zu einer Aussage zu zwingen.

Ich gönnte mir einen Schwall Honig-Tabak-Dampf, bevor ich mir die Kügelchen vornahm, die Farhad mir gebracht hatte. Einige beinhalteten harmlose Naturbeschreibungen. Ich fragte mich, warum Susann sich überhaupt damit befasst hatte. Lebte sie, die ansonsten immer so fokussiert war, auf diese Weise einen verträumten Aspekt ihrer Persönlichkeit aus? Aller Wahrscheinlichkeit nach konnte ich dieses Geheimnis niemals lüften.

Doch womöglich schafften es andere. Ich breitete jene Haiku, die keine Naturbeschreibungen enthielten, auf dem Tisch aus.

Haiku 158
London frönt dem Rum.
Segelt weit in finstere
Gewässer davon.

Ich wusste nicht, ob es an den Dämpfen der Shisha lag, die in meinen Körper hinein- und wieder herausquollen, dass ich nach ein, zwei Zügen auf die Idee kam, bei »London« könnte es sich um Tallulahs und Susanns Vater handeln, Udo Illing.

Wie kam ich darauf? Seine Trunksucht war inselweit bekannt, während des Prozesses hatte er sich manchmal kaum aufrecht auf dem Stuhl halten können, und in jungen Jahren – das hatten meine damaligen Recherchen zu dem Artikel ergeben – hatte er die Welt umsegelt. Das Textbild passte, wackelte aber noch. Wieso ausgerechnet London? Da dämmerte es mir: Die belesene Susann hatte sich daran erinnert, dass der Abenteuerromanautor Jack London einst den Versuch einer Weltumsegelung unternommen hatte und später schwerer Alkoholiker wurde.

Der kleine Erfolg tat mir gut, doch betraf er leider ein Haiku, das vermutlich kaum von Bedeutung war. Meine Erfolgsserie bei der Entschlüsselung weiterer Zeilen setzte sich nur bedingt fort, sooft ich auch an der Shisha zog.

Haiku 109

Ich möcht dich schütteln

Liegst im heißen roten Schweiß

Hoffmanni, wach auf!

Zuerst dachte ich, ich hätte mich verlesen, denn Susanns schöne, geschwungene Schrift schlug bisweilen in geradezu barocke Windungen um. Aber da stand wirklich Hoffmanni, nicht einfach nur Hoffmann.

Haiku 290

Ich drücke sie tot.

Nummer zwei im Schattenland.

Geteilte Wege.

Bei *Nummer zwei* fiel mir spontan Tallulah ein, die zweite Tochter der Illings. Und mit *totdrücken* konnte Susanns Dominanz auf allen Gebieten gemeint sein. Das Bild wackelte jedoch noch.

Haiku 245
Der Verhinderer,
Totengräber der Liebe,
Affe Nummer eins.

Wieder war von einer Nummer die Rede, diesmal im Zusammenhang mit einem Affen. Bei *Totengräber* fiel mir lediglich ein, dass Susanns Onkel und Tante, die Waldecks, ein Bestattungsunternehmen besaßen. Ansonsten verstand ich nur Bahnhof.

Haiku 301
Ennis am Fenster,
Mariposa immer da.
Oh, arme Oma.

Ich warf das Handtuch und streckte alle viere von mir. Wer oder was war *Ennis*? Wer oder was war *Mariposa*? Und wer war *Oma*? Es gab noch zwei weitere Haiku, aber ich fand, dass ich über die bisherigen schon genug zu grübeln hatte.

Hoffen ließ mich, dass es Susann bei der Verschlüsselung nur um spielerische Raffinesse gegangen war. Es ging um die intellektuelle Herausforderung und nicht darum, der Nachwelt einen gordischen Knoten zu hinterlassen. Wenn ich ein wenig im Internet forschte, mich weiter in Trenthin umsah und mit den Leuten unterhielt, ließ sich der eine oder andere Code sicherlich knacken. Dahingestellt, ob das am Ende irgendwie nutzbringend war. Durchaus möglich, dass *Hoffmanni* sich letztendlich als Susanns venezolanischer Grünohrpfeifvogel herausstellte, der eines Morgens tot in seinem Käfig lag.

Und mit noch etwas musste ich mich abfinden: dass von all diesen Haiku, die ich schon gelesen hatte und noch lesen würde, vielleicht nur ein einziges Licht in Susanns Ermordung bringen konnte. Im schlimmsten Fall gar keines.

Ich packte die Zettel zusammen und verabschiedete mich von Tallulah. Sie schmiegte sich an Farhads muskulösen Körper, der den ihren um zwei Köpfe überragte.

»Richten Sie meiner Mutter Grüße aus, tun Sie das? Bitte sagen Sie ihr, dass es mir gutgeht. Und dass ich ein bisschen Abstand brauche. Ach ja, und dass Sie sich endlich bei Facebook anmelden soll, dann können wir uns schreiben. Oder bei WhatsApp. Machen Sie ein Foto von mir und Farhad? Das zeigen Sie ihr dann, ja?«

Auf der unerwartet langen nächtlichen Autofahrt von Berlin nach Usedom dachte ich über das Haiku nach, das ich schon Linz vorgelegt hatte.

Ein Witz nähert sich.
Die unreife Kokosnuss
wird dafür bluten.

Eine Kokosnuss war auch in einem anderen Haiku vorgekommen, im Zusammenhang mit Guinevere. Es dauerte, es dauerte, es dauerte, aber kurz vor dem Fahrtziel fiel es mir endlich wie Schuppen von den Augen. *Guinevere, Kokosnuss,* ja klar!

Lachend diktierte ich eine Notiz in mein Handy: »Morgen Kokosnuss aufsuchen.«

6

Noch fünf Tage bis zum zweiten Mord

Ein paar Prellungen am Oberkörper, ein verstauchter Mittelfinger an der rechten Hand, ein blaues Auge, aufgeplatzte Lippen – es hätte schlimmer kommen können. Das wäre es beinahe auch, wenn das Geschrei nicht zwei Touristen auf das Geschehen aufmerksam gemacht hätte.

»Hast du dich denn nicht gewehrt?«, fragte Bettina den zehnjährigen Patrick, als sie die Notaufnahme verließen und zum Auto gingen. Nun, da sie wusste, dass ihr Jüngster keinen bleibenden Schaden davontragen würde, interessierte sie sich für die näheren Umstände der Rauferei.

»Es waren zu viele.«

»Ein paar Schrammen wenigstens.«

»Einer hat mich festgehalten, und die anderen haben zugeschlagen. Was hätte ich denn da machen sollen?«

»Einem von ihnen in die Eier treten.«

Patrick blickte beschämt zu Boden. »So einfach ist das nicht, Mama.«

»Finn hat das mal getan, glaube ich. Oder habe ich das in einem Film gesehen? Wie auch immer, du musst mir die Namen der Jungen geben, damit ich ihren Eltern die Hölle heißmachen kann … Du brauchst gar nicht so ein Gesicht zu ziehen, das darf man nicht auf sich beruhen lassen. Sie waren alle älter als du, oder?«

»Zwei Klassen über mir.«

»So was von fies ist das. Und welchen Grund hatten sie? Hast du sie provoziert?«

Er sah Bettina mit seinen blauen Engelsaugen an. Äußerlich schmunzelte, innerlich seufzte sie. Die letzte Frage hätte sie sich sparen können. Patrick war die Sanftmut in Person, ruhig, zurückhaltend, höflich. Die Hotelgäste waren immer wieder begeistert, dass es heutzutage noch Zehnjährige mit Manieren gab, und das waren natürlich Momente, in denen sie stolz auf ihn war. In anderen Momenten – solchen wie diesen – wünschte sie sich allerdings, ihr Sohn trüge ein bisschen mehr Trotz, Schneid und Aktivität in sich. Er kam jedoch sehr nach seinem Vater.

»Ich will die Namen der Jungen. Wie viele waren es?«

»Vier.«

»Wow. Denen genügt es offenbar nicht, nur Idioten zu sein. Feiglinge sind es außerdem. Was haben sie gerufen, als sie dich schlugen? Sie haben doch etwas gerufen, habe ich recht?«

Wieder sah er sie aus großen, klaren Augen an. »Willst du nicht wissen.«

»Will ich wohl.«

»Killersöhnchen.«

»Das haben sie gesagt? Killersöhnchen?«

Patrick nickte. »Und noch mehr davon.«

Nun war also eingetreten, worauf sie sich seit Wochen eingestellt hatte: Die Anti-Stimmung hatte ihre Kinder erreicht, und das war ein Punkt, an dem Bettinas Verständnis für die Sorgen ihrer Mitmenschen an sein Ende kam. Bisher hatte sie alle

Feindseligkeiten ertragen. Gut, sie hatte es nicht stoisch ertragen, sie hatte ein paarmal geweint und schlief nur noch selten mehr als vier oder fünf Stunden. Aber sie hatte am nächsten Tag stets weitergemacht, sie hatte weiter gelächelt und die Tuschelnden unverdrossen gegrüßt. Einerseits, weil Holger die entsprechende Parole ausgegeben hatte, andererseits, weil sie gehofft hatte, die Leute bekämen irgendwann doch noch die Kurve zur Vernunft. Ähnlich wie ein kleines Kind, das die Augen schließt, in der Annahme, es sei dann für andere unsichtbar, hatte sie so getan, als würde sie nicht merken, was um sie herum vorging, von dem Wunsch beseelt, es gehe tatsächlich nichts vor.

Gerade als sie mit Patrick an ihrem Auto angekommen war, bemerkte sie Eva, die mit ihrer Schwester Mareike das Krankenhaus betrat. Dort also war Udo untergebracht, in Greifswald. Natürlich hatte Bettina von dem Unfall gehört, bei dem er schwer verletzt worden war, und mehrmals hatte sie überlegt, Eva anzurufen, mit der sie bis vor einem Jahr gut befreundet gewesen war. Vielleicht wäre das eine Gelegenheit, um …

»Wartest du im Auto?«, bat sie Patrick. »Ich gehe noch mal rein.«

Im Shop nebenan kaufte sie ein paar Blumen für Udo, den sie im Grunde vor diesem ganzen Schlamassel nicht gut kannte. Ein paarmal hatten sie beruflich miteinander zu tun gehabt, um ihre Interessen beim Straßenausbau, der besseren Beschilderung oder bei Umweltschutzfragen gemeinsam gegenüber den Behörden zu vertreten. Und natürlich wohnten sie im selben Ort. Trotzdem wäre Bettina unter anderen Umständen wohl kaum mit einem Blumenstrauß bei ihm im Krankenzimmer erschienen, zumal sie bis vor Kurzem Prozessgegner gewesen waren.

Bevor sie den Raum betrat, blickte sie durch die offen stehende Tür hinein. Udo sah wirklich schlimm aus, das Gesicht zur Hälfte bandagiert, beide Beine geschient, ohne Bewusstsein, an unzählige Apparate angeschlossen. Seine Frau Mareike hielt seine Hand, während Eva geschäftig irgendwelche Dinge von links nach rechts, andere Dinge von rechts nach links räumte und zwischendrin auf ihrem Handy herumtippte.

»Guten Tag«, sagte Bettina.

Beide Schwestern waren völlig perplex, starrten sie ungläubig an. Es war Mareike, die nach einigen Sekunden aufstand, ihr mit einem gütigen Lächeln entgegenkam und die Hand schüttelte.

Wie gut das tat. Bettinas Verstand wusste zwar, dass es keinen Grund gab, sich in irgendeiner Weise schuldig zu fühlen am Elend der Familie Illing. Dennoch, Bettinas Herz wurde mit einem Mal zehn Kilo leichter.

»Danke, dass Sie vorbeigekommen sind«, hauchte Mareike so leise, als wäre sie es, die auf der Intensivstation lag.

»Ich wäre schon früher gekommen«, antwortete Bettina. »Ich wusste nur nicht, ob …«

Plötzlich trat Eva dazwischen, wobei sie ihre Schwester ein Stück zur Seite schob. »Was willst du hier?«

»Ich denke, das ist offensichtlich«, erwiderte Bettina mit einem Blick auf die Blumen.

»Hast du die Scheidung eingereicht?«

Bettina glaubte, sich verhört zu haben. »Wie bitte?«

»Ob du dich scheiden lassen wirst.«

»Von Holger?«

»Hast du noch weitere Ehemänner? Wenn du dich von diesem Monster nicht trennst, bist du hier nicht willkommen.

Du bist zwar nicht verantwortlich für das, was geschehen ist, aber dein Mann ist es, und wenn du zu ihm hältst, musst du die Konsequenzen tragen. Du hast die Wahl.«

»Holger ist kein Mörder!«, rief Bettina.

»Also bist du noch immer blind.«

»Genau wie Justitia. Und die hat geurteilt.«

»Dann will ich dir mal zeigen, wie viel Einfluss deine Justitia hier drinnen hat.«

Eva entriss ihr den Blumenstrauß und pfefferte ihn etliche Male gegen den Servierwagen, sodass die Blüten, die Blätter, Stiele und Knospen quer durch das Zimmer flogen. Den kläglichen Rest drückte sie ihr wieder in die Hand.

»Blumen sind auf der Intensivstation sowieso nicht erlaubt«, sagte sie, untermalt von einem süffisanten Grinsen. »Und jetzt scher dich weg.«

»Nicht, bevor ich Mareike meine Hilfe angeboten habe, für den Fall, dass sie etwas braucht …«

»Wenn du ihr helfen willst, erschieß deinen Mann. Für seine Bestattung mache ich dir dann ein Sonderangebot. Ein Kiefernholzsarg für zweihundert Euro, abzüglich zwanzig Euro Rabatt. Na, wie wär's?«

»Was für ein bösartiger Mensch du doch bist«, entfuhr es Bettina, der Beschimpfungen normalerweise gar nicht lagen.

»So wie ich denken alle im Dorf, da kannst du fragen, wen du willst. Das steht sogar groß und breit im Internet.«

Es war nur ein vager Gedanke, ihre Intuition, die Bettina sagen ließ: »Du bist es, nicht wahr? Du steckst hinter den Angriffen auf unsere Webseite, und du hast auch unsere Lieferantenliste ins Netz gestellt.«

Evas Gesichtsausdruck sprach Bände. Auf die kurze Verlegenheit, ertappt worden zu sein, folgte eine überhebliche Miene. »Wenn du meinst, dann verklag mich doch.«

»Das tue ich auch. Du bist sogar noch gehässiger, als ich dachte, du bist das Allerletzte, Eva. Als du und Alex vor ein paar Jahren in der Scheiße saßt, da haben Holger und ich euch da rausgeholfen. Achtzigtausend Euro, dabei hatten wir damals selbst einige Belastungen. Wir sind für euch, für unsere Freundschaft an die Grenze des Möglichen gegangen, an den Rand des Abgrunds.«

»Nun werde mal nicht melodramatisch.«

»An den Rand des Abgrunds«, wiederholte Bettina vehement. »Ich hatte in den letzten Monaten wirklich genug Verständnis für die kalte Schulter, die du mir gezeigt hast. Aber das hier, das …«

Mitten im Zorn überfiel Bettina eine gewaltige Traurigkeit, der sie binnen Sekunden erlag. Sie konnte einfach nicht mehr stark sein. Weinend lief sie auf den Flur, fand irgendwie aus der Klinik hinaus, wischte sich die Tränen ab und setzte sich mit verquollenem Gesicht auf den Fahrersitz.

»Was ist denn, Mama?«, fragte Patrick.

»Nichts, mein Schatz.«

Natürlich blieb ihrem Sohn nicht verborgen, dass etwas nicht stimmte. Sie sagte über eine halbe Stunde lang kein Wort, das war absoluter Rekord. Zu Hause ging sie gleich zu Holger. Wie eine eingesperrte Tigerin lief sie in seinem Arbeitszimmer auf und ab, in den Händen eine Zigarette, die sie jedoch nicht anzündete, obwohl ihr danach war.

»Zuerst wird Patrick zusammengeschlagen, dann erfahre ich, dass Eva hinter den Bosheiten im Internet steckt. Wie eine Kriminelle hat sie mich behandelt, wollte mich aus dem Zimmer werfen und hat meine Blumen zerpflückt. Du hättest sie mal sehen sollen. Weißt du, was sie gesagt hat? Ich solle dich erschießen, um der Menschheit einen Gefallen zu tun. Und scheiden lassen soll ich mich auch.«

»In dieser Reihenfolge?«, fragte Holger.

Sie hielt inne, sah ihn entsetzt an. »Das ist überhaupt nicht lustig.«

»Tut mir leid, ich kann das nicht ernst nehmen.«

»Muss jemand unserem Sohn erst ein Auge ausstechen, damit du das alles ernst nimmst? Weißt du, was das Schlimmste ist? Dass diese Fieslinge sich hinter ihren Decknamen verbergen, dass sie nicht mit offenem Visier kämpfen. Und weißt du, was das Allerschlimmste ist?«

»Nun?«

»Dass sie gar nicht merken, was sie uns damit antun. Von denen bekommt keiner mit, was Patrick einstecken muss und dass ich aussehe wie eine alte Frau oder, noch schlimmer, wie ein hässlicher Mann.«

Er lachte.

»Hör auf zu lachen!«, schrie sie ihn an und erschrak im nächsten Augenblick über sich selbst.

Holger nahm sie in den Arm. »Ich sage ja nicht, dass es leicht wäre. Aber das wird sich geben. Indem wir ruhig bleiben, nehmen wir den feindlichen Aggressionen die Spitze.«

»Das hat sich gut und weise angehört, und es hört sich auch immer noch sehr weise an, aber es funktioniert nicht, Holger. Irgendwann muss man sich auch mal zur Wehr setzen. Ich werde als Erstes morgen früh Eva anzeigen.«

»Wenn du sie verklagst, dann verklagst du in gewisser Weise auch Alex, das weißt du hoffentlich.«

»Ehrlich gesagt, ist mir das schnurz.«

»Mir nicht. Die Aggressionen im Internet richten sich gegen mich und das Hotel, also ist es an mir, darauf zu reagieren.«

»Darum geht es ja. Du reagierst nicht.«

»Nichts zu tun, ist auch eine Reaktion.«

»Na fein! Deine Philosophie kannst du gerne Patrick erklären, der mehr Prellungen am Körper hat als Zähne im Mund.«

»Ich werde mit den Eltern der Jungen sprechen, wenn du willst.«

»Wenn ich will? Wenn *ich* will?«, rief sie und riss sich von ihm los. »Es ist hoffnungslos. Du verstehst mich nicht. Du verstehst überhaupt nicht, was vorgeht.«

Bettina fühlte sich wie im falschen Film. Viele Jahre lang waren Holgers Besonnenheit und Gemütsruhe wie eine Boje gewesen, an die sie sich bei aufgewühlter See klammern konnte, denn ihre Nerven waren dünn, ihre Konzentration war unstet. Zum ersten Mal kam ihr in den Sinn, die Boje loszulassen und ihr Glück in den Wogen zu versuchen. Nicht, dass sie an eine Trennung dachte, das kam keinesfalls in Frage. Sie liebte Holger und erinnerte sich an nicht einen Tag ihrer Ehe, an dem es anders gewesen wäre. Aber sie hatte sich bisher weitgehend auf sein Urteil verlassen und sämtliche eigenen Impulse unterdrückt. Er hatte nie geäußert, dass er genau dies von ihr erwartete, das wäre nicht seine Art gewesen. Nein, sie hatte sich selbst beschränkt. Sie hatte seine Sanftheit und Bedachtsamkeit mit ihrer ständigen Anspannung verglichen und sich untergeordnet.

Da stand er nun, mitten im Raum, die Hände in den Hosentaschen, ohne das geringste Anzeichen von Stress. War es möglich, dass dieses Verhalten, das ihr jahrelang eine Kraftquelle gewesen war, in Wahrheit nur eine lauwarme Pfütze war? Dass Holger gar nicht stark, sondern schwach war und dies nur geschickt tarnte, ob nun bewusst oder unbewusst?

»Wenn du schon reden willst«, sagte sie, »dann nimm den Vorschlag von Alex auf und stelle dich einer Bürgerversammlung.«

Er atmete tief durch. »Ich habe darüber nachgedacht und halte es für keine gute Idee.«

»Aha. Ich habe ebenfalls darüber nachgedacht und halte es sehr wohl für eine gute Idee. Vielleicht liegen die Leute gar nicht so falsch. Ich meine, vielleicht gibt es so etwas wie ein Recht auf Auskunft. Nicht vor Gericht, wo der Angeklagte das Recht hat zu schweigen. Aber im Angesicht der Mitbürger, der Nachbarn, der Mütter und Väter, ist da noch Schweigen erlaubt? Es gibt Dinge, die sich juristisch nicht abschließend beilegen lassen, und ich finde, eine tote Zwanzigjährige im Wald ist so ein Momentum. Immer nur auf den Freispruch zu verweisen, schafft kein Vertrauen. Dabei verlangen wir genau das von den Leuten: Vertrauen. Dafür sollten wir auch etwas tun. Wir haben eine Bringschuld gegenüber unseren Mitmenschen.«

Sie konnte sich nicht erinnern, jemals so mit Holger gesprochen zu haben. Gewissermaßen hatte sie ihn belehrt und korrigiert, ihn, der sonst seine Weisheiten verteilte wie ein Priester in der Kirche die Hostien. Es war ihr unglaublich schwergefallen, und wenn sie die Worte dennoch über die Lippen gebracht hatte, dann wohl nur, weil es ihr noch viel dreckiger ging, als sie sich eingestand. Die Schikanen, die bösen Worte, der Angriff auf Patrick – ja, das waren aufreibende Ereignisse. Doch der Sturm, der in ihr tobte, wäre nur halb so heftig, wenn sie absolute Gewissheit über den Mann an ihrer Seite hätte.

Nicht nur, weil sie sich erhoffte, die Lage möge sich endlich beruhigen, forderte sie Holger auf, einer Bürgerversammlung zuzustimmen. Insgeheim hoffte sie auch, dass er dort all die Fragen beantworten müsste, die sie selbst ihm nicht zu stellen traute.

Aus Gewohnheit zündete sie sich eine Zigarette an, doch als sie merkte, was sie getan hatte, drückte sie sie sofort wieder aus.

»Ich reserviere noch heute den Sitzungssaal für kommenden Samstagabend und setze eine Anzeige in die Zeitung. Wir gehen jetzt in die Offensive, Holger. Denen zeigen wir's.«

Einige Monate später, September

Dargen war ein kleiner Ort in Usedoms Achterland, entzückend gelegen zwischen im Wind fließenden Kornfeldern, blühenden Wiesen, dem Stettiner Haff und mehreren versprengten Kolonien von Pappeln, Birken und Weiden. Die Straßen glichen eher Wegen, die Wege eher Pfaden. Ich konnte nicht anders, als an mehreren Stellen auszusteigen und mich mit der Natur vollzusaugen, die sich an diesem Tag unter dem prächtigsten ägyptisch-blauen Himmel erstreckte. Wer brauchte die Toskana, wer die Ägäis, wenn er hier lebte, an diesem herrlichen Fleckchen Erde?

Wie schön alles hergerichtet war! Das Feuerwehrhaus – und Feuerwehrhäuser interessieren mich normalerweise wenig –

war so ländlich adrett, so sauber, so akkurat mit dem Pinsel beschriftet, dass ich es sogar fotografierte. Das Storchennest auf dem Dach bildete das i-Tüpfelchen. Wohin ich die Kamera meines Handys auch richtete, überall gab es ein lohnenswertes Motiv, sodass ich fast vergaß, weshalb ich nach Dargen gekommen war.

Vom Navigationssystem ließ ich mich fast direkt vor das Grundstück leiten. Weder das Haus noch die Bewohner waren für mich interessant, obwohl sich das Gebäude als wahres Schmuckstück entpuppte, in dem sich gewiss auch Frau Holle wohlgefühlt hätte. Ein großer, fast verblühter Sommerflieder lockte die letzten Schmetterlinge der Saison an, in einem Hochbeet wuchsen Kürbisse in drei verschiedenen Farben, und ein Zwetschgenbaum schickte den Duft seiner überreifen Früchte durch den Garten.

Meine Anwesenheit an diesem lieblichen Ort verdankte ich jedoch keinem seiner Vorzüge, sondern dem einzigen Manko: einem in die Jahre gekommenen Gartenzaun, der gerade frisch gestrichen wurde.

Der junge Mann arbeitete mit freiem Oberkörper, was sein gutes Recht und obendrein nett anzusehen war. Glücklicherweise hatte ich mich immer schon ausschließlich zu Männern meines Alters hingezogen gefühlt, und das hatte sich auch nicht geändert, seit die Zahlen hinter der Vier größer wurden. Anderenfalls hätte ich nun wohl eine Hitzewallung bekommen. Denn obwohl der junge Mann seine Reize allzu deutlich zur Schau stellte, musste ich zugeben, dass er davon jede Menge besaß.

»Marlon Ritter?«

»Der bin ich.«

Er legte den Pinsel aus der Hand und richtete sich auf. Seine Hand war rau, ihr Druck fest – und vor allem lang.

»Doro Kagel, Journalistin.«

»Nett«, sagte er. »Sind das deine alten Herrschaften da drin?«

»Alte Herrschaften? Oh, nein, ich weiß nicht, wer in dem Haus lebt. Ich bin Ihretwegen hier.«

»Das höre ich gern. Woher weißt du …?«

»Dass Sie hier arbeiten? Bei Ihnen zu Hause hat mir ein nettes Mädchen aufgemacht.«

»Valentina.«

»Valentina, ganz genau. Ich habe sie leider beim Duschen gestört, sie war nur mit einem Handtuch bekleidet. Na, jedenfalls weiß ich von ihr, dass Sie hier einen Job erledigen. Bevor wir weiterreden … könnte ich meine Hand zurückbekommen, bitte?«

»Klar.«

Sie tat ein bisschen weh, und ich musste daran denken, was Tallulah über die Hände ihres Ex gesagt hatte: dass es eigentlich Mordwaffen wären. Tallulah verdankte ich auch den entscheidenden Hinweis, dass es sich bei Marlon Ritter aller Wahrscheinlichkeit nach um die *Kokosnuss* in Susanns Haiku handelte.

Sie hatte mir von dem vergeblichen Annäherungsversuch erzählt, den Marlon bei ihrer älteren Schwester gestartet hatte.

Ein Witz nähert sich.
Die unreife Kokosnuss
wird dafür bluten.

Das allein besagte noch nicht viel. Erst im Kontext mit dem anderen Kokosnuss-Haiku bekam es eine Bedeutung.

Nights in white Satin.

Guinevere und Kokosnuss,
Traumpaar von Trenthin.

Die Königin der Artussage begann eine Liebschaft mit Lancelot, einem Ritter der Tafelrunde. Wenn ich dann noch bedachte, dass *Kokosnuss* nicht gerade ein schmeichelhaftes Pseudonym für einen Mann war und Monty Python sich im Film *Ritter der Kokosnuss* über die mittelalterlichen Kämpfer und Kavaliere lustig gemacht hatte, dann ergab alles einen Sinn. Ich hatte sogar schon eine vage Idee, bei wem es sich um *Guinevere* handeln könnte, doch war es noch zu früh, um mich festzulegen.

Die beiden entscheidenden Fragen waren erstens, was Susann gemeint hatte, als sie schrieb, die Kokosnuss werde für den Annäherungsversuch bluten, und zweitens, was sie mit dem Wissen um die Affäre von Guinevere und Kokosnuss hatte anfangen wollen. Die Antwort auf beide Fragen war womöglich die gleiche.

»Ich war bei Tallulah in Berlin«, begann ich.

»Ach ja? Wie geht's ihr denn so?«

»Sie lernt gerade, wie man Wasserpfeifen aufbaut. Dabei haben wir über Sie gesprochen.«

»Egal was sie sagt, glaub ihr nur die Hälfte. Tallulah ist ganz nett, aber ziemlich verkorkst.«

»Verkorkst?«

Er wischte sich mit dem Oberarm den Schweiß von der Stirn. »Na, ihre Kindheit. Ihre Eltern haben immer nur Susann gesehen, und die hat immer nur sich selbst gesehen. Wenn sie sich ab und zu mal um ihre jüngere Schwester gekümmert hat, dann nur, um ihr klarzumachen, dass sie alles auf die Reihe kriegt und Tallulah nix. Ganz ehrlich, wenn nicht längst klar wäre, wer Susann umgebracht hat, dann würde ich auf Tallulah tippen.«

»Interessant, dass Sie das sagen. Wo Sie doch selbst ein prima Motiv hatten …«

»Ich?« Er pulte ein paar getrocknete Farbspritzer von seiner Brust. »Ich doch nicht. Susann war mir schnurz.«

»Sie hat Nein gesagt, als Sie mit ihr … nennen wir es mal … ausgehen wollten.«

»Das stimmt nicht.«

»Susann hat es Kathrin erzählt, wobei sie ziemlich verächtlich von Ihnen gesprochen hat.«

»Kathrin ist ein hinterhältiges, verlogenes, arrogantes Miststück, das sich wie eine Klette an Susann gehängt hat, weil sie selbst nix draufhat«, regte er sich auf. »Oder sie hat was Feuchtes von ihr gewollt, du weißt schon.«

»Dafür gibt es keinen Hinweis.«

»Na, wenn du das sagst.«

Er widmete sich wieder den Farbspritzern, und um das Gespräch in Fahrt zu halten, kam ich auf seine Anmache zurück.

»In Susanns Tagebuch gibt es einen entsprechenden Hinweis auf Ihren Annäherungsversuch«, log ich, wobei es ja nur ein bisschen geschwindelt war. »Warum sollte Susann ihr eigenes Tagebuch belügen?«

»Mit der ist doch keiner ausgegangen, die mit ihren tausend Spleens und Komplexen. Hat geglaubt, sie wäre etwas Besseres. Das kommt hier nicht gut an. Wenn sie das wirklich in ihr Tagebuch geschrieben hat, dann nur, um sich was vorzumachen. Sie wollte vor sich selbst mit mir angeben.«

Psychologie sechs, setzen. Ich konnte mir das Lachen gerade noch so verkneifen.

»Was mir auffällt: Für jemanden, der Susann nicht gerade mochte, haben Sie sich nach ihrem Tod mächtig für sie ins Zeug gelegt. Ich spreche von der Bürgerwehr, die Sie ins Leben gerufen haben.«

Er überlegte anscheinend ein paar Sekunden, ob er die Existenz dieser Vereinigung abstreiten sollte.

»Die habe ich nicht für eine Tote gegründet, sondern für die Lebenden«, erwiderte er fast poetisch, und zum ersten Mal während des Gesprächs hatte ich das Gefühl, es nicht mit einem unreifen chauvinistischen Muskelprotz zu tun zu haben. »Stell dir mal vor, in einem Park wird eine Frau ermordet und dann noch eine, und es gibt keinen anderen Park im Umkreis von zwanzig Kilometern. Hörst du dann auf, in den Park zu gehen? Es ist dein Park, verstehst du? Dein Lieblingspark, da verbringst du viel Freizeit. Du willst ihn nicht aufgeben. Aber du hast Angst. Entscheidest du dich also dafür, einen wichtigen Teil deines Lebens zu opfern? Oder setzt du lieber dein Leben aufs Spiel? Unsere Bürgerwehr hat einen Ausweg aus der Klemme geboten. Die Leute haben uns akzeptiert, vor allem die Frauen. Und damit jetzt keine Gerüchte aufkommen oder so: Meine Jungs haben ihre Hände schön bei sich behalten. Für uns war das kein Hilfsprogramm, um unsere Samstagabende rumzubekommen. Die Mädels waren echt dankbar, wenn wir sie im Dunkeln begleitet haben, auch wenn sie nur dreihundert Meter von ihrer Freundin bis nach Hause gehen mussten. Sie hatten Angst, und wir haben ihnen die Angst genommen. Was ist daran schlecht, hm?«

Tja, damit erwischte er mich natürlich auf dem falschen Fuß. Daran fand ich selbstverständlich nichts schlecht, nur war das nicht die ganze Geschichte.

»Die Dorfbewohner haben die Familie Simonsmeyer heftig gemobbt, bevor jemand sie ermordete. Und das alles soll unkoordiniert geschehen sein? Wohl kaum.«

In diesem Moment wurde Marlon Ritter von einer der zahlreich umherschwirrenden Wespen in den Oberarm gestochen. Er schlug das Insekt tot. Sonderlich beeindruckt von dem Stich wirkte er nicht.

Ich konnte regelrecht sehen, wie der Geistesblitz in ihn einschlug.

»Ach«, sagte er grinsend, »da komme ich nicht dran. Bitte, kannst du mir das Gift raussaugen?«

Zack, schon war er wieder der Kindskopf und ein dummdreister dazu. Die kleine Episode erinnerte mich daran, weshalb ich hergekommen war. Nicht, um ihn zu überzeugen, und auch nicht, um mich von ihm überzeugen zu lassen, wie schlecht oder gut die Idee einer Bürgerwehr war.

»Spucke soll helfen«, erwiderte ich die Anmache trocken. »Um auf Susann zurückzukommen, am Tag ihres Todes hatten Sie ein frühes Training Ihrer Fußballmannschaft angesetzt. Normalerweise trainieren die Jungen nachmittags, etwa zu der Zeit, als Susann starb. Aber an dem Tag bereits mittags. Wieso?«

Er rieb den Stich mit Spucke ein, wie ich es ihm geraten hatte. »Weiß ich nicht mehr. Glaube, es hing mit dem Wetter zusammen. Die Tage davor hatte es geschüttet, und die Vorhersage war schlecht. Also habe ich die Mannschaft früher als sonst zusammengetrommelt.«

»Obwohl es an dem Tag nicht mehr geregnet hat, haben Sie und die Jungen nicht lange trainiert, viel kürzer als üblich.«

»Weiß nicht mehr. Die Stimmung war nicht gut. Finn hat andauernd auf die Uhr gesehen, und …«

»Finn Simonsmeyer?«

»Ja, er ist früher gegangen. Und nach einer Viertelstunde habe ich gemerkt, dass das Training nichts bringt.«

»Zum Zeitpunkt von Susanns Tod war das Training also beendet. Und Sie waren danach zusammen mit …«

»Ben-Luca. Ben-Luca Waldeck.«

»Was haben Sie gemacht?«

»Abgehangen.«

»Wo?«

»In meiner Bude. Hör mal, du siehst echt ganz nett aus, aber ich habe keinen Bock mehr auf deine Fragerei. Muss jetzt auch weiterarbeiten. Verstehst du doch, oder? Wenn du willst, können wir nachher was zusammen trinken, bei dir, bei mir, wo du willst. Ich kenne da ein nettes Café. Aber keine Fragen mehr, ja? Einfach nur Spaß haben.«

Ich hätte seine Mutter sein können, was ihn anscheinend nicht im Geringsten störte, im Gegenteil, er startete eine Offensive nach der anderen. So plump er auch vorging, zweierlei zeigte mir sein Verhalten: Erstens, dass ihn meine Fragerei nicht davon abhielt, sich mit mir zu verabreden. Er schien mich nicht als Bedrohung wahrzunehmen. Und zweitens kam er mir nicht vor wie ein Typ, den eine Zurückweisung schockierte. Immerhin hatte er ja noch Valentina, die zu Hause frisch geduscht auf ihn wartete, und wäre das Mädchen irgendwann passé, konnte er tausend Frauen auf der Insel und noch mal zehntausend Touristinnen anbaggern. Flippte so jemand wirklich aus, wenn sich mal eine Frau über ihn lustig machte?

Andererseits – und das fand ich bemerkenswert – hatte er das Gespräch ausgerechnet in dem Moment abgebrochen, als wir über sein Alibi sprachen.

»Sind Sie gut mit Ben-Luca befreundet?«, fragte ich.

»Jetzt fängst du ja doch wieder an.«

»Ich frage mich nur, was das Alibi eines guten Freundes taugt.«

»Er ist kein guter Freund, sondern ein Kumpel und Kamerad. Warum sollte er für mich lügen?«

»Das ist eine sehr gute Frage. Und mir fällt da gerade noch eine zweite ein: Was könnte Ben-Luca dazu bringen, das Alibi für seinen Kumpel und Kameraden platzen zu lassen?«

Es war nur ein Schuss ins Blaue, den ich abfeuerte, aber ich hatte Glück. In den Augen meines Gegenübers erkannte ich, dass ihm durchaus ein Grund einfiel. Eine Sekunde genügte, und ich wusste Bescheid.

»Gar nichts, weil es die Wahrheit ist«, antwortete er schwach und wandte sich wieder dem Zaun zu. Auf seinen Schulterblättern war ein lateinischer Spruch tätowiert: *Esse quam videri*. Wie ich später recherchierte, bedeutete das »Mehr Sein als Schein«. Hätte ich das schon zu diesem Zeitpunkt gewusst, hätte ich vermutlich laut losgelacht. Auf niemanden passte dieser Satz weniger als auf Marlon Ritter.

Eine Minute später rief ich vom Auto aus Linz an. »Wo sind Sie? Ich habe Neuigkeiten … und ein paar Fragen.«

»Wir durchsuchen die Büros und das Haus von Fassmacher.«

»Warum das?«

»Ich habe einen Tipp von unserer Elfe im Schilf bekommen.«

»Von Rosemarie Busch? Wie viel haben Sie bei ihr ausgegeben?«, fragte ich schmunzelnd.

»Siebenunddreißig Euro für eine Vase. Und das, wo ich zuletzt nach einem Skiunfall vor zwölf Jahren Blumen geschenkt bekommen habe.«

Irgendwie verliebte ich mich in seinen Humor, und als es mir auffiel, hörte ich auf zu lachen und zu lächeln. Vielleicht spürte er durch das Telefon, was in mir vorging, denn auch er wurde wieder ernst.

»Wir vermuten, dass Fassmacher der eigentliche Kopf der MV ist. Ein paar Dutzend illegale Elektroschocker, die wir sichergestellt haben, sind der deutlichste Hinweis.«

»In einer halben Stunde bin ich bei Ihnen.«

Ich drehte den Zündschlüssel und fuhr, die Sonne im Rücken, auf geraden Straßen Richtung Küste. Das war einer dieser Momente, in denen ich bedauerte, einen stinknormalen Kleinwagen und kein Cabrio zu haben, so wie Yim. In seinem Smart zu sitzen, bedeutete, sich warm anzuziehen, denn selbst bei zehn Grad Außentemperatur zuckelte er, der gebürtige Kambodschaner, bei Sonnenschein mit geöffnetem Dach durch Berlin, um den Hals einen dicken Norwegerschal und auf dem Kopf ein bretonisches Käppi. Die anderen Autofahrer guckten ihn dann meist groß an, manche hupten ihm freundlich zu, und er winkte zurück. Besonders vermisste ich die Ausflüge ins Umland, die wir früher gemacht hatten, in die Prignitz, ins Wendland, den Spreewald… Das schien lange her, obwohl der letzte Ausflug – ich zählte nach – vor zwei Jahren stattgefunden hatte. Oder waren es mehr? Schlimm, dass ich überhaupt zählen musste, und erschreckend, dass ich dafür drei Finger benötigte und der vierte schon wackelte.

Ich war derart mit der Vergangenheit beschäftigt, dass mir der weiße Punkt zunächst nicht auffiel. Das Schattenspiel der Allee, die flimmernde Straße und ein paar auffliegende Krähen erschwerten obendrein die Sicht. Eine, zwei, drei Sekunden vergingen, bis ich sicher war, dass mir tatsächlich ein Fahrzeug auf meiner Spur entgegenkam. Allerdings war es noch ein gutes Stück entfernt. Wie in solchen Fällen üblich, drosselte ich die Geschwindigkeit, betätigte die Lichthupe und wartete darauf, dass der Fahrer auf seine Fahrbahnseite zurücklenkte.

Das tat er jedoch nicht. Schlimmer, ich sah gar kein zweites Auto. Was zum Teufel machte der da?

»Idiot!«, brüllte ich und betätigte die Lichthupe wie die Knöpfe eines Flippers.

Es war ein weißer Kleinbus oder Lieferwagen, nicht das typische Fahrzeug eines leidenschaftlichen Rasers, und obwohl seine Spur frei war, machte er keine Anstalten, mir auszuweichen.

Schon öfter habe ich gelesen oder gehört, wie Leute nach bedrohlichen Situationen ausgesagt haben, dass alles so furchtbar schnell gegangen sei. Das fand ich überhaupt nicht. Mir kam es vor wie eine Minute, bis ich die Geschwindigkeit von sechzig auf dreißig Stundenkilometer reduziert hatte. Eine weitere Minute, bis der Kleinbus aus der Fahrbahnmulde, die ihn meiner Beobachtung entzog, wieder auftauchte.

Er hielt noch immer direkt auf mich zu.

Ich überlegte anzuhalten und aus dem Auto zu springen. Stattdessen lenkte ich auf die andere, also seine Fahrbahnseite und erwartete, dass er blieb, wo er war.

Wie ein Spiegelbild folgte er meiner Bewegung.

Keine fünfzig Meter mehr war er inzwischen entfernt. Ich erkannte die Umrisse von zwei Personen hinter der Windschutzscheibe.

Noch einmal wechselte ich die Spur, zurück auf meine, und erneut vollzog er meinen Wechsel nach.

Dreißig Meter.

Ich riss das Steuer herum und schoss über die Straße auf ein abgeerntetes Kornfeld, über das der Wagen noch ein paar Meter holperte, bevor er ruckartig zum Stehen kam.

Meine Hände, die das Lenkrad umkrallten, zitterten wie nach einer gewaltigen körperlichen Anstrengung. Der Motor stotterte, ging aus. Um mich herum wirbelte brauner Sandstaub, hüllte das Auto ein, zog durch das offene Fenster herein, schaffte es bis in meine Lunge.

Es dauerte mehrere schwere Atemzüge, bis ich an den Wahnsinnigen denken konnte, der mir das angetan hatte.

Der Staub legte sich, gab den Blick auf die Landschaft wieder frei, und im Rückspiegel erkannte ich, dass der weiße Kleinbus ein Stück weiter auf der Straße angehalten hatte. Mir wäre es lieber gewesen, er wäre weitergefahren.

Ich öffnete die Tür.

In diesem Moment ertönte ein Knall, so laut, dass ich aufschrie, mich auf den Sitz zurückfallen ließ, den Motor startete und quer über das von abgetrennten Halmen übersäte Feld auf und davon stob. Erst nach einem Viertelkilometer fand ich zurück auf eine Straße.

Der Tag des zweiten Mordes

Wenn Ben-Luca sich mies fühlte oder intensiv über etwas nachdenken wollte, dann ging er zum Angeln, was immer auch bedeutete, dass er viel zeichnete. In beide Hobbys hatten ihn weder seine Eltern noch Großeltern oder Freunde eingewiesen, er war vor ein paar Jahren ganz allein auf die Idee gekommen und hatte sich alles mithilfe von Büchern und Tipps im Internet selbst beigebracht. Inzwischen war er so gut, dass er auf einen Anglerurlaub in Tschechien sparte. Zur Meisterschaft würde er es dennoch nicht bringen, denn letztendlich war ihm die Anzahl der gefangenen Fische egal. Ihm ging es mehr um den Vorgang des Angelns, weniger um das, was am Ende dabei herauskam.

Er setzte sich in das Boot, das er vor einigen Jahren von seinen Eltern geschenkt bekommen hatte, und ruderte aus dem Hafen auf den Peenestrom hinaus. Dreißig, vierzig Schläge vom Ufer entfernt warf er die Angel aus, tat ein paar Minuten lang gar nichts und holte dann Block und Stift hervor.

In gewisser Weise war Zeichnen für ihn eine Meditation auf dem Wasser, ein Innehalten, ein Schauen, ein Auf-sich-wirken-Lassen. Er betrachtete die changierenden Reflexionen auf den Wellen des Boddens, den Flug der Kormorane, den Wind, der das Schilf bog, die gemächlich dahinziehende Wolkenkarawanen am Himmel, die bunten Segel der Boote. Er zeichnete einfach drauflos, und nach einer halben Stunde überkam ihn eine Zufriedenheit, die er nirgendwo sonst fand. Er würde das niemandem gegenüber so formulieren, denn Kohlemachen war cool, Angeln war es nicht und Zeichnen auch nur sehr bedingt. Tatsache war, dass er von dieser Zufriedenheit beinahe abhängig geworden war. Wenn man von Wind und Wolkenkarawanen leben könnte, er würde es tun.

Als Boddenfischer kam man gerade so über die Runden, und die Zukunft sah düster aus. Vielleicht sollte er doch noch das Abi machen und Gartenbau studieren, das interessierte ihn, na ja, zumindest ein bisschen. Da war man wenigstens an der frischen Luft. Eine Lehre als Hotelkaufmann? Oder doch ins Bestattungsunternehmen der Eltern einsteigen?

Vor lauter Ratlosigkeit hatte er sich aus dem Internet eine alphabetische Liste aller in Deutschland existierenden Berufe heruntergeladen. Es waren neunundvierzig eng bedruckte Seiten, die er sich als Lektüre zum Angeln mitgenommen hatte. Aber schon beim Buchstaben G wie Geigenbauer wurde ihm schwindelig, und er stopfte die Zettel zu den Ködern in seinen Rucksack.

Ben-Luca war so in Gedanken versunken, dass er nicht mitbekam, dass sich ihm ein anderes Boot näherte. Erst als es sein Heck kreuzte und die Tropfen eines nassen Paddels seinen Nacken trafen, drehte er sich um.

»Hey, Lucky«, rief Finn. »Wettrudern zum Ufer?«

»Du würdest eh gewinnen.«

In den letzten Tagen hatten sie nur ein paar Kurznachrichten hin- und hergeschickt, nichtssagende Plattitüden: *Wie geht's? alles frisch? Was machsten so?* Absichtlich hatten sie nicht telefoniert oder sich getroffen, denn das hätte bedeutet, über den Vorfall in der Umkleide zu sprechen, als Finn einen Wutanfall bekommen und Ben-Luca Amritas Foto in seinem Spind gefunden hatte.

»Dein Vater hat mir verraten, dass du hier bist«, erklärte Finn und setzte sich neben ihn. »Vorher hab ich versucht, dich anzurufen, aber …«

»Man hat hier kein Netz.«

Finn nickte. »Mitten auf dem Strom ist so ziemlich der einsamste Ort von ganz Usedom, und das will was heißen, wo doch das Achterland sowieso schon ein einsamer Ort ist. Du fängst also Fische, ja?«

»Ja, ich habe bereits drei Barsche im Eimer. Die verkaufe ich an einen Koch in Ahlbeck. Bringt gutes Geld.«

Er und Finn sahen sich in die Augen, und Ben-Luca senkte den Blick. »Okay, deswegen mache ich es nicht. Beim Angeln kann ich nachdenken. Irgendwann muss ich ja mal zu Potte kommen und entscheiden, wie es mit mir weitergeht.«

»Werde doch Zeichner«, sagte Finn mit Blick auf den Block in Ben-Lucas Händen. »Darin bist du gut. Ich habe heute noch das Porträt, das du vor sechs Jahren von mir gemacht hast.«

»Meine Kunst reicht vielleicht, um Zwölfjährige zu beeindrucken. Das war es dann aber auch.«

»Dann zeichne halt für Kinder.«

»So einfach ist das nicht.«

»Was ist schon einfach?«

Das Tabuthema stand zwischen ihnen, wie sie beide schon herausgefunden hatten, und keiner wollte es an diesem Tag erneut zur Sprache bringen.

Finns Miene hellte sich auf. »Übrigens, in einer Woche fahre ich zum Probetraining nach Berlin. Zur Hertha.«

»Was machst du, wenn's nicht klappt?«

»Mann, Lucky, hattest heute wohl mal wieder eine Scheibe Pessimismus auf Toast zum Frühstück, wie?«

»Kann doch passieren. Fängst du dann im Hotel von deinem Vater an?«

»Auf keinen Fall!«, rief er mit fast schon feindseliger Entschlossenheit, die ihm wohl selbst auffiel und die er abschwächte, indem er höhnisch lachte und hinzufügte: »Kannst du dir mich im Kellner-Outfit vorstellen?«

Ben-Luca lächelte. »Ja, kann ich.«

»Hör auf! Ist nicht dein Ernst?«

»Absolut. Mit Fliege und allem Drum und Dran.«

»Dann du aber auch. Das wär 'ne Gaudi, was? Wir beide piekfein, du servierst die Fischplatte, und ich sage: ›Wünschen der Herr einen Weißwein dazu? Darf ich einen Pfälzer Grauburgunder empfehlen, den Ochsenberger Krötenarsch? Garantiert furztrocken.‹«

Sie schüttelten sich vor Lachen in ihren Booten, die anfingen zu schwanken und auseinandertrieben. Nach ein paar Ruderschlägen waren sie wieder beisammen, für Ben-Luca die besten dreißig Sekunden in den letzten dreißig Wochen.

Als sie sich wieder einkriegten, sagte Finn ernst: »Nein, Lucky, entweder ich werde Fußballer oder …«

Er schwieg.

»Oder was?«, fragte Ben-Luca.

»Oder gar nichts.«

»Was meinst du damit? Finn, sag schon. Du machst mir ein bisschen Angst.«

»Nur ein bisschen?« Sein Freund zwinkerte schelmisch, dann holte er tief Luft und blickte in die Fluten.

Schon vor längerer Zeit war Ben-Luca aufgefallen, dass Finn mit anderen Augen auf ihre Insel, ihre Heimat blickte. Malerische Sonnenuntergänge über dem Meer, Kühe und Ponys auf den Weiden, die von nichts anderem als Brandung begleitete Stille – das waren für ihn die Merkmale des Landlebens, das er ein Stück weit verachtete. Finn träumte von der großen, weiten Welt, von ausverkauften Stadien.

»Soso, Lucky, du angelst also regelmäßig. Das hast du mir nie erzählt.«

»Du erzählst mir auch nicht alles«, erwiderte Ben-Luca, wünschte aber sofort, er hätte nicht davon angefangen. Über ihre jeweiligen Freundinnen hatten sie nie viel gesprochen. Seit ihrem sechzehnten Lebensjahr war jeder von ihnen zwei- oder dreimal verbandelt gewesen, das Übliche halt. Mädels, die man zur Mittsommernacht kennenlernte und vor dem Feuerwehrfest im August schon nicht mehr hatte. So in der Art. Veronika, Samantha und … Den Namen von Finns erster Freundin hatte Ben-Luca längst vergessen.

»Lucky, ich will dich um einen Gefallen bitten. Vor ein paar Tagen haben ein paar Youngsters meinen kleinen Bruder überfallen und verprügelt. Sie haben sein Fahrrad demoliert und ihm jede Menge blaue Flecke verpasst. Meine Mutter will mit den Eltern reden, aber was soll dabei schon herauskommen? Und mein Vater zieht komplett den Schwanz ein.«

»Er hat ja auch genug andere Probleme.«

»Er würde so oder so den Schwanz einziehen, das kann er am besten. Wenn er nur einmal zu dem stehen würde, was er … Ach, scheißegal.« Finn rieb sich mit beiden Händen übers Gesicht, und wieder hatte Ben-Luca das Gefühl, dass sein Freund etwas wusste, über das er nicht sprechen konnte oder durfte.

»Du willst die Jungs aufmischen«, sagte Ben-Luca. »Und ich soll dir dabei helfen.«

»Du kennst mich, ich will sie nicht zusammenschlagen. Ihnen nur eine Abreibung verpassen. Was ist jetzt, kann ich auf dich zählen?«

Ben-Luca hielt nicht viel von körperlichen Streitigkeiten. Ein einziges Mal war er mit einem Mitschüler aneinandergeraten und hatte den Kürzeren gezogen. Finn hatte ihn daraufhin gerächt, und genau dasselbe hatte er jetzt für Patrick vor. Ein Schulhof-Bully war auch Finn nie gewesen, aber er war weitaus schneller bereit, die Muskeln spielen zu lassen, wenn ihm jemand dumm kam. Vor allem auf dem Fußballfeld war er ein Hitzkopf.

»Was verstehst du unter ›Abreibung verpassen‹?«, fragte Ben-Luca.

»Ich habe herausgefunden, dass die vier gerade im Skatepark sind.«

»Boah, Mann. Das ist eine ganze Ecke weg, und wir haben beide kein Auto.«

»Der Transport ist längst organisiert. Wir schlagen ihnen die Rollerskates kaputt, und das war's dann auch schon.«

»Zwei gegen vier?«

»Das sind zwölfjährige Bengel. Außerdem kommt noch ein Dritter auf unserer Seite dazu.«

»Wer denn?«

»Wird das hier ein längeres Interview, oder kommen wir jetzt endlich in die Stiefel? Hallo, Lucky, ich bin's! Ich werde denen schon nicht die Köpfe einschlagen. Aber Strafe muss sein.«

Finn streckte ihm von Boot zu Boot die Hand entgegen, und Ben-Luca zögerte keine Sekunde, sie zu ergreifen, ja, er war sogar ein bisschen froh, dass Finn bei ihm Rückhalt suchte.

Gemeinsam ruderten sie in den Hafen zurück. An der Straße angekommen, staunte Ben-Luca nicht schlecht, als er Herrn Tschainis Kombi entdeckte. Am Steuer saß dessen jüngerer Sohn.

»Was macht der denn hier?«, fragte Ben-Luca.

»Er ist der dritte Mann.«

»Ganesh?«

»Klar, warum nicht? Ist ein netter Kerl. Und du hast selbst

gesagt, dass wir jemanden brauchen, der uns zum Skatepark fährt.«

Ganesh Sayyapparaju war bis vor Kurzem Ben-Lucas Klassenkamerad gewesen, aber in sieben Jahren gemeinsamer Schulzeit auf dem Gymnasium hatten sie höchstens siebenhundert Worte miteinander gewechselt. Er fand keine gemeinsame Wellenlänge mit dem schlaksigen Bürschchen, denn Ganesh spielte weder Fußball noch hörte er kultige Musik, surfte oder ging schwimmen. Er blödelte herum, das war alles. Besonders helle war er auch nicht. Immer, egal ob Sommer oder Winter, trug er eine Jeans und dazu ein weißes Hemd, bei dem der oberste Knopf offen stand, niemals einer mehr. Er trank ausschließlich Wasser, Tee und Lassi, war auf keiner Fete anzutreffen, und jedes Gespräch mit ihm kam nach zwei Sätzen ins Stocken. Für jemanden, der so viel herumalberte, war er todlangweilig.

»Ein netter Kerl?«, fragte Ben-Luca. »Woher willst du das wissen? Ihr wart nicht einmal auf derselben Schule.«

»Er hat mir immer Yogi-Tee gebracht, wenn ich auf Amrita gewartet habe.«

»Das ist seine Qualifikation, um ein paar Schläger aufzumischen? Er kann Yogi-Tee zubereiten?«

»Ganesh hat mir seine Hilfe angeboten, und du hast selbst gesagt, dass zwei gegen vier ein bisschen riskant ist.«

»Die Pfeife verbessert dieses Missverhältnis ja wohl kaum zu unseren Gunsten.«

»Wieso musst du immer alles durch den Kakao ziehen, Lucky? Sag mir das mal! Ich bin für jede Hilfe dankbar, auch wenn sie nur symbolisch ist. Hab in letzter Zeit nämlich einen ziemlichen Schwund an Freunden.«

Da war etwas dran. Ben-Luca hatte selbst mitbekommen, wie die Vereinskameraden nach und nach auf Distanz zu Finn gingen. Sie löschten ihn aus ihren Handy-Kontakten und entfernten ihn bei Facebook, Snapchat und Co. von der Freundesliste, der Daumen neigte sich nach unten. Dumme Kommentare, die direkt auf Finn zielten, verkniffen sie sich bisher, aber das Thema wurde inzwischen heiß in den sozialen Medien diskutiert, und der Suchbegriff »Simonsmeyer« fiel dabei ziemlich oft. Was die Mannschaft anging: Marlon hatte einen neuen Torwart benannt, da Finn sowieso bald als Profi nach Berlin gehen würde.

Es war sicherlich kein großes Plus, ausgerechnet den langweiligen Ganesh als Freund zu gewinnen, oder hegte Finn die Hoffnung, dass Herr Tschainis jüngerer Sohn wegen Amrita ein gutes Wort bei seinem Vater einlegte. Was auch immer Finn bewegte, Ben-Luca gab seine Einwände auf. Etwas anderes blieb ihm ohnehin nicht übrig. Er lud den Eimer mit den Fischen, das Anglerzubehör und das Fahrrad in den Kombi, setzte sich neben Ganesh, gab ihm freundlich die Hand, und los ging's. Ganeshs frisch erlernte Fahrkünste ließen noch zu wünschen übrig, der halbe Eimer lief aus, und die Sicherheitsgurte wurden zweimal auf ihre Funktionstüchtigkeit getestet, aber eine Viertelstunde später waren sie am Ziel.

Nach weiteren zwanzig Minuten lautete die Bilanz: vier demolierte Rollerskates, ein verstauchter Daumen, eine knallrote Kinderwange und ein paar verheulte zwölfjährige Augen. Die Schlacht war mühelos gewonnen, die Rache geglückt.

Eine Stunde danach saßen Finn, Ganesh und Ben-Luca auf einem Polizeirevier.

In Herrn Tschainis Augen war nur eines schlimmer, als eine Straftat zu begehen, und zwar der Begehung einer Straftat überführt zu werden. Diese Haltung brachte sein Blick unmissverständlich zum Ausdruck, als er seinem Sohn auf der Polizeiwache gegenübertrat. Nachdem die Formalitäten erledigt waren und er mit Ganesh nach Trenthin zurückfuhr, brach seine Enttäuschung sich auch verbal Bahn.

»Soweit ich zurückdenken kann, ist keiner aus meiner Familie jemals mit dem Gesetz in Konflikt geraten.«

»Was ist mit Onkel Chandra, der vor zwei Jahren in Chennai mit dem Auto in einen Friseurladen gekracht ist?«

»Der Bruder deiner Mutter ist ein hoffnungsloser, gottloser Säufer. Willst du mit ihm auf einer Stufe stehen? Und dann diese Umstände. Dein Bruder und deine Schwester müssen mich im Service vertreten, weil wir seit einer Stunde geöffnet haben, und deine Mutter steht in der Küche. Nichts ist vorbereitet, kein Gemüse, kein Curry, kein Teig, gar nichts. Das war deine Aufgabe. Aber du prügelst dich ja lieber mit Kindern … mit Kindern! Und weswegen? Um jemandem zu helfen, den du kaum kennst.«

Herr Tschaini unterbrach seinen Redefluss für einen Moment. »Augenblick mal. Wann hat Finn dich gebeten, ihm zu helfen? Sein Bruder wurde doch erst neulich verprügelt, soviel ich weiß.«

»Ach, Papa, lass gut sein.«

»Er war bei uns, nicht wahr? Er war im Restaurant, er hat Amrita getroffen, obwohl ich es ihm verboten habe. Wann? Als ich spazieren war? Werde ich jetzt schon von meinen eigenen Kindern hintergangen? Du schweigst, Ganesh? Ich finde es heraus, ich finde es heraus.«

Den letzten Satz wiederholte er endlos im Geiste und murmelte ihn manchmal sicherlich auch vor sich hin, ohne dass er es merkte. Vor dem Restaurant angekommen, stürmte er hinein, rief seine Tochter zu sich und ging voraus in ihr Zimmer im Obergeschoss.

Als sie und Ganesh eintraten, sah er Amrita scharf an. »Ich bin dein Vater. Das ist nicht einfach nur ein Wort, meine Tochter, und schon gar nicht wegen dieses Wortes möchte ich, dass du mir die Wahrheit sagst. Auch nicht, weil ich dir Kleider gekauft habe oder andere Dinge, die du dir gewünscht hast. Ich habe dir eine gute Schulbildung ermöglicht und ein anständiges Taschengeld gegeben. Glaub mir, dort, wo ich herkomme, ist das alles nicht selbstverständlich. Bitte verstehe mich nicht falsch, ich erwarte keine übermäßige Ehrerbietung. Eines jedoch erwarte ich: Respekt. Ich habe es nicht verdient, angelogen zu werden. Und jetzt sag mir, Amrita, war Finn gestern hier? Habt ihr euch wiedergesehen?«

Sie schluckte, blickte zu Boden. Fast eine halbe Minute benötigte sie, um zu erwidern: »Ja, Vater.«

Er blickte sich im Zimmer um, wo überall die Modelle aus Bambusholz standen oder hingen, die Finn Amrita geschenkt hatte. Herr Tschaini kannte sie alle, kein einziges war ihm im Laufe der Monate entgangen, sie waren in seinem Gehirn gespeichert.

»Ich sehe kein neues Modell. Also hatte er gestern wohl anderes zu tun, als dir unschuldige Basteleien zu verehren.«

Es war unübersehbar, dass Amritas Herz bis zum Hals schlug. Ihr Brustkorb bebte, während ihre Augen weiterhin gesenkt blieben.

»Das ist … ungeheuerlich«, kamen die Worte bruchstückhaft aus Herrn Tschainis Mund. »Ungeheuerlich, ungeheuerlich.«

Seine Hände zitterten, sein Blick flatterte im Raum umher. Mit langsamen, fast greisenhaften Bewegungen machte er sich daran, die Bambusholzmodelle einzusammeln, auf eine Wolldecke zu legen und die Enden der Decke zusammenzufassen.

»Du wirst die Schule nicht beenden«, bestimmte er. »Nächsten Monat schicken wir dich nach Indien, dort darfst du dir einen Mann aussuchen.«

»Papa …«

»Kein Wort mehr.«

Mit dem sackähnlichen Gebilde in der Hand stieg er beinahe trancehaft die Treppe hinunter. Vergeblich rief ihn seine Frau, die dringend Hilfe in der Küche benötigte. Er setzte sich ins Auto und fuhr los.

Ihn erschütterte weniger die Tatsache, dass Amrita mit Finn offenbar weiter gegangen war, als er das guthieß – obwohl auch das schon schlimm genug war. Nein, was ihn wirklich im Innersten traf, war der Gesichtsverlust. Seine Autorität war infrage gestellt, mehr noch, untergraben worden. Zwei seiner drei Kinder hatten ihn hintergangen, und das war für ihn, als hätte man ihm zwei Messer in den Körper gerammt. Kurz bevor er vor *Gut Trenthin* ankam, passierte etwas, das seit siebzehn Jahren, seit der Geburt seiner Tochter, nicht mehr vorgekommen war. Tränen liefen über seine Wangen.

Mitsamt der Decke betrat Herr Tschaini das Hotel und ging auf Holger Simonsmeyer zu, der sich an der Rezeption mit Gästen unterhielt. Er warf ihm die Bambusmodelle vor die Füße und trat vier-, fünf-, sechsmal auf die zerbrechlichen Meisterwerke, sodass die Splitter nur so durch das Foyer flogen.

»Ihr Sohn ist nicht länger in meinem Haus willkommen. Und Sie sind es auch nicht, Sie Mörder.« Damit drehte er sich um und stürmte hinaus, ehe jemand etwas erwidern konnte.

Ben-Luca war das unangenehme Gefühl durchaus vertraut, das man empfindet, wenn man unfreiwillig Zaungast einer gespannten Situation ist, etwa eines eisigen Schweigens zwischen zwei Personen, und man nicht weglaufen kann. Wenn die Stille jene kurz vor der Detonation ist. Wenn jeder Satz, den man sagt, die Mine sein kann, die alle Anwesenden hochgehen lässt, und man deswegen lieber gar nichts sagt oder sich nur einsilbig äußert. Seine Eltern hatten es in der Anwendung dieser ohrenbetäubenden Grabesruhe zur Meisterschaft gebracht, doch an diesem Tag versuchten sich Finn und sein Vater darin, als sie von der Polizeistation nach Trenthin fuhren.

»Soll ich dich zu Hause absetzen, oder willst du woanders hin?«

»Nach Hause. Danke.«

Schon dieses freundliche »Danke« war beinahe ein Wort zu viel, ging man von dem Blick aus, den Finn seinem Vater vom Beifahrersitz zuwarf und der besagte: *Sei gefälligst nicht so nett zu ihm.* Ben-Luca versuchte auf demselben Weg zu antworten: *Was soll ich denn machen?* Indem er beharrlich aus dem Seitenfenster auf die vorüberziehende Landschaft blickte, versuchte er, so zu tun, als säße er gar nicht im Auto, sondern wäre irgendwo da draußen.

Eine Minute verging.

»Neben dir liegt ein Päckchen in rosa Geschenkpapier, Ben-Luca. Gibst du das bitte deiner Schwester? Alena-Antonia bekommt immer etwas von mir zum Geburtstag.«

»Na klar, mache ich gerne, Onkel Holger.«

»Wir wollten das Onkel doch weglassen, erinnerst du dich? Als du noch klein warst, hatte das seine Richtigkeit, aber heute …«

»Ja, ich erinnere mich. Also, dann nur noch Holger.«

Eine Minute verging.

»Hat Alena-Antonia mal nach mir gefragt?«

»Macht sie ständig. Und nach Patrick natürlich auch.«

»Kein Wunder, sie war früher ja fast einmal pro Woche bei uns, wenn deine Eltern ausgegangen sind und du nicht immer den Babysitter spielen wolltest. Von Patrick ist übrigens auch eine Karte in dem Päckchen.«

»Super, da freut sie sich.«

Eine Minute verging.

Zwei Minuten vergingen.

»Was meinst du, Ben-Luca, werden deine Eltern Wind von dem bekommen, was heute passiert ist? Was mich angeht, ich werde nichts sagen, auch nicht deinem Vater. Du bist jetzt erwachsen.«

»Gut gemeint, Onkel … ich meine, Holger. Aber sie finden es ja doch heraus, spätestens wenn die Briefe von der Polizei ankommen. Eher früher. Tausendseelendorf, du weißt schon …«

Er lachte. »Allerdings.«

Eine Minute verging.

Zwei Minuten vergingen.

Drei Minuten vergingen.

Seltsamerweise zog sich die Strecke viel mehr als sonst.

»Übrigens, Ben-Luca, wegen der Sachbeschädigung … Solche Skates sind teuer, und verurteilt werdet ihr ja wohl ziemlich sicher. Wenn du also Geld brauchst und deine Eltern lassen dich hängen, ich kann es dir vorstrecken.«

»Echt nett«, erwiderte Ben-Luca und wollte das Angebot gerade ablehnen, als die Tretmine hochging.

»Dieses Gewäsch ist ja nicht zum Aushalten«, fluchte Finn in Richtung seines Vaters. »Mann, merkst du eigentlich nicht, wie Panne du bist? Deine ewige Schleimerei, diese Anbiederei. Oh, ein rosa Geschenk für Alena-Antonia, oh, ich setze dich gerne zu Hause ab, lieber Ben-Luca, oh, ich bin der Holger, oh, von mir erfährt keiner was, und ich scheiße dich außerdem mit Geld zu. Das ist so jämmerlich. Ohne dich würden wir hier doch gar nicht sitzen, Ben-Luca und ich. Wenn du nur ein bisschen Mumm in den Knochen hättest, dann …«

»Dann?«

»Dann hättest du den vier kleinen Arschlöchern gezeigt, wo der Hammer hängt. Du, nicht wir. Das wäre dein Job gewesen.«

»Du hast mir keine Zeit gelassen, mich darum zu kümmern.«

Finn lachte verächtlich auf. »Was hättest du denn schon gemacht? Einen runden Tisch einberufen? Einen Mediator bestellt?«

»Zwei gute Beispiele.«

»Nicht mal das hättest du hinbekommen, und wenn, dann vielleicht in einem halben Jahr. Solche Typen brauchen sofort eins auf die Glocke, nicht erst nach fünf Konferenzen.«

»Ich habe meine eigenen Methoden.«

»Tolle Methode, den Kopf in den Sand zu stecken.«

»Wir müssen das nicht ausgerechnet jetzt diskutieren.«

»Warum nicht? Weil Ben-Luca zuhört? Er weiß längst, was für ein Waschlappen du bist.«

Ben-Luca wurde es mulmig, als Referenzgröße für Behauptungen herzuhalten. Tatsächlich hatte er »Onkel« Holgers Art bisher als eher angenehm empfunden. Nur ab und zu fand er ihn ein bisschen zu bräsig, abwartend und moderierend. Wütend hatte er ihn nie erlebt, allenfalls mal leicht angekratzt, aber das war dann schon das höchste der Gefühle. Natürlich konnte man es auch übertreiben mit der Besonnenheit, andererseits konnte man es als Sohn wirklich schlechter erwischen.

Holger fuhr auf der Landstraße rechts ran und schaltete den Warnblinker ein. Es dämmerte bereits, und das dichtbewachsene Waldstück verschluckte viel Restlicht.

»Was ist?«, fragte Finn provozierend. »Willst du mir jetzt eine runterhauen? Jede Rosine hat mehr Saft als du. Na los, schlag zu. Oder beschimpf mich, lass mal ordentlich Dampf ab. Du hast ja recht, ich habe Scheiße gebaut. Aber weißt du, was? Ich würde es morgen wieder tun. Denn wenn man Scheiße baut, kommen die Dinge wenigstens in Bewegung. Du kotzt mich an.«

Das war schon starker Tobak. Ben-Luca hatte keine Ahnung gehabt, wie frustriert Finn in Bezug auf seinen Vater war. Doch wenn es seine Absicht gewesen war, ihn aus der Reserve zu locken, damit mal so richtig die Fetzen flogen, hatte er sich verrechnet. Holger war sichtlich angegriffen, aber beherrscht.

»Was habe ich bloß getan, dass du mir so etwas an den Kopf wirfst?«, fragte er traurig.

»Willst du es wirklich wissen? Dann sage ich es dir.«

»Raus damit. Was habe ich getan?«

Finn wurde einen Moment lang unsicher. Er leckte sich immerzu die Lippen, als wollte er die Worte schmieren, bevor er sie herauspresste.

Im letzten Moment machte er einen Rückzieher, stieg aus, schlug die Tür zu und stürmte in den Wald. Ben-Luca wollte ihm gerade folgen, als Holger sich zu ihm umdrehte.

»Ich glaube, er will jetzt allein sein.«

Blöderweise hatte er recht. Wie er seinen Freund kannte, lief er die paar Kilometer bis Trenthin im Dunkeln durch den Wald und war vor morgen nicht ansprechbar.

Die restliche Fahrt gehörte zu den unangenehmsten zehn Minuten in Ben-Lucas bisherigem Leben. Er mochte Holger, aber er wusste auch, dass Finn diese Szene nicht bloß aus einer Laune heraus veranstaltet hatte. Irgendetwas war da im Busch. Ohne genau benennen zu können, warum, war Ben-Luca stinksauer auf Finns Vater.

Es war schon dunkel, als Ben-Luca die Haustüre aufschloss. Seine Eltern bekamen von seiner Rückkehr nichts mit, da sie mal wieder in der Küche stritten.

»Weißt du, wie man so etwas nennt, was du da verbreitest?«, rief sein Vater. »Fake News. Ein Konglomerat aus Vermutungen, Erfindungen und Halbwahrheiten, getrieben von fast schon pathologischem Hass.«

»Dass Bettina abgetrieben hat, ist ein Fakt.«

»Der einzige. Und da du das gerade erwähnst: Dass du dich mit diesem Vertrauensbruch auch noch brüstest, lässt dich noch eine Stufe tiefer sinken.«

»Und was für eine Heuchlerin diese Frau ist, dafür hast du wohl nur Lob übrig, oder wie?«

»Das geht uns nichts an. Keiner von uns ist Katholik, keiner von uns besucht die Kirchengemeinde. Wenn du schon unbedingt jemanden fertigmachen willst, dann versuche es bei Holger, der hält es wenigstens aus. Aber Bettina lässt du in Ruhe!«

Ben-Luca schloss seine Zimmertür. Normalerweise wäre er noch zu Alena gegangen, um ihr eine gute Nacht zu wünschen, aber er hatte den Kopf zu voll. Trotzdem schaltete er den Computer ein. Die Kreise, von denen sein Vater gesprochen hatte, machten ihn neugierig. Tatsächlich: In den sozialen Medien ging es unter dem Hashtag freekillerusedom hoch her. Im Minutentakt kamen die Kommentare herein, aus Münster, Kiel, Baden-Baden, Erfurt, Innsbruck, Genf, Utrecht, sogar auf Englisch, Französisch und Russisch. Die meisten waren negativ, verurteilend, einige sogar feindselig: *hang em up*, *total boycott*, *jagt ihn aus der Stadt und den Richter gleich mit*. Die wenigen maßvollen Stimmen gingen total unter.

Ben-Luca klappte das Laptop zu, legte sich aufs Bett und zog die Decke über den Kopf. Er hatte geholfen, vier Halbwüchsigen aus dem Dorf einen Denkzettel zu verpassen, während längst der Shitstorm eines ganzen Landes, der ganzen Welt über die Familie seines Freundes hereinbrach.

Um kurz nach zehn klingelte das Telefon. Ben-Luca ging sofort ran.

»Finn?«

»Ja.«

Schon anhand dieses kurzen Wortes erkannte Ben-Luca, wie es seinem Freund ging, nämlich nach wie vor beschissen, sei es vor Reue, vor Ärger oder vor Enttäuschung.

»Wo bist du? Zu Hause?«

»Auf dem Bolzplatz. Kannst du vorbeikommen, Lucky?«

»Bin schon unterwegs.«

Finn saß im Dunkeln an den linken Pfosten des Tors gelehnt, als Ben-Luca eintraf. Die Beine angewinkelt, die Stirn gegen die Knie gedrückt, starrte er bewegungslos wie eine Bronze auf den Ball vor seinen Füßen. Eine Minute lang blieb Ben-Luca auf Abstand, dann brach er den Schaltkasten mit einem herumliegenden Eisensporn auf und legte den Schalter um. Das Flutlicht, das seinen Namen nicht verdiente, funzelte aus zwei Scheinwerfern auf den Rasen – eher die geeignete Beleuchtung für das Schaufenster eines Tante-Emma-Ladens.

»Auf, du Faulpelz!«, rief er Finn zu. »Ein Torpfosten ist keine Sitzgelegenheit, sondern die Grenze eines magischen Ortes. Ja, da staunst du, der Satz könnte von dir stammen, wenn du besser in Poesie wärst. Was ist, brütest du ein Ei aus? Guck nicht wie ein Huhn. Komm schon, schieß mich tot. Dafür hast du mich doch angerufen, oder?«

»Du willst meinen Job machen?«

»Ja, zur Abwechslung.«

Als hätte jemand Finn den Zaubertrank des Miraculix verabreicht, sprang er auf und ballerte los. Als Schütze war er kaum schlechter, als wenn er im Tor stand. Aber Ben-Luca legte sich ins Zeug und konnte ein paar prima Paraden verbuchen, die Finn nur weiter anspornten. In der lauen Sommernacht schwitzten sie ihre Shirts, Socken und Schuhe durch, spielten schließlich barfuß und mit freiem Oberkörper weiter. Die Stunden vergingen, ohne dass das Geschehen des Tages zur Sprache kam. Wenn sie kurze Pausen machten, dann erzählten sie sich Anekdoten über zurückliegende Spiele.

So sehr hatte Ben-Luca sich schon lange nicht mehr verausgabt, aber er biss die Zähne zusammen, und beinahe wäre ihm das Wunder gelungen, länger durchzuhalten als sein bester Freund. Doch nach drei Stunden war er stehend k. o.

Als Finn es bemerkte, rief er: »Lucky, lass uns Schluss

machen. Hast dich gut gehalten. Könntest glatt mein Nachfolger werden.«

»Bin doch nicht lebensmüde.«

Sie ließen sich zu beiden Seiten des Pfostens ins Gras fallen, Tau benetzte ihre Rücken, Schultern und Arme. Schwerer Atem durchdrang die Stille, wurde leiser und leiser, schließlich unhörbar. Keiner sagte ein Wort. Einer der Scheinwerfer fiel aus, das fahle Licht des zweiten strömte in die andere Richtung. Finns Handy surrte, Ben-Lucas klingelte, seltsame Töne mitten im Nirgendwo, mitten in der Nacht. Keiner nahm ab, keiner sagte ein Wort.

Ben-Luca spürte instinktiv, dass Finn den Anfang machen musste, ebenso spürte er, dass Finn den Anfang auch machen würde. So starrten sie weitere Minuten in die Nacht.

Ein Stück entfernt gackerte eine aufgeregte Graugans, die es im Frühjahr vorgezogen hatte, nicht weiter gen Norden zu ziehen, und es nun bereute. Es hörte sich an, als kämpfte sie um ihr Leben. Vielleicht hatte ein Fuchs sie erwischt, denn von einer Sekunde zur anderen war Ruhe.

»In drei Tagen«, sagte Finn, »fahre ich nach Berlin ins Trainingslager und komme nie wieder, so oder so. Entweder ich schaffe den Sprung zum Profi.« Ein paar Sekunden lang war es still. »Oder ich gehe vor die Hunde.«

»Finn …«

»Nein, sag nichts mehr, Lucky. Wenn ich könnte … Wenn ich vier Menschen in meinen Koffer packen und mitnehmen könnte, dann wären das meine Mutter, mein kleiner Bruder und du.«

»Du würdest mich mitnehmen?«

»Logisch. Aber ob mein Koffer das aushalten würde?«

Ben-Luca boxte ihn gegen die Schulter, und beide lachten.

»Nein, wirklich, Lucky. Ich habe nur noch einen Kumpel, und das bist du.«

»Hör schon auf! Klingt wie eine Szene aus *Am goldenen See*.«

»Ist aber so. Und den Film kenne ich nicht.«

»Der ist alt und rührselig.«

Es war nicht cool, so etwas unter Freunden zuzugeben, aber es bedeutete Ben-Luca sehr viel, zu den wichtigsten Menschen in Finns Leben zu gehören. Umgekehrt war es genauso. Nicht im Geringsten bereute er, den Bengeln zusammen mit Finn eine Abreibung verpasst zu haben, auch wenn ihm das nun mächtig Ärger einbrachte. Seine Mutter würde ihn zusammenstauchen, das Taschengeld würde gekürzt, er müsste sich monatelang um den Garten kümmern. Das war ihm alles egal. Finn und Ben-Luca, Ben-Luca und Finn – verschworen seit den ersten Tagen im Sandkasten, zusammengeschweißt durch eine Million geteilter Erinnerungen, durch gemeinsame Familienausflüge der Simonsmeyers und Waldecks, durch Spieleabende, durch Urlaube in Schweden, Italien und auf Korsika. Weder dass Ben-Luca aufs Gymnasium und Finn auf die Realschule gegangen war noch das Zerwürfnis ihrer Mütter hatte etwas an ihrer Freundschaft geändert.

Doch so sehr er sich über Finns Bekenntnis freute, Ben-Luca spürte, dass sich etwas veränderte. Finn hatte fast nur noch Fußball im Kopf, er würde zunächst nach Berlin gehen und von dort aus sonst wohin. Ben-Luca hatte völlig andere Interessen. Was im Kindesalter keine Rolle gespielt hatte, bekam mit einem Mal eine Bedeutung, ohne dass er etwas dagegen tun konnte, so wenig wie gegen das Älterwerden selbst. Erst in diesem Moment begriff er etwas, das er weder an seinem achtzehnten Geburtstag noch beim Schulabschluss begriffen hatte: dass die Kindheit endgültig vorüber war und sich sein Leben tatsächlich von Grund auf ändern würde.

Finn war schneller gewesen, er hatte sich in Gedanken längst verabschiedet, auch in anderer Hinsicht.

»Die vierte Person«, sagte Ben-Luca, »die du im Koffer mitnehmen würdest?«

Jetzt, da die Stille fast vollkommen war, hörte er in der Ferne das Rauschen des Peenestroms, das sich mit dem leisen Rauschen des Windes verband, der über seinen Körper strich und ihn frösteln ließ.

»Warst du schon mal verliebt, Lucky?«

Die Frage kam unerwartet, da Finn eigentlich nicht der Typ war, sie zu stellen.

»Ja«, antwortete Ben-Luca nach einigem Zögern und fügte nach kurzem Nachdenken hinzu: »Nein.« Und nach abermaligem Überdenken: »Also, ich weiß nicht.«

»Wenn man es ist, dann weiß man das. Weil sich plötzlich alles verschiebt. Weil man über Nacht nicht mehr der Mensch von gestern ist. Es zieht dir den Boden unter den Füßen weg, und du findest es toll.«

Für Ben-Luca hörte sich das wenig erstrebenswert an, er fand, noch ein paar Jahre Boden unter den Füßen wäre eigentlich eine feine Sache.

»Wenn du das sagst. Du, Finn, ich muss dir was gestehen. Ich habe neulich ein Foto in deinem Spind gesehen, von Amrita. Ich weiß also Bescheid. Auch dass es im Moment schwierig für euch ist. Wegen Herrn Tschaini … na ja und wegen Marlon.«

»Wieso Marlon?«

»Ich hab ihn vor Kurzem zufällig am Ufer mit Amrita herumlungern sehen.«

»Und wenn schon, das hat nichts zu bedeuten.«

»Okay, aber … Ich will dir nur sagen … ich meine … also, es tut mir leid für dich, und ich wünschte, ich könnte euch irgendwie helfen.«

»So, jetzt spielst du aber *Am goldenen See*, was immer das für ein blöder Film ist.«

Sie lachten, und nach einer Weile, genauer gesagt um ein Uhr fünfunddreißig, schlug Finn vor, dass sie nach Hause gehen sollten. Dafür war ihm Ben-Luca insgeheim mächtig dankbar, war sein Körper doch inzwischen mit einer Gänsehaut übersät. Trotzdem hätte er von sich aus nicht zum Aufbruch geblasen, das musste in dieser Situation von Finn kommen. Hatte sein Freundschaftsdienst in dieser Nacht irgendetwas Positives bewirkt? Ging es Finn ein bisschen besser? Hatte er seinen Frust über seinen Vater, Herrn Tschaini und Marlon wenigstens zur Hälfte beim Kicken ausgeschwitzt?

Der Fußweg vom Bolzplatz bis nach Trenthin war nur etwa achthundert Meter lang, jedoch unbeleuchtet und von Bäumen, Schlehen und Holunder gesäumt. Ab und zu blitzte eine ferne Straßenlaterne durchs Gebüsch. Die schmalen silbrigen Lichtkegel, die ihre Fahrradlampen vorauswarfen, boten kaum Orientierung, und sie mussten sich auf ihre Erfahrung verlassen, um nicht auf einen der zahlreichen Nebenwege zu geraten. Wie oft waren sie diesen Pfad schon gegangen, auch bei Dunkelheit, hatten Seite an Seite die markengleichen Mountainbikes, die sich nur in der Farbe unterschieden, neben sich hergeschoben.

An die tausend Mal sicherlich. Aber nie in solcher Stimmung. Überall war Abschied, überall waren Risse. Wie ein

Sturm fegten die Ereignisse über Usedom, über Trenthin, die Waldecks, die Illings und die Simonsmeyers hinweg, und es gab nichts, was Ben-Luca dagegen tun konnte. Er wünschte, er könnte das bevorstehende Jahr einfach ausknipsen, er würde bis kommenden Mai durchschlafen, erwachen und sich mit der neuen Realität arrangieren. Vielleicht wären seine Eltern dann geschieden, vielleicht spielte Finn längst für die Hertha und verschwendete keinen Gedanken mehr an Usedom. Es wäre leichter, die Fakten anzuerkennen, als die traurige Entwicklung bis dahin jeden Tag aufs Neue mit ansehen zu müssen.

Sie hatten nur noch ein kurzes Stück zu gehen, hinter der nächsten Biegung befanden sich die ersten Häuser, von denen allerdings noch nichts zu sehen war.

Wenn er Finn jetzt nicht fragte, dann vielleicht nie. »Du, sag mal, was ist das zwischen dir und deinem Vater?«

Das bisschen Halbmondsilber, das durch das dichte Blattwerk drang, genügte Ben-Luca beim Blick über die Schulter, um den Glanz in den Augen seines Freundes zu bemerken.

»Er hat eine Affäre.«

Ben-Luca blieb stehen. Von Holger hätte er das am wenigsten von allen Männern in Trenthin gedacht, einschließlich seines eigenen Vaters. Finns Vater war immer so nachdenklich, höflich, leisetreterisch und Frauen gegenüber geradezu schüchtern. Das war auch einer der Gründe, weshalb Ben-Luca von Anfang an nie so richtig glauben konnte, dass er eine Affäre mit Susann gehabt hatte. Ihr hätte er das schon eher zugetraut. Aber umgekehrt? Das Dumme an nachdenklichen, philosophischen Typen war nun einmal, dass sie nachdenkliche, philosophische Typen waren und dazu meistens sehr moralisch. Ein solcher Mann sollte seine Frau betrügen?

»Da verhaut es dir die Sprache«, sagte Finn. »Ich habe ihn vor einem guten Jahr das erste Mal erwischt, er war ausreiten und ist, als er sich unbeobachtet fühlte, in ein Haus gegangen. Geschlagene drei Stunden war er da drin, und als er herauskam, sah er frisch geduscht aus.«

»Jemand aus Trenthin?«

Finn nickte. »Am liebsten hätte ich ihm eine aufs Maul gegeben. Nur wegen meiner Mama habe ich die Klappe gehalten. Ich habe gehofft, es wäre eine vorübergehende Geschichte und man könnte irgendwann so tun, als wäre sie nie passiert. Dann ist er verhaftet worden, und ich dachte, jawohl, endlich ist es mit den beiden vorbei. Vor ein paar Wochen, als er aus dem Knast gekommen ist, habe ich mich auf die Lauer gelegt, und alles war wie vorher. Er ist wieder da rein, war ein paar Stunden lang verschwunden und kam danach frisch geduscht wieder raus. Wenn ich das meiner Mama erzähle, wird sie die unglücklichste Frau der Welt.«

Ben-Luca schluckte.

»Die unglücklichste Frau der Welt«, wiederholte Finn. »Deswegen kann ich es ihr einfach nicht sagen.«

In seiner Stimme lag so viel Traurigkeit, fast schon Verzweiflung, dass Ben-Luca augenblicklich das Bedürfnis verspürte, Holger an Finns statt eine zu verpassen. Natürlich war er enttäuscht und wütend, dass die Frau, die ihn hundertmal über Nacht beherbergt, die ihm und Finn abends Spaghetti gekocht und morgens Bananenbrote mit Schoko gemacht und die ihn an seinem Geburtstag üppiger beschenkt hatte als notwendig, dass sie, die er immer Tante genannt hatte und die ihm stets näher gewesen war als seine wirkliche Tante, so schäbig betrogen worden war. Noch dazu von dem Mann, den er ebenfalls immer sehr gerngehabt hatte. Na gut, das war eigentlich eine Sache zwischen Eheleuten. Aber es war ebenso Finns Sache und damit auch die seine.

Plötzlich ergab alles Sinn: Finns passive Aggression gegen seinen Vater, die verhaltene Wut, die er oft mit sich herumschleppte …

Sie setzten ihren Weg fort.

»Wer ist es?«, fragte Ben-Luca. »Ich meine, mit wem ist dein Vater …?«

»Wer seine *bitch* ist, meinst du?«

So hart hätte Ben-Luca es nicht formuliert, aber letztendlich war das englische Wort für Schlampe nicht ganz unzutreffend, wenigstens aus Finns Sicht.

Ein Windstoß fuhr durch das Blattwerk, schüttelte die Zweige kräftig durch. Ben-Luca blickte nach oben, als erwarte er Regen, und in diesem Moment stieß sein Fahrrad gegen ein Hindernis. Als er den Blick senkte, ließ er schlagartig den Lenker los, und das Mountainbike kippte zur Seite.

Finn, der einen Schritt hinter ihm ging, schloss zu ihm auf. »Was ist denn los? O Mann, Scheiße«, stieß er hervor. »Ist das …?«

Es war eindeutig ein menschlicher Körper, der auf dem Bauch lag. Den langen Haaren nach zu schließen, vermutlich eine Frau.

Einige Sekunden lang waren sie außerstande, irgendetwas zu unternehmen, bis Ben-Luca sich endlich bückte und die Hand der Person berührte. Sie war kalt.

»Eiskalt und kein Puls«, flüsterte er. »Die Frau ist tot.«

»Verdammt! Das gibt's doch nicht. Wer … wer ist es denn? Dreh sie doch mal um.«

»Lieber nicht.«

»Na gut, dann … dann mach ich es, wenn du dich nicht traust.«

»Siehst du das Blut an ihrem Hals? Sie wurde wahrscheinlich ermordet, auf dieselbe Weise wie Susann. Wir fassen mal lieber nichts an. Außerdem kann der Mörder noch in der Nähe sein. Wir sollten zusehen, dass wir hier möglichst schleunigst wegkommen.«

»Quatschkopf. Du hast doch gerade selbst gesagt, der Körper ist eiskalt, oder nicht? Ich will sie ja nur … leicht anheben, um zu sehen, ob wir sie … Na ja, ob sie von hier ist.«

Ben-Luca hatte die Identität der Toten bereits erkannt. Derart schockiert, konnte er nur wort- und hilflos dabei zusehen, wie Finn sich über den Leichnam beugte, mit aller gebotenen Vorsicht ein paar Haarsträhnen von den Wangen der Leiche strich und den Kopf in seine Richtung drehte.

Einige Monate später, September

Nach dem Vorfall mit dem Kleinbus brachte ich mich zunächst in Sicherheit, oder besser gesagt, ich brachte einige Kilometer Abstand zwischen mich und den Ort des Vorfalls. Denn dass die Gefahr gebannt sei, glaubte ich nicht. Andauernd blickte ich mich um, ob irgendwo die Angreifer lauerten, und auf jeder kleinen Straße, in die ich einbog, fürchtete ich, ein weißes Auto käme mir entgegen. Erst nach einer halben Stunde schlug mein Herz etwas weniger heftig.

Natürlich erwog ich, die Polizei anzurufen. Aber was sollte

ich berichten? Wagentyp und Farbe, zwei Personen – das war auch schon die ganze Beschreibung, die ich hätte abgeben können. Nummernschild, Fahrer und Beifahrer: Fehlanzeige. Noch nicht einmal die Automarke kannte ich. Ich sah den die Mundwinkel verziehenden Beamten lebhaft vor mir, der die Anzeige aufnehmen würde.

Wer immer für den Vorfall verantwortlich war, er war ein hohes Risiko eingegangen. Wenn ich, statt auf das Feld zu fahren, auf die Bremse getreten wäre oder versehentlich aufs Gaspedal… Nicht bloß mich hätte es dann erwischen können. Nur ein Heißsporn ging ein solches Wagnis ein.

Zur Durchsuchung von Fassmachers Büro kam ich nun natürlich zu spät. Also rief ich Linz an, der mich zu einem anderen Treffpunkt beorderte, einer zweiten Durchsuchung.

Als Erstes fiel mir dort der verstümmelte Schriftzug über der Filiale auf: *Bestattungshaus Inselfrieden, Inhaber Alexander und Eva Regina Waldeck*. So weit, so gut. Allerdings war die Hälfte der Leuchtbuchstaben abgenommen und nur dadurch zu erkennen, dass das Gestänge der Lampen noch hing. Zog man diese Hälfte ab, blieb übrig: *Bestattungshaus Inselfrieden, Inhaber Eva Regina.*

Der Laden befand sich in einer Nebenstraße des Seebads Ahlbeck, ein paar Steinwürfe von der polnischen Grenze entfernt. Der nahe Wald, die Seeluft und die im Wind dahingleitenden Möwen sorgten für den idyllischen Rahmen, sodass man bereits in einer friedlichen Stimmung war, wenn man die Firmenräume betrat.

Wie nicht anders zu erwarten, war der Empfangsraum mit allen Attributen ausgestattet, die heutzutage nicht wegzudenken sind, wenn es um Tod und Trauer geht: ein Sonnenuntergang über dem Meer auf einer Fototapete, die über gut zehn Meter von der einen Wand zur anderen reichte, ein riesiges Bukett schneeweißer Nelken, Kandelaber mit brennenden Kerzen, ein plätschernder Zimmerbrunnen, einem Zen-Garten nachempfunden … Was stilistisch gar nicht in dieses Ambiente passte, war die Schar von Polizisten, die den Raum betrat und sogleich ausfüllte. Ich kam mir vor wie eine Vandalin, auch wenn ich als Letzte hineinging, im Gefolge von Linz. Am liebsten wäre ich unsichtbar geworden. Da das nicht möglich war, hielt ich mich so sehr im Hintergrund, dass ich beinahe mit der Dekoration verschmolz.

Ich verfolgte, wie Linz der Inhaberin ein Dokument entgegenstreckte. Sie saß an einem Tisch, im Gespräch mit einer trauernden Witwe, die vermutlich von ihrem Sohn begleitet wurde.

Linz stellte sich vor und sagte: »Eva Regina Waldeck? Ich bedaure, Sie stören zu müssen, aber ich habe einen Durchsuchungsbeschluss für diese Räume zu vollstrecken. Ich weiß, das ist ein ungeeigneter Zeitpunkt, aber ich muss Sie leider bitten, Ihr Gespräch zu beenden.«

Er sagte es so einfühlsam, wie man diese Worte nur aussprechen konnte, aber es gibt Dinge, die sich stets wie eine kaltherzige Grausamkeit anhören, egal wie man sie formuliert. Unglücklicher konnte der Moment nicht sein. Die Witwe brach in Tränen aus, und der Sohn war, seinem Blick nach zu urteilen, nahe daran, Linz den Stinkefinger zu zeigen. Die Polizisten warteten gerade noch so lange, bis die Trauernden den Laden verlassen hatten, dann begannen sie mit der Durchsuchung des Schreibtisches und vor allem des Computers.

Linz flüsterte mir im Vorbeigehen zu: »Sie sehen blass aus. Alles in Ordnung?«

Meine Knie waren noch immer wie Butter, meine Hände zitterten sogar in den Hosentaschen. »Klar.« Ich wusste nicht, wieso, aber Linz gegenüber hatte ich immer das krampfige Gefühl, mich behaupten zu müssen.

»Gut. Sie kennen die Spielregeln? Nichts anfassen und nirgendwo erwähnen, dass Sie bei der Durchsuchung anwesend waren. Betrachten Sie es als Ausdruck meines Vertrauens, dass Sie hier sein dürfen.«

Ich nickte, verharrte weiterhin im Hintergrund. Frau Waldeck wirkte nach anfänglicher Irritation zunehmend selbstsicher auf mich. Sie schien zu wissen, wonach die Beamten suchten, wo sie es finden würden und welche Folgen das hätte. Mit jeder Minute, die verstrich, stand sie ein Stück aufrechter da, hob sie den Kopf ein wenig mehr.

Mit dem hinteren Teil der Filiale waren die Beamten schnell durch, und ich nutzte die Gelegenheit, mich dort umzusehen. Der Ausstellungsraum war groß genug, um sechs Särge in gebotenem Abstand zu präsentieren. Unübersehbar, dass sie für verschiedene Budgets gemacht waren, vom schwarzen Ebenholzmodell, das mit Samt ausgeschlagen war, bis hin zur besseren Kiefernholzkiste. Auf schmalen, an den Wänden verteilten Regalbrettern befanden sich die Urnen. Es hätte nicht viel gefehlt, dachte ich, und ich wäre in ein paar Tagen selbst in einer solchen Urne gelandet.

In dem Raum daneben befanden sich allerlei weiße Kissen und Laken, das dritte Zimmer war ein Lagerraum für Zubehör, das vierte eine Toilette. Alles wirkte harmlos und unscheinbar, kaum einer Durchsuchung wert.

Zurück im Ausstellungsraum, fand ich Linz im Gespräch mit Eva Regina Waldeck vor.

»Sie haben Anspruch auf eine akkurate Auswertung aller beschlagnahmten Hinweise«, schilderte Linz Frau Waldeck das Prozedere. »Ich würde Ihnen auch raten, einen Anwalt hinzuzuziehen. Denn was meine Kollegen bereits an Ort und Stelle gesichtet haben …«

»Ich weiß«, sagte sie und warf mir quer durch den Raum einen Blick zu. »Sie sind Frau Kagel, nicht wahr? Ich bin bereits vor Ihnen gewarnt worden. Nur zu, fragen Sie mich etwas. Ich habe keine Angst vor der Presse. Auch nicht vor der Polizei, der Bundesanwaltschaft oder den anderen Organen unseres vermeintlichen Rechtsstaates. Sie bekommen von mir alle Antworten, die Sie brauchen. Ich bin nicht wie die drei Affen – nichts sehen, nichts hören, nichts sagen –, von denen es da draußen so viele gibt. Ich stehe zu dem, was ich getan habe. Und ich würde es jederzeit wieder tun.«

Linz war gerade dabei, ihr noch einmal zu einem Rechtsbeistand zu raten, als ich ihn ungewollt unterbrach.

»Was haben Sie da gerade gesagt?«, fragte ich Frau Waldeck irritiert.

»Ich sagte, ich würde es jederzeit wieder tun.«

»Nein, davor. Das mit den … Schon gut, ich war nur für einen Moment irritiert.«

Linz sah mich verwundert an, was ich ihm nicht übelnehmen konnte, und ich zog mich geistig für eine Minute aus dem Gespräch zurück.

Mir fiel eines der Haiku wieder ein.

Der Verhinderer,
Totengräber der Liebe,
Affe Nummer eins.

Der erste chinesische Affe, jener, der nichts sieht. Jemand, der nichts sieht. Jemand, der eine Liebe, gewollt oder ungewollt, verhindert und begräbt.

Als ich mich wieder auf das Gespräch konzentrierte, sagte Frau Waldeck gerade zu Linz: »Ich heiße nicht mehr Waldeck. Ich habe meinen Mädchennamen wieder angenommen, Bischoff. Ich habe vorgestern die Scheidung eingereicht. Alexander kümmert sich um unsere zweite Filiale, ich behalte diese. Alles schon geregelt.«

»Und Ihr Sohn?«, fragte ich.

Mit offensichtlicher Verachtung antwortete sie: »Sie finden ihn zu Hause, vermutlich auf dem Bett, wo er sich in Selbstmitleid suhlt. Was mich angeht, ich ziehe in einigen Tagen aus.« Sie blickte Linz ohne eine Spur von Verunsicherung oder Furcht an. »Vielleicht direkt ins Untersuchungsgefängnis.«

»Der Antrag für den Haftbefehl ist bereits in Arbeit«, bestätigte Linz. »Er lautet auf Anstiftung zum Mord.«

Sie zuckte mit den Schultern. »Ich habe das einzig Richtige getan, und ich war die Einzige, die es tun konnte. Meine Schwester ist zu schwach, sie war nicht in der Lage, etwas zu unternehmen, und mein Schwager hatte gerade so viel Kraft, um das Schnapsglas zu heben und sich in den Tod zu saufen. Mein Mann wiederum war nicht willens. Wie so oft, habe ich die Dinge in die Hand genommen. Und es hat, wie so oft, funktioniert.«

»Funktioniert«, entglitt es mir, denn ich konnte einfach nicht glauben, dass sie dieses Wort tatsächlich verwendete.

Ungerührt sah sie abwechselnd Linz und mich an. »Ich habe die Webseite vom Hotel der Simonsmeyers gehackt, davon verstehe ich etwas, auch wenn man es mir nicht ansieht. Ich habe die Lieferanten dazu gebracht, sich von der Familie abzuwenden. Wirtschaftlich waren sie angeschlagen, aber das genügte mir nicht. Also habe ich eine eigene Seite gebastelt, auf der ich deutlicher benannte, was unerledigt war und was noch getan werden müsste.«

»Ein Bild mit Holger Simonsmeyer im Fadenkreuz«, sagte Linz.

»Das war die erste Seite, der Server stand in Kanada. Es hat Wochen gedauert, bis die Behörden die Seite blocken konnten. Dann die zweite Seite, diesmal stand der Server in Malaysia.«

»Die Seite mit dem brennenden Haus«, sagte Linz. »Sie ist bis heute aktiv.«

»Ja, aber ich habe einen großen blauen Haken hinzugefügt. Mission erledigt.«

»Dieser blaue Haken«, erklärte Linz, »hat uns schließlich zu Ihnen geführt. Diesmal konnten wir die digitale Fährte aufnehmen.«

»Glückwunsch. Trotzdem bereue ich nichts«, beharrte sie. »Noch nicht einmal den blauen Haken.«

Ich war unfähig, mich weiter aktiv an diesem Verhör zu beteiligen. Zu monströs waren die Aussagen von Frau Waldeck. Sie wären schon schwer zu verkraften gewesen, wenn bei dem Brand einfach nur vier Menschen ums Leben gekommen wären. Das eigentlich Ungeheuerliche war der vierte Name auf der Liste der Brandopfer: Bettina Simonsmeyer, Holger Simonsmeyer, Patrick Simonsmeyer und – Alena-Antonia, Frau Waldecks zehnjährige Tochter.

Nachdem sie abgeführt worden war, kam ich etwas zur Ruhe und begann, den Fall mit Linz zu besprechen. Makabererweise standen wir im Ausstellungsraum zwischen den Särgen, da die Beamten im vorderen Teil der Filiale noch zugange waren. Erst da fiel mir auf, dass ich vergessen hatte, Frau Waldeck zum Tod ihrer Tochter zu kondolieren. Ich entschuldigte diese Nachlässigkeit mit den abnormen Umständen unseres Kennenlernens sowie der Vermutung, dass sie vermutlich auf mein Beileid verzichtet hätte. Sie war völlig verhärtet, nichts an ihrem Verhalten wies auf Bedauern hin. Dabei hatte sie selbst quasi einen Aufruf zum Niederbrennen des Simonsmeyer-Hauses gestartet. Am Ende hatte die Hölle, in die sie ihren selbst erklärten Todfeind hatte schicken wollen, auch ihre eigene Familie verschluckt. Doch eine Mitschuld gestand sie sich nicht ein, sie suchte sie stattdessen woanders.

Natürlich war es kein Zufall, dass sie die Scheidung von ihrem Mann unmittelbar nach dem schweren Verlust eingereicht hatte. Viele Familien zerbrechen an solchen Tragödien. Der Tod eines Kindes – eines so jungen vor allem – schweißt manche Familien zusammen, auf andere hat er zersetzende Wirkung. Bei den Waldecks jedoch war die Trennung so rasch nach der Katastrophe erfolgt, dass es mir auffiel.

»Wieso war Alena an dem Abend im Haus der Simonsmeyers? Weiß man das?«, fragte ich Linz.

»Ich werde mich erkundigen. Wahrscheinlich hat es etwas mit ihrem Bruder zu tun, Ben-Luca war ebenfalls im Haus. Er und Finn Simonsmeyer konnten als Einzige der Feuerhölle entkommen. Sie erlitten beide eine Rauchvergiftung und kleinere Brandwunden.«

Ich seufzte. »Frau Waldeck schiebt die Schuld komplett ihrem Mann und dem Sohn zu. Ihre Verdrängungskräfte müssen enorm sein.« Kaum hatte ich den Satz ausgesprochen, spann ich den Gedanken weiter. Enorme Verdrängungskräfte … Vielleicht hatte sie die schon vorher entwickelt, vielleicht waren sie die Folge einer früheren Tat? Wer sich dermaßen etwas vormachte, der war womöglich kein Anfänger darin.

Ich erläuterte Linz, dass ich inzwischen davon überzeugt war, dass es sich bei der Guinevere in den Haiku um Eva Regina Waldeck handelte. Susann hatte ein Faible für die passenden Codenamen gehabt, sie wählte sie keineswegs aufs Geratewohl. *London*, *Mutter der Insel*, *Kokosnuss* – jedes Mal, wenn ich einen weiteren Namen enträtselte, stellte ich fest, wie durchdacht er war, ja, beinahe wie auf den Leib geschneidert.

Nights in white Satin.
Guinevere und Kokosnuss,
Traumpaar von Trenthin.

Guinevere trieb es mit einem Ritter, sie selbst war eine Königin. Frau Waldecks zweiter Vorname war Regina, was im Lateinischen Königin bedeutete.

»Noch zu dünn«, kritisierte Linz meine Ausführungen.

»Na gut, was sagen Sie hierzu?« Ich stieß die Tür zum Nebengelass auf, in dem Polster, Laken, Leichentücher und Kissen lagerten. Ich hatte mich von Anfang an gewundert, warum Susann die Formulierung *Nights in white Satin* verwendet hatte. Nun gut, es handelte sich um einen alten Songtitel, aber wieso schrieb sie nicht einfach *Eine heiße Nacht*? Oder: *Körper umschlungen*? Hatte beides fünf Silben. Die Antwort: Guinevere und Kokosnuss, Eva Regina Waldeck und Marlon Ritter hatten sich da drinnen vergnügt, in der Kammer mit den weißen Tüchern.

»Hat zwar etwas für sich, ist aber immer noch ziemlich dünn«, bemängelte Linz lächelnd.

Ein letztes Argument hatte ich noch in petto, um meine Theorie zu untermauern. Immerhin war Susann irgendwie hinter die Affäre ihrer Tante mit Marlon gekommen. Vermutlich hatte sie die beiden in flagranti ertappt, was wohl kaum in einem Motel oder in Marlons Bude passiert war.

Susanns Mutter hatte mir erzählt, dass ihre Tochter einen Schlüssel zu den Räumen des Bestattungsunternehmens besaß, weil sie den Waldecks bei der Buchhaltung half. Vielleicht hatte sie etwas liegen lassen und war am Abend oder sonntags dort vorbeigegangen, um es zu holen. Und dabei …

»Marlon«, sagte ich, »hatte kein Motiv, Susann daran zu hindern, die Affäre zu verraten. Ich habe mich ein wenig über ihn erkundigt und kann sagen, dass er keinen guten Ruf zu verlieren hatte. Für die Inhaberin eines Bestattungsunternehmens dagegen, dem die Menschen vertrauen sollen … und dann auch noch auf dem Land, das wäre ruinös gewesen. Von den Auswirkungen auf die Familie ganz zu schweigen.«

Sowohl mir als auch Linz war klar, dass ein Staatsanwalt uns für verrückt erklären würde, wenn wir auf Basis eines verklausulierten Haiku eine Anklage aufbauten. Doch der Verdacht konnte uns als Ausgangspunkt für weitere Nachforschungen dienen. Etwa die Frage, wo sich Susanns Tante zum Zeitpunkt des Todes ihrer Nichte aufgehalten hatte.

Ich bat Linz, darüber hinaus zu überprüfen, ob in den letzten vierzehn Monaten irgendwelche größeren Summen von Frau Waldecks Konto auf das von Marlon Ritter geflossen waren.

»Sie glauben, entweder er oder Eva Waldeck könnte Person X sein?«, fragte Linz.

»Ich glaube, mit Marlon Ritters Alibi stimmt etwas nicht.

Als ich ihn fragte, ob es irgendetwas gebe, das sein Alibi erschüttern könnte, wusste er genau, was ich meinte. Das habe ich ihm angesehen. Nun stellen Sie sich mal vor, Ben-Luca erfährt von der Liebschaft seiner Mutter mit dem jungen Mann, dem er ein falsches Alibi gegeben hat …«

Wir lächelten.

»Ja, so kommt ein Baustein zum anderen«, sagte er. Das Enträtseln der Haiku war für ihn – wie auch für mich – längst zu einem Spiel geworden, dessen ernster Hintergrund uns stets bewusst war. Ein wenig Leichtigkeit war bei diesem düsteren Thema jedoch durchaus hilfreich, und ohne Fantasie ließen sich sowieso nur wenige Fälle lösen.

Aus der Sargkammer, in der sich kein Mensch gerne und freiwillig aufhielt, traten wir ins Freie. Das Wetter und ein hübscher Weg in den nahen Wald luden zu einem Spaziergang ein, und ich hatte ein paar Sekunden lang das Gefühl, wir dachten an dasselbe, nämlich die Einladung der Insel anzunehmen.

In diesem Moment erhielt ich eine neue Nachricht, und noch während ich sie las, fragte ich Linz: »Könnten Sie wohl noch ein weiteres Alibi überprüfen?«

»Sicher. Wessen denn?«

»Das von Finn Simonsmeyer. Marlon erzählte mir, dass er am Tag von Susanns Tod während des Trainings ständig auf die Uhr gesehen und den Bolzplatz vorzeitig verlassen habe. Und zwar ungefähr eine halbe Stunde, bevor Susann starb.«

»Geht in Ordnung … Was ist? Sie sehen plötzlich so bedrückt aus.«

»Ach«, seufzte ich. »Die Nachricht, die eben hereinkam … Ich hatte Ramu Sayyapparaju angeschrieben, den älteren Sohn des indischen Restaurantbesitzers. Er kommt eben aus Indien zurück, wo seine Eltern die Asche ihrer ermordeten Tochter Amrita über dem Ganges verstreut haben.«

Linz' betrübter Blick reflektierte meinen eigenen, und seine Worte hätten auch von mir stammen können.

»Noch so eine zerstörte Familie«, sagte er.

7

Die Nacht des zweiten Mordes, noch sieben Tage bis zum Brandanschlag

Bettina Simonsmeyer erwachte von einer Sirene, deren Ton der Wind über die Weiden bis in ihr Schlafzimmer wehte. Es war zwei Uhr sieben, und Holger lag nicht neben ihr. Sie entdeckte ihn auf der Terrasse im Schein einer Kerze, die in einem blauen Windlicht flackerte. In der linken Hand hielt er kraftlos ein Glas schottischen Whiskys, wie sie unschwer am scharfen, torfigen Geruch erkannte.

Bettina betrachtete das Profil des Mannes, in das sie sich vor zweiundzwanzig Jahren verliebt hatte, noch bevor sie sich in sein Wesen verliebt hatte. Beruhigt stellte sie fest, dass sie noch immer dasselbe fühlte wie einst. Nicht einmal sein Aussehen hatte sich wesentlich verändert. Das Wesen seines Gesichts, die von ihm ausgehende Ruhe und Kraft war immer noch vorhanden.

Sie holte sich ein Glas Baileys, Eiswürfel und eine Decke und setzte sich zu ihrem Mann.

»Du bist ausgeritten«, sagte Bettina, und als er sie überrascht anblickte, ergänzte sie: »Man riecht das Pferd.«

Er trank aus und schenkte sich nach. »Ich habe Finn gesucht und das Nützliche mit dem Angenehmen verbunden.«

»Hast du ihn gefunden?«

»Nein.«

»Hast du beim Bolzplatz nachgesehen?«

»Nein.«

»Wolltest du ihn überhaupt finden?«

Holger trank einen großen Schluck, den er lange im Mund hin und her bewegte.

»Er hat nur gemacht, was er für richtig hielt«, sagte sie. »Er hat Patrick mit den Mitteln verteidigt, die ihm zur Verfügung standen.«

»Du findest es also gut, dass er kleine Jungen verprügelt?«

»Nein. Aber manchmal ist auch etwas angemessen, das nicht gut ist.«

»Sprichst du noch über Finn oder schon über deine Abtreibung?«

»Das ist gemein.«

»Entschuldige«, sagte er nach einem weiteren Schluck.

Gereiztheit und Verärgerung tröpfelten seit Wochen wie eine Infusion in die Adern ihrer Ehe. Sie wollten einander nicht wehtun, sie wollten nicht streiten, und doch taten sie es.

»Wir hatten beide einen harten Tag«, sagte Bettina müde, und binnen eines Augenblicks zogen sämtliche Widrigkeiten an ihr vorüber. Nicht nur Finns Prügelaktion, auch die Schmierereien an einigen Gebäuden des Guts. Wie das mit Schmierereien nun einmal so war, gingen sie unter die Gürtellinie und erreichten ihren Zweck, Öffentlichkeit zu schaffen. An einige Wände war nichts weiter als #freekillerusedom gesprayt worden, und etliche Gäste hatten daraufhin ihre Smartphones gezückt.

Nur gut, dass die Versammlung, die sie in der Zeitung angekündigt hatte und in der Holger den Leuten endlich Rede und Antwort stehen würde, für den übernächsten Tag angesetzt war. Das konnte, das musste die Wende bringen.

Bettina trank von ihrem Baileys, die kalte, cremige Schärfe glitt die Kehle hinunter und tat ein bisschen weh. Sie wartete, bis die Vorhut des Alkohols ihr Gehirn erreicht hatte, um Holger eine jener Fragen zu stellen, die sie schon seit einiger Zeit mit sich herumtrug. Es war die harmloseste der vielen Fragen, aber immerhin ein Anfang, und sie auszusprechen, verschaffte ihr eine seltsame Erleichterung.

»Wie schlimm steht es um unsere wirtschaftliche Existenz?«

Holger benötigte eine Weile, um zu antworten. Seine Stimme war noch leiser als sonst, wurde beinahe vom Gesang der Zikaden verschluckt. »Wir haben Hochsaison und vierzig Prozent Leerstand, das Restaurant ist defizitär, einige der neuen Lieferanten kosten uns mehr Geld als die alten, und der Ausblick auf die Nachsaison ist düster. Allein heute sind drei Stornierungen für September und zwei für Weihnachten reingekommen. Wenn das so weitergeht, können wir noch sechs Monate lang die Kredite bedienen, Anfang kommenden Jahres ist dann Schluss.«

Während des Gerichtsverfahrens, als Bettina notgedrungen die Bücher führte, hatten sich Einnahmen und Ausgaben fast die Waage gehalten. Die Gewinnspanne war minimal gewesen, und das meiste hatte sie gleich reinvestiert, etwa in die Erweiterung des Spa-Bereichs. Die Buchungszahlen waren daraufhin nach oben gegangen, es hatte gut ausgesehen – bis zum Freispruch.

»Wir könnten die Pferde verkaufen, eventuell das ganze Gestüt«, schlug sie vor.

»Ein Drittel der Gäste kommt doch nur wegen der Pferde«, wandte er ein. »Und was heißt hier Gestüt? Wir nennen es zwar so, aber wenn wir ehrlich sind, handelt es sich um ein paar Gäule, eine Wiese und einen Stall. Das alles ist längst nicht so viel wert, dass uns der Verkauf aus der Bredouille retten würde, und was wir an Kosten sparen, verlieren wir an Einnahmen.«

»Dann schließen wir eben das Restaurant.«

»Dein Lieblingskind?«

»Ich werde es überleben.«

»Das würde die Insolvenz nur verzögern, nicht verhindern, das weißt du. Es wäre, als würde man einem Leprakranken nach und nach alle Glieder amputieren. Am fatalen Ergebnis ändert das nichts.«

Bettina leerte das Glas, ließ zu, dass sich das Brennen in der Kehle ausbreitete. »Und wenn wir alles verkaufen, noch in diesem Monat?«

»Habe ich auch schon überlegt. Wir bekämen schätzungsweise die Hälfte von dem, was wir hineingesteckt haben, vielleicht ein bisschen mehr. Kurz gesagt, wir stünden vor einem riesigen Schuldenberg. Du kannst es drehen und wenden, wie du willst, wir können hier nicht weg, Bettina. Wir sind auf Gedeih und Verderb an diesen Ort, dieses Hotel, diese Insel gefesselt.«

Was für eine bittere Ironie, dachte sie. Früher hatte sie sich immer vorgestellt, wie es wäre, in einem Haus im Grünen zu leben, im Garten zu sitzen und über die Hortensien hinweg auf das Achterwasser zu blicken, ein leises Gespräch mit Holger zu führen, innezuhalten, die reine Nachtluft einzuatmen … Das Haus sollte über einen Kamin, einen Wintergarten, eine riesengroße Küche und eine Veranda verfügen, wobei es eine Terrasse auch tat. Und wie war alles gekommen? Sie lebte tatsächlich in einem Haus mit Kamin, Wintergarten, großer Küche und Terrasse, blickte über die Hortensien hinweg auf das Achterwasser, atmete die reine Nachtluft ein und führte ein leises Gespräch mit Holger. Doch ihr Thema war der Untergang, der Verlust all dessen, wonach sie gestrebt hatten.

Und alles nur, weil ihr Mann eine Stunde auf einem Wanderparkplatz verbracht hatte.

»Wieso warst du damals auf diesem Parkplatz?«, fragte sie, ohne ihn anzusehen. »Ich weiß, weil du joggen wolltest. Aber sonst bist du doch entweder von hier aus losgelaufen oder geritten. Und warum hast du so lange im Auto gesessen?«

Die Fragen schreckten Holger nicht auf. Man musste schon in eine Trompete neben seinem Ohr blasen, um ihn aufzuschrecken. Aber immerhin, er füllte sein Glas auf, bevor er antwortete.

»Ich war in einem Punkt nicht ganz ehrlich zu dir«, sagte er.

Noch immer sah sie nicht zu ihm hinüber, aber sie spürte, vielmehr sie roch, dass er sie ansah, denn eine Spur seines von Whisky getränkten Atems zog an ihr vorüber.

»Obwohl, so kann man das nicht sagen«, relativierte er. »Ich habe dir etwas verschwiegen, und zwar, dass sich die Zeugin damals nicht geirrt hat. Susann saß tatsächlich bei mir im Auto. Wir haben uns unterhalten.«

»Unterhalten? Du und Susann Illing? Wir kannten sie doch kaum. Worüber habt ihr gesprochen?«

»Sie wollte künftig in den Semesterferien bei uns aushelfen. Ich habe sie an dich verwiesen.«

»Und das hat eine Viertelstunde gedauert? Laut der Zeugin hat Susann ungefähr so lange in deinem Auto gesessen.«

»Kann sein. Sie hat sich noch nach dir, Patrick und Finn erkundigt.«

»Wenn es so harmlos war, wieso hast du es dann vor Gericht bestritten?«

»Ich habe es nicht bestritten, ich habe geschwiegen.«

»Leider auch mir gegenüber.«

»Das war sicherlich ein Fehler. Ich dachte, wenn ich zugebe, dass sie … dass Susann bei mir im Auto war …« Er ließ den Satz unvollendet.

Bettina trank vom Baileys. »Du meinst, dann hätte ich geglaubt, was die Staatsanwältin und die Illings behaupten, nämlich dass ihr eine Affäre hattet?« Sie leerte das Glas zum zweiten und füllte es zum dritten Mal. Seit sie mit dem Rauchen aufgehört hatte, trank sie mehr. »Ein schöner Blödmann bist du. Ich bin kein eifersüchtiger Mensch. Und du bist nicht der Mann für eine Affäre. Dafür kenne ich dich zu gut. So etwas würdest du mir und den Kindern, aber auch dir selbst nicht antun. Ich kenne keinen integreren Menschen als dich, und ich könnte keinen anderen Mann auch nur halb so sehr lieben wie dich.«

Nach dieser Liebeserklärung erwartete sie, dass er aufstehen und sie küssen oder sich zumindest an sie schmiegen würde. Doch nichts dergleichen geschah. Er trank einen weiteren Schluck Whisky und blickte abwechselnd in das Glas und in die Nacht.

»Ich habe eine wunderbare Frau«, sagte er nach einer endlosen Minute. »Und ich habe wunderbare Kinder. Für diese Familie würde ich … würde ich … Alles würde ich für euch hergeben, das Hotel, das Haus, mein Leben. Ich will euch nicht verlieren.«

So viel Pathos war ganz ungewöhnlich für ihn, und Bettina war derart entgeistert, dass sie das anschließende Geräusch zunächst überhörte. Tatsächlich, ein Schluchzen, mitten hinein in die Stille der Nacht. Holger weinte. Und das war nun wirklich ein Hammer.

»He«, sagte sie, ging neben ihm in die Hocke, streichelte seine Haare und sein Gesicht und legte anschließend den Kopf auf seine Brust. »Du wirst uns nie verlieren, niemals.« Sie konnte nicht bis übermorgen warten. Sie hielt das einfach nicht mehr aus. »Aber, Holger, so ernst ich das eben gemeint habe, dass du mich nie verlieren wirst, so ernst ist es mir mit der nächsten Frage. Ich will es jetzt wissen, und egal wie die Antwort lautet, ich glaube dir und stehe an deiner Seite.«

Sie nahm sein Gesicht in beide Hände und sah ihn an, jenen Mann, in den sie sich vor über zwanzig Jahren verliebt hatte. Jenen Mann, von dem ihre besten Freundinnen damals sagten, er sehe so aufregend gut aus wie George Clooney und sei so langweilig wie ein Hustenbonbon. Jenen Mann, der vorgeschlagen hatte, ihren Söhnen irische Namen zu geben, in Erinnerung an den glücklichsten Tag seines Lebens. Jenen Mann, ohne den sie sich ein Leben nicht mehr vorstellen konnte.

»Hast du Susann Illing ermordet?«

In diesem Moment klingelte es an der Haustür. Es war zwei Uhr zweiunddreißig.

In derselben Nacht saß Herr Tschaini in seinem leeren, dunklen Restaurant verloren an einem der Tische und starrte vor sich hin. Sein Herz war schwer wie eine Eisenkugel, seine Seele war ein Verlies, finster und voll verzweifelter Seufzer. So jedenfalls empfand er es. Er hatte immer schon gerne Bilder für seine Emotionen gesucht und dabei auch mal übertrieben. Das gehörte zu seiner Persönlichkeit und irgendwie auch zu seiner Kultur, wie er fand.

Eingewickelt in eine der Decken, die sie in ihrer Freizeit webte und deren Zahl ständig zunahm, schlurfte Meena heran, seine Frau. Der Blick, den sie wechselten, war nie trauriger gewesen und nie inniger. Sie hatten ihre Tochter verloren. In dieser Nacht waren die Liebe zu ihren Söhnen und der Respekt, den sie füreinander empfanden, wie zwei Felsen, auf denen sie im reißenden Fluss Zuflucht fanden.

»*Chandan*, du siehst aus wie ein zu Tode erschöpfter Baum«, sagte sie. *Chandan* bedeutete so viel wie Sandelholzbaum, und sie verwendete das Kosewort nur in sehr privaten Momenten.

»Ja, das beschreibt meinen Zustand sehr gut«, erwiderte er. »Wie viel Uhr ist es?«

»Ich weiß es nicht. Es ist mir auch egal.«

Sie setzte sich zu ihm und ergriff seine Hand. Kein bisschen Licht erhellte ihr Gesicht, und doch sah er es vor sich, voller Wärme und Güte und mit zunehmendem Alter auch ein bisschen weise.

»Ach, *Baamsa*«, seufzte er, was Bambuszweig bedeutete. »Ich habe unsere Tochter auf dem Gewissen.«

Sie zog ihre Hand zurück, gab ihm einen Klaps. »Was redest du denn da?«, rief sie verärgert. »Ich möchte nicht, dass du so etwas noch einmal sagst, nicht zu mir und schon gar nicht, wenn die Kinder dabei sind.«

»Die Kinder«, wiederholte er. Seit einigen Stunden waren es nicht mehr drei, sondern nur noch zwei. Sein Herz war seitdem kein ganzes mehr, nur noch ein halbes.

»Doch«, beharrte er, »es ist wahr. Ich habe … eine große Dummheit gemacht.«

Sie schwieg, was allein dem Respekt vor seiner Person und seinen Worten geschuldet war, wie er sehr wohl wusste. Meena war ein Mensch, der sich viele Gedanken über alles Mögliche machte und zu seinen eigenen Schlussfolgerungen kam. Sie war in Indien erzogen und geprägt worden, woran auch die Jahrzehnte in Deutschland nur wenig änderten, und daher hielt sie sich mit Kritik an ihrem Ehemann sehr zurück. Er konnte nicht sagen, dass ihm das ausgesprochen recht war, aber es hatte ihn auch nie gestört.

»*Baamsa*«, sagte er und war kurzzeitig nicht in der Lage weiterzusprechen. Er schluckte. »*Baamsa*, ich habe all die Jahre geglaubt, dass wir uns unauffällig verhalten müssen, damit wir uns einfügen in diese Gesellschaft, in die wir nicht geboren wurden. Ich war immer der Meinung, dass es am besten so ist. Wir leben mit den Menschen auf dieser Insel, wir sind freundlich und hilfsbereit, wir hören zu, mischen uns aber nicht ein. Ich wollte, dass wir uns ein Stück unserer Heimat, unserer Lebensweise bewahren und dass diese gemeinsame Lebensweise unsere Familie zusammenhält, hier in der Fremde. Doch es ist nur unsere Fremde, *Baamsa*, nicht die unserer Kinder. Für sie ist es ein Zuhause. Deswegen … Es war ein Fehler, Amrita auf traditionelle Weise verheiraten zu wollen.«

Die Stimme seiner Frau zitterte, als sie sagte: »Wen interessiert denn das jetzt noch? Sag mir das mal. Wozu ist das jetzt noch wichtig, du Holzkopf?«

Er lächelte, streckte den Arm nach Meena aus und liebkoste ihr Gesicht. Tatsächlich war es feucht und weich von der Liebe zu ihm und der Trauer um Amrita. Für einen Moment war die Erde unter seinen Füßen wieder warm, das Dunkel war vertrieben. Jedoch dauerte dieses Glück nur so lange, wie eine Schwalbe braucht, um zwitschernd einen Kreis zu ziehen. Dann entschwand es.

Er brauchte fast eine Minute, um das Geständnis zu wiederholen, das er vorhin schon einmal gemacht hatte. »Ich habe eine schreckliche Dummheit begangen, *Baamsa*, wirklich schrecklich, und ich weiß nicht, welches göttliche oder menschliche Gericht mich davon freisprechen könnte.«

Nun wich auch die letzte Helligkeit aus seinem Gemüt, die die Anwesenheit und die Worte seiner geliebten Frau hervorgebracht hatten, und es wurde wieder finster und kalt.

»Du redest wirr, *Chandan*.«

»Ich habe etwas gesehen. Vor vierzehn Monaten habe ich etwas gesehen, und deswegen musste unsere Tochter heute sterben.«

Sie rückte näher an ihn heran, er spürte jetzt ihren stoßenden Atem auf seiner Wange, auch das verunsicherte Zittern ihres Körpers.

»Allein kannst du nicht damit leben, was immer es ist. Ich bitte dich, teile diese Last mit mir. Was hast du gesehen? Niemand gibt dir die Schuld, aber du musst mir sagen, was du gesehen hast.«

Seine Stirn sackte auf ihre Schulter, sie legte die Hand auf seinen Hinterkopf, und er blickte zu ihr auf. Ihre Münder waren sich jetzt ganz nahe, und er konnte ihre Augen glitzern sehen wie zwei weit, weit entfernte Sterne. Nichts fürchtete er mehr als ihr Erlöschen. Wenn seine Frau nicht mehr an ihn glaubte, dann wäre das so, als würde man ihm das Augenlicht nehmen.

»Sag es mir«, wiederholte Meena, und ihre Stimme vibrierte, als erahnte sie das Geheimnis, das er seit über einem Jahr mit sich herumtrug.

Einige Wochen später, September

Ich saß auf einem Steg am Trenthiner Hafen, den Rücken an einen Pflock gelehnt, und wartete auf das Eintreffen der Familie Sayyapparaju. Am Vortag waren sie in Frankfurt gelandet, am Morgen mit dem Zug nach Berlin gefahren und konnten, chauffiert von einem Freund, jede Minute ankommen. Ich nutzte die Zeit, um mich abwechselnd vom Gluckern der Boote in Urlaubsstimmung versetzen zu lassen und mich mittels meines Tablets aus derselbigen wieder herauszureißen und ein wenig zu recherchieren.

Inzwischen hatte ich schon ein wenig Übung im Entschlüsseln der Haiku, angetrieben von unstillbarer Neugier und Spieltrieb. Wenn man erst einmal Susanns Denk- und Vorgehensweise beim Dichten verstanden hatte, dann erzielte man erstaunliche Erfolge.

Zum Beispiel beim Codenamen *Hoffmanni*. Ich gab es als Suchbegriff ein und stieß gleich auf der ersten Seite auf das *Choloepus hoffmanni*, eine Faultierart mit überwiegend dunklem Fell und ein paar hellen Strähnen. Als ich das Bild sah, musste ich lachen. Wenn man ein wenig Fantasie walten ließ, glich es Tallulahs Frisur. Dass die rege Susann mit Verachtung auf die Trägheit ihrer jüngeren Schwester herabgeblickt hatte, war ebenfalls leicht vorstellbar.

Ich möcht dich schütteln
Liegst im heißen roten Schweiß
Hoffmanni, wach auf!

Tallulah hatte einen Selbstmordversuch unternommen, und Susann hatte sie in einer Blutlache liegend aufgefunden. Genau dieser schreckliche Moment war in dem Haiku skizziert.

Doch wenn Tallulah *Hoffmanni* war, wer war dann *Nummer zwei*?

Ich drücke sie tot.
Nummer zwei im Schattenland.
Geteilte Wege.

Ich tippte auf Kathrin Sibelius, die nie ganz an Susanns Talente, Susanns Wissen, Susanns Ehrgeiz heranreichte, die immer einen Schritt hinter ihr war, immer in ihrem Schatten stand. Susann hatte bereits einen Studienplatz für Wirtschaftsinformatik gehabt, als Kathrin wegen ihres schlechteren Notendurchschnitts noch warten musste. Ihre Wege sollten sich trennen.

Brachte mich das weiter? Ich wusste es nicht.

Kaum Fortschritte machte ich auch bei dem ominösen Liebhaber.

Verbotene Frucht
Mein Liebhaber der Lüge
Bitteres Warten

Das waren alles ganz normale Wörter, die, anders als das Faultier, keinen Hinweis auf jemand Speziellen lieferten. Dasselbe galt für den *Totengräber der Liebe*.

Der Verhinderer,
Totengräber der Liebe,
Affe Nummer eins.

Nun gut, der Affe war jemand, der nichts sah oder nichts sehen wollte. Ohne es begründen zu können, hatte ich jedoch das Gefühl, dass Susann in beiden Haiku vom gleichen Sachverhalt sprach. Irgendwer verhinderte ihre Liebe zu irgendjemandem.

Das letzte Haiku war besonders verzwickt.

Ennis am Fenster,

Mariposa immer da.

Oh, arme Oma.

Ennis war eine Stadt in Irland, außerdem ein in Nordafrika, Arabien und gälischen Ländern gebräuchlicher Vorname, der »Insel« bedeutete. Zudem war es der Nachname eines Künstlers und eines Basketballstars, es gab eine Universität dieses Namens …

Mariposa war das spanische Wort für Schmetterling, zahlreiche Hotels und Restaurants hießen so, es war der Titel eines Gedichts von García Lorca. Da Susann Spanien bereist hatte und womöglich die Landessprache lernte, ergab die Wahl dieses Codeworts durchaus Sinn, doch ging die Anzahl der Möglichkeiten, wer sich dahinter verbergen mochte, ins Unendliche.

Dass mit *Oma* eine von Susanns Großmüttern gemeint sein könnte, bezweifelte ich stark – zu offensichtlich. Vielleicht war es eine ältere Frau oder eine Person, zu der Susann ein gewisses Vertrauen gefasst hatte.

In diesem Moment trafen die Sayyapparajus vor ihrem Restaurant ein. Drei junge Männer und eine ältere Frau stiegen aus einem dunkelblau glänzenden VW-Cabrio mit geschlossenem Verdeck. Ich erkannte Ramu, da ich sein Profilfoto auf Facebook gesehen hatte, aber natürlich lächelte er auf dem

Bild, wohingegen er nun – aus verständlichen Gründen – sehr ernst und betrübt wirkte.

Ihn begrüßte ich als Erstes, gab ihm die Hand. »Doro Kagel, wir haben korrespondiert. Mein Beileid zum Tod Ihrer Schwester.«

Er bedankte sich so höflich, wie es bei Leuten seines Alters nicht unbedingt selbstverständlich war, dann stellte er mir seine Mutter und den jüngeren Bruder vor.

»Und das ist Finn Simonsmeyer, er war so freundlich, uns von Berlin nach Hause zu fahren.«

»Oh.« Mit dem einzigen Überlebenden der Simonsmeyers hatte ich nicht gerechnet. Vor wenigen Wochen erst hatte er seine ganze Familie verloren und war selbst mit knapper Not dem Tod entkommen. Mir fiel auf die Schnelle nichts ein, was ich hätte sagen können, außer dasselbe, was ich gerade zu Ramu gesagt hatte. »Mein Beileid.« Ich räusperte mich. »Wie … wie geht es Ihnen?«

Am besten ließ sich seinen Zustand mit »anderswo« beschreiben. Er gab mir die Hand und erklärte, wie es dazu gekommen war, dass er sich den Sayyapparajus als Chauffeur angeboten hatte, doch er wirkte dabei seltsam abwesend. Sein Blick blieb einige Sekunden lang auf einem Baum haften, dann driftete er zu einer Amsel am Boden, zu einer Wolke am Himmel, zur Kühlerhaube seines Autos … Ich entdeckte Parallelen zu Menschen, die unter Schock standen, andererseits hatte er gerade mehrere Stunden hinterm Steuer gesessen. Immer wieder betastete er die linke Wange, wo eine Wunde abheilte, die er zwei Wochen zuvor erlitten hatte.

»Ich habe Kontakt zu Ramu aufgenommen«, erklärte er. »Es gab böses Blut, bevor das alles passiert ist, ich meine Amrita und … meine Familie. Böse Worte sind gefallen. Ich will nicht, dass das so stehen bleibt. Ich will, dass wir das aus der Welt schaffen. Wir alle haben liebe Menschen verloren, und wir … sollten uns versöhnen.«

»Das finde ich großartig«, lobte ich seine Einstellung aus vollem Herzen. »Wirklich, das ist ein wichtiger Schritt, um Frieden zu schließen mit dem, was leider nicht mehr zu ändern ist.«

Nacheinander sah ich alle vier an, und erst jetzt fiel mir auf, dass jemand fehlte, genau genommen die wichtigste Person, deretwegen ich gekommen war.

Ich wandte mich an Frau Sayyapparaju. »Sagen Sie bitte, wo ist Ihr Mann? Ist er in Indien geblieben?«

»Das kann man durchaus so ausdrücken«, antwortete sie. »Mein Mann ist vor fünf Tagen an einem Herzinfarkt gestorben.«

Eine Viertelstunde später saß ich mit Meena in ihrem Restaurant. Auf der Fensterbank, gleich neben meinem Sitzplatz, prunkte die ellenlange Skulptur einer indischen Göttin, die uns auf die Finger zu schauen schien. Ansonsten waren wir unter uns. Die drei Jungen bereiteten in der Küche etwas zu essen zu, wozu sie mich eingeladen hatten. Gelegentlich hörte man ein Topfklappern, das war alles, sodass die sanfte, friedvolle Stimme meines Gegenübers ihre volle Wirkung entfaltete. Meena konnte wunderschön erzählen, ich hörte ihr gerne zu, auch wenn die Botschaft todtraurig war.

»Sein Herz hat es nicht verkraftet«, sagte sie. »Im Grunde starb er schon in der Nacht, als wir *Titalee* verloren haben. Schmetterling, so nannten wir manchmal unsere Amrita.

Alles, was danach kam, waren nur noch Reflexe eines bereits toten Körpers.«

Offen schilderte Meena mir, wie Jainil Sayyapparaju in den Tagen nach dem Tod seiner Tochter zusehends verfiel, wie er die Einäscherung in die Wege leitete und dabei beinahe kollabiert wäre, wie er mitten in der Nacht erwachte, seine Frau weckte und behauptete, er habe Amrita weinen gehört. Das war die eine, die empfindsame Seite seiner Trauer.

Die andere war hart und hässlich. Voller Wut und Hass stellte er sich mit einem Plakat vor die Zufahrt des Hotels und beschuldigte den »Simonsmeyer-Clan« in aller Öffentlichkeit des Mordes. Zum Glück besaß er für den Zeitpunkt des Brandanschlages ein wasserdichtes Alibi, sonst hätte er noch nicht einmal ausreisen dürfen, um die Asche seiner über alles geliebten Tochter ihrer letzten Ruhe zuzuführen.

»Deswegen, wegen dem Zorn meines Mannes, wollte ich mit Ihnen sprechen«, sagte Meena. »Ramu hat mir erklärt, wer Sie sind und dass Sie sich schon seit Längerem mit dem Fall der ermordeten Susann befassen. Was ich Ihnen jetzt erzähle, das werde ich natürlich auch der Polizei mitteilen. Nur fürchte ich, die können nicht sehr viel damit anfangen. Denn es sind alles nur Gerüchte, und der, von dem ich es weiß, weilt nicht mehr unter uns.«

»Ihr Mann.«

Sie nickte. »In der Nacht, als *Titalee* starb, machte er sich schlimme Vorwürfe und schüttete mir sein Herz aus. Das war absolut ungewöhnlich, Jainil hat das in mehr als dreißig Ehejahren vielleicht drei- oder viermal getan.«

Sie legte eine Pause ein, in der sie sich sammelte und tief durchatmete. Als sie weitersprechen wollte, drang von der

Küche ein lautes Lachen herüber, wie es in einem Trauerhaus unschön auffallen muss.

»Ganesh«, sagte sie. »Der Junge kann einfach nicht lange ernst bleiben. Das ist sein Karma, hat mein Mann immer gesagt, und das Karma eines Menschen darf man ihm nicht übelnehmen.«

Mir war bereits aufgefallen, dass Ganesh von den drei Jungen am lautesten war, fast schon zappelig. Ramu verhielt sich so, wie man es von jemandem erwartete, der gerade Schwester und Vater verloren hatte. Der junge Ganesh hingegen wirkte auf mich eher, als sei er gerade von der Beerdigung eines weit entfernten Verwandten zurückgekommen. Er versuchte, traurig zu sein, doch gelang es ihm nicht durchgängig.

»Am Tag von Susanns Tod«, begann Meena, »unternahm mein Mann seinen üblichen Nachmittagsspaziergang, während ich wie üblich einen Nachmittagsschlaf machte. Er ging immer dieselbe Strecke, jedoch wechselte er stets die Richtung.«

»Ich bin die Strecke ebenfalls abgegangen. Sie ist für einen täglichen Spaziergang ziemlich ambitioniert.«

»Jainil war stets sehr langsam unterwegs. Ich habe oft einen Witz darüber gemacht und gesagt, dass ich schneller schlafe, als er wandert. Darüber hat er sich amüsiert.«

Einen Augenblick lang unternahm Meena einen Ausflug in das Reich der glücklichen Erinnerungen, bevor sie wieder ins Hier und Jetzt zurückkehrte.

»Wie Sie sicher wissen, hat er Susanns Leiche auf dem Waldweg entdeckt. Nicht wissen können Sie dagegen, dass er der Polizei etwas verschwiegen hat. Denken Sie jetzt bitte nicht, er hätte etwas zu verbergen gehabt, nein, so war das nicht. Viele,

viele Jahre lang haben wir uns aus allem herausgehalten, was die großen, wichtigen Angelegenheiten auf der Insel angeht. Jainil wollte es so, er wollte unauffällig bleiben. Er sagte, wir kommen aus einer anderen Welt, in der die Menschen nach anderen Regeln leben und in der es andere Prioritäten gibt. Diese Zurückhaltung ist ihm zur zweiten Haut geworden, darüber hat er gar nicht mehr nachgedacht, so wenig wie man über den Vorgang des Lesens nachdenkt, während man liest. Deswegen hat er an jenem Tag vor vierzehn Monaten auch die Polizei angelogen.«

Ramu kam aus der Küche und brachte uns zwei Tassen Yogi-Tee, der mich, so verführerisch er auch duftete, in jenem Moment nicht die Bohne interessierte. Einige Sekunden lang stand er an unserem Tisch und sah abwechselnd seine Mutter und mich an, so als wolle er an dem Gespräch teilnehmen. Mit indischen Traditionen kannte ich mich nicht aus, aber ich hielt es für möglich, dass er nun so etwas wie das Familienoberhaupt war. Das war an sich schon eine große Verantwortung für einen Mann Ende zwanzig, unter den gegebenen Umständen jedoch eine gewaltige. Ein wenig eingeschüchtert wirkte er tatsächlich. Mutter und Sohn wechselten ein paar Sätze auf Hindi, und obwohl ich kein Wort verstand, waren die innige Liebe Meenas zu ihrem Ältesten und dessen innige Bindung deutlich zu spüren.

Nachdem er gegangen war, lenkte sie noch einmal vom Thema ab, das sie selbst begonnen hatte. »Ramu wird bald heiraten, er ist seit über zehn Jahren mit einer Inderin aus Chennai verlobt. Sie ist schon einundzwanzig und er achtundzwanzig, es wird also höchste Zeit für die beiden. Wir haben nur gewartet, bis er sein Studium abgeschlossen hat, das war

Teil des Vertrages«, schilderte sie mir die Sachlage mit einer Selbstverständlichkeit, als spreche sie über die Züchtung von Rosen. Wieder einmal wurde mir bewusst, dass nicht nur die Handlungs-, sondern auch die Denkweise in anderen Kulturen sich von der unseren sehr unterschied. Meiner Sympathie für Meena tat das keinen Abbruch.

»Die beiden werden in Chennai heiraten, aber in Berlin leben, wo Ramu seine Anwaltspraxis eröffnet. Dort kann er dann ein Auge auf seinen jüngeren Bruder haben. Ganesh will sich eine Stelle als Koch suchen, ebenfalls in Berlin.«

»Köche sind gesucht, er wird es leicht haben«, sagte ich, aber am liebsten hätte ich geschrien: *Was ist denn nun mit dem Geheimnis?*

Meena schien Gedanken lesen zu können, vielleicht standen sie mir aber auch auf die Stirn geschrieben.

Sie faltete die Hände. »Jainil hat jemanden auf dem Weg gesehen, jemanden, der sich gerade von der Leiche entfernte. Natürlich wusste er da noch nicht, dass da eine Leiche lag, und schon gar nicht, um wen es sich handelte. Er kam vom Campingplatz, bog um eine Kurve und sah jemanden in die andere Richtung eilig davongehen, auf den Wanderparkplatz zu. Jemanden, den er sofort erkannte.«

»Auch wenn er ihn nur von hinten gesehen hat?«

Sie nickte. »Jainil war zwar langsam, doch er hatte Augen wie ein Falke.«

»Wen hat er denn gesehen?«

»Herrn Simonsmeyer.«

»Holger Simonsmeyer?«

»Ja.«

»Aber wieso hat er der Polizei denn nicht …?«

»Ein paar Sekunden später entdeckte er Susanns Leiche«, unterbrach sie mich. »Sie müssen verstehen, mein Mann hatte noch nie zuvor einen gewaltsam ums Leben gekommenen Menschen gesehen. Auch kein getötetes Tier. Überhaupt kein Blut. Er war Vegetarier … Wie auch immer, er brauchte einige Zeit, bevor er wieder denken konnte, und als er wieder denken konnte, benötigte er weitere Zeit, um endlich handeln zu können. Er wusste nicht mehr genau, wie lange er vor der Leiche gestanden hatte, bevor er den Notruf wählte. Er schätzte, es waren nicht weniger als zwanzig Minuten.«

»Das kann nicht sein«, widersprach ich. »Wenn er tatsächlich zwanzig Minuten früher am Tatort war, dann hätte ihn der Zeuge sehen müssen, dieser Tourist aus der Schweiz. Herr Beuthel hat vor Gericht Stein und Bein geschworen, dass …«

»Ich weiß. Dieser Tourist ist meinem Mann damals aufgefallen. Als Jainil am Campingplatz vorbeiging und in den Wald eintauchte, schlief der Mann auf einem Stuhl vor seinem Wohnwagen, während im Radio eine Sportreportage lief. Sein Kopf war vornübergesunken.«

»Das ist ja furchtbar!«, rief ich. Wenn der Zeuge die Unwahrheit gesagt hatte – und sei es nur, weil er tatsächlich glaubte, dass er nicht geschlummert hatte –, dann hätte jeder an den Tatort gelangen und ihn wieder verlassen können.

Andererseits … Vielleicht spielte das nach der zweiten Beobachtung von Jainil Sayyapparaju gar keine Rolle mehr. Offensichtlich war Holger Simonsmeyer am Tatort gewesen. Was die topflappenhäkelnde Frau auf dem Wanderparkplatz beobachtet hatte, nämlich dass er von irgendwoher zurückgekehrt war, passte hervorragend ins Bild. So konnte es gewesen sein: Er und Susann streiten im Auto, sie steigt aus und joggt weiter, er rennt ihr hinterher, schneidet ihr die Kehle durch und geht zurück zum Wanderparkplatz, wobei ihn zuerst Jainil Sayyapparaju und dann Sieglinde Diebert beobachten.

»Wenn Ihr Mann doch nur ausgesagt hätte«, seufzte ich. »Herrn Simonsmeyers Anwesenheit am Tatort wäre damit erwiesen gewesen.«

»Das hat er später auch erkannt und sich deswegen gequält. Aber nach Herrn Simonsmeyers Verhaftung war er der Meinung, dass seine Aussage nicht mehr nötig sei, dass die Dinge auch so ihren gerechten Lauf nähmen. Jainil wollte unsere Familie nicht in diese Sache hineinziehen. Er war ein wunderbarer Mann, das können Sie mir glauben, aber wenn er einmal einen Entschluss gefasst hatte, dann blieb es dabei. Wenn Jainil etwas nicht sehen wollte, dann sah er es auch nicht. Ich meine das jetzt nicht nur im bildlichen Sinn. Er sah es dann wirklich nicht.«

Nachdenklich trank ich von dem Yogi-Tee, der inzwischen lauwarm geworden war. Ich begriff, was zuvor schon Herr Sayyapparaju und seine Frau begriffen hatten: Diese Aussage war juristisch gesehen ohne Bedeutung. Holger Simonsmeyer war angeklagt und freigesprochen worden, er konnte kein zweites Mal wegen desselben Verbrechens vor Gericht gestellt werden. Erschwerend kam hinzu, dass der Zeuge inzwischen verstorben war und Meena alles nur vom Hörensagen berichten konnte. Kurz: Es war für die Tonne.

Aber da gab es ja noch den zweiten Mord …

»Wieso hat Ihr Mann Ihnen das Geständnis ausgerechnet in der Nacht von Amritas Ermordung gemacht?«, fragte ich Meena.

»Er glaubte, dass Amrita hatte sterben müssen, weil er damals geschwiegen hatte.«

»Inwiefern?«

»Er sagte, dass Herr Simonsmeyer ihn damals ebenfalls gesehen habe.«

»Oh, das ist …« Mir fehlte das richtige Wort, obwohl sich tausend Varianten anboten: schlimm, zu dumm, großer Mist, eine Katastrophe. Ich versetzte mich in Herrn Sayyapparajus Lage. Er erkennt den mutmaßlichen Mörder, hält aber den Mund und fällt aus allen Wolken, als Holger Simonsmeyer freigesprochen wird. Mit einem Mal befindet er sich in einem moralischen Dilemma, einer absoluten Ausnahmesituation. Er ist vielleicht mit daran schuld, dass ein Mörder frei herumläuft, und er weiß, dass der Mörder das weiß. Jetzt zur Polizei zu gehen, bringt gar nichts mehr. Also hat er zwei Möglichkeiten: Entweder hält er weiterhin den Mund und lernt mit der Schuld zu leben, oder er kompensiert seine Schuld auf irgendeine Weise.

Mitten in meine Gedanken sagte Meena: »Er hat sich der Bürgerwehr angeschlossen. Ich habe das damals nicht verstanden, doch als er mir eine Antwort verweigerte, fragte ich nicht weiter nach. Es ist nicht meine Art, verstehen Sie?«

Sie trank einen Schluck Tee, faltete die Hände wie zum Gebet vor dem Mund und fuhr fort: »Jainil hat … er hat den jungen Finn aus unserem Haus verbannt, von einer Minute zur anderen. Finn hat sich für Amrita … nun ja, interessiert. Andere junge Männer haben sich auch für sie interessiert, weil sie so schön war. Marlon, zum Beispiel. Aber Marlon war … Wie soll ich das sagen, ohne beleidigend zu werden?«

»Werden Sie ruhig beleidigend, er hört ja nicht zu.«

»Er war plump, ein Hallodri, der andauernd an ihr herumgetatscht hat, sobald mein Mann mal nicht aufpasste. Amrita war viel lieber mit Finn zusammen, was ich gut verstehen kann. Etwa ein Jahr lang kam er mehrmals in der Woche zu uns, die beiden haben sich unterhalten, er hat ihr kleine Geschenke gemacht, meist selbstgebastelte Nachbauten indischer Monumente. Ich mag gar nicht ausrechnen, wie viele Stunden er dafür aufwendete. An jede Regel, die mein Mann aufstellte, hat der Junge sich gehalten. Und dann wird er von heute auf morgen abserviert, einfach so.«

»Und damit stellvertretend für seinen Vater bestraft.«

»Das war mir damals natürlich noch nicht bewusst. Ich habe mich darüber gewundert, das ist alles. Auch, dass mein Mann plötzlich von einer Verheiratung unserer Tochter nach Indien sprach, war neu.«

»Er wollte sie von hier wegbringen, um den Kontakt zu Finn zu unterbinden.«

»So war es wohl. Natürlich hat Finn sich nicht an das Verbot gehalten, und als es herauskam, fuhr Jainil zum Hotel, warf Herrn Simonsmeyer die Basteleien vor die Füße und beschimpfte ihn vor allen Leuten als Mörder. Ich konnte es kaum glauben, als ich davon hörte. Das war nicht der Mann, den ich seit vierunddreißig Jahren kannte.«

Ich verstand, worauf Meena hinauswollte. »Er hat also nach Amritas Ermordung an einen Racheakt der Simonsmeyers geglaubt?«

»So ist es.«

Ich war mir nicht sicher, ob ich dieser Logik folgen konnte. In aller Öffentlichkeit von einem integren Menschen wie Herrn Sayyapparaju als Mörder beschimpft zu werden, war äußerst peinlich und geschäftsschädigend. Aber deswegen dessen Tochter umbringen? Sollte Holger Simonsmeyer jedoch befürchtet haben, dass Herr Sayyapparaju doch noch auspacken würde… Gewiss, vor juristischer Verfolgung war er sicher, vor der gesellschaftlichen Ächtung keinesfalls. Hatte Holger Simonsmeyer den Restaurantbesitzer mundtot machen wollen? Nur wäre es dann nicht einfacher gewesen, ihn umzubringen? War die Gefahr, dass nach Amritas Tod die Welle der Empörung noch gewaltigere Ausmaße annahm, nicht viel größer? So sehr die Indizien im Fall Susann gegen Holger Simonsmeyer sprachen, so wenig plausibel war das Motiv im Fall Amrita.

Mir kam es vor, als hätten Schmerz und Schuld Herrn Sayyapparaju das Urteilsvermögen und damit die klare Sicht auf die Dinge genommen. Er hatte sich da in etwas hineingesteigert, und keiner hatte ihn daran gehindert, weder seine Frau noch seine Söhne. Im Gegenteil, ich konnte mir gut vorstellen, dass manche in der Bürgerwehr ihn sogar noch angefeuert hatten.

Meena schloss die Augen, öffnete sie wieder und seufzte. »Da ist noch etwas. Nichts, was mein Mann mir erzählt hätte, sondern etwas, das er mir nicht erzählt hat. Ich kannte ihn in- und auswendig, deswegen habe ich auch gespürt, dass er mir damals nicht alles offenbarte. Irgendetwas hat er zurückgehalten, sogar in der Stunde, als er mir sein Herz ausschüttete, sogar in der Stunde, als wir um unsere Tochter trauerten.« Sie legte ihre Hände auf meine und sah mich eindringlich an. »Es muss etwas gewesen sein, von dem er glaubte, dass es mich zutiefst verletzen würde.«

Was für eine Frau, sagte ich zu mir, nachdem sie in die Küche gegangen war, um letzte Hand an das Mittagessen zu legen. Sie hatte unter den denkbar schlimmsten Umständen ihre Tochter verloren und kurz darauf den geliebten Ehemann. Ihr ganzes Leben war auf den Kopf gestellt, sie wollte das Restaurant schließen, nach Indien zurückkehren und würde ihre Liebsten dann nicht mehr um sich herumhaben. In dem ganzen Aufruhr besaß sie auch noch die Größe und Kraft, mir die Versäumnisse ihres verstorbenen Gatten zu gestehen. Reinigen und Aufräumen, so nannte sie es, die Dinge in Ordnung bringen, bevor sie auf eine lange Reise ging.

Wenn es um meinen Beruf als Gerichtsreporterin geht, fragen mich die Leute immer mal wieder: *Wie hältst du das nur aus, Doro?* Das Schwerste in dem Job ist, in all die verzweifelten, leeren und erniedrigten Gesichter zu blicken, aber auch in die verurteilenden, gnadenlosen und hasserfüllten. Doch schwierige Jobs gibt es viele. Ich stelle es mir zum Beispiel sehr belastend vor, in einem Hospiz zu arbeiten und Sterbenskranke in den Tod zu begleiten. Oder als Zahnarzthelferin von früh bis spät in Münder voll gelber, brauner, schiefer und blutender halb toter Zähne zu blicken. Man schafft es, indem man sich zurücknimmt, indem man die Eindrücke zwar aufnimmt, sie aber objektiv zu betrachten und in etwas Positives umzuwandeln versucht, in meinem Fall in eine bewegende und informative Story. Eine solche Story kann nur entstehen, wenn ich von den Menschen, über die ich schreibe, in irgendeiner Weise beeindruckt bin, so wie bei Meena. Man hat mir schon häufiger vorgeworfen, die Schicksale der Opfer auszuschlachten, kalt und distanziert zu sein. Doch ohne Distanz kann kein Bild entstehen. Meine Aufgabe ist es, in die Abgründe unserer Gesellschaft zu blicken und dabei nicht selbst in den Abgrund zu stürzen.

Dank meiner langjährigen Erfahrung gelang es mir, mich vom Schmerz dieser Frau nicht überwältigen zu lassen, sondern an das zu denken, was diesen Schmerz verursacht hatte. Vor allem ihr letzter Satz in Bezug auf das intime Gespräch mit ihrem Ehemann beeindruckte mich sehr. Denn Meena war zu klug, um nicht zu bemerken, dass das Geheimnis, das Jainil Sayyapparaju mit ins Grab genommen hatte, nur einen seiner Söhne betreffen konnte – oder ihn selbst. Immer vorausgesetzt natürlich, Meenas Eindruck war richtig. Sie riskierte also, dass etwas ans Tageslicht kam, das ihre ohnehin schon erschütterte Welt noch weiter ins Wanken bringen könnte. Zu erklären war das nur mit ihrer Religiosität. Im Hinduismus ist die Reinheit der Seele von größter Bedeutung, und Unaufrichtigkeit beschmutzt die Seele.

Dass sie sich ausgerechnet mir anvertraute, verdankte ich – wie ich später erfuhr – meiner Reportage vom Januar, die Ramu ihr vor unserem Gespräch zu lesen gegeben hatte. Sie nannte den Text »wahrhaftig«, mehr wollte sie dazu nicht sagen. Selbstverständlich betrachtete ich gerade ihre Meinung dazu als Kompliment.

Unabhängig von ihrer Ehrlichkeit – ich konnte zu diesem Zeitpunkt nicht davon ausgehen, jemals hinter dieses unausgesprochene Geheimnis zu kommen. Schon an dem enthüllten Geheimnis hatte ich ordentlich zu knabbern. Was sollte ich denn nun damit anfangen? Holger Simonsmeyer hatte sich also definitiv am Tatort aufgehalten. Und was die ominöse Person X betraf, sie war nicht auf mysteriöse Weise verschwunden, sondern vermutlich ein unbescholtener Spaziergänger, der an dem schlummernden Schweizer vorbeigelaufen war, genau wie Herr Sayyapparaju. Zwar war ich nun einen

Schritt weiter, doch war es lediglich ein Schritt im Nebel, von dem ich nicht wusste, wohin er führte.

Mehr und mehr kam ich zu der Überzeugung, dass ich mich, zumindest vorübergehend, von dem Mord an Susann lösen musste, dessen Fakten mir vom Prozess vertraut waren, um mich dem Mord an Amrita zuzuwenden, der noch ziemlich im Dunkeln lag. Wenn man vom selben Täter ausging – und das taten alle, mich eingeschlossen –, dann konnte dort der entscheidende Hinweis liegen.

Deswegen kam es mir sehr gelegen, als Carsten Linz überraschend zur Tür hereinkam und sich zu mir setzte.

»Woher wissen Sie, dass ich hier bin?«, fragte ich verdutzt.

Er lächelte mich auf eine Weise an, als wolle er sagen: Fragen Sie mich doch nicht so etwas.

»Ich komme gerade von einem Verhör.«

»Eddi Fassmacher oder Frau Waldeck?«

»Fassmacher. Wir haben seine Computer überprüft. Das dauert zwar noch eine ganze Weile, aber so viel wissen wir schon: Er hat eine sehr kreative Buchführung, die dem Zweck dient, Geldbewegungen zu und von einer lokalen Partei zu verschleiern. Es geht um die Neue Wehr Vorpommern.«

»Steht die Partei für das, was ich gerade vermute?«

»Allem Anschein nach, ja. Da ist mir dann dieses Gedicht eingefallen, das Sie mir vor ein paar Tagen gezeigt haben.« Er zitierte die Zeilen des Haiku.

Bepackt mit Giften.
Aufgepasst, die Kogge kommt.
Trägt schwer am Bösen.

Ich schlug die Hände an die Stirn. »Sie meinen, die Kogge, das ist …?«

»Er ist ein Geschäftsmann, ein Händler, und sein runder Bauch ist dem einer Kogge nicht unähnlich. Susann Illing hat bei ihm gejobbt, und sie war ein helles Köpfchen. Auch wenn sie nur ein paar Hilfsarbeiten im Büro gemacht hat, als künftige Wirtschaftsinformatikerin und begabte Zahlenjongleurin könnte sie dahintergekommen sein, was an Fassmachers Geldflüssen nicht ganz koscher ist.«

»Wow. Das wäre ein prima Motiv für einen Mord.«

»Die gute Nachricht ist: Für den Mord an Susann hat er kein Alibi, er will allein in seinem Haus gesessen und Bestellungen für Büromaterial gemacht haben, worunter er vermutlich Elektroschocker versteht. Am Abend von Amritas Ermordung, und das ist die schlechte Nachricht, saß er in der Kneipe, wofür es ein halbes Dutzend Zeugen gibt.«

»Was, wie wir beide wissen, sofort die Frage nach einem Komplizen aufwirft.«

Meena, Ramu, Ganesh und Finn kamen aus der Küche. Als sie sahen, dass Carsten Linz mit mir am Tisch saß, brachten sie sofort ein Gedeck für ihn, und binnen weniger Augenblicke verwandelte sich der kahle Tisch in eine bunte Tafel voll wunderbar aussehender und duftender Gerichte. Obwohl er höflich ablehnte, reichte Meena Linz mit ebenso großer Herzlichkeit wie Resolutheit einen leeren Teller.

»Lassen Sie es sich schmecken«, sagte Meena und wandte sich ab.

»Essen Sie denn nicht mit?«, fragte ich.

»Wir beten vorher am Schrein unserer Ahnen. Bitte fangen Sie schon an, wir gesellen uns dann später zu Ihnen.«

Dafür, dass er eine Minute vorher von Essen nichts hatte wissen wollen, schaufelte Linz sich eine ordentliche Portion auf den Teller, während ich mich dezent durch die einzelnen Gerichte probierte, immer auch in Angst vor etwas allzu Scharfem.

Im Geiste ging ich noch mal die Personen durch, die als Komplizen Fassmachers in Frage kamen, aber ich blieb schon beim zweiten Namen hängen, da Linz meinen gedanklichen Rundflug unterbrach.

»Bevor die anderen zurückkommen … Sie haben mich doch um einige Informationen wegen der Alibis gebeten. Lassen Sie uns mit dem Jungen da drüben anfangen.«

Mein Blick ging zur Küchentür, vor der Finn Simonsmeyer unschlüssig herumstand. Er befand sich gewissermaßen zwischen Baum und Borke, da er einerseits weder Hindu noch Familienmitglied war und somit nicht an den Gebeten teilnehmen konnte, andererseits auch nicht zu Linz und mir gehörte. Nach allem, was ich gehört hatte, war er inzwischen als Nachwuchs-Torwart bei Hertha BSC unter Vertrag. Das erklärte auch das brandneue Cabrio vor der Tür. Sosehr er sich allerdings bemühte, souverän und gefasst zu wirken, spürte ich unter der Oberfläche seine Verunsicherung. Alles andere wäre auch seltsam und bedenklich gewesen. Von einem Tag zum anderen war er allein auf der Welt, er war nun Vollwaise, nicht mehr Kind. Das musste zutiefst verstörend sein, selbst für einen zielstrebigen, robusten Burschen wie ihn.

Mit gedämpfter Stimme bat ich Linz, dass er sich mäßigen solle, und kam mir fortan wie eine Verschwörerin vor.

»Jetzt sehen Sie doch nicht so auffällig zu ihm hin!«

»Der weiß doch sowieso, weshalb wir hier zusammensitzen«, erwiderte er. »Alle im Dorf wissen inzwischen, wer ich bin, wer Sie sind und was wir hier tun. Also, wollen Sie jetzt etwas von mir hören, oder soll ich in Ruhe mein Chicken Tikka Marsala essen?«

»Von einem gut bezahlten Beamten erwarte ich, dass ihm beides gleichzeitig gelingt.«

»Okay, Finn Simonsmeyer hat für beide Tatzeiten ein Alibi. Als Susann ermordet wurde, war er hier, genau hier, und himmelte seine *Maharani* an. Er war mit Amrita verabredet, deshalb hat er auch das Training abgebrochen.«

»Woher wissen Sie das?«

»Die Polizei war gründlich. In den ersten Tagen nach Susanns Ermordung, noch bevor Holger Simonsmeyer verhaftet wurde, haben die Kollegen ausführliche Befragungen durchgeführt. Sowohl Amrita als auch Ganesh Sayyapparaju haben bestätigt, dass Finn ab vierzehn Uhr hier war, um indische Monumente zu bauen und im Anschluss seine Angebetete anzuschmachten, überwacht von ihrem Bruder, der alle Viertelstunden Tee brachte. Von hier zum Tatort braucht selbst ein Olympiasieger hin und zurück mindestens eine dreiviertel Stunde, mit dem Rad eine halbe. Und was Amritas Tod angeht, laut Gerichtsmedizin ist sie zwischen Mitternacht und null Uhr dreißig gestorben, und da war er mit seinem Freund Ben-Luca bolzen.«

»So spät noch.«

»Offensichtlich. Die beiden haben die Leiche auf dem Rückweg ins Dorf gefunden.«

»Dieser Ben-Luca scheint ja ein guter Alibi-Geber zu sein. Zuerst Marlon, jetzt Finn …«

»Ich muss ihn ohnehin noch verhören, genau wie Finn. Wollen wir den beiden gemeinsam auf den Zahn fühlen?«

»Inoffiziell?«, fragte ich lächelnd.

»Inoffiziell«, antwortete er lächelnd und schob sich ein Fischbällchen in den Mund, was ich ihm sogleich nachtat. »Wissen Sie, was?« Er lachte. »Vielleicht haben die Sayyapparajus ja doch keine Ahnung, wer ich bin, immerhin haben Sie mich nur mit meinem Namen vorgestellt. Die könnten denken, wir wären ein Paar.«

Ich hätte mich beinahe verschluckt, was zum Teil auch an den recht feurig geratenen Fischbällchen lag. Linz zumindest amüsierte sich köstlich, denn er schreckte weder vor scharfen Speisen noch vor scharfen Sprüchen zurück. Er schenkte mir Wasser ein, und ich leerte das Glas in einem Zug.

»Was noch?«, fragte ich hustend.

»Sie meinen die Ermittlungen?«

»Erraten.«

Er konnte sich das Grinsen einfach nicht verkneifen. »Also, weiter im Text. Eva Regina Waldeck, unsere Mord-und-Totschlag-Bloggerin: Am Nachmittag von Susanns Tod hat sie eine Trauerfeier auf dem Trenthiner Friedhof … wie nennt man das? Gemanagt?«

»Begleitet.«

»Tolles Wort. Ein Escort-Service der besonderen Art, oder wie?«

Ich verdrehte die Augen. »Was um alles in der Welt hat Sie eigentlich so sarkastisch werden lassen? Die Arbeit für den Staatsschutz?«

»Nein, das deutsche Bildungssystem. Wie auch immer, Frau Waldeck mag vielleicht ein Motiv gehabt haben, Susann umzubringen, aber keine Gelegenheit.«

»Ich bin am Friedhof vorbeigekommen, er liegt fast im Wald.«

»Ach, Sie meinen, wenn eine Bestatterin heimlich eine Trauerfeier verlässt, ist das so ähnlich, wie wenn der Wasserkellner sich von einer Party mit Betrunkenen davonschleicht.«

»Ich könnte das niemals so elegant ausdrücken wie Sie, aber ungefähr das wollte ich damit sagen. Wie sieht Frau Waldecks Alibi für den Mord an Amrita aus?«

»Trübe. Nachdem sie sich stundenlang mit ihrem Mann gefetzt hatte, setzte sie sich ins Auto und fuhr – Zitat – ›einfach nur so herum‹. Ts, ts, ts, man sollte es nicht für möglich halten, wie oft Verdächtige einfach so in der Gegend herumfahren. Denkt denn keiner von denen an die Folgen fürs Klima?«

Ich legte die Hände an die Schläfen. »Linz, bitte.«

Er blätterte in seinem Notizblock. »Tallulah Illing. Sie war zum Zeitpunkt von …«

»Ich hatte Sie nicht nach Tallulahs Alibi gefragt.«

»Entschuldigung, mir war kurz entfallen, dass das selbständige Überprüfen von Alibis meinen Kompetenzbereich überschreitet.«

»Ein Punkt für Sie.«

»Sind Sie interessiert? Das Mädchen mit dem drolligen Namen hatte ein Rendezvous und hat wild herumgeknutscht.«

»Mit wem?«

»Mit einer Flasche Prosecco *extra dolce*. Da die Japaner noch keine sehenden und sprechenden Flaschen erfunden haben, ist dieses Alibi noch nicht einmal die Sektsteuer wert. Weiter im Text: Marlon Ritter. Wenn wir davon ausgehen, dass Ihr Eindruck stimmt und sein Alibi für den Mord an Susann keines ist, was noch zu beweisen wäre, dann sieht es schlecht für ihn aus. Denn am Abend von Amritas Ermordung saß er allein vor der Glotze.«

Ich informierte Linz über das, was Meena und Tallulah über Marlon gesagt hatten, nämlich dass sowohl Susann als auch Amrita auf dessen erotischem Speiseplan gestanden hatten. Bei der Gelegenheit gab ich ihm auch gleich den Rest meines Gesprächs mit Meena wieder, kurz bevor die anderen sich zu uns setzten.

Anfänglich betrieben wir ein wenig Konversation, die jedoch versiegte wie ein dünner Wasserstrahl, der langsam gefror. Es war auch nicht verwunderlich – zu viele Gespenster saßen mit uns am Tisch: Jainil, Amrita, Susann und Udo Illing, Bettina und Holger Simonsmeyer, Patrick, Alena-Antonia … Der Einzige, der die Gespenster nicht zu spüren schien, war Ganesh. Er unterbrach das Schweigen andauernd, erkundigte sich, wie uns dieses oder jenes schmeckte, und wollte für seine Kochkünste gelobt werden. Dann wieder redete er munter drauflos, irgendwelche Belanglosigkeiten, die keiner eine Stunde später noch hätte wiedergeben können.

»Wie oft«, fragte ich den jungen Mann unvermittelt, »war Susann denn hier, um euch bei der Steuer zu helfen?«

Entweder war Ganesh von der Frage überrascht, oder es kam generell nicht oft vor, dass eine Fremde ihn etwas fragte.

»Na ja, so ungefähr … also vielleicht zweimal pro Woche, vor der monatlichen Umsatzsteuerüberweisung auch öfter. Immer den ganzen Nachmittag. Ich habe ihr dann selbstgemachte Limonade gebracht, an kalten Tagen Tee und Gebäck, serviert auf einem Tablett mit Blume. Mein Vater wollte, dass wir sie wie eine Konkubine behandeln.«

»Ganesh!«, fuhr seine Mutter ihn an.

»Haben Sie sie gemocht?«, fragte ich ihn.

Er schob sich ein großes Stück in Kokosrahm gewälzten

Fisch in den Mund und wischte sich mit dem Handrücken über die Lippen. Die Serviette, die ihm seine Mutter zuschob, ignorierte er. »Ich weiß so gut wie nichts über Susann. Sie war mir ziemlich piepe.«

»Dann haben Sie auch keine Idee, wen Susann Oma genannt haben könnte?«

»Ich weiß nur, wen Ramu und ich Oma nennen, unsere Nachbarin, die olle Busch. Weil sie immer so geschwollen daherredet und ihre Lebensweisheiten unter den Leuten verteilt wie die selige Mutter Teresa ihre Schälchen mit Reis.«

»Ganesh!«, mahnte ihn Meena noch einmal.

Sein älterer Bruder schaltete sich ein. »Frau Kagel, ich zeige Ihnen, wo Susann gearbeitet hat, wenn sie bei uns war.«

Darum hatte ich zwar nicht gebeten, aber es war offensichtlich, dass sie mich von Ganeshs lockerem Mundwerk fernhalten wollten, und ich war willens mitzuspielen.

An Herrn Sayyapparajus Büro war nichts Auffälliges. Es sah darin aus wie in jedem anderen Raum, den jemand mit Bildern und anderen Gegenständen gemütlich zu machen versucht hat und dem man trotzdem so schnell wie möglich wieder entkommen möchte. Man musste nicht unter Klaustrophobie leiden, um sich in dieser besseren Besenkammer unwohl zu fühlen.

Dort hatte Susann also sieben oder acht Stunden pro Woche zugebracht, manchmal sogar noch mehr. War das nur ein weiterer Aspekt ihrer aufopfernden Hilfsbereitschaft, so wie die Unterschriftenaktion für den Schulbusfahrer, oder verband sie etwas Spezielles mit diesem Haus und der Familie Sayyapparaju?

»Mein Vater hat die deutschen Steuererklärungen gehasst.

Er war der Meinung, nur ein Sadist konnte sich so etwas ausdenken.«

»Dem würden achtzig Millionen Deutsche zustimmen.«

»Deswegen war er auch so froh, in Susann eine zupackende Hilfe zu haben. Sie dürfen nicht so viel auf das Geschwätz meines Bruders geben.«

Sah man einmal von einer gewissen optischen Ähnlichkeit ab, waren er und Ganesh sehr verschieden, und zwar nicht nur im Hinblick auf die Berufswahl, das Auftreten und die Manieren.

»Am Morgen von Susanns Tod haben Sie ihr mit der Steuer geholfen, das haben Sie damals vor Gericht ausgesagt. Sie erschien Ihnen anders als sonst, seltsam bedrückt.«

»Ja, es kam mir vor, als wollte sie etwas loswerden. Aber das war nur so ein Gefühl. Ganesh ist jedenfalls nichts aufgefallen.«

»Ganesh? Wieso Ganesh?«

»Sie war bei ihm in der Küche, bestimmt zwanzig Minuten. Um sich einen Tee zu holen oder so. Genau weiß ich das nicht mehr. Ich fand es bloß merkwürdig.«

»Warum?«

»Sie hätte ja auch mich um einen Tee bitten können, zumal sie Ganesh nicht besonders mochte. Er war ihr zu … schlicht.«

»Also nicht intellektuell genug. Und ein bisschen zu fröhlich vielleicht.«

»Genau«, sagte er, wobei er zu Boden blickte. Die Frage war, ob er sich gerade für seinen Bruder fremdschämte, weil er so war, wie er war, oder für Susann.

»Jedenfalls«, kehrte er zum Thema zurück, »hat sie mich ein paarmal angesehen, und ich dachte, dass sie mir etwas sagen wollte.«

»Warum sollte sie Ihnen etwas anvertrauen?«

»Ich weiß es nicht.«

»Etwas über Ihren Vater vielleicht?«

»Wie kommen Sie denn darauf? Woher sollte Susann irgendetwas über meinen Vater wissen?«

»Sie wären erstaunt, was man alles mitbekommt, wenn man ein Jahr lang in einem Haus ein und aus geht.«

Er sah mich ruhig mit seinen schwarzen indischen Augen an und sagte dann: »Das Essen wird kalt.«

8

Noch vier Tage bis zum Brandanschlag

Die Bürgerversammlung war zwar nicht im Insel-Blättchen angezeigt worden, trotzdem wusste jeder im Lieper Winkel, dass, wo und wann sie stattfand. So auch Ben-Luca. Ein Vereinskamerad hatte es ihm erzählt, gleich darauf ein zweiter, am nächsten Tag ein dritter, alle mit dem Hinweis: »Sag's weiter, aber erzähle es Finn nicht.« Es war klar, worum es ging. Das war keine normale Versammlung normaler Bürger, die sich über ein normales Problem austauschten. Ben-Luca war sich sicher, dass die Initiatoren das Treffen unter eine seriöse Überschrift stellen würden, etwa »Gründung eines Notwehr-Komitees«, »Maßnahmenberatung« oder einfach »Meeting«. Aber wie auch immer sie es nannten, es lief am Ende auf dasselbe hinaus: wir oder die. Die Versammlung war die erweiterte Fortsetzung der Bürgerwehrtreffen, nur dass das Ganze jetzt einen demokratischen Anstrich bekam.

Ein bisschen konnte er die Leute sogar verstehen. Amritas Tod war ein heftiger Schlag gewesen, mehr noch, ein Schlag auf eine noch offene Wunde. Es war so, als wäre ein gewaltiger Schrei durch Trenthin gegangen und hätte sich über den Lieper Winkel und die ganze Insel ausgebreitet. Ein zweites Mädchen, wieder eine von ihnen, eine aus dem Dorf, die jeder kannte, die jeder aufwachsen gesehen hatte, tausendmal gegrüßt, deren Schönheit ein jeder bewundert hatte – ermordet, im Wald, mit aufgeschlitzter Kehle.

Dieser zweite Mord war noch schrecklicher als der erste, fand Ben-Luca, und das nicht bloß, weil er die Leiche gefunden hatte. Ein einziger Mord, so grauenhaft er auch ist, kann überall vorkommen. Er lässt die Hoffnung zu, dass es sich dabei um ein einzelnes Ereignis handelt, furchtbar und entsetzlich, aber einmalig. An der Stelle, wo sie Amrita aufgefunden hatten, standen inzwischen Kerzen und lagen Blumen, so wie an Susanns Gedenkstätte, doch nirgendwo war ein Schild, auf dem stand: *Warum?* Anders als beim ersten Mord fragten die Leute nicht mehr nach dem Warum. Sie fragten vielmehr: »Wer ist das Scheusal? Warum hat man den nicht weggesperrt? Wie lange wollen die sich das noch tatenlos ansehen? Wer wird die Nächste sein?« Die dünne Kruste, die sich nach fünfzehn Monaten über der Angst gebildet hatte, brach wieder auf.

Dazu all die anderen Fragen und Rätsel: Wieso war Amrita nachts in den Wald gegangen? Wieso hatte sie sich heimlich aus dem Haus geschlichen, obwohl das überhaupt nicht ihre Art war? Plötzlich waberten zwei Gerüchte durch das Dorf, zum einen, dass Holger Simonsmeyer kein Alibi hatte. Zum anderen, dass Amrita entweder ihn hatte treffen wollen oder auf dem Weg zu Finn gewesen war, zum Bolzplatz. Erneut fiel der Name Simonsmeyer im Zusammenhang mit einem Mord, diesmal sogar zweifach.

Als wäre das noch nicht genug, war am Tag nach Amritas Ermordung auch noch Udo Illing im Krankenhaus den schweren Verletzungen erlegen, die er sich bei dem Autounfall zugezogen hatte.

Drei, sagten die Leute. Der Simonsmeyer hat drei Leute auf dem Gewissen, und meine Tochter, mein Mann, meine Schwester oder sogar ich kann der oder die Nächste sein.

Auch Ben-Luca war nicht frei von der Angst. Jeden Tag brachte er Alena zur Schule und holte sie wieder ab. Noch nicht einmal im Garten ließ er sie unbeaufsichtigt spielen. Der Gedanke, dass da draußen jemand mit einem Messer herumlief, verfolgte ihn bis in den Schlaf, und ganz sicher nicht nur ihn. Zwischen dem ersten und dem zweiten Mord waren vierzehn Monate vergangen, und wenn er sich vorstellte, dass er die nächsten zwei, drei Jahre in Angst um seine Schwester und seine Mutter oder irgendwann mal vielleicht in Angst um seine Freundin leben musste …

Ja, er verstand die Leute, seine Nachbarn, die Bauern, Golfplatzbetreiber, Hoteliers, Gastronomen, die Ladenbesitzer, Lehrer und Vereinskameraden. Wie sie alle liebte er die Insel, die Menschen hier und die Landschaft, und irgendjemand – vielleicht Holger Simonsmeyer – war dabei, alles kaputtzumachen und das Paradies in eine Hölle zu verwandeln.

Ben-Luca war aber auch Finns Kumpel, und er regte sich maßlos darüber auf, dass Finn inzwischen ebenfalls im Internet attackiert wurde und nicht mehr nur sein verdächtiger Vater. Nur gut, dass er nichts davon mitbekam, weil er sich gerade voll auf das Probetraining bei Hertha BSC konzentrierte. Finn hatte angerufen und gesagt, es sehe gut aus, er habe ein gutes Gefühl. Ben-Luca freute sich so sehr für ihn, dass er ihm verschwieg, was in Trenthin gerade vor sich ging. Es grenzte sowieso schon an übermenschliche Willenskraft, dass Finn nach dem grausigen Auffinden von Amritas Leiche, nach dem Verlust des angeschwärmten Mädchens und den anstrengenden Polizeiverhören das geplante Probetraining überhaupt angetreten hatte. Natürlich hatte er darüber nachgedacht abzusagen, aber Ben-Luca hatte ihm gut zugeredet. Finn arbeitete schon so lange darauf hin, Profi zu werden, und das nächste Probetraining war erst in einem halben Jahr – eine Ewigkeit im Fußball.

Wieder, wie schon Wochen zuvor, betrat er den *Grünen Hut*, wieder ging er die steile, schlecht beleuchtete Treppe hinab, wieder lief es ihm kalt den Rücken hinunter, als er die Tür zu Partykeller und Kegelbahn aufstieß. Alle vom letzten Mal waren auch diesmal da und dazu etwa siebzig weitere Personen, von denen einige Glatze und Bomberjacke trugen und finster dreinblickten. In ihrer Mitte Herrn Tschaini und seine eigene Mutter zu sehen, tat Ben-Luca fast körperlich weh.

»Was machst du denn hier?«, fragte sie ihn, als sie ihn entdeckte.

Er stellte sich in diesem Moment dieselbe Frage. Was er vorhatte, war hart, sehr hart, im Grunde war es Selbstmord, ein Sprung vom Dach.

»Sag bloß, du bist zur Vernunft gekommen«, fügte sie hinzu.

»Im Gegenteil, ich bin hier, um euch zur Vernunft zu bringen.« Er staunte selbst, dass er den Satz über die Lippen gebracht hatte. Doch was er als Nächstes sagen oder tun sollte, dafür fehlte ihm jegliche Idee.

»Dann kannst du gleich wieder gehen, Ben-Luca Waldeck.«

»Mama, ich …«

»Nein, Ben-Luca, nein«, unterbrach sie ihn vehement. »Du bist achtzehn, du kannst tun und lassen, was du willst. Wenn du meinst, dich geht das alles nichts an, bitte sehr, deine Sache. Aber das hier ist meine Sache, verstehst du? Meine Nichte ist tot, mein Schwager ist tot, und dieses arme indische Mädchen ist auch tot. Und was tut die Polizei? Sie verhört Simonsmeyer und lässt ihn laufen. Das geht so nicht weiter.«

»Aha, jetzt heißt Holger also Simonsmeyer«, erwiderte er, wobei der Kloß in seinem Hals den halben Satz fast erstickt hätte. Seine Knie zitterten, und seine Hände waren so feucht, dass er sie in den Hosentaschen der Jeans trockenrieb.

»Vor fünfzehn Monaten hast du diesen Simonsmeyer noch Holger genannt, manchmal sogar Holgerli. Wenn Papa ihn eingeladen hat, hast du ihm sein Lieblingsessen gekocht, du bist sogar extra nach Rostock gefahren, um Lammbraten zu besorgen. Und zu seinem vierzigsten Geburtstag habt ihr ihm einen Super-Luxus-Sattel gekauft.«

»Das war, bevor er deine Cousine umgebracht hat.«

»Wer entscheidet, ob er meine Cousine wirklich umgebracht hat? Du? Ihr hier? Ein paar Leute, die meinen, sie hätten das Recht dazu? Was ist, wenn ich zu dem Schluss komme, dass Onkel Eddi zu reich ist und ein paar von seinen Ferienwohnungen der Gemeinde überschreiben sollte? Setze ich mich dann auch mit ein paar Idioten, die dasselbe denken, hier unten zusammen und beschließe, ihn zu enteignen? Oder wie?«

»Das ist doch etwas völlig anderes.«

»Ach, echt, Mama? Also, entweder gelten die Gesetze für alle, oder sie gelten gar nicht mehr.«

Eddi Fassmacher mischte sich ein. »Ziemlich hochtrabende Worte für ein Bürschchen, das noch nicht mal Steuern bezahlt. Vielleicht überlässt du diese Dinge lieber Bürgern mit etwas mehr Lebenserfahrung.«

»Na klar, Leuten wie Marlon, zum Beispiel. Er arbeitet schwarz, fährt ein Auto, das nicht durch den TÜV kommt, und schleppt jedes Mädchen ab, das nicht bei drei auf ’nem Baum ist. Super Voraussetzungen für einen lebenserfahrenen Richter.«

Marlon baute sich vor ihm auf, und unter normalen Umständen wäre Ben-Luca zwei Schritte zurückgewichen. Aber irgendetwas ließ ihn stehen bleiben – das Adrenalin, ein kindlicher Trotz, der Wille, endlich einmal eine Sache anzupacken und zu Ende zu bringen …

»Wenn du mir was zu sagen hast, Alter, dann raus damit. Na komm, tu dir keinen Zwang an.«

»Okay, also …« Ben-Luca schluckte. »Weißt du, wie meine Mutter dich neulich noch genannt hat? Eine Flasche mit der Intelligenz einer Alge. Und ich Idiot habe dich sogar noch verteidigt.«

Marlons überraschter Blick ging an Ben-Luca vorbei zu seiner Mutter, seine Hand jedoch krallte sich in das Hemd des Jungen.

»Das wird dir noch leidtun, du Niete, du Nichtskönner. Du bist die Flasche, und zwar auf dem Fußballplatz.«

Ben-Luca riss sich los. »Irrtum. Ich war die Flasche auf dem Fußballplatz. Hiermit trete ich aus der Mannschaft aus.«

»Von wegen. Wir schmeißen dich raus.«

»Dann sind wir uns ja einig.«

»Alter, du weißt nicht, worauf du dich da einlässt.«

»Das weißt du doch auch nicht. Diese komische Versammlung hier – was soll das werden? Was wollt ihr denn tun? Einen Strick knoten und einen Baum aussuchen? Einen Profikiller anheuern?«

»Red keinen Unsinn, Ben-Luca Waldeck«, maßregelte ihn seine Mutter.

»Wir könnten Holger auch gemeinschaftlich überfallen und mit den Elektroschockern zu Tode quälen.«

»Wie grausam«, sagte Eddi.

»Ja, das wäre grausam, Onkel Eddi«, bestätigte Ben-Luca. »Aber es wäre wenigstens direkt und offen, nicht so feige und hintenherum wie das, was hier abläuft. Ihr tut alle so, als ginge es euch um Susann und um Gerechtigkeit. Auf ein paar von euch mag das vielleicht zutreffen, aber was ist mit den anderen? Ich habe mal ein bisschen über die NWV recherchiert, diese tolle Partei, die sich unserem Schutz verschrieben und uns mit halb legalen Waffen versorgt hat. Du bist ihr neuer Vize-Chef, Onkel Eddi, und jetzt kapert deine Partei nach und nach einen Verein, der ursprünglich gegründet wurde, um Mädchen sicher von A nach B zu begleiten.«

Eddi bemühte sich um die Stimme eines lieben Onkels, als er entgegnete: »Neue Wehr, Bürgerwehr, wir wollen letztendlich alle dasselbe, und das ist sowohl harmlos als auch legal. Wir überlegen uns Optionen, wie wir die Simonsmeyers von hier verjagen können.«

Ben-Luca lachte sarkastisch. »Damit Holger dann woanders weitermorden kann? Das hört sich nach einem echt gut durchdachten Plan an. Ich bin mir nur nicht sicher, was die Bürger in der Lausitz, dem Schwarzwald oder der Eifel dazu sagen werden oder wo auch immer die Simonsmeyers hinziehen.«

»Das ist dann ja wohl nicht unser Problem, mein Junge.«

»Na super! Das nenne ich bürgerschaftliche Solidarität par excellence. In Wahrheit ist es dir völlig egal, Onkel Eddi, was mit den Simonsmeyers passiert, wenn sie erst mal pleite sind. Du sitzt doch schon in den Startlöchern, um dir endlich das Hotel unter den Nagel zu reißen.«

»Momentchen, mein Junge, so nicht, ja!«

»Und du, Kathrin«, wandte er sich an Susanns ehemalige Freundin, die neben Eddi saß. »Seit meine Cousine tot ist, hast du nur noch schlecht über sie geredet. Sie war in allem, was ihr gemeinsam angepackt habt, besser als du, und auch deine biedere Fassade konnte nie verbergen, dass du im Grunde neidisch auf sie warst. Das weiß doch jeder hier. Bei dieser Hatz auf Holger machst du ja nur mit, um deinem neuen Gönner zu gefallen.« Ben-Luca wandte sich seiner Mutter zu. »Und was dich angeht, Mama …«

Herr Tschaini erhob sich ruckartig von seinem Stuhl. Er war nicht allein gekommen, Ramu und Ganesh waren bei ihm, doch wirkten sie wie Gäste auf einer Party, auf der sie niemanden kannten. Es herrschte absolute Stille, als der kleine Mann sich Ben-Luca näherte. Er sagte nichts, sondern stand einfach nur da und warf Ben-Luca einen langen Blick zu, gegen den jedes Argument verloren hätte. Zu den Tränen, die von seinem Kinn tropften, durfte man nur demütig schweigen.

»Du«, sagte er nach einer gefühlten Ewigkeit. »Du wagst es, unsere ehrlichen Motive in Frage zu stellen? Meine Tochter, mein Schmetterling, wird morgen verbrannt. Abgeschlachtet hat der Mörder sie, verstümmelt, ihr das Blut ausgesaugt.«

»Herr Tschaini, ich …«

»Sei still!«, herrschte der Restaurantbesitzer ihn an. »Was weißt du denn schon, du dummer Junge? Wenn du mal selbst Kinder hast, eine eigene Familie, dann darfst du dir eine Meinung erlauben.«

»Ich …«

»Vorher nicht!«, schrie Herr Tschaini so heftig, dass ein paar Tröpfchen Spucke auf Ben-Lucas Gesicht landeten.

Mit gesenktem Kopf wartete der Junge, bis Herr Tschaini zu seinem Platz zurückgekehrt war.

»Vielleicht gehst du jetzt besser«, sagte seine Mutter und ergriff seine Hand.

Damit war er isoliert. Niemand in diesem Raum hatte ihm wirklich zugehört. Er war aus der Mannschaft geflogen, hatte ein paar Freunde verloren, und die mitleidigen Streicheleinheiten seiner Mutter schmerzten schlimmer als Ohrfeigen. Konnte er nach diesem Abend Herrn Tschaini und seiner Tante noch ins Gesicht sehen, sich mit Gleichaltrigen verbreden, auf Usedom leben? Morgen schon kannte jeder auf der Insel seinen Namen. Die Leute würden ihm entweder misstrauische Blicke zuwerfen oder, wenn man es gut mit ihm meinte, besonders aufmunternde. Sie wären entweder abweisend oder überbetont freundlich. Eben noch in den Kulissen, jetzt im Rampenlicht, eben noch graue Maus, jetzt bunter Hund. Manche Mädchen würden ihn schneiden, andere ihn hip finden. Es war das Ende der Normalität. Kurz, es würde ihm ergehen wie Finn.

Eigentlich hätte ihn das ängstlich oder unglücklich machen müssen, doch seltsamerweise trat das Gegenteil ein. Ja, er fühlte sich befreit, ohne sagen zu können, wovon.

Ben-Luca hatte schon die Türklinke ergriffen, als er sich noch einmal umdrehte. Mit leiser, belegter Stimme wandte er sich an Herrn Tschaini.

»Vor ein paar Tagen noch haben Sie Ganesh heruntergemacht, weil er zusammen mit Finn und mir ein paar Jungen eine harmlose Abreibung verpasst hat. Sie waren deswegen stinksauer. Weil es gegen die Regeln verstößt. Weil man nicht gut zusammenleben kann, wenn man sich gegenseitig eins auf die Schnauze gibt, wie es einem gerade passt. Und jetzt nehmen Sie Ganesh mit zu dieser sogenannten Versammlung, diesem Geheimtreffen hier, bei dem Sie im besten Fall etwas Unfaires planen, nämlich eine ganze Familie kollektiv zu bestrafen. Schlimmstenfalls kommt ein Verbrechen dabei heraus.«

Herr Tschaini wollte etwas erwidern, doch diesmal fuhr Ben-Luca ihm über den Mund.

»Okay, okay, Sie sagen, Sie haben einen guten Grund. Aber Finn, Ganesh und ich, wir hatten auch einen super Grund, diesen Halbstarken die Skates zu zerschlagen. Jeder von uns hat immer und für alles einen Grund. Das ist ja das Schlimme. Man fährt mit einhundertzwanzig Sachen auf der Landstraße, weil man es eilig hat. Man wirft einen Pflasterstein durch ein Schaufenster, weil man gegen die Globalisierung ist. Ja, verdammt, wahrscheinlich haben Sie den besten Grund, den man haben kann, Ihren Schmerz, die Sinnlosigkeit... Aber wollen Sie wirklich in einem Land leben, in dem jeder mit einem guten Grund tun darf, was er will? Dann laufen wir hier bald alle mit einem Schlagstock durch die Gegend und braten jedem eins über, der uns die Vorfahrt nimmt.«

Ben-Luca ergriff erneut die Türklinke. Er hatte gesagt, was er loswerden wollte, loswerden musste, und er war froh, es getan zu haben.

»Das war eine sehr kluge Ansprache«, sagte Herr Tschaini. »Leider sagst du nur, was wir nicht tun sollen, aber nicht, was wir tun sollen.«

»Ich habe keine Ahnung«, gab der Junge zu. »Ich weiß nur, dass das hier nicht richtig ist.«

Als Ben-Luca die Tür öffnete, schreckte er kurz zurück, denn vor ihm stand jemand. Zunächst sah er nur eine dunkle Silhouette. Erst als die Person aus der Finsternis des Ganges in das Licht des Raumes trat, erkannte er, um wen es sich handelte.

Sie hatte er zuletzt hier erwartet. Gewiss hatte keiner der Anwesenden mit dem Erscheinen dieser Außenseiterin gerechnet, über die sich das halbe Dorf lustig machte.

Vor ihm stand Rosemarie Busch.

Einige Wochen später, September

Auf den ersten Blick sah Ben-Lucas Zimmer nicht anders aus als das meines Sohnes, als er noch zu Hause wohnte: die üblichen Poster von Sängern und Fußballspielern, die übliche Unordnung, das übliche zerwühlte Bett, auf dem außer ihm selbst noch ein Smartphone und drei Fernbedienungen lagen. Sein Vater hatte Linz und mich ins Haus gelassen, und wir ließen Finn vorgehen. Als die beiden Jungs sich sahen, begrüßten sie sich mit einem weit ausholenden festen Händedruck und einer kurzen Umarmung. Wir warteten an der Schwelle, bis Finn uns vorstellte.

»Kommen Sie wegen meiner Mutter?«, fragte Ben-Luca. »Geben Sie sich keine Mühe, ich werde nicht schlecht über sie reden.«

»Deswegen sind wir nicht hier«, stellte Linz klar. »Dürfen wir uns setzen?«

Während wir uns zwei freie Plätze suchten, was gar nicht so leicht war, unterhielten sich die beiden Freunde. Finn erzählte von seinem ersten erfolgreichen Testspiel der Hertha-Nachwuchsmannschaft gegen Leipzig, von seinem neuen Vertrag, dem Cabrio und der Wohnung in Berlin-Mitte, die er gerade frisch bezogen hatte. Vom quietschenden Schreibtischstuhl aus schwebte mein Blick über die Wände, wo ich zwischen den Postern ein paar gelungene Zeichnungen entdeckte, Landschaftsmotive von Usedom sowie zwei, drei Karikaturen von Personen, die ich nicht kannte. Auf dem Schreibtisch lag ein Zeichenblock mit weiteren Karikaturen: Ben-Lucas Vater, seine Mutter, Marlon Ritter, Eddi Fassmacher, weitere mir unbekannte Personen, vielleicht Lehrer oder ehemalige Mitschüler. Ziemlich weit hinten entdeckte ich mehrere Zeichnungen eines Mädchens, zu jung, als dass es sich um eine Freundin hätte handeln können. Vermutlich seine verstorbene Schwester Alena-Antonia. Keine dieser Zeichnungen war eine Karikatur.

»Und, was machst du so?«, fragte Finn.

»Nicht viel. Ich … ich …« Ben-Luca versuchte, sich zusammenzunehmen, doch diesen Kampf verlor er. »Wie schaffst du das nur? Wie hältst du das aus?«

Finn atmete tief durch und fuhr sich mit der linken Hand immer wieder durch die Haare, während er auf dem zitternden rechten Daumen herumkaute. »Ich versuche, nicht dran zu denken. Das Trainingslager macht es mir leicht. Wir haben ein strammes Programm, und wenn dann doch mal Zeit ist, gehe ich mit den anderen Jungs aus. Die zwingen mich dazu, weißt du? Und meine Wohnung muss ich nebenbei ja auch einrichten.«

Finn rang mit den Tränen, genau wie Ben-Luca, doch er gewann den Kampf.

»Du darfst dich nicht unterkriegen lassen, Lucky. Du musst vor allem aus diesem Kabuff hier raus. Was ist mit einer Lehre?

Fang doch bei deinem Vater an, der braucht jetzt jede Unterstützung, oder nicht?«

»Ich soll mit Toten arbeiten? Tote habe ich jede Nacht in meinen Albträumen.«

Finn lief hektisch auf und ab. »Ich weiß auch nicht, Lucky, aber irgendwas musst du machen, so geht's nicht weiter. Komm mich doch mal in Berlin besuchen und hilf mir beim Einrichten. Oder fahr irgendwohin, wo was los ist. Nach Kroatien, nach Mallorca oder Ibiza. Ich zahle es dir auch, Kohle habe ich jetzt genug.«

Ben-Luca antwortete nicht, aber er wirkte auf mich nicht, als würde ihn eine dieser Ideen begeistern. So elend, wie er aussah, hätte ihm selbst ein Sechser im Lotto kein Lächeln abgerungen.

»Wir wollen Ihr privates Gespräch nicht länger als nötig stören«, sagte Linz. »Deswegen nehmen Sie es mir bitte nicht übel, wenn ich gleich zur Sache komme. Es geht um … es tut mir leid … um den Brand und das, was in den Stunden und Tagen davor passiert ist.«

»Das haben wir alles schon fünfmal der Polizei erzählt«, sagte Finn leicht genervt.

»Ja, ich weiß, aber Sie haben Ihre Aussagen in den ersten vierundzwanzig Stunden nach dem Unglück gemacht. Was Sie da erlebt haben, war traumatisch, und manchmal kehrt erst einige Wochen nach einem traumatischen Ereignis die Erinnerung an Details zurück.«

»Bei mir nicht«, erwiderte Finn.

»Sie wissen ja noch gar nicht, was ich fragen will. Im Übrigen ist Ben-Luca der wichtigere Zeuge für uns, denn Sie waren ja wohl, so steht es im Protokoll, halb bewusstlos.«

Ben-Luca gab seinem Kumpel ein Zeichen, dass er nicht beschützt werden müsse. Was das anging, war ich mir bei ihm nicht sicher. Er sah wirklich nicht gut aus: die Augen gerötet, die Ränder aschgrau unterlaufen, die Fingerkuppen wund. Seit Tagen hatte er sich nicht rasiert, und die Haare hätte er sich eigentlich auch mal wieder waschen müssen. Aber am schlimmsten war diese Aura von Selbstaufgabe, die er mit jeder Handbewegung, jeder Körperhaltung, jedem Blick verströmte.

»Was wollen Sie denn wissen?«, fragte er.

»Bevor ich zur Brandnacht komme, muss ich Sie etwas anderes fragen. Es geht um das Alibi, das Sie Marlon Ritter damals gegeben haben. Sie wissen schon, jener Tag, an dem Ihre Cousine Susann ermordet wurde.«

»Ach, das«, sagte Ben-Luca und rieb sich müde die Augen. »Ja, das war Käse. Na ja, zuerst wollte ich nicht. Aber Mann, er war immer cool zu mir, und da … da … Sorry.«

»Es war also seine Idee?«

»Ja.«

»Sie haben für ihn gelogen?«

»Bevor Sie auf dumme Gedanken kommen, als Amrita ermordet wurde, war ich wirklich mit Finn zusammen. Ich bin kein Dauerlügner oder so.«

»Verstanden. Und jetzt zur Brandnacht. Wieso waren Sie und Ihre Schwester zu dieser Uhrzeit im Haus der Simonsmeyers?«

An dieser Frage hatte Ben-Luca schwerer zu schlucken als an den vorherigen. Er benötigte eine Weile, bis er antwortete. »Meine Mutter war nicht zu Hause, sie sagte, sie hätte etwas Wichtiges zu tun. Was, hat sie mir nicht verraten. Mein Vater arbeitete länger. Er rief an und bat mich, auf Alena aufzupassen. Dann hat Finn sich gemeldet und gefragt, ob wir uns treffen könnten. Ich habe Ja gesagt …«

»Wäre es nicht einfacher gewesen, wenn Finn zu Ihnen gekommen wäre?«, wollte Linz wissen.

»Schon, aber meine Mutter will seit … seit der Verhaftung von Finns Vater nicht mehr, dass ein Simonsmeyer unser Haus betritt. Alena war noch munter, und da habe ich mir gedacht … Na ja …«

Ich begriff schlagartig, weshalb er in diesem üblen Zustand war. Er trauerte nicht nur um seine kleine Schwester, er machte sich auch Vorwürfe. Ohne ihn wäre Alena nicht bei Simonsmeyers gewesen und würde noch leben. Wie die meisten Selbstanklagen war auch diese unbegründet, denn es ist unmöglich, einen anderen Menschen mit letzter Sicherheit und Konsequenz vor der Zukunft zu beschützen. Aber noch nie ist ein seelisch Kranker durch ein vernünftiges Argument geheilt worden.

»Alena hat mit Patrick gespielt, Finns Bruder«, berichtete Ben-Luca weiter, und von da an sprudelten die Worte immer schneller aus ihm hervor. »Die beiden hatten sich eine Weile nicht gesehen, waren total happy. Finn und ich haben sie vor die Glotze in Patricks Zimmer gesetzt, vor ein Computerspiel für Kinder, das hat ihnen großen Spaß gemacht. Finn und ich waren im Wohnzimmer, haben gequatscht. Und seine Eltern … ich weiß nicht wo, die waren irgendwo oben. Plötzlich flog diese Flasche durchs Fenster, aber nicht ins Wohnzimmer, sondern ins Esszimmer. Wir haben nur das Klirren gehört, ich bin nachsehen gegangen, da ist auch schon die zweite Flasche ins Wohnzimmer geflogen …«

»Fast direkt vor meine Füße«, sagte Finn.

»Die Gardinen, der Teppichboden, das Bücherregal … es ging alles so schnell.«

»Meine Hose hat sofort Feuer gefangen.«

»Ja, Finns Hose brannte, er ist gestolpert und mit dem Kopf gegen die Tischkante geprallt. Ich konnte ihn irgendwie packen und nach draußen zerren. Dann bin ich wieder rein, um … Aber die Holztreppe stand schon in Flammen, überall dichter Rauch. Ich habe es mit letzter Kraft nach draußen geschafft.«

Er stürzte das Gesicht in die Hände, und Linz wartete eine Weile, bis er die nächste Frage stellte.

»Ihr habt niemanden draußen gesehen?«

»Draußen war es dunkel«, antwortete Ben-Luca, »und drinnen alles hell erleuchtet. Nein, ich habe nichts und niemanden gesehen.«

»Außer das Taxi«, sagte Finn.

»Ach ja, ein Taxi«, fiel Ben-Luca ein. »Etwa eine Stunde, bevor die Flaschen durchs Fenster flogen, wartete draußen ein Taxi. Ich schätze, es stand eine Viertelstunde da. Es klingelte aber keiner, und von uns ging niemand raus. Irgendwann war der Wagen weg. Dann war es einfach nur noch dunkel. Diese brennenden Flaschen, die … die kamen aus dem Nichts. Ich meine das nicht nur … wie sagt man? … physisch. Auch sinnbildlich, verstehen Sie?«

»Nein.«

»Wenn diese Flaschen eine Woche vorher durchs Fenster geflogen wären, dann … Sorry, Finn, wenn ich das so sage, dann wäre das zwar immer noch falsch und verrückt gewesen, aber in einem kranken Hirn hätte das wenigstens noch irgendeinen Sinn gemacht. An dem Abend hat es wirklich überhaupt keinen Sinn mehr gemacht.«

»Ich verstehe immer noch nicht«, sagte Linz, und ich schloss mich ihm an.

»Ich rede von Rosemarie Busch.«

»Was hat Frau Busch damit zu tun?«, erkundigte ich mich, bevor Linz es tun konnte.

Die beiden Jungs sahen sich an, einander fragend, wer von ihnen antworten sollte.

Schließlich sagte Finn: »Die Busch war ein paar Tage vor dem Brand bei uns zu Hause. Mein Vater hat noch im Hotel gearbeitet, und meine Mutter … Sie hat an dem Abend erfahren, was ich schon länger wusste. Von der Busch selbst hat sie erfahren, dass mein Vater und sie ein Verhältnis hatten, und zwar seit neun Jahren.«

Finn schilderte uns, was daraufhin passiert war. Er hatte sich zu der Zeit im Trainingslager in Berlin befunden. Es war der letzte Tag dort, am nächsten Morgen sollten die Ergebnisse bekannt gegeben werden, also welche Bewerber weitermachen durften und welche nicht. Er war ohnehin schon ein Nervenbündel, als seine Mutter anrief und ihm völlig aufgelöst von Rosemarie Buschs Offenlegung berichtete.

Ich wusste nicht, was an dieser Neuigkeit bemerkenswerter war: dass Holger Simonsmeyer eine Liebschaft unterhalten hatte oder dass die betrogene Ehefrau in ihrer Verzweiflung als Erstes ihren Sohn davon unterrichtete.

Bettina Simonsmeyer und Rosemarie Busch – ich kam nicht umhin, die beiden Frauen zu vergleichen. Man musste kein großer Menschenkenner sein, um festzustellen, dass sie grundverschieden waren. Ich hatte Holgers Frau stets als agil empfunden, als mitteilungsbedürftig und anpackend, eine ruhelose Person, die fünf Dinge auf einmal zu regeln versuchte, sich jedoch ihrem Mann auf gewisse Weise unterordnete. Nicht im Sinne von Befehl und Gehorsam, dafür war weder er noch sie der Typ gewesen. Die Sonne befiehlt der Erde ja auch nicht, in der Umlaufbahn zu bleiben, trotzdem hat die Gravitation das so eingerichtet, und beide fügen sich in ihre jeweiligen Rollen.

Holgers Geliebte hingegen hatte beinahe stoische Züge, so wie er selbst. Sie ließ sich kaum aus der Ruhe bringen, fädelte, webte und töpferte mit unglaublicher Geduld vor sich hin, widmete sich immer nur einer Sache, redete wenig und verriet noch weniger. Ihre Lebensphilosophie stellte sie ins Schaufenster, aber wie es in ihr aussah, was sie dachte und fühlte, davon hatte ich bei unserem Gespräch nicht den Hauch einer Ahnung bekommen. Dadurch wirkte sie dominant. Das Durchsichtigste und in gewisser Weise auch Menschlichste an Rosemarie Busch war noch ihre Schlitzohrigkeit, auch wenn sie diese bestritten und es als Freundschaftsdienst ausgegeben hätte, dass sie mir ein Geschenk in Rechnung gestellt hatte.

So verschieden die beiden Frauen in charakterlicher Hinsicht auch waren, die physischen Unterschiede waren noch größer. Bettina war klein und agil, ihre Bewegungen waren fahrig, die blonden Haare gefärbt und dauergewellt, Schmuck und Kleidung eher unauffällig. Sie wollte gut aussehen, aber es musste eben auch praktisch sein. Rosemarie Busch lehnte schon von Berufs wegen alles Praktische ab. Was sie herstellte, war im Grunde genommen »Dekoration mit Botschaft«, alles hatte einen tieferen Sinn, nichts übte nur eine Funktion aus. Sie trug die Haare offen, verwendete wenig Kosmetika und liebte ungewöhnlichen, an die Antike erinnernden Schmuck.

Und dann war da noch der Altersunterschied, der immerhin

zwölf Jahre betrug, und zwar nicht nur zwischen Bettina und Rosemarie, sondern auch zwischen Rosemarie und Holger.

Normalerweise halte ich das Alter bei Liebenden für nebensächlich, und zwar ganz egal in welcher Konstellation. Aber ich habe auch gut reden, da mein Mann nicht nebenher seit neun Jahren mit einer zwölf Jahre älteren Frau liiert ist. Von einer jüngeren Frau in seinem Leben zu erfahren, wäre schlimm für mich, von einer deutlich älteren Frau geradezu demütigend.

Wie würde ich mich verhalten? Natürlich waren meine Lebensumstände andere, als es Bettina Simonsmeyers gewesen waren. Dennoch gab es einige Gemeinsamkeiten. Sie war in den Monaten vor ihrem Tod ziemlich isoliert und hatte aufgrund der Anklage gegen ihren Mann Freunde verloren, wohingegen ich zwar Freundinnen hatte, die ich allerdings nur selten traf, weil die Arbeit mein Leben dominierte. Es fiele mir schwer, einer von ihnen mein Herz auszuschütten. Aber meinem Sohn noch am selben Abend mein Leid klagen – nein, das konnte ich mir kaum vorstellen. Bettinas Eltern lebten in der Pfalz, und nach allem, was sie mir erzählt hatte, war ihr Verhältnis unproblematisch gewesen. Wieso also wendete sie sich an Finn?

Ich fragte ihn: »Warum ist Frau Busch ausgerechnet an jenem Abend zu Ihrer Mutter gegangen, wissen Sie das? Ich meine, sie hatte neun Jahre dafür Zeit.«

Finn verschränkte die Arme vor der Brust, sah zu Boden und antwortete leise: »Sie hat meiner Mutter gesagt, dass mein Vater in der Nacht, als Amrita ermordet wurde, bei ihr war. Er ist gegen elf zu ihr geritten und bis eins geblieben. Wenn das stimmt, dann … dann …«

Dann konnte er nicht der Täter sein, führte ich den Satz im

Geiste zu Ende. Und wenn er Amrita nicht getötet hatte, war er aller Wahrscheinlichkeit nach auch nicht Susanns Mörder, denn die Polizei hatte dasselbe Tatmuster festgestellt. Auch sein angebliches Motiv löste sich in Luft auf. Wenn Holger Simonsmeyer ein Verhältnis mit einer Zweiundfünfzigjährigen gehabt hatte, dann sicher nicht gleichzeitig auch eines mit einer Zwanzigjährigen. Weshalb hätte er Susann töten sollen? Was hatte das Mädchen über ihn gewusst, das einen Mord motiviert hätte? Und worüber hatten die beiden auf dem Wanderparkplatz gestritten? Hatte sie, so wie im Fall von Eva Waldeck und Marlon Ritter, von dem Verhältnis erfahren und ihn zur Rede gestellt? Bloß wie? Außerdem gab es dafür nicht den geringsten Hinweis, noch nicht einmal ein passendes Haiku.

Ben-Luca brachte sich wieder in das Gespräch ein. »An dem Abend, als die Busch bei Finns Mutter war, hat es eine Versammlung im *Grünen Hut* gegeben, wo sich alle getroffen haben, die die Simonsmeyers aus Trenthin wegekeln wollten. An die siebzig Leute waren da, vielleicht mehr. Ich bin auch hin, aber nur, um ihnen die Meinung zu geigen. Dann ist plötzlich die Busch aufgetaucht und hat denen alles erzählt.«

Je öfter Rosemarie Buschs Name fiel, desto mehr trieb es Finn die Zornesröte ins Gesicht. Überhaupt kam er mir in dieser Stunde wie jemand vor, der sich gerade noch so unter Kontrolle hatte. Mittels des Fußballs einerseits und der Versöhnungsgesten an die Sayyapparajus andererseits versuchte er, irgendwie über die Brandnacht hinwegzukommen, die ihm nicht nur auf einen Schlag seine Nächsten genommen hatte, sondern ihn selbst beinahe das Leben gekostet hatte.

»Ben-Luca … ich darf dich doch so nennen?«, fragte Linz.

»Schon okay.«

»Haben die Leute auf der Versammlung Frau Busch geglaubt?«

»Sie waren skeptisch. Aber die Busch hat quasi einen Eid geschworen, und dann ist die Front ein wenig gebröckelt. Alle waren deprimiert und ratlos.«

»Außer …«, sagte Finn. »Komm schon, Lucky, du musst es ihnen sagen.«

Widerstrebend kam Ben-Luca der Aufforderung nach. »Außer meine Mutter. Sie hat behauptet, das sei ein abgekartetes Spiel. Die Busch sei bestimmt dafür bezahlt worden, sie sei unglaubwürdig, eine Spinnerin. Sie hat sich furchtbar aufgeregt, weil die anderen so naiv waren. Eddi und Herr Tschaini waren als Einzige auf ihrer Seite. Marlon wollte aussteigen, Tallulah sagte, sie habe die Schnauze voll, etliche andere druckste herum.«

Ben-Luca, der die ganze Zeit auf dem Bett gesessen hatte, stand auf. »Ich weiß, was Sie jetzt denken. Dass meine Mutter und Herr Tschaini die Molotowcocktails geworfen haben. Aber das stimmt nicht. So etwas würde meine Mutter nie tun. Und kommen Sie mir jetzt bloß nicht mit der blöden Webseite, die sie entworfen hat. Das ist was ganz anderes. Wenn ich eine Zeichnung mache, auf der ich einen Bullen absteche oder eine Journalistin, heißt das noch lange nicht, dass ich es tatsächlich tue.«

»Bitte beruhigen Sie sich«, sagte Linz jenen Satz, von dem meine Erfahrung besagt, dass er meistens das Gegenteil bewirkt. Einem erfahrenen Beamten wie ihm traute ich allerdings zu, dass er kalkuliert vorging.

»Wie wäre es, wenn ich Ihre Mutter durch den Kakao ziehe?«, rief Ben-Luca.

»Meine Mutter ruft nicht zur Lynchjustiz auf.«

Ben-Luca machte einen Schritt auf Linz zu. »Das hat meine auch nicht getan, Sie dämlicher …«

Finn ging dazwischen. »Lucky, lass doch, das bringt nichts. Das müssen die doch alles erst mal beweisen, und das schaffen die nicht. Tausend Leute hätten meinen Vater am liebsten umgebracht, um Susann zu rächen.«

»Aber nur einer hat es getan.«

Finn wandte sich uns zu. »So sieht's aus. Wie wär's, wenn Sie den Brandstifter finden, statt meinen Kumpel zuzuquatschen. Vielleicht war's ja Susanns Liebhaber.«

Linz und ich sahen uns an.

»Woher wissen Sie, dass Susann einen Liebhaber hatte, und wer ist es?«, fragte ich.

»Vergessen Sie's.«

»Antworten Sie!«, befahl Linz.

»Ich habe nichts gesagt.«

»Damit kommen Sie nicht durch. Raus mit der Sprache.«

Finn steckte die Hände in die Hosentaschen und sah Linz unverhohlen provokativ an.

Ein paar Minuten später stand ich mit Linz auf dem Bürgersteig vor dem Haus der Waldecks, während Ben-Luca und Finn uns hinter dem Fenster im ersten Stock beobachteten. Sie waren ein verschworenes Team, was durch ihre Erlebnisse in der Brandnacht sowie durch den beiderseitigen Verlust sicherlich verstärkt wurde. Was mich jedoch wirklich wunderte, war, dass zumindest Finn Simonsmeyer Susanns Geheimnis kannte, mehr noch, dass er es uns nicht verraten wollte, nachdem ihm im Eifer der Diskussion etwas herausgerutscht war.

»Welchen Grund hat er zu schweigen?«, fragte ich.

»Mir fällt nur einer ein: persönliche Verbundenheit mit der betreffenden Person.«

»Ja, aber wie sieht diese Verbundenheit aus?«

»Ich kann versuchen, eine Vorladung für ihn zu bekommen. Aber da er zu den Opfern des Brandanschlags gehört … Sähe nicht gut aus, wenn wir so jemanden in die Mangel nehmen.«

»Was ist mit Eva Waldeck? Werden Sie die Anklage gegen sie auf Mord erweitern?«, fragte ich Linz.

»Ich denke, nicht«, antwortete er, steckte sich einen Kaugummi in den Mund und bot mir auch einen an, was ich ablehnte. »Drinnen sei alles hell erleuchtet gewesen, als der Brandsatz flog, hat Ben-Luca gesagt. Wer auch immer die Brandsätze geworfen hat, konnte vorher erkennen, wer im Wohnzimmer saß.«

Ich nickte. »Eva Waldeck hätte niemals einen Mordanschlag auf ihren eigenen Sohn verübt.«

Der Brandstifter hatte also im vollen Wissen, nicht nur die Familie Simonsmeyer zu treffen, die tödlichen Molotowcocktails geworfen. Das konnte zweierlei bedeuten. Entweder war es dem Attentäter völlig egal gewesen, ob und wie viele Menschen, außer den Simonsmeyers, ums Leben kommen würden, was auf blinden Hass schließen ließ. Oder – und auch dieser Verdacht war erschreckend – die Simonsmeyers waren vielleicht gar nicht das Ziel gewesen.

Nur wer könnte Ben-Luca umbringen wollen? Hatte er vielleicht irgendetwas gesehen, von dem er gar nicht wusste, wie brisant es war?

Ich seufzte. »Mich beschleicht das ungute Gefühl, dass wir auf der Stelle treten. Ich zumindest komme kein Stück mehr voran, außer Mutmaßungen habe ich nichts zu bieten. Ich finde bei dem einen oder anderen durchaus einen Grund, weshalb er Susann hätte umbringen wollen, aber nicht einen einzigen, warum Amrita sterben musste, vierzehn Monate nach Susann. Es sei denn, sie wusste irgendetwas … auch bloß Spekulation. Haben etwa doch diejenigen recht, die einen Serienkiller vermuten? Ich weiß es nicht.«

»Plötzlich so pessimistisch?«, fragte Linz lächelnd. »Sieht Ihnen gar nicht ähnlich.«

»Weil Sie mich nicht besonders gut kennen. Wir Journalisten sind allesamt Pessimisten, weil wir immer das Schlimmste vermuten, das gehört sogar zu unserem Kodex. Ohne schwarzseherische Grundeinstellung kommen Sie in meinem Job über ein Volontariat nicht hinaus.«

Er lachte. »Womit kann ich Sie optimistisch stimmen? Einem Candle-Light-Dinner vielleicht?«

Ich ging nicht darauf ein. Seit ich Carsten Linz vor einigen Tagen kennengelernt hatte, waren wir uns kontinuierlich nähergekommen, ohne uns nahe zu kommen. Wir vermieden Berührungen, brachen Blicke abrupt ab. Meistens war ich es, die sich zurückzog, und er respektierte es. Ich konnte mich nicht beschweren, Linz unternahm nichts, was ich als aufdringlich hätte bezeichnen können. Trotzdem kam ich mir vor wie eine Taube, die sich gurrend und wild herumtapsend mühte, den Tauberich auf Distanz zu halten – dem sie insgeheim allerdings längst nachgegeben hatte. Denn ich konnte Carsten gut leiden. Tatsächlich viel mehr als das. Ich mochte seinen trockenen Humor und die Ruhe, die er ausstrahlte. Ich mochte seine Art, in die Sonne zu blinzeln, Kaugummi zu kauen, zu gehen … Ja, ich fand seine Gangart erotisch. Er war sehr maskulin, aber im richtigen Moment auch empathisch, was meiner Meinung nach eine eher seltene Kombination darstellte. Kurz: Er traf einen Nerv bei mir.

»Ich werde mir wohl eine Tüte Chips aus der Minibar schnappen und noch ein wenig über die Haiku sinnieren«, lehnte ich seine Einladung mit einer Lüge ab. Viel zu sinnieren gab es nämlich nicht mehr. Die beiden Haiku, die sich auf Susanns anonymen Liebhaber bezogen, ließen sich auch durch noch so langes Grübeln nicht enträtseln. Sicher war nur, dass es einen Liebhaber gab, doch ohne weiteren Hinweis bliebe seine Identität ein Geheimnis.

Linz und ich gingen zu unseren Autos.

»Morgen ziehe ich in ein anderes Hotel um«, rief er mir zu. »Unmöglich für mich, im Hotel eines Mannes zu wohnen, den ich gerade verhört habe.«

»Verstehe. Ich habe ja Ihre Nummer«, rief ich zurück, und wieder warfen wir uns einen Blick zu, dem ich nach ein paar Sekunden floh.

Rasch stieg ich ein. Ich ließ den Wagen an und fuhr los, als ich im Rückspiegel gerade noch sah, wie Alexander Waldeck die Haustür öffnete und etwas zu Linz sagte, woraufhin dieser ihm ins Haus folgte.

9

Noch zwei Tage bis zum Brandanschlag

Bettina erwachte aus einer Art Trance. Obwohl es stockdunkel im Zimmer war, meinte sie für einen Augenblick, jemand sitze auf einem Stuhl vor der Tür und beobachte sie. Kurz schrak sie hoch, fiel aber gleich wieder auf das Kissen zurück. Ihre Lider waren verklebt, der Hals war trocken und leicht entzündet, die Wangen waren nass, und sie hatte wohl im Schlaf mit der linken Hand gegen den Nachttisch geschlagen, denn die Fingerknöchel schmerzten.

Sie schaltete das Licht an. Neunzehn Uhr fünfunddreißig. Demnach hatte sie nur eine Dreiviertelstunde geschlafen. Sämtliche Fensterläden waren geschlossen. Sie war allein.

Allein.

Etwas Heißes stieg in ihr auf.

»Holger.«

Der Name sollte den Raum füllen, das Bett. Sie wollte ihn hören, wiederholte ihn wie eine Beschwörungsformel.

»Holger.«

Sooft sie den Namen aussprach, so oft verhallte er, ohne etwas anderes zu hinterlassen als die Furcht, ihn für immer zu verlieren. Die Stille danach lag wie ein Bleigewicht auf ihrer Brust. Atemlos zerrte sie an der Bettdecke, während das Zimmer vor ihren Augen verschwamm. Ihr Körper wölbte sich nach oben wie bei einer Geburt. Sie warf sich zur Seite, dorthin, wo Holger sonst lag, wenn sie aufwachte.

Schließlich sprang sie aus dem Bett.

Da sie noch immer nichts als flimmernde Konturen sah, stieß sie mit dem Knie an ein Möbelstück, heulte unter Schmerzen auf und fiel zu Boden, wo sie wie eine Gelähmte liegen blieb.

Durch den Türschlitz sah sie das Licht im Flur angehen.

Holger?

Nein, es war Patrick, der nach ihr rief.

Dem sie nicht antwortete.

Irgendwie rettete sie sich in einen Sessel. Dort kam sie für eine Weile zur Ruhe, bis sie einen feinen Geruch wahrnahm – seinen Geruch. Da erst bemerkte sie, dass sie auf Holgers abgelegtem Hemd lag. Sie presste das Kleidungsstück aufs Gesicht und atmete tief den holzig-herben Duft ein, von dem sie nach einer Weile benommen wurde. Es dauerte, bis sie das Hemd auf den Schoß sinken ließ, wo sie es lange betrachtete. Nach und nach verschwanden die nassen Flecken, die sie darauf hinterlassen hatte, nur einige dünne weiße Ränder blieben von den vergänglichen Zeichen ihres Elends übrig. Seltsamerweise fand sie das irgendwie tröstlich.

So durfte es nicht enden.

So würde es nicht enden.

Eine Viertelstunde später stand sie im Büro ihres Mannes im Hotel. Sie hatte den Raum nie gemocht, diese riesigen einschläfernden Landschaften an den Wänden, die Qigongkugeln auf dem Schreibtisch, die Leselampe aus der Zeit des Untergangs der Titanic … Das Dekor löste eine gewisse Aggression bei ihr aus, die sie bisher spielerisch leicht unterdrückt hatte, der sie heute jedoch keinen Widerstand mehr entgegensetzte.

War das noch Holgers Stil oder schon der von der Busch? Wie sehr hatte diese Frau ihn beeinflusst? Was war noch Eigenes, was bereits verseucht? Quasi in jedem Zimmer von *Gut Trenthin* stand irgendetwas aus den Händen der Busch, von kitschigen Vasen in Batik-Optik über skurrile Statuen, mit denen kein Mensch etwas anfangen konnte, bis hin zu ganzen Kachelwänden mit Motiven eines Usedomer Landlebens, das es so längst nicht mehr gab. Rosemarie Busch hatte dem Hotel ihren Stempel aufgedrückt, wohingegen Bettina sich stets zurückgenommen und Holger diese Dinge überlassen hatte.

Viel schwerer wog, inwieweit die andere sich in Holgers und Bettinas Privatleben gedrängt hatte. War Holgers unverhoffter Wunsch vor vier Jahren, für zwei Wochen in ein Benediktinerkloster in der Provence zu fahren, auf Rosemaries Mist gewachsen? War seine Idee, Patrick im nächsten Jahr auf eine Montessorischule zu schicken, in Wirklichkeit in Rosemaries Atelier ausgebrütet worden? Welche familiären Dinge hatte er mit *ihr* besprochen? Und was wusste Bettina im Gegenzug über ihre Rivalin?

Bei diesen Fragen wurde ihr ganz schlecht.

»Möchtest du dich setzen?«, fragte Holger und schloss die Tür hinter ihr. »Du siehst nicht gut aus.« Er nahm ihr gegenüber Platz. »Rosemarie hat mir gesagt, dass sie bei dir war. Glaub mir, ich wusste nicht, was sie vorhat, sonst hätte ich sie davon abgehalten. Nein, ich will ehrlich sein, wahrscheinlich hätte ich selbst … Ich meine, ich hätte mit dir gesprochen, früher oder später. Sie wollte mir das wohl ersparen.«

Der Gedanke, dass Rosemarie Busch aus Liebe zu Holger gehandelt hatte, war ebenso verletzend wie beunruhigend. Mit einem Mal verstand Bettina, dass sie mit ihrer Widersacherin etwas gemeinsam hatte, ob sie das nun akzeptierte oder nicht.

Neun Jahre, dachte sie. Man blieb vielleicht neun Tage, aber sicher nicht neun Jahre zusammen, ohne dass Liebe im Spiel war, ebenso Vertrauen, Zärtlichkeit, Verletzlichkeit und gemeinsame Hoffnungen. Man blieb nicht mehr als einhundert Monate zusammen, ohne den Partner als Teil von sich selbst zu begreifen. Man blieb nicht mehr als dreitausend Tage zusammen und sah dann ungerührt dabei zu, wie der andere vor die Hunde ging. Rosemarie hatte Holger gerettet. Einerseits tat das fast so weh wie die Liebschaft an sich. Andererseits, und dieses Gefühl wurde mit jeder Minute stärker, freute Bettina sich für Holger, was zugleich bedeutete, dass sie sich für die ganze Familie freute, auch für sich selbst.

»Ich wünschte, es hätte eine Möglichkeit gegeben, dich da nicht mit hineinzuziehen.«

»Ich war nie draußen«, korrigierte sie. »Ich war mittendrin, von Anfang an.«

»So gesehen …«

»Aber ja! Wir sind zwanzig Jahre zusammen, zählen die denn gar nichts mehr?«

»Doch, natürlich.«

Sie lächelte, etwas bemüht zwar, aber immerhin. »Nun bitte. Es gibt keinen Grund für Weltuntergangsstimmung. Du bist aus dem Gröbsten raus, das ist doch was, oder? Keiner kann dich jetzt noch für die schrecklichen Verbrechen verantwortlich machen. Von nun an geht's bergauf.«

Seine Verwunderung bedeutete einen kleinen Triumph für

sie. Sicherlich hatte er erwartet, was wohl die meisten Ehemänner in einer solchen Situation erwarteten: eine Riesenszene mit Tränen, Vorwürfen und Drohungen, eine Ehefrau, die mit Tellern um sich warf, ein Ultimatum stellte, die Tür aufhielt und den Schlosser anrief, die nach heiligen Schwüren des Treulosen verlangte …

»Du denkst doch nicht, dass ich dich aufgebe, nur wegen eines einzigen Fehlers? Wir haben unsere Liebe, wir haben unsere Kinder, wir haben ein Haus, das Hotel. Wir haben unsere Erinnerungen, tausend wunderbare Erinnerungen. Du wirst bei Rosemarie etwas gefunden haben, was ich dir nicht geben konnte. Das ist nur menschlich. Ich kann natürlich nicht sagen, dass es mir gefällt, aber … ich erkenne es an. Lass uns darüber reden. Du sagst doch selbst immer, dass man über alles reden kann, sogar sollte, nicht wahr? Wie wär's, du machst hier für heute Schluss, ich koche uns was Schönes, wir öffnen eine Flasche Rotwein und …«

»Bettina, so geht das nicht.«

Sie lächelte. »Wieso denn nicht?«

»Du erwartest, dass ich Rosemarie verlasse, aber das wird nicht geschehen.«

Sie stand auf, ging um den Tisch herum, ließ sich auf seinen Schoß fallen und schlang ihm die Arme um den Nacken.

»Gut, dann erkläre es mir. Was vermisst du bei mir, das Rosemarie dir gibt?«

»Das würdest du nicht verstehen.«

»Lass es darauf ankommen.«

»Ich habe einen guten Grund, nicht mit dir darüber zu sprechen.«

»Und ich habe ein Recht, ihn zu erfahren.«

»Hast du nicht. Bitte steh auf.«

»Ich will nicht.«

»Bettina.«

Holger erhob sich und warf sie ab. Als sie stolperte, hielt er sie, und sie nutzte den Augenblick, um sich an ihm festzukrallen. Als man ihren Mann einst verhaftet und ihr damit entrissen hatte, war dieses Gefühl schon einmal über sie hinweggebrandet. Doch damals hatte sie unmittelbar danach so viele Dinge zu tun gehabt – den Anwalt besorgen, die Hotelangestellten beruhigen, mit den Kindern reden –, dass sie die Panik gewissermaßen mit Arbeit erstickt hatte. Heute, das spürte sie, wäre das nicht mehr möglich. Sie würde untergehen.

»Also gut, du musst sie nicht aufgeben, wenn du nicht willst«, flüsterte sie ihm zu. »Wir werden ein … ein Arrangement finden. Lade sie zu uns ein, dann reden wir darüber.«

»Das kann unmöglich dein Ernst sein, Bettina. Du willst, dass ich in Bigamie ohne Trauschein lebe?«

»Du hast neun Jahre in Bigamie ohne Trauschein gelebt. Was macht es da schon aus, noch ein paar Jährchen dranzuhängen?«

»Sehr viel, denn das ganze Dorf weiß inzwischen Bescheid.«

»Wenn es mich nicht stört …«

»Mich würde es stören. Außerdem geht es nicht darum, irgendwas an irgendwas dranzuhängen. So eine Beziehung ist das nicht.«

»Sondern?«

»Wir drehen uns im Kreis.«

»Holger, ich verstehe dich nicht.«

»Genau das ist das Problem.«

Er riss sich von ihr los, entfernte sich ein paar Schritte, doch sie umklammerte ihn von hinten.

»Ich bitte dich, geh nicht. Verlass mich nicht. Ich werde alles tun, was du verlangst.«

»Bettina, ich verlange nichts.«

»Ich liebe dich, Holger. Ohne dich kann ich nicht leben.«

»Wir haben Kinder, wir werden uns regelmäßig sehen.«

»Das ist nicht dasselbe. Bitte bleib bei mir«, hauchte sie in sein Ohr.

»Das wäre unaufrichtig.«

»Neun Jahre lang warst du unaufrichtig… gegen mich. Kannst du nicht mal ein paar Tage für mich unaufrichtig sein?«

»Ich bin nicht stolz auf die neun Jahre. Wir wollten schon viel früher… Rosemarie und ich, wir wollten schon damals… Aber Patrick war erst ein Jahr alt. Etwas später haben du und ich Pläne für das Hotel geschmiedet. Dann die ersten arbeitsreichen Jahre, schließlich der Prozess. Wenn dieser Sturm, der über mich hinweggefegt ist, irgendetwas Gutes hatte, dann, dass er die Dinge geklärt hat. Mir tut es leid, dich hintergangen zu haben. Die Beziehung zu Rosemarie hingegen tut mir nicht leid.«

»Ich vergebe dir.«

»Bettina, in dem Zustand, in dem du gerade bist, würdest du dem Teufel vergeben. Du darfst böse auf mich sein.«

»Wer bist du? Mein Scheidungsanwalt? Ich entscheide selbst, wann ich böse bin, und ich bin es nicht. Wir machen alle mal Fehler, dass ich dir damals die Abtreibung verschwiegen habe, war einer von meinen. Ich liebe dich, und alles, worum ich dich bitte, sind ein paar Monate, sagen wir Wochen, in denen ich dir meine Liebe beweisen kann.«

»Bitte lass mich los.«

»Nur ein paar Tage. Ich zeige dir, wie weit meine Liebe geht.

Habe ich nicht wenigstens ein bisschen Zeit verdient? Für dich bin ich aus meiner Heimat weggezogen, hierher, wo ich niemanden kannte. Für dich habe ich meinen Beruf aufgegeben. Ich habe uns zwei Söhne geschenkt, ein Heim.«

»Bettina …«

»Als sie dich verhafteten, habe ich zu dir gehalten, mit dir den Prozess durchgestanden, ohne Murren, ohne einen einzigen Zweifel.«

»Bettina …«

»Wie eine Prostituierte haben die Leute mich angegafft. Vor jedem habe ich dich verteidigt, den Kindern immer gut zugeredet. Nie habe ich mich beklagt, mit keinem Wort. Das Rauchen habe ich für dich aufgegeben …«

Mit einem kräftigen Ruck machte er sich von ihr los. »Bettina, ich bin dir unglaublich dankbar. Ja, wirklich. Und ich glaube, das habe ich dir auch gezeigt. Aber man bleibt doch nicht aus Dankbarkeit bei einer Frau.«

»Warum denn nicht? Es gibt schlechtere Gründe: Gewohnheit, Angst vor Veränderung oder die gute Küche.«

»Es gibt aber auch bessere.«

»Wie böse du bist.«

»Ich will nicht böse sein, nur ehrlich. Viel zu lange war ich es nicht.«

»Sieh mich an, Holger, und sag mir ins Gesicht, dass da nichts mehr ist zwischen uns, dass du keine Liebe mehr empfindest.«

Er wandte sich ab. »So etwas will ich nicht sagen.«

»Dachte ich es mir doch!«, rief sie und umklammerte ihn erneut. »So sicher, wie du tust, bist du nämlich gar nicht. Ich gebe dich nicht auf. Das werde ich niemals.«

»Ich schlafe heute hier, im Hotel. Freie Zimmer gibt es ja leider genug. Morgen sprechen wir noch mal in Ruhe, wenn wir eine Nacht darüber geschlafen haben.«

»Ja, das machen wir.«

»Danach klären wir Patrick und Finn auf.«

»Muss das sein?«

Er packte ihre Arme, und mit einer Kraft, die er ihr gegenüber noch nie angewandt hatte, befreite er sich aus ihrem Griff.

»In den nächsten Tagen«, sagte er, »hole ich meine Sachen und ziehe aus.«

Bettina zitterte am ganzen Körper, als sie Holgers Büro verließ. Drinnen hatte sie noch geglaubt, sie habe es zum Teil nur gespielt, es künstlich verstärkt, damit Holger sie aus Sorge die paar Schritte nach Hause begleitete, was er abgelehnt und stattdessen jemanden angerufen hatte. Nun bemerkte sie, dass Hände, Knie und Kopf gewissermaßen im Fluss waren, so als würde ihr Körper von einer unsichtbaren Kraft geschüttelt und mitgerissen. Keinen Gedanken konnte sie länger als ein, zwei Sekunden festhalten, und so sehr sie sich auch anstrengte, es gelang ihr nicht, die Kontrolle zurückzuerhalten. Es war, als sähe sie sich von außen dabei zu, wie die Panik Besitz von ihr ergriff.

»Frau Simonsmeyer?«

»Wer …? Was … was wollen Sie?«

»Ihr Mann meinte, Sie bräuchten vielleicht Hilfe.«

»Und da schickt er ausgerechnet Sie los? Sie sind doch seit dem Tag, als Sie hier angefangen haben, scharf auf ihn.«

»Oh!«

»Denken Sie, ich bin blind und doof? Ich dachte immer, Frauen wie Sie seien ausgestorben und existierten nur noch in den Köpfen von Schriftstellern und Regisseuren. Vielleicht glauben Sie, heute einen Schritt weiter gekommen zu sein, aber da irren Sie sich. Wenn Sie meinen Mann wollen, müssen Sie eine Nummer ziehen.«

»Ich weiß nicht, wovon Sie reden.«

»Gehen Sie weg. Gehen Sie dahin, wo Sie hingehören, ins Restaurant, und tun Sie Ihre Arbeit.«

»Wie Sie wollen. Aber Sie sehen nicht gut aus, das wissen Sie hoffentlich. Sie zittern ja wie …«

»Worauf warten Sie, Kathrin? Dass das Restaurant zu Ihnen kommt? Halt, haben Sie eine Zigarette? Geben Sie her.«

»Wollten Sie nicht aufhören?«

»Wenigstens habe ich es versucht. Können Sie das auch von sich behaupten? Sechs Jahre lang waren Sie Susanns Handpuppe, und jetzt sind Sie auf der Suche nach einer neuen Hand. Das ist erbärmlich.«

»Sie können mich mal. Hier geht sowieso bald alles den Bach runter, und wenn Sie dann ein Empfehlungsschreiben für Ihren neuen Arbeitgeber von mir brauchen, das können Sie vergessen. Schönen Abend noch, Boss.«

Als Bettina ins Freie trat, fing es an zu regnen. Wie Schiffbrüchige, die die Rettungsboote stürmen, hasteten die Gäste von den Terrassen an ihr vorbei ins Innere, teils einen Drink, teils das Abendessen in Händen. Die Kellner holten die Markisen ein, die dem Platzregen nicht standhalten würden, und klappten die Schirme zu. Es herrschte ein großes Gewusel, an dem Bettina nicht interessiert war.

Ein paarmal hörte sie ihren Namen von irgendwo, kurz darauf ein gewaltiges Rumpeln, doch das waren Stimmen und Geräusche wie aus einem Traum. Richtig zu sich kam sie erst wieder, als ein gutes Stück entfernt, am anderen Ende des Grundstücks, der Blitz in einen Baum einschlug. Vor Schreck fiel sie auf den Hintern, saß im nassen Gras und starrte ungläubig auf das lodernde Feuer, das der Regen jedoch rasch löschte.

Schwere Tropfen fielen an ihr herunter auf das Parkett, als sie in der dunklen Loggia ihres Hauses stand. Von Zeit zu Zeit zuckte ein Blitzlicht durch die bleiverglasten Fenster herein – ein Geschenk von Holger zu ihrem vierzigsten Geburtstag – und brachte die kunstvollen Jugendstilblüten darauf zum Erleuchten. Ihre Finger liebkosten das kalte, feine Material. Sie liebte den Jugendstil. Er hatte etwas Märchenhaftes und zugleich Vergängliches, eigentlich ein Widerspruch.

Ihre Faust durchbohrte das Glas.

Mit der Nässe tropfte nun auch Blut zu Boden.

Das Licht ging an.

»Mama?«

»Hallo, mein Schatz.«

Patrick starrte sie ungläubig und auch ein bisschen ängstlich an. Seltsam, dass blonde Jungen immer ein bisschen zerbrechlicher wirkten als die dunklen und rothaarigen. Sogar Finn seinerzeit. Nur hatte er schwer daran gearbeitet, diesen Eindruck loszuwerden.

»Was ist denn los, Mama?«

»Gar nichts. Der Wind hat ein Fenster eingedrückt, und ich habe mich geschnitten.«

»Brauchst du was?«

»Das ist lieb, Patrick, aber ich komme zurecht.«

»Ich habe Hunger.«

»Ja, mir … mir ist etwas dazwischengekommen. Machst du dir bitte selbst ein Brot?«

»Habe ich schon.«

»Dann mach dir noch eines. Pudding ist auch da.«

»Ist gut. Kommst du mit in die Küche?«

»Nachher, mein Schatz. Ich muss erst telefonieren.«

»Okay. Darf ich heute länger aufbleiben? Ich lese gerade *Die Schatzinsel*, und es ist superspannend.«

»Darfst du.«

Nachdem Patrick gegangen war, betrachtete sie sich im Garderobenspiegel. Was für ein grausiges Bild sie abgab. Sogar sie selbst erkannte sich kaum wieder: klatschnass von den Haaren bis zu den Füßen, blass, zittrig und verheult. Die Verletzung an der Hand sah schlimmer aus, als sie war, nur ein Schnitt am kleinen Finger, der jedoch stark blutete. Mit Toilettenpapier aus dem Gäste-WC umwickelte sie die Wunde, bevor sie nach oben ins Schlafzimmer ging.

Ihr Zittern war auf dem Weg besser geworden, verschwunden war es nicht. Nur mühsam gelang es ihr, mit einem Streichholz die Zigarette anzuzünden, die sie von Kathrin Sibelius erhalten hatte. Der Glimmstängel war feucht geworden, weshalb er zischte, als wolle er sich gegen sein Verschwinden wehren. Es brauchte einige tiefe Lungenzüge, bevor er konstant glomm.

Bettina griff zum Handy und wählte.

»Frau Kagel?«

»Ja.«

»Hier Bettina Simonsmeyer.«

»Frau … Simonsmeyer?«

»Sie erinnern sich an mich, oder? Der Mordprozess gegen meinen Mann. Ihr Artikel *Angeklagt im Paradies*. Wobei es inzwischen heißen müsste *Angeklagt* vom *Paradies*. Sie ahnen ja nicht, was hier in den letzten Wochen los war, wie die Leute gegen uns Stimmung gemacht haben. Mein Jüngster wurde zusammengeschlagen, Sie erinnern sich doch noch an Patrick? Im Internet findet eine regelrechte Hetzjagd gegen uns statt. Das ist doch nicht richtig, sagen Sie mal selbst. Ich bitte Sie, ich bitte Sie inständig, schreiben Sie einen weiteren Artikel, diesmal nicht über Mord, sondern über Rufmord. Ach so, das muss ich Ihnen ja noch erzählen: Inzwischen ist klar, dass mein Mann unschuldig ist. Es gab ja noch eine Tote bei uns, und für die Zeit hat er ein Alibi, also die Tatzeit. Da staunen Sie, was? Bitte schreiben Sie, dass ich es war, die auf Sie zugegangen ist, dass ich zu meinem Mann stehe und dass die Leute jetzt aufhören müssen, unsere Familie zu drangsalieren, dass wir nur unsere Ruhe wollen. Alles soll wieder so werden wie früher. Würden Sie das bitte machen?«

»Ähm, Frau Simonsmeyer …«

»Bettina.«

»Bettina, ich kann gerade nicht sprechen. Wie wäre es, wenn ich Sie nächste Woche zurückrufe?«

»Nein, bitte nicht, das tun Sie ja doch nicht. Nein, hören Sie, Sie müssen uns helfen. Sehen Sie, es ist alles ganz anders, als Sie dachten, als alle dachten, auch ich selbst. Es gibt da eine Komponente, die … Also, mein Mann, ja? Mein Mann hat einen kleinen … einen Fehltritt begangen. Ja, und deswegen ist er nicht der Täter, verstehen Sie? Ich bin ein bisschen durcheinander. Wenn ich Ihnen … wenn ich Ihnen das in Ruhe und ausführlich erklären dürfte.«

»Bettina, mir tut es leid, in welcher Lage Sie sich befinden …«

»Ein neuer Artikel wird alles wieder in Ordnung bringen. Und Sie werden berühmt. Ja, denn das ist ein echter Knüller. Die Story hinter der Story oder wie Sie das nennen. Zu Unrecht verfolgt, das … das ist doch eine tolle Schlagzeile, und nebenbei retten Sie auch noch meine Familie, meine Ehe. Ich brauche nur eine Minute, dreimal tief durchatmen, und dann erzähle ich Ihnen alles von Anfang an. Sie werden sehen, es lohnt sich zuzuhören.«

»Rufen Sie mich bitte nächste Woche noch mal an. Oder schreiben Sie mir eine E-Mail.«

»Nein, keine E-Mail. Also, diese Frau, diese andere Frau, ihr Name ist …«

»Ich werde jetzt auflegen.«

»Nein, tun Sie das nicht! Bitte, bitte, nicht auflegen. Sie sind meine letzte Hoffnung. Frau Kagel? Frau Kagel? Doro?«

Bettina zog an der Zigarette, und als sie den Rauch ausstieß, schrie sie ins Telefon: »Doro Kagel, verdammt noch mal!«

Als Alex die Hotelbar von *Gut Trenthin* betrat, saß Holger in einer Ecke und starrte zum Fenster hinaus. Die Sonne war bereits tief genug gesunken, um ihre Strahlen quer durch den ganzen Raum zu schicken, wodurch er in ein goldenes Licht getaucht war. Keiner der etwa zwanzig Gäste, die sich bei Kaffee, Tee, Gebäck und Kuchen angeregt unterhielten, spürte die Schwere, die wie eine erstickende Decke über allem lag. Nur für Alex und Holger war sie fühlbar, sie lag im Blick, den sie über die Tische hinweg wechselten.

Das Geschirr aus Steingut, die Möbel aus pommerscher

Kiefer, der handgeschnitzte Tresen, sämtliche liebevoll zusammengestellten Details – dies alles war bedroht, fast schon todgeweiht. Auch der Kellner schien es zu ahnen, als er mit Grabesmiene seinem Chef einen Espresso servierte.

Was geschehen war, hatte sich so schnell verbreitet, wie das bei üblen Gerüchten nun einmal der Fall ist. Nur einige Touristen, alte Stammgäste, die schon bei Holgers Vater abgestiegen waren und nun dem Sohn die Treue hielten, waren noch ahnungslos und sprachen ihn im Vorbeigehen freundlich an. An ihnen würde es nicht liegen, wenn *Gut Trenthin* in Sack und Asche ginge. Es würde an den sechzig Prozent freien Tischen liegen, an der Propaganda im Internet, an Holgers Heimlichtuerei, an seiner Affäre – und an Bettina. Sie konnte allem den Todesstoß versetzen.

»Deine Frau schläft jetzt«, sagte Alex und setzte sich zu seinem Freund an den Tisch.

Holger war freiwillig ins Hotel gezogen, und Bettina hatte sich zu Hause im Cottage quasi eingemauert. Sie aß nicht mehr, lag den ganzen Tag nur auf dem Sofa und weinte unentwegt. Nachdem Holger ihn informiert hatte, hatte Alex sich verpflichtet gefühlt, sie zu besuchen, da sich sonst niemand um sie kümmerte. Obwohl er die ganze Zeit über gehofft hatte, dass sie diese Frage nicht stellte, war er gegen Ende seines Besuchs drauf und dran gewesen, ihr seine Mitwisserschaft freiwillig zu gestehen. Dass er es dennoch nicht über die Lippen brachte, lag nur daran, dass er sich nicht vorstellen konnte, Bettina würde sich ausgerechnet für diesen Aspekt der verheerenden Enthüllung brennend interessieren.

»Sie hat auf meinen Rat hin ein Beruhigungsmittel genommen.«

»Komisch«, sagte Holger. »So etwas rührt sie sonst nicht an.«

»Ob vielleicht die Tatsache, dass du Bettina erniedrigt hast, etwas damit zu tun hat? Was meinst du? Oder dass ihre Ehe gerade Bekanntschaft mit der Abrissbirne macht?«

»Du wirst sarkastisch.«

»Damit versuche ich nur, mein schlechtes Gewissen zu beruhigen.« Er hob abwehrend die Hände. »Ja, ich bin selbst schuld, schließlich habe ich dich damals gedrängt, mir alles über diesen verdammten Tag zu erzählen.«

Holger bestellte zwei doppelte Espressi, schloss die Augen und rieb sich so heftig die Stirn, dass eine rot glühende Fläche entstand. Es war unverkennbar, dass er litt, aber Alex hatte an diesem Tag nur begrenzt Mitleid für seinen Freund, dessen Leben sich mehr und mehr in einen Scherbenhaufen verwandelte.

»Was ist mit Rosemarie?«, fragte Holger. »Warst du bei ihr?«

»Ja, war ich«, erwiderte Alex in patzigem Tonfall. »Das habe ich dir schließlich versprochen. So wie ich dir vor einigen Wochen versprochen habe, deine Affäre für mich zu behalten. So wie ich dir vor zwölf Monaten versprochen habe, an deine Unschuld zu glauben. So wie ich dir vor fünfunddreißig Jahren versprochen habe, dass wir für immer Freunde bleiben. Ich will wirklich kein großes Dankeschön dafür, dass ich meine Versprechen allesamt eingehalten habe, aber mit ein bisschen Ehrlichkeit könntest du dich schon revanchieren.«

»Was meinst du?«

»Dass du mich angelogen hast!«, rief Alex so laut, dass einige Gäste an den Nachbartischen aufmerkten.

»Nicht so laut«, bat Holger.

»Du darfst mir gerne auch leise den Grund dafür nennen, weshalb ihr beide ... deine Mätresse und du ... die Unwahrheit sagt. Du warst in der Nacht von Amritas Ermordung nicht schon um dreiundzwanzig Uhr bei ihr, sondern erst um null Uhr dreißig. Das hat sie mir vor nicht ganz zwei Stunden anvertraut.«

»Das hat sie gesagt? Was noch?«

»Wir haben Kräuterteerezepte gegen Menstruationsbeschwerden ausgetauscht. Möchtest du mir vielleicht erklären, wieso ihr euch ein falsches Alibi für dich ausgedacht habt?«

»Ja, werde ich. Aber was hat sie sonst noch gesagt?«

Nur sehr widerwillig ließ Alex sich auf das andere Thema ein. Immerhin hätte er es nie erfahren, wenn Holger ihn nicht gebeten hätte, Rosemarie aufzusuchen.

»Zunächst einmal ist sie, gelinde gesagt, enttäuscht, dass du dich seither nicht bei ihr gemeldet hast und stattdessen deinen besten Freund als Boten einsetzt.«

»Das geht jetzt nicht, ich kann nicht mit ihr sprechen. Ich muss nachdenken und mir über ein paar Dinge klar werden.«

»Das muss man erst mal schaffen. Du stößt deine Frau vor den Kopf und deine Mätresse. Weißt du, dass du mir langsam auf die Nerven gehst mit deiner Unentschlossenheit, deiner Elefantengeduld und deinem Egoismus?«

»Egoistisch? Ich?«

»Und ob! Seit dieser Katastrophe denkst du doch nur noch an dich. Alles läuft so, wie du es willst. Du schweigst vor Gericht, du verweigerst dich einer Bürgerversammlung, du siehst tatenlos zu, wie deine Kinder verprügelt, geschnitten und verspottet werden, du gibst deiner Frau den Laufpass ... Ich hoffe, du erwartest nicht, dass ich als Nächstes deiner Mätresse in deinem Namen den Laufpass gebe, denn das werde ich nicht tun. Such dir dafür einen anderen Dummen oder kauf dir eine Brieftaube, was weiß ich.«

»Höre bitte auf, Rosemarie Mätresse zu nennen.«

»Gerne. Aber nur, wenn du mir eine Alternative anbietest.«

Dazu schwieg sein Freund. Am liebsten hätte er Holger geschüttelt, in der Hoffnung, dass dessen wahre Gefühle irgendwo herausrieselten. Er war eine Sphinx. Eigentlich schon immer, aber früher hatte Alex das nicht gestört. Unter Männern redete man sowieso nicht gerne über sehr Persönliches, da fiel es nicht weiter auf, wenn jemand dazu prinzipiell, also auch zu Hause, nicht in der Lage war.

Doch an diesem Tag hatte er unfreiwillig eine Ahnung davon bekommen, wie gehemmt Holger war, wenn es darum ging, Gefühle auszudrücken. In ihrer Verzweiflung hatte ihm Bettina – die für ihre Sprechdurchfälle berüchtigt war – in einer viertelstündigen Suada dargelegt, dass ihr Mann ein reiner Kopfmensch sei, dessen Herz mindestens so gut gegen Eindringlinge gesichert sei wie Fort Knox. In all den Jahren sei sie nie näher an sein Innerstes gekommen als an den äußeren Sicherungszaun. Kurz zuvor erst hatte ihm Rosemarie Busch erläutert, dass sie und Holger sich bisher stillschweigend verstanden hätten, dass er ihr nie etwas habe erklären müssen und sie zum ersten Mal auf ein Wort von ihm warte. Immerhin habe sie aus Liebe zu ihm gehandelt …

»Ihr seid ein wirklich feines Paar«, sagte Alex. »Der eine will, dass ich seiner Frau die Wahrheit vorenthalte, die andere verlangt, dass ich der Polizei und den Bürgern meiner Stadt, meiner Insel, die Wahrheit vorenthalte. Sag mal, was denkst du dir eigentlich? Wie soll ich jemandem, der die Allgemeinheit nach

Strich und Faden belügt, überhaupt noch etwas glauben? Ich erkenne dich kaum wieder. Na gut, es sind außergewöhnliche Zeiten für dich, aber …«

»Außergewöhnliche Zeiten?«

Holgers stimmloses, schier endloses Lachen klang wie das eines Menschen auf der Schwelle zum Wahnsinn, und es wurde Alex so unangenehm, dass er den Blick von seinem Gegenüber abwendete. Jetzt erst bemerkte er, dass er direkt neben einer großen, stahlblau emaillierten Bodenvase saß, die Rosemarie Busch getöpfert und mit getrocknetem Schilfgras bestückt hatte. Die komplette Bar war mit tönernen Kunstwerken übersät, die Alex nun mit ganz anderen Augen sah, oder besser gesagt, die er erstmals bewusst wahrnahm.

Wieso ausgerechnet Rosemarie Busch?, fragte er sich wie schon so oft in den letzten Wochen. Kein hübsches junges Ding, auf das man hereinfallen konnte, und ein bisschen plemplem war sie auch. Töpferte in ihrem abgelegenen Häuschen vor sich hin, trat auf wie die Dorfdruidin, redete gerne in der dritten Person von sich. Eine Zugezogene, natürlich. Usedom zog jede Menge Individualisten an, die sich von Naturgottheiten, Elfen, Feen, den Kelten oder Wikingern inspirieren ließen.

»Außergewöhnliche Zeiten, ja?«, wiederholte Holger. »Was weißt du denn schon, wie man sich in meiner Lage fühlt? Dreihundert Tage Untersuchungshaft, jeder einzelne Tag da drin ist wie eine neue Anklage. Knapp freigesprochen, das ist eine Ohrfeige. Jeder skeptische Blick ist ein Nadelstich. Tuscheln die Leute, glaubst du, sie tuscheln über dich, und verhalten sie sich normal, dann glaubst du, sie beherrschen sich nur gut. Man fängt an, Gespenster zu sehen und Zweifel, wo gar keine sind. Du fühlst dich allen gegenüber schuldig, obwohl du derjenige bist, dem alle wehtun. Anfangs vorsichtig, dann ganz unverblümt, ziehen sie gegen dich zu Felde, sagen irgendwann ganz offen, dass sie dich weghaben, dass sie dein Lebenswerk zerstören wollen. Deine wirtschaftliche Existenz wird bedroht, und wieder fühlst du dich schuldig vor deiner Familie, weil du sie vielleicht mit in den Abgrund reißt. Du schläfst nicht mehr, als wärst du ein Fahnenflüchtiger, auf den man Jagd macht. Du liest nicht mehr, weil du dich beim besten Willen nicht konzentrieren kannst. Deine Gedanken kreisen immer nur um das Eine. Nichts bereitet dir mehr Freude, weder die Küsse deiner Frau noch dein Lieblingsessen oder eine Tasse Espresso.«

Er machte eine fahrige Handbewegung und stieß dabei die Tasse um, wobei Alex nicht sagen konnte, ob es absichtlich oder unabsichtlich passierte. Die braune Flüssigkeit ergoss sich über das blendend weiße Tischtuch.

Als der Kellner herbeieilte, wies Holger ihn barsch ab.

»Und du willst mir sagen«, Holger richtete den Zeigefinger gegen Alex, »ausgerechnet du willst mir sagen, dass ich mich nicht mit einer kleinen Lüge retten darf? Ob ich etwas früher oder später bei Rosemarie war, das soll über mein weiteres Leben entscheiden? Gottverdammt, das kann nicht dein Ernst sein! Gut, wir haben das Alibi ein wenig modifiziert, damit ich aus dem Schneider bin. Und jetzt vertraut Rosemarie dir die Wahrheit an, um mir einen Schuss vor den Bug zu versetzen, weil ich nicht schnell genug Nägel mit Köpfen mache. Das ist alles ein Riesenschlamassel.«

Alex wusste nicht, was er sagen sollte. Wenn er wirklich daran glaubte, dass sein bester Freund nichts mit Susanns und

Amritas Tod zu tun hatte, durfte er ihm die Notlüge eigentlich nicht übelnehmen, denn das Ergebnis sprach für sich. Die Erklärung der Busch war wie eine Nebelgranate in die allgemeine Stimmung geplatzt. Von einer Sekunde zur anderen waren fast alle orientierungslos, die sich zuvor noch so sicher gewesen waren, und diejenigen, die vorher schon unentschieden waren, schlugen sich nun auf Holgers Seite. Der Punkt ging klar an den Angeklagten. Er war vielleicht ein Bruder Leichtfuß, aber kein Mörder.

Nein, Alex konnte seinem besten Freund, der mit dem Rücken zur Wand stand, wohl kaum anlasten, sich mithilfe eines Tricks zu verteidigen.

Wenn …

Das war das Schlüsselwort. Wenn Alex wirklich daran glaubte, dass …

Glaubte er mit letzter Sicherheit an Holgers Unschuld?

So viel stand fest: Er wollte es. Doch mit dem Glauben-Wollen war es dasselbe wie mit dem Mögen-Wollen oder dem Lieben-Wollen. Man kann dem Kopf oder dem Herzen noch so vehement befehlen, die dreimal zwei Stunden pro Woche im Fitness-Center zu mögen oder das Labskaus der Schwiegermutter – wenn man es nicht tut, hat das keine Zukunft.

Es war nicht so, dass Alex seine Meinung über Holger geändert hätte. Aber die innere Stimme, die ihm sagte, dass irgendwas an dieser ganzen Sache nicht stimmte, wurde immer lauter, obwohl er ihr befohlen hatte, die Klappe zu halten. Nein, für Alex stand inzwischen fest, dass Holger etwas verschwieg, etwas, das ihn entweder selbst betraf oder jemanden, den er liebte.

»Du bist nicht fair«, sagte er. »Du nutzt meine Loyalität

aus, bis es quietscht. Ist dir eigentlich klar, dass meine eigene Ehe deswegen inzwischen den Bach runtergeht? Evas Feldzug gegen dich hat fanatische Züge angenommen. Meine Tochter weint, wenn sie uns streiten hört. Mein Sohn steckt bis zum Hals im Konflikt zwischen Finn und dem Dorf. Erst heute habe ich den Seelentröster gegeben für deine Frau und für deine Mä… für Rosemarie. Ich habe es also weder verdient, von dir angeschnauzt zu werden, noch eine Halbwahrheit nach der anderen von dir aufgetischt zu bekommen.«

Sie saßen eine Minute lang schweigend da, und eine Minute ist eine lange Zeit, wenn ein Gewitter in der Luft liegt.

»Ich habe gerade ein Déjà-vu«, sagte Alex. »Vor ein paar Wochen saßen wir schon einmal zusammen, nur ein paar Meter von hier entfernt, drüben im Restaurant, wo du mir eine Gabel Wahrheit verkauft hast, als wäre es die ganze Torte. Du hast zwei Möglichkeiten, Holger. Entweder du erzählst mir jetzt alles, und zwar wirklich alles …«

»Und was wird dann passieren?«

»Ich bin ehrlich, ich verspreche und garantiere dir nichts, was das betrifft.«

Die Sonne versank hinter dem Horizont, und der glimmende Himmel tauchte das Café in ein unwirkliches Licht aus ineinander verschwimmenden Gelb- und Blautönen.

»Oder«, sagte Alex, »ich zahle den Kaffee und gehe, und unsere Freundschaft endet in diesem Augenblick.«

Einige Wochen später, September

»Vielen Dank, Frau Beuthel. Und verzeihen Sie die späte Störung.«

Gedankenverloren legte ich das Handy neben mich aufs Bett. Es hatte mich einiges an Aufwand gekostet, die Telefonnummer des Ehepaars Beuthel in der Schweiz ausfindig zu machen und dort anzurufen, zumal es bereits später Abend war – etwa die Zeit, zu der mich vor exakt zwanzig Tagen Bettina Simonsmeyer angerufen hatte.

Eine Minute lang saß ich reglos da und dachte an jenen Abend zurück, als eine verzweifelte Frau mich bat, nein, von mir verlangte, einen weiteren Artikel zu schreiben, gewissermaßen eine Fortsetzung des ersten. Einen schlechteren Zeitpunkt hätte sie nicht erwischen können. Ich war seit Wochen, eher seit Monaten im Stress, Sechzehn-Stunden-Tage, oft unterwegs, dringende Abgabetermine, der ganz normale Wahnsinn. Bei Yim, meinem Mann, war das nicht anders. Für jenen Abend waren wir verabredet, er hatte etwas Leckeres gekocht, und am nächsten Tag wollten wir ein paar Tage wegfahren, das erste Mal seit langer Zeit. Das Hotel war schon gebucht. Kurzfristig kam mir etwas dazwischen, und ich sagte ihm, dass wir den Trip absagen müssten. Wir diskutierten, unterbrachen uns gegenseitig, und genau in diesem Augenblick rief Bettina Simonsmeyer an. Yim stand neben mir, offensichtlich sauer, dass wir nicht mal in Ruhe streiten konnten, ohne dass ich Anrufe entgegennahm.

Darum hatte ich aufgelegt.

Ohne diesen Anruf von Bettina hätte ich mich wesentlich besser gefühlt. Andererseits wäre ich ohne diesen Anruf nicht erneut nach Usedom gefahren, würde jetzt nicht im Hotelzimmer herumsitzen und zu später Stunde Recherchen anstellen.

»Erfolgreiche Recherchen«, sagte ich zu mir selbst.

Ramona, die Ehefrau des Zeugen Beat Beuthel, der am Tag von Susanns Tod auf dem Campingplatz eine Sportübertragung im Radio verfolgt und dabei angeblich den Waldweg im Auge gehabt hatte, war während des Prozesses nicht in Erscheinung getreten. Während ihr Mann vor dem Wohnmobil saß, hatte sie einen Bernsteinkurs besucht – unter der Leitung von Rosemarie Busch, wie ich später erfuhr.

Nun hatte sie mir den Verlauf des Kurses genauer beschrieben. Die sechs oder sieben Teilnehmer waren an jenem Septembernachmittag ausgeschwärmt, bewaffnet mit typischen Goldgräberutensilien, um die begehrten Harze an den Küsten von Peenestrom und Achterwasser aufzuspüren. Tatsächlich hatte Frau Beuthel sehr bald ein Krümelchen gefunden, etwa so groß wie ein Korn Meersalz, und war in überschwänglicher Freude über den ausgegrabenen Schatz auf der Suche nach Rosemarie Busch umhergelaufen. Vergeblich. Die Kursleiterin war eine halbe Stunde lang nicht aufzufinden gewesen. Zu allem Überfluss hatte Frau Beuthel sich dabei verlaufen, und nirgendwo war eine Menschenseele, die sie hätte nach dem Weg fragen können. Dann, endlich, hatte sie in einiger Entfernung einen jungen Mann gesehen, der es verdammt eilig hatte und ihren Rufen zum Trotz einfach in Richtung Hafen weiterlief. Sie irrte weitere Minuten in Wald und Flur umher und begegnete schließlich einem zweiten jungen Mann, der ungefähr einhundert Meter von ihr entfernt an einem Baum lehnte. Sie wollte gerade auf ihn zugehen, als die Kursleiterin von irgendwoher auftauchte. Frau Beuthels Eindruck nach war Rosemarie Busch irgendwie anders als vorher, so als habe sie einen Geist gesehen oder eine schlechte Nachricht erhalten – so der genaue Wortlaut der Zeugin. Der Kurs sei dann in Frau Buschs Schmuckwerkstatt fortgeführt worden, wie es im Angebotsprospekt stand.

Eine Kursleiterin, die sich in Luft aufgelöst hatte, erst ein davoneilender und dann ein herumlungernder junger Mann – das alles ungefähr zum Zeitpunkt des Mordes, wenn auch etwa einen Kilometer vom Tatort entfernt. In den Ermittlungsakten stand davon nur wenig, was unter anderem damit zusammenhing, dass Beat und Ramona Beuthel sich erst drei Wochen nach der Tat bei den Behörden in Mecklenburg-Vorpommern meldeten, als Holger Simonsmeyer bereits verhaftet und angeklagt war. Herr Beuthel wurde vernommen und als Zeuge benannt. Bei seiner Frau hielten die Beamten das nicht für nötig, denn ihre Aussagen brachten in der Sache keinen Fortschritt – zumindest war das in den Akten entsprechend kommentiert. Sie war zu weit vom Tatort entfernt gewesen und hatte keinerlei sachdienliche Personenbeschreibungen abgeben können.

Um zweiundzwanzig Uhr zwölf stand Linz vor meiner Hotelzimmertür. Ohne Bettinas Anruf, dachte ich, hätte ich Carsten nie kennengelernt.

»Schicken Sie mich weg? Ein Wort von Ihnen, und ich gehe.«

Zögerlich gab ich den Weg frei, damit er eintreten konnte. Wir standen beide mitten im Raum. Ich sah ihm an, dass er mit sich rang, mir etwas zu sagen, das ihm nicht leichtfiel. So verging eine Weile, in der weder er noch ich sprach. Eine absurde Situation. Ich ahnte, was ihm auf der Zunge lag, und er wusste, dass ich es ahnte. Trotzdem hinderte ihn irgendeine unsichtbare Kraft daran, es auszusprechen.

Unsichtbar, gewiss. Anonym keineswegs. Sie trug den Namen seiner verstorbenen Frau. Ihm war das ebenso klar wie mir, doch ich wollte es ihm nicht leichter machen, da ich nicht wusste, wie ich reagieren würde. Und so stand er auf der einen Seite des Bettes, bei den Fenstern, und ich auf der anderen, ohne uns anzusehen, so als wären wir zwei einander fremde Passanten an einer einsamen Bushaltestelle irgendwo im Nirgendwo, die zufällig zur selben Zeit am selben Ort waren. Ich dachte an Yim und Carsten wahrscheinlich an seine tote Frau.

»Hast du etwas zu trinken da?«

Ich wollte ihm Mineralwasser einschenken.

»Nein, ich meinte …«

Mit einer Handbewegung verwies ich ihn auf die Minibar. Er nahm sich Gin, Tonicwater und Eiswürfel, rührte alles mit dem Zeigefinger um und setzte sich in den großen, gemütlichen Ohrensessel in der Ecke, in den er irgendwie nicht hineingehörte.

»Ich nehme mal an, du hast wahrgenommen, dass Alexander Waldeck mich vorhin sprechen wollte.«

»Wahrgenommen? Ich habe seither an nichts anderes mehr gedacht.«

»Das ist gut.«

»Möchtest du, dass ich rate, worum es ging?«

»Leg los.«

»Warum? Damit du dich wieder einmal in der Position des Stärkeren fühlen kannst?«

Meine patzige Bemerkung nahm unserem bisherigen Verhältnis das Spielerische, was ich vielleicht beabsichtigt hatte, vielleicht auch nicht. Er dachte über meine Worte nach und kam zu der klugen Schlussfolgerung, nicht darauf einzugehen.

»Waldeck«, sagte er, »hat mir vorhin erzählt, was sein guter Freund Holger Simonsmeyer ihm am Tag vor dem Brand anvertraute.«

»Und das wäre?«

»Etwas, was wiederum Holger Simonsmeyer anvertraut wurde, und zwar wenige Minuten vor Susanns Tod.«

Ich runzelte die Stirn. »Wenige Minuten vor ihrem Tod saß Susann in seinem Auto ...«

»Wo sie ihm gestand, ein Verhältnis mit jemandem zu haben.«

»Aber ... das wissen wir doch schon.«

»Das habe ich ihm auch gesagt, was Waldeck glatt umhaute. Er war total baff und konnte sich nicht erklären, wie wir das herausgefunden haben. Die letzten zwei Stunden habe ich damit verbracht, mich diskret umzuhören, und siehe da: Dass Susann einen Liebhaber hatte, war niemandem bekannt. Niemandem außer Alexander Waldeck.«

»Und Finn Simonsmeyer.«

»So ist es.«

Woher hatte Finn davon erfahren, ausgerechnet er, der nach allem, was wir über ihn wussten, mit Susann keinen näheren Umgang gepflegt hatte?

»Auch ich war in den letzten zwei Stunden nicht untätig, wenngleich sich meine Bewegungen eher im Geiste abgespielt haben. Mal angenommen, Susann hat ihren Liebhaber unter Druck gesetzt, endlich zu ihr zu stehen. Ist das nicht ein schwaches Mordmotiv? Er hätte die Beziehung leicht beenden und seinem Vater Besserung geloben können. Und da ist noch ein weiterer Punkt, der mich stört. Wieso sollte Susann jemandem, den sie kaum kannte, so etwas gestehen? Sie joggt über den Parkplatz, sieht Simonsmeyers Auto, setzt sich zu ihm und sagt: »Oh, hallo, ein schöner Tag, nicht wahr? Übrigens, ich treibe es heimlich mit einem Unbekannten.«

Linz lächelte in seinen Gin Tonic. »Ich wusste, dass du das sagen würdest.«

Nun mixte ich mir selbst einen Gin Tonic, den ersten meines Lebens, und rührte ihn mit dem Finger um.

»Glaubst du, dass Waldeck das erfunden hat?«, fragte ich Linz.

»Wie heißt es bei den Italienern? Wenn es nicht wahr ist, dann ist es eine gute Geschichte. Alexander Waldeck hat mir die Umstände des Geständnisses genau beschrieben, und ich glaube ihm. Er saß mit Holger Simonsmeyer unten in der Bar und hat von ihm verlangt, ehrlich zu sein. Susann hat sich demnach zu Simonsmeyer ins Auto gesetzt und ihm gedroht, Bettina einen Brief zu schreiben und ihr von seiner Affäre mit der Busch zu erzählen, wenn er nicht bis Anfang der darauffolgenden Woche reinen Tisch machte. Sie fügte hinzu, dass sie es nicht böse meine, dass er mit Ehrlichkeit auf lange Sicht besser fahre, dass sie wisse, wovon sie rede, weil sie selbst eine heimliche Affäre habe.«

»Na ja, es könnte durchaus so gewesen sein«, räumte ich ein. »Wir wissen, was für eine Wahrheitsfanatikerin Susann war. Sie hat Simonsmeyer und sich selbst unter Druck gesetzt. Vielleicht hat sie ihr freiwilliges Geständnis auch als eine Art Beruhigungspille für ihr eigenes Gewissen verstanden, nach dem Motto: Ich zwinge nicht nur andere auf den Weg der Geradlinigkeit, sondern auch mich selbst.«

Verbotene Frucht
Mein Liebhaber der Lüge
Bitteres Warten

Wie viel Geduld und Überwindung musste es jemanden wie Susann gekostet haben, das Verhältnis geheim zu halten? Ausgerechnet sie, die das Lügen hasste und Heimlichkeiten bei jeder Gelegenheit ans Licht der Öffentlichkeit zerrte, die ihre eigene Schwester als Schummlerin denunziert und ihre steuerhinterziehenden Eltern fast beim Finanzamt angezeigt hätte. Wer gerne mit offenem Visier kämpft, hasst das Versteckspielen, bei anderen, aber noch mehr, wenn er selbst dazu gezwungen wird.

Susann war also des Versteckens und Wartens überdrüssig geworden und wollte reinen Tisch machen, vielleicht gegen den Willen ihres Geliebten. Ging ihre Radikalität so weit, dass sie ihre Beziehung lieber opferte, als sie heimlich weiterzuführen? Das wäre ungefähr so, als würde man aus Angst vor dem Tod Selbstmord begehen.

Ohne zu wissen, warum, fiel mir ein, was Meena über ihren Mann gesagt hatte: »Wenn Jainil etwas nicht sehen wollte, dann sah er es auch nicht. Ich meine das jetzt nicht nur im bildlichen Sinn. Er sah es dann wirklich nicht.«

Der Verhinderer,
Totengräber der Liebe,
Affe Nummer eins.

Es kam mir vor, als wäre der Name, der mir nun durch den Kopf ging, bereits irgendwo in meinem Innern abgespeichert gewesen. Als hätte ich ihn auf einen Zettel geschrieben und in einen Briefumschlag gesteckt, den ich verlegt hätte und an dessen Inhalt ich mich vergeblich zu erinnern versuchte.

Der Affe, der nichts sehen wollte, war Jainil Sayyapparaju. Von Meena wusste ich, dass er Ramu unbedingt mit einer Frau aus seiner Heimat hatte verheiraten wollen, wie vermutlich alle seine Kinder. So sehr er Susann als seine Steuerberaterin geschätzt hatte, so unbrauchbar wäre sie als Schwiegertochter gewesen.

Wieso hatte sie sich Herrn Sayyapparaju als Gehilfin aufgedrängt? Wieso hatte Ramu sie gut genug gekannt, um zu merken, dass sie am Tag ihres Todes ein Problem wälzte? Sie stand auf reifere Männer, und er stand vor seinem Jura-Examen.

»Wo war eigentlich Ramu Sayyapparaju am Nachmittag des Mordes an Susann?«, fragte ich Linz.

Neugierig und überrascht sah er mich an. »In Berlin, frisch aus Usedom eingetroffen. Die Zugfahrkarte für den Mittag desselben Tages hatte er allerdings nicht mehr. Von den Mitbewohnern im Studentenwohnheim behaupten zwei, ihn gesehen zu haben, aber meine Kollegen von der Polizei hatten damals Zweifel. Die beiden Zeugen studieren Sozialwissenschaften.«

Wie er das sagte, so als ob dieses Fach einen Menschen zum Meineid erziehen würde.

»Und am Abend des Brandanschlags, wo war er da?«

»Familie Sayyapparaju hat Koffer gepackt, um Amritas Asche nach Indien zu bringen. Sie geben sich gegenseitig ein Alibi.« Linz zerstörte das zarte Pflänzchen meines Verdachts mit einem harten Schnitt. »Falls du an Ramu als Susanns Mörder denkst, Waldeck hat mir ferner berichtet, dass Simonsmeyer die Schuld für diesen Mord auf sich genommen hat.«

»Wie bitte?«

»Das ist es, was Waldeck mir erzählt hat. Allerdings hat Simonsmeyer ihm gegenüber abgestritten, auch etwas mit Amritas Tod zu tun zu haben.«

Ich trank von dem Gin Tonic und verzog das Gesicht, weil

ich ihn viel zu stark gemixt hatte. Angewidert stellte ich das Glas zur Seite. Carsten beobachtete mich, und weil sein Blick mich verunsicherte, ging ich kurz ins Badezimmer, wo ich mein Gesicht mit kaltem Wasser benetzte. Ich zwang mich, nicht an ihn zu denken, auch nicht an Yim …

Das Messer, sagte ich mir immer wieder. Das Messer, das Messer. Susanns Luftröhre war von einer langen, scharfen Klinge durchtrennt worden, also nicht etwa von der Klinge eines Taschenmessers. Da Susanns Drohung für Holger Simonsmeyer überraschend gekommen war, konnte er sich nicht vorbereiten – unwahrscheinlich, dass er zufällig ein Steakmesser dabeigehabt hatte.

Ich betrachtete mich im Spiegel, das Wasser tropfte an mir herunter ins Waschbecken. Was machst du da, Doro? Was soll denn das? Nicht dran denken, nicht dran denken.

Ich trocknete mein Gesicht ab und kehrte ins Zimmer zurück, wo Linz unverändert im Sessel saß und mich fixierte. Nicht aufdringlich, aber präsent.

»Mich beschleicht das ungute Gefühl, dass uns eine entscheidende Information fehlt«, sagte ich und musste wieder an die Haiku denken. Eigentlich waren sie so gut wie enträtselt, auch das letzte, das Susann verfasst hatte – zumindest das letzte, von dem wir wussten.

Ennis am Fenster,
Mariposa immer da.
Oh, arme Oma.

Da Meena erwähnt hatte, dass ihre Tochter Amrita den Hindi-Kosenamen *Titalee* trug, und *Mariposa* auf Spanisch ebenfalls Schmetterling bedeutete, war für mich klar, dass *Mariposa* der Code für Amrita war. Demnach musste Ennis

Finn sein. Sein Codename – unter anderem der Name einer irischen Provinzstadt – hatte vermutlich damit zu tun, dass die Simonsmeyers sich in Irland kennengelernt hatten und später des Öfteren dort im Urlaub gewesen waren. Ja, vielleicht war Finn sogar in Ennis gezeugt worden. Wer allerdings *Oma* war und warum Oma arm dran war, das verschloss sich mir noch immer. Möglicherweise handelte es sich um Finns Mutter, die diese Beziehung nicht gebilligt hätte. Oder um Frau Sayyapparaju, die vielleicht schon ahnte, dass ihr Mann früher oder später in die junge, zarte Liebe hineingrätschen würde.

»Meena«, fuhr ich fort, »hatte den Verdacht, dass Jainil ihr etwas verschwieg. Fassmacher, Marlon Ritter, Eva Waldeck, Tallulah… Sie hatten alle etwas zu verbergen, und irgendwo in diesem Misthaufen steckt die Wahrheit und tarnt sich als Banalität. Davon bin ich überzeugt.«

»Ein seltsames kleines Dorf«, meinte Carsten.

»Ja, was für ein seltsames Dorf«, wiederholte ich. »So viele Amouren, und das auf dem flachen Land. In einer Hochburg des Protestantismus.«

»Vielleicht stimmt etwas mit dem Grundwasser nicht«, sagte Linz trocken.

Ich lachte, und diesmal kappte keiner von uns den langen Blick, den wir uns zuwarfen.

Er stand auf, ging zu mir, nahm mich langsam in seine Arme und drückte mein Gesicht an seine Brust. Ich ließ es zu. Wie eine ahnungslose Internatsschülerin wusste ich nicht, wohin mit meinen Armen, ob ich sie um ihn schlingen oder hängen lassen sollte. Abwechselnd tat ich beides.

Als er mich küsste, wollte ich, dass er mich küsste, und als wir auf das Bett sanken, wollte ich, dass wir miteinander schliefen. Doch jede Bewegung, jeder geöffnete Knopf, jedes abgestreifte Kleidungsstück, jedes Wort, das ich sagte, kam mir vor, als folgte ich bloß meinem Willen, als handelte nicht wirklich ich oder zumindest nur ein Teil von mir. Ich war glücklich, dass Carstens Gesicht über meinem schwebte, und zugleich war ich unglücklich darüber, dass ich glücklich war.

Wie viele Minuten in diesem diffusen Taumel vergingen, ob es zwei waren oder zehn oder mehr, das wusste ich nicht und würde es wohl auch nie herausfinden.

»Nein«, sagte ich plötzlich und machte mich von Carsten frei.

»Nein?«, fragte er.

»So … so habe ich das nicht gemeint. Du hast nichts falsch gemacht, gar nichts. Es ist alles in Ordnung, jedenfalls für dich. Nur ich … ich …«

Mit diesem hirnlosen Gestammel rannte ich hinaus, nachdem ich mir hastig das Nötigste übergezogen hatte.

Das Erste, was ich dachte, als ich das Foyer durchquerte, von zahlreichen Blicken verfolgt: Du hast sie nicht mehr alle, du bist völlig plemplem. Als ich im Freien stand und die Luft einatmete, diese unvergleichliche Lieper-Winkel-Nachtluft, die nach Gras, Salz, Rinde und Klee duftete: gerade noch mal gutgegangen.

Kathrin Sibelius, die am Personalausgang eine Zigarette rauchte, beobachtete mich interessiert, doch ich wandte mich ab und ging in die Nacht hinaus. Nur einhundert Meter weiter, auf der Promenade, wandte ich mich dem blau beleuchteten Hotel zu und sehnte mich nach Carsten zurück, der inzwischen wohl längst irritiert und enttäuscht mein Zimmer verlassen hatte. Ein weiteres Stück entfernt, wo lediglich der Mond noch meinen Weg erleuchtete, wollte ich nur noch zu

Yim. Aber wollte ich zu ihm, weil ich hoffte, dass er mir vergab – ich musste ihn einweihen, das hatten wir uns einst versprochen –, oder weil ich hoffte, dass er mir nicht vergab? Die Antwort suchte ich irgendwo da draußen, in der Finsternis über dem Peenestrom, in dem schwachen Flimmern des gegenüberliegenden Festlandes, und zugleich suchte ich sie in mir drin. Mein ganzes Leben stand plötzlich auf dem Prüfstand – meine Ehe, mein Beruf und wie ich beides behandelte. Das eine war das ungeliebte, talent- und glücklose zweite Kind, das andere das mit allen Hoffnungen belastete erste. Wie bei Tallulah und Susann, dachte ich.

Plötzlich spürte ich ein heißes Brennen auf dem Oberarm, ich hörte ein Zischen und Knistern und roch mein eigenes verbranntes Fleisch. Zeitgleich schoss ein Feuer durch meinen Körper.

Den Aufprall auf den Steg spürte ich noch, danach nichts mehr.

Der Tag des Brandanschlags

Der Himmel am Morgen von Tallulahs achtzehntem Geburtstag war so strahlend blau, als hätten ihn die Engel höchstselbst für diesen besonderen Anlass von Wolken freigepustet. Die Clematis wucherte blühend vor dem Fenster und griff bereits nach den hölzernen Läden im ersten Stock, die Feldlerche hinter dem Haus zwitscherte aufgeregt, in der Ferne dröhnte ein Schiffshorn, getragen von einem milden Ostwind. Die ganze Insel schien zu rufen: Komm und geh auf mir spazieren.

Tallulah hörte jedoch einen ganz anderen Ruf, den der Unabhängigkeit, und ihre ganze Zuwendung galt der Sporttasche, die sie packte. Wäsche, T-Shirts, Hosen, Notebook, so sah ihre Inventur aus.

»Fertig. Den Rest kaufe ich in Berlin«, murmelte sie und machte den Reißverschluss zu.

Schwer schleppte sie an der Tasche nicht, weder im konkreten noch im abstrakten Sinn. Der Abschied fiel ihr so leicht wie damals der von der Schule. Sie empfand keine Wehmut, keine Trauer, auch keine Sorgen um die Zukunft. Weder der Tod ihres Vaters noch die Ermordung Amritas hatten ihr zugesetzt, zu ihrer eigenen Überraschung.

Im letzten Moment fiel ihr ein, dass es ja auch noch ein Badezimmer gab. Sie raffte ein paar Dinge zusammen, darunter auch die Rasierklingen, die sie kürzlich gekauft hatte – man konnte ja nie wissen. Den Elektroschocker, der aus irgendeinem Grund in ihrem Kulturbeutel gelandet war, packte sie sicherheitshalber auch ein.

Endlich, ein Hupen. Farhad.

Im letzten Moment schnappte sie sich auch noch Susanns Parfüm, das wie eine in Seifenlauge getauchte Blumenwiese duftete. Zwei Sprühstöße – na gut, noch zwei auf die Handgelenke –, dann ging es los. Auf der Treppe fiel ihr das blöde Tagebuch mit den blöden Haiku ein. Obwohl Farhad schon zum zweiten Mal hupte, machte sie kehrt, warf ein paar der Papierkügelchen in den Mülleimer, steckte den Rest ein und polterte geräuschvoll nach unten. Mit der Tasche in der einen und den Schlüsseln in der anderen Hand betrat sie die Küche, wo ihre Mutter und Tante Eva vor dem Kühlschrank beieinanderstanden, oder besser gesagt, wo Tante Eva mal wieder an ihrer Mutter herumnörgelte. Wie üblich ging es um Sauberkeit, Ordnung und Ernährung, ohne deren Erwähnung kein Besuch Evas endete.

»So«, sagte Tallulah und ließ die Tasche fallen.

Erst jetzt wurden die beiden Frauen auf sie aufmerksam.

»Was ist denn das für eine Begrüßung?«, sagte Eva. »Man sagt ›Guten Morgen‹. Und warum trägst du kein Schwarz? Dein Vater ist erst ein paar Tage unter der Erde, und schon siehst du aus, als würdest du auf eine Party von Sozialhilfeempfängern gehen. Du bist eine Schande für unsere Familie, Tallulah.«

»Na, dann wird's höchste Zeit, dass ich euch von meiner erniedrigenden Anwesenheit befreie. Ich hau ab.«

»Was soll das heißen?«

»Reißaus nehmen, fliehen, flüchten, ausbrechen …«

»Rede nicht mit mir wie mit einer Idiotin, Fräulein.«

»Dieser Satz lag mir schon so oft auf der Zunge, wenn du mit mir gesprochen hast, Tante Eva.«

Draußen hupte Farhad dreimal gedehnt.

»Ich muss los.« Sie legte die Schlüssel auf den Tisch. »Ich wünsche euch beiden noch ein schönes Leben.«

An der offenen Haustür holten die beiden Frauen sie ein.

»Du kannst nicht einfach weggehen, Fräulein.«

»Kann ich wohl. Seit genau neun Stunden und vierzehn Minuten bin ich erwachsen. Danke übrigens für die netten Glückwünsche.«

Irritiert sahen sich die beiden Schwestern an, bis der Groschen fiel.

»Was soll jetzt aus deiner Mutter werden? Wer kümmert sich um sie?«

»Ach, Tantchen, das machst du schon. Ist doch deine Lieblingsbeschäftigung, andere Leute herumzukommandieren.«

Eva fiel die Kinnlade herunter. »Was für ein bösartiges Naturell du doch hast.«

»Danke, gleichfalls.«

Farhad kam durch die Gartentür. »Honigmund«, sagte er. »Ich hab schon so oft gehupt, dass ich 'ne Druckstelle auf'm Handballen hab. Wo bleibst du denn?«

»Wer ist das?«, fragte Eva.

»Wer ist das?«, fragte Tallulahs Mutter.

»Wer ist das?«, fragte Farhad.

»Darf ich bekannt machen«, antwortete Tallulah und verdrehte die Augen. »Meine depressive Mutter und meine frigide Tante. Das ist Farhad, mein Freund.«

»Salam aleikum«, grüßte Farhad.

»Also das … das … Das ist ja wohl …«, stammelte Eva. »Der ist dein Freund? Wo kommt der denn her?«

»Aus Berlin«, antwortete Farhad. »Na ja, ursprünglich aus Afghanistan. Kandahar, wissen Sie, wo das ist? Also, ich würde wirklich gerne noch ein bisschen mit Ihnen quatschen, aber die zwei Kampfhunde in meinem Kofferraum werden langsam unruhig, und wenn die unruhig werden, werden auch die beiden Nutten auf dem Rücksitz unruhig, und dann leidet heute Abend das Geschäft. Alles klar? Machen Sie's gut.«

Er schnappte sich Tallulahs Tasche und ging voraus, sie trottete hinter ihm her. Am Gartentor zog sich ihr Herz zusammen, und sie wandte sich noch einmal um, sah ihrer Mutter in die Augen. Aus einer plötzlichen Gefühlswallung heraus wühlte sie in ihrer Handtasche, holte einen alten Kassenbon hervor und kritzelte ihre neue Handynummer darauf.

Den Bon brachte sie ihr, umarmte sie ein letztes Mal und rannte dann, ohne sich noch einmal umzuwenden, aus dem Garten.

Als sie neben Farhad im parkenden Auto saß und tief durchatmete, beruhigte sich das Chaos in ihr wieder. So wie die Nabelschnur durchtrennt wird und man danach nie wieder diese allerengste Bindung an die Mutter hat, so war Tallulahs Verbindung zu ihrer Mutter gerade ein zweites Mal durchtrennt worden. Sie war fertig mit ihr, mit ihrer ganzen Familie, mit Trenthin und der Insel, mit der Vergangenheit.

»Denen hast du's aber gegeben«, sagte Tallulah und lachte. »Kampfhunde. Nutten.«

Farhads starke Hände ruhten auf dem Lenkrad. »Geht's dir gut, Honigmund? Ich weiß, wie das ist, wenn man seine Heimat verlässt.«

»Meine Heimat ist jetzt bei dir.«

»Heimat ist immer da, wo man seine glückliche Kindheit verbracht hat«, widersprach er. »Und dir macht das echt nichts aus, völlig loszulassen, alles aufzugeben?«

»Nein, gar nichts. Ich hatte keine glückliche Kindheit.«

»Du hast bisher niemandem von uns erzählt, also dass wir seit zwei Jahren zusammen sind?«

Sie senkte den Blick. »Na ja, Amrita.«

»Amrita ist tot.«

»Ja, sie ist tot.«

»Und sonst? Honigmund, guck mich an. Hast du sonst noch jemandem von uns erzählt?«

Sie wartete eine Sekunde zu lange mit der Antwort. Als sie endlich den Mund öffnete, wusste sie, dass er ihr nicht mehr glauben würde, wenn sie Nein sagte.

»Was macht das schon?«, rief sie verzweifelt. »Ich bin jetzt achtzehn.«

»Ja, jetzt«, schrie er. »Aber damals nicht. Verdammt, Lula. Weißt du eigentlich, welchen Ärger ich bekommen kann? Du warst fünfzehn, als wir angefangen haben zu schreiben. Meine Weste ist sauber, meine Bar ist sauber. Ich halte mich an die drei großen D – keine Drogen, keine Dirnen, keine Deppen, die religiös rumspinnen. So, und wegen so was wie mit dir kann ich in den Knast wandern. Oder eine Vorstrafe kassieren.«

»Er wird es nicht verraten, das würde er nie tun. Davon hat er doch nichts.«

»Okay, wer ist *er*?«

Wenn sie ihm die Wahrheit erzählte, nämlich dass sie es Marlon anvertraut hatte, dann würde er Marlon vielleicht kennenlernen wollen, um ihn einzuschüchtern oder so, und dann käme am Ende noch heraus, dass sie und Marlon kürzlich rumgemacht hatten.

Da saß sie nun neben ihrem Traummann im Auto, der Schlüssel steckte, und sie war nur eine Lüge von der Zukunft entfernt.

»Mein Cousin«, sagte sie daher schnell. »Ben-Luca.«

SIE BETRETEN DAS HOTEL EINES MÖRDERS stand auf dem Pappschild, das Herr Tschaini seit Stunden vor seinen Körper hielt. Er stand an der Straße, wo sich die Abfahrt zu *Gut Trenthin* befand. Die Leute fuhren in ihren Karossen an ihm vorbei, starrten ihn und das Schild an, schüttelten den Kopf oder hoben die Hand vor den Mund, manche ignorierten ihn, andere zeigten ihm einen Vogel. Von neun Uhr morgens bis dreizehn Uhr dreißig stellte ihn kein einziger Fahrer zur Rede, nur zwei fuhren wenige Meter weiter in eine Parkbucht, standen dort eine Weile bei laufendem Motor und machten schließlich kehrt.

Zwei in viereinhalb Stunden. Das war es ihm wert. Das war den Dauerregen wert, den er über sich ergehen lassen musste, die kalten Hände, die das durchweichte Schild umklammerten, dessen Buchstaben langsam zerflossen wie schwarze Tränen auf grauem Grund. Es war die von dem aufspritzenden Wasser verschmutzte Kleidung wert, die angewiderten oder mitleidigen Blicke, die unzähligen Minuten, in denen er nichts zu tun hatte, als stumm dazustehen, sich zu quälen und dabei innerlich zu verbluten.

Plötzlich tauchte, vom Gestüt kommend, ein blauer Kombi neben ihm auf. Das Fenster wurde halb heruntergelassen – da war es, das Gesicht des Mörders.

Wortlos sahen sie sich an, der kleine Mann im Regen und der Gejagte. Und beide weinten sie.

Herrn Tschainis linke Hand wanderte in die Jackentasche, wo sie den Elektroschocker umklammerte. Der Mörder war nur eine Armeslänge entfernt.

Jetzt, dachte Herr Tschaini.

In diesem Moment öffnete sich das Fenster vollständig, und eine Hand streckte sich ihm entgegen. Sie hielt eine Thermosflasche, aus der ihm der Duft heißen Kaffees entgegenströmte.

Herr Tschaini zitterte am ganzen Körper. Er wusste nicht, ob er im nächsten Moment den Elektroschocker benutzen oder die Thermosflasche ergreifen würde.

Stattdessen passierte gar nichts. So lange, bis ein anderes Fahrzeug auftauchte, an dem Kombi vorbei wollte und hupte. Das Fenster schloss sich, der Mörder fuhr davon.

Herr Tschaini sank an Ort und Stelle zu Boden, rutschte halb in den Straßengraben, wo er sich hinkauerte und die Tropfen ertrug, die von den Bäumen auf sein Haupt perlten, schwer wie Kieselsteine.

Er wusste nicht, wie viel Zeit vergangen war, als Ramu ihm auf die Beine half.

»Papa, steh auf. Komm hoch, komm schon, ich helfe dir. Geht es dir gut?«

»Was willst du? Wo ist mein Schild?«

»Kaputt.« Ramu bugsierte ihn auf den Beifahrersitz seines Kleinwagens. »Wir müssen los, es ist so weit. Ganesh und Mama sind schon im Krematorium. In einer halben Stunde findet die Einäscherung statt.«

Herr Tschaini krümmte sich auf dem Sitz zusammen. »Mein Kind«, rief er. »Mein Kind.«

Er bemerkte zuerst nicht, wo er war. Ramu sagte nur, dass auf dem Rücksitz eine Hose, ein Hemd, Schuhe und ein Sakko lägen, alles in Schwarz, und dass er unmöglich in den schmutzigen Sachen zu der Einäscherung gehen könne, womit er recht hatte. Also stieg Herr Tschaini aus und zog sich auf einem Parkplatz um. Erst nach einer Weile fiel ihm auf, dass es sich ausgerechnet um den Waldparkplatz handelte, wo das Unglück vor inzwischen fast sechzehn Monaten seinen Anfang genommen hatte.

Wieso hatte Ramu gerade dort gehalten? Es hätte doch noch andere Parkplätze gegeben.

Sein Sohn stand indessen mit dem Rücken an die Fahrertür gelehnt da und wartete, das Gesicht von Herrn Tschaini ab- und dem Wald zugewandt. Obwohl sie spät dran waren, drängelte er nicht.

Plötzlich zündete er sich eine Zigarette an, was an sich schon eine Neuigkeit war, denn Herr Tschaini hatte ihn noch nie rauchen sehen. Noch bizarrer wurde es, als sich die vermeintliche Zigarette als etwas Selbstgedrehtes mit … nun ja, Spezialzusatz herausstellte.

»Ich muss dir etwas sagen, Papa, und ich möchte, dass du mir einfach nur zuhörst«, redete Ramu in die andere Richtung. »Gleich vorweg, es hat nichts mit dem Joint zu tun. Oder doch, irgendwie hat es das. Denn der Joint gehört zu den Dingen, die du nicht von mir weißt.«

Herr Tschaini schlüpfte in die Hose und schloss den Gürtel auf dem letzten Loch – sie war immer noch zu weit. Er befand sich in einem Schwebezustand zwischen Betäubung und Martyrium, der Schmerz über den Verlust seiner Tochter war so groß, dass ein weiterer kaum ins Gewicht fiel.

»Ich war mit Susann zusammen, wir haben uns heimlich getroffen. Das Ganze ging etwas über ein Jahr, bis zu ihrem Tod. Mit den Steuern hat sie uns nur geholfen, damit wir uns wenigstens an den Wochenenden sehen konnten, wenn ich von der Uni nach Hause kam. Natürlich hat sie mich auch regelmäßig in Berlin besucht. Du wärst niemals damit einverstanden gewesen. Immer dieses Gefasel von meiner indischen Verlobten, der ich einmal im Monat einen Brief schreiben musste. Das war echt gruselig.«

Herr Tschaini streifte sich das Hemd über und schloss sorgfältig einen Knopf nach dem anderen, von unten nach oben, so wie seine Mutter es ihm schon als Kind beigebracht hatte.

»Am Anfang fanden Susann und ich das Versteckspiel noch witzig, es hatte etwas Verbotenes, Verruchtes. Aber es kostete unendlich viel Zeit und Mühe, die Fassade aufrechtzuerhalten, und Zeit hatten wir ohnehin so wenig. Außerdem wollte Susann sich irgendwann nicht mehr verstellen. Sie sagte, sie wolle nicht so eine Heuchlerin werden wie ihre Tante, die es heimlich mit dem Dorfproleten treibt, über den sie sich zu Hause lustig macht.«

Etwas von dem Rauch zog zu Herrn Tschaini hinüber. Der Ekel, den er beim Einatmen verspürte, war ein deutlich intensiveres Gefühl als das beim Verarbeiten von Ramus Worten.

»Ich sagte ihr, es dauere ja nicht mehr lange, bis sie ihr Studium in Berlin aufnehmen würde, an einer anderen Universität zwar, aber was machte das schon? Wir würden uns jeden Tag sehen. Aber sie meinte, damit sei das absehbare Drama doch nur aufgeschoben. Ich müsse dir gegenüber endlich Farbe bekennen.«

Ramu blies einen Schwall Rauch in die reine Waldluft, während Herr Tschaini auf einem Bein stand und den linken Schuh überzog.

»Es ist verrückt, aber ich konnte es nicht. Ich hatte all die Jahre zwar eine Riesenwut auf dich …« Beinahe hätte Ramu sich umgedreht, entschied sich jedoch im letzten Moment dagegen. »Ich wollte nie Jura studieren. Gar nichts wollte ich studieren. Weißt du, was ich immer werden wollte? Koch. Aber du hast gemeint, das sei nicht gut genug für deinen Ältesten, du hättest immer von mir in einem teuren Anzug geträumt. Für Ganesh sei der Beruf in Ordnung, ich dagegen solle Richter, Anwalt oder juristischer Berater werden. Mit dem Gerede hast du Mama auf deine Seite gezogen, und damit war die Sache beschlossen. Und ich habe immer genickt. Wir haben alle immer nur genickt, wenn du deine parfümierten Zukunftsträume über uns ausgekippt hast: reich heiraten, Studium, prestigeträchtige Berufe. Aber weißt du, was? Wir sind erstickt unter diesen Blüten, auch Amrita.«

Herr Tschaini setzte sich auf die Ladefläche des Kofferraums. Seine Schultern sanken, nur mühsam brachte er es fertig, sich die Schuhe zu binden.

»Amrita war nicht das sittsame Mädchen, das sich für irgendeinen kleinen indischen Beamten aufhebt, den du ihr zugedacht hattest. Du glaubst, sie hätte sich mit Finns schönen Augen zufriedengegeben? Wie oft ist sie klammheimlich aus dem Fenster geklettert, aber du hast es nie mitbekommen. Ich weiß, dass sie auch mal mit Marlon zusammen war …«

Ein Stich zuckte durch Herrn Tschainis Herz. Er raffte sich nach einigen schweren Atemzügen auf und zog das Sakko über.

»Du bist kein guter Vater, Papa, weder für mich noch für Amrita. Du bist ein Vater, der allein entschieden hat, was das Beste für seine Kinder ist, aber das ist in Wahrheit etwas ganz anderes. Warum ich dir das sage? Erstens, weil es einmal gesagt werden musste. Und zweitens, weil …«

Ramu warf den Stummel zu Boden, drückte ihn mit dem Schuh aus und setzte sich hinters Steuer. Herr Tschaini sank neben ihn. Eine Weile sprachen sie kein Wort.

»Von Susann vor die Wahl gestellt, mich zwischen ihr und dir zu entscheiden, habe ich dich gewählt«, sagte Ramu. »Das muss man sich mal vorstellen! Wie blöd muss man sein, um so eine Entscheidung zu treffen? Einen Tag später lag sie dort drüben, nur ein paar Steinwürfe von hier entfernt, tot auf dem Boden …« Ramus Stimme begann zu zittern. »Amrita ist nun auch tot, und ich bin so gut wie weg. Vielleicht schaffst du es, wenigstens Ganesh mit deinen Träumen und Traditionen zu verschonen.«

Ramu startete den Motor, Herr Tschaini schloss die Tür und schnallte sich an.

»Wir alle«, murmelte Herr Tschaini, »fliegen in den nächsten Tagen nach Indien, wo wir die Asche deiner Schwester dem heiligen Fluss übergeben werden.« Er schluckte. »Danach könnt ihr machen, was ihr wollt.«

Vor dem Krematorium hatte sich die halbe Gemeinde versammelt, darunter die Bürgermeisterin, Eddi Fassmacher, der Fußballverein, mehrere Hoteliers aus den Kaiserbädern sowie Eva Regina Waldeck, die die Zeremonie geplant hatte, ihre erste hinduistisch geprägte. Alles war so gut organisiert, wie es in Deutschland nun einmal machbar war, wo man weder Scheiterhaufen errichten noch den Schädel der Toten zerschlagen durfte. Immerhin war Amrita gewaschen worden. Die trauernden Familienangehörigen und engsten Freunde hielten Glasschalen mit Blütenblättern, Öl und Früchten, und Ramu durfte den Knopf drücken, der das Feuer im Ofen entzündete.

Nach der Zeremonie, nach unzähligen geschüttelten Händen und der Überreichung der Urne fühlte Herr Tschaini sich ausgelaugt und leer. Er sprach kein Wort mehr, bis sie zu Hause ankamen.

Ein Hindu sollte um den Körper der Toten eigentlich nicht trauern, denn so wie ein Mensch neue Kleider an- und die alten ablegt, so nimmt die Seele den neuen materiellen Körper an und gibt den verstorbenen auf. Auch Herr Tschaini glaubte fest daran. Durch das Feuer war die Seele seiner Tochter gereinigt worden, und durch die Zerstörung ihrer sterblichen Hülle wurde ihre Wiedergeburt erleichtert. Amrita war nun an einem anderen Ort. Da sie während ihrer siebzehnjährigen

Existenz kaum Schuld auf sich geladen hatte, sondern stets folgsam und tugendhaft gewesen war, durfte sie sich über ein positives Karma freuen, was für ihr neues Leben äußerst wichtig war. Um ihr ein letztes Geschenk zu machen, würde er ihre Asche in wenigen Tagen über dem Ganges verstreuen.

Seltsamerweise verschafften ihm diese Gewissheit und die Rituale keinen Trost. Möglicherweise lebte er schon zu lange fern der Heimat. Indien war im Grunde ein geschlossenes System, kein Land, sondern ein Subkontinent, wo man im Alltag beinahe vergaß, dass es noch andere Kontinente gab. Unter seinesgleichen ist es einfach, Überzeugungen zu zementieren. Doch wenn man, wie er, unter Andersgläubigen lebte, schlichen sich nicht selten andere Sichtweisen und eine gewisse Entfremdung mit der ererbten Kultur ein.

Für sein Volk war er gewiss nicht mehr Hindu genug. Für Ramu hingegen war er es zu sehr.

In Amritas Zimmer, beim Blick aus dem Fenster, aus dem sie offenbar heimlich gestiegen war, suchte er nach Antworten. Was hatte er falsch gemacht, dass er nun als schlechter Vater galt? Hatte er seine Tochter enttäuscht, so wie Ramu? Hatte er sie mit ihren Wünschen allein gelassen? Hatte er sie im Stich gelassen? Auch heute wieder?

Erneut durchzog ein Stich sein Herz, erneut benötigte er mehrere tiefe Atemzüge, um sich wiederaufzurichten.

Die Schatten der Bäume wurden länger, das Stroh der benachbarten Felder duftete, die Schwere des windstillen Augustabends legte sich über alles, und Herr Tschaini dachte darüber nach zu töten.

Einige Wochen später, September

Ich erwachte auf einer blauen Ottomane, und obwohl ich allein im Raum war, hatte ich sofort eine Ahnung, wo ich mich befand. Überall standen und hingen Staubfänger herum, Glasperlenketten, Keramiktiere, getrockneter Lavendel, eine Duftlampe verströmte Patschuli-Aroma. Auf dem Tisch neben der Ottomane stand ein Fläschchen mit Globuli, und auf meinem Bauch lag ein Stein von der Größe einer Kiwi. Ja, ein Stein.

»Hallo?«, rief ich.

Da kam sie auch schon zur Tür herein. »Das ging ja schnell«, sagte sie. »Hätte Rosemarie Busch gar nicht gedacht.« Sie hatte einen Zweiteiler an, den man als Hausanzug, vielleicht auch als Pyjama tragen konnte.

»Wie lange war ich weg?«, fragte ich.

»Nur ein paar Minuten. Sie lagen bewusstlos auf dem Steg, keine hundert Meter von hier. Vorsicht, der Tee ist heiß.«

Es war Schutzengeltee, den sie mir in einer Halblitertasse in die Hand drückte. Immerhin war ich fit genug, um zu denken: Wehe, wenn sie mir nachher fünf Euro fünfundneunzig dafür berechnet, dann springe ich ihr an die Gurgel. Tatsächlich tat mir der Tee sehr gut, und ich richtete mich ein wenig auf. Weder dröhnte mir der Kopf noch schmerzten meine Knochen, nur der rechte Oberarm tat höllisch weh.

»Ich komme mir vor, als hätte der Blitz in mich eingeschlagen.«

»Das war kein Blitz, sondern ein Elektroschocker.«

Ich nahm den Stein von meinem Bauch und richtete mich vollständig auf. »Woher wissen Sie das?«

»Hat der Mann gesagt.«

»Welcher Mann?«

»Der sie zu Rosemarie Busch gebracht hat. Sie hingen wie ein Kartoffelsack über seiner Schulter.«

Linz, dachte ich. Vermutlich war er mir gefolgt, hatte mich aufgefunden und zum nächstgelegenen Haus gebracht. Mich wunderte nur, dass er nicht an Ort und Stelle den Notarzt gerufen hatte.

»Verstehen Sie mich bitte nicht falsch«, sagte ich und gab ihr den Stein zurück. »Ich bin keine verbissene Gegnerin der Homöopathie, aber in einem solchen Fall hätte ich an Ihrer Stelle und der des Herrn …«

»Er hatte keinen Netzempfang. Rosemarie Busch hat heute übrigens auch keinen, das ist ja das Schöne, wenn man ein wenig abseits direkt am Wasser lebt. Die Verbindung in die Welt ist oft launisch. Seine Freundin versucht gerade, jemanden zu erreichen. Ich sage mal besser Bescheid, dass Sie aufgewacht sind und keinen Rettungsdienst benötigen. Es sei denn, Sie wollen, dass …«

»Nein, ich fühle mich gut. Na ja, relativ gut.«

Sie ging nach draußen. Da sie von einer Freundin gesprochen hatte, nahm ich an, dass nicht Linz mich gefunden hatte, sondern wer anders, was mich einerseits erleichterte, andererseits auch wieder nicht. Ihm unter diesen Umständen und so kurz nach meinem hysterischen Abgang zu begegnen, wäre mir unangenehm gewesen. Allerdings hätte ich lieber gleich als später Abbitte geleistet, um es hinter mir zu haben.

Erstaunlich, wie viele Gedanken ich mir um Linz machte, obwohl erst wenige Minuten zuvor jemand meinen Oberarm als Steckdose benutzt hatte. Man musste nicht Columbo sein, um zu verstehen, warum das passiert war. Linz hatte jede Menge Elektroschocker bei der Razzia in Fassmachers Büro sichergestellt. Vermutlich waren etliche bereits im Umlauf, und irgendjemand hatte seinen benutzt, um der Berliner Schnüfflerin einen gehörigen Schrecken einzujagen und sie so in die Flucht zu schlagen. Die Frage war nur, ob es dem Attentäter um die Ermittlungen in Sachen Bürgerwehr und Brandanschlag oder um Susann und Amrita ging. Und ob er sein Ziel erreichte.

Je länger ich darüber nachdachte, umso mehr wuchs die Angst in mir. Es hätte auch ein Messer statt eines Elektroschockers sein können, eine durchtrennte Kehle statt einer hässlichen Brandwunde.

Ich war Journalistin, keine Amazone. Für die lebensgefährlichen Aufträge in meinem Beruf gab es Kriegsberichterstatter. Überhaupt hatte ich mich nur wegen meines schlechten Gewissens in diesen Sog hineinziehen lassen.

»So, die beiden kommen gleich zurück, um sich von Ihnen zu verabschieden.«

»Gut, ich möchte meinem Retter nämlich persönlich danken. Auch Ihnen natürlich für die reizende Versorgung.«

»Ach, ist doch selbstverständlich«, wiegelte sie ab, um nur Sekunden später hinzuzufügen: »Kommen Sie einfach in den nächsten Tagen vorbei, um die Rechnung zu begleichen.«

Wenn ich es nicht selbst erlebt hätte! Unfassbar, dass diese Frau, die ich irgendwo zwischen Eremitin, Geistheilerin und Schmuckdesignerin verortete, in Geldfragen so offensiv vorging. Dieser berechnende, fast schon durchtriebene Charakterzug förderte, bei aller Sanftheit ihres Auftretens, einen tief sitzenden Egoismus zutage.

»Seit wir uns das letzte Mal gesehen haben, ist so viel passiert«, sagte ich. »Damals wusste ich noch nicht, dass Sie bei einer Versammlung der hiesigen Bürgerwehr waren, um die Damen und Herren ordentlich aufzumischen. Und dass Sie Herrn Simonsmeyers langjährige Geliebte waren.«

»Geliebte, wie sich das anhört. Er hat bei Rosemarie Busch gefunden, was er bei seiner schwatzhaften Frau vermisste: Ruhe. Jemanden, der ihm zuhört, der mit ihm tiefsinnige Gespräche führt, der kreativ ist und ihn nicht bloß dümmlich anhimmelt.« Sie seufzte. »Wieso reden wir noch darüber?«, fragte sie. »Holger ist tot, Bettina ist tot, die Bürgerwehr ist Geschichte.«

»Da ist was dran. Allerdings … wenn Ihnen oder Ihrem verheirateten Geliebten daran gelegen war, die Affäre geheim zu halten, dann wäre das natürlich ein Motiv.«

»Susann umzubringen?« Sie lächelte. »Ich könnte keiner Fliege etwas zuleide tun.«

»Sie wissen nicht, wie oft ich diesen Satz in den Gerichtssälen unserer Republik schon gehört habe.«

»Susann hat nichts von Holger und mir gewusst.«

»Da habe ich aber etwas anderes gehört.«

»Von wem?«

»Von Ihrem Geliebten selbst. Na ja, nicht direkt. Wenige Tage bevor er starb, hat er seinem besten Freund anvertraut, dass Susann Bettina von der Affäre erzählen wollte.«

»Dann hat entweder Alexander Waldeck gelogen …«

»Wofür ich weder Anlass noch Motiv sehe.«

»… oder Holger.«

»Wieso sollte er?«

»Weil Alexander ihn bedrängt hat.«

»Na schön, aber Herr Waldeck war auch darüber informiert, dass Susann einen Liebhaber hatte, und das wusste sonst fast keiner. Wer, wenn nicht Susann, könnte es Holger erzählt haben, der es Monate später Alexander anvertraute? Angeblich stieg Susann an ihrem Todestag zu Holger ins Auto und drohte ihm. Weil sie jedoch keine fiese Erpresserin, sondern nur eine Wahrheitsfanatikerin war, beichtete sie ihm als Zeichen des guten Willens ihr eigenes Geheimnis. Ich finde das schlüssig, Sie nicht auch?«

Frau Busch wirkte mit einem Mal verstört. Hektisch räumte sie ein paar Staubfänger hin und her und begann, ein von der Decke herabhängendes Windspiel zu putzen.

»Das ergibt keinen Sinn«, sagte sie, und aus irgendeinem Grund nahm ich ihr die Verwirrung ab. »An dem Tag, als …« Sie setzte sich und rang die Hände. »An dem Tag, als Susann starb, rief Holger mich vom Parkplatz aus an. Kurz zuvor hatte er mit Susann gesprochen.«

»Er kann Sie nicht angerufen haben«, widersprach ich vehement. »Die Polizei hat das damals natürlich sofort recherchiert. Er hat zu der Stunde nur ein einziges Mal telefoniert, und zwar mit einer Handynummer, die zum Hotel gehört, genauer der Angestellten Kathrin Sibelius. Das Gespräch dauerte keine zwei Minuten, es ging um die Tischreservierungen. Frau Sibelius hat das vor Gericht ausgesagt.«

Rosemarie Busch griff in eine Schublade und holte ein Handy hervor. »Darauf hat er angerufen. Es stimmt, es ist eine Hotelnummer, aber Kathrin hat nie damit telefoniert. Holger hat es für mich besorgt, damit wir kommunizieren können, ohne dass Bettina etwas merkt. Auf dem Wanderparkplatz hat er oft das Auto abgestellt und ist von dort zu Fuß zu mir gelaufen. Wenn er aus Richtung Trenthin gekommen wäre, hätten ihn zu viele Leute gesehen, erst recht, wenn er vom Hotel losgelaufen wäre. Er sondierte das Gelände und huschte zum passenden Zeitpunkt bei mir rein. An diesem Tag war er zu früh dran, da ich noch meinen Bernsteinkurs hatte. Also hat er auf dem Parkplatz gewartet. Und so nahm das Unheil seinen Lauf.«

Theoretisch könnte es so gewesen sein, dachte ich. In dem winzigen Ort Trenthin gab es nur einen einzigen Funkmast, weshalb die Polizei nicht nachprüfen konnte, wo genau die Person, mit der er das Gespräch führte, sich aufgehalten hatte. Klar war nur: im Funkbereich des Trenthiner Mastes. Da Kathrin Sibelius das Gespräch bestätigte, maß das Gericht diesem Detail verständlicherweise keine Bedeutung bei.

»Warum hätte Kathrin da mitspielen sollen?«, fragte ich.

»Na, warum wohl?«, entgegnete sie mit verdrehten Augen. »Um sich Vorteile bei Holger zu verschaffen. Sie war scharf auf ihn, aber nicht etwa, weil er so scharf war, sondern weil sie aufsteigen wollte, entweder im Hotel oder als seine Frau. Holger hat mir von ihrer ständigen Anmache erzählt. Sie hat ihn genervt, und er wollte sie loswerden, aber er hat es immer wieder aufgeschoben. Initiative gehörte nicht zu seinen Stärken, man musste ihn oft zu seinen Entschlüssen tragen. Tja, und dann kam es zur Anklage gegen ihn. Frau Sibelius hat sich für den Fall seines Freispruchs wohl eine Belohnung versprochen. Bis sie feststellte, dass sie auf das falsche Pferd gesetzt hatte. Inzwischen soll sie ja enger mit Herrn Fassmacher sein. Er ist übrigens geschieden …«

Langsam war ich bereit, ihre Geschichte zu glauben, deckte sie sich doch, zumindest was die beteiligten Charaktere anging, mit meinen eigenen Beobachtungen: ein sprachloser, unschlüssiger Angeklagter, eine ambitionierte junge Angestellte …

»Also gut, angenommen, nur mal angenommen …«, sagte ich.

»Sie mögen Rosemarie Busch nicht, oder?«, fragte sie mich überraschend.

»Wenn Sie es wirklich wissen wollen … Offen gesagt, nein.«

»Rosemarie Busch mag Sie auch nicht, Frau Kagel.«

»Fein, dann hätten wir das ja geklärt. Zurück zu dem Anruf, den Holger vom Parkplatz aus bei Ihnen gemacht hat.«

»Er war völlig durcheinander und erzählte mir aufgeregt, dass Susann ihm gerade eine wichtige Information gegeben hätte, über die er mit mir sprechen müsse. Ich fragte: ›Hat es mit uns zu tun?‹ Er sagte: ›Nein, keine Sorge, sie weiß nichts.‹ Daraufhin sagte ich ihm, dass ich den Bernsteinkurs beenden müsse, aber in zwei Stunden allein sei. Er kam allerdings nicht. Später erfuhr ich dann, was passiert war. Keine Sekunde habe ich geglaubt, er könnte der Täter sein. Er konnte …«

»Keiner Fliege etwas zuleide tun«, ergänzte ich den Satz.

»So ist es«, erwiderte sie mit erhobenem Kopf und lächelnd. »Natürlich habe ich ihn später gefragt, worum es bei Susanns Information gegangen war, doch er wiegelte stets ab. Er hat es mir nie erzählt, auch nicht nach dem Prozess. Deshalb kann ich nur wiederholen, was ich vorhin gesagt habe: Entweder hat Holger Alexander angelogen oder …«

»Alexander die Polizei.«

Wir hörten Geräusche, und ich beendete das Gespräch, um mich bei meinem Retter zu bedanken. Ohnehin gab es nichts mehr zu bereden. Rosemarie Buschs Behauptungen waren weder zu beweisen noch zu bestreiten. Die beiden *könnten* telefoniert haben, Kathrin *könnte* das Gericht angelogen haben, Holger *könnte* seinen besten Freund angelogen haben, Alexander *könnte* Linz angelogen haben …

Ich war ernsthaft bereit, alles hinzuwerfen. Weder die Lügen noch die vielen Intrigen im verschlafenen Dörfchen waren der Grund dafür. Eine Gerichtsreporterin, die allergisch gegen Lügen ist, sollte sich besser einen neuen Job suchen, vielleicht als Rosenzüchterin. Und was die Trenthiner *liaisons dangereuses* anging, so hatte ich sie fast liebgewonnen. Bestatterinnen im Issey-Miyake-Kostüm, die in der Wäschekammer mit Malergesellen schlafen – entzückend, also wirklich!

Nein, es lag an der Attacke gegen mich. Und an der Geschichte mit Linz. Ich war mit sämtlichen Abgabeterminen im Rückstand. Ich hatte bisher nicht einmal ansatzweise etwas herausgefunden, das man als stichhaltigen Beweis oder Gegenbeweis für Simonsmeyers Schuld werten könnte. Davon abgesehen war ich nicht länger willens, mein schlechtes Gewissen allen anderen Aspekten meines Lebens überzuordnen. Mein Job litt, meine Ehe war in Gefahr, und das verbrannte Fleisch auf meinem Oberarm erinnerte mich an meine Sterblichkeit.

Jeden Tag sedierten Millionen von Menschen auf dieser Erde ihr Gewissen, und zwar mit gutem Grund. Intakte Gewissen können einem nämlich unglaublich auf den Keks gehen. Sie sauber zu halten, ist anstrengender, als ohne Hilfe ein ganzes Schloss zu putzen. Also kehrt man den Dreck lieber gleich unter den Teppich.

Das war's, sagte ich mir.

Ich ging meinem Retter entgegen, gab dem in dunkler Nacht stehenden Mann die Hand – und stand vor Farhad.

Der Nachmittag vor dem Brandanschlag

Nassgeschwitzt kam Ben-Luca im Büro seines Vaters an, nach neunzehn Kilometern mit dem Fahrrad an einem schwülheißen Augustabend. Die lichten Wälder hatten ihm nur kurz Linderung verschafft, die meiste Zeit war er an Feldern und Wiesen vorbeigefahren. Solche Strecken war er einfach nicht mehr gewöhnt, schon gar nicht in der prallen Sonne.

Die Filiale war seit zehn Minuten geschlossen, daher rief er seinen Vater an. »Hi, Papa, ich stehe draußen.«

Ein paar Sekunden später ging die Tür auf. »Hey, das ist ja mal eine Überraschung. Wie lange warst du nicht mehr hier? Zwei Jahre?«

Das kam hin. Erstens lag das Geschäft, das seine Mutter betreute, viel näher, und zweitens hatte Ben-Luca es ohnehin nicht so mit dem Leichengeschäft.

»Finn hatte recht, ich muss dringend wieder trainieren.«

»Bin ich also nur eine Station auf deiner privaten Tour d'Usedom, oder hast du was auf dem Herzen, Sohnemann? Egal, komm erst mal rein.«

Auf dem Schreibtisch stapelten sich gewissermaßen die Toten, der sommerlichen Hitze waren Dutzende Menschen erlegen. Neben den Akten stand eine Flasche Wasser, nach der Ben-Luca begierig griff. Während er trank, fiel sein Blick auf das Laptop.

»Was ist denn das?«, fragte er.

»Das«, seufzte sein Vater, »ist die neueste Kreation deiner Mutter. Ich bin selbst heute erst dahintergekommen.«

Auf der Webseite freekillerusedom war ein brennendes Haus zu sehen, das dem Cottage der Simonsmeyers zum Verwechseln ähnlich war. Darunter stand ein Text auf Deutsch und Englisch.

Stellen Sie sich vor, in Ihr Nachbarhaus zieht ein vierfacher Kinderschänder. Stellen Sie sich vor, Sie teilen Ihren Arbeitsplatz mit einem Vergewaltiger. Stellen Sie sich vor, ein aus der Haft entlassener Doppelmörder ist Ihr Kunde. GENAU SO FÜHLEN WIR UNS!

Ganz unten folgte der Hinweis, dass dieser Text nicht als Gebrauchsanleitung für einen Brandanschlag misszuverstehen sei. Er diene lediglich der Versinnbildlichung der momentanen Gefühlslage auf der Insel.

»Das ist so«, sagte Ben-Lucas Vater, »als ob ich einem Pyromanen eine Streichholzschachtel und einen Feuerlöscher überlasse und zum Abschied sage: ›Entscheide selbst, was davon du benutzen willst.‹«

»Echt widerlich«, sagte Ben-Luca und klappte den Rechner zu. »Ich habe keine Lust, mich von so was runterziehen zu lassen.«

»Kindern darf es egal sein, was ihre Eltern so treiben. Ehemänner haben dieses Privileg nicht. Deine Mutter und ich …«

»Ihr habt euch mal wieder gestritten.«

»Stundenlang. Aber diesmal … Ben-Luca, ganz ehrlich, ich weiß nicht, wie es mit unserer Familie weitergeht. Deine Mutter hat mir eine Seite von sich gezeigt, die ich abstoßend finde. Und ich glaube nicht, dass ich diese Seite jemals vergessen kann.«

»Ihr lasst euch scheiden.«

Sein Vater nickte. »Ja, das kam zur Sprache. Noch ist nichts endgültig, aber …«

»Ich verstehe sie einfach nicht«, rief Ben-Luca und lief im Kreis. »Was ist nur in sie gefahren? Susann, ja, okay, die hat sie gemocht. Aber so nahe standen die beiden sich nun auch wieder nicht, und zuletzt sind sie sich sogar aus dem Weg gegangen.«

»Ich glaube nicht, dass deine Cousine der Grund für ihren Hass ist. Natürlich ist sie der Auslöser, sozusagen der Vorwand. Wenn du mich fragst, ich bin der Meinung, dass deine Mutter nicht einmal weiß, dass Susann nur ihr Vorwand ist. Sie hat es nie verwunden, als wir damals beinahe insolvent wurden. Wir mussten uns überall Geld zusammenbetteln, um wenigstens zwei von fünf Filialen zu retten. Zur gleichen Zeit hat *Gut Trenthin* einen sagenhaften Aufschwung hingelegt. Schickes Hotel, betuchte Gäste, ein Restaurant mit Sterneambitionen, dazu das tolle Cottage… Eva hat es nie erwähnt, aber sie hatte schwer daran zu knabbern.«

»Sie hat deine Freundschaft zu Holger als Wettkampf angesehen? O Mann, wie krank ist das denn!«

Selbstverständlich fand Ben-Luca nicht gut, wie die Dinge sich entwickelten und dass nun auch seine eigene Familie in den Flügelschatten des großen schwarzen Vogels geriet. Vor allem für Alena tat es ihm leid, für sie war es sicher am schwersten. Was ihn selbst anging, so schockte ihn die Ehekrise oder bevorstehende Scheidung seiner Eltern seltsamerweise weniger, als man es hätte erwarten können. Sie funktionierte vielmehr wie ein Verstärker für seine eigenen Pläne.

»Nun zu dir«, sagte sein Vater. »Du bist sicher nicht neunzehn Kilometer geradelt, um das Gezänk deiner Eltern zu kommentieren.«

»Du warst schon immer gut darin, meine Gedanken zu erraten, Papa. Weißt du, ich habe mich entschlossen, nicht in deine Firma einzusteigen.«

»Alles andere hätte mich überrascht.«

»Ich will mich zum Zeichner ausbilden lassen. Wie, wann und wo weiß ich noch nicht. Ich bin gerade dabei, das alles herauszufinden. Der entscheidende Tipp kam übrigens von Finn.«

»Du erwähnst ihn heute schon das zweite Mal. Ich find's toll, dass diese miese Geschichte euch nicht auseinandergebracht hat.«

»Die nicht, nein. Das erledigt der Fußball. Klar freue ich mich riesig für ihn, dass er zur Hertha geht, das ist eine Wahnsinnschance. Aber weg ist halt weg. Ich dachte mir … also vielleicht … Wäre schon super, wenn es einen Ausbildungsplatz für mich in Berlin gäbe.«

»In Berlin gibt's alles«, machte ihm sein Vater Mut.

»Und du bist nicht sauer?«

»Ich wäre sauer geworden, wenn ich jeden Tag deine sauertöpfische Miene beim Umgang mit den Leichnamen hätte ertragen müssen.«

Sie umarmten sich. Ben-Luca war froh, dass wenigstens ein Elternteil normal geblieben war.

»Unter einer Bedingung«, sagte sein Vater. »Du passt heute Abend auf Alena auf. Ich komme hier vor neun nicht raus, und wo deine Mutter mal wieder abgeblieben ist … keine Ahnung.«

»Ich versuche mal, sie anzufunken«, schlug Ben-Luca vor. »Aber so oder so, ich habe heute Abend eh nichts vor.«

Einige Wochen später, September

Das war ja mal eine hübsche Geschichte, die Farhad und Tallulah mir da unterbreiteten. Das junge Paar hatte am Morgen spontan beschlossen, Tallulahs Mutter einen Besuch abzustatten. Sie hatten Kuchen und türkisch-arabische Leckereien mitgebracht und ein Kaffeekränzchen veranstaltet. Offenbar hatte mein Bericht von dem schrecklichen Brand seine Wirkung nicht verfehlt, und vielleicht kam es sogar zu einer weiteren Annäherung von Mutter und Tochter, auch wenn die Verstörung Frau Illings und Farhads Herkunft die Dinge nicht einfacher machten. Die beiden jungen Leute hatten im Anschluss an das Treffen das obere Stockwerk aufgeräumt, was verständlicherweise eine ganze Weile dauerte. Danach hatte Honigmund ihrem Barbesitzer noch Usedom bei Nacht vorführen wollen, und dabei waren sie auf mich gestoßen.

»Elektroschocker sind fiese Dinger«, erklärte Farhad. »Hab selbst mal Bekanntschaft mit einem gemacht. Sogar die frei verkäuflichen tun höllisch weh. Aber das Ding, das Sie getroffen hat, Mann, das war eine oder zwei Nummern stärker, jede Wette.«

»Ich halte nicht dagegen«, sagte ich. »Haben Sie irgendetwas beobachtet?«

»Nö. Als wir vorbeikamen, lagen Sie allein auf dem Boden. Irgendeine Ahnung, welcher Kranke das war?«

Ich schüttelte den Kopf, vermutete jedoch, dass – wie schon bei dem Vorfall auf der Landstraße – einer von Marlons Jungs dahintersteckte. Beweisen ließ sich natürlich nichts.

»Wie sieht es aus?«, fragte ich. »Wollen Sie hier übernachten? Mein Zimmer ist noch für eine Nacht bezahlt. Sie könnten lecker frühstücken, danach mit Tallulahs Mutter einen Spaziergang machen …«

»Und Sie?«, fragte Tallulah.

»Ich fahre nach Hause.«

»Das ist nicht gut«, platzte Farhad heraus. »Ich meine … Heute noch fahren, das ist nicht gut. Hey, vor einer Stunde waren Sie noch bewusstlos.«

Natürlich hatte er recht. Vielleicht wirkte der Schock sich auf meine Reaktionsfähigkeit aus oder auf mein Sehvermögen. Es war unvernünftig, noch am selben Abend zu fahren, aber ich wollte unbedingt nach Hause. Zu Yim.

»Sie kommen mit uns«, bot Farhad an. »Keine Widerrede, wir liefern Sie ab in …«

»Friedenau.«

Er klatschte in die Hände. »Wir holen Ihre Sachen aus dem Hotel, und dann ab die Post. Wenn wir uns beeilen, sind wir gegen drei in Berlin.«

Ich traf Linz an diesem Abend nicht wieder, er war nicht mehr da, als ich mein Zimmer betrat. Dafür begegnete mir Kathrin an der Rezeption. Ihr Gesichtsausdruck besagte: Sie wollten ja nicht hören.

»Was Sie Eddi angetan haben«, zischte sie mir zum Abschied zu, »das war allerunterste Schublade.«

»Die allerunterste Schublade«, sagte ich, »ist der Ort, wo sich Ihr Eddi befindet. Viel Glück mit ihm. Leben Sie wohl.«

Farhad war nicht zu optimistisch gewesen, als er die Ankunft in Berlin für drei Uhr versprochen hatte, obwohl es bei unserer Abfahrt bereits kurz vor eins war. Er fuhr über die Bundesstraßen, als wollte er schon um zwei die Stadtgrenze erreichen. Anfangs saß ich auf dem Rücksitz, aber das hielt ich nicht lange aus und wechselte nach vorne auf den Beifahrersitz.

Aus Langeweile las Tallulah einen Artikel, den ich über die mazedonische Mafia verfasst hatte, tat sich im Anschluss keinen Zwang an und wühlte in meinen Notizen. Dabei fielen ihr die Haiku in die Hände.

»Schräge Dinger«, sagte sie. »So was von *strange*. Typisch Susann halt.«

Ich hatte im Grunde keine Lust, über die Haiku zu sprechen, genauso wenig wie über die Bürgerwehr, die Sayyapparajus, die Waldecks, Simonsmeyers, über böse Webseiten, Sex mit Muskelprotzen oder aufgeschlitzte Frauen. Ich freute mich einfach nur auf Yim, und das Verrückte, mehr noch Bedenkliche war, dass ich nicht genau erklären konnte, warum. Wir waren das, was man gemeinhin »entfremdet« nennt. Trotzdem sehnte ich mich nach seiner Stimme, seinen Augen und seinem leichten Schnaufen im Schlaf.

Meist kam er gegen zwei Uhr nachts nach Hause, machte leise Musik an, trank ein Glas Wein und sah sich noch einen Film auf DVD an. Manchmal saß er auch einfach nur auf dem Balkon und ließ die Hintergrundgeräusche der Hauptstadt auf sich wirken. Er mochte die Stille der Nacht. Oft ging er erst gegen vier Uhr ins Bett, wenn ich, die Frühaufsteherin, meine letzte Schlafphase erreichte. Gute Chancen also, ihn in dieser Nacht noch anzutreffen.

Tallulah las ein Haiku vor.

Ich drücke sie tot.
Nummer zwei im Schattenland.
Geteilte Wege.

»Total *spooky* und abgefahren. Und was soll der Quatsch bedeuten?«

»Kathrin Sibelius«, antwortete ich. »Susann hat erkannt, dass Kathrin sich an ihr abarbeitet und nicht mit ihr mithalten kann. Die ewige Nummer zwei. Ihre Freundschaft mit Kathrin war da schon am Ende. *Voilà.*«

»Cool«, rief Tallulah. »Und was ist mit dem hier?«

Ich möcht dich schütteln
Liegst im heißen roten Schweiß
Hoffmanni, wach auf!

»Das ist ein bisschen heikel«, erklärte ich. »Es geht darin um Sie, Tallulah. Um Ihren Selbstmordversuch vor einigen Jahren. Aus den Zeilen geht hervor, dass Susann in diesem Moment sehr besorgt um Sie war, fast schon verzweifelt.«

»Echt? Und ich dachte, ihr wäre schnurz, was mit mir passiert. Na ja, vielleicht war sie ja doch nicht so gemein, wie ich dachte. Warum nennt sie mich Hoffmanni?«

»Das ist die lateinische Bezeichnung für – tja, ich muss es leider sagen – für eine Faultierart.«

»Ein Faultier? So eine falsche Schlampe«, rief Tallulah. »Ich nehme alles zurück, was ich eben gesagt habe.«

Ich wandte mich zu ihr um. »Sie sollten nicht so hart über Ihre Schwester urteilen. Ich finde, dass sie in diesem Haiku ihre ambivalenten Gefühle sehr gut zum Ausdruck gebracht hat. Einerseits bricht ihr das Herz, als sie sieht, was Sie sich angetan haben, andererseits benutzt sie einen wenig schmeichelhaften Codenamen für Sie. Aber für Susann schien der Code genau passend zu sein. Wenn Sie in sich gehen, Tallulah, müssen Sie vielleicht zugeben, dass Sie nicht immer die Fleißigste waren.«

»Na ja, kann schon sein«, raunte sie.

»Niemand verlangt von Ihnen, dass Sie Susann bewundern. Sie war sicherlich manchmal schwierig im Umgang und auch nicht immer leicht zu verstehen. Ganz egal, ob man ihr Verhalten mit Asperger, Autismus oder Unentschlossenheit umschreibt, auf ihre eigene Weise war sie orientierungslos. Und dieses Gefühl ist Ihnen selbst nicht fremd, oder?«

»Susann war eine rücksichtslose Wahrheitsfanatikerin.«

»Alle Fanatiker«, sagte ich, »sind im Innern unsicher. Indem sie sich einer einzigen und radikalen Idee verschreiben, schützen sie sich vor Skrupeln und Zweifeln, vor jeder tieferen Auseinandersetzung mit einem Thema.«

Eine Weile lang war es ruhig, dann fragte Tallulah: »Gibt es noch andere Hoffmanni-Haiku?«

»Nein, die haben Sie alle aufgefuttert oder verbrannt.«

Ein paar Minuten lang hatte ich Ruhe, jedenfalls so viel Ruhe, wie man haben kann, wenn ein tiefergelegtes Auto auf der Landstraße durch die Kurven braust. Auf dem Rücksitz studierte Tallulah sämtliche Haiku und schien allmählich Gefallen daran zu finden. Ab und zu lachte sie kurz auf oder rief: »Na so was«, oder: »Irre.« Sie meinte sogar, so etwas selbst mal versuchen zu wollen, und ich riet ihr, mit Naturbeschreibungen anzufangen und sich dann langsam weiterzuentwickeln.

Ich hatte wirklich das Gefühl, dass Farhad ihr guttat. Gewiss, er ließ sie für wenig Geld schuften, aber er sorgte auch dafür, dass sie dazulernte. Darüber hinaus schien er sie bei der Aufarbeitung der Vergangenheit zu unterstützen, räumte sogar mit ihr den Schweinestall auf, den sie in ihrem Elternhaus hinterlassen hatte.

Um ehrlich zu sein, war mir nach dem Wiedersehen mit

ihm vor Rosemarie Buschs Haus kurz der Gedanke gekommen, er könnte der Attentäter gewesen sein. Der Zufall, dass ausgerechnet er mich fand, war mir zu groß. Leute wie er, die schummrige Bars betreiben, kamen leicht an Elektroschocker heran. Die Vorurteile ließen schön grüßen.

Ich entdeckte allerdings kein Motiv für die Tat und schon gar keines für meine anschließende Rettung. Erst lostackern und dann Erste Hilfe leisten – das ergab keinen Sinn. Zudem kam mir die Erklärung plausibel vor, weshalb die beiden zu dieser Stunde noch am Ufer waren. Kurz: Das schlechte Gewissen plagte mich mal wieder, und unter anderem deshalb hatte ich die Einladung zur gemeinsamen Heimfahrt nach Berlin angenommen.

Ich ging im Geiste gerade die anderen potenziellen Verdächtigen für das Elektroschock-Attentat durch, als Tallulah fragte: »Wer ist *Mariposa*?«

»Vermutlich Amrita«, seufzte ich unlustig und müde. »*Mariposa* ist das spanische Wort für Schmetterling. Ihre Eltern haben sie manchmal in der indischen Entsprechung so gerufen: *Titalee*.«

»Ja, sie war wirklich hübsch. Aber wer ist dann *Ennis*?«

Ich musste mich sehr zusammennehmen, um der Fragerei kein ruppiges Ende zu setzen. Das war ja fast schlimmer, als mit kleinen Kindern im Auto in Urlaub zu fahren.

»Finn, nehme ich an.«

»Aha. Und *Uma*?«

»*Oma*«, korrigierte ich. »Keine Ahnung. Um zwei Uhr nachts lässt sich das wohl auch kaum herausfinden.«

»Also, für mich heißt das *Uma*. Farhad, sag du mal.«

Mir blieb fast das Herz stehen, als unser Fahrer mit einhundert Sachen über die dunkle Allee donnerte und nebenbei ein Gedicht las.

»Könnte beides sein, ziemlich schnörkelige Schrift. Aber eigentlich … ich würde auch *Uma* sagen.«

»Gut, dann eben *Uma*«, erstickte ich jede weitere Diskussion im Keim.

Wir passierten gerade ein Schild: *Berlin 93 Kilometer*. Ich schloss die Augen, fest entschlossen, sie für die nächsten neunzig Kilometer nicht mehr zu öffnen.

»Uma, im Hinduismus die Göttin der Schönheit«, las Tallulah aus einem Internet-Artikel vor, den sie aufgerufen hatte. »Süß. Amrita hatte so eine komische Göttin in ihrem Zimmer stehen, und Susann war so oft bei denen im Haus, da hat sie das kitschige vierköpfige Frauchen sicher auch mal zu Gesicht bekommen. Echt geil, dieses Herumrätseln.«

Ich war regelrecht dankbar, als Farhad die Stereoanlage einschaltete und Oriental-Pop spielte. Nach ein paar Minuten ging mir die Musik zwar ebenfalls auf die Nerven, jedoch nicht so sehr wie die Gespräche über die Haiku. Das alles wollte ich hinter mir lassen.

Es kehrte jedoch immer wieder zurück, holte mich ein, drängte sich auf, drang in mich ein.

Ich öffnete die Augen.

»Lula«, rief ich. »Bitte schlagen Sie im Online-Wörterbuch alle Bedeutungen für *Mariposa* nach.«

10

Der Abend des Brandanschlags

Nach mehr als zwei Stunden Diskussion waren sie alle beide vom Streiten erschöpft. Holger saß auf der Bettkante, zwischen zwei halb gepackten Koffern und vor dem halb geleerten Kleiderschrank. Bettina stand am geöffneten Fenster und blickte zum Horizont, wo zwischen bleifarbenem Achterwasser und kobaltblauem Himmel ein dünner Streifen aus Orange und Zitronengelb dahinschwand. Dieses Gespräch war der letzte Strohhalm gewesen, an den sie sich geklammert hatte, und es war nur deshalb zustande gekommen, weil sie Holgers Bedingungen zugestimmt hatte. Ja, Bedingungen! Als führten sie Waffenstillstandsverhandlungen.

Erstens: Sie durfte ihre Söhne weder als Argument benutzen, um ihn zum Bleiben zu überreden, noch zur Unterstützung holen. Patrick war ohnehin noch nicht eingeweiht. Vielleicht ahnte er etwas, doch zum Glück waren Ben-Luca und Alena vorbeigekommen, die ihm Ablenkung verschafften. Was Finn betraf – ihr Ältester hatte ihr geraten, auf die Bedingungen einzugehen, auch wenn er nicht verstand, was sie noch bei seinem Vater hielt.

Zweitens: Sie durfte nicht schlecht über Rosemarie reden. Holger hatte damit gedroht, dann umgehend die Koffer – egal, ob gepackt oder ungepackt – zu schnappen und augenblicklich das Haus zu verlassen. Bettina machte an diesem Abend die Erfahrung, wie anstrengend es war, stundenlang um eine Person herumzureden, wenn diese den Grund für die Aussprache darstellte.

Drittens: Sie durfte nicht hysterisch werden. Allein diese Formulierung wäre für manche emanzipierte Ehefrau ein Anlass gewesen, sich scheiden zu lassen. Bettina hingegen hatte sich nie als emanzipierte Frau betrachtet, zumindest nicht in der Weise, wie dieses Wort oft gebraucht wurde. Natürlich hatte sie eigene Ideen, setzte eigene Akzente, und zwar nicht nur bei Kindererziehung und Haushaltsführung. Sie war keineswegs in den Fünfzigern stehengeblieben, wie Eva ihr manchmal süffisant unter die Nase gerieben hatte. Auch sah sie sich mit ihrem Mann auf Augenhöhe. Trotzdem hatte sie Holger immer bewundert, weil er die Dinge nüchterner und geduldiger anging, irgendwie norddeutscher. Und schließlich: Mit ihm wollte sie den Rest ihres Lebens verbringen. Sie liebte ihn. Zählte das denn gar nichts mehr?

»Wieso hast du damit angefangen?«, fragte er nach einer Weile.

Zunächst verstand sie nicht, was er meinte, bis sie bemerkte, dass sie sich eine Zigarette angezündet hatte, an der sie ausgiebig zog. »Merkwürdig«, sagte sie und blickte wieder in die Nacht. »Dass es mir wegen deiner Entscheidung dreckig geht wie nie, das scheint dich nicht besonders zu interessieren. Aber dass ich wieder mit dem Rauchen angefangen habe, das ist dir wichtig genug, um es zu erwähnen.«

»Das Rauchen war das Einzige, was nie so richtig zu dir gepasst hat.«

»Ehebrechen passt auch nicht zu dir. Im Übrigen hast du kein Wort darüber verloren, dass ich aufgehört habe.«

»Hatte«, berichtigte er.

»Tut mir leid, wenn mir im Moment die deutsche Grammatik den Buckel runterrutschen kann.«

Eine Minute lang dachte sie, sie könnte es schaffen. Scheidungen gab es so viele, trotzdem stürzten sich die Leute nicht scharenweise aus dem Fenster. Es würde weitergehen. Finn begann seine Karriere, das war aufregend und machte sie stolz, und Patrick brauchte sie gewiss noch sieben, acht Jahre lang. Keine Zeit für Einsamkeit.

Als unten ein Taxi hupend vorfuhr, war es vorbei mit der Selbsttäuschung. Die eben erst errichtete Fassade brach binnen einer Sekunde in sich zusammen.

Er trat neben sie ans Fenster, sah hinunter, und sie konnte sich gerade noch beherrschen, sich an ihm festzuklammern.

»Holger, das ist doch Wahnsinn! Nach all den Jahren! Wir haben so viel zusammen durchgemacht. Kannst du das von Rosemarie ebenfalls behaupten?«

»Rosemarie und mich verbindet etwas anderes, etwas Tieferes.«

»Tiefer! Tiefer als die Kinder, ja? Tiefer als unser gemeinsames Projekt, das Hotel? Tiefer als meine Loyalität, als du ganz unten warst?«

»Lass uns bitte nicht wieder von vorne anfangen«, entgegnete er und knüllte einige letzte Hemden und Hosen in die Koffer, bevor er sie schloss.

»Dann geh doch!«, schrie sie und warf sich aufs Bett. »Hau ab! Vergiss deine Kinder! Werde glücklich mit deiner alten Kuh!«

Erschreckt blickte sie zu Holger hinüber. Alle Bedingungen auf einen Schlag verletzt. Sie war hysterisch, brachte die Kinder vor und beleidigte seine Geliebte.

Vorbei, dachte sie. Wenn sie daran dachte, dass dieses Wort vor ein paar Wochen bei dem Freispruch noch mit Hoffnungen angefüllt gewesen war und nun für das Gegenteil stand… Sie griff in die Schublade des Nachttischs und schluckte eine Tablette.

»Was ist das?«, fragte er.

»Na, die Pille bestimmt nicht«, erwiderte sie patzig. »Würde momentan wenig Sinn ergeben.«

»Alex hätte dir das Beruhigungsmittel niemals besorgen dürfen.«

Sie lachte verächtlich. »Na klar, nun ist Alex dran, ja? Eene, meene, muh, und schuld bist du. Dein leichtes Herz wünsche ich mir. Bei dir ist alles immer so einfach. Ich bin schuld, weil ich dir nicht das geben kann, was du brauchst. Die Leute sind schuld, weil sie die Frechheit besitzen, sich Sorgen um ihr Leben zu machen. Susann ist schuld, weil sie so blöd war, sich ermorden zu lassen. Amrita ist schuld, weil… Ja, woran eigentlich, hm? Warum musste auch sie sterben, mitten in der Nacht im Wald, keine drei Steinwürfe vom Reitweg entfernt? Ich weiß nicht, wie du das machst, Holger Simonsmeyer, dass eine Frau nach der anderen auf dich hereinfällt. Wie wär's? Wollen wir noch schnell in den Wald gehen, bevor du ins Taxi steigst? Kommt dich bestimmt billiger als eine Scheidung.«

Entsetzt schlug sie beide Hände vor den Mund und starrte ihren Mann mit weit aufgerissenen Augen an.

»Da siehst du, was du aus mir gemacht hast«, schluchzte sie, öffnete den Nachttischschrank und holte eine Flasche hervor.

»Was soll denn das? Du hast eben erst ein Schlafmittel genommen. Warum trinkst du jetzt Baileys?«

»Weil ich Wodka nicht mag.«

Sie setzte die Flaschenöffnung an den Mund, kam aber über den ersten Schluck nicht hinaus, da er ihr die Spirituose aus der Hand riss.

»Du bist nicht mehr mein Mann, du kannst mir nicht verbieten zu trinken.«

Vor Tränen konnte sie schon nicht mehr klar sehen, doch irgendwie gelang es ihr, ein paar weitere Tabletten aus der Packung zu drücken und zu schlucken, bevor Holger ihr auch das Medikament entwand. Mit einer Hand hielt er ihren Kiefer fest, mit der anderen fuhr er in ihrem Mund herum.

»Wie viele waren es?«, fragte er.

Sie antwortete brav wie ein reuiges Kind. »Drei oder vier.«

»Zwei habe ich, und es sind glücklicherweise leichte. Du wirst gut schlafen, mehr wird nicht passieren.«

Er nahm die Flasche Baileys mit auf seine Seite des Bettes. Eine Weile verging, in der sie hörte, wie ihre Schluchzer leiser und leiser wurden.

»Hier Simonsmeyer«, hörte sie Holger sagen. »Ich hatte ein Taxi bei Ihnen bestellt, und es ist auch schon da, aber ich brauche es nicht mehr. Buchen Sie den fälligen Betrag bitte einfach auf das Rechnungskonto des Hotels. Vielen Dank und gute Nacht.«

Das Letzte, was Bettina hörte, war der gemurmelte Satz: »Ich muss der Sache ein Ende machen. Ich muss.«

Zufrieden schlief sie ein.

Einige Wochen später, September

Der Schmollensee war ein friedliches, von Schilf, Wäldern und einem Rundwanderweg umsäumtes Gewässer zwischen Achterland und den Ostseebädern. Er wäre eiförmig gewesen ohne die Landzungen, die in seiner Mitte zu beiden Seiten weit in ihn hineinragten. Die Enden der Zungen berührten sich beinahe und lagen nur etwa fünfzig, sechzig Ruderschläge auseinander. Letzteres war für mich von größter Bedeutung, nichts weniger als eine Lebensversicherung.

Als ich auf der einen Seite der Landzunge eintraf, in der Nähe des Ortes Pudagla, war es mucksmäuschenstill. Nicht weit von hier waren die alten hölzernen Bockwindmühlen zu besichtigen, doch um diese Uhrzeit, etwa eine Stunde vor Mitternacht, war dort verständlicherweise kein einziger Tourist mehr unterwegs, und auch die Hobby-Ornithologen hielten sich an die Nachtruhe. Zudem lag die Stelle, wo ich in das Boot stieg, zwischen Buschwerk und Ried verborgen.

Ungeschickt stieß ich mich von dem baufälligen kleinen Steg ab. Mehr als eine Minute brauchte ich, bis ich mich nicht mehr rechts oder links herumdrehte, und war außer Atem, bevor ich den Kahn stabilisiert hatte. Die Dunkelheit machte es mir nicht leichter. Der Mond, der sich in einem Moment als Helfer ausgab und die Nacht erhellte, stellte sich im nächsten Augenblick als treuloser Geselle heraus, der sich hinter Wolken verbarg.

Am Treffpunkt angekommen, nicht weit vom Ufer der zweiten dicht bewachsenen Landzunge entfernt, holte ich die Ruder ein.

Zehn nach elf. Ich war zu spät.

Etwa zwanzig Stunden zuvor hatte Tallulah unabsichtlich etwas gesagt, das mir im wahrsten Sinne des Wortes die Augen öffnete. Wieder und wieder hatte sich der Name der indischen Schönheitsgöttin in meinem Kopf gedreht: Uma, Uma, Uma. Nicht *Oma*, wie ich fälschlicherweise entziffert hatte.

Dem Internet sei Dank, waren wir alle Bedeutungen des Wortes *Mariposa* durchgegangen. Kurz vor der Berliner Stadtgrenze rief ich dann Yim an, der sich tatsächlich noch, wie so oft nach einem anstrengenden Abend im Restaurant, zu nachtschlafender Zeit einen Film ansah. Er hatte keine Ahnung, welche Stürme in den vergangenen Tagen in mir getobt hatten, und sprach mit windstiller Stimme, die mir guttat. Dummerweise drängte die Zeit, und ich musste schnell auf den Grund meines Anrufs zu sprechen kommen. Yims Expertise hatte mir den letzten Mosaikstein geliefert

»Sind Sie da?«, rief ich aufs Geratewohl in die Nacht.

Ich befand mich ungefähr zwanzig Meter vom Schilf entfernt, dessen leises Rauschen ich vernahm, dessen Konturen ich jedoch nur erahnen konnte.

»Ich bin da, wo sind Sie?«, entgegnete eine männliche Stimme aus der Finsternis, von jenseits des Riedgürtels.

»In einem Boot auf dem See.«

»Warum wollten Sie, dass wir uns ausgerechnet hier treffen?«

Seine Stimme klang leicht verändert. Der ihn umgebende Wald verzerrte sie, auf der Weite des Sees hallte sie nach. Seine Unsichtbarkeit, die von fahlen Lichtfetzen unterbrochene Finsternis und der aus dem schwarzen Wasser aufsteigende Dunst verliehen ihr etwas Unheimliches, so als spräche ich mit einem Geist – oder dem Teufel.

»Ich werde mich mit einem zweifachen Mörder doch nicht Auge in Auge treffen, noch dazu mitten in der Nacht«, antwortete ich. »Sobald Sie ins Wasser gehen, bin ich ganz schnell weg.«

Er antwortete nicht.

Ein Windstoß fuhr mir durch die Haare. Nicht weit entfernt quakte ein Frosch.

»Wie kommen Sie denn auf so einen Quatsch?«, rief er nach einer Weile, die ich ihm zum Überlegen zugestanden hatte.

»Susann ist hinter Ihr Geheimnis gekommen und hat Sie unter Druck gesetzt, es öffentlich zu machen. Darum mussten Sie sie töten.«

»Dafür haben Sie keine Beweise.«

»Ich habe etwas Schriftliches von Susann, darin wird Ihr Motiv genannt. Das ist immerhin ein Anfang. Und Sie hatten die Gelegenheit zu der Tat, jedenfalls haben Sie sich trickreich eine geschaffen.«

Wieder schwieg er eine Weile.

»Was ist mit Amrita?«

»Die haben sie in den Wald gelockt.«

»Wie denn?«

»Mit welchem Versprechen lässt sich eine Siebzehnjährige wohl nachts aus dem Haus locken? Sie musste sterben, weil auch sie dabei war, Ihr Geheimnis zu verraten. Sobald ich das, was ich weiß, der Polizei erzählt habe, werden die noch einmal genauer hinschauen, und dann sieht es übel für Sie aus.«

Ich nahm den Mund ziemlich voll. Zwar reihten sich die Indizien aneinander, nun, da ich das Geheimnis des Mörders kannte, doch wirklich beweisen konnte ich nichts. Fast nichts.

»Warum haben Sie mich angerufen, statt zur Polizei zu gehen?«

»Aus fünfhunderttausend Gründen. Diese Summe will ich von Ihnen haben.«

»Sind Sie wahnsinnig? So viel habe ich nicht.«

»Ich weiß. Aber ich weiß auch, wen Sie fragen werden, um die Summe aufzutreiben. Sie dürfen gerne in fünf Raten zahlen, das macht es Ihnen leichter.«

Er schwieg einmal mehr.

Das Licht des Mondes erfasste mich kurz und erleuchtete einige der geschlossenen weißen Seerosen um mich herum, bevor es wieder vom Wolkenschatten vertrieben wurde. Der nächtliche Dunst hüllte inzwischen die gesamte Oberfläche des Sees ein.

Ein Blässhuhn oder eine Ente schreckte hoch.

»Ich warne Sie«, rief ich. »Wenn Sie versuchen näher zu kommen, haue ich ab und gehe zur Polizei.«

Er lachte, was mir einen Schauer über den Rücken trieb. Dieser Mörder war so heimtückisch. Er hatte sich nicht nur ein Alibi verschafft und Susann aufgelauert, sondern auch Amrita in Sicherheit gewiegt und sie dann hinterrücks abgestochen. Bis zuletzt war sie ahnungslos gewesen, was er mit ihr vorhatte.

»Keine Sorge, ich stehe noch immer an derselben Stelle«, behauptete er, und in Anbetracht der Richtung, aus der seine Stimme kam, sagte er die Wahrheit. Dann rief er: »Sie werden sterben, ohne dass ich einen einzigen Schritt tun muss.«

In diesem Moment hörte ich ein lautes Plätschern und fuhr herum. Keine fünfzehn Meter von mir entfernt näherte sich ein Boot mit schnellen Schlägen.

»Nein, nicht!«, rief ich und zog hektisch an den Rudern, um sie in Position zu bringen. Bis ich es geschafft hatte, war das andere Boot nur noch vier, fünf Meter weg.

Das Lachen des Mörders von jenseits des Schilfs bildete die schreckliche Begleitmusik meiner Flucht, die Fanfare für die Aufholjagd seines Komplizen, jenes Phantoms, von dem ich nichts als eine dunkle Silhouette sah.

Mit jedem Ruderschlag kam er einen halben Meter näher.

Wie weit war das andere Ufer entfernt?

Zu weit.

Genau in dem Moment, als das andere Ruderboot mich einholte, erhob das Phantom sich, zog ein Messer und sprang auf mich zu.

11

Wenige Minuten vor dem Brandanschlag

Als Alexander die Haustür hinter sich schloss, verspürte er für einen kurzen Augenblick einen inneren Frieden, wie er ihn schon lange nicht mehr erfahren hatte. Sofort begriff er, dass niemand zu Hause war. Kein Licht brannte, kein Geräusch war zu hören. Das war selten. Sosehr er sich nach einem bewegten Arbeitstag voller Tränen und Menschen in schwarzer Kleidung auf die Kinder freute, sosehr wünschte er sich manchmal, einfach nur die Beine hochlegen zu können. Mit einer jungen Tochter war das so gut wie unmöglich. Gab Alena mal Ruhe, kam garantiert Eva herbei und sagte, dass dies oder das dringend getan werden müsse. Seit einigen Wochen war es noch schlimmer als sonst. Wenn sie mal nicht diskutierten, lag der nächste Streit in der Luft, was nicht viel entspannender war. Eine Woche allein auf einer einsamen Insel – das war ein Traum, der immer größer wurde.

Auf dem Küchentisch lag ein Zettel von Ben-Luca: *Bin mit Alena bei Simonsmeyers. Sind um elf zurück.*

Fein, dachte er und warf die Nachricht sofort weg, damit Eva sie nicht in die Hände bekam. Er schlug zwei Eier in die Pfanne, schnippelte Tomaten, Schinken, Lauch und Pilze hinzu und wartete drei Minuten. Das englische Frühstück aß er häufiger um zehn am Abend, weil es eine warme Mahlzeit und schnell zuzubereiten war und hinterher kaum etwas aufgeräumt werden musste.

Kaum hatte er aufgegessen, sah er auf die Uhr. Halb elf. Wenn er sofort losfuhr, würde er Ben-Luca und Alena noch im Cottage von Bettina und Holger antreffen und konnte sie im Auto mitnehmen. Dann merkte Eva nicht, wo sie gewesen waren. Er behauptete einfach, dass sie irgendwo essen waren und vermied so hoffentlich einen weiteren Streit. Er war der Sache müde, so müde.

Alexander ließ das Seitenfenster herunter und fuhr los. Das abendliche Trenthin war ein Geisterdorf, nirgendwo eine Menschenseele. In der Ferne das Geräusch eines Traktors, der zu später Stunde vom Feld kam, wo die letzte Heuernte anstand. Friedvoll grasende Kühe. Am Himmel die ersten Zugvögel. Eine Spur Räucheraal in der Luft.

Plötzlich war er glücklich. Der ganze Stress war vergessen. Vielleicht würde er mit den Kindern sogar ans Meer fahren und versuchen, irgendwo noch ein Eis für Alena zu kaufen. Das hatten sie viel zu lange nicht gemacht.

Die letzten Meter zum Hotel boten normalerweise einen grandiosen Anblick. Das herrliche Gutshotel, so heimelig beleuchtet … An diesem Abend jedoch stimmte etwas nicht.

Vor ihm Polizei, Feuerwehr, Krankenwagen. Er kam nur auf einhundert Meter heran, dann stoppte ihn ein Polizist, der ihn aufforderte, zurückzustoßen und den Weg für weitere Rettungskräfte frei zu machen.

Das Hotel selbst wirkte unversehrt.

Alex stieg aus und rannte los, ungeachtet der Rufe des Polizisten, vorbei an zahllosen Fahrzeugen. Er sprang über Schläuche und bahnte sich den Weg durch die schaulustigen Hotelgäste.

Und dann sah er es: das Cottage in Flammen, eine gewaltige Feuersbrunst, die in den Himmel loderte wie die Hölle.

Einige Wochen später, September

Farhads Faust traf den Attentäter, just als dieser nach einem athletischen Sprung auf meinem Boot landete. Mein afghanischer Beschützer hatte sich im Rumpf versteckt gehalten, ganz in Schwarz gekleidet, und war genau im richtigen Moment zur Stelle. Das Phantom fiel ins Wasser. Schnell zog Farhad den Bewusstlosen heraus und legte ihn zu unseren Füßen ab.

Ihm die Kapuze vom Kopf zu ziehen, war eigentlich überflüssig. Ich wusste, um wen es sich handelte.

Farhad tat es trotzdem und sah mich an. »Ist er das?«

»Das ist er.«

Sein Komplize, der Mörder, hatte indessen aufgehört zu lachen, und zwar nicht nur, weil wir den Plan der beiden vereitelt hatten, mich umzubringen. Er war inzwischen selbst in Gewahrsam genommen worden, von der Polizei, die die Falle hatte zuschnappen lassen.

Es war aus und vorbei.

Alles hatte mit Susanns Spleens begonnen, und kurioserweise endete auch alles mit ihnen. Ihre Wahrheitsliebe löste ein Verbrechen aus, ihr Faible für raffinierte Codes dagegen löste das Verbrechen auf.

Wenn es um den Nachmittag von Susanns Ermordung ging, wimmelte es nur so von falschen und schwer nachprüfbaren Alibis. Rosemarie Busch hatte sich nach eigener Bekundung irgendwo in der Pampa auf Bernsteinexkursion befunden, Marlon ließ sich von Ben-Luca decken, Ramu war angeblich im drei Stunden entfernten Berlin und Eva auf einer Beerdigung, wo sie keiner gesehen hatte. So ging es munter weiter. Eddi Fassmachers Alibi konnte nur von einem Katalog für Büromaterial bestätigt werden, Tallulahs von einer Proseccoflasche. Herr Tschaini und Holger Simonsmeyer hatten sich sogar in unmittelbarer Nähe des Tatgeschehens befunden. Nur von Finn, Amrita und Ganesh wussten wir ganz sicher, wo sie zur Stunde von Susanns Tod gewesen waren, nämlich an dem Ort, an dem ich ein gutes Jahr später am Morgen nach der Verhaftung des Täters und seines Komplizen mit Meena, Ramu und Ben-Luca zusammensaß.

Zu den Verlusten, die sie alle in den letzten Monaten erlitten hatten, kamen weitere hinzu. Entsprechend gedrückt war die Stimmung. Meena weinte und ließ sich von ihrem Sohn trösten. Ben-Luca dagegen wirkte wie paralysiert, er sprach kein Wort.

Mehr als die Nachricht, dass die beiden jungen Männer wegen zweifachen Mordes, Beihilfe zu Mord und versuchtem Mord verhaftet worden waren, hatte ich noch nicht übermitteln können. Die Worte steckten mir im Halse fest. So schwer es mir manchmal fällt, über die Verbrechen zu berichten, die in den Gerichtssälen verhandelt werden, mit den Angehörigen der Täter zu sprechen, ist etwas ganz anderes. Ihnen die Gründe und Abläufe der Tat höchstpersönlich darzulegen, erfordert eine unglaubliche Überwindung.

»Finn soll Susann ermordet haben?«, rief Ramu. »Das kann

nicht sein. Er saß ganz sicher hier im Gastraum, zusammen mit Amrita.«

»Das hat sie zwar behauptet, aber es trifft leider nicht zu. Tatsächlich war er am Tatort, wo er Susann auflauerte.«

»Aber Ganesh hat ausgesagt, dass er Finn und Amrita mehrmals Tee gebracht hat.«

Ich nickte.

Um zu verstehen, was am Nachmittag von Susanns Ermordung passiert war, musste ich mich im Geiste von allem freimachen, was Ganesh, Finn und Amrita in Bezug aufeinander gesagt hatten, sowohl in den Monaten vor als auch nach dem Verbrechen. Davon war nämlich so gut wie nichts wahr.

»Meine *Titalee* würde niemals bei einem Mord mitmachen«, protestierte ihre Mutter und schnäuzte sich die Nase.

»Sie haben recht«, stimmte ich zu. »Amrita wusste nicht, was sie tat, denn es hatte Routine. Zur entsprechenden Zeit hatte sie … nennen wir es mal Pause. Um aus ihrem normalen Leben auszubrechen, das sie als zu beengt empfand, entwickelte sie die Angewohnheit, sich während der Stunden, in denen Ihr Mann spazieren ging und Sie selbst schliefen, aus dem Haus zu schleichen. Sie machte gar nichts Besonderes, zumindest nichts, was ich als besonders bezeichnen würde. Sie schlenderte allein herum, legte sich ans Ufer des Peenestroms, aß vielleicht irgendwo ein Eis, fütterte die Enten und träumte. Natürlich nur dann, wenn Finn ihr einen Besuch abstattete, oder besser gesagt, vermeintlich einen Besuch abstattete. Für Amrita war an jenem Tag, an dem Susann sterben sollte, nichts anders als all die Male zuvor, an denen dieselbe Prozedur stattgefunden hatte. Finn gab ihr ein Alibi, sie gab Finn ein Alibi und Ganesh allen beiden.«

»Wozu brauchte Finn ein Alibi?«, fragte Ramu.

»An jenem Tag, um Susann zu ermorden. Bei den vorherigen Gelegenheiten war der Grund viel harmloser und simpler.«

»Was ist mit Ganesh? Am Nachmittag von Susanns Ermordung war er in der Küche und bereitete das Curry vor. Er hätte doch mitbekommen, wenn ...«

»Vielleicht war er in der Küche, vielleicht auch nicht«, erläuterte ich. »Im Grunde spielt das keine Rolle.«

»Aber ...«

»Stellen wir Ganesh kurz zurück«, bat ich. »Am neunundzwanzigsten September ist jedenfalls Folgendes geschehen.«

Ich erläuterte, wie sich Finn, die Kapuze ins Gesicht gezogen und als Jogger getarnt, auf den Weg zum Tatort machte. Er nahm dabei nicht die Route am Hafen und dem Peenestrom entlang, sondern vorbei an Sportplatz und Friedhof, wo deutlich weniger los war. Dabei passierte er auch den Wanderparkplatz, der wegen der vielen Laubbäume ein wenig unübersichtlich war. Er fiel der späteren Zeugin Sieglinde Diebert auf, die ihn jedoch nicht beschreiben konnte.

Doch noch etwas anderes, viel Schwerwiegenderes passierte in diesem Augenblick: Finn übersah das Auto seines Vaters, während sein Vater ihn sehr wohl bemerkte. Natürlich hupte Holger Simonsmeyer nicht, wie man das bei Zufallsbegegnungen gerne tut, denn dann hätte er erklären müssen, warum er sich dort befand, was bedeutete, er hätte seinen Sohn anlügen müssen. Einmal im Wald, konnte Finn in aller Ruhe auf Susann warten, er musste nur auf eventuelle Spaziergänger achten.

Tatsächlich joggte Susann sehr bald über den Wanderparkplatz. Im Gegensatz zu Finn bemerkte sie Holger Simonsmeyers Auto und nahm die Gelegenheit wahr, ihm etwas zu erzählen – oder zu verraten, wie man will –, was ihn zutiefst erschreckte. Es kam zum Streit, sie stieg aus, joggte in Richtung Wald und traf auf Finn, der sie hinterrücks ermordete. Anschließend kehrte Finn auf demselben Weg zurück, auf dem er gekommen war, diesmal unbeobachtet von der Zeugin.

Alles, was danach geschah, wäre völlig anders verlaufen, wenn Holger Simonsmeyer sich nicht so bald auf den Weg zu Rosemarie Busch gemacht hätte. Nach wenigen Metern entdeckte er Susanns Leiche, erkannte nach dem ersten Schock blitzschnell, dass sein Sohn der Mörder sein musste, und kehrte um. Dabei sahen ihn Herrn Tschaini und die Zeugin Diebert, was ihn verdächtig machte. Ganz der liebende Vater, entschloss er sich, seinen Sohn zu schützen, und schwieg zu der Anklage. Mit Erfolg, wie sich herausstellen sollte.

»Amrita«, fuhr ich fort, »hat den Mord an Susann nicht mit Finn in Zusammenhang gebracht. Als sie von ihrem Ausflug zurückkehrte, befand sich ihr Alibi längst wieder im Restaurant, und sie ahnte nicht, dass sie zu *seinem* Alibi geworden war.«

»Heißt das«, fragte Ramu, »Finn saß in den Monaten davor ein paarmal pro Woche stundenlang hier im Restaurant allein herum? Was hat Amrita ihm dafür gegeben? Geld?«

»Keineswegs. Sie gab ihm etwas, das viel wichtiger für ihn war. Etwas, das auch Susann irgendwann bemerkte.«

Ennis am Fenster,
Mariposa immer da.
Oh, arme Uma.

Die indische Göttin der Schönheit hatte den Fall für mich gelöst. Ich lag von Anfang an richtig, als ich dieses spezielle

Haiku auf Amrita bezog, die angeblich plaudernd mit Finn am Fenster des Restaurants saß. Leider irrte ich mich viel zu lange in Bezug auf *Mariposa*. *Ennis* war vermutlich Finn und *Oma*, wie ich fälschlicherweise gelesen hatte, eine unbekannte Person. Als mir klar wurde, dass in Wahrheit *Uma* der Code für Amrita ist, stellte sich sofort die Frage, wer oder was mit *Mariposa* gemeint war. Und lag ich mit *Ennis* als Entsprechung für Finn überhaupt richtig?

Letzteres traf zu, und interessanterweise liefen beide Begriffe mehr oder weniger auf dasselbe hinaus.

Ich hatte mich daran erinnert, was Kathrin Sibelius mir gesagt hatte. Zuletzt war Susann auf Filme abgefahren, und mir war der Gedanke gekommen, dass es sich bei *Ennis* um einen Schauspieler oder eine Filmfigur handeln konnte. Yim kannte sich aus, daher mein nächtlicher Anruf bei ihm.

Spontan waren ihm nur zwei Möglichkeiten eingefallen: die Verfilmungen der Comics des Autors Garth Ennis, was bei mir keinen Aha-Effekt auslöste, sowie Ennis del Mar, gespielt von Heath Ledger in *Brokeback Mountain*. Die Handlung spielt im Amerika der sechziger Jahre des letzten Jahrhunderts. Ennis, ein tougher Cowboy und harter Kerl schlittert in dem Film in eine Liebesbeziehung zu einem anderen Cowboy.

Mariposa stand im Spanischen nicht nur für Schmetterling, obwohl es hauptsächlich so verwendet wurde. Es bedeutete auch Falter, Öllampe, Flügelschraube und – Schwuler. Das Wort war zwar ein bisschen aus der Mode gekommen, aber noch immer eine blumige Umschreibung eines homosexuellen Mannes.

Finn, der Harte, Kämpferische – *Ennis*. Ganesh, der Alberne, Spielerische – *Mariposa*.

Mit dieser Annahme ergab plötzlich alles einen Sinn. Finn und Ganesh gaben sich gegenseitig ein Alibi, was nur aus zwei Gründen funktionierte: erstens, weil Amrita mitspielte, und zweitens, weil es keinen offensichtlichen Zusammenhang zwischen den beiden gab.

»Sie meinen, mein Bruder ist…?«, sagte Ramu, während Meena ein weiteres Mal in ihr Taschentuch schnäuzte.

Ich nickte. »Das würde auch erklären, welchen Vorteil Finn aus dem Arrangement mit Amrita zog. Er und Ganesh hatten Zeit für sich, und das nachmittags verwaiste Restaurant war das ideale Refugium für ihr geheimes Tête-à-Tête. Zumindest auf den ersten Blick. Dummerweise trieb sich auch Susann des Öfteren hier herum und bekam irgendwann einmal etwas mit, das sie besser nicht gesehen hätte, nämlich die Affäre von Ganesh und Finn.«

Den Teil, woher ich wusste, dass Susann das Geheimnis der Jungs zu lüften drohte, übersprang ich an dieser Stelle. Ich konnte nur vermuten, ob und wie oft sie die beiden damit konfrontiert hatte, aber in einem Punkt war ich mir sicher: Am Morgen ihres Todes hatte sie mit Ganesh darüber gesprochen. Wie mir Ramu selbst berichtet hatte, ging sie zu Ganesh in die Küche und verlangte Ehrlichkeit von ihm, wobei sie mit der Offenlegung des Geheimnisses drohte. Nicht, um die beiden an den Pranger zu stellen, sondern um ihnen Geradlinigkeit abzunötigen. Um ihre hehren Absichten zu unterstreichen und ihr schlechtes Gewissen zu beruhigen, vertraute sie Ganesh ihrerseits ein Geheimnis an: ihre verbotene Liebe zu Ramu, die sie nun ebenfalls öffentlich machen wollte.

Ich hatte mir schier den Kopf zermartert, woher Finn wohl von Susanns Geheimnis wusste, wenn sonst nur Ramu und

Alexander Waldeck es kannten. Doch es lag auf der Hand: Susann erzählte es Ganesh, Ganesh erzählte es Finn, und der erzählte es im Eifer des Gefechts Linz und mir. Nur ich erzählte es nicht weiter, denn ich wollte, dass Ramu es seiner Mutter möglichst schonend beibrachte.

Ben-Luca, der die ganze Zeit geschwiegen hatte, sah mich beinahe feindselig an.

»Haben Sie ein Problem damit, dass Ihr bester Freund schwul ist?«, fragte ich ihn.

»So ein Quatsch«, stieß er hervor. »Ist mir doch egal, was er ist. Trotzdem liegen Sie falsch. Ich habe selbst gesehen, dass er ein Foto von Amrita in seinem Spind hatte. Er war total in sie vernarrt.«

»Wissen Sie, was sich mein schwuler Onkel, der in den Fünfzigern Teenager war, an die Wand gepinnt hat? Bestimmt nicht Montgomery Clift und Rock Hudson. Selbstverständlich hingen da Marilyn Monroe und Heidi Brühl. Und bevor Sie Finns selbstgebastelte Geschenke für Amrita erwähnen, die gehörten zur Tarnung.«

»Wozu Tarnung? Heutzutage ist das doch alles kein Problem mehr«, wandte er ein. »Es gibt keine Soap mehr ohne Schwule. Schwule Modemacher bekommen eigene Sendungen im Fernsehen. Der Bürgermeister von Berlin, der Außenminister, zig Schlagersänger ...«

»Und wie sieht es mit Fußballern aus?«, gab ich zurück. »Die wenigen, die sich outen, tun es nach Beendigung ihrer Karriere, nicht zu deren Beginn. Andernfalls würden sie untergehen. Und Fußball war Finns Leben, zumindest sein halbes Leben.«

»Behaupten Sie, was Sie wollen«, rief Ben-Luca laut. »Er

kann Amrita nicht umgebracht haben. Er war zur Tatzeit mit mir zusammen, damit das klar ist. Das schwöre ich vor jedem Gericht, verdammt noch mal.«

»Ich habe nie behauptet, dass Finn auch Amrita umgebracht hat.«

Meena hörte auf zu schluchzen und sah mich entsetzt an, während Ramus Hände sich in die Tischdecke krallten.

Ich atmete tief durch. »Es tut mir sehr leid, aber …«

Ja, Ganesh war der Mörder seiner eigenen Schwester. Ironischerweise musste sie nicht sterben, weil sie dahintergekommen war, dass er und Finn etwas mit Susanns Tod zu tun hatten. Davon ahnte sie nichts, sonst wäre sie nicht mitten in der Nacht mit ihrem Bruder nach draußen gegangen. So brutal es klang – indirekt hatte Herr Tschaini seine Tochter zum Tode verurteilt, indem er ankündigte, sie sehr bald nach Indien zu schicken und dort zu verheiraten. Das tat er nur, weil er glaubte, dass Finn sich mit ihr trotz seines Verbots traf. Amrita wollte auf keinen Fall aus Deutschland weg. Sie sah nur eine Möglichkeit, ihren Vater umzustimmen, nämlich ihm die Wahrheit über Finn und Ganesh zu erzählen. Damit wäre der Grund für ihre Verbannung entfallen, denn aus ihrer Sicht war es eine Verbannung.

Ganesh ahnte, was sie vorhatte, vielleicht weihte sie ihn sogar ein und bat ihn vorab um Verzeihung. Doch das konnte Ganesh nicht zulassen. Welche Lüge er auch erfand, um sie aus dem Haus zu locken – vielleicht, dass Marlon irgendwo auf sie wartete –, sie ging mit ihm. Und damit in den Tod.

Finn, der sich ein prima Alibi verschafft hatte, tat später überrascht, als er mit Ben-Luca auf ihre Leiche stieß.

Da saß ich nun, an einem Tisch mit der Mutter und dem

Bruder des einen Mörders sowie dem besten Freund des anderen. Sie hätten mich zu Recht eine allzu kreative Journalistin nennen können, sogar eine Fantastin, denn mit einer hübschen Geschichte entlarvt man keinen Mörder. Erst mein Anruf bei Ganesh, die vorgetäuschte Erpressung und das nächtliche Treffen am Schmollensee ließen die Falle zuschnappen, in die das Duo tappte. Sicherlich, ich hatte zu dem Zeitpunkt keine Beweise, und das wussten die beiden. Doch für Finn – und damit auch für Ganesh – ging es um weit mehr als juristische Spitzfindigkeiten. Hätte ich polizeiliche Ermittlungen in diese Richtung angestoßen und wäre das publik geworden, Finns Karriere hätte auf dem Spiel gestanden. Dieses Risiko durften sie nicht eingehen, sonst wäre alles umsonst gewesen.

Warum ich den speziellen Treffpunkt in der Mitte des Sees zwischen den beiden Landzungen gewählt hatte, war auch Ganesh und Finn nicht verborgen geblieben, womit ich gerechnet hatte. Die jungen Männer wollten mich überraschen, doch Farhad, die Polizei und ich hatten den Spieß umgedreht.

Meena sah mich an. »War es das, was mein Mann vor mir verbarg? Von dem ich glaubte, dass er es zurückhielt, um mich nicht zu bekümmern? Ganeshs … Sie wissen schon.«

»Entweder es war Ganeshs Homosexualität, die ihr Mann möglicherweise erahnt hat. Oder …« Ich warf Ramu einen Blick zu. »Ich glaube, Ihr Sohn möchte Ihnen etwas sagen.«

Damit verabschiedete ich mich und verließ zusammen mit Ben-Luca das Restaurant, damit Ramu in Ruhe seiner Mutter von seiner Liebesbeziehung mit Susann erzählen konnte.

Wir gingen nebeneinander her in Richtung Hafen. Über dem Peenestrom lag dieses gelbliche, dunstige Licht, das es nur dort gab, und am Himmel erstreckten sich nicht endende Formationen von Gänsen, deren fröhliches Schnattern in heftigem Kontrast zu unserer irdischen Stimmung stand. Obwohl ich mich sehr bemühte, den jungen Mann neben mir nicht anzustarren, war seine Verzweiflung mit Händen zu greifen. Ich hatte noch nie einen wirklich guten Freund verloren, weder an den Tod noch durch ein Zerwürfnis und schon gar nicht aufgrund einer Bluttat. Allerdings hatte ich schon mit vielen Menschen zu tun gehabt, denen es so ergangen war.

»Das ist nichts«, sagte ich, »was man sofort versteht. Ihnen werden tausend Erinnerungen einfallen, die nicht zu dem Finn passen, der er heute ist. Sie werden einige Wochen, vielleicht sogar Monate brauchen, um …«

»Sie verstehen das nicht«, unterbrach er mich.

»Nein, vermutlich nicht.«

»Ich meine, ich habe Ihnen und diesem Polizisten neulich nicht die Wahrheit gesagt.«

»In Bezug worauf?«

»Der Brand … Der Abend des Brandes … Ich …«

»Von welcher Lüge sprechen Sie?«

12

Eine Minute nach dem Brandanschlag

Wohin Ben-Luca auch blickte, alles brannte: das riesige Bücherregal, die Holzbalken, das Sofa, Teppiche, sogar die Wände mit den schicken Tapeten. Wie gierige Zungen leckten sich die Flammen nach oben. Der Qualm war so dicht, dass er an manchen Stellen kaum mehr die Hand vor Augen sah, an anderen kroch der beißende Rauch nur über das Parkett, auf das sich die Flüssigkeit aus der zerschellten Flasche ergossen hatte. Beinahe wäre er darauf ausgerutscht, konnte sich aber gerade noch an einer Kommode festhalten, an der er sich die Finger verbrannte.

Er schrie auf, krümmte und drehte sich, hustete sich die Seele aus dem Leib, verlor die Orientierung, vielleicht sogar für ein paar Sekunden lang die Besinnung. Als er sich wieder halbwegs zurechtfand, lag er auf dem Fußboden, rappelte sich auf alle viere auf.

»Alena!«, rief er und rannte in Richtung Treppe. »Alena, komm runter, Alena!«

Auf halbem Weg stolperte Ben-Luca, musste sich erneut orientieren. Vor ihm lag Finn.

»Finn!« Er rüttelte an ihm. »Finn? Finn!«

Keine Reaktion.

Mit letzter Kraft packte er den Freund an den Armen und

schleifte ihn über das Parkett. Die Terrassentür war nur fünf, sechs Meter entfernt. Immer wieder rutschten seine Hände von Finns Händen ab. Schließlich zerrte er an allem, was er greifen konnte, am Hemd, am Gürtel, nur um ihn ein paar Zentimeter zu bewegen. Immer noch war erst die Hälfte der Strecke bewältigt.

Mit aller Kraft schrie er nach seiner kleinen Schwester: »Alena!«

Plötzlich schallte eine Antwort durch das Chaos: »Ben-Luca! Hilfe, Ben, Hilfe!«

Ihr Ruf kam von der Treppe, und wie durch ein Wunder war da ein Loch im Qualm, durch das er seine kleine Schwester sehen konnte.

»Komm schon, Alena, komm!«

»Die Treppe brennt«, rief sie verzweifelt und brach in ein schrilles Kreischen aus.

Augenblicklich ließ er Finn los und stand auf, um Alena zu helfen. In diesem Moment stürzte direkt neben ihm ein Teil des Bücherregals ein, und das Feuer griff auf Finns Kleidung über. Ben-Luca schlug es mit den Händen aus, und als das nicht reichte, zog er sein Shirt aus und presste es auf die Brandherde auf Finns Körper

Gleichzeitig rief er: »Spring, Alena!«

»Ich kann nicht. Hilf mir, Ben!«

Wieder stand er auf, und wieder stürzte ein Teil des Regals ein, setzte Finns Kleidung zum zweiten Mal und diesmal auch Ben-Lucas Hose in Brand. Wild klopfte er die Flammen aus.

»Ich komme gleich, Alena.«

»Ben!«

»Ich komme, Schatz.«

Woher er die Kraft nahm, Finn halb aufzurichten und ihn sich über die Schulter zu wuchten, würde für immer im Dunkeln bleiben. Irgendwie gelang es ihm.

»Ich komme gleich, Alena«, rief er keuchend, als er seinen Freund über die Schwelle ins Freie trug. In der Ferne hörte er bereits die Martinshörner, doch dann wurde dieses Rettung versprechende Geräusch durch ein alles übertönendes unterbrochen.

In dem Moment, als Ben-Luca erneut seinen Fuß in das Cottage setzte, um seine Schwester zu holen, brach die Treppe in sich zusammen. Eine Hitzewand prallte ihm entgegen, er stürzte rücklings zu Boden.

Als er wieder auf die Beine kam, war nichts mehr von Alena zu sehen, und seine Rufe galten einem toten Mädchen.

Kurz darauf wachte Finn auf. »Danke, Lucky.«

Einige Wochen später, September

Ein junger Mann hatte in jener Brandnacht eine Entscheidung getroffen, die Entscheidung zwischen seiner geliebten Schwester und seinem besten Freund. Keiner, der in eine solche Situation gerät, kann nur die richtige oder nur die falsche Wahl treffen. Es ist immer beides.

Für Ben-Luca allerdings sah die Sache anders aus. Er hatte sich, wie sich nun herausstellte, falsch entschieden. Nicht für seine Schwester, nicht für seinen besten Freund, sondern für einen Mörder.

Ich sah keine Veranlassung, irgendjemandem davon zu erzählen, solange Ben-Luca nicht selbst dazu bereit war. Nicht einmal Linz informierte ich, mit dem ich mich wenig später in der Nähe des Hafens traf.

»Saubere Arbeit«, sagte er.

»Schmutzige Arbeit«, entgegnete ich. Wie schon Jahre zuvor, als ich das Rätsel um die sogenannte »Blutnacht von Hiddensee« aufgelöst hatte, war mir speiübel. »Udo Illing mitgerechnet, hat Finns und Ganeshs Geheimnis sieben Menschen das Leben gekostet und das Leben zahlloser weiterer zerstört. Keinem Einzigen von ihnen konnte ich wirklich helfen, außer vielleicht Ben-Luca. Ich habe ihm ein Volontariat in der Grafikabteilung meines Magazins verschafft. Ich hoffe, er nimmt an.«

Linz lächelte. »Du machst das schon.«

Ich spürte, dass er bald zu einem anderen Thema überleiten würde, zu unserem Thema, aber noch war er nicht so weit. Ich auch nicht.

»Was ist mit deiner Arbeit?«, erkundigte ich mich. »Ist da nicht noch etwas aufzuklären?«

Er sah auf die Uhr, dann aufs Wasser. »Seit du mich gestern mitten in der Nacht angerufen hast, um den beiden Mördern eine Falle zu stellen, bin ich zu fast nichts anderem mehr gekommen. Schade nur, dass mir die Freude versagt blieb, dem kleinen Scheißer auf dem Ruderboot selbst eine runterzuhauen.«

»Ich hatte es Farhad versprochen. Du musst zugeben, dass er seine Sache gut gemacht hat.«

»Wenn man drei Meter groß ist, so wie er, ist das kein Kunststück.«

Wieder sah er auf die Uhr, dann drehte er sich in die entgegengesetzte Richtung um und deutete in die Ferne, wo sich ein beleibter Mann näherte: dunkle Hose, weißes Hemd, Goldkettchen, abgewetzte Schuhe.

»Da ist er ja endlich.«

»Wer ist das?«

»Das ist Knuppe.«

»Was hast du mit einem Knuppe zu schaffen?«

»Du erinnerst dich, dass Ben-Luca von einem Taxi gesprochen hat, das kurz vor dem Brandanschlag vorgefahren und dann wieder verschwunden ist? Ich habe den Fahrer ausfindig gemacht und herbestellt.«

Als wir uns die Hände reichten, waren die des Taxifahrers verschwitzt. Man wurde eben nicht alle Tage vom Staatsschutz einbestellt.

»Ich habe den Auftrag von der Zentrale bekommen«, rechtfertigte er sich, noch bevor Linz eine Frage gestellt hatte. »Ich hab das Cottage zunächst gar nicht gefunden. Sonst hole ich die Leute direkt vom Hotel ab, verstehen Sie? Aber an dem Abend sollte ich zum Cottage fahren und dort warten. Nicht klingeln, hat man mir gesagt.«

»Wen sollten Sie abholen?«

»Weiß nicht. Eine Person, hieß es. Eine Person und vier große Koffer.«

»Vier?«

»Weiß ich noch wie heute. Vier Personen und vier Koffer, das ist normal. Zwei Personen und vier Koffer, das kommt auch schon mal vor. Aber eine Person und vier Koffer … Wie soll das denn gehen, wenn man nur zwei Hände hat? Der Anrufer hat ausdrücklich einen Kombi bestellt, deswegen hab ich den Auftrag bekommen. Aber gesehen hab ich nichts, ganz ehrlich nicht. Ich hab gewartet, bis die Zentrale mich wieder abberufen hat, das hab ich damals auch …«

»Ja, schon gut, darum geht es nicht. Kannten Sie das Fahrtziel?«

Der Taxifahrer deutete den Steg entlang, der durch den Schilfgürtel führte. »Küstenweg eins«, sagte er, was, wie ich wusste, die Adresse von Rosemarie Busch war.

Linz bekam den Durchsuchungsbeschluss innerhalb einer halben Stunde übermittelt. Auf Rosemarie Buschs Handy, das angebliche Diensthandy des Hotels, das sofort beschlagnahmt wurde, war Holger Simonsmeyers letzter Anruf verzeichnet. Eine Stunde später stand das Cottage in Flammen.

Sie verweigerte die Aussage mit jenem ewigen Mona-Lisa-Lächeln, das mir von Anfang an nicht geheuer gewesen war. Linz bewies, dass auch er Leonardo da Vinci zu imitieren verstand, und stellte die jesuitische Gelassenheit des *Abendmahls* dagegen.

»Wir werden Ihren Brennofen unter die Lupe nehmen, Frau Busch, genauer gesagt das Zeug, mit dem Sie ihn heizen. Ich wette, es ist mit dem Brandbeschleuniger identisch, den wir im Cottage gefunden haben.«

Sie blickte an ihm vorbei, mir direkt in die Augen.

»Die verschmähte Geliebte, das ist ziemlich abgeschmackt«, sagte ich mit absichtlicher Ironie und brach damit das Eis des Schweigens.

»Wissen Sie, was abgeschmackt ist? Neun Jahre habe ich darauf gewartet, dass er seine Frau verlässt. Neunhundertmal hat er mich vertröstet. Dann will er es endlich tun, schwört tausend Eide und zieht kurz vorher doch wieder den Schwanz ein.

Sagen Sie selbst, ob so ein Windbeutel es nicht verdient hat, zum Teufel geschickt zu werden.«

Drei weitere Menschenleben war ihr diese nutzlose Vergeltung wert gewesen.

»Kein Fall für den Staatsschutz«, stellte Linz frustriert fest, nachdem die Kollegen Rosemarie Busch abgeführt hatten. »Ich stehe mit ziemlich leeren Händen da. Eine Fanatikerin, die per Internet zur Brandstiftung aufgerufen hat, und ein brauner Grützkopf, der Elektroschocker wie Bonbons verteilte – eine magere Ausbeute, aus Karlsruher Sicht.«

»Unsinn! Ohne dich wären sowohl die Busch als auch Finn und Ganesh unentdeckt und noch immer auf freiem Fuß.«

»Mag sein, aber in meiner Karlsruher Welt zählt das nicht. Keine Staatsgefährdung weit und breit. Auf der Mörderinsel leben nur stinknormale Mörder.«

»Ich hoffe, Usedom wird diesen unverdienten grauenhaften Titel bald wieder los. Was hier passiert ist, hätte überall passieren können.«

Wir schlenderten ein Stück weiter zu einer Bude, wo er geräucherten Fisch kaufte, während ich eine SMS von Ben-Luca erhielt. Er wollte mein Angebot und damit das Volontariat in Berlin annehmen. Da wusste ich, dass er über die Sache hinwegkommen würde, und irgendwie ging es mir danach richtig gut.

»Für die Zugfahrt«, erklärte Linz, den Räucherfisch in der Hand, und sah mich ein wenig traurig und zugleich ein wenig erwartungsvoll an. Er war nahe dran, etwas zu sagen, und ich war ebenso nahe dran, doch wir scheiterten alle beide an der nötigen Offenheit.

Der Imbissverkäufer erkannte in Linz einen Polizisten in Zivil und rief ihm nach: »Haben Sie die beiden Killer-Schwuchteln verhaftet? Gut gemacht!«

Kommentarlos verließen wir den Stand und gingen zum Hafen zurück.

»Irre«, sagte er, »wenn man sich überlegt, dass diese ganze Katastrophe nur wegen der Homophobie im Leistungssport passiert ist«, dachte er laut.

»Man kann das so sehen«, schränkte ich ein. »Und sicherlich war das einer der Gründe.«

»Welchen Grund hatten die beiden Jungen denn noch, deiner Meinung nach?«

»Denselben Grund, aus dem du deine verstorbene Frau nicht vergessen kannst«, antwortete ich und löste damit eine Reaktion in seinem Gesicht aus. »Denselben Grund, aus dem ich mich wahnsinnig freue, heute Abend meinen Mann wiederzusehen, obwohl ich dachte, dass unsere Ehe in einer Krise, vielleicht sogar am Ende wäre.«

Ein Kormoranpaar zog nur wenige Meter von uns entfernt über den Peenestrom.

»Alles aus Liebe«, sagte ich.

Hinter idyllischen Fassaden lauert das Verbrechen …

416 Seiten. ISBN 978-3-7341-0747-4

Nach Jahren im Ausland kehrt Ellen Holst mit ihrem Sohn nach Deutschland zurück – und hofft, in dem kleinen Haus in der beschaulichen Siedlung »Vineta« in Heiligendamm an der Ostsee endlich zur Ruhe zu kommen. Erst beim Einzug erfährt sie, dass in ihrem neuen Zuhause vor sechs Jahren drei Menschen ermordet wurden. Ellen will sich von der schrecklichen Vorgeschichte ihres Hauses nicht irre machen lassen, doch plötzlich kommt es zu beunruhigenden Vorkommnissen: Gegenstände verschwinden spurlos aus dem Haus. Ellen fühlt sich beobachtet. Und es gibt merkwürdige Parallelen zu den Geschehnissen vor sechs Jahren …

Dieser Roman ist unter dem Titel »So bitter die Rache« als Paperback erschienen.

Lesen Sie mehr unter: **www.blanvalet.de**

Das Böse kennt keine Grenzen ...

Zwei Länder, zwei Ermittler, ein mysteriöser Mord.

432 Seiten. ISBN 978-3-7341-0722-1

Im beschaulichen Küstenort Kollund an der deutsch-dänischen Grenze wird die Leiche einer jungen Frau gefunden. Erschossen am Strand. Die Tote wird als Liva Jørgensen identifiziert, die zwölf Jahre zuvor spurlos verschwand. Jetzt stellt sich heraus, dass Liva jahrelang unter falschem Namen in Deutschland gelebt hat. Was ist damals wirklich geschehen? Vibeke Boisen, gerade frisch als Leiterin der Flensburger Mordkommission angetreten, und ihr Kollege Rasmus Nyborg von der dänischen Polizei rollen den alten Fall wieder auf und stechen damit in ein gefährliches Wespennest ...

Der erste Fall für das deutsch-dänische Ermittler-Team Boisen & Nyborg.

Lesen Sie mehr unter: **www.blanvalet.de**